Lisa Wingate

# Libellenschwestern

*Lisa Wingate*

# LIBELLEN SCHWESTERN

*Roman*

Deutsch von Andrea Brandl

LIMES

Die Originalausgabe erschien 2017 unter dem Titel
*»Before We Were Yours«* bei Ballantine Books, einem Imprint von
Random House, Penguin Random House LLC, New York.



MIX
Papier aus verantwortungsvollen Quellen
FSC® C014496

Verlagsgruppe Random House FSC® N001967

2. Auflage

Neumarkter Str. 28, 81673 München
Redaktion: Susann Rehlein
Umschlaggestaltung: © www.buerosued.de
Umschlagmotiv: © Mark Owen/Trevillion Images;
www.buerosued.de
NG · Herstellung: sto
Satz: GGP Media GmbH, Pößneck
Druck und Bindung: GGP Media GmbH, Pößneck
Printed in Germany
ISBN 978-3-8090-2690-7

www.limes-verlag.de

Den Hunderten gewidmet,
die verschwanden,
und den Tausenden,
denen dieses Schicksal erspart blieb.
Mögen eure Geschichten
niemals in Vergessenheit geraten.

All jenen, die Waisenkindern helfen,
ein Zuhause zu finden.
Ich wünsche euch,
dass ihr euch stets dessen bewusst seid,
wie wertvoll eure Arbeit und
eure liebevolle Hingabe sind.

»Wussten Sie, dass in diesem unserem Land, Heimat freier und tapferer Menschen, ein riesiger Babymarkt existiert? Und dass es sich bei den wertvollen Gütern, die den Besitzer wechseln, ... um lebende, strampelnde Babys handelt, menschliche Wesen aus Fleisch und Blut.«

Aus dem Artikel *The Baby Market*,
*The Saturday Evening Post*,
Februar 1930

»›Sie sind‹, so sagte Georgia Tann wiederholt, ›unbeschriebene Blätter. Bei ihrer Geburt sind sie unbeschmutzt und ohne Makel, daher können sie alles werden, was Sie sich nur wünschen, wenn sie in jungem Alter adoptiert werden und inmitten von Schönheit und Kultur aufwachsen.‹«

– Barbara Bisantz Raymond,
*The Baby Thief*

# PROLOG

## Baltimore, Maryland

3. AUGUST 1939

Meine Geschichte beginnt an einem schwül-heißen Augustabend, an einem Ort, den ich niemals mit eigenen Augen sehen werde. Der Raum existiert lediglich in meiner Fantasie. Meistens ist er groß, die Wände sind weiß und sauber, die Bettwäsche frisch und gestärkt. Das Privatzimmer ist mit allem ausgestattet, was das Herz begehrt. Draußen geht eine träge Brise, und das rhythmische Zirpen der Zikaden dringt aus den hohen, schlanken Bäumen, deren Blattwerk das perfekte Versteck bietet. Die Fliegengitter wölben sich im Luftzug des Deckenventilators, der träge durch die feuchte, schwere Luft schneidet.

Der Geruch von Kiefernnadeln weht herein, und die Schreie der Frau hallen durch den Raum, während die Schwestern sie krampfhaft festhalten. Schweiß glänzt auf ihrer Haut, läuft ihr übers Gesicht, über Arme und Beine. Sie wäre entsetzt, wenn sie sich so sehen könnte.

Sie ist hübsch. Eine sanftmütige, zarte Seele, die niemals absichtlich irgendetwas tun würde, um diese Katastrophe heraufzubeschwören, die in diesem Moment ihren Lauf zu nehmen beginnt. Während meines langen Lebens habe ich die

Erfahrung gemacht, dass Menschen in aller Regel nur ihr Bestes versuchen. Anderen Kränkung und Schmerz zuzufügen, ist für die meisten kein bewusster Akt, sondern lediglich ein unerfreuliches Nebenprodukt des Überlebens.

Nichts von dem, was nach diesem letzten, erbarmungslosen Pressen geschieht, ist ihre Schuld. Ein letztes Mal, und dann ist es da – das Kind und zugleich das Schlimmste, was passieren konnte. Ein regloser Körper, winzig, blond, ein Mädchen mit einem hübschen Puppengesichtchen, aber blau angelaufen und still.

Die Frau ahnt nichts vom Schicksal ihrer neugeborenen Tochter, oder, falls doch, wird die Erinnerung an diesen Tag mit Hilfe der Medikamente zu einem diffusen Nebel verblassen. Schließlich erschlafft sie, ergibt sich dem Schlaf, eingelullt von Morphium und Scopolamin, die man ihr gegen die Schmerzen verabreicht hat.

»Es ist immer so traurig, wenn das passiert«, sagen die Schwestern mitfühlend, während der Arzt die Wunde vernäht und sie alles sauber machen. »Eigentlich darf ein Leben nicht enden, noch bevor es überhaupt angefangen hat«, sagen sie, und »Manchmal fragt man sich wirklich … warum … wenn sich Menschen so sehnlich ein Kind wünschen.«

Ein Schleier senkt sich herab. Winzige Augen umwölken sich. Augen, die niemals sehen werden.

Die Frau kann zwar hören, was sie sagen, doch die Worte ergeben keinen Sinn. Alles um sie herum verschwimmt. Es ist, als würde sie sich gegen die Wellen stemmen, doch das Wasser zerrinnt zwischen ihren Fingern, deshalb gibt sie irgendwann auf und lässt sich forttragen.

Ein Mann wartet. Vielleicht ist er draußen auf dem Flur. Er ist ruhig, würdevoll. Nicht an Hilflosigkeit gewöhnt. Eigentlich hätte er heute Großvater werden sollen.

Vorfreude ist in abgrundtiefen Kummer und Schmerz umgeschlagen.

»Es tut mir unendlich leid, Sir«, sagt der Arzt, als er aus dem Zimmer tritt. »Ich kann Ihnen nur versichern, dass wir alles Menschenmögliche getan haben, um Ihrer Tochter die Wehen erträglich zu machen und das Kind zu retten. Mir ist bewusst, wie schwierig das alles für Sie ist. Bitte drücken Sie dem Kindsvater mein aufrichtiges Beileid aus, wenn Sie ihn in Übersee erreichen. Nach all den Enttäuschungen hat sich Ihre Familie gewiss diesmal große Hoffnungen gemacht.«

»Wird sie weitere Kinder bekommen können?«

»Davon würde ich abraten.«

»Das wird sie umbringen. Und ihre Mutter ebenfalls, wenn sie es erfährt. Christine ist unser einziges Kind, müssen Sie wissen. Das Trippeln winziger Füßchen ... das Heranwachsen der nächsten Generation ...«

»Ich verstehe Sie vollkommen, Sir.«

»Wie sieht es mit den Risiken aus, falls sie ...«

»Ihr Leben wäre gefährdet. Es ist absolut unwahrscheinlich, dass Ihre Tochter ein weiteres Kind bis zum Ende der Schwangerschaft austragen könnte. Falls sie es versuchen sollte, würde sie wohl ...«

»Ich verstehe.«

Der Arzt legt dem zutiefst betrübten Mann tröstend die Hand auf den Arm. Zumindest male ich es mir so aus. Ihre Blicke begegnen sich.

Der Arzt blickt über seine Schulter, um sicherzugehen, dass die Schwestern ihn nicht hören können. »Dürfte ich Ihnen einen Vorschlag machen, Sir?«, fragt er mit leiser, ernster Stimme. »Es gibt da eine Frau in Memphis ...«

# KAPITEL 1

## Avery Stafford

AIKEN, SOUTH CAROLINA, HEUTE

Ich hole tief Luft, rutsche vor an die Kante und streiche meine Jacke glatt, als die Limousine auf dem brüllend heißen Asphalt zum Stehen kommt. Übertragungswagen verschiedener Nachrichtensender säumen den Straßenrand, was zeigt, wie wichtig dieser scheinbar harmlose Termin in Wahrheit ist.

Keine einzige Sekunde an diesem Tag ist dem Zufall überlassen. Während der letzten beiden Monate ging es in South Carolina ausschließlich darum, an den Nuancen zu feilen – dafür zu sorgen, dass sich alles ausschließlich im Bereich von *Andeutungen* und *Hinweisen* bewegt.

Jetzt ist nicht der Zeitpunkt für klare Ansagen.

Noch nicht.

Und wenn es nach mir geht, wird sich daran so schnell nichts ändern.

Ich wünschte, ich könnte einfach vergessen, weshalb ich nach Hause zurückgekehrt bin, doch allein die Tatsache, dass mein Vater weder seine eigenen Notizen noch das Briefing seiner überkorrekten PR-Beraterin Leslie durchgeht, lässt keine Zweifel aufkommen: Der Feind, der uns begleitet, lässt sich nicht ignorieren. Er ist da, auf dem Rücksitz, in dem dunkelgrauen Maßanzug, der eine Spur zu locker um die breiten Schultern meines Vaters sitzt.

Daddy hat den Kopf zur Seite geneigt und blickt aus dem Fenster. Seine Helfer und Leslie hat er in den zweiten Wagen verbannt.

»Geht's dir gut?«, frage ich und zupfe ein langes blondes Haar – meins – vom Sitz, damit es beim Aussteigen nicht an seiner Hose kleben bleibt. Meine Mutter würde jetzt eine Mini-Fusselbürste zücken, aber sie ist zu Hause, um das zweite große Ereignis dieses Tages vorzubereiten – ein Familienweihnachtsfoto, das sicherheitshalber schon jetzt, Monate vor dem Fest, aufgenommen werden muss ... falls Daddys Zustand sich verschlechtern sollte.

Er setzt sich ein wenig auf und hebt den Kopf. Sein graues Haar ist statisch aufgeladen und steht ab. Ich unterdrücke den Impuls, die Hand auszustrecken und es glatt zu streichen. Es wäre ein grober Verstoß gegen das Protokoll.

Im Gegensatz zu meiner Mutter – der Herrin über die kleinen, aber unerlässlichen Details unseres Lebens, wie ein Weihnachtsfoto im Juli oder eine Fusselbürste in der Handtasche – ist mein Vater distanziert, eine einsame Insel aufrechter Männlichkeit in einem Haushalt voller Frauen. Ich weiß, dass ihm meine Mutter, meine beiden Schwestern und ich sehr am Herzen liegen, doch er verleiht seiner Zuneigung nur sehr selten Ausdruck. Ich weiß auch, dass ich zwar sein heimliches Lieblingskind bin, ihn gleichzeitig jedoch am meisten durcheinanderbringe. Mein Vater stammt aus einer Ära, in der Frauen sich lediglich für einen höheren Bildungsabschluss entschieden haben, um auf dem College möglichst schnell einen Ehemann zu finden und eine Familie zu gründen, deshalb weiß er nie so recht, was er von einer dreißigjährigen Tochter halten soll, die ihr Jurastudium an der Columbia Law als Jahrgangsbeste abgeschlossen hat und die sichtlich Spaß daran hat, im U.S. Attorney's Office zu arbeiten, wo es bekanntermaßen nicht gerade zimperlich zugeht.

Vielleicht weil der Platz der *perfektionistischen Tochter* und der *süßen Tochter* in unserer Familie bereits vergeben waren, bin ich immer die *Schlauberger-Tochter* gewesen. Ich bin gern zur Schule gegangen, und es war, wenngleich unausgesprochen, immer klar, dass ich gewissermaßen der Ersatzsohn bin, der in die Fußstapfen meines Vaters treten wird. Allerdings bin ich stets davon ausgegangen, dass ich älter sein würde, wenn es so weit wäre, und bereit dafür.

Ich sehe meinen Vater an. *Wie kannst du all das nicht wollen, Avery? Genau darauf hat er doch sein ganzes Leben hingearbeitet. Und nicht nur er, sondern Generationen von Staffords, seit dem Unabhängigkeitskrieg, verdammt noch mal.* Unsere Familie hat sich schon immer in den Dienst des Landes gestellt, und Daddy bildet da keine Ausnahme: Seit seinem Abschluss in West Point und seiner Tätigkeit als Pilot bei der Army hält er den Namen unser Familie mit Würde und Entschlossenheit hoch.

*Natürlich willst du das, denke ich. Schon immer. Du hast nur nicht damit gerechnet, dass es jetzt schon und auf diese Weise passiert. Das ist alles.*

Insgeheim klammere ich mich verzweifelt an den bestmöglichen Ausgang: dass die Feinde an beiden Fronten – sowohl an der politischen als auch an der medizinischen – geschlagen werden. Mein Vater wird die Krankheit besiegen, mit Hilfe einer Kombi-Behandlung aus Operation und einem Chemo-Cocktail, der ihm über eine alle drei Wochen an sein Bein angeschlossene Pumpe verabreicht wird. Und mein Aufenthalt in Aiken wird nur ein kurzes Gastspiel.

Der Krebs wird schon bald kein Teil unseres Lebens mehr sein.

Er kann besiegt werden. Anderen Menschen ist das bereits gelungen, und wenn sie es geschafft haben, wird Senator Wells Stafford es schon zweimal schaffen.

Es gibt keinen stärkeren oder besseren Mann als meinen Vater, so viel steht fest.

»Bereit?«, fragt er. Erleichtert sehe ich zu, wie er die abstehende Haarsträhne glatt streicht. Noch bin ich nicht bereit, die Grenze von der Tochter zur Krankenpflegerin zu überschreiten.

»Ich bin direkt hinter dir.« Natürlich würde ich alles für ihn tun, trotzdem wäre ich heilfroh, wenn es noch viele, viele Jahre dauern würde, bis wir die Rollen von Elternteil und Kind tauschen müssen. Und wie heikel das ist, weiß ich nur zu genau, weil ich gerade aus nächster Nähe miterlebe, wie schwer es meinem Vater fällt, Entscheidungen für seine eigene Mutter zu treffen.

Grandma Judy, meine einst so geistreiche und humorvolle Großmutter, ist inzwischen bloß noch ein Schatten ihrer selbst. So schmerzlich es sein mag, aber Daddy kann mit niemandem darüber reden. Sollten die Medien dahinterkommen, dass wir sie in ein Heim gebracht haben – zumal in eine nicht einmal zehn Meilen entfernte Luxus-Seniorenresidenz –, wäre das politisch gesehen eine Katastrophe: Im Zuge des Skandals um eine Reihe ominöser Todes- und Missbrauchsfälle in diversen staatlichen Pflegeheimen South Carolinas, der die Öffentlichkeit derzeit umtreibt, würden Daddys politische Feinde entweder ins Feld führen, dass sich nur wohlhabende Leute eine angemessene Pflege leisten können, oder aber ihm vorwerfen, er habe seine arme alte Mom abgeschoben, weil er ein kaltherziger Mistkerl ist, dem das Schicksal der älteren Mitbürger am Arsch vorbeigeht und der bloß seinen eigenen Vorteil und den seiner Freunde und Wahlkampfunterstützer im Sinn hat.

In Wahrheit haben seine Entscheidungen im Hinblick auf Grandma Judy absolut nichts mit Politik zu tun. In unserer Familie ist es genau wie bei allen anderen: Jeder lebt in einem undurchsichtigen Geflecht aus Schuld, Schmerz und Scham. Grandma Judys Aussetzer sind mittlerweile einfach problematisch, wir haben Angst um sie und machen uns große Sorgen, wo dieser grausame Abstieg in die Demenz enden könnte. Bevor wir sie endgültig ins Heim gebracht haben, ist sie sowohl ihrer Pflegekraft als auch ihren Hausangestellten mehrfach entwischt. Einmal hat sie ein Taxi gerufen und war den ganzen Tag spurlos verschwunden, bis sie in ihrem einstigen Lieblingseinkaufszentrum, das längst zu einem riesigen Geschäftskomplex angewachsen ist, aufgegriffen wurde. Wie sie es geschafft hat, dorthin zu gelangen, ist uns allen ein Rätsel, zumal sie sich mittlerweile nicht einmal mehr unsere Namen merken kann.

Ich trage heute Morgen eines ihrer Lieblingsschmuckstücke, spüre das Gewicht um mein Handgelenk, als ich aus der Limousine steige. Ich tue so, als hätte ich das Libellenarmband ihr zu Ehren ausgewählt, aber in Wahrheit soll es mich daran erinnern, dass die Frauen der Stafford-Familie nun einmal tun, was sie tun müssen, selbst wenn es ihnen noch so sehr gegen den Strich geht. Der Ort des Geschehens trägt auch nicht gerade zu meinem Wohlbehagen bei. Ich konnte Pflegeheime noch nie leiden.

*Es ist nur ein Meet-and-Greet*, denke ich. *Die Presse ist hier, weil sie darüber berichten will, und nicht, um lästige Fragen zu stellen.* Wir sollen Hände schütteln, einen Rundgang durch die Einrichtung machen und uns für eine Weile zur Geburtstagsgesellschaft einer Frau gesellen, die heute hundert Jahre alt wird. Ihr Ehemann ist neunundneunzig. Das ist wirklich beachtlich.

Drinnen riecht es, als hätte jemand den Drillingen meiner Schwester Desinfektionsmittel zum Herumspritzen in die Hand gedrückt. Darüber hängt ein künstlicher Jasminduft. Leslie schnuppert und nickt dann knapp, aber wohlwollend, ehe sie sich gemeinsam mit einem Fotografen sowie einer Handvoll Praktikanten und Helfer zu uns gesellt. Heute sind wir ohne Leibwächter unterwegs; ich gehe davon aus, dass sie bereits das Rathaus für den Termin am Nachmittag sichern. Im Lauf der Jahre hat mein Vater jede Menge Morddrohungen erhalten. Er selbst misst diesem Schwachsinn normalerweise keine Bedeutung bei, seine Sicherheitsleute hingegen sehr wohl.

Minuten später nehmen uns die Leiterin des Pflegeheims sowie zwei Nachrichtenteams in Empfang, und gemeinsam machen wir uns zu unserem Rundgang auf. Wir spazieren durch die Gänge. Sie filmen uns dabei. Mein Vater spult das volle Programm ab, schüttelt Hände, posiert für Fotos, nimmt sich die Zeit, um mit den Leuten zu reden, beugt sich zu Senioren in Rollstühlen hinunter, dankt den Schwestern dafür, dass sie sich tagtäglich aufs Neue dieser anspruchsvollen und kräftezehrenden Aufgabe stellen.

Ich folge ihm und tue es ihm nach. Ein reizender älterer Herr mit Melone flirtet mit mir und erklärt mit einem hinreißenden britischen Akzent, dass ich wunderschöne blaue Augen habe. »Wäre ich fünfzig Jahre jünger, würde ich Sie glatt zu einem Stelldichein überreden«, neckt er mich.

»Ich glaube, das haben Sie bereits getan«, gebe ich zurück, worauf wir beide zu lachen anfangen.

Eine der Schwestern warnt mich, Mr. McMorris sei ein unverbesserlicher Don Juan, worauf er der Schwester zum Beweis zuzwinkert.

Auf dem Weg zur Geburtstagsparty der Hundertjährigen ertappe ich mich dabei, dass ich mich tatsächlich amüsiere. Die Leute hier sind allem Anschein nach zufrieden mit sich und der Welt. Es mag nicht so luxuriös wie Grandma Judys Pflegeheim sein, aber definitiv weit entfernt von den katastrophalen Zuständen in den Einrichtungen, die die Anwälte der Klägerseite anprangern. Dabei wird keiner der Kläger jemals Geld sehen, völlig egal, welche Schadenersatzsumme ihnen von einem Gericht zugesprochen wird. Die Geldgeber hinter den Pflegeheimketten greifen auf ein Netzwerk aus Holdings und Strohfirmen zurück, die sie jederzeit pleitegehen lassen können, um sich finanzielle Forderungen vom Leib zu halten. Aber genau aus diesem Grund ist die Tatsache, dass einem der ältesten Freunde meines Vaters kürzlich Verbindungen zu einer der erwähnten Ketten nachgewiesen werden konnten, politisch so überaus heikel: Es macht meinen Vater zum potenziellen Sündenbock, gegen den sich sowohl der Zorn der Öffentlichkeit als auch die Vorhaltungen aus Politkreisen richten werden.

Wut und Schuldzuweisungen können mächtige Waffen sein. Was die Opposition nur zu genau weiß.

Im Gemeinschaftsraum wurde ein kleines Podium aufgebaut. Ich trete gemeinsam mit der Entourage meines Vaters vor die Glastüren, die in einen schattigen Garten voll bunter Blumen hinausführen, die trotz der sengenden Hitze in prächtigster Blüte stehen.

Eine Frau steht ganz allein mit dem Rücken zu uns auf einem der Pfade und scheint nichts von dem Trubel mitzubekommen. Ihre Hand liegt auf dem Knauf eines Gehstocks. Sie trägt ein schlichtes cremefarbenes Baumwollkleid und trotz der Wärme eine weiße Strickjacke. Ihr dichtes graues Haar ist zu einem Zopf geflochten und um ihren Kopf arrangiert, was ihr, in Verbindung mit dem hellen Kleid, eine fast gespenstische Aura verleiht, so als wäre sie ein Überbleibsel aus einer längst vergangenen Zeit. Eine sanfte Brise rauscht durch die mit Glyzinien bepflanzten Spaliere, was den Eindruck des Surrealen noch verstärkt.

Ich wende mich der Heimleiterin zu, die die Anwesenden begrüßt und noch einmal die Besonderheit des Anlasses hervorhebt – schließlich habe man nicht jeden Tag Gelegenheit, jemanden zu feiern, der bereits ein ganzes Jahrhundert auf dieser Welt ist ... von dem Glück, so lange verheiratet zu sein und seinen Gefährten bis zum heutigen Tage an seiner Seite zu haben, einmal ganz abgesehen. Dieser Anlass sei in der Tat eines Senatorenbesuchs angemessen.

Ganz zu schweigen davon, dass das Ehepaar meinen Vater bereits finanziell unterstützt, seit er für die Regierung von South Carolina tätig ist. Im Grunde kennen sie ihn länger als ich und sind ihm beinahe ebenso tief ergeben. Die Jubilarin und ihr Ehemann recken ihre dürren Hände hoch und klatschen begeistert, als der Name meines Vaters genannt wird.

Die Heimleiterin gibt die Lebensgeschichte der Liebenden am Ehrentisch zum Besten – Luci wurde in Frankreich geboren, als dort noch Kutschen das Stadtbild prägten. Schwer vorstellbar. Im Zweiten Weltkrieg war sie im Widerstand tätig, während ihr Ehemann Frank als Bomberpilot kämpfte und im Zuge eines Gefechts angeschossen wurde. Das Ganze mutet wie das Drehbuch einer romantischen Liebesgeschichte an. Luci half, ihn unbemerkt und trotz seiner Verletzungen außer Landes zu schaffen. Nach dem Krieg machte er sich auf die Suche nach ihr – sie lebte immer noch auf dem Bauernhof ihrer Eltern, verschanzt im Keller, dem einzigen Teil des Gebäudes, der noch stand.

Ich kann darüber nur staunen. So etwas überstehen Menschen nur, wenn sie sich wirklich und wahrhaftig lieben, wenn sie einander aufrichtig zugetan sind und alles opfern würden, nur um zusammen sein zu können. Genau so etwas wünsche ich mir auch für mich selbst, wobei ich mich manchmal frage, ob es diese Art der Liebe in unserer Generation überhaupt noch gibt. Wir sind immer so abgelenkt, so ... beschäftigt.

Ich blicke auf meinen Verlobungsring. *Elliot und ich haben alles, was man dafür braucht. Wir kennen uns gut. Waren immer füreinander da ...*

Mühsam stemmt sich das Geburtstagskind aus ihrem Stuhl hoch, nimmt den Arm ihres Geliebten und kommt gemeinsam mit ihm auf uns zu, ganz langsam und gebeugt. Der Anblick ist herzzerreißend. Ich wünsche mir, meinen Eltern ist es vergönnt, noch sehr, sehr lange zu leben ... Ich hoffe, dass sie ihren Ruhestand gemeinsam genießen können ... viele Jahre, nachdem mein Vater sich endlich durchgerungen hat, kürzerzutreten. Die Krankheit kann ihn unmöglich mit siebenundfünfzig Jahren dahinraffen. Er ist noch viel zu jung, wird dringend gebraucht, sowohl von der Familie als auch in seinem Beruf. Er hat noch so viel vor, und später haben meine Eltern ein Leben in Ruhe und Frieden und mit viel gemeinsamer Zeit verdient.

Zärtlichkeit regt sich in mir, die ich jedoch eilig verdränge. *Keine übertriebene Zurschaustellung von Gefühlen in der Öffentlichkeit* – Leslies ständige Ermahnungen klingeln mir in den Ohren. *Frauen können sich so etwas in diesem Löwenzirkus nicht erlauben. Es wird beinhart als Inkompetenz und Schwäche ausgelegt.*

Als wüsste ich das nicht längst. Im Gerichtssaal geht es nicht viel anders zu. Weibliche Anwälte sind grundsätzlich in mehrfacher Hinsicht gefordert; wir sind gezwungen, nach völlig anderen Regeln zu spielen.

Mein Vater salutiert vor Frank, als sie einander vor dem Podium gegenüberstehen. Der alte Mann richtet sich auf und vollzieht den Gruß mit militärischer Präzision. Ihre Blicke begegnen sich, ein kurzer Moment voller Respekt und Zuneigung, perfekt für die Kamera, aber keineswegs für die Öffentlichkeit inszeniert. Ich sehe, dass mein Vater Mühe hat, die Fassung zu wahren.

Es sieht ihm gar nicht ähnlich, sich so viel Gefühl anmerken zu lassen.

Wieder übermannt mich die Rührung, und ich muss schlucken. Dann straffe ich die Schultern, wende den Blick ab und richte ihn stattdessen auf die Frau im Garten, die immer noch reglos dasteht und in die andere Richtung sieht. Wer ist sie? Und was sieht sie?

Das »Happy Birthday« ertönt. Langsam dreht sie sich um und blickt zum Haus her. Ich weiß, dass die Kameras mir höchstwahrscheinlich folgen und mir anzusehen ist, dass ich mit den Gedanken anderswo bin, trotzdem kann ich den Blick nicht von der Gestalt im Garten lösen. Ich will ihr Gesicht sehen. Wie wird es sein? Ausdruckslos? Ist sie lediglich ein wenig wirr und spaziert gedankenlos im Garten herum, oder hat sie die Feier mit Absicht geschwänzt?

Leslie zieht mich von hinten an der Jacke, und ich zucke wie ein beim Schwatzen erwischtes Schulmädchen zusammen.

»Happy Birthday – *Los, konzentrier dich*«, singt sie dicht neben meinem Ohr. Ich nicke, während sie ein paar Schritte zur Seite tritt, um einen besseren Winkel für die Handyfotos zu finden, die später auf dem Instagram-Account meines Vaters gepostet werden sollen. Der Senator ist selbstverständlich in sämtlichen sozialen Medien vertreten, auch wenn er keine Ahnung hat, wie man sie pflegt, doch sein Social-Media-Experte ist ein echtes Genie.

Die Zeremonie geht weiter. Blitzlichter flammen auf. Glückliche Familienangehörige wischen sich die Tränen ab und zücken ihre Videokameras, als mein Vater ein gerahmtes Glückwunschschreiben überreicht.

Dann wird die Torte mit hundert brennenden Kerzen hereingerollt.

Leslie ist komplett aus dem Häuschen. Rührung und Glück scheinen den Raum förmlich auszudehnen wie einen Heliumballon. Noch ein Quäntchen Freude mehr, und wir schweben alle in den Himmel hinauf.

Ich spüre, wie jemand meine Finger, mein Handgelenk berührt, und reiße vor Schreck meine Hand zurück, habe mich jedoch sofort wieder unter Kontrolle. Die Finger fühlen sich alt an, knochig und leicht zittrig, trotzdem ist der Griff verblüffend fest. Ich drehe mich um und sehe die alte Frau aus dem Garten vor mir stehen. Sie richtet sich auf und blickt mich an. Ihre Augen haben dieselbe Farbe wie die Hortensien zu Hause in Drayden Hill – ein sanftes, klares Blau, das zum Rand hin ein wenig heller wird. Ihre von zahllosen Fältchen umgebenen Lippen zittern.

Ehe ich mich vollends von meinem Schreck erholt habe, tritt eine Schwester zu uns und nimmt sie bei der Hand. »May«, sagt sie mit einem entschuldigenden Blick in meine Richtung. »Kommen Sie, bitte. Sie sollen doch unsere Gäste nicht belästigen.«

Statt mich loszulassen, verstärkt die alte Frau ihren Griff nur noch. Sie wirkt verzweifelt, als brauche sie dringend etwas, obwohl ich mir beim besten Willen nicht vorstellen kann, was das sein könnte.

Forschend blickt sie mir ins Gesicht.

»Fern?«, flüstert sie.

# KAPITEL 2

## May Crandall

AIKEN, SOUTH CAROLINA, HEUTE

Manchmal fühlt es sich an, als wären die Riegel in meinem Kopf defekt, so dass sich die Türen gänzlich ohne mein Zutun öffnen und schließen – ein kurzer Blick hier, gähnende Leere dort, ein dunkler Abgrund, in den ich lieber nicht blicken will.

Ich kann nie im Vorhinein sagen, wann eine dieser Türen aufschwingt oder warum.

*Trigger.* So nennen die Psychologen im Fernsehen das Phänomen. Ein Auslöser wie bei einer Kamera. Als würde mein Gehirn automatisch auf den Auslöser drücken, sobald meine Augen irgendetwas erkennen. Eine hübsche Metapher, finde ich.

Ihr Gesicht löst etwas in mir aus.

Eine Tür in die Vergangenheit öffnet sich weit. Anfangs tappe ich vorsichtig durch den Raum, unsicher, was darin verschlossen gewesen sein mag. Sobald ich sie Fern genannt habe, war mir klar, dass es nicht Fern ist, die mir in den Sinn gekommen ist. Ich bin sogar noch weiter in die Vergangenheit zurückgegangen. Queenie ist diejenige, die ich sehe.

Queenie, unsere starke Mama, der wir unsere blonden Locken zu verdanken haben; alle, außer der armen Camellia.

Im Geiste schwebe ich federleicht über Baumwipfel und durch tiefe Täler, reise den ganzen Weg durch das tief gelegene Mississippi-Tal, zurück zu dem Tag, als ich Queenie das letzte Mal gesehen habe. Die sanfte, weiche Sommerhitze einer typischen Nacht in Memphis umschmeichelt mich, doch der nächtliche Frieden trügt.

Die Nacht ist nicht sanft. Sie verzeiht nicht.

Nach dieser Nacht wird nichts mehr so sein, wie es einmal war.

Ich bin zwölf, zaundürr und linkisch. Ich sitze auf der Reling unseres Hausboots, lasse die Beine baumeln und warte darauf, dass sich das gelbliche Licht der Lampe in den Augen eines Alligators spiegelt. Eigentlich sollten sich die Viecher nicht so weit stromaufwärts herumtreiben, aber in letzter Zeit hat man häufiger welche hier beobachtet. Viele Hausbootkinder betreiben es als Spiel, nach ihnen Ausschau zu halten; es ist eine nette Abwechslung.

Und Abwechslung können wir weiß Gott gebrauchen.

Fern klettert neben mich auf die Reling und lässt den Blick auf der Suche nach Glühwürmchen über den Wald schweifen. Sie ist knapp vier und lernt gerade Zählen. Sie streckt ihren pummeligen Finger aus und beugt sich ganz weit vor, ohne daran zu denken, dass ein Alligator aus dem Wasser schnellen und sie packen könnte. »Da! Ich hab eins gesehen, Rill! Ich hab eins gesehen«, ruft sie.

Ich ziehe sie an ihrem Kleidchen zurück. »Pass auf! Ich zieh dich jedenfalls nicht raus, wenn du ins Wasser fällst.«

Ehrlich gesagt, wäre es wahrscheinlich sogar genau die richtige Lektion für sie, wenn so etwas passieren würde. Unser Boot, die *Arcadia*, liegt in einem ruhigen Abschnitt des Flussarms, gegenüber von Mud Island. Mir reicht das Wasser gerade einmal bis zur Hüfte; Fern könnte möglicherweise eben noch stehen, aber wir fünf Kinder schwimmen ohnehin wie die Otter, selbst der kleine Gabion, der noch nicht mal in ganzen Sätzen sprechen kann. Wenn man am Fluss geboren wird, ist Schwimmen so natürlich wie Atmen. Man lernt von Kindesbeinen an die Geräusche des Wassers, kennt seine Tücken, seine Eigenheiten. Flussratten wie wir fühlen sich im und am Wasser zu Hause. Für uns ist es buchstäblich ein sicherer Hafen.

Aber heute liegt etwas in der Luft … Etwas ist anders. Etwas stimmt nicht. Ich spüre, wie mich eine Gänsehaut überläuft. Ich hatte das schon immer, diese Vorahnungen; zwar würde ich nie einer Menschenseele davon erzählen, trotzdem sind sie da. Ich erschaudere. Der Himmel ist bedeckt, die Wolken sind wie Melonen, die zu platzen drohen. Ein Sturm zieht auf, aber das ist nicht alles. Da ist noch mehr.

Queenies leises Stöhnen dringt aus dem Innern des Hausboots, immer schneller inzwischen, dazwischen die Stimme der Hebamme mit ihrem Südstaatenakzent, dick und zähflüssig wie Melasse. »Nicht pressen, Miss Foss, nicht mehr pressen. Wenn das Kind verkehrt rum liegt, schafft er's nicht, und Sie genauso wenig. Deshalb müssen Sie sich beruhigen. Schön ruhig sein. Alles ist gut.«

Queenie stößt einen tiefen, gurgelnden Laut aus, der sich anhört, als würde sich ein Boot aus dem zähen Bayou-Morast lösen. Uns fünf hat sie gewissermaßen im Galopp verloren, mit kaum mehr als einem tiefen Atemzug, aber jetzt dauert das Ganze schon so lange. Ich streiche mir über die Arme, um die Gänsehaut zu vertreiben. Da draußen im Wald ist etwas. Etwas Böses. Es beobachtet uns. Warum ist es da? Wegen Queenie?

Am liebsten würde ich den Steg hinunterlaufen und ganz laut schreien: »Hau ab! Verschwinde! Du kriegst meine Mama nicht!«

Ich würde das sofort machen, aber ich habe Angst vor den Alligatoren. Stattdessen sitze ich reglos da, wie ein Regenpfeifer auf dem Rand seines Nests, lausche der Stimme der Hebamme, die laut durch die Dunkelheit schallt.

»Du lieber Himmel! Gütiger Herr, sei uns gnädig. Da ist ja noch eins drin. Ach, herrje!«

Ich höre meinen Daddy etwas murmeln, kann die Worte aber nicht verstehen. Dann knallen seine Stiefel auf dem Dielenboden. Er geht ein paar Schritte, bleibt stehen, geht weiter.

»Mista Foss, ich kann da nix machen. Sie müssen die Frau, so schnell, wie's geht, ins Krankenhaus bringen, sonst schaffen die Babys es nicht, auf die Welt zu kommen, und ihre Mama schafft es auch nicht.«

Briny antwortet nicht sofort. Stattdessen drischt er mit beiden Fäusten gegen die Wand, so fest, dass Queenies Bilderrahmen leise klirren. Etwas löst sich und landet auf dem Fußboden. Das Geräusch von Metall auf Holz verrät mir, was es ist und wo es liegt. Vor meinem geistigen Auge sehe ich das schmale Kruzifix mit dem traurig dreinblickenden Mann und würde am liebsten hineinlaufen, es mir schnappen, mich vors Bett knien und diese geheimnisvollen polnischen Worte flüstern, so wie Queenie es in stürmischen Nächten manchmal macht, wenn Briny nicht da ist, der Regen durchs Dach tropft und die Wellen gegen die Bootswände schlagen.

Aber ich spreche diese seltsame, harte Sprache nicht, die Queenie von der Familie gelernt hat, die sie zurücklassen musste, als sie mit Briny durchgebrannt ist. Die wenigen polnischen Worte, die ich spreche, habe ich mir vom Zuhören zusammengereimt. Trotzdem würde ich es am liebsten tun – dem blechernen Mann, den Queenie immer küsst, wenn ein schwerer Sturm aufzieht, all die Worte zuflüstern, die mir auf der Seele brennen.

Ich würde fast alles tun, damit die Geburt endlich vorbei ist und Queenie wieder lächelt.

Wieder höre ich Brinys Stiefel auf den Dielen, gefolgt von einem anderen Geräusch, als das Kruzifix über den Fußboden schlittert. Briny späht durch das blinde Fenster. Es stammt aus dem alten Farmhaus, das er abgerissen hat, um dieses Boot bauen zu können. Damals war ich noch nicht mal geboren. Brinys Mama lag im Sterben, und auch in diesem Jahr würde die Ernte wegen der Trockenheit mager ausfallen, deshalb gehörte das Haus praktisch sowieso schon der Bank. Briny gelangte zu dem Entschluss, dass es das Beste sei, an den Fluss zu ziehen. Und sein Instinkt trog ihn nicht. Als die Depression das Land heimsuchte, führten er und Queenie ein angenehmes Leben auf dem Wasser. *Nicht mal die Depression kann den Fluss austrocknen lassen*, sagt er immer, wenn er die Geschichte erzählt. *Der Fluss hat seinen ganz eigenen Zauber. Er lässt die Leute nicht im Stich. Niemals.*

Aber heute hat dieser Zauber offenbar versagt.

»Mister? Hören Sie, was ich sage?« Die Hebamme wird allmählich wütend. »Ich will jedenfalls ihr Blut nicht an meinen Händen kleben haben. Sie müssen die Frau ins Krankenhaus bringen, und zwar schnell.«

Brinys Miene verzerrt sich. Er kneift die Augen zusammen, schlägt sich mit der Faust auf die Stirn, dann gegen die Wand. »Das Gewitter …«

»Ist mir egal. Und wenn der Teufel höchstpersönlich draußen rumtanzt, Mista Foss. Ich kann nix für das Mädel da tun. Ich will ihr Blut nicht an meinen Händen haben, das kann ich Ihnen versichern, Sir.«

»Aber sie hatte doch nie Schwierigkeiten … bei den anderen …«

Queenies Schreie sind hoch und laut, dringen durch die Nacht wie das Kreischen einer Wildkatze.

»Sie hat auch noch nie zwei gleichzeitig im Bauch gehabt«, gibt die Hebamme zurück.

Ich rutsche von der Reling, um Fern auf die Veranda zu bringen, wo sie mit Gabion, der zwei ist, und meiner sechsjährigen Schwester Lark warten soll. Camellia sieht herüber. Ich schließe das Tor am Ende des Stegs, sperre die Kleinen auf der Veranda ein und sage Camellia, sie solle aufpassen, dass sie nicht rüberklettern. Camellia ist zehn und hat von Briny nicht nur das dunkle Haar und die dunklen Augen geerbt, sondern auch seinen Dickschädel. Sie kann es nicht ausstehen, wenn ich ihr sage, was sie tun soll. Manchmal kann sie so stur wie ein Esel sein. Aber wenn die Kleinen jetzt anfangen zu quengeln, wird die Sache noch komplizierter.

»Das wird schon«, sage ich und tätschele ihre goldenen Lockenköpfchen, als wären sie kleine Hunde. »Queenie geht es gerade nicht so gut. Deshalb dürfen wir ihr nicht noch zusätzlichen Ärger machen. Ihr bleibt schön hier. Der Rougarou geht um, ich hab ihn vorhin erst gesehen. Deshalb müsst ihr hierbleiben, wo ihr in Sicherheit seid.« Jetzt, wo ich zwölf bin, glaube ich an diesen Quatsch von Rougarou, dem schwarzen Mann und sonstigen Horrorgestalten nicht mehr. Zumindest nicht so richtig. Und ich bezweifle, dass Camellia unserem Vater seine Gruselgeschichten jemals abgekauft hat.

Sie streckt die Hand nach dem Türriegel aus.

»Nicht«, zische ich. »Ich gehe rein.«

Man hat uns gesagt, wir sollen draußen bleiben, was Briny niemals ohne guten Grund macht. Aber jetzt hört es sich so an, als hätte er keine Ahnung, was er tun soll, und ich mache mir Sorgen um Queenie und mein neues Geschwisterchen. Wir sollten alle draußen warten, bis klar wäre, was es ist, ein kleiner Bruder oder eine kleine Schwester. Eigentlich sollte es noch gar nicht zur Welt kommen. Es ist zu früh – sogar noch früher als bei Gabion, dem Winzling, der in die Welt flutschte, noch bevor Briny Gelegenheit hatte, das Boot an Land zu steuern und jemanden zu finden, der seiner Frau bei der Geburt zur Seite stand.

Das neue Baby dagegen scheint es Queenie nicht so leicht machen zu wollen. Vielleicht sieht es ja aus wie Camellia, wenn es erst mal auf der Welt ist … und vielleicht ist es genauso stur wie sie.

*Babys*, denke ich. Erst jetzt dämmert mir, dass es mehr als nur eines ist. So wie bei Hunden. Das ist nicht normal. Drei Leben liegen dort, halb hinter dem Bettvorhang versteckt, den Queenie aus den schönen Golden-Heart-Mehlsäcken genäht hat. Drei Körper, die darum kämpfen, sich voneinander zu lösen, es aber scheinbar nicht schaffen.

Ich mache die Tür auf. Die Hebamme hat mich bereits gepackt, noch bevor ich mich entschließen kann, ob ich reingehen oder es lieber lassen soll. Ihre Hand schließt sich wie ein Schraubstock um meinen Oberarm. Es ist, als würde sie zweimal darum passen. Ich blicke nach unten, sehe die dunklen Finger, die sich von meiner bleichen Haut abheben. Sie könnte mich ohne weiteres in zwei Stücke reißen. Wieso kann sie meinen Bruder oder meine Schwester nicht retten? Wieso schafft sie es nicht, ihn oder sie aus dem Bauch meiner Mama und auf die Welt zu holen?

Queenies Hände sind im Bettvorhang verkrallt. Sie schreit und zerrt daran, ihr ganzer Körper wölbt sich vor Schmerz. Drahtösen reißen. Ich sehe das Gesicht meiner Mama, das blonde Haar, das ihr schweißnass im Gesicht klebt, ihre blauen Augen; diese wunderschönen, hellblauen Augen, die wir alle, außer Camellia, geerbt haben. Die Haut spannt sich so straff über ihren Wangenknochen, dass ich das Netz aus Adern erkennen kann, wie auf dem Flügel einer Libelle.

»Daddy?«, flüstere ich, als Queenies Schrei verklingt, aber trotzdem den Raum immer noch zu erfüllen scheint. Ich nenne meine Eltern nur dann Daddy oder Mama, wenn etwas wirklich Schlimmes passiert. Sie waren so jung, als ich geboren wurde, dass sie vermutlich nicht auf die Idee kamen, mir die Worte beizubringen. Stattdessen war es all die Jahre so, als wären wir Freunde im selben Alter. Aber ab und zu brauche ich einen Daddy oder eine Mama – zuletzt, als wir die aufgedunsene Leiche eines Mannes an einem Baum hängen gesehen haben.

Ob Queenie wohl genauso aussehen wird, wenn sie tot ist? Wird sie zuerst sterben und dann die Babys? Oder umgekehrt?

Mein Magen verkrampft sich dermaßen, dass ich nicht einmal mehr die Pranke um meinen Oberarm spüre. Vielleicht bin ich ja sogar froh, dass sie da ist, weil sie mich festhält, dafür sorgt, dass ich mich nicht vom Fleck rühre. Ich habe Angst, näher an Queenie heranzutreten.

»Los, sag du es ihm!« Die Hebamme schüttelt mich wie eine Puppe. Es tut weh. Ihre Zähne schimmern weiß im Schein der Laterne.

In der Nähe grollt Donner, und eine heftige Bö erfasst das Boot steuerbord. Die Hebamme taumelt nach vorn und reißt mich mit sich. Queenies und mein Blick begegnen sich. Sie sieht mich an, als wäre sie der Überzeugung, dass ich ihr helfen kann, und würde mich inbrünstig darum bitten.

Ich schlucke. »D-Daddy?«, stammle ich noch einmal, doch er stiert immer noch stur geradeaus. Er ist völlig erstarrt, wie ein Kaninchen, das eine drohende Gefahr spürt.

Ich sehe Camellia, die sich die Nase an der Fensterscheibe platt drückt. Die Kleinen sind auf die Bank geklettert, um ebenfalls hereinzuspähen. Dicke Tränen kullern über Larks mollige Wangen. Sie erträgt es nicht, ein Lebewesen leiden zu sehen. Sogar die Köderfische wirft sie ins Wasser zurück, wenn sie sie in die Finger kriegt. Und wann immer Briny ein Opossum, ein Eichhörnchen oder Wild erlegt, führt sie sich auf, als wäre ihr liebster Freund direkt vor ihren Augen getötet worden.

Sie sieht mich an. Fleht mich stumm an, Queenie zu retten. Und die anderen tun dasselbe.

In der Ferne zuckt ein Blitz auf, heller als das Licht der Petroleumlampe, dann verglüht er. Ich versuche, die Sekunden bis zum Donner zu zählen, damit ich weiß, wie weit das Gewitter noch entfernt ist, bin aber viel zu durcheinander.

Wenn Briny Queenie nicht schleunigst ins Krankenhaus bringt, wird es zu spät sein. Wie immer haben wir am unbefestigten Ufer festgemacht. Memphis liegt ganz am anderen Ende des breiten, dunklen Mississippi.

Ich huste gegen den Kloß in meiner Kehle an, mache den Hals ganz lang, damit er nicht wiederkommt. »Briny, du musst sie auf die andere Seite des Flusses bringen.«

Ganz langsam dreht er sich zu mir um. Seine Augen sind immer noch glasig, trotzdem scheint er genau darauf gewartet zu haben – dass ihm jemand außer der Hebamme sagt, was er zu tun hat.

»Briny, du musst sie hier wegbringen, bevor das Gewitter kommt. Du musst das Ruderboot nehmen.« Mit dem Hausboot würde es viel zu lange dauern. Was auch Briny wüsste, wenn er einen klaren Gedanken fassen könnte.

»Los, sag es ihm!«, drängt mich die Hebamme weiter und schiebt mich in seine Richtung. »Wenn Sie die Frau nicht gleich von dem Boot runterschaffen, ist sie spätestens morgen früh tot.«

# KAPITEL 3

## Avery Stafford

AIKEN, SOUTH CAROLINA, HEUTE

»Avery! Wir brauchen dich hier unten!«

Nichts lässt einen schneller wieder zur Dreizehnjährigen werden, als die Stimme der eigenen Mutter, die wie ein Tennisball nach einem schnittigen Slice die Treppe herauffetzt. »Komme schon! Bin gleich da!«

Elliots leises Lachen am anderen Ende der Leitung ist tröstlich und angenehm vertraut, weckt Erinnerungen in mir, die bis in unsere Kindheit zurückreichen. Unter den strengen Augen unserer beiden Mütter hatten wir nicht einmal ansatzweise Gelegenheit, aus der Reihe zu tanzen, ganz zu schweigen von dem Unfug, den andere Teenager so treiben. Wir waren mehr oder weniger dazu verdammt, anständig zu sein. Zusammen. »Klingt, als würde dein Typ verlangt, Schatz.«

»Das Weihnachtsfoto.« Ich streiche mir ein paar blonde Korkenzieherlocken aus dem Gesicht, die sofort wieder zurückschnellen. Nach der Rückkehr aus dem Seniorenheim bin ich zu Fuß zum Stall gegangen, worauf sich mein Haar prompt in der Hitze zu kräuseln begonnen hat. Natürlich wusste ich, dass ich meine typischen Grandma-Judy-Locken bekommen würde, aber eine der Zuchtstuten hat in der Nacht zuvor gefohlt, und bei Pferdenachwuchs kann ich einfach nicht widerstehen. Und jetzt zahle ich den Preis dafür. Kein noch so tolles Glätteisen schafft es, der schwülen Brise des Edisto River Paroli zu bieten.

»Weihnachtsfotos im Juli?« Elliot hüstelt, was mich daran erinnert, wie sehr ich ihn vermisse. So weit voneinander getrennt zu sein, ist unglaublich hart, dabei sind es gerade erst zwei Monate.

»Meine Mutter macht sich Sorgen wegen der Chemotherapie. Sie haben ihr zwar versichert, dass Daddy seine Haare behalten wird, aber sie hat trotzdem Angst.« Kein Arzt der Welt schafft es, meine Mutter wegen Daddys Darmkrebsdiagnose zu beruhigen. Mama war schon immer diejenige, die alles im Griff hatte, und sie ist fest entschlossen, sich auch jetzt nicht das Ruder aus der Hand nehmen zu lassen. Wenn sie sagt, dass Daddys Haar schütter werden wird, dann ist das so.

»Klingt ganz nach deiner Mutter.« Wieder lacht Elliot. Er muss es wissen. Schließlich sind seine Mutter Bitsy und meine eigene aus demselben Holz geschnitzt.

»Sie hat einfach fürchterliche Angst, Daddy zu verlieren.« Meine Stimme zittert. Die letzten Monate sind uns allen an die Nieren gegangen. Jeder Einzelne fühlt sich innerlich wund, blutet still und leise vor sich hin.

»Das ist nur zu verständlich.« Elliot hält inne und schweigt eine gefühlte Ewigkeit. Ich höre das Klappern der Computertastatur und führe mir vor Augen, dass er eine neu gegründete Makleragentur zu leiten hat, deren Erfolg ihm alles bedeutet. Eine Verlobte, die ihn während eines Arbeitstags grundlos anruft und ihm die Ohren volljammert, ist so ziemlich das Letzte, was er jetzt gebrauchen kann. »Ich finde es gut, dass du bei ihnen bist, Aves.«

»Ich hoffe nur, es hilft auch. Manchmal denke ich, dass ich da bin, macht den Stress bloß noch schlimmer.«

»Aber du brauchst dieses Jahr in South Carolina, damit du deinen Wohnsitz nicht verlierst ... nur für alle Fälle.« Elliot erinnert mich jedes Mal daran, wenn wir dieses Gespräch führen – jedes Mal, wenn mich das Bedürfnis überkommt, meine Sachen zu packen und zurück nach Maryland zu fliegen, zu meinem alten Leben mit meinem Job im U.S. Attorney's Office, wo ich mir keine Gedanken über Krebsbehandlungen, vorverlegte Weihnachtsfotos, die Wählerschaft und Menschen wie diese verzweifelte alte Dame im Seniorenheim machen muss, die mich am Arm gepackt hat.

»Hey, bleib kurz dran, Aves. Entschuldige. Heute Morgen ist wirklich der Teufel los.« Elliot legt mich in die Warteschleife, während er ein anderes Gespräch annimmt. Meine Gedanken schweifen zum Vormittag zurück. Ich sehe diese Frau – May – in ihrer weißen Strickjacke im Garten stehen. Dann ist sie plötzlich neben mir. Sie reicht mir gerade bis zur Schulter, und ihre dürren Hände krallen sich um mein Handgelenk, während ihr Gehstock in einer Schlaufe an ihrem Arm baumelt. Selbst jetzt kann ich den gehetzten Ausdruck in ihren Augen sehen. Sie schien mich wiederzuerkennen, schien ganz sicher zu wissen, wer ich bin.

*Fern?*

*Wie bitte?*

*Fernie, ich bin's.* Sie hatte Tränen in den Augen. *Oh, ich hab dich so vermisst. Die haben mir gesagt, du wärst weg. Aber ich hab immer gewusst, dass du dein Versprechen halten würdest.*

Für einen kurzen Moment wünschte ich mir, Fern zu sein, nur um sie glücklich zu machen – dafür zu sorgen, dass sie nicht länger ganz allein im Garten stehen und ins Leere starren muss. Sie wirkte so verloren. So einsam.

Aber bevor ich ihr gestehen musste, dass ich nicht diejenige war, für die sie mich hielt, kam mir jemand zu Hilfe. Die Schwester. Ihr Gesicht war rot angelaufen, und sie war sichtlich verlegen. *Entschuldigen Sie bitte*, sagte sie so leise, dass nur ich es hören konnte. *Mrs. Crandall ist noch ganz neu hier*. Sie legte Mrs. Crandall den Arm um die Schultern und löste entschlossen ihre Finger um mein Handgelenk. Doch die Frau verfügte über eine verblüffende Kraft. Nur widerstrebend ließ sie von mir ab, während die Schwester beschwörend auf sie einredete. *Kommen Sie, May, ich bringe Sie zurück in Ihr Zimmer.*

Ich blickte ihnen hinterher, wünschte mir immer noch, ich könnte etwas für die Frau tun, hatte aber keine Ahnung, was.

Elliots Stimme reißt mich aus meinen Gedanken. »Halt die Ohren steif«, sagt er. »Du machst das schon. Ich habe gesehen, wie du dich im Gerichtssaal mit den schärfsten Verteidigern der ganzen Stadt anlegst, da ist Aiken doch ein Klacks für dich.«

»Ich weiß«, seufze ich. »Entschuldige, dass ich dir auf den Keks gehe. Es ist nur ... Ich glaube, ich musste kurz deine Stimme hören.« Ich werde rot. Normalerweise bin ich nicht so unselbständig. Vielleicht liegt es daran, dass es Dad gesundheitlich schlecht geht, dazu noch die Probleme mit Grandma Judy, jedenfalls ist die Sterblichkeit mit einem Mal schmerzlich in mein Bewusstsein vorgedrungen, wie ein dichter, beharrlicher Nebel über einem Fluss – eine undurchdringliche Suppe, durch die ich mich hindurchtasten muss, ohne zu wissen, was mich erwartet.

Erst jetzt wird mir bewusst, was für ein herrliches Leben ich führe, unbeschwert und ohne Sorgen.

»Sei nicht so streng mit dir.« Ein zärtlicher Tonfall schleicht sich in Elliots Stimme. »Du hast gerade ziemlich viel am Hals. Entspann dich. Ungeduld bringt überhaupt nichts.«

»Du hast recht. Ich weiß, dass du völlig recht hast.«

»Kann ich das schriftlich kriegen?«

Ich muss lachen. »Vergiss es.« Ich ziehe meine Handtasche heran und kippe den Inhalt aufs Bett, in der Hoffnung, etwas zu finden, womit ich mein Haar bändigen kann. Zwei silberne Spangen fallen heraus. Das wird genügen. Ich werde einfach ein paar Strähnen nach hinten schieben und es ansonsten offen lassen. Grandma Judy wird begeistert sein, wenn sie das Foto sieht. Schließlich habe ich die Lockenpracht ihr zu verdanken, und sie hat ihr Haar stets offen getragen.

»Das ist meine Aves.«

Elliot begrüßt jemanden, der offenbar gerade sein Büro betreten hat. Wir verabschieden uns knapp, dann richte ich meine Frisur, werfe einen letzten Blick in den Spiegel und streiche mein grünes Etuikleid glatt. Ich hoffe nur, dass die Stylistin meiner Mutter das Etikett nicht überprüft – das Kleid stammt von einer dieser Mega-Ketten. Mein Haar sieht ganz gut aus, finde ich … so gut, dass sogar die Stylistin zufrieden sein wird. Sofern sie hier ist … was garantiert der Fall ist. Sie und Leslie sind sich einig, dass ich dringend ein wenig *aufgepeppt* werden muss.

Es klopft an der Tür, ganz leise. »Nicht reinkommen! In meinem Schrank sitzt ein Riesenkrake!«, warne ich.

Courtney, meine zehnjährige Nichte, streckt ihren blonden Lockenkopf herein. Auch sie ist unübersehbar eine von Grandma Judys Abkömmlingen. »Letztes Mal hast du gesagt, es wäre ein Grizzlybär«, schimpft sie und verdreht die Augen – ein klares Signal an mich, dass mein netter kleiner Trick vielleicht funktioniert haben mag, als sie neun war, aber jetzt, mit zehn, allenfalls eine lasche Kindergartennummer ist.

»Ja, und zwar ein Mutanten-Bär, der seine Gestalt jederzeit verändern kann«, erkläre ich und spiele damit auf ihr aktuelles Lieblings-Videogame an, mit dem sie sich meiner Ansicht nach viel zu intensiv beschäftigt. Seit der Geburt der Drillinge ist Courtney ziemlich oft sich selbst überlassen, was sie nicht unbedingt zu stören scheint, mir jedoch Sorgen macht.

Sie stemmt eine Hand in die Hüfte und wirft mir einen vernichtenden Blick zu. »Wenn du nicht gleich runterkommst, wirst du den Grizzly wohl brauchen, weil Honeybee dir die Hunde auf den Hals hetzt.« Honeybee ist Daddys Kosename für meine Mutter.

»Na, da habe ich aber Muffensausen.« Mums Scottish Terriers sind dermaßen verwöhnt, dass sie einen Eindringling höchstwahrscheinlich schwanzwedelnd begrüßen würden, in der Hoffnung, dass er ihnen ein Leckerli aus der Nobelzoohandlung mitgebracht hat.

Ich zerzause Courtney das Haar und schiebe mich an ihr vorbei. »Allison!«, rufe ich und laufe los. »Wegen deiner Tochter schaffen wir es nicht rechtzeitig zum Familienfoto!«

Kreischend macht Courtney auf dem Absatz kehrt. Gemeinsam rennen wir zur Treppe. Sie ist schneller, weil sie so klein und wendig ist und ich hohe Absätze trage. Eigentlich bin ich groß genug, aber ich weiß, dass Mutter nicht allzu erfreut wäre, wenn man mich auf dem Weihnachtsfoto mit flachen Schuhen sieht.

Unten im Salon herrscht bereits reges Treiben. Der Fotograf und die Hausangestellten wuseln herum und bereiten alles vor ... der übliche Weihnachtsfoto-Wahnsinn. Als wir es endlich überstanden haben, sind die Sprösslinge meiner ältesten Schwester hoffnungslos genervt, und ich brauche dringend ein Nickerchen. Stattdessen schnappe ich mir eines der Kleinkinder, lasse mich aufs Sofa fallen und kitzele es, bis es vor Begeisterung zu quieken beginnt. Im Handumdrehen sind auch die anderen zur Stelle.

»Du liebe Zeit, Avery!«, protestiert meine Mutter. »Treib's nicht zu wild. In zwanzig Minuten musst du deinen Vater zum nächsten Termin begleiten.«

Leslie wirft mir mit einem Auge einen Blick zu – eine eindrucksvolle Demonstration ihrer Chamäleon-Fähigkeit, in zwei Richtungen gleichzeitig zu schauen – und deutet auf mein grünes Kleid. »Das ist viel zu förmlich für eine Bürgerversammlung, und das von heute Morgen ist nicht förmlich genug. Zieh den blauen Hosenanzug mit dem Litzenbesatz an, das wirkt seriös, aber nicht übertrieben. Du weißt, welchen ich meine?«

»Ja.« Ich würde viel lieber mit den Kleinen balgen oder mit Missys Kids über ihre Pläne reden, im Sommerlager Gruppenhelfer zu werden, aber offenbar steht das nicht auf dem Programm.

Ich gebe meinen Nichten und Neffen einen Abschiedskuss und gehe nach oben, um mich umzuziehen. Wenig später sitze ich erneut neben meinem Vater auf dem Rücksitz einer Limousine.

Er zieht sein Telefon heraus und liest die Einzelheiten zu den Nachmittagsterminen durch. Dank eines hervorragend organisierten Netzes aus Leslie, einer Handvoll Aushilfen und Praktikanten, seinen Mitarbeitern hier und in D.C. und der Medien ist er stets hervorragend informiert. Was er auch sein muss. Sollte ihn sein Kampf gegen den Krebs zwingen, beruflich kürzerzutreten, würde dies das fragile Gleichgewicht der Senatorensitze garantiert verändern, und mein Vater würde eher sterben, als so etwas zuzulassen. Die Tatsache, dass er die Symptome einfach ignoriert hat und während der Legislaturperiode in D.C. geblieben ist, zeigt das ganz deutlich;

ebenso der Umstand, dass man mich gebeten hat, nach Hause zurückzukehren, um mich vorzubereiten und meinen Wohnsitz nicht zu verlieren ... *nur für alle Fälle*, wie Elliot gesagt hat.

In South Carolina hat der Name Stafford schon immer etwas gegolten, unabhängig von politischen Lagern, doch der Pflegeheim-Skandal bringt alle hier ins Schwitzen wie eine Horde Touristen an einem Sommernachmittag in Charleston. Jede Woche kommen neue Details ans Licht – Bewohner, die sterben, weil ihre wundgelegenen Stellen nicht versorgt wurden, unzureichend geschultes Personal, Einrichtungen, in denen gesetzliche Vorschriften, nach denen mindestens 1,3 Stunden Pflege pro Tag für jeden Patienten gewährleistet sein müssen, missachtet und dennoch Medicare und Medicaid gewaltige Summen in Rechnung gestellt wurden. Familien, die ihre Angehörigen in besten Händen glaubten, waren völlig entsetzt. Die ganze Situation ist katastrophal und bricht einem das Herz, und die – wenngleich kaum sichtbare – Verbindung, die meinem Vater nachgewiesen werden kann, hat seinen politischen Feinden Munition geliefert. Sie wollen die Bevölkerung glauben machen, dass mein Vater nicht davor zurückschrecken würde, seinen Freunden dabei zu helfen, sich ungestraft am Leid anderer zu bereichern und sich schamlos die Taschen zu füllen.

Aber jeder, der meinen Vater kennt, weiß genau, dass das nicht stimmt. Leider ist er nicht in der Position zu verlangen, dass all jene, die seinen Wahlkampf unterstützen, ihre Finanzen offenlegen, und selbst wenn, läge die Wahrheit unter zahllosen Schichten aus Konzern- und Firmenstrukturen verborgen, die auf den ersten Blick über jeden Zweifel erhaben wären.

»Dann wollen wir mal sehen, was heute noch ansteht«, sagt Dad, drückt die Abspieltaste der Videonachricht und hält das Telefon zwischen uns, so dass ich das Display sehen kann. Mit einem Mal fühle ich mich wieder, als wäre ich sieben; dasselbe warme, leicht überschwängliche Gefühl wie damals, als meine Mutter mit mir durch die Flure des Capitols schritt, bis wir vor Daddys Bürotür standen und ich allein hineingehen durfte. Ganz leise und so majestätisch, wie ich nur konnte, marschierte ich zum Schreibtisch seiner Sekretärin und verkündete, ich hätte einen Termin beim Senator.

»Dann wollen wir mal sehen«, erwiderte Mrs. Dennison dann jedes Mal mit hochgezogenen Brauen und einem mühsam unterdrückten Lächeln, während sie die Taste auf der Gegensprechanlage drückte. »Senator, ich habe hier eine … Miss Stafford, die Sie gern sprechen möchte. Darf ich sie hineinschicken?«

Nachdem diese Hürde überwunden war, nahm mich mein Vater in seinem Büro in Empfang und schüttelte mir die Hand. »Guten Morgen, Miss Stafford. Ich freue mich sehr über Ihren Besuch. Sind sie bereit, hinauszugehen und sich der Öffentlichkeit zu stellen?«

»Ja, Sir, das bin ich!«

Seine Augen blitzten dann vor Stolz, und ich drehte mich einmal um die eigene Achse, um ihm zu zeigen, dass ich dem Anlass entsprechend gekleidet war. Der eigenen Tochter zu signalisieren, dass sie seine Erwartungen mehr als übertrifft, gehört gewiss zu den schönsten Gesten, die ein Vater machen kann – genau das tat mein Dad, und ich kann ihm gar nicht dankbar genug dafür sein. Ich würde alles für ihn tun, genauso wie für meine Mutter.

Nun sitzen wir Schulter an Schulter und lauschen den Angaben über die bevorstehenden Termine – Themen, die zur Sprache kommen, und heikle Angelegenheiten, die tunlichst nicht aufs Tapet kommen sollten; wir lauschen sorgfältig formulierten Antworten auf Fragen über schlimme Zustände in Pflegeeinrichtungen, abgewehrte Klagen und Scheinfirmen, die wundersamerweise pleitegehen, bevor es zu Schadenersatzforderungen kommen kann. Was will mein Vater dagegen unternehmen? Hat er Freunde oder politische Weggefährten vor den Fängen der Justiz bewahrt? Wird er nun seine Kontakte nutzen, um den Abertausenden von älteren Mitbürgern zu helfen, die vergeblich versuchen, eine Unterbringung in einer angemessenen Einrichtung zu finden? Was ist mit all jenen, die immer noch zu Hause sind und mit den Folgen der Jahrhundertfluten kämpfen? Wie sollte diesen Menschen Daddys Ansicht nach am besten geholfen werden?

Der Fragenkatalog ist endlos. Und auf jede einzelne Frage gibt es eine perfekt ausformulierte Antwort. Auf einige haben wir mehrere Antwortmöglichkeiten, je nach Situation und Kontext, dazu eine Auswahl an Widerlegungen. Zwar sind die für diese heutige Bürgerversammlung zugelassenen Medien handverlesen, trotzdem weiß man nie genau, wer sich das Mikrofon unter den Nagel reißt. Das Ganze könnte ziemlich hitzig werden.

Wir erhalten sogar Anweisungen, wie wir reagieren sollen, falls jemand Fragen zu Grandma Judy stellt – warum wir das Siebenfache des Tagessatzes für einen älteren Mitbürger mit niedrigem Einkommen hinblättern.

Warum? Weil Grandma Judys Hausarzt uns Magnolia Manor ans Herz gelegt hat und weil sie mit dem Heim bereits vertraut ist – eine ihrer ältesten Freundinnen aus Kindertagen war dort unterbracht, bevor es in ein Pflegeheim umgewandelt wurde, deshalb fühlt sie sich dort gewissermaßen wie zu Hause. Zum einen wollten wir ihr eine vertraute Umgebung bieten, zum anderen sind wir um ihre Sicherheit besorgt. Wie viele andere Familien auch müssen wir uns mit einem komplexen und heiklen Problem auseinandersetzen, für das es keine einfache Lösung gibt.

*Komplexes und heikles Problem ... keine einfache Lösung ...*

Ich merke mir die beiden Formulierungen, nur für alle Fälle. Es ist erheblich klüger, sich bei so persönlichen Fragen gar nicht erst an einer spontanen Antwort zu versuchen.

»Guter Auftritt heute Morgen im Heim, Wells«, sagt Leslie, als wir ein paar Blocks von unserem Ziel entfernt eine Kaffeepause machen und sie bei uns einsteigt. »Wir sind drauf und dran, die ganze Geschichte im Keim zu ersticken«, fügt sie mit noch größerer Eindringlichkeit als sonst hinzu. »Sollen Cal Fortner und seine Leute doch versuchen, sich an der Geschichte abzuarbeiten. Die rollen damit nur das Seil ab, an dem wir sie aufhängen werden.«

»Inzwischen haben sie allerdings schon einige Meter beisammen«, kontert Dad, doch sein Scherz verpufft. Die Opposition hat sich einen sorgsam orchestrierten Schlachtplan zurechtgelegt, eine ausgefeilte Strategie, die meinen Vater als realitätsfremden, elitären Machtmenschen hinstellt, einen eingefleischten Washingtoner Parlamentarier, der nach all den Jahrzehnten in höchsten Regierungskreisen längst das Gespür für die Bedürfnisse der Bevölkerung in seinem Heimatstaat verloren hat.

»Das gibt uns nur noch mehr in die Hand, um sie fertigzumachen«, kontert Leslie. »Okay, Leute, kleine Planänderung. Wir betreten das Gebäude von der Rückseite aus. Vor dem Eingang sind ein paar Demonstranten zugange.«

Sie sieht mich an. »Du bist auch auf dem Podium, Avery. Der Senator sitzt gegenüber vom Gastgeber, damit es schön entspannt und lässig wirkt. Du sitzt rechts neben deinem Vater auf dem Sofa ... die besorgte Tochter, die nach Hause zurückgekehrt ist, um sich um ihren geliebten Vater zu kümmern und die Familienangelegenheiten zu regeln. Du hast noch keine Kinder, die dich brauchen, außerdem steht die Hochzeit an, die organisiert werden will, und so weiter, und so weiter. Du kennst das ja. Nicht zu politisch, aber du darfst trotzdem gern zeigen, wie besorgt dich die Angelegenheit macht. Das Ganze soll so locker und spontan wie möglich aussehen, also kann es sein, dass auch persönlichere Fragen auf dich zukommen. Es werden nur lokale Medien anwesend sein, deshalb ist es die perfekte Gelegenheit, ohne große Anstrengung ein bisschen Kamerazeit für dich zu gewinnen.«

»Klar.« Während der letzten fünf Jahre war ich den aufmerksamen Blicken von Geschworenenjurys und Verteidigern ausgesetzt, denen keine noch so winzige Regung entgeht. Daher bringen mich Auftritte bei Bürgersammlungen ganz bestimmt nicht aus dem Takt.

Zumindest rede ich mir das ein. Aber aus irgendeinem Grund hämmert mein Herz wie verrückt, und mein Mund fühlt sich staubtrocken an.

»Pokerface, Schatz«, sagt mein Vater mit seinem »Millionen-Dollar-Schmunzeln«, wie wir es manchmal nennen – einem Lächeln voller Selbstvertrauen und Zuversicht, wie flüssiger Honig, warm, sämig und unwiderstehlich.

Hätte ich doch nur halb so viel Charisma wie mein Vater.

Leslie fährt fort mit dem Briefing. Als wir vor dem Gebäude anhalten, redet sie immer noch. Im Gegensatz zu unserem Termin im Seniorenheim unterliegt die Veranstaltung hier strengen Sicherheitskontrollen. Ich höre die Stimmen der Protestierenden vor dem Haus, und die hintere Zufahrt wird von einem Streifenwagen gesichert.

Beim Aussteigen schaut Leslie drein, als würde sie im Zweifelsfall jedem ins Gesicht springen, der sich uns in den Weg stellt, während mir in meinem konservativen dunkelblauen Hosenanzug der Schweiß ausbricht.

»Du sollst Vater und Mutter ehren«, schallt eine Stimme herüber.

Am liebsten würde ich auf die Straße treten und diesen Idioten anständig die Meinung geigen. Wie können sie es wagen!

»Keine Konzentrationslager für Senioren!« Dieser Spruch verfolgt uns, bis wir das Gebäude betreten haben.

»Was sind das für Leute? Spinner?«, murmele ich, worauf Leslie mir einen warnenden Blick zuwirft und diskret mit der Schulter auf die wartenden Polizisten deutet. Man hat mir eingetrichtert, meine Meinung in der Öffentlichkeit für mich zu behalten, solange sie nicht offiziell abgesegnet ist. Aber jetzt bin ich stocksauer ... was vielleicht sogar gut ist. Mein Puls wird langsamer, und ich spüre, wie ich meine Gesichtszüge wieder unter Kontrolle bekomme.

Sobald die Tür hinter uns zufällt, kehrt Ruhe ein. Andrew Moore, der Koordinator unseres heutigen Gastgebers, einer Vereinigung, die sich für die Rechte älterer Mitbürger einsetzt, nimmt uns in Empfang. Er wirkt erstaunlich jung für jemanden in so einer Position; ich schätze ihn auf maximal Mitte zwanzig. Er trägt einen tadellosen Anzug mit einer leicht schief sitzenden Krawatte, unter der sich sein Hemdkragen ein bisschen wellt, was ihn wie einen Jungen wirken lässt, dem zwar jemand morgens die Sachen herausgelegt hat, ohne ihm jedoch beim Anziehen zu helfen. Er erzählt, dass er bei seinen Großeltern aufgewachsen sei, die große Opfer für ihn gebracht hätten, und dies sei seine Art, seine Dankbarkeit zu zeigen. Als jemand erwähnt, dass ich als Staatsanwältin arbeite, beäugt er mich und meint, das Political Action Committee könnte eine fähige Anwältin gut gebrauchen.

»Ich behalte es im Hinterkopf«, gebe ich scherzhaft zurück.

Wir betreiben noch ein wenig Smalltalk, während wir warten. Er ist ein angenehmer Mensch – aufrichtig, voller Engagement und Hingabe. Meine Zuversicht, dass dies eine faire Diskussion werden wird, wächst.

Wenig später werden wir dem Lokaljournalisten vorgestellt, der die Moderation übernehmen soll. Wir schieben die Mikrofone unter unsere Jacken, befestigen sie am Revers und haken die Sender am Hosenbund fest.

Dann warten wir neben der Bühne, während der Gastgeber das Podium betritt, sich bei den Organisatoren bedankt und allen Anwesenden noch einmal die Funktion der heutigen Veranstaltung erläutert, ehe er uns vorstellt. Unter dem Beifall der Anwesenden betreten wir das Podium und winken fröhlich. Alle benehmen sich tadellos, auch wenn ich einige skeptische, besorgte oder gar unfreundliche Gesichter ausmache. Andere betrachten den Senator mit etwas, das sich nur als Heldenverehrung bezeichnen lässt.

Routiniert beantwortet mein Vater die einfachen Fragen, wiegelt jedoch alles ab, das sich nicht mit wenigen Worten abhandeln lässt. Es gibt nun einmal keine einfachen Lösungen für komplexe Probleme wie die Finanzierung von Renten, die wegen der höheren Lebenserwartung der Menschen immer länger ausbezahlt werden müssen; ebenso wenig wie eine Antwort auf die Frage, warum die Generationen heutzutage nicht länger unter einem Dach leben oder die allgemeine Tendenz, die Pflege in professionelle Hände zu geben, statt sich der älteren Angehörigen zu Hause anzunehmen, wie es früher üblich war.

Trotz der sorgsam zurechtgelegten Antworten merke ich ihm an, dass er nicht ganz bei der Sache ist wie sonst. Ein junger Mann fragt: »Sir, ich würde gern hören, was Sie zu Cal Fortners Vorwurf zu sagen haben, dass das Ziel privat geführter Pflegeheimketten in erster Linie darin besteht, Senioren so billig wie möglich unterzubringen und so viel Profit wie möglich mit ihnen zu machen, und dass Ihre wiederholte Entgegennahme von Wahlspenden von L. R. Lawton und seinen Investmentpartnern ein eindeutiges Indiz dafür ist, dass Sie diese Haltung billigen, Profite über den Menschen zu stellen. Ist Ihnen bewusst, dass in diesen Pflegeheimen ältere Mitbürger von unterbezahltem und mangelhaft oder sogar gänzlich ungeschultem Personal versorgt wurden, sofern sich überhaupt jemand um sie gekümmert hat? Ihr Gegner fordert, dass jeder, der Profit aus einer Pflegeeinrichtung schlägt, persönlich für die Qualität der zur Verfügung gestellten Pflege haftet, ebenso wie für die im Zuge eines Rechtsstreits erwirkten Zahlungen. Fortner fordert sogar die Besteuerung wohlhabender Privatpersonen wie Ihnen, um eine bessere Versorgung unserer ärmsten Mitbürger zu gewährleisten. Würden Sie diesen Vorschlag im Senat angesichts der jüngsten Entwicklungen unterstützen?«

Ich kann beinahe hören, wie Leslie hinter dem Vorhang mit den Zähnen knirscht. Diese Fragen standen in keinem Protokoll … und schon gar nicht auf der Karteikarte, die der Typ in der Hand hält.

Mein Vater zögert, wirkt einen Moment lang irritiert. *Los, mach schon*, denke ich. Schweißtropfen rinnen mir über über den Rücken. Meine Muskeln spannen sich an, und ich kralle die Finger um meine Armlehne.

Die Stille ist qualvoll. Minuten scheinen zu vergehen, obwohl ich weiß, dass es sich nur so anfühlt.

Schließlich setzt mein Vater zu einer ausführlichen Erklärung der bestehenden Bundesgesetzgebung zu Pflegeheimen an, zu Steuergesetzen und der staatlichen Unterstützung von Medicaid. Er wirkt kompetent und selbstsicher. Als wüsste er ganz genau, wovon er spricht. Er lässt keinen Zweifel daran, dass er nicht in der Position ist, die Finanzierung von Medicaid, die Steuergesetzgebung und die aktuelle Situation im Pflegesektor im Alleingang zu ändern, jedoch gern dafür Sorge tragen will, dass diese Themen in der nächsten Sitzungsperiode des Senats diskutiert werden würden.

Anschließend werden etwas sanftere Töne angeschlagen.

Schließlich richtet jemand die Frage an mich, ob ich hier sei, um mich darauf vorzubereiten, den Senatssitz meines Vaters zu übernehmen: Ich sage weder »Ja« noch »Nicht in einer Million Jahren«, sondern »Nun, es ist in jedem Fall verfrüht, jetzt schon darüber nachzudenken ... es sei denn, ich will gegen diesen Mann hier«, ich zeige auf meinen Vater, »kandidieren. Und wer ist schon verrückt genug, sich auf so etwas einzulassen?«

Die Anwesenden lachen leise, worauf ich verschmitzt zwinkere, wie ich es von meinem Vater kenne. Er freut sich sichtlich über meinen Auftritt und strahlt die ganze Zeit, während er ein paar letzte Fragen beantwortet.

In der Erwartung, dass Leslie mich lobt, verlasse ich die Bühne, doch sie nimmt mich mit besorgter Miene zur Seite. »Das Pflegeheim hat gerade angerufen. Offensichtlich hast du dein Armband verloren«, sagt sie leise, als wir den Ausgang ansteuern.

»Was?« Plötzlich fällt mir wieder ein, dass ich es angelegt hatte. Aber an meinem Handgelenk ist nichts. Ja, das Armband ist verschwunden.

»Eine der Heimbewohnerinnen hatte es um. Die Direktorin hat ihre Handyfotos überprüft, weil sie ziemlich sicher war, dass sie es an dir gesehen hat.«

*Die Frau im Pflegeheim heute Morgen ... die, die mich gepackt hat ...*

Erst jetzt entsinne ich mich der winzigen goldenen Beinchen der drei kleinen Libellen. May Crandall. Sie muss mein Armband an sich genommen haben, als die Pflegerin sie weggeführt hat. »Ohhh, jetzt weiß ich, wie das passiert ist.«

»Die Direktorin hat sich natürlich entschuldigt. Die Patientin ist noch ganz neu und hat Mühe, sich einzuleben. Man hat sie vor zwei Wochen in einem Haus am Fluss gefunden, mit der Leiche ihrer Schwester und einem Dutzend Katzen.«

»Wie entsetzlich!« Unwillkürlich sehe ich das grausige Szenario vor mir. »Das war bestimmt ein Versehen ... das mit dem Armband, meine ich. Sie hat meine Hand gepackt, als ich dort gestanden und Vater zugehört habe. Die Pflegerin musste sie regelrecht von mir wegziehen.«

»Das hätte nicht passieren dürfen.«

»Halb so wild, Leslie. Ist ja nicht weiter schlimm.«

»Ich schicke jemanden zum Abholen rüber.«

Ich erinnere mich an May Crandalls blaue Augen, an die Verzweiflung darin, stelle mir vor, wie sie mit meinem Armband in ihr Zimmer zurückkehrt ist, es in Augenschein genommen, es über ihr Handgelenk gestreift, es voller Entzücken bewundert hat.

Wäre es kein Erbstück, ich würde es ihr lassen. »Weißt du was? Ich fahre einfach noch mal hin und hole es selbst ab. Es hat meiner Großmutter gehört.« Dies ist ohnehin mein letzter Termin mit Daddy für den heutigen Tag. Er wird noch eine Weile im Büro bleiben, ehe er mit einem Kollegen essen geht, während meine Mutter in Drayden Hill ein paar Mitglieder einer Frauenvereinigung empfängt. »Kann mich jemand hinbringen? Oder soll ich lieber einen Wagen nehmen?«

Leslies Augen blitzen auf, und einen Moment lang bin ich

sicher, dass es gleich Ärger gibt, deshalb lasse ich mir eine plausibler klingende Ausrede einfallen. »Ich sollte ohnehin auf eine Tasse Tee bei Grandma Judy vorbeisehen, wenn ich gerade ein bisschen Zeit habe. Sie freut sich bestimmt, wenn sie sieht, dass ich ihr Armband trage.« Nach der Bürgerversammlung habe ich ein schlechtes Gewissen, weil ich meine Großmutter schon über eine Woche nicht mehr besucht habe.

Ich sehe Leslies angespannten Unterkiefer, der keinen Zweifel daran lässt, wie unprofessionell sie mich findet.

Ich kann auch nichts dafür. Ich muss immer noch an May Crandall und an die Zeitungsartikel über die katastrophalen Zustände in den Pflegeheimen denken. Vielleicht will ich ja nur hinfahren, um mich zu überzeugen, dass May nicht in Schwierigkeiten steckt.

Vielleicht hat auch ihre makabre, traurige Geschichte meine Neugier geweckt. *Man hat sie vor zwei Wochen in einem Haus am Fluss gefunden, mit der Leiche ihrer Schwester …*

War der Name ihrer Schwester Fern gewesen?

# KAPITEL 4

## Rill Foss

MEMPHIS, TENNESSEE, 1939

Queenie ist kreidebleich, ihr Körper hart und angespannt, als Briny sie auf die Veranda legt und zum Ruderboot geht, das ein Stück flussabwärts an einem Treibholzstapel festgemacht ist. Queenie liegt da, das Gesicht gegen das glatte, nasse Holz gepresst, und schreit und weint vor Schmerzen.

Lark zieht sich in die dunklen Schatten des Hausboots zurück, während die Kleinen, Gabion und Fern, zu Queenie krabbeln. Ich habe noch nie einen Erwachsenen so schreien gehört.

Gabion beugt sich vor und mustert sie, als wäre er nicht sicher, ob es sich bei der Gestalt in dem rosa geblümten Kleid tatsächlich um seine Mama handelt. Die Queenie, die er kennt, ist immer guter Dinge, lacht und singt die alten Lieder mit uns, wenn wir auf dem Boot von einer Stadt zur nächsten fahren. Diese Frau dagegen besteht bloß aus gebleckten Zähnen, aus Stöhnen, Ächzen und Schluchzen – es *kann* nicht sie sein. Aber sie ist es.

»Wiw, Wiw!«, sagt Gabion – mit seinen zwei Jahren kann er meinen Namen, Rill, noch nicht richtig aussprechen. Er packt mich am Rocksaum, während ich auf die Knie gehe, um Queenies Kopf in meinen Schoß zu betten. »Keenie au?«

»Still!« Camellia verpasst Fern einen Klaps auf die Finger, als diese die Hand nach Queenies langen, goldenen Locken ausstreckt. Ihr Haar war das Erste, was Briny an ihr auffiel, damals. *Sieht eure Mama nicht wie eine Märchenprinzessin aus?*, fragt er mich manchmal. *Nein, sie ist die Herrscherin des Königreichs Arcadia. Das ist eure Mama. Und wenn sie die Königin ist, bist du eine Prinzessin, stimmt's?*

Aber gerade ist meine Mama gar nicht schön. Ihr Gesicht ist ganz verschwitzt und schmerzverzerrt. Die Babys zerreißen sie offenbar von innen. Ihr Bauch zuckt und wölbt sich in Krämpfen. Sie packt mich, klammert sich an mir fest, während sich die Hebamme in der Kabine die Hände abwischt und ihre Utensilien in einem geflochtenen Korb verstaut.

»Sie müssen ihr helfen!«, schreie ich. »Sie stirbt!«

»Ich hab mit der Geburt nix mehr zu tun«, erwidert die Hebamme. Die Laterne sprotzelt, als das Boot unter dem Gewicht ihres massigen Körpers schwankt. »Ich mach nix mehr. Dummköpfe, das seid ihr, elendes Flussvolk.«

Sie ist stinksauer, weil Briny sich geweigert hat, sie in bar für ihre Dienste zu bezahlen. Aber sie hat schließlich versprochen, das Baby zur Welt zu bringen, und es am Ende doch nicht getan. Deshalb könne sie froh sein, dass er ihr die beiden fetten Welse als Bezahlung gebe und dazu noch eine Portion Petroleum für ihre Lampe. Wenn sie könnte, würde sie uns verklagen, aber sie ist schwarz wie Teer und weiß genau, was ihr blüht, wenn sie versucht, uns Ärger zu machen.

Eigentlich hätten die Welse unser Abendessen werden sollen, und jetzt bleibt uns nichts anderes übrig, als uns zu fünft einen Maismehlfladen zu teilen. Aber das ist nicht der einzige Gedanke, der mir im Kopf herumgeht.

Soll ich ein paar Sachen für Queenie zusammensuchen? Ihre Haarbürste? Ihre Schuhe?

Hat Briny genug Geld, um einen richtigen Doktor zu bezahlen? Was, wenn nicht?

Was, wenn ihn die Polizei schnappt? Das ist schon mal passiert, als wir die Spielhallen der Städte entlang des Flusses abgeklappert haben. Briny ist ein erstklassiger Spieler – beim Poolbillard macht ihm so schnell keiner etwas vor, außerdem spielt er gut genug Klavier, dass die Leute ihm sogar Geld dafür geben, aber die Zeiten sind hart, und den Leuten sitzt das Geld nicht mehr so locker wie vor der Depression. Deshalb spielt er meistens Billard und lässt sich fürs Klavierspielen in Naturalien bezahlen, die er dann gegen Dinge eintauschen kann, die wir brauchen.

Ist irgendwo noch Geld versteckt? Soll ich ihn fragen, wenn er zurückkommt? Ihn daran erinnern, dass er es vielleicht braucht?

Aber wie soll er im Stockdunkeln ans andere Flussufer gelangen, wo das Gewitter bereits im Anzug ist und sich die Wellen auf dem Wasser kräuseln?

Die Hebamme muss sich zur Seite drehen, um durch die Tür zu passen. Mein Blick fällt auf etwas Rotes in ihrem Korb, das ich selbst im Halbdunkel erkennen kann. Es ist Queenies hübsches Samthütchen mit den Federn dran – Briny hat es beim Poolspielen in einer finsteren Spelunke namens Boggyfield gewonnen.

»Geben Sie das sofort zurück!«, herrsche ich sie an. »Der Hut gehört meiner Mama.«

Die Frau kneift ihre dunklen Augen zusammen und reckt das Kinn in meine Richtung. »Ich war den ganzen Tag hier, und jetzt soll ich mich mit zwei Fischen zufriedengeben? Nein. Ich nehm den Hut da.« Sie hält nach Briny Ausschau und macht sich auf den Weg zum Steg.

Ich sollte sie aufhalten, kann aber nicht aufstehen. Queenie liegt immer noch auf dem Deck, den Kopf in meinem Schoß, und schlägt schreiend um sich. Mit einem dumpfen Knall schlägt ihr Kopf auf den Planken auf. Es hört sich an, als würde eine Wassermelone auf den Boden plumpsen. Ich halte sie mit beiden Händen fest.

Camellia läuft zu der Hebamme und baut sich mit ausgestreckten Armen vor ihr auf. »Sie dürfen Mamas Hut nicht mitnehmen!«

Die Frau macht einen weiteren Schritt, aber würde sie Camellia kennen, hätte sie sich das bestimmt verkniffen. Meine Schwester mag erst zehn Jahre alt sein, aber sie hat nicht nur Brinys dickes schwarzes Haar, sondern auch sein Temperament geerbt. Wenn Briny sich erst mal aufregt, wird er regelrecht blind vor Wut, sagt Old Zede immer. Eine Wut, die einen auf dem Fluss das Leben kosten kann. Zede hat meinen Daddy schon mehr als einmal gewarnt, wenn unsere Boote nebeneinander am Ufer vertäut waren, was ziemlich häufig der Fall ist. Zede ist Brinys Freund, seit der sich entschlossen hat, auf dem Fluss zu leben, und hat ihm seitdem eine Menge beigebracht.

»Elendes kleines Miststück … halt gefälligst deine freche Klappe.« Eine riesige schwarze Pranke legt sich um Camellias Oberarm. Die Hebamme hebt meine Schwester mit einer Hand hoch, während Camellia sich so erbittert an der Reling festklammert, dass ich Angst habe, ihre Schulter könnte aus der Gelenkpfanne springen. Doch dann fährt sie herum und vergäbt ihre Zähne in der Hand der Frau, worauf diese einen Schmerzenslaut ausstößt und ein paar Schritte rückwärtstaumelt. Wieder schwankt das Boot unter ihrem Gewicht.

Queenie schreit.

In der Ferne grollt Donner.

Ein Blitz flammt auf. Einen Moment lang ist alles in helles Licht getaucht, dann herrscht wieder Dunkelheit.

*Wo ist Briny? Wieso braucht er so lange?*

Ein düsterer Gedanke überkommt mich. Was, wenn sich das Tau des Ruderboots gelöst hat und er es nicht mehr finden kann? Was, wenn er losgegangen ist, um sich eines von einem unserer Nachbarn zu leihen? Einen Moment lang wünschte ich, er wäre geselliger. Er hält sich eisern von der Hausboot-Gemeinschaft fern, und jeder, der unser Boot kennt, kommt nur vorbei, wenn er ausdrücklich eingeladen ist. Es gibt anständige Leute auf dem Fluss und solche, denen man nicht trauen kann, deshalb ist es am klügsten, sich erst einmal aus der Ferne einen Eindruck zu verschaffen, sagt Briny immer.

Queenie tritt so wild um sich, dass sie Gabion erwischt. Prompt knallt er mit dem Arm gegen die Reling und bricht in Tränen aus. Lark flüchtet in die Kabine. Queenie wird hier in meinen Armen sterben, denke ich. Sie schafft es nicht.

Camellia steht immer noch am Zugang zum Steg und starrt die Hebamme mit gebleckten Zähnen herausfordernd an. Camellia würde sich auf alles und jeden stürzen, der ihr blöd kommt. Sie schnappt sogar Schlangen mit der bloßen Hand und wirft sich blindlings in jede Rauferei mit irgendwelchen Jungs.

»Mamas Hut bleibt hier!«, schreit sie über Gabions Gebrüll hinweg. »Und den Fisch kriegen Sie auch nicht. Hauen Sie endlich ab, sonst rufen wir die Polizei und sagen, dass eine schwarze Frau unsere Mama umbringen und uns ausrauben wollte. Die knüpfen Sie am nächsten Baum auf, Sie werden schon sehen!« Camellia lässt den Kopf zur Seite kippen und die Zunge aus dem Mund hängen. Mir dreht sich der Magen um. Erst vor zwei Wochen haben wir diesen toten Mann ein

Stück flussabwärts an einem Baum hängen sehen. Am Mittwoch. Ein schwarzer Riese in einem Overall. Weit und breit war kein Haus zu sehen, und er hing offenbar bereits eine ganze Weile dort, weil sich die Bussarde an ihm zu schaffen gemacht hatten.

Nur Camellia kann so etwas Grausiges tun, um sich durchzusetzen. Mir dagegen wird schon bei der Vorstellung ganz anders.

*Vielleicht geht es Queenie ja deshalb so schlecht*, flüstert eine Stimme in meinem Kopf. *Vielleicht weil Briny nicht angehalten, den armen Mann abgeschnitten und seine Familie gesucht hat, damit die ihn begraben können. Vielleicht streicht er ja jetzt durch die Wälder und sucht nach uns.*

Queenie hat Briny angefleht, an Land zu gehen und die Leiche abzuschneiden, aber Briny wollte nicht. *Wir müssen an die Kinder denken, Queen, sagte er. Keiner weiß, was er getan hat, und man könnte uns beobachten. Am besten fahren wir einfach weiter.*

Die Hebamme packt Queenies roten Hut, schleudert ihn zu Boden und stapft darüber hinweg auf den Steg, wo sie ihre Laterne hat stehen lassen. Sie schnappt die Schnur mit den beiden Welsen und verschwindet fluchend in der Dunkelheit.

»Und Sie soll der Teufel auch gleich holen!«, schreit Camellia ihr hinterher und beugt sich über die Reling. »Das ist die Strafe, wenn man andere Leute bestiehlt.« Sie verkneift es sich, die gemeinen Worte der Hebamme zu wiederholen. Camellia hatte im Lauf ihres zehnjährigen Lebens so viel Seife im Mund, dass man damit den Magen eines Walfischs schrubben könnte. Seife gehört praktisch zu ihren Grundnahrungsmitteln. Es grenzt an ein Wunder, dass keine Schaumblasen aus ihrem Mund quellen, wenn sie spricht. »Da kommt jemand. Still, Gabion.« Sie packt ihn, presst ihm die Hand auf den Mund und lauscht. Auch ich kann das Motorengeräusch hören.

»Los, geh nachsehen, ob es Briny ist«, sagte ich zu Fern. Meine Schwester springt sofort auf, aber Camellia schiebt Gabion in Ferns Richtung.

»Sorg dafür, dass er aufhört zu schreien«, befiehlt sie und tritt an die Reling. »Sieht ganz so aus, als hätte er Zede geholt.«

Trost durchströmt mich. Wenn jemand alles wieder in Ordnung bringen kann, dann ist es Old Zede. Ich wusste nicht mal, dass er hier in der Gegend ist, aber Briny. Die beiden wissen immer, wo der andere gerade steckt. Das Letzte, was ich von Zede weiß, ist, dass er seine Schwester im Landesinneren besuchen wollte, weil sie wegen Tuberkulose in ein Lungensanatorium musste.

»Zede ist hier«, flüstere ich Queenie zu, die sich ein ganz klein wenig zu beruhigen scheint. Er wird wissen, was zu tun ist, Briny zur Vernunft bringen, dafür sorgen, dass mein Vater wieder klar denken kann. »Zede ist hier, Queenie. Alles wird gut. Gleich wird alles gut …«, sage ich wieder und wieder, bis die beiden den Steg heraufkommen.

Briny überquert die Veranda mit zwei ausholenden Schritten. Er lässt sich auf die Knie fallen, hebt Queenie hoch und beugt sich über sie. Ich spüre, wie sich ihr Gewicht von meinem Schoß löst, wie die Wärme ihres Körpers verfliegt. Die nächtliche Feuchtigkeit umhüllt mich, und mit einem Mal ist mir kalt. Ich stehe auf, drehe die Laterne weiter auf und schlinge mir die Arme um den Oberkörper.

Zede geht neben Queenie in die Hocke und hebt das Bettlaken ein Stück an. Überall ist Blut. Er legt die Hand auf ihren Bauch. Mitten auf ihrem Kleid prangt ein nasser roter Fleck.

»Miz Foss?« Seine Stimme ist ruhig und klar. »Miz Foss? Können Sie mich hören?«

Sie stößt einen Laut aus, der ein *Ja* sein könnte, jedoch hinter ihren zusammengebissenen Zähnen erstirbt, und vergräbt das Gesicht an Brinys Brust.

Zedes bärtiges Gesicht verzerrt sich. Seine blutunterlaufenen Augen liegen tief in den Höhlen. Er holt tief Luft, saugt sie durch seine riesigen, haarigen Nasenlöcher ein und stößt sie mit einer nach Whiskey und Tabak riechenden Fahne wieder aus. Trotzdem empfinde ich seine Gegenwart als tröstlich. Dies ist das Einzige an diesem Abend, was so ist wie sonst auch.

Er sieht Briny in die Augen und schüttelt kaum merklich den Kopf. »Queenie, Mädchen. Wir schaffen Sie jetzt auf die *Jenny*, und dann geht's ab ins Krankenhaus, ja? Aber es wird eine ziemlich wüste Fahrt. Deshalb müssen Sie jetzt ein ganz tapferes Mädchen sein, haben Sie mich verstanden?«

Er hilft Briny, sie hochzuheben. Ihre Schreie hallen durch die Nacht, dann ersterben sie. Noch bevor die Männer sie auf das Boot schaffen können, erschlafft sie in Brinys Armen.

»Halt sie fest«, sagt Zede zu Briny, ehe er mich ansieht und mit seinem krummen Zeigefinger, den er sich im Krieg gegen Spanien gebrochen hat, auf mich zeigt. »Du bringst die Zwerge rein und steckst sie ins Bett, Kleine. Dort bleibt ihr. Ich komme so schnell wie möglich zurück, noch vor dem Morgen, wenn der Sturm nicht allzu schlimm wird. Aber falls nicht, liegt die *Lizzy Mae* ein Stück weit flussabwärts. Ich hab ein Ruderboot und einen Jungen bei mir. Sieht ein bisschen mitgenommen aus, der Bursche ... wollte auf den fahrenden Zug aufspringen, aber die Eisenbahnwachleute haben ihn geschnappt. Doch er tut euch nix. Ich hab ihm gesagt, er soll morgen früh herrudern, wenn er nix anderes von mir hört.«

Er lässt den Motor an, der mit einem dumpfen Grollen zum Leben erwacht, während ich in das trübe Flusswasser starre. Ich kann mich nicht überwinden, Queenie anzusehen, ihre geschlossenen Augen, ihren halb offen stehenden Mund.

Camellia löst die Leine, die mitten auf dem Bug des kleinen Boots landet. »Pass schön auf deine Schwester auf, Kleine. Du tust, was Rill sagt, verstanden?«, ruft Zede ihr zu und droht ihr mit dem Finger.

Camellia rümpft die Nase, so dass die Sommersprossen auf ihren Wangen zu einem Fleck verschmelzen.

»Verstanden?«, fragt Zede noch einmal – er weiß ganz genau, wer von uns am meisten Gefahr läuft, sich Ärger einzuhandeln.

»Mellia!« Für einen kurzen Moment scheint Briny aus seiner Erstarrung zu erwachen.

»Yessir«, bellt sie, aber ich sehe ihr an, dass sie alles andere als glücklich ist.

Briny wendet sich mir zu. In seiner Stimme schwingt ein fast flehender Tonfall mit. »Du passt mir gut auf die Kleinen auf, ja, Rill. Wir sind bald wieder da – Queenie und ich.«

»Wir schaffen das schon. Ich verspreche es. Ich kümmere mich um alles. Wir bleiben hier und warten auf euch.«

Zede dreht den Gashebel auf und packt das Ruder, dann verschwindet das Boot mit meiner Mama in der Dunkelheit. Wir fünf laufen zur Reling und sehen der *Jenny* hinterher, bis die Schwärze sie vollends geschluckt hat. Wir lauschen, dem Motor, der lauter und wieder leiser wird, mit jedem Mal noch weiter abebbt, während das Hausboot auf den Wellen des Flusses tanzt. In der Ferne tröten die Nebelhörner. Eine Bootsmannspfeife schallt durch die Nacht. Ein Hund kläfft.

Dann wird es still.

Fern klammert sich wie ein Äffchen an meinem Bein fest, Gabby folgt Lark, seiner Lieblingsschwester, in die Kabine. Schließlich gibt es nichts weiter zu tun, als hineinzugehen und uns zu überlegen, was wir essen könnten. Es ist nichts da außer Maisfladen und ein paar Birnen, die Briny in Wilson, Arkansas, eingetauscht hat, wo wir für drei Monate angelegt hatten, damit wir Kinder bis zu den Sommerferien zur Schule gehen konnten. Aber dann hatte Briny wieder mal Hummeln im Hintern und wollte unbedingt weiter.

Normalerweise ankern wir nie in der Nähe einer größeren Stadt wie Memphis, aber Queenie hat schon seit vorgestern über Krämpfe geklagt. Obwohl es noch ein wenig Zeit bis zum Geburtstermin war, kennt sie sich nach fünf Babys mit dem Kinderkriegen gut genug aus, um zu wissen, wann es klüger ist zu ankern.

Wir sitzen in der Kabine der *Arcadia*. Alle sind quengelig, ängstlich und besorgt. Camellia mault, weil ich die Tür geschlossen habe, nicht nur das Fliegengitter, und es trotz der offenen Fenster stickig und heiß ist.

»Halt den Mund«, zische ich und mache mich ans Abendessen. Wir setzen uns im Kreis auf den Boden, weil es sich irgendwie nicht richtig anfühlt, am Tisch zu sitzen, wenn zwei Plätze leer bleiben.

»Hab Hunger.« Schmollend blickt Gabion auf seinen leeren Teller. Der Knirps isst schneller als eine streunende Katze.

Ich reiße ein Stück von meinem Maisfladen ab und lasse einen Bissen vor seinem Mund kreisen. »Du hast dein Stück viel zu schnell runtergeschlungen.« Wann immer ich in die Nähe komme, reißt er das Schnäbelchen auf wie ein kleiner Vogel, bis ich den Bissen endlich zwischen seine Lippen schiebe.

»Mhm.« Er reibt sich den Bauch.

Fern macht dasselbe Spielchen mit ihm, ebenso wie Lark. Am Ende hat Gabby den Großteil unseres Essens abbekommen; nur Camellia hat ihm nichts abgegeben.

»Ich hole morgen früh die Angelleinen ein«, sagt sie, was ihren Egoismus ein Stück weit wiedergutmacht.

»Zede hat gesagt, wir sollen hierbleiben«, erkläre ich.

»Ja. Wenn er zurückkommt. Oder der Junge auftaucht. Dann mache ich es.«

Sie kann die Angelleinen gar nicht alleine einholen, was sie nur zu gut weiß. »Das Boot ist nicht mal hier. Briny ist damit zu Zede rübergerudert.«

»Morgen ist es wieder hier.«

»Morgen kommt Briny zurück. Mit Queenie und den Babys.«

Wir tauschen einen Blick. Nur Camellia und ich. Ich spüre, dass Lark und Fern uns beobachten, aber nur wir beide sind groß genug, um zu begreifen, wie besorgniserregend die Situation ist. Camellia sieht zur Tür. Ich ebenfalls. Wir waren noch nie allein bei Nacht hier. Sonst war immer Queenie bei uns, wenn Briny auf der Jagd, beim Poolspielen oder Fröschefangen war.

Gabion tappt zu Queenies Decke, legt sich hin und schließt die Augen. Seine langen sandfarbenen Wimpern berühren seine Wangen. Ich muss ihm noch eine Windel für die Nacht anlegen, werde aber warten, bis er tief und fest schläft, so wie Queenie es immer macht. Seit er tagsüber auf die Toilette geht, wird er böse, wenn er Windeln tragen muss.

Draußen grollt der Donner, Blitze zucken, und erste Tropfen fallen. *Haben Zede und Briny es mit unserer Mama ans andere Ufer geschafft? Ist sie jetzt schon irgendwo, wo die Ärzte sie wieder gesund machen? So wie bei Camellia, als sie Blinddarmentzündung hatte?*

»Mach die Fenster auf der Flussseite zu, sonst regnet es bloß rein«, sage ich zu Camellia, die ausnahmsweise keine Widerworte gibt. Auch sie weiß nicht weiter. Das Problem ist, dass ich genauso wenig Ahnung habe wie sie, was richtig und was falsch ist.

Gabions Mund öffnet sich, und er beginnt zu schnarchen. Wenigstens eines meiner Geschwister wird heute Abend kein Theater machen. Lark und Fern sind da völlig anders. Larks große blaue Augen füllen sich mit Tränen. »Ich hab Angst. Wo ist Queenie?«

Ich wünsche mir auch, Queenie wäre hier, aber das kann ich ihnen natürlich nicht sagen. »Still jetzt. Du bist sechs und kein Baby mehr. Mach die Fenster zu und zieh dein Nachthemd an. Wir beziehen das große Bett frisch und schlafen alle dort. So wie immer, wenn Briny weg ist.«

Ich bin völlig erschöpft, doch meine Gedanken wollen nicht zur Ruhe kommen. Wirres, sinnloses Zeug dreht sich in meinem Kopf zu üblen Schleifen und Knoten. Ich bin so darin versunken, dass ich ihr Gejammer, das Gekeife, das Gemaule, das Gekicher und Geschniefe kaum mitbekomme. Camellia bezeichnet Fern als Weichei und Lark als Baby und wirft ihnen andere Schimpfworte an den Kopf, die sie sich lieber verkneifen sollte, aber das ist mir gerade egal.

Als endlich alle im großen Bett liegen und ich die Laterne lösche, hebe ich das Blechkreuz mit dem Mann vom Boden auf und hänge es an die Wand, wo es hingehört. Briny kann nichts mit dem Mann anfangen, aber Queenie, und heute ist er der Einzige, der über uns wacht.

Ich lasse mich auf die Knie sinken und flüstere jedes einzelne polnische Wort, das ich kenne.

# KAPITEL 5

## Avery

»Es dauert nicht lange«, sage ich zu Ian, Leslies Praktikanten, als er unter der Markise des Seniorenheims anhält und aussteigen will.

Er lässt sich auf den Fahrersitz zurücksinken. »Oh ... okay. Tja, dann warte ich einfach hier und checke ein paar E-Mails.« Er wirkt enttäuscht, weil kein Begleitschutz vonnöten ist. Ich spüre seinen neugierigen Blick im Rücken, als ich aussteige und die Lobby des Pflegeheims betrete.

Die Direktorin erwartet mich in ihrem Büro. Grandma Judys Armband liegt auf ihrem Schreibtisch. Die Edelsteinaugen der Libellen funkeln im Licht, als ich das Schmuckstück über mein Handgelenk streife.

Wir plaudern ein wenig über den Auftritt am Vormittag, dann entschuldigt sich die Heimleiterin noch einmal für die Umstände. »Wir hatten es nicht ganz leicht mit Mrs. Crandall«, erklärt sie. »Die Ärmste. Normalerweise redet sie mit niemandem. Sie ... streift durch die Gänge und durch den Garten, bis wir abends abschließen. Dann sitzt sie in ihrem Zimmer, es sei denn, die Freiwilligen spielen Klavier. Anscheinend mag sie Musik, aber selbst bei unseren Singabenden können wir sie nicht dazu bewegen, sich den anderen Bewohnern anzuschließen. Trauer und ein Ortswechsel können einen Menschen psychisch und physisch überfordern.«

Unwillkürlich male ich mir aus, wie jemand genau dasselbe über Grandma Judy sagt. Mir blutet das Herz, wenn ich an die arme Frau, May, denke. »Ich hoffe, sie macht sich deswegen keine allzu großen Sorgen. Bestimmt hat sie das Armband nicht mit Absicht genommen. Wenn es nach mir ginge, hätte sie es ja behalten können, aber es ist ein Erbstück und schon lange im Besitz meiner Familie.«

»Du liebe Güte, nein. Es zurückzugeben, war ganz sicher das Beste. Manchmal fällt es den Bewohnern schwer, sich damit abzufinden, dass sie viele ihrer Habseligkeiten nicht mitbringen konnten. Sie sehen irgendetwas und bilden sich dann ein, jemand hätte sich mit ihren Schätzen davongemacht. Wir finden ziemlich häufig Gegenstände, die sie gebunkert haben. Mrs. Crandall ist noch dabei, sich einzuleben. Im Augenblick ist sie ein bisschen verwirrt, aber das ist völlig normal.«

»So ein Umzug ist nie leicht.« Das Haus meiner Großmutter in der Lagniappe Street ist immer noch nicht ausgeräumt. Noch konnten wir uns nicht darauf einigen, was mit all den über ein ganzes Leben angesammelten Erinnerungen und Familienerbstücken geschehen soll. Über kurz oder lang geht das Haus an die nächste Generation über, so wie es bei uns Tradition ist. Hoffentlich zieht eine meiner Schwestern dort ein, und der Großteil der Antiquitäten kann bleiben, wo er ist. »Hat Mrs. Crandall denn Angehörige, die sie besuchen?« Die Geschichte von ihrer toten Schwester erwähne ich absichtlich nicht. Ich habe ohnehin ein schlechtes Gewissen, weil ich von der Frau spreche, als wäre sie … eine Fallstudie. Immerhin haben wir es hier mit einem Menschen aus Fleisch und Blut zu tun, so wie Grandma Judy.

Die Heimleiterin schüttelt stirnrunzelnd den Kopf. »Hier in

der Gegend gibt es niemanden. Ihr Sohn ist vor einigen Jahren gestorben. Sie hat auch Enkel, aber es ist eine Patchwork-familie, keiner wohnt direkt in der Nähe, was es ziemlich kompliziert macht. Sie bemühen sich, und ehrlich gesagt, macht es Mrs. Crandall ihnen nicht gerade leicht. Anfangs war sie in einem Heim in der Nähe ihrer Familie, wo sie aber weggelaufen ist. Jetzt hat man sie hierher gebracht, weil sie hoffen, dass ein bisschen Distanz besser für sie wäre. In den letzten zwei Wochen hat sie dreimal versucht wegzulaufen. Dass neue Bewohner ein wenig desorientiert sind und Probleme haben, sich einzuleben, ist nicht weiter ungewöhnlich. Ich hoffe, es wird mit der Zeit besser. Ich würde sie nur sehr ungern in die Alzheimer-Abteilung verlegen lassen, aber …« Sie hält inne und presst die Lippen aufeinander, als ihr offenbar bewusst wird, dass sie mir solche Details eigentlich gar nicht erzählen darf.

»Das tut mir sehr leid. Könnte ich denn mit ihr reden …, um mich zu bedanken, dass sie das Armband zurückgegeben hat?«

»Nun ja, direkt zurückgegeben hat sie es nicht … vielmehr hat die Schwester es bei ihr gefunden.«

»Ich würde ihr zumindest gern sagen, wie froh ich bin, dass ich es wiederhabe.« Am meisten macht mir allerdings die Kühle Sorgen, mit der die Direktorin die Angelegenheit behandelt. Was, wenn May meinetwegen Ärger bekommen hat? »Das Armband gehört zu den Lieblingsschmuckstücken meiner Großmutter.« Ich betrachte die raffiniert gearbeiteten goldenen Libellen mit den Edelsteinaugen und den farbenprächtigen Leibern.

»Wir machen keine Einschränkungen, aber in diesem Fall wäre es wahrscheinlich besser, wenn Sie von einem Besuch absehen. Ich gehe davon aus, dass Mrs. Crandall sowieso nicht mit Ihnen sprechen würde. Wir sagen ihr, dass das Armband wieder bei seiner rechtmäßigen Besitzerin ist, das sollte genügen.«

Wir plaudern noch ein wenig über die Geburtstagsfeier am Vormittag, dann verabschieden wir uns an ihrer Bürotür. Auf dem Weg durch die Eingangshalle komme ich an einem Schild mit den sorgfältig in Metallrahmen aufgeführten Namen und Zimmernummern vorbei.

*May Crandall, Zimmer 107*. Ich trete um die Ecke.

Zimmer 107 befindet sich am Ende des Korridors. Die Tür steht offen. Das Bett im vorderen Teil des Zimmers ist leer. Der Vorhang ist zugezogen. Ich trete ein. »Hallo? Mrs. Crandall?«, flüstere ich. Die Luft ist schal, das Licht ist aus, aber ich höre raue Atemzüge. »Mrs. Crandall?« Ich trete noch einen Schritt vor, sehe im anderen Bett Füße unter der Decke hervorragen. Sie sind gekrümmt, mager, als hätten sie seit langer Zeit kein Gewicht mehr getragen. Das kann unmöglich May sein.

Ich lasse den Blick durch das Zimmer schweifen. Es ist klein, kahl, deprimierend. Während Grandma Judys neue Mini-Suite mit einem Sofa, einem Sessel und einem niedrigen Tisch ausgestattet ist und wir so viele Lieblingsfotos aufgehängt haben, wie wir nur finden konnten, vermittelt dieser Raum den Eindruck, als hätte die Bewohnerin nicht die Absicht, länger zu bleiben. Nur ein einziger persönlicher Gegenstand steht auf dem Nachttisch – ein Bilderrahmen mit einem verstauben Samtfuß.

Natürlich weiß ich, dass ich hier nicht herumschnüffeln sollte, aber ich muss die ganze Zeit an Mays hellblaue Augen denken, an diesen Ausdruck, als brauche sie etwas. Und zwar unbedingt. Was, wenn sie versucht hat, von hier zu verschwinden, weil sie misshandelt wird? Als Staatsanwältin bin ich leider tagtäglich mit Fällen schweren Missbrauchs an älteren Mitbürgern konfrontiert – betrügerisches Telefonmarketing, Identitätsdiebstahl und Unterschlagung von Rentenzahlungen sind allesamt Verstöße gegen Bundesgesetze und fallen damit in meinem Zuständigkeitsbereich. Scheinbar ständig versucht die jüngere Generation, sich das Geld der Älteren unter den Nagel zu reißen. Mrs. Crandall mag ja reizende Enkelkinder haben, trotzdem kann ich mir nur schwer erklären, weshalb sie sie in einem so weit entfernten Heim unterbringen, statt bei ihnen in der Nähe, wo sie sie regelmäßig besuchen und ihr Wohlbefinden im Auge behalten können.

*Ich will nur ganz sichergehen*, denke ich. Das ist mein Erbe – das berühmte Stafford'sche Pflichtbewusstsein, das mir das Gefühl gibt, für wildfremde Menschen verantwortlich zu sein, vor allem für die hilflosen und jene, die am Rande der Gesellschaft stehen. Das Organisieren von Benefizveranstaltungen ist der inoffizielle Vollzeit-Zweitjob meiner Mutter.

Der üppig verzierte Rahmen steht mit dem Gesicht zur Wand – er besteht aus dem typischen schimmernden elfenbeinfarbenen Perlmuttkunstoff, aus dem die Puderdosen, Kämme, Bürsten und Knopfhaken der Damen in den Dreißigern und Vierzigern gefertigt waren. Selbst wenn ich mich leicht vorbeuge, kann ich das Foto nicht erkennen.

Schließlich drehe ich es zu mir. Das sepiafarbene, leicht verblichene Foto zeigt ein junges Paar am Ufer eines Sees oder Teichs. Der Mann trägt einen leicht zerknautschten Hut und hat eine Angelrute in der Hand. Sein Gesicht ist schwer zu erkennen – dunkle Augen, dunkles Haar; er ist attraktiv, und seine Körperhaltung, einen Fuß lässig auf einem Holzbalken abgestellt, die Schultern nach hinten gedrückt, zeugt von Selbstvertrauen, ja, beinahe Trotz. Es ist, als fordere er den Fotografen förmlich heraus, seinen Charakter einzufangen.

Die Frau ist schwanger. Ihr Blumenkleid flattert im Wind und schmiegt sich um ihren gewölbten Bauch, der viel zu ausladend für ihre langen, dünnen Beine zu sein scheint. Ihr lockiges blondes Haar reicht ihr beinahe bis zur Taille; vorn ist es zu einer wirren Tolle frisiert, wie man sie von kleinen Mädchen kennt. Das fällt mir als Allererstes an ihr auf – sie sieht wie ein Teenager aus, der sich für ein Theaterstück aufgebrezelt hat. *Früchte des Zorns* vielleicht.

Als Nächstes bemerke ich, dass die junge Frau mich an meine Großmutter erinnert. Ich blinzele, beuge mich vor, denke an die alten Fotos, die wir vor nicht allzu langer Zeit in Grandma Judys Zimmer aufgehängt haben; vor allem eines auf der Klassenreise anlässlich ihres Highschoolabschlusses, auf dem sie in Coney Island am Pier sitzt und glücklich in die Kamera strahlt.

Wahrscheinlich bilde ich mir die Ähnlichkeit bloß ein. Den Kleidern nach zu schließen, ist das Foto zu alt, als dass es Grandma Judy sein könnte. Meine stets modebewusste Großmutter hätte niemals so ein Kleid getragen, trotzdem habe ich nur einen einzigen Gedanken, als ich das Foto ansehe: *Sie könnte es sein.* Ich erkenne auch die Ähnlichkeit mit meiner Nichte Courtney. Und natürlich mit mir.

Ich ziehe mein Handy heraus und versuche, die Kamera im düsteren Licht scharf zu stellen.

Das Fadenkreuz fährt vor und zurück, schließlich drücke ich ab. Das Foto ist verschwommen. Ich trete näher ans Bett und versuche es noch einmal. Die Lampe anzuknipsen wäre, als würde ich eine Grenze übertreten, und wenn ich den integrierten Blitz verwende, spiegelt er sich im Glas. Aber ich will dieses Foto unbedingt haben. Vielleicht erkennt mein Vater das Paar ja wieder … aber wenn ich mir das Foto zu Hause noch einmal genauer ansehe, gelange ich vielleicht auch zu dem Schluss, dass die Ähnlichkeit doch nicht so groß ist. Das Foto ist alt und ziemlich unscharf.

»Es ist unhöflich, einfach so in die Privatsphäre eines anderen Menschen einzudringen.«

Ich zucke zurück. Das Telefon fällt mir aus der Hand und landet auf dem Fußboden, als ich hinterherhechte, aber in die Luft greife wie eine Comicfigur in Zeitlupe.

May Crandall tritt näher, während ich mein Handy unter dem Bett hervorhole. »Es tut mir leid. Ich bin …« Es hat keinen Zweck. Es gibt keine sinnvolle Erklärung für mein Verhalten.

»Was tun Sie da?« Als ich mich umdrehe, weicht sie erschrocken zurück, zieht den Hals ein wie eine Schildkröte und richtet sich langsam wieder auf. »Sie sind zurückgekommen.« Ihr Blick schweift über das Foto; ihr entgeht nicht, dass der Rahmen verrückt wurde. »Sind Sie eine von denen?«

»Von denen?«

»Von diesen Leuten.« Sie macht eine ausladende Handbewegung, beugt sich vor. »Die haben mich hier eingesperrt.«

Ich muss wieder an die Geschichte denken, die Leslie mir erzählt hat – das Haus, die Leiche ihrer Schwester. Vielleicht habe ich es hier ja doch nicht bloß mit Orientierungslosigkeit und Trauer zu tun. Ich weiß nichts über diese Frau.

»Wie ich sehe, haben Sie mein Armband.« Sie deutet auf mein Handgelenk.

Die Worte der Heimleiterin kommen mir wieder in den Sinn. *Normalerweise redet sie mit niemandem. Sie … streift durch die Gänge und durch den Garten …*

Aber mit *mir* redet sie.

Unwillkürlich hebe ich den Arm, halte die Hand über die Libellen, drücke das Schmuckstück fest an meine Brust. »Es tut mir leid, aber das ist mein Armband. Es muss heruntergerutscht sein, als Sie heute Vormittag meinen Arm festgehalten haben ... bei der Geburtstagsfeier.«

Sie sieht mich an, als hätte sie nicht die leiseste Ahnung, wovon ich spreche. Vielleicht hat sie die Party ja schon wieder vergessen.

»Hatten Sie mal so was Ähnliches?«, frage ich.

»Eine Feier? Nein, natürlich nicht.« Ihre Feindseligkeit lauert direkt hinter der Fassade der Höflichkeit, beißend und scharf.

Vielleicht unterschätzt die Heimleiterin Mrs. Crandalls Zustand ja. Ich habe gehört, dass Demenz und Alzheimer zu schwerer Paranoia und Wutausbrüchen führen können, habe es nur noch nie persönlich erlebt. Grandma Judy ist verwirrt und manchmal frustriert, aber genauso gutmütig und liebenswürdig wie früher. »Nein, ich meinte so ein Armband.«

»Wieso, ja, natürlich ... bis die es Ihnen gegeben haben.«

»Nein. Ich habe es getragen, als ich heute Vormittag hergekommen bin. Es ist ein Geschenk meiner Großmutter. Das Armband ist eines ihrer Lieblingsschmuckstücke, sonst hätte ich ...« Ich halte inne, bevor ich den Satz zu Ende sprechen kann. *Sonst hätte ich es Ihnen gelassen.* Es kommt mir respektlos vor, so als würde ich sie wie ein Kind behandeln.

Sie blickt mich eindringlich an. Mit einem Mal wirkt sie hellwach, völlig klar. »Vielleicht könnte ich Ihre Großmutter ja kennenlernen, damit wir das persönlich klären. Lebt sie hier in der Nähe?«

Die Atmosphäre im Raum verändert sich auf einen Schlag. Ich spüre es genau. Sie will etwas von mir. »Ich fürchte, das wird nicht möglich sein. Ich wünschte, ich könnte Ihnen Ihren Wunsch erfüllen, aber es geht nicht.« In Wahrheit würde ich meine wunderbare Großmutter nie im Leben in die Nähe dieser seltsamen, verbitterten Frau lassen. Je länger sie mit mir redet, umso leichter fällt es mir, vor mir zu sehen, wie sie sich mit der Leiche ihrer Schwester eingeigelt hat.

»Ist sie tot?« Mit einem Mal wirkt sie niedergeschlagen, verletzlich.

»Nein, aber sie musste ihr Haus verlassen und in ein Pflegeheim ziehen.«

»Erst vor kurzem?«

»Vor etwa einem Monat.«

»Oh ... das ist ja schade. Ist sie dort wenigstens glücklich?« Ein flehender, verzweifelter Ausdruck erscheint in ihren Augen, und mit einem Mal überkommt mich ein tiefes Bedauern. Arme May. Wie ihr Leben wohl verlaufen sein mag? Wo sind all ihre Freunde, ihre Arbeitskollegen, Nachbarn geblieben ... Menschen, die sie eigentlich besuchen kommen sollten, und sei es auch nur aus Pflichtgefühl. Grandma Judy bekommt jeden Tag Besuch, manchmal sogar zwei oder drei Leute an einem Tag.

»Ich glaube schon. Ehrlich gesagt, war sie am Ende ziemlich einsam zu Hause. Im Heim hat sie wenigstens Gesellschaft. Es gibt Spielenachmittage und alle möglichen Partys. Außerdem können die Leute Handarbeiten machen, und es gibt eine gut sortierte Bibliothek.« Bestimmt gibt es auch hier ein Beschäftigungsprogramm. Vielleicht kann ich May Crandall ja ein bisschen auf Trab bringen, sie überreden, ihr Schicksal anzunehmen und dem Personal nicht länger das Leben schwer zu machen. Unsere Unterhaltung bestärkt mich in dem Glauben, dass sie bei weitem nicht so wirr ist, wie sie tut.

Sie ignoriert meine Andeutung geflissentlich und wechselt das Thema. »Ich glaube, ich kenne sie sogar. Ihre Großmutter, meine ich. Soweit ich mich erinnere, waren wir im selben Bridge-Club.« Sie deutet mit ihrem arthritischen Finger in meine Richtung. »Sie sehen ihr ziemlich ähnlich.«

»Das höre ich häufig. Ja, ich habe ihr Haar geerbt, aber nur ich, meine Schwestern nicht.«

»Und ihre Augen.« Wieder verändert sich die Stimmung, wird persönlicher. Sie sieht mich an, als könne sie direkt in meine Seele blicken.

Was passiert hier gerade?

»Ich ... ich werde sie fragen, wenn ich sie das nächste Mal sehe. Aber es könnte sein, dass sie sich nicht an Sie erinnert. Sie hat bessere und schlechtere Tage.«

»Haben wir das nicht alle?« Mays Mundwinkel heben sich, und ich kichere nervös.

Ich streife versehentlich die Nachttischlampe mit dem Ellbogen und fange sie in letzter Sekunde auf, allerdings stoße ich dabei gegen den Bilderrahmen. Auch ihn fange ich auf, halte ihn fest und widerstehe der Versuchung, das Foto genauer zu betrachten.

»Das passiert denen auch immer. Den Mädchen hier, meine ich.«

»Ich könnte das Foto auf die Kommode stellen.«

»Nein, ich will es nahe bei mir haben.«

»Oh ... okay.« Ich wünschte, ich könnte ein zweites Foto mit dem Handy machen. Aus dieser Perspektive reflektiert nichts, und die Ähnlichkeit der Frau mit meiner Großmutter ist sogar noch deutlicher zu erkennen. Könnte sie es tatsächlich sein ... vielleicht in einer Verkleidung für ein Theaterstück? In der Schule war sie doch die Vorsitzende des Theaterclubs. »Als Sie reinkamen, habe ich mir gerade das Foto angesehen.« Nun, da der Tonfall zwischen uns etwas freundlicher geworden ist, erscheint es mir nicht mehr ganz so dreist, sie darauf anzusprechen. »Die Frau auf dem Foto erinnert mich an meine Großmutter, zumindest ein klein bisschen.«

Mein Handy summt. Es ist nach dem Bürgerforum immer

noch auf stumm gestellt. Mir fällt ein, dass Ian draußen im Wagen auf mich wartet. Die Nachricht ist allerdings nicht von ihm, sondern von meiner Mutter, die mich bittet, sie zurückzurufen.

»Dasselbe Haar«, stimmt May Crandall höflich zu. »Aber so ungewöhnlich ist das nicht.«

»Nein, wohl nicht.« Sie macht keine Anstalten, auf meine Bemerkung einzugehen. Widerstrebend stelle ich den Bilderrahmen auf den Nachttisch zurück.

Mein Handy gibt einen zweiten Summton von sich. Ich weiß, dass es keine gute Idee ist, meine Mutter warten zu lassen.

»Es hat mich sehr gefreut, Ihre Bekanntschaft zu machen«, sage ich zu May.

»Müssen Sie denn schon gehen?«

»Ich fürchte, ja. Aber ich werde meine Großmutter fragen, ob Sie sich an Ihren Namen erinnert.«

Sie fährt sich mit der Zunge über die Lippen. »Wenn Sie wiederkommen, kann ich Ihnen die Geschichte des Fotos erzählen.« Mit verblüffender Behändigkeit und ohne die Hilfe ihres Stocks macht sie kehrt und geht zur Tür. »Vielleicht.«

Noch bevor ich etwas erwidern kann, ist sie verschwunden.

Ich schieße noch eine Aufnahme von dem Foto, dann mache auch ich mich auf den Weg.

In der Lobby stoße ich auf Ian, der seine Mails auf dem Handy checkt. Offenbar hatte er keine Lust mehr, im Wagen auf mich zu warten.

»Entschuldigung, dass es so lange gedauert hat«, sage ich.

»Oh, klar, kein Problem. So hatte ich wenigstens Zeit, meinen Posteingang zu ordnen.«

Die Heimleiterin kommt vorbei und mustert uns stirnrunzelnd. Wahrscheinlich fragt sie sich, wieso ich immer noch hier bin. Wäre ich keine Stafford, würde sie bestimmt stehen bleiben und eine Erklärung von mir verlangen. Aber sie sieht betont weg und geht an uns vorbei. Selbst nach zwei Monaten in South Carolina ist es immer noch ein komisches Gefühl, nur wegen meines Nachnamens das Rockstar-Treatment zu kriegen. In Maryland kenne ich Leute oft schon monatelang, bevor ihnen dämmert, dass mein Vater Senator ist; es war ein schönes Gefühl, ausnahmsweise einmal nur um meiner selbst willen gemocht zu werden.

Ian und ich gehen zum Wagen. Vor uns staut sich der Verkehr wegen einer Baustelle, deshalb nutze ich die Gelegenheit, meine Mutter zurückzurufen. Da zu Hause gerade das Frauenvereinstreffen stattfindet, wird meine Frage noch eine Weile warten müssen, denn auch danach wird sie erst einmal damit beschäftigt sein, jeden Teller und jedes Glas wieder dort hinzustellen, wo sie hingehören. Das ist unsere Honeybee – ein organisatorisches Wunderkind.

Und sie vergisst niemals einen Namen.

»Kennen wir eine May Crandall?«, frage ich, nachdem sie mich gebeten hat, »rein zufällig« bei ihrer Frauenvereinsveranstaltung reinzuschneien, brav Hände zu schütteln und bei all den reizenden Ehefrauen ein bisschen Eindruck zu schinden. *Hast du die Frauen auf deiner Seite, hast du die Stimme gewonnen*, sagt mein Vater immer. *Nur Dummköpfe unterschätzen die Macht ihrer Gattinnen.*

»Ich glaube nicht«, antwortet meine Mutter. »Crandall … Crandall …«

»May Crandall. Sie muss in Grandma Judys Alter sein. Könnte es sein, dass sie früher zusammen Bridge gespielt haben?«

»Du liebe Güte, nein. Die Frauen, mit denen Grandma Judy Bridge gespielt hat, sind alles Freundinnen.« Damit sind langjährige Freunde der Familie gemeint, deren Verbindung zumeist seit mehreren Generationen besteht; Menschen aus denselben gesellschaftlichen Kreisen wie wir. »Lois Heartstein, Dot Geeley, Mini Clarkson ... du kennst sie alle.«

»Okay.« Vielleicht ist May Crandall ja tatsächlich nur eine wirre alte Dame mit Erinnerungsfetzen, die allenfalls marginalen Bezug zur Realität haben. Was allerdings immer noch nicht das Foto auf dem Nachttisch erklärt.

»Warum?«

»Nur so. Ich habe sie heute im Pflegeheim kennengelernt.«

»Oh, wie reizend von dir, mit ihr zu plaudern. Diese Menschen sind ja manchmal schrecklich einsam. Wahrscheinlich kennt sie uns bloß vom Hörensagen, so wie viele andere auch.«

Das Foto geht mir immer noch im Kopf herum. »Wer sieht heute Abend nach Grandma Judy?«, frage ich.

»Eigentlich wollte ich das übernehmen. Nach dem Frauenvereinstreffen, wenn es nicht zu spät wird.« Mom seufzt. »Dein Vater schafft es jedenfalls nicht.« Honeybee hält wieder einmal die Familienfahne hoch, wenn mein Vater es wegen geschäftlicher Verpflichtungen nicht tun kann.

»Wieso bleibst du nicht zu Hause und ruhst dich ein bisschen aus«, schlage ich vor. »Ich kann das doch machen.«

»Aber vorher kommst du noch vorbei, oder?«, drängt sie. »Bitsy ist gerade erst von ihrer Reise zum Lake Tahoe zurück und will dich unbedingt sehen.«

Plötzlich überkommt mich jene grauenvolle Verzweiflung, die ein wildes Tier verspüren muss, wenn eine Käfigtür hinter ihm zuschlägt. Kein Wunder, dass meine Mutter mich bei ihrem Termin dabeihaben will – Bitsy ist wieder in der Stadt. Damit steht jetzt schon fest, dass mir ein eingehendes Verhör darüber bevorsteht, ob Elliot und ich endlich ein Datum für die Hochzeit festgelegt, das passende Geschirr und das Silberbesteck ausgewählt, eine Location gesucht und uns entschieden haben, ob die Feier drinnen oder im Freien stattfinden soll.

Elliot und ich haben es nicht eilig. Im Moment sind wir beide beruflich ziemlich eingespannt. Wir warten einfach ab, das regelt sich dann schon ganz automatisch – aber das will Bitsy natürlich nicht hören. Wenn sie und die anderen Vereins-Ladys mich erst einmal in die Zange genommen haben, gibt es kein Entrinnen; sie werden keine Ruhe geben, bis sie aus mir herausgequetscht haben, was sie wissen wollen.

Ich habe den dumpfen Verdacht, dass ich es heute Abend doch nicht mehr schaffen werde, nach Magnolia Manor zu fahren und Grandma Judy nach dem Foto zu fragen.

## KAPITEL 6

### Rill

In meinem Traum sind wir frei. Mit Hilfe des Model-T-Motors, den Briny am Heck eingebaut hat, gleiten wir mühelos stromaufwärts. Queenie thront auf dem Kabinendach, als würde sie einen Elefanten reiten. Sie hat den Kopf in den Nacken gelegt, und ihr langes Haar quillt unter ihrem roten Samthut hervor. Sie singt ein Lied, das ihr ein alter Ire in einem der Hausboot-Camps beigebracht hat.

»Ist sie nicht wunderschön, unsere Königin?«, fragt Briny.

Die Sonne ist angenehm warm, die Vögel zwitschern, dicke, fette Barsche springen aus dem Wasser. Weiße Pelikane fliegen in V-Formation in Richtung Norden, was bedeutet, dass der ganze Sommer noch vor uns liegt. Weit und breit ist nichts zu sehen, kein Raddampfer, kein Flachboot, kein Schleppkahn oder sonst etwas. Der Fluss gehört allein uns.

Uns ganz allein.

»Und was bist du?«, ruft Briny in meinem Traum.

»Prinzessin Rill vom Königreich Arcadia!«, rufe ich.

Briny setzt mir eine Blumenkrone aus Geißblatt auf den Kopf und verkündet meinen Titel – so wie die Könige im Märchen es tun.

Als ich aufwache, habe ich immer noch das Lächeln im Gesicht – bis ich die Augen aufschlage und mir wieder einfällt, wieso wir alle fünf in Queenies und Brinys Bett liegen, dicht nebeneinander wie ein morgendlicher Fang, glitschig und feucht.

*Queenie ist nicht da.* Der Gedanke dringt gerade durch mein Bewusstsein, als mir auch schon klar wird, was mich aus meinem Traum gerissen hat.

Jemand klopft an die Tür.

Mein Herz macht einen Satz. Ich springe auf, schlinge mir eine von Queenies Stolen um die Schultern. Zede steht vor der Tür. Beim Anblick seines traurigen bärtigen Gesichts krampft sich mir der Magen zusammen.

Das Gewitter hat sich verzogen. Es ist ein schöner Tag. Die morgendliche Luft hat sich bereits erwärmt und ist schwül, trotzdem ist mir kühl, als ich in meinem alten Baumwollnachthemd nach draußen trete, an das Queenie eine Rüsche genäht hat, weil ich so in die Höhe geschossen bin. Ein Mädchen in meinem Alter sollte nicht so viel nacktes Bein zeigen, meint sie.

Ich schlinge die Stola fester um mich; nicht wegen Zede oder weil ich weibliche Kurven zu verbergen hätte – das kommt schon noch, beruhigt mich Queenie immer –, sondern wegen des Jungen, der in Zedes Flachbodenboot sitzt. Er ist mager, aber groß gewachsen, mit dunkler Haut wie ein Cajun oder Indianer. Noch ist er kein Mann, aber er sieht älter aus als ich, fünfzehn vielleicht. Zede hat immer irgendeinen Schützling bei sich. Er ist sozusagen der Großvater des Flusses.

Das Gesicht des Jungen ist halb unter einer zerknautschten Schirmmütze verborgen, und er starrt auf den Boden des Boots. Zede verzichtet darauf, uns einander vorzustellen.

Ich weiß, was das bedeutet, auch wenn es mir lieber wäre, ich wüsste es nicht.

Seine Hand liegt zentnerschwer auf meiner Schulter – eigentlich soll die Geste tröstlich sein, aber am liebsten würde ich kehrtmachen und davonlaufen, so schnell, dass meine Füße noch nicht einmal Abdrücke im weichen Ufersand hinterlassen.

Tränen steigen mir in die Augen, und ich schlucke. Fern drückt sich hinter mir die Nase am Fenster platt. Es war ziemlich klar, dass sie aufwachen und nach mir sehen würde. Sie ist immer da, wo ich bin.

»Queenies Babys haben's nicht geschafft«, sagt Zede; er ist keiner, der lange um den heißen Brei herumredet.

Etwas in mir stirbt – ich hatte mich so darauf gefreut, meinen kleinen Bruder oder meine kleine Schwester im Arm zu halten, wie eine Puppe. »Keines von beiden?«

»Der Doktor sagt, nein. Er hätte sie beide nicht retten können, auch dann nicht, wenn Briny deine Mama früher ins Krankenhaus gebracht hätte. Die Babys waren nun mal nicht dafür vorgesehen, auf dieser Welt zu sein, das ist alles.«

Ich schüttele den Kopf, versuche, die Worte loszuwerden, wie Wasser, das sich nach dem Schwimmen in den Ohren sammelt. Das kann nicht sein. Nicht im Königreich Arcadia. Der Fluss hat magische Kräfte. Briny hat immer gesagt, dass der Fluss auf uns aufpasst. »Was sagt Briny?«

»Er ist am Boden zerstört. Ich hab ihn bei deiner Mama gelassen. Da gab's noch 'ne Menge Papierkram zu erledigen und so. Außerdem haben die ihr noch nichts von den Babys gesagt. Briny wird's wohl tun, wenn sie aufwacht. Aber sie kommt schon wieder auf die Beine, sagt der Doktor.«

Doch ich kenne Queenie. Sie kommt nicht wieder auf die Beine. Nichts macht sie glücklicher, als ein süßes, neugeborenes Baby im Arm zu haben.

Zede will sich wieder auf den Weg ins Krankenhaus machen. Briny hätte ihm gar nicht gefallen, meint er. »Ich wollte, dass ’ne Frau aus dem Camp herkommt und sich um die Kleinen kümmert, aber es gab wohl Ärger mit der Polizei, deshalb sind die meisten Hausboot-Leute weitergezogen. Ich hab Silas dabei, der kann auf euch aufpassen, bis euer Daddy wieder zu Hause ist.« Er deutet auf den Jungen, der erstaunt den Kopf hebt – offenbar hatte er keine Ahnung, dass Zede ihn bei uns lassen will.

»Wir kommen schon klar, keine Sorge.« Ich habe nur einen Wunsch – dass Queenie und Briny bald heimkommen und uns von hier wegbringen. Ich wünsche es mir so sehr, dass es fast wehtut.

»Aber wir haben nichts zu essen für ihn«, sagt Camellia, die hinter mir in der Tür steht.

»So, so, schönen guten Morgen, Miss Rosenblüte und Sonnenschein.« Zede nennt sie grundsätzlich so, weil sie genau das Gegenteil davon ist.

»Ich wollte uns ein paar Frösche fangen«, verkündet sie, als sei sie soeben zum Kapitän der *Arcadia* bestimmt worden.

»Das lässt du schön bleiben«, erkläre ich. »Wir sollen auf dem Boot bleiben.«

Zede zeigt mit dem Finger auf sie. »Ihr Kinder bleibt hier.« Er kneift die Augen zusammen und blickt auf den Fluss hinaus. »Wir wissen immer noch nicht, was den Leuten im Mud Island Camp so Angst gemacht hat. Nur gut, dass ihr hier seid, in diesem Seitenarm. Ihr verhaltet euch schön ruhig und tut nichts, um auf euch aufmerksam zu machen.«

Angst ergreift Besitz von mir. Ich will nicht, dass Zede uns allein lässt.

Fern klammert sich an meinem Bein fest. Ich hebe sie hoch und vergrabe mein Kinn in ihren Locken. Sie zu spüren, beruhigt mich ein klein wenig.

Auch Gabion kommt heraus. Ich hebe ihn ebenfalls hoch. Das Gewicht meiner Geschwister erdet mich. Queenies Stola spannt sich um meine Schultern, die Säume graben sich in meine Haut.

Zede beschwört mich noch einmal, das Boot unter keinen Umständen zu verlassen, dann befiehlt er dem Jungen, er solle an Bord der *Arcadia* kommen. Er ist größer, als ich dachte, dürr und eigentlich gutaussehend, wären da nicht die aufgeplatzte Lippe und das leuchtende Veilchen um sein Auge. Wenn er, wie Zede gesagt hat, tatsächlich auf einen fahrenden Zug aufgesprungen ist, kann er von Glück sagen, dass die Wachleute ihn nicht schlimmer zugerichtet haben.

Er schwingt sich auf die Reling, als hätte er vor, hier Wurzeln zu schlagen.

»Du passt auf sie auf«, befiehlt Zede ihm.

Silas nickt, trotzdem ist ihm anzusehen, dass er nicht allzu erfreut ist. Ein Rundschwanzsperber auf Beutezug fliegt vorbei. Silas sieht ihm hinterher, folgt ihm mit seinem Blick, das Gesicht gen Memphis gewandt.

Zede lässt ein paar Lebensmittel für uns da – eine Tüte Maismehl, ein Bündel Möhren, zehn Eier, gesalzenen Fisch.

Silas sieht zu, wie Zede ins Boot steigt und verschwindet.

»Hast du Hunger?«, frage ich ihn.

Er wendet sich mir zu. Erst jetzt fällt mir ein, dass ich ja noch mein Nachthemd anhabe. Ich spüre die warme Luft über meine nackte Haut streichen, wo der Stoff vom Gewicht der beiden Kleinen auf meinen Hüften nach unten gezogen wird.

Silas wendet den Blick wieder ab, als hätte er es gemerkt. »Aber hallo.« Seine Augen sind so dunkel wie der Fluss bei Mitternacht; so dunkel, dass sich alles in ihnen spiegelt – ein Reiher, der in der Nähe nach Fischen sucht, von einem halb abgebrochenen Baum hängende Äste, der morgendliche Himmel mit den weißen Wolken ... und ich. »Kochst du?«, fragt er in einem Tonfall, als stünde für ihn längst fest, dass ich es nicht kann.

Ich recke das Kinn, drücke die Schultern durch. Queenies Stola gräbt sich noch tiefer in meine Haut. Ich glaube, ich kann Silas nicht leiden. »Ja. Ich kann kochen.«

»Pff«, prustet Camellia.

»Du hältst den Mund.« Ich setze die Kleinen ab und schiebe sie zu ihr. »Pass auf sie auf. Wo ist Lark?«

»Liegt noch im Bett.«

»Auf sie passt du auch auf.« Lark hat die Angewohnheit, heimlich, still und leise zu verschwinden. Einmal ist sie ausgebüxt, hat sich auf eine Lichtung am Ufer gelegt und ist prompt eingeschlafen. Den ganzen Tag und die halbe Nacht haben wir nach ihr gesucht. Queenie hat vor Angst schier den Verstand verloren.

»Vielleicht sollte ich neben dir stehen bleiben und aufpassen, dass du die Bude nicht abfackelst«, brummt Silas.

In diesem Moment steht mein Entschluss fest: Ich kann ihn nicht ausstehen. Aber als wir reingehen, sieht er mich an und hebt kurz den Mundwinkel. Na ja, vielleicht ist er ja doch nicht so übel.

Wir machen ein Feuer im Herd und fangen an zu kochen, obwohl weder er noch ich groß Ahnung davon haben. Die Küche war bisher immer Queenies Reich, und ich habe mich nie dafür interessiert. Stattdessen war ich lieber draußen, habe Tiere beobachtet und Brinys Geschichten über Ritter, Burgen, wilde Indianer und exotische Orte gelauscht. Briny hat schon die ganze Welt gesehen, zumindest glaube ich das.

Silas ist auch ziemlich herumgekommen. Während wir kochen und essen, erzählt er davon, wie er mit dem Zug herumgereist und durch fünf Staaten getrampt ist, wie er in Vagabunden-Lagern etwas zu essen geschnorrt und sich wie ein Indianer von Früchten und Wurzeln ernährt hat.

»Wieso hast du denn keine Mama?«, fragt Camellia, als sie das letzte Stück Maisfladen verputzt hat, das bloß an den Rändern ganz leicht verbrannt war.

Lark nickt. Sie wollte ihn dasselbe fragen, hat sich aber nicht getraut.

Silas wedelt mit der reich verzierten Silbergabel herum, die Briny im Sand neben einem alten gestrandeten Flussschiff gefunden hat. »Ich hatte eine, und sie war auch echt nett. Ich war bei ihr, bis ich neun war, aber dann bin ich losgezogen und hab sie seitdem nicht mehr gesehen.«

»Wieso das?« Ich mustere ihn eindringlich, um herauszufinden, ob er uns auf den Arm nehmen will. Schon jetzt vermisse ich Queenie so sehr, dass ich mir beim besten Willen nicht vorstellen kann, wie jemand freiwillig von zu Hause weggeht.

»Sie hat einen Kerl geheiratet, der gern Whiskey getrunken und Prügel verteilt hat. Nach einem Jahr hatte ich die Nase voll und dachte, ich bin besser alleine dran.« Für einen Moment erlischt das Funkeln in seinen Augen, und ich sehe nur tiefe Schwärze darin. Doch so schnell, wie es verflogen ist, kehrt das Funkeln zurück. Er zuckt mit den Schultern und lächelt, wobei sich in seinen Wangen kleine Grübchen bilden. »Ich hab mich einer Gruppe Wanderarbeiter angeschlossen, die bei uns im Ort vorbeikamen. Wir sind nach Kanada gegangen, haben Äpfel gepflückt und Weizen geerntet. Danach bin ich wieder in den Süden zurückgekehrt.«

»Und du warst erst zehn?« Camellia schnalzt mit der Zunge, als Zeichen, dass sie ihm kein Wort davon glaubt. »Und all das willst du getan haben? Ja, ja, schon klar.«

Mit katzenhafter Geschmeidigkeit erhebt er sich, zieht sein ausgebleichtes T-Shirt hoch und zeigt uns die Narben auf seinem Rücken. Entsetzt weichen wir zurück, und nicht einmal Camellia hat eine schlagfertige Erwiderung parat.

»Ihr könnt froh sein, dass ihr so nette Eltern habt.« Silas mustert sie scharf. »Kommt bloß nicht auf die Idee, abzuhauen, solange sie euch gut behandeln. Aber manche tun es nun mal nicht.«

Einen Moment lang sagt keiner von uns etwas. In Larks Augen glitzern Tränen. Silas schiebt sich die letzte Gabel voll Ei in den Mund und trinkt einen Schluck Wasser, dann mustert er uns über den Rand der Blechtasse hinweg, als könne er nicht recht begreifen, wieso wir so lange Gesichter machen. »Sag mal, Kleine«, meint er und kneift Lark in die Nase, worauf ihre Wimpern wie Schmetterlinge flattern, »hab ich dir schon von dem Abend erzählt, als ich Banjo Bill und seinen tanzenden Hund Henry kennengelernt habe?«

Von einer Sekunde auf die andere ist er mitten in einer Geschichte, gefolgt von der nächsten. Die Zeit vergeht wie im Flug, während wir aufessen und uns dann ans Aufräumen machen.

»Das Essen war gar nicht so übel«, sagt er und leckt sich die Lippen, als wir das Geschirr in einer kleinen Wanne auf der Veranda abwaschen. Fern hat im Alleingang ihr Nachthemd ausgezogen und ist verkehrt herum in ihr Kleid geschlüpft, und Gabion läuft halb nackt herum – er hat sich heimlich auf den Abort neben dem Hausboot geschlichen, und wir können froh sein, dass er nicht ins Wasser gefallen ist, weil Hausbootaborte nämlich keinen festen Boden haben.

Ich sage Camellia, sie soll ihn nehmen, mit dem Hintern ins Wasser halten, ihn sauber machen und dann abtrocknen, das ist am einfachsten.

Camellias Nasenlöcher blähen sich. Das Einzige, was sie überhaupt nicht leiden kann, ist Kacke. Und genau aus diesem Grund habe ich ihr diese Aufgabe aufs Auge gedrückt – sie hat den ganzen Morgen keinen Finger krumm gemacht und verdient es nicht besser.

»Mellia! Mellia!«, kräht unser kleiner Bruder, als er auf seinen molligen Beinchen und mit nacktem Hintern zur Tür taumelt. »Hab mich mutzig gemacht!«

Meine Schwester wirft mir einen vernichtenden Blick zu, reißt die Fliegentür auf und zerrt ihn am Arm mit sich, so dass er nur noch auf Zehenspitzen trippeln kann.

»Ich mach's«, flüstert Lark, in der Hoffnung, den Streit dadurch beizulegen.

»Nein, Camellia soll das machen. Du bist noch zu klein.«

Silas und ich sehen einander an. Ein Lächeln spielt um seine Mundwinkel. »Ziehst du dich auch irgendwann mal an?«

Erst jetzt wird mir bewusst, dass ich über Silas' Geschichten völlig vergessen habe, mein Nachthemd gegen etwas Anständiges zu tauschen. »Tja, das sollte ich wohl mal tun«, sage ich lachend und nehme mein Kleid von der Leine. »Aber du musst draußen warten. Und nicht schauen.«

Die ganze Zeit hatte ich so einen albernen Gedanken im Kopf – ich habe so getan, als wäre ich die Mama, Silas der Daddy und das Boot unser Haus, in dem wir uns gemeinsam um unsere Kinder kümmern. Das hat mir geholfen, nicht daran zu denken, dass Queenie und Briny immer noch nicht zurück sind.

Aber mich vor ihm ausziehen, werde ich ganz bestimmt nicht. Oder vor sonst jemandem. Seit einiger Zeit ziehe ich mich wie Queenie immer hinter dem Vorhang an, der das Bett vom Rest des Wohnraums abtrennt. Ich würde mich eher auspeitschen lassen, als dass mich irgendeiner nackt sähe.

»Pfff.« Silas verdreht die Augen. »Wieso sollte ich denn glotzen? Du bist doch noch ein halbes Kind.«

Ich laufe dunkelrot an, meine Wangen glühen.

Draußen fängt Camellia an zu lachen.

Die Röte wird noch eine Spur tiefer. Am liebsten würde ich sie und Silas ins Wasser schubsen, alle beide. »Und nimm die Kleinen mit raus«, schnauze ich ihn an. »Eine Frau braucht auch mal ihre Privatsphäre.«

»Woher willst ausgerechnet du das wissen? Du bist doch noch gar keine Frau, sondern bloß ein Püppchen mit Lockenkopf«, zieht Silas mich auf, was ich nicht unbedingt witzig finde, vor allem nicht, weil Camellia mithört – sie hat sich mit Fern und Lark auf der Veranda eingerichtet und genießt die Show.

Mein ganzer Körper wird stocksteif. Eigentlich rege ich mich nicht schnell auf, aber wenn, dann lodert ein richtiges Feuer in mir hoch. »Und du bist bloß ein ... Strich in der Landschaft! Ein Strich, den der Wind einfach so umblasen würde. Ein mickriges Kerlchen, das bist du!« Ich baue mich mit in die Hüften gestemmten Händen vor ihm auf und werfe ihm einen vernichtenden Blick zu.

»Zumindest kann man mit meinen Haaren nicht den Fußboden aufwischen!« Er schnappt sich seine Mütze und stürmt hinaus. »Du solltest zum Zirkus gehen«, ruft er. »Da kannst du als Clown auftreten!«

Ich sehe mich im Spiegel an – nichts als blonde Locken und ein Gesicht so rot wie der Kopf eines Buntspechts. Ich mache kehrt und stürme nach draußen. »Hau einfach ab, Silas ... Silas wie auch immer du mit Nachnamen heißt, falls du überhaupt einen hast ... wir brauchen dich hier nicht. Und ...«

Er ist inzwischen ans Ufer gelaufen, bleibt abrupt stehen,

wirft sich auf den Boden und macht eine Geste in meine Richtung. Ich kann sein Gesicht unter seiner Mütze nicht erkennen, aber fest steht, dass etwas nicht stimmt. Er hat irgendetwas im Wald gesehen.

Schlagartig ist meine Wut verraucht.

»Genau! Hau einfach ab«, schreit Camellia. »Verschwinde von unserem Boot, du blöder Strich in der Landschaft.«

Silas sieht zu uns herüber und hebt die Hand, dann verschwindet er im Gebüsch.

»Du brauchst dich nicht zu verstecken! Ich seh dich!«

»Still, Camellia!« Ich reiße die Fliegengittertür auf und zerre Fern und Lark herein.

Camellia starrt mich finster an. Sie hält Gabion an beiden Armen fest, taucht ihn abwechselnd ins Wasser und zieht ihn wieder heraus, wobei sie einige Male so tut, als würde sie ihn gleich fallen lassen, während er vor Vergnügen quiekt und wild strampelt.

»Kommt rein.« Ich beuge mich über die Reling und packe meinen kleinen Bruder, aber Camellia schubst mich weg und lässt Gabby an einem Arm baumeln.

»Das gefällt ihm. Außerdem ist da drin eine Bullenhitze.« Ihr dichtes schwarzes Har fällt nach vorn, taucht ins Wasser wie ein Pinsel in ein Tintenfass. »Willst du schwimmen gehen?«, fragt sie Gabby. Einen kurzen Moment bin ich sicher, dass sie gleich mit ihm hineinspringen wird.

Silas taucht aus dem Gebüsch auf und legt sich einen Finger auf die Lippen.

»Etwas stimmt nicht.« Ich packe Gabions andere Hand und schwinge ihn über die Reling, wobei ich meine Schwester mitreiße.

»Aua!«, schreit sie auf, als ihr Ellbogen gegen die Stange knallt.

»Los, rein jetzt!« Ich sehe etwas am Ufer – etwas Schwarzes. Eine Mütze. »Da ist jemand.«

Camellia schnaubt abfällig. »Du willst doch bloß, dass der Junge zurückkommt.« Sie kann Silas nicht sehen, aber wahrscheinlich ist er irgendwo im Gebüsch. Ein Zweig knackt, und eine Krähe fliegt mit einem protestierenden Schrei auf.

»Da. Siehst du?«

Auch Camellia sieht jetzt das schwarze Etwas. Jemand ist auf dem Weg hierher. Doch statt zur Tür zu gehen, flitzt sie auf die andere Seite des Boots. »Ich geh hinten rum und sehe nach, wer das ist.«

»Nein«, zische ich, aber wenn ich ehrlich sein soll, habe ich keine Ahnung, was wir machen sollen. Mein Instinkt sagt mir, dass ich die Leinen lösen, die *Arcadia* vom Sand herunterschieben und auf den Fluss hinausgleiten lassen sollte. Das Wasser ist ganz ruhig, deshalb würden wir es bestimmt schaffen, aber ich traue mich nicht. Da außer mir und Camellia und vielleicht noch Silas keiner an Bord ist, der verhindern kann, dass die *Arcadia* irgendwo hängen bleibt oder mit einem Flach- oder einem Schaufelradboot zusammenstößt, Gott weiß was kann uns passieren.

»Los, gehen wir rein«, sagte ich. »Vielleicht denkt er dann, dass keiner da ist, und verschwindet wieder.« Aber wer sollte schon ohne Grund hier vorbeikommen, einfach so?

»Vielleicht ist es nur jemand, der Eichhörnchen jagt und uns was abgibt, wenn wir nett sind«, sagt Camellia hoffnungsvoll. Wenn sie will, kann sie zuckersüß sein ... wenn jemand Bonbons verteilt zum Beispiel oder Pfannkuchen am Lagerfeuer röstet.

»Aber Zede hat gesagt, wir sollen hierbleiben und uns ruhig verhalten. Und Briny versohlt uns den Hintern, wenn er herausfindet, dass wir es nicht getan haben.« Briny hat noch nie die Hand gegen uns erhoben, auch wenn er manchmal damit droht. Allein die Vorstellung jagt Camellia solche Angst ein, dass sie mir nach drinnen folgt.

Wir verriegeln die Tür, ziehen die Vorhänge zu und setzen uns aufs Bett. Ich glaube einen Mann am Ufer entlanggehen zu hören, aber dann ist es wieder still. Vielleicht ist er ja weitergegangen. Vielleicht war es tatsächlich nur ein Jäger. Oder ein Vagabund …

»Hallllooo!«

»Schh.« Meine Stimme zittert. Vier weit aufgerissene Augenpaare richten sich auf mich. Wenn man auf dem Fluss groß wird, muss man Fremden gegenüber sehr vorsichtig sein – hier verstecken sich manchmal Männer, die anderswo schlimme Dinge getan haben.

Camellia beugt sich herüber. »Das ist nicht Zede«, flüstert sie. Ich spüre, wie sich meine Nackenhärchen aufrichten.

Das Schiff schwankt leicht. Jemand kommt den Steg herauf.

Lark rutscht näher, Fern klettert auf meinen Schoß, presst ihre Wange auf meine Brust.

Die *Arcadia* schwankt leicht unter dem Körpergewicht des Mannes. Er ist groß. Wer auch immer er sein mag, Silas kann es jedenfalls nicht mit ihm aufnehmen.

Ich presse einen Finger auf meine Lippen. Alle fünf sitzen wir vollkommen reglos da, wie Rehkitze im hohen Gras, wo ihre Mutter sie zurücklässt, damit sie äsen kann.

Der Mann ist auf der Veranda.

»Hallooooo?«, ruft er noch einmal.

*Geh weg … hier ist keiner.*

Er versucht es an der Tür. Der Griff dreht sich ganz langsam. »Ist jemand da?« Die Tür stößt gegen den Riegel, geht nicht auf.

Ein Schatten erscheint im Lichtkegel des Fensters auf dem Fußboden. Ein Mann. Er trägt eine Mütze. Und er hat etwas in der Hand, einen Knüppel oder einen Schlagstock, mit dem er gegen die Scheibe klopft.

Ist er Polizist? Ich fürchte, ja. Die Polizei spielt den Hausbootbewohnern übel mit. Sie machen Razzien in den Camps, nehmen sich, was sie wollen, und verscheuchen uns dann. Das ist einer der Gründe, weshalb wir lieber für uns bleiben, wenn wir irgendwo anlegen.

»Kann ich Ihnen helfen, Officer?«, höre ich Silas draußen fragen und sehe nun zwei Schatten auf dem Fußboden – der eine länger, der andere etwas kürzer.

»Wohnst du hier, Junge?«

»Nein. Ich war bloß jagen. Mein Daddy ist irgendwo da drüben.«

»Leben auf diesem Boot Kinder?« Seine Stimme klingt nicht böse, trotzdem verrät sein Tonfall, dass er keine Faxen duldet. Was, wenn Silas verhaftet wird, weil er gelogen hat?

»Weiß ich nicht. Ich hab das Boot gerade erst gesehen.«

»Ist das so, ja? Willst mir wohl was vorflunkern, was, du kleine Flussratte? Ich hab dich doch gerade noch mit jemandem reden hören.«

»Nein, Sir.« Silas' Stimme klingt fest und unschuldig. »Ich hab gesehen, wie Leute in einem Boot weggerudert sind ... ist aber bestimmt schon ein, zwei Stunden her ... Vielleicht haben Sie jemandem aus dem Camp gehört. Der Fluss trägt die Stimmen manchmal ganz schön weit.«

Der Mann tritt auf Silas zu. »Erzähl du mir nichts über den Fluss, Freundchen. Das ist *mein* Fluss, und ich laufe mir schon den ganzen Morgen die Hacken nach diesen Bälgern ab. Du musst ihnen sagen, dass sie rauskommen sollen, damit ich sie in die Stadt bringen kann, zu ihrer Mama und ihrem Daddy.«

Als Silas nicht antwortet, beugt sich der Polizist vor, so weit, dass sich ihre Schattengesichter berühren. »Ich will wirklich nicht, dass du Ärger mit der Polizei kriegst, Bürschchen. Wo hast du denn das Veilchen her? Hast du vielleicht deine Nase unerlaubt irgendwo reingesteckt? Gehörst du irgendwo hin, oder bist du ganz allein?«

»Mein Onkel Zede kümmert sich um mich.«

»Ich dachte, du hättest gerade gesagt, du wärst mit deinem Daddy auf der Jagd.«

»Bin ich auch.«

»Wenn du einen Polizisten anlügst, landest du ganz schnell im Gefängnis, Flussratte.«

»Aber ich habe nicht gelogen.«

Ich höre weitere Stimmen. Männerstimmen. Und einen bellenden Hund.

»Sag den Kindern, sie sollen rauskommen. Ihre Mama und ihr Daddy haben uns hergeschickt.«

»Und wie heißt ihr Daddy?«

Camellia und ich sehen einander an. Ihre Augen sind so groß wie Walnüsse. Kaum merklich schüttelt sie den Kopf. Sie denkt dasselbe wie ich. *Briny würde nie im Leben die Polizei herschicken. Und falls doch, wüssten sie nur zu genau, wo sie uns auf dem Boot finden können.*

Was will dieser Mann von uns?

Durch den Spalt im Vorhang sehen wir zu, wie der große Schatten den kleinen Schatten am Kragen packt. Silas hustet und keucht. »Werd bloß nicht frech, Jungchen. Ich bin nicht deinetwegen hier, aber wenn du Ärger machst, nehmen wir dich einfach mit, dann kannst du mal sehen, was wir mit schmutzigen Rotzgören anstellen.«

Ich springe aus dem Bett, bevor Camellia mich aufhalten kann. »Nein, Rill! Nein!« Sie packt mich am Nachthemd, doch der Stoff gleitet durch ihre Finger. Ich reiße die Tür auf.

Als Erstes sehe ich Silas' Füße, die mehrere Zentimeter über den Planken schweben. Sein Gesicht ist dunkelrot angelaufen. Er holt aus, doch der Polizist lacht nur. »Willst du mir etwa eine verpassen, Bürschchen? Wie wär's, wenn ich einfach mal deinen Kopf eine Minute lang unter Wasser drücke, damit du ein bisschen abkühlen kannst.«

»Nein! Nicht!« Inzwischen höre ich die Stimmen der anderen Männer klar und deutlich. Einige sind am Ufer, andere kommen auf einem Motorboot näher. Ich weiß nicht, was wir getan haben – abgesehen davon, dass wir Flusszigeuner sind –, aber sie kriegen uns sowieso, deshalb ist keinem geholfen, wenn Silas umkommt oder sie auch ihn mitnehmen.

Der Polizist lässt Silas einfach fallen, so dass er mit dem Kopf gegen die Kabinenwand schlägt. »Geh, Silas«, sagte ich, doch meine Stimme zittert so sehr, dass die Worte kaum zu verstehen sind. »Du kannst wieder nach Hause gehen. Eigentlich solltest du gar nicht hier sein. Wir wollen zu Mama und Daddy.« Vermutlich ist es klüger, wenn wir mitspielen. Ich könnte es zwar schaffen, über die Reling zu springen und mich in die Wälder zu schlagen, aber mit meinen kleinen Geschwistern ist eine Flucht ausgeschlossen. Eines weiß ich ganz sicher – Briny würde wollen, dass wir zusammenbleiben, ganz egal, was geschieht.

Ich straffe die Schultern und blicke dem Polizisten direkt ins Gesicht, sorgsam darauf bedacht, möglichst erwachsen zu wirken.

Er lächelt. »So ist es recht, Mädchen.«

»Geht es meinem Daddy gut?«

»Aber klar.«

»Und meiner Mama?«

»Sehr gut. Sie will, dass ihr sie besuchen kommt.«

Ich weiß, dass das eine Lüge ist; dafür brauche ich ihm noch nicht einmal in die Augen zu sehen. Queenie *kann* es noch gar nicht gut gehen. Wo auch immer sie gerade ist, sie muss vor Kummer und Trauer halb verrückt sein.

Ich schlucke, spüre, wie sich die Angst wie frisch geschlagenes Eis in meine Eingeweide bohrt. »Ich hole die anderen.«

Der Polizist packt meinen Arm. »Na, was haben wir denn da für eine hübsche kleine Flussratte?« Er lässt die Zunge über seine Schneidezähne gleiten, und zum ersten Mal kann ich sein halb unter der Hutkrempe verborgenes Gesicht erkennen. Seine Augen sind grau. Und grausam. Etwas wie Interesse flackert darin auf, allerdings ist mir nicht ganz klar, woran. Sein Blick gleitet an mir entlang, von meinem Gesicht über meinen Hals zu meiner Schulter, über die das Nachthemd gerutscht ist. »Allerdings ein bisschen mager.«

Hinter ihm kommt Silas mühsam auf die Füße. Er blinzelt, steht schwankend da, dann packte er die Axt, die hinter ihm neben dem Holzstapel lehnt.

*Nein!*, versuche ich ihm zu sagen, ohne das Wort auszusprechen. Hört er denn nicht, dass die Männer am Ufer und mit dem Boot immer näher kommen?

Ein leises, hohes Quietschen dringt aus der Kabine, gerade laut genug, dass ich es noch hören kann. Die Aborttür. Camellia versucht abzuhauen.

*Tu etwas.* »Mein k-kleiner Bruder ist gerade aus dem Klo gekommen. Ich muss ihn erst sauber machen, bevor wir gehen, sonst verschmiert er nur alles. Es sei denn, S-Sie wollen das tun.« Etwas Besseres fällt mir nicht ein. Männer haben nichts für vollgeschissene Babys übrig. Briny fasst sie nicht mal mit der Kneifzange an, es sei denn, um sie ins Wasser zu tauchen, wenn Queenie, Camellia oder ich gerade nicht da sind.

Der Polizist kräuselt die Lippen und blickt über die Schulter. In letzter Sekunde zieht Silas die Hand zurück und steht mit geballten Fäusten auf dem Deck.

»Gut. Aber beeil dich.« Ein Lächeln breitet sich auf dem Gesicht des Polizisten aus, aber es ist kein freundliches Lächeln. »Deine Mama wartet schon.«

»Geh ruhig, Silas. Los, mach schon.« Ich stehe im Türrahmen und starre ihn an. *Los, geh! Lauf!*

Der Polizist sieht von mir zu Silas. Seine Hände wandern zu seinem Gürtel, seiner Waffe, dem Schlagstock, den Handschellen. Was hat er vor?

»Geh schon!«, schreie ich und schubse ihn weg. »Briny und Zede wollten sowieso nicht, dass du hier bist.«

Unsere Blicke begegnen sich. Er schüttelt kaum merklich den Kopf. Ich nicke. Er schließt ganz langsam die Augen, schlägt sie wieder auf, macht kehrt und läuft über den Steg davon.

»Da ist eins der Bälger im Wasser!«, schreit einer der Polizisten vom Ufer. Die Männer im Boot schreien, und der Motor wird lauter.

*Camellia*! Ich wirble herum und laufe hinein, dicht gefolgt von dem Polizisten. Er stößt mich beiseite, so dass ich gegen den Herd pralle, und stürmt durch die Hintertür nach draußen. Fern, Lark und Gabion stehen an der Reling. Der Polizist packt sie und stößt sie in die Kabine zurück. Schreiend fallen sie übereinander auf den Boden.

»Mellia! Mellia!«, jammert Gabion und zeigt auf den Abort, durch den Camellia ins Wasser geflüchtet ist. Inzwischen stapft sie durchs Wasser ans Ufer. Ihr nasses Nachthemd klebt an ihren langen, sonnengebräunten Beinen. Einer der Polizisten läuft ihr hinterher, und die Männer im Boot nehmen die Verfolgung auf.

Behände und flink klettert sie auf einen Treibholzstapel.

Gabion stößt einen hohen Schrei aus.

Der Polizist auf dem Boot zieht seine Pistole aus dem Holster.

»Nein!« Ich mache einen Satz nach vorn, aber Fern klammert sich an meinem Bein fest, so dass wir auf dem Boden landen und Lark dabei mit uns reißen. Sie schreit auf, und das Letzte, was ich sehe, bevor ich zu Boden gehe, ist ein Mann, der über einen Ast hechtet und Camellia bei ihrem langen dunklen Haar packt.

Als ich mich wieder aufrapple, schlägt sie wild um sich, schreit, tritt und strampelt, schlegelt mit Armen und Beinen, während der Polizist sie wohlweislich von sich weghält.

Die Männer im Boot halten sich unterdessen die Bäuche und lachen wie eine Horde Betrunkener bei einer Schlägerei in der Spielhölle.

Drei Männer sind nötig, um meine Schwester zurück aufs Boot zu verfrachten, und zwei, um sie unter Kontrolle zu halten. Schließlich haben sie sie zu Boden geschleudert und halten sie dort fest, völlig verdreckt und stocksauer, weil sie wie ein Abort stinkt und die Reste noch überall an ihr kleben.

Der Polizist, der als Erster an Bord gekommen war, steht mit vor der Brust gekreuzten Armen im Türrahmen und scheint sich mächtig über das Spektakel zu amüsieren. »Ihr zieht euch gefälligst an. Und zwar hier draußen«, befiehlt er uns. »Jetzt versucht keiner mehr abzuhauen.«

Ich werde mich ganz bestimmt nicht vor ihm umziehen, deshalb mache ich zuerst Gabion, dann Fern und Lark fertig, ehe ich mein Kleid über mein Nachthemd streife, obwohl es viel zu warm ist.

Der Polizist lacht. »Na schön, wenn du es unbedingt so haben willst. Und jetzt kommt ihr brav alle mit, damit wir euch zu eurer Mama und eurem Daddy bringen können.«

Ich ziehe die Tür des Hausboots hinter mir zu und folge ihm. Ich kann kaum atmen, einen klaren Gedanken fassen schon gar nicht.

»Nur gut, dass die anderen vier nicht so widerborstig waren«, sagt einer der Polizisten, der Camellia mit auf dem Rücken gefesselten Händen auf den Boden des Motorboots verfrachtet hat. »Die da ist ja die reinste Wildkatze.«

»Stinken tut sie aber eher wie eine Wild*sau*«, wirft ein anderer ein, hebt Gabion, Fern und Lark ins Boot und befiehlt ihnen, sich auf den Boden zu setzen. Camellia starrt mich finster an, als ich meinen kleinen Geschwistern folge.

Sie denkt natürlich, dass alles meine Schuld ist ... dass ich mich hätte wehren und das Ganze verhindern sollen.

Vielleicht hat sie ja recht.

»Die werden ihr gefallen«, ruft einer der Männer, als der Motor zum Leben erwacht und sich das Boot in Bewegung setzt. Er legt seine Pranke auf Larks Kopf, worauf sie sich duckt und zu mir krabbelt, dicht gefolgt von Fern. Gabion ist noch zu klein, um zu verstehen und Angst zu haben.

»Blonde mag sie doch, oder?« Der Officer, der auf die *Arcadia* gekommen war, lacht. »Was sie mit dem kleinen Stinktier machen wird, weiß ich allerdings nicht.« Er weist mit dem Kinn auf Camellia, die den Rotz hochzieht und ihm entgegenspuckt. Er hebt die Hand, als wollte er sie schlagen, doch dann lacht er nur und wischt sich die Schweinerei am Hosenbein ab.

»Wieder runter zum Parkplatz vor dem Dawson-Lagerhaus?«, fragt der Mann am Steuer.

»Soweit ich weiß, ja.«

Ich kann nicht sagen, wie lange die Fahrt dauert. Wir überqueren den Fluss, dann geht es weiter in Richtung jenes Kanals, wo der Wolf River in den Mississippi mündet. Als wir die Spitze von Mud Island umrunden, taucht die Skyline von Memphis vor uns auf. Die riesigen Gebäude ragen wie Ungeheuer empor, die nur darauf warten, uns zu verschlingen. Ich überlege, ob ich vielleicht ins Wasser springen oder mich wehren soll. Boote fahren vorbei – Schleppschiffe, Raddampfer, Fischerboote und Lastkähne, ja sogar ein Hausboot. Ich überlege, ob ich schreien, winken um Hilfe rufen soll.

Aber wer würde uns schon helfen?

Diese Männer sind schließlich Polizisten.

Stecken sie uns ins Gefängnis?

Eine Hand legt sich auf meine Schulter, als hätte jemand meine Gedanken gelesen; sie bleibt dort, bis wir anlegen. Oben auf dem Hügel sehe ich Häuser.

»Du wirst jetzt schön brav sein und dafür sorgen, dass deine Geschwister keinen Ärger machen«, raunt der Polizist von der *Arcadia* mir zu, dann weist er die anderen Männer an, mit »der Wildkatze« noch einen Moment zurückzubleiben, bis »*sie*« uns vier begutachtet hat.

Im Gänsemarsch gehen wir den Weg hinauf. Ich habe Gabion auf dem Arm. Das Scheppern und Klappern von Maschinen dringt an meine Ohren, und der Gestank nach heißem Teer steigt mir in die Nase. Wir überqueren eine Straße. Ich höre eine Frau singen, einen Mann brüllen, einen Hammer auf Metall einschlagen. Lose Baumwollfasern schweben wie Schneeflocken durch die Luft.

In einem halb vertrockneten Strauch am Rand eines Parkplatzes zwitschert ein Rotkardinal, scharfe, abgehackte Laute, *tschiiep, tschiiep, tschiiep*.

Vor uns steht ein Wagen. Er ist groß. Ein uniformierter Mann steigt aus, geht um den Wagen herum und öffnet die Tür. Eine Frau hievt sich vom Rücksitz und sieht uns an, die Augen gegen die grelle Sonne zusammengekniffen. Sie ist weder jung noch alt und ziemlich dick. Ich sehe die Speckrollen unter ihrem geblümten Kleid. Sie trägt ihr grau-braun meliertes Haar kurz geschnitten.

Ihr Gesicht erinnert mich an einen Fischreiher. Ihre grauen Augen schweifen rasch umher, abrupt, als dürfe ihr kein noch so kleines Detail entgehen. »Es sollten doch fünf sein«, sagt sie.

»Die andere kommt gleich, Miss Tann«, sagt einer der Polizisten. »Sie hat ein bisschen Ärger gemacht. Wollte über den Fluss abhauen.«

Miss Tann schnalzt abfällig mit der Zunge. »Aber du würdest so was nicht tun, oder?« Sie umfasst Ferns Kinn und beugt sich so tief zu ihr runter, dass sich ihre Gesichter beinahe berühren. »Du bist doch kein böses Mädchen, richtig?«

Ferns blaue Augen weiten sich, und sie schüttelt den Kopf.

»Was für ein reizendes Grüppchen. Niedliche Findelkinder«, sagt die Frau. »Fünf hübsche blonde Lockenköpfe. Perfekt.« Sie faltet die Hände unter dem Kinn. Winzige Fältchen erscheinen in ihren Augenwinkeln, und sie presst die Lippen zusammen, als würde sie lächeln, doch ihr Mund ist bloß ein schmaler Strich.

»Nur vier.« Der Officer weist mit dem Kinn auf seinen Kollegen, der Camellia am Kragen gepackt hat und sie herbeiführt. Ich habe keine Ahnung, womit sie ihr gedroht haben, jedenfalls wehrt sie sich nicht länger.

Miss Tann runzelt die Stirn. »Hm … die hat offenbar nicht das hübsche Aussehen geerbt, was? Sie sieht eher gewöhnlich aus, aber wahrscheinlich finden wir trotzdem jemanden für sie. Das gelingt uns doch fast immer.« Sie weicht zurück und hält sich die Hand vor die Nase. »Gütiger Himmel. Was ist das nur für ein Gestank?«

Miss Tann ist alles andere als begeistert, als sie Camellias Zustand sieht. Sie weist die Polizisten an, sie in den Fußraum des Wagens zu verfrachten, während wir anderen auf dem Sitz Platz nehmen sollen. Im Fußraum kauern bereits zwei weitere Kinder – ein blondes Mädchen in Larks Alter und ein Junge, der kaum älter als Gabion sein kann. Beide blicken mich aus großen, verängstigen braunen Augen an. Sie sagen kein Wort und rühren sich nicht.

Miss Tann versucht, mir Gabion abzunehmen, als wir einsteigen, und runzelt die Stirn, als ich keine Anstalten mache, ihn loszulassen. »Reiß dich zusammen«, befiehlt sie, worauf ich loslasse.

Sie nimmt Gabion auf den Schoß und hält ihn so, dass er aus dem Fenster sehen kann. Er wippt auf und ab, zeigt auf irgendwelche Dinge und brabbelt aufgeregt vor sich hin. Dies ist das erste Mal, dass er in einem Auto sitzt.

»Du liebe Güte, seht euch nur diese Locken an.« Sie streicht meinem kleinen Bruder übers Haar und nimmt seine maisblonden Locken zu einem wuscheligen Knoten zusammen, so dass er wie eine Puppe auf der Landwirtschaftsausstellung aussieht.

»Guck mal! Guck mal!«, kräht Gabion und zeigt auf ein kleines Mädchen, das auf einem schwarz-weiß gescheckten Pinto-Pony vor einem großen Haus fotografiert wird.

»Wir müssen bloß den Flussdreck runterwaschen, dann haben wir einen wunderbaren kleinen Jungen, was?«, sagt Miss Tann naserümpfend.

Ich frage mich, was sie damit meint. Wer soll uns sauber machen und wieso? *Vielleicht lassen sie uns so ja nicht ins Krankenhaus*, denke ich. *Vielleicht müssen wir ganz sauber sein, um Queenie besuchen zu dürfen.*

»Er heißt Gabion«, sage ich zu ihr. »Oder Gabby.«

Abrupt fährt sie herum, wie eine Katze, die eine Maus in der Vorratskammer entdeckt hat, und sieht mich an, als hätte sie völlig vergessen, dass ich auch noch hier bin. »Du sprichst nur, wenn du etwas gefragt wirst.«

Dann schnellt ihre bleiche, fleischige Hand nach vorn und zieht Lark von mir weg.

Ich blicke auf die beiden verängstigten Kleinen im Fußraum und dann zu Camellia. Ihr Blick verrät mir, dass sie inzwischen herausgefunden hat, was hier gespielt wird ... was auch ich längst weiß, aber nicht wahrhaben will.

Wir fahren nicht ins Krankenhaus zu unserem Daddy und unserer Mama.

# KAPITEL 7

## Avery

Das Altersheim ist in weiches morgendliches Sonnenlicht getaucht. Selbst mit dem neu angelegten Parkplatz, dem die einstige Rasenfläche vor dem Haus weichen musste, verströmt Magnolia Manor den Glanz vergangener Tage – die Eleganz nachmittäglicher Teegesellschaften, Tanzveranstaltungen und formeller Dinnerpartys an der langen Mahagonitafel, die bis zum heutigen Tag im Esszimmer steht. Man sieht förmlich Scarlett O'Hara, wie sie im Schatten der moosüberwucherten Eichen auf der Veranda sitzt und sich Luft zufächelt.

Ich kann mich dunkel an dieses Anwesen erinnern; meine Mutter hat mich zu einer Babyparty hierher mitgenommen, als ich neun oder zehn war. Auf der Fahrt erzählte sie mir, wie sie hier einmal eine wichtige Cocktailparty anlässlich der Kandidatur ihres Cousins für das Gouverneursamt von South Carolina besucht hat. Damals war sie noch aufs College gegangen und hatte sich keinen Pfifferling für Politik interessiert. Nach gerade einmal einer halben Stunde entdeckte sie meinen Vater am anderen Ende des Raums und setzte fortan alles daran herauszufinden, wer er war. Als sie erfuhr, dass er ein Stafford war, beschloss sie, ihn zu erobern. Der Rest ist Geschichte. Es war eine Heirat zweier Polit-Dynastien. Der

Großvater meiner Mutter war vor seiner Pensionierung Abgeordneter für North Carolina gewesen, und ihr Vater hatte zum Zeitpunkt ihrer Heirat das Gouverneursamt inne.

Bei der Erinnerung an die Geschichte muss ich lächeln. Ich gehe die Marmortreppe hinauf und gebe den Code in die topmoderne Schließanlage ein, die eigentlich gar nicht hierher passt. Aber bis heute leben hier Prominente, daher ist nicht jedem der Zutritt gestattet. Und leider wird auch nicht jeder als Bewohner aufgenommen. Der weitläufige Garten hinter dem Haus ist von dekorativen, unüberwindbar hohen Eisenzäunen umgeben, die Tore sind stets verschlossen, und der Teich sowie das Reflexionsbecken können zwar bestaunt werden, aber man kann nicht nahe herantreten ... und folglich auch nicht hineinfallen.

Viele der Bewohner müssen vor sich selbst beschützt werden, so traurig es auch sein mag. Mit zunehmender Hinfälligkeit werden sie von einem Flügel in den nächsten verlegt, wobei der Grad der sorgsam austarierten Pflege immer weiter zunimmt. Es besteht kein Zweifel daran, dass Magnolia Manor eine luxuriösere Einrichtung ist als das Heim, in dem May Crandall lebt, dennoch haben beide mit derselben Herausforderung zu kämpfen – ein Höchstmaß an Würde, Fürsorge und Behaglichkeit zu bieten, während das Leben seinen vorgezeichneten Lauf nimmt.

Ich gehe in die Memory Care Unit – eine so unfeine Bezeichnung wie Alzheimer-Station wäre hier undenkbar –, öffne eine weitere Tür und betrete einen Salon, wo gerade eine Wiederholung von *Rauchende Colts* im voll aufgedrehten Fernseher läuft.

Eine Frau stiert mich ausdruckslos an, als ich vorbeigehe. Auf den strahlend rosa Kletterrosen vor dem Fenster glitzern Tautropfen.

Die Rosen vor Grandma Judys Zimmer sind leuchtend gelb. Sie sitzt in ihrem Lehnsessel und bewundert sie gerade, als ich hereinkomme. Ich bleibe stehen und wappne mich innerlich, ehe ich ihre Aufmerksamkeit auf mich ziehe.

Ich mache mich darauf gefasst, dass sie mich genauso ansieht wie die Frau im Salon vorhin – ohne ein Anzeichen von Erkennen. Ich hoffe, dass es anders sein wird. Aber im Voraus kann man es nie wissen.

»Hi, Grandma Judy!«, rufe ich mit lauter, fröhlicher Stimme. Trotzdem dauert es eine geschlagene Minute, bis sie reagiert.

Ganz langsam dreht sie sich um, arbeitet sich gewissermaßen durch die wild verstreuten Blätter ihres Gedächtnisses. »Hallo, mein Schatz, wie geht's dir heute Nachmittag?«, fragt sie dann in ihrer gewohnt hinreißenden Art.

Es ist Morgen. Wie befürchtet, hat sich das Vereinstreffen am Abend ewig hingezogen, und es ist mir nicht gelungen, dem Heiratsverhör zu entgehen, auch wenn ich es noch so sehr versucht habe. Ich war ihnen ausgeliefert. Und jetzt schwirrt mir der Kopf vor all den Vorschlägen und Daten, die nicht in Frage kommen, weil irgendjemand Wichtiges an dem Tag nicht in der Stadt sein wird, und der Fülle an Angeboten, mir Geschirr, Besteck, Gläser und Tischtücher zu leihen.

»Wunderbar, vielen Dank«, antworte ich und trete zu ihr, um sie in die Arme zu schließen, in der Hoffnung, dass die Nähe weitere Erinnerungen in ihr heraufbeschwört.

Einen Moment lang sieht es tatsächlich so aus, als hätte ich es geschafft. Sie sieht mir tief in die Augen. »Du bist so hübsch. So wunderschönes Haar.« Lächelnd streicht sie darüber.

Traurigkeit erfasst mich. Ich bin hergekommen, weil ich gehofft hatte, mehr über May Crandall und dieses Foto auf ihrem Nachttisch zu erfahren. Aber es sieht nicht so aus, als würde es dazu kommen.

»Es war einmal ein kleines Mädchen mit einer Locke, die ihr mitten in die Stirn hing.« Meine Großmutter lächelt mich an, während sie mit ihrer pergamentigen Hand meine Wange streichelt.

»Und wenn sie brav war, dann war sie sehr, sehr brav«, füge ich hinzu. Grandma Judy hat mich früher immer mit diesem Gedicht begrüßt, wenn ich sie als kleines Mädchen in ihrem Haus in der Lagniappe Street besucht habe.

»Und wenn sie böse war, dann war sie furchterregend«, endet sie, lächelt und zwinkert mir zur, worauf wir beide lachen. Es ist wie früher.

Ich setze mich auf den Stuhl an dem niedrigen runden Tisch. »Ich fand es immer so schön, wenn du mich damit aufgezogen hast.« In Honeybees Zuhause durften Kinder alles sein, bloß nicht furchterregend, wohingegen Grandma Judy schon immer Courage besessen hat, die zuweilen an Aufmüpfigkeit grenzte. Sie hatte sich nicht gescheut, Themen wie Bürgerrechte und die Notwendigkeit, dass Frauen eine anständige Ausbildung erhielten, anzusprechen, lange bevor es als schicklich galt, dass eine Frau eine eigene Meinung haben darf.

Sie erkundigt sich, ob ich Welly-Boy – ihr Spitzname für meinen Dad – gesehen hätte.

Ich erzähle ihr von dem gestrigen PR-Auftritt und der Forumsdiskussion, ehe ich ihr in aller Ausführlichkeit das Vereinsmeeting in Drayden Hill schildere. Wobei ich das Hochzeitsverhör geflissentlich unter den Tisch fallen lasse.

Grandma Judy nickt wohlwollend, kneift die Augen zusammen und lässt die eine oder andere scharfe Bemerkung über die Veranstaltung im Rathaus vom Stapel. »Wells darf nicht zulassen, dass diese Leute verrücktspielen. Sie würden alles darum geben, einen Stafford bei irgendwelchen dunklen Machenschaften zu erwischen, aber dazu wird es nicht kommen.«

»Natürlich nicht. Er hat die Situation souverän gemeistert, wie immer.« Ich erwähne nicht, wie erschöpft er ausgesehen hat, ebenso wenig seinen kleinen Aussetzer beim Frage-Antwort-Teil.

»So kenne ich meinen Jungen. Er ist so ein braver Junge. Ich habe keine Ahnung, wie er ein Mädchen in die Welt setzen konnte, das so furchterregend sein kann.«

»Grandma!« Ich drücke ihre Hand. Sie reißt Witze und stellt die Verbindung zwischen uns beiden her. Heute ist also doch ein guter Tag. »Vielleicht hat der Charakterzug ja eine Generation übersprungen.«

Eigentlich hätte ich eine scharfsinnige Erwiderung erwartet, doch stattdessen sagt sie nur: »Tja, so ist das bei vielen Dingen.« Sie lässt sich zurücksinken und entzieht mir ihre Hand. Ich spüre deutlich, wie sie mir entgleitet.

»Ich wollte dich etwas fragen, Grandma Judy.«

»Ja?«

»Gestern habe ich eine Frau kennengelernt, die behauptet, dich zu kennen. May Crandall. Sagt dir der Name etwas?« Oft erinnert sie sich scheinbar mühelos an die Namen alter Freunde und Bekannter. Es ist, als lasse ein Wind das Buch ihrer Lebenserinnerungen aufklappen und reiße stets nur die Seite mit den jüngsten Ereignissen heraus; je älter die Erinnerungen sind, umso größer die Chance, dass sie noch existieren.

»May Crandall ...« Die Art, wie sie den Namen wiederholt, verrät mir, dass er ihr etwas sagt. Ich will gerade mein Handy herausziehen und ihr das Foto zeigen, als sie sagt:

»Nein … da klingelt bei mir nichts.« Ich sehe auf. Sie blickt mir direkt ins Gesicht; ein seltsam intensiver Ausdruck liegt in ihren zusammengekniffenen hellen Augen mit den feinen weißen Wimpern. Ich fürchte, wir steuern geradewegs auf einen der Momente zu, wenn sie mitten im Gespräch innehält, um den Faden ohne Vorwarnung mit einer Bemerkung wie *Ich wusste ja gar nicht, dass du heute kommst. Wie geht es dir?* wieder aufzunehmen. »Fragst du aus einem bestimmten Grund?«, erkundigt sie sich stattdessen.

»Ich habe sie gestern in diesem Pflegeheim kennengelernt.«

»Ja, das sagtest du bereits. Aber viele Leute kennen die Staffords vom Namen her, Schatz. Wir müssen vorsichtig sein. Die Leute sind scharf auf Skandale.«

»Skandale?«

»Aber natürlich.«

Plötzlich fühlt sich das Telefon kalt in meiner Hand an. »Ich wusste nicht, dass wir Leichen im Keller haben.«

»Du liebe Zeit, natürlich nicht.«

Ich scrolle zu dem Foto und blicke in das Gesicht der jungen Frau, deren Ähnlichkeit mit meiner Großmutter mir nun, da ich ihr direkt gegenübersitze, noch frappierender erscheint. »Sie hatte dieses Foto auf ihrem Nachtschrank. Kennst du die Leute?« Vielleicht sind es ja Verwandte von uns, deren Existenz man lieber verschweigen will. In jedem Clan gibt es schwarze Schafe. Womöglich handelt es sich um eine Cousine, die sich in den falschen Mann verliebt hat, von ihm schwanger wurde und durchgebrannt ist.

Ich halte ihr das Handy hin, warte auf eine Reaktion.

»Queen …«, murmelt sie und will nach dem Handy greifen. »Oh …« Ihre Augen werden feucht. Tränen kullern ihr über die Wangen.

»Grandma Judy?«

Sie ist eine Million Meilen weit weg.

Nein, nicht Meilen, sondern Jahre. Viele Jahre. Sie erinnert sich. Sie kennt diese Frau auf dem Foto. *Queen*. Was meint sie damit?

»Grandma Judy?«

»Queenie.« Sie fährt mit der Fingerspitze über das Bild, dann blickt sie mich mit einer Eindringlichkeit an, die mich aufspringen lässt. »Wir dürfen nicht zulassen, dass die Leute erfahren ...«, sagt sie leise, blickt zur Tür und beugt sich vor. »Sie dürfen niemals von *Arcadia* erfahren«, flüstert sie.

Meine Gedanken überschlagen sich. Habe ich dieses Wort jemals aus ihrem Mund gehört? »Was? Grandma Judy ... Wer oder was ist *Arcadia*?«

»Pssst!«, stößt sie so scharf hervor, dass Speicheltröpfchen durch die Luft fliegen. »Wenn sie es je herausfinden ...«

»Sie? Wen meinst du?«

Jemand dreht den Türknauf. Sie lässt sich nach hinten sinken, legt die Hände übereinander in den Schoß, wirft mir einen Blick zu, der mir sagt, ich solle dasselbe tun.

Ich tue so, als wäre ich völlig entspannt, während sich meine Gedanken überschlagen und mir allerlei Ideen in den Sinn kommen – von einer Story à la Watergate um meinen Großvater bis zu einer Räuberpistole über Politikerehefrauen, die sich im Kalten Krieg als Spioninnen betätigt haben. Und was hat meine Großmutter mit alldem zu tun?

Eine freundliche Pflegerin kommt mit Kaffee und Keksen herein. In Magnolia Manor gibt es für die Bewohner nicht nur drei Mahlzeiten am Tag, sondern auch Snacks und etwas zu trinken.

Meine Großmutter macht eine Geste, ich solle mein Handy verschwinden lassen, während sie sich der Pflegerin zuwendet. »Was wollen Sie?«

Die Frau lässt sich von der untypisch barschen Begrüßung nicht beeindrucken. »Ich bringe Ihren Morgenkaffee, Mrs. Stafford.«

»Ah. Natürlich.« Wieder gibt mir Grandma Judy diskret zu verstehen, mein Handy einzustecken. »Das ist eine gute Idee.«

Ich sehe auf die Uhr. Eigentlich sollte ich meinen Vater zu einem Mittagessen und einer Eröffnungsfeier in Columbia treffen. *Eine hervorragende Gelegenheit, der Heimat wieder mal seine Verbundenheit zu zeigen*, würde Leslie es nennen. Die Presse wird auch zugegen sein, ebenso der Gouverneur. Nach den Gerüchten über Washington-Insider und Karrieristenpolitiker sind öffentliche Auftritte wie dieser wichtiger denn je, das ist mir durchaus klar, aber viel lieber will ich bei Grandma Judy bleiben, um so viel wie möglich über May Crandall in Erfahrung zu bringen und herauszufinden, was es mit *Arcadia* auf sich hat.

Vielleicht spricht sie ja von einem Ort? Arcadia, Kalifornien? Oder Florida?

»Ich muss jetzt leider los, Grandma. Ich muss Daddy zu einer Eröffnungszeremonie begleiten. Das Band durchschneiden, du weißt schon.«

»Du lieber Himmel, da sollte ich dich natürlich nicht aufhalten.«

Die Pflegerin schenkt trotzdem zwei Tassen ein. »Nur für alle Fälle.«

»Du kannst ihn ja mitnehmen«, scherzt meine Großmutter. Der Kaffee ist in einer Porzellantasse.

»Ich darf nicht noch mehr Kaffee trinken heute Morgen, wenn ich keinen Herzkasper riskieren will. Ich wollte nur kurz reinschauen und dich nach May …«

»Psst.« Sie hebt den Finger und wirft mir einen durchdringenden Blick zu, als hätte ich in der Kirche laut geflucht.

Die Servicekraft ist klug genug, ihr Wägelchen zu schnappen und das Zimmer zu verlassen.

»Sei vorsichtig, Rill«, flüstert Grandma Judy.

»Was?« Wieder versetzt mir ihre Eindringlichkeit einen Schreck. Was geht in ihrem Kopf vor? *Rill.* Ist das ein Name?

»Ohren«, fährt Grandma Judy fort und berührt ihre eigenen, »sind überall.«

Und ebenso schnell schlägt ihre Stimmung wieder um; seufzend nimmt sie das Porzellankännchen und gießt einen Tropfen Sahne in ihren Kaffee. »Sahne?«

»Ich kann nicht bleiben.«

»Oh, das tut mir aber leid. Ich wünschte, du hättest etwas mehr Zeit. Trotzdem war es nett, dass du vorbeigeschaut hast.«

Ich bin bereits seit einer halben Stunde hier, aber das hat sie vergessen. Arcadia, wer oder was auch es sein mag, ist längst zu einem vagen Schatten verblasst. Ihr Lächeln ist so leer wie eine frisch abgewischte Schiefertafel. Aufrichtige Unschuld liegt darin. Sie ist nicht sicher, wer ich bin, will aber höflich sein. »Komm doch wieder vorbei, wenn du etwas weniger in Eile bist.«

»Das mache ich.« Ich gebe ihr einen Kuss auf die Wange und verlasse das Zimmer ohne Antworten, ich habe sogar noch mehr Fragen als vorher.

Ich kann die Sache nicht auf sich beruhen lassen, sondern muss herausfinden, was hier los ist. Mir bleibt nichts anderes übrig, als mir eine andere Informationsquelle zu suchen, und ich weiß auch schon, wo ich mit meiner Suche anfangen muss.

## KAPITEL 8

### Rill

Die Schatten der hohen weißen Häuser gleiten vor den Wagenfenstern vorbei. Ausladende Magnolien säumen die Straße, erschaffen eine grüne Blätterwand, die mich an das Schloss von Dornröschen denken lässt, als der Wagen zum Halten kommt. Niemand wird uns dort finden können, weil das Laubwerk uns von der Straße abschirmt, wo Mütter ihre Buggys den Gehsteig entlangschieben. Auf der Veranda vor dem Haus steht ein alter Kinderwagen, dem ein Rad fehlt, so dass das Baby herausfiele, wenn man eines hineinlegen würde.

Auf einem der Magnolienbäume hockt ein kleiner Junge, wie ein Affe. Er ist etwa in Larks Alter, also fünf oder sechs, und sieht zu, wie wir die Einfahrt hinauffahren. Er lächelt nicht, winkt nicht, bewegt sich nicht. Als der Wagen zum Stehen kommt, verschwindet er zwischen den dichten Blättern.

Eine Sekunde später sehe ich ihn vom Baum klettern und unter einem hohen Eisenzaun hindurchtauchen, der um den Garten dieses und des angrenzenden Hauses verläuft. Das kleine Haus nebenan sieht aus, als hätte es einst als Kirche oder Schule gedient. Kinder sitzen auf Wippen und Schaukeln, doch die Fenster sind mit Brettern vernagelt, und die Farbe ist fast vollständig von den Holzschindeln abgeblättert.

Unkraut wuchert auf der Veranda. Wieder muss ich an Dornröschen denken.

Camellia reckt sich und späht aus dem Fenster. »Das ist das Krankenhaus?«, fragte sie und wirft Miss Tann einen Blick zu, der verrät, dass sie ihr kein Wort glaubt. Meine Schwester hat die Fahrt genutzt, um sich auszuruhen und neue Kräfte für die nächste Auseinandersetzung zu sammeln.

Miss Tann wendet sich um und setzt Gabion, der auf ihrem Schoß eingeschlafen ist, anders hin. Sein kleiner Arm fällt schlaff herab, und seine molligen Fingerchen öffnen und schließen sich abwechselnd, während sich seine Lippen bewegen, als verteile er im Schlaf Luftküsse. »So könnt ihr schlecht ins Krankenhaus gehen, oder? Ihr stinkt nach Flusswasser und seid völlig verdreckt. Mrs. Murphy wird sich um euch kümmern, und wenn ihr schön artig seid, sehen wir, ob ihr ins Krankenhaus dürft.«

Ein Hoffnungsschimmer glimmt in mir auf, doch es gelingt mir nicht, ihn zu befeuern, und ein einziger Blick von Miss Tann genügt, um ihn vollends erlöschen zu lassen.

Fern krabbelt auf meinen Schoß, wobei sie mir die Knie in den Brustkorb rammt. »Ich will Briny«, jammert sie leise.

»Los, dann mal rein mit euch. Es wird euch hier gefallen«, sagt Miss Tann. »Aber nur, wenn ihr brav seid. Verstanden?«

»Ja, Ma'am«, sage ich stellvertretend für uns alle, aber Camellia gibt nicht so leicht auf.

»Wo ist Briny?«, fragt sie. Ich sehe ihr an, dass sie gleich einen Wutanfall kriegen wird, der sich gewaschen hat. Ich spüre förmlich, wie es in ihr brodelt.

»Still, Camellia«, ermahne ich sie scharf. »Tu, was sie sagt.«

Miss Tann lächelt dünn. »Sehr gut. Siehst du. Es kann alles ganz einfach sein. Mrs. Murphy wird sich um euch kümmern.«

Sie wartet, bis der Fahrer um den Wagen herumgeht und die Tür aufmacht. Dann steigt sie aus, meinen kleinen Bruder und Lark an der Hand. Larks Augen sind weit aufgerissen vor Angst, aber sie leistet keinen Widerstand. Sie ist ganz still, wie ein neugeborenes Kätzchen im Heu.

»Jetzt du.« Die Frau meint mich. Ich rutsche über den Sitz, wobei ich die beiden braunäugigen Kinder im Fußraum anremple. Fern schlingt die Arme so fest um meinen Hals, dass ich kaum Luft bekomme.

»Als Nächstes kommt ihr beide.«

Die Kinder, die schon vor uns im Wagen waren, steigen aus.

»Und jetzt du.« Miss Tann senkt die Stimme und sieht Camellia an. Sie reicht mir Gabions und Larks Hand und baut sich breitbeinig vor der Wagentür auf. Diese Frau ist alles andere als klein. Sie überragt mich um ein gutes Stück und sieht sehr kräftig aus.

»Los, mach schon, Camellia.« Ein flehender Unterton schwingt in meiner Stimme mit. Sie weiß genau, was ich von ihr will. Bislang hat sie sich keinen Zentimeter gerührt. Ihre eine Hand liegt auf ihrem Rücken. Ich habe Angst, sie könnte versuchen, die andere Tür aufzureißen und abzuhauen. Aber was sollte das bringen? Wir wissen schließlich nicht, wo wir sind, wie wir wieder nach Hause kommen oder das Krankenhaus finden sollen. Unsere einzige Hoffnung ist Miss Tann und ihr Versprechen, dass wir zu Queenie und Briny dürfen, wenn wir brav sind.

Oder dass Silas ihnen sagt, was passiert ist, und sie uns abholen kommen.

Camellias Schulter zuckt ganz leicht, und ich höre das Klicken des Türgriffs. Die Tür bewegt sich nicht. Camellias Nasenlöcher blähen sich. Sie dreht sich um und drückt dagegen, während sich Miss Tann seufzend vorbeugt.

Sie packt Camellia bei ihren Kleidern. »Das reicht! Du wirst dich jetzt benehmen!«

»Hör auf, Camellia!«, schreie ich.

»Mellia, nein, nein!«, hallt Ferns Stimme wie ein Echo nach. Gabion wirft den Kopf in den Nacken und beginnt zu schreien, so laut, dass seine Stimme von den Hauswänden widerhallt.

Miss Tann packt Camellia ein wenig fester. »Verstehen wir uns?« Ihr dickliches Gesicht ist rot und verschwitzt, und ihre grauen Augen treten hinter den Brillengläsern hervor.

Trotzig presst Camellia die Lippen aufeinander, und einen Moment lang bin ich sicher, dass Miss Tann ihr eine Ohrfeige verpassen wird, doch stattdessen flüstert sie ihr etwas ins Ohr und richtet sich wieder auf. »Und jetzt sind wir schön brav, ja?«

Camellia sieht immer noch drein, als hätte sie in eine Zitrone gebissen.

»Ja?«, wiederholt Miss Tann.

Camellias dunkle Augen funkeln, doch sie nickt.

»Sehr gut.«

Miss Tann stellt uns in einer Reihe auf und schickt uns die Treppe hinauf. Hinter dem Eisenzaun haben sich Mädchen und Jungen aller Altersstufen versammelt und sehen uns zu. Keiner von ihnen lächelt.

Im Haus riecht es komisch. Die Vorhänge sind zugezogen, deshalb ist es düster. In der Eingangshalle befindet sich eine breite Treppe. Zwei Jungen sitzen auf einer Stufe. Der eine erinnert mich ein bisschen an Silas, nur ist er größer und hat leuchtend rotes Haar, wie das Fell eines Fuchses. Diese Jungen sehen völlig anders aus als die Kinder im Garten oder der Junge auf dem Baum. Das heißt, sie können nicht alle Geschwister sein.

Wer sind sie? Und wieso sind hier so viele Kinder? Leben sie hier? Sind sie auch hier, um sich zu waschen, damit sie später ihre Mamas und Daddys im Krankenhaus besuchen können?

Wo sind wir?

Man bringt uns in ein Zimmer mit einem Schreibtisch, hinter dem eine Frau sitzt. Im Vergleich zu Miss Tann ist sie mickrig, mit so dürren Armen, dass man die Knochen und Venen sehen kann. Sie trägt eine Brille und hat eine Hakennase, die wie der Schnabel einer Eule aussieht und tausend Falten wirft, als sie sie rümpft. Sie lächelt Miss Tann an und steht auf. »Georgia, wie geht es Ihnen?«

»Sehr gut, vielen Dank, Mrs. Murphy. Es war ein ziemlich ertragreicher Morgen, würde ich sagen.«

»Das sehe ich.«

Mrs. Murphys Hand hinterlässt eine Spur in der Staubschicht, als sie mit den Fingern am Schreibtisch entlangfährt. Sie zieht den Mundwinkel hoch, so dass ein spitzer Eckzahn zum Vorschein kommt. »Grundgütiger, wo haben Sie denn diese Gören aufgestöbert?«

Die Kleinen – selbst die beiden, die ich gar nicht kenne – klammern sich an mich, während ich Fern auf der einen und Gabion auf der anderen Hüfte habe. Obwohl meine Arme zu schmerzen beginnen, halte ich sie eisern fest.

»Ein ziemlich erbärmlicher Haufen, was?«, bestätigt Miss Tann. »Ich denke, wir haben sie gerade noch rechtzeitig erwischt. Haben Sie genug Platz für alle? Das wäre das Einfachste. Ich gehe davon aus, dass ich schon bald einige von ihnen mitnehmen kann.«

»Sieh sich einer dieses Haar an ...« Mrs. Murphy tritt näher, dicht gefolgt von Miss Tann, deren ganzer Körper beim Gehen hin- und herschwankt. Erst jetzt fällt mir auf, dass sie ein Hinkebein hat.

»Ja, das ist schon was, nicht? Vier blonde Lockenköpfe aus derselben Familie … und die da«, fügt sie mit einem Schnauben in Camellias Richtung hinzu.

»Die kann nicht dazugehören.« Mrs. Murphy sieht mich an. »Ist das eure Schwester?«

»J-ja, Ma'am.«

»Und wie heißt sie?«

»C-Camellia.«

»Ziemlich schicker Name für so ein gewöhnliches kleines Ding. Und diese albernen Sommersprossen. Sieht aus, als hätte dich der Storch versehentlich ins falsche Nest gelegt.«

»Das ist eine ziemliche Kratzbürste«, warnt Miss Tann. »Hat Ärger gemacht. Ein schwarzes Schaf … in mehr als nur einer Hinsicht.«

Mrs. Murphy kneift die Augen zusammen. »Aha. Ich erwarte tadelloses Benehmen in diesem Haus. Und diejenigen, die nicht spuren, dürfen nicht mit den anderen oben zusammen sein.« Sie fährt mit der Zunge über ihre Zähne.

Mir wird plötzlich eiskalt. Fern und Gabion schlingen ihre Arme noch fester um meinen Hals. Es besteht kein Zweifel daran, was Mrs. Murphy meint. Falls Camellia sie ärgert, bringen sie sie weg … anderswohin.

Camellia nickt, aber ich sehe ihr an, dass sie es nicht ernst meint.

»Die anderen mit den schmutzig blonden Haaren haben wir … unterwegs gefunden.« Miss Tann schiebt den Jungen und das Mädchen heran, die gemeinsam mit Camellia im Fußraum sitzen mussten. Beide haben langes, glattes mittelblondes Haar und große braune Augen; sie sind auch Geschwister, denke ich, als ich sehe, wie sich der Kleine an dem Mädchen festklammert. »Auch Flussratten, aber in dem Camp unten ist praktisch keiner mehr. Die müssen irgendetwas spitzgekriegt haben.«

»So hübsche Gesichtchen.«

»Ja, das ist wahr. Die mit den Locken sehen fast wie kleine Engel aus. Die Nachfrage wird hervorragend sein, ganz bestimmt.«

Mrs. Murphy wendet sich ab. »Aber Grundgütiger, die stinken ja fürchterlich. So was kann ich in meinem Haus nicht haben. Nein, sie müssen draußen bleiben, bis es Zeit fürs Bad wird.«

»Aber erst, wenn sie die Regeln auch wirklich verstanden haben.« Miss Tann legt die Hand schwer auf Camellias Schulter. Ich sehe, wie meine Schwester zusammenzuckt, was bedeutet, dass die Frau richtig fest zugepackt hat. »Die würde sofort weglaufen, wenn sie könnte. Das hat sie vorhin schon im Wagen versucht … ausgerechnet. Diese Schnepfen am Fluss wissen zwar, wie man die Brut macht, haben aber keine Ahnung, wie man ihr Benehmen beibringt. Dieser kleine Satansbraten braucht eine Extralektion.«

»Aber natürlich. Tun sie das nicht alle?« Mrs. Murphy nickt, ehe sie sich wieder an mich wendet. »Und wie heißt du?«

»Rill. Rill Foss.« Eigentlich will ich nicht mehr sagen, aber es platzt einfach so aus mir heraus. Ich habe keine Ahnung, wovon sie reden, mein Herz hämmert wie verrückt, und meine Knie zittern unter dem Gewicht meiner Geschwister, aber das ist nicht der einzige Grund. Ich habe fürchterliche Angst. Will Miss Tann uns hier zurücklassen? Wie lange? »Wann können wir zu unserer Mama und unserem Daddy ins Krankenhaus? Mama hat ein Baby bekommen, und …«

»Still jetzt«, unterbricht Mrs. Murphy. »Als Erstes bringst du die Kleinen in die Halle, wo sie sich der Größe nach an der

Wand auf den Boden setzen sollen. Dort wartet ihr. Ich will keinen Mucks hören, keine Faxen, verstanden?«

»Aber ...«

Diesmal legt Miss Tann mir die Hand auf die Schulter und drückt zu. »Von dir erwarte ich, dass du keinen Ärger machst. Du bist doch bestimmt klüger als deine Schwester, oder?«

Ein scharfer Schmerz schießt durch meinen Arm, und ich spüre, wie Gabion mir entgleitet. »Ja, Ma'am, ja.«

Sie lässt los. Ich hebe Gabion ein Stück höher und unterdrücke den Drang, meine Schulter zu massieren.

»Rill. Was für ein Name soll das denn sein?«

»Mein Vater hat mich so genannt. Weil er so schön klingt, wie ein Lied.«

»Wir brauchen einen anständigen Namen für dich. Einen richtigen Namen für ein richtiges Mädchen. May. Ja, genau. May Weathers.«

»Aber ich ...«

»May.« Sie schiebt mich zur Tür hinaus. Die anderen Kinder schlurfen mir hinterher; Camellia muss sich noch eine letzte Warnung anhören, ganz still in der Diele sitzen zu bleiben, keinen Muckser von sich zu geben.

Die Kleinen jammern und wimmern wie Hundebabys, als ich sie auf den Boden setze. Von den Jungs auf der Treppe ist nichts mehr zu sehen. Draußen spielen die Kinder *Der Kaiser schickt Soldaten aus* – ein Spiel, das ich aus den Schulen kenne, die wir besucht haben. Normalerweise legen Queenie und Briny während des Schuljahrs irgendwo in der Nähe einer Stadt an, so dass Camellia, ich und Lark den Unterricht besuchen können. Die restliche Zeit lesen wir Bücher, und Briny bringt uns Arithmetik bei. Er macht das wirklich gut. Camellia ist ein echtes Zahlengenie, und selbst Fern kennt bereits das Alphabet, obwohl sie noch zu klein ist, um zur

Schule zu gehen. Nächsten Herbst kommt Lark in die erste Klasse …

Sie sieht mich mit riesigen Augen an, und ein dumpfes Gefühl breitet sich in mir aus, wie eine Blase schwärzester Luft, eingeschlossen in meinem Innern, wo sie kreiselt und wirbelt.

»Bringen die uns ins Gefängnis?«, flüstert das kleine Mädchen, dessen Namen ich nicht kenne.

»Nein, natürlich nicht. Kinder kommen nicht ins Gefängnis«, wiegele ich ab. Aber ist das wirklich so?

Camellias Blick fällt auf die Eingangstür. Ich sehe ihr an, dass sie überlegt, ob sie abhauen kann.

»Nicht«, fauche ich unterdrückt. Mrs. Murphy hat uns streng verboten, Lärm zu machen. Je besser wir uns benehmen, umso größer ist die Chance, dass sie uns dorthin bringen, wo wir hinwollen. Zumindest glaube ich das. »Wir müssen zusammenbleiben. Briny kommt uns holen, sobald er weiß, dass wir nicht mehr auf der *Arcadia* sind. Silas wird es ihm sagen. Deshalb müssen wir zusammenbleiben. Hast du mich verstanden?« Ich klinge wie Queenie, wenn der Fluss zugefroren ist und sie Angst hat, eine lose Scholle könnte das Schiff rammen und dafür sorgen, dass wir ins Wasser fallen.

Alle nicken. Selbst der kleine Junge und seine Schwester. Nur Camellia nicht.

»Mellia?«

»Mhm?« Resigniert setzt sie sich hin, zieht die Beine an, schlingt die Arme darum und lässt ihren Kopf auf die Knie sinken, um uns zu zeigen, dass sie alles andere als zufrieden ist.

Ich frage die fremden Kinder, wie sie heißen, aber sie antworten mir nicht. Dicke Tränen kullern dem kleinen Jungen über die Wangen, und seine Schwester nimmt ihn in den Arm.

Ein Vogel fliegt mit Karacho gegen die Scheibe in der Haustür. Wir fahren alle vor Schreck zusammen. Ich recke den Hals, um zu sehen, ob ihm nichts passiert ist und er davonfliegt. Er ist niedlich, eine kleine Sommertangare. Vielleicht war sie es ja, die wir am Fluss gehört haben, und sie ist uns gefolgt. Der Vogel kommt auf die Füße, taumelt umher. Seine Federn glänzen prachtvoll in der gleißenden Nachmittagssonne. Ich wünschte, ich könnte ihn aufheben, bevor ihn eine Katze erwischt – auf dem Weg ins Haus habe ich mindestens drei von den Viechern im Gebüsch gesehen –, habe aber Angst, Miss Tann könnte denken, ich würde versuchen abzuhauen.

Lark kommt auf die Knie und späht nach draußen. Ihre Knie zittern.

»Er schafft das schon«, flüstere ich. »Setz dich wieder hin und sei brav.«

Sie gehorcht.

Der Vogel wankt in Richtung Stufen, so dass ich ein Stück von der Wand wegrutschen muss, um ihn zu sehen. *Flieg*, denke ich. *Los, beeil dich. Flieg los, bevor sie dich schnappen.*

Aber er steht da, den Schnabel weit geöffnet, und sein ganzer Körper scheint zu pumpen.

*Flieg los. Nach Hause.*

Vielleicht könnte ich die Katze ja auch von hier aus verjagen.

Worte wehen durch die Eingangshalle heran. Ganz vorsichtig stehe ich auf und gehe auf Zehenspitzen näher.

Mrs. Murphy und Miss Tann reden miteinander, doch was sie sagen, ergibt keinen rechten Sinn. »... die Abtretungspapiere für alle fünf Kinder gleich im Krankenhaus. Ohne großes Trara ... die einfachste Methode, die Verbindung zu lösen. Das Schwierigste war, das Boot zu finden. Von der Polizei habe ich erfahren, dass es einzeln ein Stück von Mud Island entfernt vor Anker lag. Die Kleine mit den Sommersprossen hat versucht, durchs Klo abzuhauen. Was Sie gerochen haben, war nicht bloß das Flusswasser.«

Lachen ertönt, doch es ist scharf wie der Ruf eines Raben.

»Und die beiden anderen?«

»Die haben wir in der Nähe eines Lagers von diesem Ungeziefer beim Blumenpflücken gefunden. Ihre Papiere sollten wir bald beisammenhaben. Bestimmt gibt es keine allzu großen Probleme. Und sie scheinen recht anständig zu sein. Hhm ... Sherry und Stevie. Das klingt doch ganz nett, oder? Am besten sollten wir sie ihnen gleich beibringen. Die sind niedlich, nicht? Und noch so klein. Bestimmt bleiben sie nicht lange. Nächsten Monat findet eine Besichtigungsparty statt. Ich erwarte, dass sie bis dahin präsentabel sind.«

»Oh, das werden sie.«

»May, Iris, Bonnie ... Beth ... und Robby. Und Weathers wäre ein guter Nachname. May Weathers, Iris Weathers, Bonnie Weathers ... das klingt doch gut, oder?« Wieder höre ich Lachen, so laut und durchdringend, dass ich unwillkürlich zurückweiche.

»Ich kümmere mich darum. Sie können sich darauf verlassen, dass sie entsprechend vorbereitet sein werden«, höre ich Mrs. Murphy sagen.

Als sie herauskommen, habe ich meinen Platz an der Wand eingenommen und dafür gesorgt, dass auch die anderen in Reih und Glied dasitzen. Selbst Camellia hat den Kopf gehoben und sitzt im Schneidersitz da, so wie wir es in der Schule gelernt haben.

Reglos wie Statuen warten wir, während Mrs. Murphy Miss Tann zur Tür bringt. Nur unsere Blicke folgen ihnen, als sie auf der Veranda stehen bleiben.

Mittlerweile ist der kleine Vogel zu den Stufen gewankt, wo er nun hilflos kauert. Keine der beiden Frauen bemerkt ihn.

*Flieg weg!*

Ich muss an Queenies roten Hut denken. *Flieg zu Queenie und sag ihr, wo wir sind.*

*Flieg.*

Miss Tann macht ein paar unbeholfene Schritte, wobei sie um ein Haar auf den Vogel tritt. Ich erstarre, Lark saugt scharf den Atem ein. Miss Tann bleibt stehen und sagt etwas.

Endlich breitet der Vogel die Flügel aus und fliegt davon.

Er wird Briny wissen lassen, wo er uns findet.

Mrs. Murphys Miene ist ernst, als sie zurückkehrt. Sie geht in das Zimmer und schließt die Tür.

Wir sitzen da. Warten. Camellia lässt den Kopf wieder auf die Knie sinken.

Fern lehnt sich an meine Schulter. Das kleine Mädchen – Sherry, wie Miss Tann sie genannt hat – hält die Hand ihres Bruders. »Ich hab Hunger«, flüstert er.

»Ich auch Hunger«, echot Gabion viel zu laut.

»Pssst.« Sein Haar fühlt sich seidig weich unter meinen Fingern an, als ich es zerzause. »Wir müssen leise sein. So wie beim Versteckspielen.«

Er presst sich die molligen Finger auf den Mund. Weil er erst zwei ist, darf er nicht mitmachen, wenn wir *Ich sehe was, was du nicht siehst* spielen, deshalb ist er jetzt außer sich vor Glück, dass wir ihn diesmal nicht bloß zusehen lassen.

Ich wünschte, das hier wäre ein tolles Spiel. Ich wünschte, ich würde die Regeln kennen und wüsste, was wir kriegen, wenn wir gewinnen. Aber für den Augenblick bleibt mir nichts anderes übrig, als hier zu sitzen und zu warten … worauf auch immer.

Wir warten und warten und warten.

Nach einer gefühlten Ewigkeit kommt Mrs. Murphy aus dem Zimmer. Auch ich habe inzwischen großen Hunger, doch ihre Miene lässt ahnen, dass ich lieber nicht nach etwas zu essen fragen sollte.

Sie baut sich vor uns auf, die Hände in die Seiten gestemmt. Ihre Hüftknochen zeichnen sich unter ihrem schwarz geblümten Kleid ab. »Noch sieben …«, sagt sie stirnrunzelnd und blickt die Treppe hinauf, während sie den Atem entweichen lässt. Er riecht schlecht. »Tja, aber nachdem eure Eltern ja nicht fähig sind, für euch zu sorgen, gibt es wohl keine andere Wahl.«

»Wo ist Briny? Wo ist Queenie?«, platzt Camellia heraus.

»Still jetzt, alle!« Mrs. Murphy schwankt ein wenig, als sie vor uns auf und ab geht, und inzwischen weiß ich, wonach ihr Atem gerochen hat. Whiskey. Ich war schon in genug Billardsalons, um den Geruch wiederzuerkennen.

Mrs. Murphy zeigt mit dem Finger auf Camellia. »Deinetwegen müssen alle hier sitzen, statt rauszugehen und zu spielen.« Sie stapft in einer Zickzacklinie durch die Diele davon.

Wir sitzen immer noch da. Die Kleinen schlafen irgendwann ein. Gabion liegt ausgestreckt auf dem Fußboden. Ein paar Kinder gehen an uns vorbei – größere und kleinere, Jungen und Mädchen, die meisten davon in Kleidern, die ihnen entweder zu groß oder zu klein sind. Kein einziges blickt in unsere Richtung, stattdessen marschieren sie einfach vorbei, als würden sie uns überhaupt nicht bemerken. Frauen in weißen Kleidern mit weißen Schürzen hasten durch die Eingangshalle. Auch sie nehmen keine Notiz von uns.

Ich lege die Hände um meine Fußknöchel und drücke ganz fest zu, um sicher zu sein, dass ich noch hier bin – allmählich komme ich mir wie *Der Unsichtbare* von H.G.Wells vor. Briny liebt diese Geschichte. Er hat sie uns schon oft vorgelesen, und Camellia und ich haben sie mit den anderen Kindern aus den Lagern am Fluss nachgespielt. Niemand kann den Unsichtbaren sehen. Ich schließe die Augen.

Fern muss aufs Klo, und bevor ich mir überlegen kann, wie ich vorgehen soll, hat sie sich in die Hose gemacht. Eine dunkelhaarige Frau in weißer Tracht kommt vorbei und sieht die Pfütze auf dem Boden. Sie packt Fern am Arm und reißt sie hoch. »So was gibt es hier nicht. Du musst die Toilette benutzen, wie es sich gehört.« Sie zieht ein Handtuch von ihrer Schürze und wirft es auf den Boden. »Wisch das auf«, schnauzt sie mich an, »sonst kriegt Mrs. Murphy einen Wutanfall.«

Sie nimmt Fern mit, während ich tue, was sie befohlen hat. Als sie zurückkommt, sind Ferns Kleider klatschnass – offenbar hat die Frau sie ausgewaschen. Uns erklärt sie, dass wir auf die Toilette gehen dürfen, uns aber beeilen und so schnell wie möglich zurückkommen sollen.

Kaum sitzen wir wieder auf dem Boden, ertönt eine laute Pfeife vor dem Haus. Ich höre Kinder. Viele Kinder. Sie reden nicht, nur das Stampfen ihrer Schuhe ist hinter der Tür zu hören. Es hört sich an, als würden sie irgendwo im Haus eine Treppe hinauflaufen.

Dann knarzen und ächzen die Bodendielen über unseren Köpfen wie die Seitendecks der *Arcadia*. Das Geräusch ist angenehm vertraut. Ich schließe die Augen und tue so, als könnte ich uns mittels schierer Willenskraft zurück nach Hause bringen.

Doch dieser Wunsch wird sich nicht erfüllen. Augenblicke später steht eine andere Frau in weißer Tracht vor uns. »Hier entlang.«

Wir stehen auf und folgen ihr – Camellia als Erste, dann die Kleinen, auch Stevie und Sherry, während ich die Nachhut bilde.

Die Frau führt uns durch die Tür am Ende der Eingangshalle. Hier sieht alles ganz anders aus, alt und heruntergekommen. An der Wand hängen Papierstreifen und Mulltücher. Auf der einen Seite befindet sich eine Küche, wo zwei schwarze Frauen an einem großen Kochtopf stehen. Ich hoffe, es gibt bald etwas zu essen. Mein Magen fühlt sich an, als wäre er auf Erbsengröße geschrumpft.

Eine breite Treppe führt neben der Küche nach oben. Der Lack ist abgeblättert, außerdem fehlt mindestens jede zweite Sprosse im Geländer, einige hängen sogar lose im Holz – ein Anblick, der mich an die Stümpfe in Old Zedes Mund erinnern, wenn er lächelt.

Die Frau in der weißen Tracht führt uns nach oben und in einen Flur, wo sich bereits eine Schlange gebildet hat. Ich höre Wasser rauschen. »Nicht sprechen«, befiehlt die Frau. »Ihr werdet hier warten, bis ihr mit dem Bad an der Reihe seid. Ihr zieht eure Sachen aus und legt sie in einem ordentlichen Stapel vor euren Füßen zusammen. Alles.«

Das Blut rauscht in meinen Ohren. Ich sehe mich um und bemerke, dass die Kinder, groß und klein, der Anweisung bereits Folge leisten.

# KAPITEL 9

## Avery

»May Crandall. Bist du sicher, dass dir der Name nichts sagt?« Ich sitze mit meiner Mutter und meinem Vater in der Limousine, die uns zu der Eröffnungsfeier in Columbia bringen soll. »Sie ist diejenige, die gestern mein Armband in dem Pflegeheim gefunden hat.« Ich sage bewusst *gefunden*, weil es sich netter anhört als *geklaut*. »Das von Greer, mit den Libellen aus Granat, das Grandma Judy mir geschenkt hat. Ich glaube, dass diese Frau es wiedererkannt hat.«

»Deine Großmutter hat es oft getragen. Das muss nichts heißen. Es ist ziemlich außergewöhnlich.« Mom presst ihre sorgfältig geschminkten Lippen aufeinander und durchforstet ihr Gedächtnis. »Nein. Der Name sagt mir nichts. Vielleicht ist sie eine der Crandalls aus Ashville. Ich bin mal mit einem Jungen aus ihrer Familie ausgegangen, als ich noch ein Mädchen war. Das war natürlich lange vor deinem Vater. Hast du sie gefragt, wer ihre Familie ist?« Wie für alle Südstaatenladys aus gutem Hause ist das eine völlig legitime Frage – *Wie schön, Ihre Bekanntschaft zu machen. Ist das nicht ein wunderbarer Tag? Aber jetzt müssen Sie mir verraten, wer Ihre Familie ist.*

»Daran habe ich nicht gedacht.«

»Also, wirklich, Avery, was sollen wir bloß mit dir machen?«

»Mir Hausarrest geben?«

Mein Vater lacht leise und blickt von seinen Notizen auf. »Keiner hat ein solches Elefantengedächtnis wie du, Honeybee.«

Mom verpasst ihm einen spielerischen Klaps. »Ach, du nun wieder.«

Er nimmt ihre Hand und küsst sie, über meinen Schoß hinweg. Mit einem Mal fühle ich mich wieder wie dreizehn.

»Igitt, öffentliche Liebesbekundungen ...«

»Erinnerst du dich an eine May Crandall, Wells – eine Freundin deiner Mutter?«, nimmt Honeybee den Gesprächsfaden wieder auf.

»Ich glaube nicht.« Dad kratzt sich am Kopf, ehe ihm einfällt, dass er sein Haar mit Tonnen von Haarspray festbetoniert ist. Termine im Freien brauchen immer eine Extraportion Vorbereitung – es gibt nichts Schlimmeres, als auf einem Zeitungsfoto wie ein explodierter Handfeger auszusehen. Leslie hat mich angewiesen, mein Haar aus dem Gesicht zu frisieren. Honeybee und ich haben sogar die gleiche Frisur – heute ist der Tag des Französischen Zopfes.

»Arcadia«, sage ich, nur um zu sehen, ob das Wort irgendeine Reaktion hervorruft. »War das einer von Grandma Judys Clubs? Oder vielleicht ein Bridge-Zirkel? Oder hat sie jemanden gekannt, der in Arcadia lebt?«

Weder meine Mutter noch mein Vater zeigen eine ungewöhnliche Reaktion. »Arcadia, Florida?«, hakt Mom nach.

»Ich weiß es nicht.« Ich erzähle ihnen nichts von der beunruhigenden Art und Weise, in der diese Frau das Wort ausgesprochen hat. »Wie könnte ich mehr darüber herausfinden?«

»Das scheint dich ja sehr zu beschäftigen.«

Meine Hand will in meine Handtasche greifen, um das Handy mit dem Foto herauszuziehen, doch dann halte ich inne und streiche stattdessen meinen Rock glatt. Ein neuerlicher Anflug von Besorgnis zeichnet sich auf der Miene meiner Mutter ab, und ich will ihr nicht noch mehr Stress machen. Wenn ich ihr das Foto zeige, wird sie nur denken, dass diese May Crandall etwas im Schilde führt. Meine Mutter ist die geborene Verschwörungstheoretikerin und macht sich wegen allem und jedem Sorgen.

»Nein, ich bin nur neugierig. Diese Frau kam mir so einsam vor.«

»Das ist wirklich süß von dir, aber Grandma Judy wäre ohnehin keine geeignete Gesellschaft, selbst wenn sie sich kennen würden. Ich musste die Montagsmädels bitten, sie nicht mehr in Magnolia Manor zu besuchen. Es frustriert Grandma Judy nur, wenn zu viele alte Freunde hereinschneien. Es ist ihr peinlich, dass sie sich nicht an die Namen und Gesichter erinnern kann. Und bei den Leuten, die nicht zur Familie gehören, ist es noch viel schlimmer. Sie hat Angst, man könnte über sie reden.«

»Ich weiß.« Vielleicht sollte ich es einfach gut sein lassen. Aber die Frage geistert mir unablässig im Kopf herum, piesackt und drangsaliert mich. Den ganzen Nachmittag lang. Wir plaudern, wir lachen, wir applaudieren, als mein Vater das Band durchschneidet. Wir stehen in der VIP-Lounge des Countryclubs, unterhalten uns mit dem Gouverneur und irgendwelchen Industriekapitänen. Ich gebe sogar kostenlosen juristischen Rat für den Kampf gegen das Erdgasfracking und erläutere die aktuelle Gesetzeslage, die dem Fracking im benachbarten North Carolina Tür und Tor öffnen könnte. Wirtschaft versus Umweltschutz – nur allzu häufig sind es genau diese zwei zentralen Themen, die am hitzigsten in der Öffentlichkeit debattiert werden und Wählerstimmen bringen können.

Aber selbst als ich über die Kosten-Nutzen-Relation diskutiere, die mich, ehrlich gesagt, nicht sonderlich interessiert, bin ich mit den Gedanken bei meinem Handy und Grandma Judys Reaktion auf das Foto.

Ich weiß, dass sie die Frau erkannt hat. *Queen … oder Queenie.*

Das Ganze ist kein Zufall. Definitiv nicht.

*Arcadia* … Arcadia. Was ist das?

Auf dem Rückweg zum Büro meines Vaters in Aiken sage ich meinen Eltern, ich hätte noch ein paar Dinge zu erledigen – eine Ausrede, um mich für eine Weile aus dem Staub machen zu können, während ich in Wahrheit noch einmal May Crandall besuchen gehen will. Falls da irgendetwas ist, will ich es wissen.

Daddy scheint fast ein wenig enttäuscht zu sein, dass ich ihn allein lasse – er hat vor dem Abendessen zu Hause noch ein Strategiemeeting mit seinen Mitarbeitern und offenbar gehofft, ich würde ihn begleiten.

»Du meine Güte, Wells, Avery hat auch noch ein eigenes Leben«, verteidigt mich Mom. »Sie hat schließlich einen attraktiven jungen Verlobten, um den sie sich nebenbei kümmern muss, schon vergessen?« Sie hebt ihre schmalen Schultern und wirft mir ein verschwörerisches Lächeln zu. »Und eine Hochzeit, die geplant werden will. Und das können sie nicht, wenn sie nie Zeit haben, miteinander zu reden.« In ihrer Stimme schwingt eine unbändige Vorfreude mit. Sie tätschelt mir das Knie, beugt sich vor und blickt mich bedeutungsvoll an. *Gehen wir es endlich an*, sagt der Blick. Dann beginnt sie in ihrer Handtasche zu kramen und wechselt beiläufig das Thema. »Übrigens hat der Gärtner so eine neue Art Rindenmulch vorbeigebracht … Er soll ganz wunderbar für die Azaleen sein … Bitsys Landschaftsgärtner hat ihn empfohlen. Sie haben ihn im Herbst ausgestreut, und ihre Azaleen waren doppelt so üppig wie unsere. Nächstes Jahr werden uns alle um unseren Garten beneiden. Ende März ist es so weit. Es wird einfach ... himmlisch.«

Der Halbsatz *perfekt für eine Hochzeit* hängt unausgesprochen in der Luft. Als wir unsere Verlobung bekanntgegeben haben, hat Elliot Bitsy und Honeybee das Versprechen abgenommen, nicht die komplette Planung an sich zu reißen. Dieses Versprechen bringt sie jetzt schier um den Verstand. Die beiden würden den Laden erbarmungslos schmeißen, wenn wir sie ließen, aber wir wollen es lieber nach unseren eigenen Vorstellungen und in unserem eigenen Tempo tun. Außerdem sollten mein Vater und Honeybee sich darauf konzentrieren, dass er wieder gesund wird, statt sich mit Hochzeitsvorbereitungen herumzuschlagen.

Aber davon will Honeybee natürlich nichts hören.

Ich tue so, als hätte ich die Anspielung nicht mitbekommen. »Ich glaube, Jason könnte sogar in der Wüste Rosen pflanzen.« Jason kümmert sich schon seit meiner Schulzeit um den Garten von Drayden Hill und würde nur zu gern allen zeigen, wozu er fähig ist. Aber Elliot würde niemals einer Idee für die Hochzeit zustimmen, die auf dem Mist unserer Mütter gewachsen ist. Elliot liebt seine Mom, aber er ist Einzelkind und hat es satt, dass sie glaubt, sich ständig in sein Leben einmischen zu müssen.

*Eins nach dem anderen*, denke ich. *Daddy, Krebs, Politik.* Das sind gerade die drei wichtigsten Dinge.

Wir halten vor dem Büro an. Der Fahrer hält uns die Tür auf, und ich steige erleichtert aus.

»Sag Elliot bitte, er soll sich bei seiner Mutter in meinem Namen für den Tipp mit den Azaleen bedanken«, ruft mir Honeybee hinterher – eine letzte Anspielung, bevor ich die Tür zuschlagen kann.

»Mache ich.« Ich gehe zu meinem Wagen und rufe Elliot an. Er hebt nicht ab. Es ist zwar schon nach fünf, aber wahrscheinlich sitzt er in einem Meeting. Seine Kunden sind überall auf der Welt verstreut, deshalb muss er ständig auf Abruf sein.

Ich hinterlasse ihm eine kurze Nachricht wegen der Azaleen, weil ich sicher bin, dass er darüber lachen wird – manchmal braucht er eine kleine Aufmunterung nach einem stressigen Tag.

Ein paar Minuten später ruft mich meine mittlere Schwester Allison an.

»Hey, Allie. Was liegt an?«

Obwohl Allison lacht, spüre ich, dass sie völlig fertig ist. Im Hintergrund höre ich die Drillinge toben. »Könntest du es irgendwie hinkriegen … egal wie, Courtney vom Ballett abzuholen? Die Jungs sind krank, und ich musste sie heute schon dreimal komplett umziehen … ja, gerade sind wir wieder splitternackt. Alle vier. Und Court steht wahrscheinlich vor dem Tanzstudio und fragt sich, wo ich bleibe.«

Ich kehre um und mache mich auf den Weg zu Miss Hannah's – der Ballettschule, wo ich mich damals als komplette Null entpuppt habe. Courtney hingegen hat eindeutig Talent. Bei der Aufführung im Frühjahr war sie einsame Klasse. »Klar. Rein zufällig bin ich sogar ganz in der Nähe. Zehn Minuten. Kein Problem.«

Allison stößt einen tiefen Seufzer aus. »Danke. Du bist ein Schatz. Für heute bist du meine Lieblingsschwester.« Die Frage, wer Allisons Lieblingsschwester des Tages ist, hat sich seit unserer Kindheit zum Running Gag entwickelt. Sie als die Mittlere hatte stets die Wahl zwischen Missy, der älteren und spannenderen Schwester, und mir, der jüngeren, die sich besser herumkommandieren ließ.

Ich lache leise. »Tja, das ist mir eine Extrarunde durch die Stadt natürlich wert.«

»Und bitte verrate Mama nicht, dass die Jungs krank sind, sonst kommt sie her, und ich will nicht, dass Daddy sich auch noch ansteckt. Setz Courtney einfach bei Shellie ab. Ich schicke dir eine Nachricht mit der Adresse. Shellies Mom weiß schon Bescheid. Courtney darf heute bei ihnen bleiben.«

»Alles klar.« Allison ist Honeybee am ähnlichsten – sie führt ein Regiment im Stil eines Generals, aber die Geburt der Jungs hat sich als regelrechte Invasion entpuppt, der sie nicht Herr zu werden scheint. »Ich bin gleich da. Ich melde mich, sobald ich deine Tochter gerettet habe.«

Wir legen auf. Minuten später halte ich vor Miss Hannah's Studio an, wo Courtney bereits vor der Tür wartet. Als sie mich sieht, strahlt sie vor Erleichterung.

»Hey, Tante Aves!«, ruft sie und steigt ein.

»Selber hey.«

»Hat Mom mich wieder mal vergessen?« Sie verdreht die Augen und lässt den Kopf zur Seite kippen – eine Geste, die sie deutlich älter als zehn wirken lässt.

»Nein … ich hatte einfach Sehnsucht nach dir und dachte, wir könnten eine Weile in den Park gehen, rutschen, im Kletterhaus spielen und so …«

»Also wirklich, Tante Aves …«

Ich finde es besorgniserregend, dass sie die Idee so schnell verwirft. Sie ist viel zu erwachsen für ihr Alter. Hat sie sich nicht gestern noch an mein Hosenbein geklammert und mich angebettelt, mit ihr auf die Bäume in Drayden Hill zu klettern? »Na gut, deine Mom hat mich angerufen, damit ich dich abholen komme. Aber nur, weil die Jungs krank sind. Ich soll dich zu Shellie bringen.«

Ihre Züge erhellen sich, und sie setzt sich auf. »Oh, super!«

Ich werfe ihr einen scharfen Blick zu, worauf sie eilig hinzufügt: »Nicht das mit den Jungs, meine ich.«

Ich schlage vor, einen Boxenstopp an einer Eisdiele einzulegen, was wir früher immer so gern getan haben, aber sie sagt, sie hätte keinen Hunger. Stattdessen will sie so schnell wie möglich zu Shellie, also gebe ich Gas.

Sie zieht ihr Handy heraus, um Shellie eine Nachricht zu schreiben. Der Anblick, wie meine Nichte im Eiltempo zum Teenager zu werden scheint, versetzt mir einen leisen Stich. Doch dann kehren meine Gedanken zu May Crandall und diesem geheimnisvollen *Arcadia* zurück. Wie wird sie wohl reagieren, wenn ich sie danach frage?

Aber meine Chancen, heute noch eine Antwort zu bekommen, schwinden zusehends. Wenn ich Courtney abgesetzt habe, ist es längst Abendessenszeit im Pflegeheim, und May wird vermutlich keine Zeit für mich haben.

Ich biege von der Hauptstraße ab in ein gepflegtes Wohnviertel mit von Bäumen gesäumten Straßen und imposanten Häusern aus der Zeit der Jahrhundertwende, inmitten von gepflegten Grundstücken und Gärten. Erst nach ein paar Metern fällt mir ein, wieso mir der Weg zu Shellies Haus so bekannt vorkommt – Grandmas Zuhause in der Lagniappe Street ist gleich um die Ecke.

»Hey, Court, hast du Lust, an Grandma Judys Haus vorbeizufahren, bevor ich dich zu Shellie bringe?« Die Vorstellung, allein hinzugehen, behagt mir nicht, andererseits könnten sich unter ihren Sachen vielleicht ein paar Antworten auf meine Fragen finden.

Verwirrt blickt Courtney von ihrem Handy auf. »Das ist ziemlich gruselig, Tante Aves. Da wohnt niemand, aber überall stehen noch Grandma Judys Sachen.« Sie hat die Unterlippe vorgeschoben und blickt mich ernst aus ihren großen blauen Augen an. Für die Kinder ist es schwer, Grandma Judys raschen Verfall hinzunehmen; es ist das erste Mal, dass sie mit der Sterblichkeit eines Menschen in Berührung kommen. »Aber wenn es sein muss, komme ich mit.«

»Nein, nein, ist schon okay.« Ich fahre an der Kreuzung vorbei. Es gibt keine Veranlassung, Courtney in das Ganze hineinzuziehen; ich werde einfach später hier vorbeischauen, wenn ich sie bei ihrer Freundin abgesetzt habe.

Sie ist sichtlich erleichtert. »Okay. Danke, dass du mich abgeholt hast, Tante Aves.«

»Jederzeit gern, Schatz.«

Wenige Minuten später geht sie die Einfahrt zu Shellies Haus hinauf, während ich mich auf den Weg in die Lagniappe Street mache, in die Vergangenheit.

Tiefe Trauer überkommt mich, als ich vor dem Haus anhalte und aussteige. Überall sind Erinnerungen – die Rosen, die ich gemeinsam mit meiner Großmutter geschnitten habe; die Weide, auf der ich mit einem Mädchen aus der Nachbarschaft herumgeklettert bin; die Veranda, die als Hintergrund für diverse Abschlussballfotos gedient hat; der Teich mit den Kois, die wir mit Kekskrümeln gefüttert haben.

Ich kann ihre Gegenwart auf der im Südstaatenstil gehaltenen Veranda förmlich spüren, als ich die Treppe hinaufgehe. Die Erkenntnis, dass ich hier nie wieder von ihr in Empfang genommen werde, tut weh.

Ich gehe in den Garten und betrete das Gewächshaus. Schale, staubige Luft schlägt mir entgegen. Der feuchte, erdige Geruch ist längst verflogen, die Regale und all die Blumentöpfe sind verschwunden. Zweifellos hat meine Mutter sie jemandem gegeben, der sie gebrauchen kann.

Der Schlüssel liegt noch an seinem gewohnten Platz. Ich ziehe einen losen Stein aus dem Fundament und nehme ihn heraus, gehe ins Haus und schalte die Alarmanlage aus. Dann stehe ich einen Moment lang reglos im Wohnzimmer. *Was jetzt?*

Die Dielen knarzen unter meinen Schuhen. Obwohl ich das Geräusch nur zu gut kenne, zucke ich vor Schreck zusammen. Courtney hat recht – das Haus wirkt verlassen und ein bisschen gruselig, nicht länger wie das Zuhause, das es einst war. Seit meinem dreizehnten Lebensjahr war ich immer hier, wenn meine Eltern während des Schuljahrs nach D. C. mussten, damit ich in Aiken und bei meinen Freundinnen bleiben konnte.

Jetzt komme ich mir wie ein Einbrecher vor.

*Außerdem ist das Ganze lächerlich. Du weißt ja noch nicht mal, wonach du suchst.*

Vielleicht nach Fotos? Finde ich die Frau von dem Foto auf May Crandalls Nachttisch zufällig in einem der Alben? Grandma Judy war stets die Familienhistorikerin; diejenige, die sich um den Stammbaum der Staffords gekümmert, unermüdlich auf ihrer alten Schreibmaschine Etiketten getippt und auf irgendwelche Gegenstände geklebt hat – im ganzen Haus gibt es nicht ein einziges Möbelstück, Gemälde oder Foto, das nicht mit Angaben über Herkunft und einstigen Besitzer versehen ist, ebenso wie ihre privaten Schätze. Das Libellenarmband habe ich in einer abgenutzten Schmuckschatulle mit einem gelben Aufkleber auf dem Boden bekommen.

*Juli 1966: Geschenk. Mondsteine als Symbol für die ersten Fotos vom Mond, geschickt von der ersten amerikanischen Raumsonde Surveyor. Granate für die Liebe. Libellen für das Wasser. Saphire und Onyx als Andenken. Gestaltet und angefertigt von Damon Greer, Greer Designs.*

Darunter hat sie geschrieben:

*Für Avery.*

*Weil du diejenige bist, die neue Träume träumen und neue Wege beschreiten kann. Mögen dich die Libellen an Orte jenseits deiner Vorstellungskraft mitnehmen.*

*– Grandma Judy*

Erst jetzt wird mir bewusst, dass sie nicht vermerkt hat, von wem das Geschenk stammt. Seltsam. Ich überlege, ob mir ihre Terminkalender Aufschluss geben könnten. Dort hat sie stets sorgsam ihre Tagesabläufe dokumentiert, hat notiert, mit wem sie sich getroffen, was sie getragen hat und was es zu essen gab. Fall sie und May Crandall Freundinnen gewesen sein oder demselben Bridge-Club angehört haben sollten, wird ihr Name vermutlich darin verzeichnet sein.

*Eines Tages wirst du sie lesen und alles über mich wissen*, hat sie einmal zu mir gesagt, als ich sie fragte, weshalb sie alles schriftlich festhalte.

Diese Bemerkung erscheint mir nun wie eine Erlaubnis, trotzdem habe ich leise Gewissensbisse, als ich durchs Haus gehe. Noch ist meine Großmutter am Leben. Sie ist immer noch da. Was ich hier gerade tue, grenzt eigentlich an Schnüffelei, trotzdem werde ich das Gefühl nicht los, dass sie es will – sie will, dass ich etwas verstehe, weil es aus irgendeinem Grund wichtig ist. Für uns beide.

Ihr jüngster Kalender liegt noch auf dem Schreibtisch in dem kleinen Arbeitszimmer neben der Bibliothek, aufgeschlagen auf der Seite mit dem Tag, an dem sie acht Stunden lang verschwunden war und schließlich ganz allein und verwirrt in ihrem ehemaligen Lieblingseinkaufszentrum aufgefunden wurde. Es war ein Donnerstag.

Die Handschrift ist schwer leserlich, zittrig und leicht nach unten geneigt, weit von ihrer schönen, geschwungenen Schrift von einst entfernt. *Trent Turner, Edisto* lautet der einzige Eintrag an diesem Tag.

Edisto? Dachte sie, dass sie in das Cottage auf Edisto Island fahren würde, um sich mit jemandem zu treffen? Vielleicht hatte sie ja etwas geträumt und geglaubt, es sei real. Oder ein Ereignis aus der Vergangenheit noch einmal durchlebt.

Wer ist Trent Turner?

Ich blättere.

Unter den Notizen über Grandmas gesellschaftliche Verpflichtungen der vergangenen Monate findet sich kein Hinweis auf May Crandall. Trotzdem hat Mays Verhalten darauf schließen lassen, dass sie sich erst kürzlich begegnet sind.

Je weiter ich zurückgehe, umso klarer wird die Handschrift. Immer mehr Ereignisse tauchen auf, zu denen ich meine Großmutter früher begleitet habe – Veranstaltungen des Federation Women's Club, des Bibliotheksausschusses, der Frauenvereinigung, des Gartenclubs im Frühjahr. Es ist schmerzlich zu sehen, wie sie vor sieben Monaten, vor ihrem rapiden Verfall, noch all ihren gesellschaftlichen Verpflichtungen nachgekommen ist, obwohl ein, zwei Freunde meinen Eltern gegenüber erwähnt haben, dass *Judy zwischendurch immer wieder kleine Aussetzer* hätte.

Ich blättere weiter, grüble, erinnere mich, lasse dieses Jahr Revue passieren, das alles verändert hat. Das Leben kann von einer Sekunde auf die andere eine völlig neue Wendung nehmen – ihr Kalender führt mir dies einmal mehr vor Augen. Wir planen unsere Tage, doch unter Kontrolle haben wir sie nicht.

Inzwischen bin ich beim Januar angelangt. An den Rand des Neujahrstags ist erneut *Trent Turner* und *Edisto* gekritzelt. Und eine Telefonnummer.

Vielleicht hat sie ja mit jemandem über irgendwelche Renovierungsarbeiten geredet. Schwer vorstellbar. Seit Großvaters Tod vor sieben Jahren hat sich Dads Privatsekretärin um Grandma Judys Angelegenheiten gekümmert und hätte derartige Termine eingefädelt.

Es gibt wohl nur einen Weg, es herauszufinden.

Ich ziehe mein Handy heraus und wähle die Nummer.

Es läutet. Einmal, zweimal.

Ich überlege, was ich sagen soll, wenn jemand rangeht … *Äh, ich bin nicht sicher, weshalb ich Sie anrufe. Ich habe Ihren Namen in einem alten Kalender meiner Großmutter gefunden und …*

Genau, *und … was*?

Die Voicemail springt an. »Hier spricht Trent von Turner Real Estate. Im Augenblick kann ich Ihren Anruf nicht entgegennehmen, bitte hinterlassen Sie mir eine Nachricht, dann …«

Ein Immobilienmakler? Ich bin baff. Wollte Grandma Judy das Haus auf Edisto verkaufen? Schwer vorstellbar. Das Cottage befand sich schon vor ihrer Heirat mit meinem Großvater in Familienbesitz. Sie liebt dieses Cottage.

Außerdem hätten mir meine Eltern bestimmt davon erzählt. Es muss eine andere Erklärung geben, aber da ich im Augenblick nicht weiterkomme, muss ich mich wohl damit begnügen, ein wenig im Haus herumzustöbern.

Im Wandschrank finde ich die restlichen Kalender an ihrem angestammten Platz in einer Vitrine, sorgfältig sortiert, von dem Jahr ihrer Heirat mit meinem Großvater an, bis jetzt. Aus einer Laune heraus greife ich nach dem ältesten. Der milchige Ledereinband ist vertrocknet und mit braunen Rissen durchzogen. Ich schlage das Buch auf, lasse den Blick über die Einträge schweifen: Verbindungsfeiern, Collegeprüfungen, Brautpartys, Geschirrdekors und Verabredungen mit meinem Großvater, allesamt in geschwungener Mädchenhandschrift notiert.

*Heute Harolds Eltern in Drayden Hill besucht. Reiten. Habe ein paar Zäune übersprungen. Harold sagt, ich darf es nicht seiner Mutter verraten. Schließlich sollen wir für die Hochzeit in einem Stück sein. Ich habe meinen Prinzen gefunden. Nicht der leiseste Zweifel.*

Ein Gefühl der Rührung durchströmt mich. Bittersüß.

*Nicht der leiseste Zweifel.*

Hat sie tatsächlich so empfunden? *Wusste* sie einfach, dass mein Großvater der Richtige ist, als sie einander begegneten? Sollte es zwischen Elliot und mir nicht auch so einen Moment gegeben haben, in dem der ultimative Blitz eingeschlagen hat, statt dass wir scheinbar mühelos aus den Abenteuern unserer Kindheit in eine Freundschaft und schließlich in ein Leben als Paar und schließlich zur Verlobung gleiten, weil es nach sechs Jahren Beziehung allmählich Zeit wurde, das Ganze unter Dach und Fach zu bringen? Stimmt mit uns etwas nicht, weil wir uns nicht Hals über Kopf in dieses Abenteuer hineinstürzen, weil wir es nicht eilig haben, endlich alles niet- und nagelfest zu machen?

Mein Handy läutet. Ich ziehe es aus der Tasche, hoffe, dass er es ist.

Die Stimme ist freundlich und gehört einem Mann, aber nicht Elliot.

»Hallo, hier spricht Trent Turner. Ich habe Ihre Nummer auf dem Display. Bitte entschuldigen Sie, dass ich nicht rangehen konnte. Wie kann ich Ihnen helfen?«

»Oh … oh …« Mit einem Mal fällt mir kein einziger eleganter Eröffnungssatz ein, deshalb platze ich heraus: »Ich habe Ihre Nummer im Terminkalender meiner Großmutter gefunden.«

Das Rascheln von Papier dringt durch die Leitung. »Haben wir einen Termin vereinbart? Für die Besichtigung eines Cottages? Oder geht es um ein Mietgesuch?«

»Ich weiß es nicht. Ehrlich gesagt, hatte ich gehofft, Sie könnten es mir sagen. Meine Großmutter hat gesundheitliche Probleme, und ich versuche gerade, mir einen Reim auf ihre Termine zu machen.«

»Für welchen Tag war der Termin vereinbart?«

»Ich bin nicht sicher, ob sie überhaupt einen hatte. Ich dachte, sie hätte Sie vielleicht angerufen, weil sie ein Haus verkaufen will. Das Myers Cottage.« Hier in der Gegend ist es üblich, dass die Häuser unter den Namen ihrer ersten Besitzer bekannt sind. Die Eltern meiner Großmutter haben das Haus dort gebaut, als Feriendomizil, um der schwülen Sommerhitze im Landesinneren zu entfliehen. »Stafford. Judy Stafford.« Ich wappne mich für den veränderten Tonfall, den der Nachname beinahe unweigerlich nach sich zieht. Die Leute hier kennen uns, ob sie uns nun lieben oder hassen.

»Staff…ford … Stafford«, murmelt er. Vielleicht ist er nicht aus der Gegend. Ja, genau, er hat nicht einmal den Ansatz eines Charlestoner Akzents. Ein Lowcountry-Akzent ist es nicht, dafür klingt er zu gedehnt. Texas vielleicht? Ich habe früher mit so vielen Kindern aus anderen Gegenden gespielt, deshalb kenne ich mich mit Akzenten aus, sowohl mit internationalen als auch amerikanischen.

Einen Moment lang herrscht eine eigentümliche Stille, dann fährt er hörbar vorsichtiger fort. »Ich bin erst seit neun Monaten hier, aber ich kann Ihnen versichern, dass nie jemand angerufen hat, um das Myers Cottage zu verkaufen oder zu vermieten. Es tut mir leid, wenn ich Ihnen da nicht weiterhelfen kann.« Er will mich abwimmeln, ganz klar. *Warum?* »Sollte Ihre Großmutter vor Jahresbeginn angerufen haben, hat sie vermutlich mit meinem Großvater, Trent senior, gesprochen. Aber er ist vor etwa sechs Monaten verstorben.«

»Oh, mein Beileid. Haben Sie irgendeine Idee, was meine Großmutter mit ihm hätte besprechen wollen?«

Wieder spüre ich dieses Unbehagen, als wäge er seine Worte sorgfältig ab. »Ja, durchaus. Er hatte einige Unterlagen für sie hier. Mehr kann ich Ihnen leider nicht dazu sagen.«

Schlagartig erwacht der Anwaltsinstinkt in mir, der mir sagt, dass ich es mit einem Zeugen zu tun habe, der bewusst Informationen zurückhält. »Was für Unterlagen?«

»Es tut mir leid, aber ich habe meinem Großvater ein Versprechen gegeben.«

»Was für ein Versprechen?«

»Ihr den hinterlegten Umschlag zu übergeben, falls sie persönlich hierherkommt.«

Sämtliche Alarmglocken schrillen in meinem Kopf. Was ist hier los? »Sie kann aber nicht mehr reisen.«

»Dann kann ich Ihnen nicht weiterhelfen. Tut mir leid.«

Und damit legt er ohne ein weiteres Wort auf.

# KAPITEL 10

## Rill

Es ist still. Ein feuchter, modriger Geruch hängt im Zimmer. Ich schlage die Augen auf, kneife sie fest wieder zu und öffne sie wieder, diesmal ganz langsam. Ich bin noch zu schlaftrunken, um meine Umgebung klar zu erkennen; es ist genau so, wie wenn nachts der Nebel über dem Fluss durch die offenen Fenster des Hausboots hereinzieht.

Nichts sieht so aus, wie es soll: Statt der gewohnten Türen und Fenster der *Arcadia* sehe ich dicke Backsteinwände. Der Geruch nach Schimmel und feuchtem Schmutz steigt mir in die Nase, setzt sich fest. Es stinkt genauso wie in dem Fach, in dem wir unsere Vorräte und die Dieselkanister lagern.

Lark wimmert im Schlaf. Ich höre das Quietschen von Angeln statt des gewohnten leisen Knarzens der beiden Klapp-Pritschen, auf denen Lark und Fern sonst schlafen.

Blinzelnd setze ich mich auf, mache ein winziges Fenster hoch oben in Deckennähe aus. Düsteres Morgenlicht dringt herein. Es scheint trüb zu sein.

Auf einen Schlag erinnere ich mich wieder, wie ich mich auf die muffige Matratze gelegt und zum Fenster hinaufgesehen habe, während der Tag sich dem Ende neigte und die Atemzüge meiner Geschwister immer tiefer und gleichmäßiger wurden.

Ich erinnere mich, wie die Frau in der weißen Tracht uns die Kellertreppe hinuntergeführt hat, vorbei am Heizkessel und den Kohlehaufen, in dieses winzige Zimmer.

*Hier schlaft ihr, bis wir wissen, ob ihr endgültig bleibt. Kein Muckser, verstanden. Ihr müsst still sein. Und ihr bleibt in euren Betten liegen.*

Sie zeigte auf fünf Feldbetten, wie sie die Soldaten benutzen, wenn sie unten am Fluss eine Übungseinheit absolvieren.

Dann ging sie und verschloss die Tür hinter sich.

Gehorsam setzten wir uns auf unsere Betten, selbst Camellia. Ehrlich gesagt, war ich froh, dass wir wieder unter uns waren. Keine Aufpasserinnen, keine anderen Kinder mit neugierigen Augen, mit besorgten Augen, mit traurigen Augen, gemeinen Augen, blicklosen Augen, tot und hart.

Die Ereignisse des gestrigen Tages ziehen erneut vorüber – die *Arcadia*, die Polizei, Silas, Miss Tanns Wagen, die Schlange vor dem Badezimmer im Stockwerk über uns. Übelkeit steigt in mir auf, spült wie eine Woge brackigen Wassers über mich hinweg, heiß von der sengenden Sonne, vergiftet von allem, was darin herumtreibt.

Ich fühle mich schmutzig, von innen heraus. Das Gefühl hat nichts mit dem trüben Badewasser zu tun, das schon braun vom Sand und der Seife von all den Kindern war, die vor uns gebadet hatten.

Stattdessen sehe ich die Aufpasserin über mir aufragen, als ich in die Wanne steige und mich abwende, weil ich nichts habe, um meine Blöße zu bedecken. »Wasch dich.« Sie zeigt auf das Seifenstück und den Waschlappen. »Wir haben hier keine Zeit zum Rumtrödeln. Und ihr Flussratten seid ja sowieso nicht gerade prüde, oder?«

Ich weiß weder, was sie damit meint, noch, was ich darauf erwidern soll. Aber vielleicht soll ich das sowieso nicht tun.

»Waschen, hab ich gesagt!«, keift sie. »Denkst du, ich hab den ganzen Tag Zeit?« Das hat sie unter Garantie nicht; dasselbe hat sie auch schon zu den anderen Kinder gesagt, die Worte mischten sich mit Weinen, Jammern und Prusten, wenn sie jemanden unter Wasser drückte, um die Seife aus den Haaren zu waschen. Zum Glück hat keines von uns Foss-Kindern Angst vorm Untertauchen. Camellia und die Kleinen haben die Badeprozedur ohne irgendwelche Probleme hinter sich gebracht. Natürlich will ich auch keinen Ärger machen, aber die Frau scheint mich auf dem Kieker zu haben; vielleicht weil ich die Älteste bin. Ich kauere mich in die kalte, schmutzige Brühe.

Sie tritt näher und starrt mich in einer Art und Weise an, bei der ich eine Gänsehaut kriege. »Noch kannst du bei den Kleinen bleiben, aber bald werden wir dich anderswo unterbringen müssen.«

Ich drehe mich noch ein Stück weiter zur Seite und säubere mich so schnell, wie ich nur kann.

Selbst heute Morgen fühle ich mich noch schmutzig von ihren Blicken. Ich hoffe bloß, wir sind weg, bevor wir das nächste Mal baden müssen.

Ich will, dass alles anders aussieht – dass sich die Mauern in Holzwände verwandeln, der Zementboden schmilzt, verschwindet. Ich will die alten, zerschrammten Planken unter meinen Füßen spüren, das sanfte Schaukeln des Bootes, wenn wir in unseren Betten liegen, Briny, wenn er draußen auf der Veranda leise Mundharmonika spielt.

Während der Nacht bin ich bestimmt zehn Mal aufgewacht. In den frühen Morgenstunden hat Fern sich neben mich gequetscht. Die dünne Matratze bog sich unter unserem Gewicht, so dass wir ganz eng beisammenlagen. Es grenzt an ein Wunder, dass Fern überhaupt atmen, geschweige denn schlafen kann.

Wann immer ich einnicke, bin ich wieder auf der *Arcadia*, nur um beim Aufwachen festzustellen, dass ich hier in diesem Zimmer liege und versuche zu begreifen, was passiert ist.

*Hier schlaft ihr, bis wir wissen, ob ihr endgültig bleibt.*

Was soll das heißen – endgültig? Bringen sie uns nicht ins Krankenhaus zu Briny und Queenie? Wir haben uns doch gewaschen und sind über Nacht hiergeblieben, oder? Und gehen wir alle hin oder nur ein Teil von uns? Ich kann die Kleinen unmöglich hier zurücklassen. Was, wenn diese Leute ihnen etwas antun?

Ich muss meine Geschwister beschützen, dabei kann ich mich noch nicht mal selbst schützen.

Mein Mund fühlt sich klebrig an von den hinuntergeschluckten Tränen. Ich habe mir geschworen, nicht zu weinen, weil sonst die Kleinen Angst bekommen. Ich habe ihnen versprochen, dass alles gut wird, und bisher glauben sie es auch, sogar Camellia.

Ich schließe die Augen, schlinge die Arme um Fern und lasse meine Tränen in ihr Haar kullern, während ich verzweifelt gegen die Schluchzer anschlucke, die in mir aufsteigen. Fern kriegt nichts davon mit. Vielleicht glaubt sie ja, das Wackeln käme von den Wellen, die gegen den Rumpf der *Arcadia* schlagen.

*Nicht einschlafen*, ermahne ich mich. Ich muss Fern auf ihre Pritsche legen, bevor jemand kommt. Ich darf nicht zulassen, dass wir Ärger kriegen. Die Frau hat gesagt, wir sollen in unseren Betten bleiben.

*Nur noch eine Minute. Oder zwei. Dann stehe ich auf und sorge dafür, dass alle dort sind, wo sie sein sollen.*

Ich döse ein, wache auf, döse wieder ein, wache wieder auf. Ich höre jemanden atmen, direkt neben uns. Jemanden, der größer ist als wir. Mein Herz hämmert. Es ist ein Mann. Vielleicht Briny.

In diesem Moment steigt mir der Geruch nach altem Fett, Gras, Kohlenstaub und Schweiß in die Nase. Es kann nicht Briny sein. Der riecht nach Flusswasser und nach Himmel; im Sommer nach Morgennebel, im Winter nach Eis und verbranntem Holz.

Ich lausche, höre Schritte neben der Tür, dann Stille. Es ist nicht Brinys Gang.

Ich ziehe die Decke über Ferns Kopf, in der Hoffnung, dass sie nicht ausgerechnet jetzt aufwacht und sich regt. Es ist düster im Raum; lediglich durch das Fenster hoch oben fällt ein wenig Licht. Vielleicht merkt er ja nicht, dass Fern nicht auf ihrer Pritsche liegt.

Ich wende den Kopf und habe Mühe, ihn auszumachen. Er ist wesentlich größer und dicker als Briny, mehr kann ich nicht erkennen. Wie ein Schatten ragt er neben der Tür empor, reglos, schweigend. Er steht einfach nur da und sieht uns an.

Meine Nase läuft, aber ich traue mich nicht, zu schniefen oder sie abzuwischen. Er soll nicht wissen, dass ich wach bin. Wieso ist er hier?

Camellia dreht sich im Bett um.

*Nein*, denke ich. *Psssst*. Sieht sie ihn an? Kann er erkennen, ob ihre Augen offen sind?

Er tritt vollends ein. Geht ein paar Schritte, bleibt stehen, geht weiter, bleibt wieder stehen. Beugt sich über Larks Pritsche, berührt ihr Kissen. Er stolpert über etwas und stößt gegen den Holzrahmen.

Ich beobachte ihn mit halb geschlossenen Augen. Jetzt tritt er an meine Pritsche und bleibt bestimmt eine Minute davor stehen. Das Kissen raschelt. Er berührt es, zweimal, kaum merklich.

Dann geht er weiter zu den anderen Pritschen, ehe er sich abwendet und zur Tür zurückkehrt.

Ich lasse meinen angehaltenen Atem entweichen und hole tief Luft. Dabei steigt mir der Geruch nach Pfefferminz in die Nase. Als ich die Decke zurückschlage und Fern wecken will, sehe ich die beiden Bonbons auf dem Kissen. Sofort muss ich an Briny denken. Wann immer er in einer Spielhalle gewonnen oder auf einem Ausflugsdampfer ein bisschen Geld verdient hat, bringt er uns eine Rolle Beech-Nut-Pfefferminzbonbons mit. Das sind die allerbesten. Er gibt uns kleine Rätsel auf, und für die richtige Antwort gibt es ein Bonbon als Belohnung. *Wenn zwei Sommertangaren auf einem Baum sitzen, eine unten auf dem Boden und drei Hüttensänger in einem Strauch und vier auf dem Boden und eine Krähe auf dem Zaun und eine Eule in der Scheune, wie viele Vögel sind dann auf dem Boden?*

Je älter wir sind, umso kniffliger werden die Fragen. Und je kniffliger die Fragen, umso leckerer schmecken die Bonbons.

Am liebsten würde ich zur Tür laufen und nachsehen, ob es vielleicht doch Briny war. Aber es ist eine andere Bonbonmarke. Sie fühlen sich irgendwie nicht richtig in meiner Hand an, als ich sie vom Kissen nehme und Fern zu ihrer Pritsche zurücktrage.

Camellia, die am nächsten zur Tür liegt, schiebt sich ihr Pfefferminz in den Mund.

Ich überlege, ob ich die Bonbons liegen lassen soll, entscheide mich aber dagegen – wenn die Aufpasserinnen kommen, gibt es vielleicht Ärger, weil uns jemand was geschenkt hat. Deshalb sammle ich sie alle ein.

»Diebin!«, zischt Camellia – das erste Wort, seit wir gestern Abend in der Schlange vor dem Badezimmer gestanden haben. Sie setzt sich auf, wobei ihr das viel zu große Nachthemd über die eine Schulter rutscht – nach dem Baden hat eine der Angestellten ein paar davon aus einem Stapel Wäsche gezogen. »Er hat jedem von uns ein Bonbon hingelegt. Du kriegst sie nicht alle. Das ist unfair.«

»Pssst!« Ich habe Angst, dass gleich die Tür aufgeht und wir mächtig Ärger kriegen. »Ich hebe sie für später auf.«

»Du klaust!«

»Tue ich nicht.« Camellia ist wieder ganz die alte – und ein Morgenmuffel. Sie steht nicht gern auf, auch nicht, wenn es ein Bonbon gibt. Normalerweise lasse ich mich davon nicht beeindrucken, aber jetzt bin ich zu müde zum Streiten. »Ich habe gesagt, dass ich sie für später aufhebe. Ich will nicht, dass wir Ärger kriegen.«

Camellias magere Schultern sacken herab. »Den haben wir schon längst.« Ihr schwarzes Haar fällt ihr ins Gesicht. »Was machen wir jetzt, Rill?«

»Wir werden brav sein, damit diese Leute uns zu Briny bringen. Du darfst nicht noch mal versuchen abzuhauen, Camellia. Die sind stärker als wir, okay? Und wenn wir sie ärgern, bringen sie uns nie ins Krankenhaus.«

Sie starrt mich an; ihre Augen sind zu Schlitzen verengt, so dass sie wie einer dieser Chinesen aussieht, die am Flussufer in riesigen Kesseln die Wäsche anderer Leute waschen. »Glaubst du ehrlich, dass sie uns hinbringen? Heute?«

»Wenn wir brav sind.« Ich kann nur hoffen, dass es keine Lüge ist. Aber vielleicht ist es eine.

»Wieso haben die uns hierher gebracht?«, stößt sie erstickt hervor. »Wieso haben die uns nicht einfach in Ruhe gelassen?«

Ich durchforste mein Gehirn nach einer plausiblen Antwort, für mich selbst ebenso wie für sie. »Ich glaube, es ist alles ein Missverständnis. Sie müssen mitgekriegt haben, dass Briny nicht zurückgekommen ist, um sich um uns zu kümmern. Aber Briny wird es ihnen schon sagen, sobald er erfährt, dass sie uns mitgenommen haben. Er wird ihnen sagen, dass alles ein großes Missverständnis ist, und uns nach Hause bringen.«

»Aber heute?« Ihr Kinn bebt, und sie schiebt die Unterlippe vor, so wie sie es immer macht, wenn sie auf Streit aus ist.

»Jede Wette. Heute.«

Schniefend wischt sie sich den Rotz mit dem Ärmel ab. »Ich lass mich aber von den Weibern nicht noch mal in die Wanne stecken, Rill. Kommt nicht in die Tüte.«

»Was haben sie dir angetan, Camellia?«

»Gar nichts.« Trotzig reckt sie das Kinn. »Ich geh da bloß nicht mehr rein, das ist alles.« Sie streckt mir die Hand hin. »Wenn du den anderen die Bonbons nicht gibst, dann nehme ich sie. Ich hab Riesenhunger.«

»Wir heben uns den Rest für später auf. Falls wir rausdürfen, wo die anderen Kinder gestern gespielt haben, gebe ich sie ihnen.«

»Aber du hast gesagt, dass Briny später kommt.«

»Ich weiß aber nicht, wann, sondern bloß, *dass* er kommt.«

Sie schürzt die Lippen, um mir zu zeigen, dass sie mir kein Wort glaubt. »Vielleicht kann uns ja der Mann helfen, von hier wegzukommen. Der die Bonbons gebracht hat. Er ist unser Freund.«

Daran habe ich auch schon gedacht. Aber wer war dieser Mann? Wieso ist er hereingekommen? Will er unser Freund sein? Er ist der Erste, der nett zu uns war, seit wir Mrs. Murphys Haus betreten haben.

»Wir warten auf Briny«, sage ich. »Bis dahin müssen wir brav sein, damit …«

Die Türklinke bewegt sich. Camellia und ich werfen uns in unsere Betten und tun so, als würden wir schlafen. Mit hämmerndem Herzen liege ich unter der kratzigen Decke. Wer ist da draußen? Unser Freund oder jemand anderes? Haben sie uns reden gehört?

In diesem Moment geht die Tür auf, und eine dunkelhaarige Frau in einer weißen Tracht kommt herein. Sie hat den Körperbau eines Holzfällers und eine rundliche Taille. Gestern haben wir sie nicht gesehen, so viel steht fest.

Sie runzelt die Stirn, blickt zu unseren Betten herüber, dann auf die Schlüssel in ihrer Hand. »Los, raus aus den Betten alle miteinander.« Sie spricht wie diese Familie aus Norwegen, deren Boot letzten Sommer einen Monat lang neben dem unseren vertäut war. Betten klingt wie *Bedden* bei ihr, aber ich weiß trotzdem, was gemeint ist. Sie scheint nicht wütend zu sein, sondern bloß ein bisschen müde. »Aufstehen und die Decken ordentlich zusammenfalten.«

Wir stehen auf, nur Gabion muss ich aus dem Bett heben. Er taumelt und plumpst prompt auf den Hintern, während ich sein Bett mache.

»Jemand war heute Nacht hier, stimmt's?«, sagt sie und hält die Schlüssel zwischen zwei Fingern.

Sollen wir ihr von dem Mann mit den Bonbons erzählen? Vielleicht hätte er ja gar nicht hereinkommen dürfen. Vielleicht kriegen wir aber auch Ärger, wenn sie herausfinden, dass wir es verschwiegen haben.

»Nein, Ma'am. Nur wir«, antwortet Camellia, noch bevor ich den Mund aufmachen kann.

»Du bist die, die Ärger macht, hab ich gehört.« Sie wirft Camellia einen durchdringenden Blick zu, unter dem sie förmlich zu schrumpfen scheint.

»Nein, Ma'am.«

»Niemand ist reingekommen.« Jetzt muss ich ebenfalls lügen. Was bleibt mir sonst übrig? »Es sei denn, während wir geschlafen haben.«

Die Frau zieht an einer Kette, worauf die Glühbirne angeht. Sie flackert kurz, während wir blinzeln. »Die Tür hätte abgeschlossen sein müssen. War sie doch, oder?«

»Wissen wir nicht«, meldet sich Camellia erneut zu Wort. »Wir waren die ganze Zeit im Bett.«

Die Frau sieht mich an. Ich nicke und fange an, das Zimmer aufzuräumen. Ich muss dringend diese Bonbons loswerden, habe aber Angst, dass sie etwas mitbekommt, deshalb behalte sich sie in der Hand, obwohl es mir schwerfällt, die Decken anständig zu falten. Aber die Frau merkt es nicht – offenbar ist sie in Eile und kann es kaum erwarten, uns hier rauszuschaffen.

Als wir aus dem Zimmer treten, sehe ich einen großen dicken Mann im Keller stehen. Neben einem riesigen schwarzen Kessel steht er auf einen Besenstiel gelehnt und sieht zu, wie wir vorbeigehen. Camellia lächelt ihn an, worauf er ebenfalls lächelt. Seine Zähne sind dunkel verfärbt und schief, und sein schütteres braunes Haar hängt ihm in fettigen Strähnen ins Gesicht, aber immerhin lächelt er.

Vielleicht haben wir ja doch einen Freund hier.

»Wenn Sie sonst nichts zu tun haben, kümmern Sie sich um den Ast, der in der Nacht vom Baum in den Garten gefallen ist, Mr. Riggs. Bevor die Kinder rausgehen.«

»Ja, Mrs. Pulnik.« Er hebt die Mundwinkel und bewegt den Besen leicht hin und her, ohne jedoch wirklich zu fegen.

Camellia wirft ihm einen Blick über die Schulter zu, und er zwinkert ihr zu. Die Geste erinnert mich an Briny. Vielleicht mag ich Mr. Riggs ja ein ganz klein wenig.

Mrs. Pulnik bringt uns nach oben in die Waschküche und gibt uns Sachen zum Anziehen – Spielkleidung, sagt sie, aber in Wahrheit sind es kaum mehr als Fetzen. Wir sollen uns anziehen, ins Badezimmer gehen, und dann gibt es Frühstück, das genau gleich aussieht wie das Abendessen, das wir gestern nach dem Baden bekommen haben: eine kleine Portion Maisbrei. Wir sind spät dran. Die anderen Kinder sind bereits draußen beim Spielen. Nach dem Frühstück werden wir rausgeschickt, mit der Ermahnung, gar nicht erst zu versuchen, den Garten oder den Hof vor der Kirche zu verlassen.

»Und bleibt vom Zaun weg«, fügt Mrs. Pulnik hinzu, packt Camellia und Lark am Arm und beugt sich vor, so dass wir den Schweißfilm auf ihren runden roten Wangen erkennen können. »Ein Junge ist gestern drunter durchgeklettert. Mrs. Murphy hat ihn in den Schrank gesperrt. Da drin ist es sehr, sehr dunkel, nur dass ihr's wisst. Verstanden?«

»Ja, Ma'am«, krächze ich, hebe Gabby hoch und nehme Lark bei der Hand. Sie steht immer noch wie angewurzelt da; dicke Tränen kullern ihr übers Gesicht. »Ich sorge dafür, dass sie sich an die Anweisungen halten, bis wir unsere Mamma und unseren Daddy sehen dürfen.«

Mrs. Pulnik schürzt ihre wulstigen Lippen. »Gut«, sagt sie. »Das ist eine gute Idee. Für euch alle.«

»Ja, Ma'am.«

Wir verlassen das Haus, so schnell wir nur können. Die Sonne fühlt sich himmlisch an. Über uns spannt sich ein herrlich blauer Himmel, und der Boden am Ende der Stufen ist weich und kühl. Endlich in Sicherheit. Ich schließe die Augen, lausche den wispernden Blättern, den Vögeln, die ihr Morgenlied singen. Ich erkenne sie alle – Carolinazaunkönig, Sommertangare, Hausgimpel ... dieselben Vögel wie gestern Morgen, als ich auf der *Arcadia* aufgewacht bin.

Fern und Lark klammern sich an meinem Kleid fest, Gabby zappelt auf meinen Arm und will runter, während Camellia mault, weil wir nur blöd herumstehen. Ich schlage die Augen auf und sehe, dass sie den hohen schwarzen Eisenzaun ins

Visier genommen hat. Er ist nahezu vollständig von Geißblatt, Stechpalmen und Azaleen überwuchert, weit über unsere Köpfe hinweg, und es scheint nur ein einziges Tor zu geben, das zum Spielplatz hinter der heruntergekommenen Kirche nebenan führt. Auch um ihn verläuft der Zaun.

Camellia ist viel zu groß, um darunter hindurchzuschlüpfen, aber es scheint die beste Stelle zu sein, es zu versuchen.

»Lass uns wenigstens zu den Schaukeln rübergehen«, jammert sie. »Von dort aus sehen wir die Straße, wenn Briny uns abholen kommt.«

Wir gehen durch den Garten – Gabion ist auf meinem Arm, meine Schwestern hängen immer noch an meinem Rockzipfel, selbst Camellia, die sonst an jeder Schule schneller einen Streit vom Zaun bricht, als man Piep sagen kann. Die anderen Kinder beäugen uns, weil wir neu hier sind, aber wir tun so, als würden wir es nicht bemerken, was uns normalerweise problemlos gelingt: nicht zu nett sein, für uns bleiben und andere wissen lassen, dass sie sich lieber nicht mit einem von uns anlegen sollten, weil sie sonst die ganze Meute gegen sich haben. Wir kennen die Regeln hier nicht. Es gibt keinen Lehrer, der Aufsicht führt; weit und breit ist kein Erwachsener hier, sondern lediglich Kinder, die innehalten und uns anstarren.

Das Mädchen, das gestern mit uns hergebracht worden ist, kann ich nirgendwo entdecken; ihr kleiner Bruder hingegen – Stevie, wie Miss Tann ihn genannt hat – sitzt mit einem Blechlaster, dessen Lack komplett abgeblättert ist und dem ein Rad fehlt, auf dem Boden.

»Wo ist deine Schwester?« Ich gehe neben ihm in die Hocke, muss mich aber mit einer Hand auf dem Boden abstützen, weil mich Gabions Gewicht nach vorn zieht.

Stevies Schultern heben und senken sich, und seine großen braunen Augen füllen sich mit Tränen.

»Du kannst mit uns kommen«, sage ich zu ihm.

»Was sollen wir mit dem«, brummt Camellia.

Ich zische ihr zu, sie soll den Mund halten.

Stevie macht einen Schmollmund, nickt und hebt die Arme. Auf beiden prangen Bissspuren. Wo er sich die wohl zugezogen hat? Ich hebe ihn hoch und richte mich auf. Er ist größer als Gabion, aber ähnlich schwer – er ist ein mickriger kleiner Kerl.

Zwei Mädchen, die mit verbeultem Blechgeschirr spielen, blicken auf. Sie haben vertrocknetes Laub zu einem riesigen Haufen im Schatten des Brunnenhauses zusammengerecht und sich ein Lager daraus gebaut, so wie Camellia und ich es ab und zu im Wald machen. »Wollt ihr mitspielen?«, fragt die eine.

»Verpisst euch«, schnauzt Camellia sie an. »Wir haben keine Zeit für diesen Kram. Wir müssen rüber zum Kirchhof, sehen, wann unser Daddy kommt.«

Am Tor tritt der große, fette Junge mit den roten Haaren hinter einem Stechpalmenstrauch hervor. Erst jetzt sehe ich, dass jemand eine Lücke ins Gebüsch geschlagen hat, in der vier oder fünf Jungs Karten spielen. Einer schnitzt mit dem Taschenmesser einen Speer. Er sieht mit zusammengekniffenen Augen zu mir herüber und legt die Fingerkuppe probeweise auf die Spitze.

Der rothaarige Fettsack verschränkt die Arme vor der Brust. »Du kommst mit«, sagt er im Befehlston, »die anderen können rübergehen und spielen.« Es liegt auf der Hand, was er meint – ich soll zu den vieren unter die Büsche kriechen, sonst dürfen meine Geschwister nicht auf den Kirchhof.

Das Blut steigt mir in die Wangen. *Was hat er vor?*

Camellia spricht aus, was mir gerade durch den Kopf gegangen ist. »Ohne dich gehen wir nirgendwo hin!« Sie baut sich breitbeinig vor dem Kerl auf und reckt das Kinn, das sich etwa auf der Höhe seiner Brust befindet. »Du hast uns gar nichts zu sagen.«

»Mit dir rede ich nicht, Molchgesicht. Du bist so was von potthässlich, hat dir das schon mal einer gesagt? Nein, ich rede mit deiner hübschen Schwester.«

Camellias Augen quellen schier aus den Höhlen. Gleich wird sie vor Wut platzen. »So hässlich wie du bin ich jedenfalls nicht, Karottenkopf. Hat deine Mama geheult, als sie dich nach der Geburt das erste Mal gesehen hat? Jede Wette!«

Ich drücke Gabby Fern in die Arme. Der kleine Stevie klammert sich immer noch an mich, aber falls es zum Streit kommt, kann ich kein Baby um meinen Hals gebrauchen. Wahrscheinlich können Camellia und ich es nicht mit dem Rothaarigen aufnehmen, und wenn seine Kumpane erst aus ihrem Versteck gekrochen kommen, stecken wir wirklich in der Klemme. Auch hier sehe ich weit und breit keine Aufsichtsperson, und einer der Burschen hat ein Messer.

Die Nasenlöcher des Rothaarigen blähen sich, und er löst die Arme. Jetzt. Diesmal hat Camellia es zu weit getrieben. Der Junge ist mindestens einen halben Kopf größer als ich, obwohl ich nicht gerade klein bin.

Meine Gedanken überschlagen sich. *Denk nach. Lass dir was einfallen.*

*Schalt deinen Kopf ein, Rill*, höre ich Briny im Geiste sagen, *und du weißt im Handumdrehen, was du zu tun hast.*

»Ich hab Pfefferminzbonbons«, platze ich heraus und greife in die Tasche meines geborgten Kleids. »Du kannst sie alle haben, aber du musst uns vorbeilassen.«

Der Junge mustert mich mit zusammengekniffenen Augen. »Woher hast du die?«

»Ich hab nicht gelogen«, presse ich erstickt hervor, weil Stevies Arme mir beinahe die Luft abschnüren. »Also, lässt du uns jetzt durch oder nicht?«

»Gib die Bonbons her.« Die anderen Jungs sind bereits halb aus ihrem Versteck gerutscht, um ihre Ration abzuholen.

»Aber das sind unsere!«, wirft Camellia ein.

»Still.« Ich ziehe die Pfefferminzbonbons heraus, die ein bisschen schmutzig sind, aber diesen Burschen wird es wohl kaum etwas ausmachen.

Der Rothaarige streckt mir die Handfläche entgegen, und ich lege eines der Bonbons darauf. Er mustert es eingehend, so dicht, dass er zu schielen beginnt, was ihn noch dämlicher aussehen lässt. Ein gemeines Lächeln breitet sich langsam auf seinem Gesicht aus. Einer seiner Schneidezähne ist abgebrochen. »Habt ihr die vom alten Riggs?«

Ich will nicht, dass der Mann aus dem Keller unseretwegen Ärger bekommt, weil er bisher der Einzige hier ist, der nett zu uns war. »Das geht dich überhaupt nichts an.«

»Er ist unser Freund.« Camellia kann einfach die Klappe nicht halten. Vielleicht denkt sie ja, die Jungs kriegen es mit der Angst, wenn sie erfahren, dass der große Mann uns mag.

Aber der Rothaarige feixt bloß. Dann beugt er sich so weit vor, dass ich seinen stinkenden Atem riechen und die Hitze seines Körpers auf meiner Haut spüren kann. »Lass Riggs lieber nicht zu nahe an dich ran. Der ist kein Freund, wie du ihn dir wünschst.«

## KAPITEL 11

### Avery

Gespinste von Louisiana-Moos hängen von den Bäumen, so zart wie die Spitze an einem Brautschleier. Ein Reiher erhebt sich aus dem Salzsumpf, aufgeschreckt von meinem Wagen. Die ersten Meter wirkt er unsicher, als brauche er einen Moment, um sich in der Luft zu Hause zu fühlen, den perfekten Flügelschlag zu finden. Er flattert, dann erhebt er sich endlich in die Lüfte und schwebt davon, wohl wissend, dass er wohl nicht so schnell wieder einen Fuß auf die Erde setzen wird.

Ich kenne dieses Gefühl nur allzu gut. Seit zwei Wochen habe ich versucht, mich aus dem Staub zu machen und nach Edisto Island zu fahren, doch zwischen all den Meetings, durchgetakteten PR-Veranstaltungen und unerwarteten Komplikationen bei Dad war es einfach nicht möglich.

Die letzten sechs Tage habe ich weitgehend in Arztpraxen zugebracht und meiner Mutter die Hand gehalten, während wir herauszufinden versucht haben, weshalb Dad plötzlich wieder anämisch ist und sich kaum auf den Beinen halten kann, wo der Krebs und die inneren Blutungen doch durch die Operation hätten behoben sein sollen. Nach endlosen Untersuchungen glauben wir nun, die Ursache zu kennen. Die Lösung war denkbar einfach – ein laparoskopischer Eingriff, um die geplatzten Blutgefäße in seinem Verdauungssystem zu schließen. Ein Problem, das in keinem Zusammenhang mit dem Krebs stand. Ambulant. Schnell und einfach.

Das Problem ist nur, dass nichts wirklich einfach ist, wenn man es vor der gesamten Welt verborgen halten muss, und Dad besteht darauf, dass keiner etwas von seinem kleinen Rückschlag erfahren darf. Leslie unterstützt diesen Kurs mit voller Überzeugung und verbreitet, mein Vater hätte sich eine schwere Lebensmittelvergiftung zugezogen, werde jedoch innerhalb weniger Tage wieder auf dem Posten sein.

Meine älteste Schwester Missy will auf einigen Wohltätigkeitsveranstaltungen, die nicht mehr abgesagt werden konnten, für ihn einspringen. »Du siehst echt fertig aus, Aves«, sagte sie. »Wieso machst du nicht ein paar Tage Pause. Leslie hat Dads Terminkalender doch sowieso zusammengestrichen. Fahr zu Elliot. Allison und ich halten hier so lange die Stellung.«

»Danke ... aber ... bist du sicher?«

»Geh. Macht Pläne für die Hochzeit. Vielleicht kannst du ihn ja überzeugen, vor den Mamas zu kuschen.«

Ich erzähle ihr nicht, dass Elliot und ich das Thema Hochzeit nie ernsthaft diskutiert haben. Wir haben viel zu viel anderes am Hals. »Elliot musste zu einem Kundentermin nach Mailand fliegen, aber ich könnte vielleicht nach Edisto fahren. War in letzter Zeit mal jemand im Haus?«

»Scott und ich sind mit den Kindern ein paar Tage dort gewesen ... letztes Jahr im Frühling. Aber die Haushälterin hält das Cottage gut in Schuss. Gute Idee. Mach ein paar Tage Urlaub.«

Ich ließ mich nicht zweimal bitten, sondern packte sofort meine Sachen. Doch vorher fuhr ich noch bei May Crandall im Heim vorbei, wie ich es schon lange vorgehabt hatte; ich erfuhr, dass May wegen eines Atemwegsinfekts ins Krankenhaus gebracht worden war, allerdings konnte man mir nicht sagen, wie ernst es war und wann sie entlassen werden würde.

Damit ist klar, dass die geheimnisvollen Unterlagen auf Edisto meine einzige Spur sind, zumindest für den Augenblick. Trent Turner geht nicht mehr ans Telefon, daher habe ich nur eine Alternative: ihn persönlich stellen. Dieser Umschlag, von dem er mir erzählt hat, geht mir nicht mehr aus dem Kopf. Ich bin beinahe besessen davon und spiele die unterschiedlichsten Szenarien durch: Vielleicht hat er irgendetwas Schreckliches über meine Familie herausgefunden und die Informationen an Dads politische Gegner verkauft. Vielleicht beantwortet er deshalb meine Anrufe nicht mehr. Dann wiederum male ich mir aus, dass er der Mann auf May Crandalls Foto ist; dass es sich bei der schwangeren Frau neben ihm um meine Großmutter handelt, die vor ihrer Heirat mit meinem Großvater ein anderes Leben geführt hat, von dem keiner von uns etwas wusste. Eine Liebesaffäre als junges Mädchen; ein Skandal, der seit Jahrzehnten von unserer Familie unter den Teppich gekehrt wurde.

Sie hat das Baby weggegeben, und jetzt fordert dieses Kind seinen angemessenen Anteil am Familienerbe ein.

All diese Szenarien sind völlig verrückt, gleichzeitig aber nicht komplett aus der Luft gegriffen. Die Tagebücher meiner Großmutter haben einigen Aufschluss gegeben; fest steht, dass mein Libellenarmband eine Geschichte auf Edisto haben muss. *Ein wunderbares Geschenk für einen wunderbaren Tag auf Edisto*, stand in dem Eintrag. *Nur wir*.

Dieses *nur wir* geht mir nicht mehr aus dem Sinn. Eine Seite davor hat sie geschrieben, dass sie einen Brief von meinem Großvater erhalten hat, der mit den Kindern für eine Woche zum Angeln in die Berge gefahren war.

*Nur wir …*

Wer ist *wir*? Wer hat meiner Großmutter 1966 auf Edisto dieses Geschenk gemacht?

Im Lauf der Jahre ist meine Großmutter häufiger alleine auf die Insel gefahren, aber wenn ich ihren Aufzeichnungen Glauben schenken kann, war sie nicht immer allein.

Könnte sie eine Affäre gehabt haben?

Mein Magen rebelliert. Vor mir ragt die Dawhoo Bridge in die Höhe. Das kann nicht sein. Trotz aller Belastungen, die ein Leben in der Öffentlichkeit mit sich bringt, ist meine Familie bekannt dafür, dass unsere Ehen unerschütterlich sind. Meine Großmutter hat meinen Großvater von Herzen geliebt. Abgesehen davon ist Grandma Judy einer der aufrichtigsten Menschen, die ich kenne. Sie ist eine feste Größe in der Methodistengemeinde und würde der Familie niemals etwas verheimlichen, nie im Leben.

Es sei denn, dieses Geheimnis könnte uns ernsthaft schaden.

Und genau das macht mir solche Angst.

Nicht zuletzt aus diesem Grund darf ich nicht zulassen, dass ein Umschlag ungewissen Inhalts mit Grandma Judys Namen darauf durch irgendwelche Hände geht.

»Ich komme, ob es dir nun passt oder nicht«, flüstere ich in die salzige Luft. »Was wolltest du mit meiner Großmutter besprechen, Trent Turner?«

In den letzten Tagen habe ich versucht, mehr über Trent Turner senior und junior in Erfahrung zu bringen, im Wagen oder in den Warteräumen irgendwelcher Arztpraxen. Ich habe den Großvater recherchiert, und den Vater des Trent, mit dem ich gesprochen habe – Trent III –, habe nach politischen Kontakten gesucht, nach Vorstrafen oder sonst etwas, womit sich eine Verbindung zu meiner Großmutter herstellen ließe. Aber leider konnte ich nichts finden. Laut Nachruf in der Charlestoner Tageszeitung von vor sieben Monaten war Trent Turner senior der Inhaber von Turner Real Estate und zeitlebens Einwohner von Charleston und Edisto Island. Ein ganz normaler Mann. Nichts Besonderes. Sein Sohn, Trent Turner junior, ist verheiratet und lebt in Texas, wo er ebenfalls ein Immobilienbüro betreibt.

Und auch Trent Turner III scheint ein ganz normaler Typ zu sein. Er hat in Clemson Basketball gespielt, und das gar nicht mal so schlecht. Bis vor kurzem war er hauptsächlich auf Gewerbe-Immobilien spezialisiert, hauptsächlich in New York, hat der Stadt jedoch vor ein paar Monaten laut einer Pressemitteilung den Rücken gekehrt, um das Geschäft seines Großvaters zu übernehmen.

*Aber wieso?*, frage ich mich. *Wieso sollte ein Mann, der Wolkenkratzer vermittelt, plötzlich auf eine gottverlassene Insel wie Edisto ziehen und sich freiwillig mit Strandhäusern und Ferienwohnungen beschäftigen?*

Bestimmt werde ich es bald herausfinden. Ich habe seine Büroadresse gefunden und bin fest entschlossen, Turner Real Estate mit dem Umschlag für meine Großmutter wieder zu verlassen.

Trotz meiner Anspannung zeigt die Magie der Insel Wirkung, kaum dass ich die Brücke verlasse und den Highway entlangfahre, vorbei an verwitterten Häuschen und vereinzelten Läden zwischen Kiefern und Virginia-Eichen, während sich über mir ein herrlich blauer Himmel spannt.

Die Insel sieht genauso aus wie in meiner Erinnerung und verströmt eine Atmosphäre der friedlichen Abgeschiedenheit. Es hat durchaus seine Gründe, weshalb die Einheimischen ihr den Spitznamen Edi-*slow* verliehen haben. Die Äste der massigen Eichen neigen sich über die Straße, als wollten sie sie von der Außenwelt abschirmen. Moosbewachsene Bäume werfen dichte Schatten auf den kleinen Geländewagen, den ich in Drayden Hill gemietet habe – die schmalen Inselstraßen sind streckenweise ziemlich holprig, außerdem erschien es mir nicht gerade klug, in einem BMW aufzutauchen, solange ich mir nicht sicher sein kann, ob der Inhalt des Umschlags für eine Erpressung tauglich sein könnte.

Das Büro von Turner Real Estate ist leicht zu finden. Es ist hübsch, wenngleich nicht sonderlich eindrucksvoll – ein nettes meerblau gestrichenes Cottage in der Jungle Road, nur ein paar Häuserblocks vom Strand entfernt. Jetzt, wo ich es sehe, kommt es mir vage bekannt vor, aber natürlich hatte ich als Kind keine Veranlassung, einen Fuß hineinzusetzen.

Als ich den Wagen auf dem sandigen Parkplatz abstelle und zum Haus gehe, überkommt mich ein Anflug von Eifersucht auf den Mann, der mich hierher geführt hat. Ich könnte in so einem Haus arbeiten, könnte sogar hier leben – jeden Morgen aufs Neue mitten im Paradies aufwachen. Gelächter und Kinderlachen dringen an mein Ohr – die übliche Strandgeräuschkulisse. Bunte Drachen flattern in der steifen Brise über den Baumwipfeln.

Zwei kleine Mädchen, beide mit roten, an Stöcken befestigten Bändern, rennen an mir vorbei. Drei Frauen radeln lachend die Straße entlang. *Wieso komme ich nicht häufiger hierher? Wieso rufe ich nicht einfach meine Schwestern und meine Mutter an und sage: »Hey, lasst uns raus nach Edisto fahren und die Sonne genießen. Ein bisschen Mädelszeit könnten wir alle gut gebrauchen.«*

*Wieso kommen Elliot und ich nie hierher?*

Die Antwort ist so bitter, dass ich nicht lange darauf herumkaue. Unsere Terminkalender sind voll mit anderen Dingen. Deshalb.

*Und wer legt fest, was in diesen Kalendern steht?*

Wir selbst.

Trotzdem hat es oft den Anschein, als hätten wir keine andere Wahl. Wenn wir nicht ständig ausbessern, reparieren, neue Farbe auftragen, drohen Wind und Wetter die Oberhand zu gewinnen und all die Errungenschaften eines ganzen Dutzends vorheriger Generationen zu unterlaufen – ein gutes Leben ist nun einmal mit einigem Aufwand verbunden.

Ich hole tief Luft, als ich die Stufen von Turner Real Estate hinaufgehe. BITTE TRETEN SIE EIN – WIR HABEN GEÖFFNET steht auf dem Schild an der Tür. Also trete ich ein. Eine Glocke ertönt, doch hinter dem Tresen ist niemand.

Ich stehe in einem Eingangsbereich mit bunten Stühlen und einem Wasserspender in der Ecke. Überall stehen Ständer mit Broschüren. Ein Popcorn-Automat erinnert mich daran, dass ich nichts zu Mittag gegessen habe. An den Wänden hängen wunderschöne Fotos von der Insel. Die Front des Tresens ist beklebt mit Kinderzeichnungen und Fotos von freudestrahlenden Familien vor ihren neuen Strandheimen; manche der Fotos sind schwarz-weiß und sehen aus, als würden sie aus den Fünfzigern stammen. Ich lasse den Blick darüberschweifen, kann jedoch auf keinem meine Großmutter entdecken.

»Hallo?«, rufe ich, als niemand auftaucht. »Hallo?«

Vielleicht sind sie ja kurz rausgegangen? Das Büro ist verwaist.

Mir knurrt der Magen.

Gerade als ich den Popcorn-Automaten plündern will, geht die Hintertür auf. Eilig lasse ich die Klappe fallen und drehe mich um.

»Hey, ich habe gar nicht mitbekommen, dass jemand hier ist.« Ich erkenne Trent Turner vom Foto auf der Homepage wieder, obwohl es eine Ganzkörperaufnahme vor dem Haus

aus einiger Entfernung ist. Auf dem Foto trug er eine Baseballmütze und hatte einen Bart – beides nicht gerade schmeichelhaft. Nun hingegen ist er glatt rasiert, trägt Freizeithosen, Schuhe ohne Socken und ein Polo-Shirt ... Er ist perfekt gekleidet, um an einem idyllischen Ort unter einem Sonnenschirm zu sitzen. Oder um für eine Anzeige für lässigen Lifestyle zu posieren. Er hat blaue Augen und sandfarbenes Haar, das gerade ausreichend zerzaust ist, um »Hey, ja, ich lebe am Strand« zu vermitteln.

Er betritt mit ein paar Papiertüten und einem Getränkebecher den Raum. Der Duft nach Shrimps und Fritten weht herüber. Prompt meldet sich mein Magen lautstark zu Wort.

»Bitte entschuldigen Sie ... Es war niemand hier.« Ich deute auf die Tür hinter mir.

»Ich habe mir nur kurz etwas zum Mittagessen geholt.« Er stellt seine Einkäufe auf dem Tresen ab, sieht sich nach einer Serviette um und wischt sich, als er keine findet, mit einem Blatt Kopierpapier einen Klecks Cocktailsauce von den Fingern. Unser Handschlag ist ein bisschen klebrig, aber durchaus freundlich. »Trent Turner«, stellt er sich lässig vor. »Was kann ich für Sie tun?« Sein Lächeln löst den Wunsch in mir aus, ihn zu mögen; und es lässt mich ahnen, dass ich damit nicht alleine bin. Die Leute mögen ihn. Er wirkt so ... ehrlich.

»Ich habe Sie vor einiger Zeit angerufen.« Es bringt nichts, gleich mit der Tür ins Haus zu fallen.

»Mieten oder Kaufen-Verkaufen?«

»Was?«

»Ein Haus. Wollen Sie eins mieten oder eines zum Verkauf anbieten?« Ich sehe ihm an, dass er im Geiste bereits seine Datenbank durchgeht. Aber ich spüre auch, dass er mir mehr als professionelles Interesse entgegenbringt. Ein ... Funke ist zwischen uns übergesprungen.

Ich ertappe mich dabei, dass ich sein Lächeln erwidere. Gleichzeitig verspüre ich Gewissensbisse. Darf eine verlobte Frau – auch wenn sie einsam ist – so reagieren? Vielleicht liegt es daran, dass Elliot und ich in den letzten beiden Wochen kaum ein Wort miteinander gewechselt haben. Er ist in Mailand. Die Zeitverschiebung macht es nicht gerade einfacher. Er konzentriert sich auf seine Arbeit, ich mich auf die Familienangelegenheiten.

»Weder noch.« Vermutlich bringt es nichts, das Ganze weiter hinauszuzögern. Dass der Mann gut aussieht und nett zu sein scheint, ändert nichts an den Tatsachen. »Wegen etwas, das ich im Haus meiner Großmutter gefunden habe.« Meiner beginnenden Freundschaft mit Trent Turner wird vermutlich kein allzu langes Leben beschieden sein. »Ich bin Avery Stafford. Sie sagten, Sie hätten einen an meine Großmutter Judy Stafford adressierten Umschlag? Ich bin hergekommen, um ihn abzuholen.«

Augenblicklich schlägt die Atmosphäre um. Er kreuzt seine muskulösen Arme vor der Brust, und der Tresen wird zum Verhandlungstisch. Und zwar zu einem von Feindseligkeit beherrschten.

Er sieht verärgert aus. Sehr sogar. »Es tut mir leid, dass Sie sich ganz umsonst herbemüht haben. Denn ich habe Ihnen ja bereits gesagt, dass ich diese Dokumente ausschließlich den Leuten aushändigen kann, auf die sie ausgestellt sind. Nicht einmal Familienmitgliedern.«

»Ich habe eine anwaltliche Vollmacht.« Da ich Anwältin bin und sich meine Eltern auf Dads Genesung konzentrieren sollen, wurde mir die Vollmacht übertragen, mich um Grandma Judys Belange zu kümmern. Ich falte das Dokument auseinander und drehe es so hin, dass er es lesen kann, doch er hebt die Hand. »Sie ist nicht in der Verfassung, sich um ihre Angelegenheiten selbst zu kümmern, und ich bin befugt …«

»Es geht nicht um eine rechtliche Angelegenheit«, unterbricht er mich, ohne die Dokumente eines Blickes zu würdigen.

»Doch, das tut es. Wenn es sich um ihre Post handelt.«

»Ich rede aber nicht von ihrer Post, sondern es geht darum …, einige ungeklärte Fragen aus den Unterlagen meines Großvaters zu beantworten.« Er wendet den Blick ab, betrachtet die im Wind schwankenden Palmen.

»Es geht also um das Haus auf Edisto?« Wir sind hier doch in einem Immobilienbüro, weshalb also diese Geheimniskrämerei wegen irgendwelcher Dokumente zu einem Haus?

»Nein.«

Seine Antwort ist enttäuschend knapp. Wenn man einem Zeugen eine falsche Vermutung vor die Füße wirft, liefert er einem unbeabsichtigt zumindest einen Teil der richtigen Antwort. Aber Trent Turner hat eine Menge Verhandlungserfahrung, und ehrlich gesagt, spüre ich sogar, dass er diese Diskussion nicht zum ersten Mal führt. Er hat von *diesen Dokumenten* und *Leuten* gesprochen, also in der Mehrzahl. Sind noch weitere Familienmitglieder involviert?

»Ich gehe erst wieder, wenn ich die Wahrheit kenne.«

»Da drüben gibt es Popcorn.« Sein versuchter Scherz lässt meine Verärgerung erst recht auflodern.

»Ich meine es ernst.«

»Das ist mir bewusst.« Zum ersten Mal scheint er so etwas wie Mitleid mit mir zu haben. Er fährt sich mit der Hand durchs Haar. Ich sehe seine dichten dunklen Wimpern, die Linien in seinen Augenwinkeln – ein klares Zeichen dafür, dass ein deutlich stressigeres Leben hinter ihm liegt als das, welches er heute führt. »Ich habe es meinem Großvater an dessen Sterbebett versprochen … Und glauben Sie mir … Es ist das Beste so.«

Ich glaube ihm nicht. Genau das ist das Problem. »Notfalls beschreite ich den Rechtsweg, um sie zu kriegen.«

»Die Unterlagen meines Großvaters?« Er lässt ein freudloses Lachen hören, das mich ahnen lässt, wie wenig er für Drohungen übrighat. »Viel Glück. Sie waren sein Eigentum. Und jetzt sind sie meins. Damit werden Sie sich wohl oder übel zufriedengeben müssen.«

»Nicht wenn sie meiner Familie schaden könnten.«

Seine Miene verrät mir, dass ich der Wahrheit empfindlich nahe gekommen bin. Mir wird elend. Meine Familie hat also ein dunkles Geheimnis. Aber was für eines?

Trent stößt einen tiefen Seufzer aus. »Es ist … Es ist tatsächlich das Beste. Mehr kann ich Ihnen nicht sagen.« Das Telefon läutet. Er geht ran, sichtlich in der Hoffnung, dass ich aufgebe und verschwinde. Der Anrufer hat eine Million Fragen zu den Strandhäusern und die Aktivitäten auf der Insel. Trent schildert ihm in aller Ausführlichkeit die gesamte Palette – vom Angeln von Trommelfischen bis hin zur Suche nach Mastodon-Fossilien und Pfeilspitzen am Strand. Er liefert ihm eine kleine Geschichtsstunde über die reichen Familien, die vor dem Sezessionskrieg auf Edisto gewohnt haben, plaudert über Winkerkrabben und Schlickschlamm und die Austernernte.

Währenddessen kehrt er mir den Rücken zu, lehnt sich gegen den Tresen und mampft seine Fritten.

Ich gehe zu dem Stuhl neben der Tür, setze mich auf die Kante und starre auf seinen Rücken, während er zu einer Endloslitanei über Botany Bay anhebt – er scheint jeden Zentimeter des rund sechzehn Quadratkilometer großen Naturschutzgebiets zu beschreiben. Ich tappe mit dem Fuß auf den

Boden, trommle mit den Fingern auf mein Knie. Er tut so, als würde er es nicht merken, aber ich registriere, dass er mich aus den Augenwinkeln beobachtet.

Schließlich ziehe ich mein Handy heraus und checke meine Mails. Wenn es noch schlimmer wird, gehe ich einfach auf Instagram und sehe mir die Hochzeitsvorschläge auf Pinterest an, die Mum und Bitsy für mich ausgesucht haben.

Trent beugt sich über einen Computer, spricht über Mietobjekte und Daten.

Endlich entscheidet sich der Kunde für ein Datum und das ideale Objekt für seinen perfekten Urlaub. Trent gesteht, dass er die eigentliche Reservierung nicht vornehmen kann, verspricht jedoch, seiner Sekretärin, die heute ihr krankes Kind zu Hause versorgt, gleich eine Mail zu schicken und eine Bestätigung zu veranlassen.

Nach einer gefühlten halben Stunde beendet er das Gespräch, richtet sich auf und sieht mich an. Wir veranstalten einen Starrwettbewerb, und wie es aussieht, ist er genauso stur wie ich. Leider hält er vermutlich länger durch. Weil er etwas zu essen hat.

Er legt auf, tippt sich mit dem Fingerknöchel gegen die Lippen und schüttelt seufzend den Kopf. »Was Sie vorhaben, wird nichts ändern, völlig egal, wie lange Sie da sitzen.« Allmählich zeigt sich sein Frust. Ich mache Fortschritte. Jetzt habe ich ihn am Haken.

Gemächlich schlendere ich zum Popcorn-Automaten und zum Wasserspender und bediene mich, ehe ich zu meinem Stuhl zurückkehre.

Er zerrt einen Stuhl vor einen Computer und setzt sich. Zwischen uns steht ein Aktenschrank, so dass ich ihn nicht sehen kann.

Als ich mir die erste Handvoll Popcorn in den Mund

schiebe, reagiert mein Körper mit einem unangemessen lauten Grollen.

In diesem Moment materialisiert sich das Körbchen mit den Shrimps auf dem Tresen. Eine Männerhand schiebt es in meine Richtung. Kein Wort. Ich bekomme Gewissensbisse, die sich noch verstärken, als er eine ungeöffnete Limodose daneben stellt. Ich ruiniere ihm zweifellos einen tollen Tag.

Ich nehme ein paar Shrimps und gehe zu meinem Platz zurück. Gewissensbisse und frittierte Shrimps vereinen sich eigentlich ganz gut im Magen, stelle ich fest.

Die Computertastatur klappert. Ein Seufzer dringt hinter der Aktenschrankwand hervor. Die Minuten verstreichen. Der Schreibtischstuhl quietscht protestierend, als lasse Trent sich nach hinten sinken. »Habt ihr Staffords eigentlich keine Leute, die so was für euch erledigen?«

»Manchmal, aber in diesem Fall nicht.«

»Ich bin sicher, Sie sind es gewohnt zu kriegen, was Sie haben wollen.«

Die Andeutung tut weh. Mein ganzes Leben habe ich gegen die allgemeine Vermutung angekämpft, meine niedlichen blonden Locken und mein Name seien die einzigen Qualitäten, über die ich verfüge. Und jetzt, nachdem sich die Spekulationen über meine politische Zukunft mehren, finde ich sie noch viel nerviger. Mein Familienname hat mir nicht zu einem Abschluss mit Auszeichnung an der Columbia Law School verholfen.

»Ich kämpfe für das, was ich haben will, vielen Dank für die Unterstellung.«

»Pff!«

»Ich hab noch nie irgendwelche Gefälligkeiten bekommen.«

»Dann kann ich also die Polizei rufen und Sie aus meinem Wartebereich entfernen lassen, so wie ich es mit jedem anderen tun würde, der sich unbefugt auf meinem Grund und Boden aufhält?«

Die Shrimps und das Popcorn formen sich zu einem Klumpen unmittelbar unter meinem Brustbein. Das würde er doch nicht tun … oder? Ich sehe die Zeitungsmeldung schon vor mir. Leslie würde mich erwürgen. »Passiert so was oft?«

»Nur wenn die Leute ein paar Drinks zu viel intus haben. Und hier sind die meisten nicht so drauf. Normalerweise geht es ruhig zu.«

»Ja, ich weiß. Und das scheint ein Grund zu sein, warum Sie die Polizei nicht hier haben wollen.«

»Ein Grund?«

»Ihnen ist bestimmt klar, dass die meisten Leute nicht gezögert hätten, meiner Familie zu drohen, mit irgendwelchen Informationen, die uns schaden könnten, an die Öffentlichkeit zu gehen … falls diese Informationen überhaupt existieren. Und so etwas verstößt gegen das Gesetz.«

Augenblicklich ist Trent von seinem Stuhl aufgesprungen. Und ich von meinem. Wir stehen einander gegenüber wie zwei Generäle.

»Sie sind nur noch Zentimeter davon entfernt, Bekanntschaft mit der Edisto Police zu machen.«

»Was wollte Ihr Großvater von meiner Großmutter?«

»Jedenfalls wollte er sie nicht erpressen, falls es das ist, was Sie andeuten. Mein Großvater war ein Ehrenmann.«

»Wieso hat er einen Umschlag für sie hinterlassen?«

»Sie haben Geschäfte gemacht.«

»Was für Geschäfte? Wieso hat sie nichts davon erzählt?«

»Vielleicht hielt sie es für das Beste.«

»War sie hier, um … sich mit jemandem zu treffen? Und er hat es herausgefunden?«

Er weicht zurück. »Nein!«

»Dann sagen Sie es mir endlich!« Inzwischen bin ich vollends im Anwaltsmodus: im Gerichtssaal, nur auf ein Ziel fixiert – die Wahrheit ans Licht zu bringen. »Geben Sie mir den Umschlag!«

Er schlägt mit der flachen Hand auf den Tresen, so dass alles wackelt, ehe er herumwirbelt und nach vorn stürmt. Zwei Schritte, und wir stehen einander gegenüber. Obwohl ich mich zu meiner vollen Größe aufrichte, überragt er mich um ein gutes Stück. Ich bin fest entschlossen, mich nicht einschüchtern zu lassen. Wir werden das klären. Jetzt und hier.

Im ersten Moment bekomme ich gar nicht mit, dass die Türglocke läutet, weil ich nur das Gesicht mit den blauen Augen und dem angespannten Unterkiefer sehe.

»Puh! Ist das heiß! Gibt es zufällig Popcorn?« Ein Mann in einer offiziell aussehenden Uniform – vielleicht ein Angestellter des Nationalparks oder ein Wildhüter – steht im Türrahmen und blickt zwischen Trent Turner und mir hin und her. »Oh … ich wusste nicht, dass du Besuch hast.«

»Komm doch rein und nimm dir eine Portion, Ed.« Trent winkt den Mann mit freundlicher Begeisterung herein, die sich jedoch schlagartig verflüchtigt, als er sich mir wieder zuwendet. »Avery wollte sowieso gerade gehen.«

# KAPITEL 12

## Rill

Zwei Wochen vergehen, bis ich mitbekomme, dass es sich bei den Kindern hier um Mündel der Tennessee Children's Home Society handelt. Ich weiß nicht, was das Wort bedeutet, als ich es Mrs. Murphy das erste Mal am Telefon sagen höre. Und fragen kann ich natürlich nicht, weil niemand erfahren darf, dass ich gelauscht habe. Aber wenn ich weit genug unter die Azaleensträucher am Haus krieche, kann ich durchs Fenster hören, was in ihrem Büro gesprochen wird.

»Sicher. All die Kinder sind Mündel der Tennessee Children's Home Society, Dortha. Ich verstehe das Dilemma Ihrer Schwiegertochter voll und ganz. Wenn Männer nicht zufrieden sind, neigen sie häufig zu Trunksucht und … Frauengeschichten. Das ist sehr schwierig für die Ehefrau. Ein Kind aufzunehmen, könnte die Stimmung etwas aufhellen und das Problem lösen. Vater zu werden, kann einen Mann von Grund auf ändern. Ich bin sicher, das Ganze lässt sich leicht lösen, solange Sie die anfallenden Kosten tragen können. Ja … ja … natürlich muss es schnell gehen. Es soll eine Überraschung zum Hochzeitstag sein? Was für eine reizende Idee. Ich habe gerade ein paar hinreißende kleine Engelchen hereinbekommen. Aber natürlich hat Miss Tann das letzte Wort bei sämtlichen Entscheidungen. Ich werde ja nur dafür bezahlt, die Kinder zu beherbergen und …«

Inzwischen habe ich aus dem Zusammenhang geschlossen, was dieses Wort bedeutet. *Mündel.* Es heißt, dass die Eltern dieser Kinder sie nicht abholen gekommen sind. Wenn das passiert, schickt Miss Tann sie zu anderen Leuten, die sie dann mit nach Hause nehmen, sagen die Kinder. Manchmal bleibt man dort, manchmal nicht. Ich habe Angst davor, zu viele Fragen zu stellen, weil wir nicht darüber reden dürfen, aber etwas sagt mir, dass das der Grund ist, weshalb wir Stevies Schwester seit dem Tag, als wir hergebracht wurden, nicht mehr gesehen haben. Miss Tann hat sie jemandem gegeben. Sherry war auch ein Mündel.

Zum Glück sind wir keine. Wir gehören Briny, und er kommt bestimmt bald, um uns zu holen. Sobald es Queenie wieder besser geht. Aber es dauert länger, als ich dachte, deshalb habe ich angefangen, vor Mrs. Murphys Fenster zu lauschen. Ich habe gehofft, etwas über Briny zu erfahren. Die Aufpasserinnen sagen immer nur, ich solle brav sein, sonst müssten wir noch länger bleiben. Ich kann mir nichts Schlimmeres vorstellen, deshalb sorge ich dafür, dass wir alle uns möglichst gut benehmen.

Mir ist durchaus klar, dass ich ein großes Risiko eingehe; wir dürfen nicht mal in die Nähe von Mrs. Murphys Blumenbeeten. Wenn sie wüsste, dass ich hier sitze und ihre Telefongespräche und die Unterhaltungen mit irgendwelchen Besuchern auf der Veranda belausche … tja, ich kann mir ungefähr denken, was dann passieren würde.

Sie tritt ans Fliegengitter. Zigarettenqualm weht aus dem Fenster, hängt in der schwülen Luft wie der Flaschengeist aus Aladins Wunderlampe. Etwas kitzelt mich in der Nase, so dass ich fürchte, gleich niesen zu müssen. Ich schiebe einen

Zweig beiseite, presse mir die Hand aufs Gesicht. Das Herz schlägt mir bis zum Hals.

»Mrs. Pulnik!«, schreit sie. »Mrs. Pulnik!«

Meine Haut fühlt sich plötzlich eiskalt an. Nicht weglaufen! Nicht rennen!

Ich höre Schritte drinnen auf dem Korridor.

»Was ist, Mrs. Murphy?«

»Sagen Sie Riggs, er soll unter den Azaleen heute Abend Gift ausstreuen. Diese elenden Kaninchen haben sich schon wieder an meinen Blumenbeeten zu schaffen gemacht.«

»Ich werde es ihm sofort sagen.«

»Und er soll den Hof kehren und das Unkraut jäten. Sagen Sie ihm, einer der Jungs kann ihm helfen. Miss Tann kommt morgen, deshalb will ich, dass alles tadellos aussieht.«

»Ja, Mrs. Murphy.«

»Was ist aus denen im Krankenzimmer geworden ... vor allem aus dem Kleinen mit den veilchenblauen Augen. Miss Tann will ihn sehen. Sie hat ihn schon für eine Bestellung in New York reserviert.«

»Ich fürchte, er ist ziemlich lethargisch. Und schrecklich dünn. Er braucht jeden Bissen Maisbrei, den er kriegen kann. Ich glaube nicht, dass ihm die lange Reise guttun wird.«

»Das wird Miss Tann gar nicht gefallen. Und mir auch nicht. Man sollte annehmen, dass diese kleinen Bastarde ein bisschen robuster sind, wenn sie in der Gosse aufwachsen.«

»Das stimmt allerdings. Und dem kleinen Mädchen geht es auch immer schlechter. Sie weigert sich schon seit zwei Tagen, etwas zu essen. Sollten wir den Doktor rufen?«

»Nein, natürlich nicht. Weshalb um alles in der Welt sollte man den Doktor rufen, nur weil sie ein bisschen Durchfall haben. Kinder haben ständig Durchfall. Geben Sie ihr Ingwer, dann ist es bestimmt bald vorbei.«

»Wie Sie wünschen.«

»Wie macht sich der kleine Stevie? Er ist doch etwa so groß wie der Junge im Krankenzimmer. Älter, aber das könnte man ja ändern. Was für eine Augenfarbe hat er?«

»Braun. Aber er ist ein kleiner Sturkopf, außerdem macht er nachts ins Bett. Und er redet kein Wort. Ich glaube nicht, dass die Kunden mit ihm zufrieden wären.«

»Das geht überhaupt nicht. Schnallen Sie ihn im Bett fest und lassen Sie ihn den Tag über in seinem Urin liegen, wenn er noch mal reinmacht. Eine Wundblase wird ihn schon Mores lehren. Aber braune Augen gehen für diese Bestellung tatsächlich nicht. Es waren hellblaue, grüne oder veilchenblaue Augen gewünscht. Die werden besonders gern genommen. Aber braune nicht.«

»Robby?«

Mir schnürt sich die Kehle zu. Diesen Namen haben sie meinem kleinen Bruder gegeben – einen anderen Robby gibt es hier nicht.

»Ich fürchte, das wird nicht gehen. Die fünf sind für eine Sonderbesichtigung reserviert.«

Ich schlucke gegen die aufsteigende Galle an. Eine Sonderbesichtigung. Ich glaube zu wissen, was das bedeutet. Schon mehrmals habe ich beobachtet, wie Eltern hierhergekommen sind. Sie warten auf der Veranda, und die Aufpasserinnen bringen die Kinder, frisch gewaschen, gekämmt und anständig angezogen, nach draußen, wo die Erwachsenen ihnen Geschenke geben, sie umarmen und weinen, wenn sie wieder gehen. Bestimmt meint sie das.

Briny kommt uns bald besuchen.

Aber auch das bereitet mir Kopfzerbrechen. Letzte Woche war ein Mann hier, um seinen kleinen Jungen zu besuchen, aber Mrs. Murphy hat gesagt, er sei nicht hier. *Er ist bereits in seiner Adoptionsfamilie. Es tut mir sehr leid.* Das hat sie zu ihm gesagt.

*Aber er muss hier sein*, hat der Mann gesagt. *Lonnie Kemp. Er ist mein Sohn. Ich habe ihn nicht zur Adoption freigegeben. Er sollte bloß hierbleiben, bis ich wieder auf die Füße komme.*

Mrs. Murphy zeigte keinerlei Gefühlsregung, auch dann nicht, als der Mann vor ihren Augen weinend zusammenbrach. *Trotzdem ist er fort. Das Gericht hat entschieden, dass es das Beste so ist. Er ist jetzt bei Eltern, die gut für ihn sorgen können.*

*Aber er ist doch mein Sohn.*

*Sie dürfen nicht so egoistisch sein, Mr. Kemp. So ist es jetzt nun mal. Denken Sie doch an Ihr Kind. Er bekommt jetzt, was Sie ihm niemals hätten* geben können.

*Aber er ist mein Sohn …* Der Mann hockte am Boden und schluchzte haltlos.

Mrs. Murphy ging ins Haus zurück und schloss die Tür. Nach einer Weile kam Mr. Riggs heraus, brachte den Mann zum Tor und setzte ihn in seinen Wagen. Dort saß er den ganzen restlichen Tag und hielt nach seinem kleinen Jungen Ausschau.

Ich habe Angst, Briny könnte genau dasselbe passieren. Aber Briny würde nicht auf der Veranda stehen bleiben und heulen. Nein, er würde ins Haus stürmen, und dann würde etwas ganz Schlimmes passieren. Mr. Riggs ist ein großer, starker Mann, und Miss Tann kennt die Polizisten.

»Kümmern Sie sich so gut wie möglich um den Kleinen im Krankenzimmer«, weist Mrs. Murphy an. »Er soll ein warmes Bad nehmen, und geben Sie ihm ein Eis. Vielleicht eine Ingwerwaffel. Muntern Sie ihn ein bisschen auf. Ich werde Miss Tann fragen, ob die Bestellung um ein, zwei Tage hinausgezögert werden kann. Ich will, dass er ausreichend bei Kräften ist, um die Reise antreten zu können. Habe ich mich klar ausgedrückt?«

»Ja, Mrs. Murphy«, presst Mrs. Pulnik zwischen zusammengebissenen Zähnen hervor – ihr Tonfall lässt keinen Zweifel daran, dass ich tunlichst nicht unter den Büschen hier erwischt werden sollte. Wenn sie in dieser Laune ist, empfiehlt es sich, die Beine in die Hand zu nehmen und Land zu gewinnen, weil sie jemanden sucht, an dem sie es auslassen kann.

»Und vergessen Sie das Gift für diese verdammten Kaninchen nicht«, schreit Mrs. Murphy ihr hinterher.

Ich schnappe mir einen abgebrochenen Ast und verwische eilig die Spuren, die meine Knie im Erdreich hinterlassen haben, damit Mr. Riggs nicht merkt, dass jemand hier war, und mich bei Mrs. Pulnik verpetzt.

Aber am meisten Angst macht mir, Mr. Riggs könnte herausfinden, dass überhaupt jemand hier war. Um zu den Azaleen zu gelangen, muss man an der Kellertür vorbei, die Mr. Riggs stets offen lässt. Manchmal richtet er es so ein, dass eines der Kinder mit ihm hinuntermuss. Niemand spricht darüber, was sich in diesem Keller abspielt, nicht mal die größeren Jungs. Wenn du was sagst, haben sie mir erklärt, bricht dir Riggs das Genick und behauptet, du wärst vom Baum oder die Treppe runtergefallen. Deine Leiche karren sie zum Sumpf und verfüttern sie an die Alligatoren, und keiner hört je wieder ein Wort von dir.

James, der Rotschopf, ist schon lange hier. Wir geben ihm unsere Bonbons, und dafür verrät er uns alles, was man wissen muss, um einigermaßen klarzukommen. Wir sind keine Freunde, aber mit ein paar Bonbons kann man sich hier so einiges kaufen. Jeden Morgen finden wir eine Ration Pfefferminz, die Mr. Riggs unter der Tür durchgeschoben hat. Nachts höre ich ihn manchmal draußen; er drückt die Klinke, aber es ist immer abgeschlossen, und die Aufpasserinnen nehmen die Schlüssel mit in ihr Zimmer. Ab und zu höre ich ihn die Treppe hinaufgehen, wenn er im Keller war. Ich weiß nicht, wo er hinwill, bin aber froh, dass wir in Sicherheit sind, auch wenn es ziemlich kalt ist, die Feldbetten kratzig sind und stinken und wir in der Nacht die Bettpfanne benutzen müssen – aber wenigstens kann uns keiner etwas tun.

Ich hoffe nur, dass Briny rechtzeitig kommt, bevor oben zu viele Betten frei werden und man uns umquartiert.

Riggs nähert sich gerade der Kellertür, als ich ans Ende der Azaleenhecke krieche. Ich sehe ihn gerade noch rechtzeitig, um hinter einem Ast abzutauchen.

Er blickt direkt in meine Richtung, kann mich aber nicht sehen. Wieder einmal bin ich wie der Unsichtbare. Das Unsichtbare Mädchen, das bin ich.

Ich warte, bis er verschwunden ist, und krieche vollends aus meinem Versteck, ganz leise, wie ein Rotfuchs. Das Besondere an Rotfüchsen ist, dass man praktisch direkt neben einem stehen kann und es nicht merkt. Ich hole tief Luft und laufe los, an der Kellertür vorbei und hinter den Feigenbaum. Wenn man erst mal hier steht, ist man in Sicherheit. Riggs weiß, dass die Angestellten häufig zum Fenster hinaussehen, und tut einem nichts, solange andere ihn beobachten könnten.

Camellia wartet auf dem Hügel hinter dem Spielplatz auf mich. Lark und Fern sitzen mit Gabion auf der Wippe in der Mitte, Stevie hockt neben Camellia auf dem Boden, kommt aber sofort herübergekrabbelt, als ich mich zu ihnen geselle.

»Bloß gut, dass ich ihn endlich los bin«, sagt Camellia. »Der stinkt nach Pipi.«

»Er kann doch auch nichts dafür.« Stevie schlingt mir die Arme um den Hals und lässt den Kopf an meine Brust sinken. Er ist völlig verdreckt und klebrig, und er stinkt tatsächlich. Ich streiche ihm über den Kopf, worauf er ein Wimmern ausstößt und zurückweicht. Erst jetzt merke ich, dass er eine dicke Beule hat – die Aufpasserinnen verpassen den Kindern bevorzugt Hiebe an Stellen, die man nicht sehen kann.

»Doch, kann er. Er könnte auch reden, wenn er wollte. Wenn er so weitermacht, kriegt er bloß Ärger mit den Leuten hier. Ich hab ihm schon gesagt, er soll sich endlich zusammenreißen.« Camellia sollte sich lieber an die eigene Nase fassen. Wenn einer von uns zur Strafe in den Schrank muss, dann ist sie es. Zwar weiß ich immer noch nicht, was in diesem geheimnisvollen Schrank vor sich geht, aber es muss schlimm sein. *Wenn wir denjenigen erwischen, der Essen gestohlen hat, kommt er in den Schrank und zwar nicht nur einen Tag lang*, hat Mrs. Murphy erst kürzlich gedroht.

Seitdem ist nichts mehr aus der Küche weggekommen.

»Stevie hat bloß Angst. Er vermisst …« Ich halte inne. Den Namen seiner Schwester auszusprechen, macht es nur noch schlimmer. Manchmal vergesse ich es, denn auch wenn er nicht sprechen will, versteht er trotzdem jedes Wort, das wir reden.

»Was hast du erfahren?« Camellia ist fuchsteufelswild, dass ich niemanden sonst in die Nähe der Azaleen lasse, und schnüffelt jedes Mal an mir, ob ich nach Pfefferminzbonbons rieche. Sie denkt, was die Jungs über Mr. Riggs behaupten, sei gelogen. Wenn ich nicht aufpasse, würde sie jederzeit zu ihm gehen, wenn wir draußen spielen. Ich kann sie keine Minute aus den Augen lassen, es sei denn, sie muss auf die Kleinen aufpassen.

»Über Briny hat sie nichts gesagt.« Ich versuche mir immer noch einen Reim auf das zu machen, was Mrs. Murphy gesagt hat, und bin nicht ganz sicher, wie viel ich Camellia davon erzählen soll.

»Er kommt nicht. Bestimmt ist er im Gefängnis oder so und kann nicht raus. Queenie ist bestimmt tot.«

Ich rappele mich auf; Stevie hängt immer noch an meinem Hals. »Nein, ist sie nicht! So was darfst du nicht sagen, Mellia! Nie wieder!«

Die Wippe kommt zum Stillstand. Das Scharren von Füßen ist zu hören, und die Schaukeln trudeln aus. Die anderen Kinder sehen herüber. Dass die Jungs in Streit geraten und sich prügeln, sind sie gewohnt. Mädchen machen so was normalerweise nicht.

»Aber es ist wahr!« Blitzschnell ist Camellia auf den Beinen, stemmt die Hände in die Hüften und reckt trotzig das Kinn. Sie kneift die Augen zusammen, so dass ihre Sommersprossen ineinanderzufließen scheinen, und rümpft die Nase. Sie sieht wie ein Schwein mit Punkten aus.

»Ist es nicht!«

»Ist es doch!«

Stevie windet sich jammernd auf meinem Arm. Es ist wohl besser, ihn herunterzulassen. Er läuft davon, zur Wippe, wo Lark ihn auf den Arm nimmt.

Camellia holt aus. Es wäre nicht das erste Mal, dass wir in einen erbitterten Streit geraten, mit Prügeln, Haareziehen und Anschreien.

»Hey, Schluss damit!« Ehe ich mich's versehe, ist James aus dem Versteck der Jungs geschlüpft und kommt herüber.

Camellia zögert für den Bruchteil einer Sekunde; lange genug, dass James sie am Kleid zu fassen bekommt und mit einem geübten Griff zu Fall bringt.

»Unten bleiben«, knurrt er und deutet mit dem Finger auf sie.

Natürlich tut sie es nicht. Stattdessen springt sie auf, wütend wie ein Schwarm Hornissen. Prompt befördert James sie ein weiteres Mal auf den Boden.

»Hey!«, schreie ich. »Hör auf!« Auch wenn sie mir eins überbraten wollte, ist sie immer noch meine Schwester.

James grinst mich an – seine rosa Zungenspitze ist hinter dem abgeschlagenen Zahn zu erkennen. »Soll ich?«

Camellia holt aus. Er packt sie am Arm und hält sie weit genug von sich weg, dass sie ihn nicht erreicht, doch sie wehrt sich mit Händen und Füßen. James drückt ihren Arm so fest, dass die Haut ganz violett wird. Ihre Augen füllen sich mit Tränen, trotzdem kämpft sie erbittert weiter.

»Hör auf!«, schreie ich. »Lass sie in Ruhe!«

»Wenn ich das tue, musst du meine Freundin sein, Hübsche«, sagt er. »Wenn nicht, ist sie Freiwild.«

Camellia schreit und tobt und zetert.

»Lass sie los!« Ich hole aus und schlage zu, doch James bekommt auch mein Handgelenk zu fassen. Jetzt hat er uns alle beide. Meine Knochen knacken. Die Kleinen kommen herübergelaufen, selbst Stevie, und fangen an, auf James' Beine einzuschlagen. Er wirbelt Camellia herum und reißt damit Fern und Gabion von den Füßen. Blut spritzt aus Ferns Nase, und sie schlägt sich schreiend die Hände vors Gesicht.

»Na gut, na gut«, sage ich. Was soll ich sonst sagen? Ich sehe mich um, aber wie üblich ist weit und breit kein Erwachsener zu sehen.

»Na gut, *was*, Hübsche?«, fragt James.

»Na gut, dann bin ich eben deine Freundin. Aber küssen tue ich dich nicht.«

Das scheint ihm zu genügen. Er lässt Camellia in den Staub fallen und befiehlt ihr liegen zu bleiben. Dann muss ich ihm den Hügel hinauf folgen. Er zerrt mich um ein altes Plumpsklo herum, das abgeschlossen ist, damit keiner reingeht und von einer Schlange gebissen wird. Zum zweiten Mal an diesem Tag schlägt mir das Herz bis zum Hals. »Küssen tue ich dich aber nicht«, sage ich noch einmal.

»Halt den Mund.«

Er stößt mich zu Boden und lässt sich neben mich fallen, ohne meinen Arm loszulassen. Mein Atem kommt stoßweise. Ich schmecke Galle auf der Zunge.

Was hat er vor? Als Älteste von einer ganzen Kinderschar und durch ein Leben auf einem engen Boot weiß ich einiges darüber, was Männer und Frauen miteinander tun. Aber ich will nicht, dass das jemand mit mir tut. Niemals. Ich mag keine Jungs und werde sie auch nie mögen. James' Atem stinkt nach fauligen Kartoffeln, und der einzige Junge, von dem ich mir jemals hätte vorstellen können, geküsst zu werden, ist Silas, und das auch nur ganz kurz.

Ich höre die Stimmen der Jungs aus seiner Clique. »James hat eine Freundin«, skandieren sie. »James hat eine Freundin. James und May sitzen auf dem Baum und k-ü-s-s-e-n sich.

Aber James versucht nicht mich zu küssen, sondern sitzt neben mir. Seine Wangen und sein Hals sind fleckig rot. »Du bist echt hübsch«, quiekt er wie ein Ferkel. Ich bemühe mich, nicht zu lachen, obwohl es rasend komisch klingt. Ich habe Angst, dass er mir sonst etwas tut.

»Bin ich nicht.«

»Doch, bist du.« Er lässt mein Handgelenk los und will nach meinen Fingern greifen, aber ich schlinge die Arme um die Knie und ziehe sie ganz fest an mich.

»Ich kann Jungs nicht leiden«, erkläre ich ihm.

»Eines Tages werde ich dich heiraten.«

»Ich will aber nicht heiraten. Niemanden. Ich baue mir ein

Boot und lebe auf dem Fluss. Ganz allein. Ich brauche keinen, der sich um mich kümmert.«

»Vielleicht komme ich ja mit auf dein Boot.«

»Vergiss es.«

Eine Weile sitzen wir da. »James hat eine Freundin und knutscht mit ihr …«, singen die Jungs.

Er lässt die Arme über die Knie hängen und sieht mich an. »Daher kommst du? Vom Fluss?«

»Ja.«

Wir unterhalten uns über Boote. James stammt von einer kleinen Farm im Shelby County. Miss Tann hat ihn und seinen Bruder am Straßenrand abgefangen, als sie gerade auf dem Weg zur Schule waren. Er war damals in der vierten Klasse; seit diesem Tag hat er kein Klassenzimmer mehr von innen gesehen. Sein Bruder ist längst fort. Adoptiert.

James reckt das Kinn. »Ich will keine neuen Eltern«, erklärt er. »Bald bin ich sowieso zu groß, dann komme ich hier raus. Ich brauche eine Frau. Wir könnten ja am Fluss leben, wenn du willst.«

»Mein Daddy kommt uns abholen.« Ich habe ein schlechtes Gewissen, so etwas zu sagen. James tut mir leid. Er wirkt einsam. Einsam und traurig. »Bald.«

James zuckt bloß mit den Achseln. »Morgen bringe ich dir ein paar Kekse mit. Aber trotzdem bist du noch meine Freundin.«

Beim Gedanken an Kekse läuft mir das Wasser im Mund zusammen. Schätzungsweise ist damit das Geheimnis gelüftet, wer nachts immer Vorräte aus der Küche klaut. »Brauchst du nicht. Sonst sperrt sie dich noch in den Schrank.«

»Ich hab keine Angst.« Er legt seine Hand über meine.

Diesmal entziehe ich sie ihm nicht.

Vielleicht sollte ich mir nicht so einen Kopf machen.

Nach einer Weile stelle ich fest, dass es gar nicht so übel ist, James' Freundin zu sein. Es ist ganz nett, sich mit ihm zu unterhalten, und er will bloß meine Hand halten. Die anderen lassen mich in Ruhe, und auch Camellia und die Kleinen haben mit niemandem mehr Ärger. James und ich laufen Hand in Hand herum, und er erzählt mir alles, was ich über Mrs. Murphy und das Heim wissen muss. Wieder verspricht er mir Kekse, beschreibt mir, wie er sich nachts nach unten in die Küche schleicht und sie klaut.

Ich sage ihm, dass ich keine Kekse mag.

In der Schlange vor dem Badezimmer starren mich die Jungs nicht länger an, weil sie genau wissen, dass sie es lieber lassen sollten.

Aber am nächsten Morgen erscheint James nicht beim Frühstück. Mrs. Pulnik steht mit einem Holzlöffel in ihrer fleischigen Hand hinter der Ausgabe. Sie sagt, sie hätten James weggeschickt ... irgendwohin, wo Jungs für ihren Unterhalt arbeiten müssen, statt die Gratisleistungen der Tennessee Children's Home Society in Anspruch zu nehmen.

»Ein Junge, der groß genug ist, um Mädchen nachzustellen, kann auch arbeiten, außerdem können wir ihn sowieso nicht mehr an eine Familie vermitteln. Mrs. Murphy duldet dieses Verhalten zwischen Mädchen und Jungen nicht, und jeder hier kennt die Vorschriften.« Sie knallt mit dem Holzlöffel gegen den Tisch und stößt den Atem aus, so dass ihre breiten Nasenflügel beben. Wir fahren zusammen. Sie beugt sich über den Jungentisch; die Jungs ziehen die Köpfe ein und starren in ihre leeren Schüsseln. »Und was die Mädchen betrifft ...« Jetzt richtet sich der Löffel auf uns. »Ihr solltet euch schämen, den Jungs solchen Ärger zu bereiten. Lasst schön eure Röcke unten und benehmt euch, wie es sich für anständige junge Damen gehört.« Sie sieht mich vielsagend an.

»Sonst will ich mir lieber gar nicht erst ausmalen, was aus euch werden könnte.«

Das Blut steigt mir ins Gesicht. Ich habe ein schlechtes Gewissen, weil es allein meine Schuld ist, dass James weggeschickt wurde. Ich hätte niemals seine Freundin werden dürfen. Ich wusste einfach nicht, dass so etwas passieren könnte.

Auch Stevie erscheint nicht zum Frühstück. Auf dem Spielplatz ist er auch nicht. Er müsse im Bett bleiben, weil er sich wieder eingenässt hätte, erzählen mir die anderen Kinder. Dann sehe ich ihn oben am Fenster, die Nase gegen das Fliegengitter gepresst. »Sei brav, ja? Schön brav sein, okay?«, flüstere ich ihm von unten zu.

Später am Nachmittag müssen wir uns in einer Schlange auf der Veranda aufstellen. Ich schare meine Geschwister um mich, weil ich Angst habe. Niemand scheint zu wissen, was jetzt gleich passiert.

Mrs. Pulnik und die anderen Aufpasserinnen führen uns einen nach dem anderen zur Regentonne, wo sie uns die Gesichter, die Arme und die Knie waschen und das Haar bürsten. Dann müssen wir uns die Hände waschen. Einige der Kinder sollen sich gleich auf der Veranda umziehen; manche bekommen frische Sachen oder Schürzen, die sie über ihre Spielkleider anziehen sollen.

Dann tritt Mrs. Murphy heraus, stellt sich auf die oberste Stufe und lässt den Blick über uns schweifen. An ihrem Arm baumelt ein metallener Teppichklopfer – dass er benutzt wird, um den Staub aus den Teppichen zu entfernen, habe ich noch nie gesehen, allerdings kommt er häufig bei den Kindern zum Einsatz. Hexenklopfer, so nennen ihn die Kinder.

»Heute ist ein ganz besonderer Tag«, verkündet Mrs. Murphy. »Aber nur für die braven Mädchen und Jungen. Wer sich nicht tadellos benimmt, darf nicht teilnehmen, habt ihr mich verstanden?«

»Ja, Ma'am«, antworten wir im Chor.

»Sehr gut.« Auf ihrem Gesicht liegt ein Lächeln, das mich jedoch unwillkürlich zurückweichen lässt. »Heute kommt der Bücherbus, und die freundlichen Damen der Aid Society schenken euch etwas von ihrer kostbaren Zeit, um euch bei der Auswahl eines Buches zu helfen. Es ist sehr wichtig, dass wir einen guten Eindruck machen. Jeder, der brav ist, bekommt ein Buch zum Lesen.« Sie ermahnt uns, immer schön *Ja, Ma'am* und *Nein, Ma'am* zu sagen, nicht sämtliche Bücher zu betatschen und die Frage, ob wir hier glücklich seien, schön mit dem Satz zu beantworten, wie froh und dankbar wir seien, dass Miss Tann uns gefunden hätte und Mrs. Murphy sich um ums kümmern würde.

Den Rest vergesse ich gleich wieder. Ich kann nur an eines denken: dass ich die Chance bekomme, ein Buch zu lesen – für mich gibt es nichts Schöneres als Bücher, vor allem wenn ich sie noch nicht kenne. Und da wir zu fünft sind, kriegen wir gleich fünf Bücher.

Doch als die Mitarbeiter das Tor aufschließen und sich alle in der Schlange anstellen, nimmt Mrs. Murphy Camellia, mich und die Kleinen beiseite. »Ihr nicht«, sagt sie. »Solange ihr noch unten wohnt, könnt ihr keine Bücher leihen. Sie würden kaputtgehen.«

»Aber wir passen gut auf sie auf«, platze ich heraus. Normalerweise gebe ich Mrs. Murphy niemals Widerworte, doch diesmal kann ich mich einfach nicht beherrschen. »Bitte. Könnten wir nicht wenigstens ein einziges Buch kriegen? Ich würde es meinen Geschwistern vorlesen. Queenie hat immer …« Ich halte inne, ehe ich mich noch tiefer in den Schlamassel reiten kann. Wir dürfen hier nicht über unsere Eltern sprechen.

Seufzend hängt sie den Teppichklopfer an einen Nagel an einem der Verandapfosten. »Na gut. Aber die Kleinen brauchen nicht zu gehen. Nur du. Und beeil dich.«

Ich brauche eine Sekunde, ehe ich mich entschließen kann, die Kleinen allein zu lassen. Camellia zieht sie an sich und schlingt die Arme um sie. »Los, geh«, zischt sie mit weit aufgerissenen Augen. »Und besorg uns was Schönes.«

Mit einem letzten Blick auf sie laufe ich zum Tor. Am liebsten würde ich quer durch den Garten stürmen, vorbei an den Magnolienbäumen. Der Geruch von Freiheit weht mir entgegen. Er ist herrlich. Ich muss mich zwingen, in der Schlange stehen zu bleiben und den anderen Kindern zur Einfahrt zu folgen.

Auf der anderen Seite der Wand aus Bäumen steht ein großer schwarzer Laster. Zwei weitere Wagen fahren vor. Aus einem steigt Miss Tann, aus dem anderen ein Mann mit einer Kamera. Sie schütteln einander die Hände, dann zieht der Mann einen Notizblock und einen Stift aus der Tasche.

SHELBY COUNTY LIBRARIES steht auf dem schwarzen Laster, und als wir näher kommen, kann ich Regale hinten erkennen. Regale voller Bücher. Die Kinder gehen dazwischen herum, und ich muss die Hände auf den Rücken legen, um nicht alles anzufassen, während ich darauf warte, bis ich an der Reihe bin.

»Wie Sie ja selbst sehen, bieten wir den Kindern allerlei Möglichkeiten der Stimulation«, höre ich Miss Tann sagen, worauf der Mann alles niederschreibt, als hätte er Angst, die Worte könnten davonfliegen, wenn er sie nicht schnell genug festhält. »Einige unserer Kleinen sind nie in den Genuss von Büchern gekommen. Wir jedoch stellen in allen unseren Heimen Bücher und andere Spielsachen zur Verfügung.«

Ich senke den Kopf. Falls Miss Tann tatsächlich noch andere Heime betreibt, könnte es dort ganz anders sein als hier; fest steht jedenfalls, dass es bei Mrs. Murphy keine Bücher gibt, und die Spielsachen sind allesamt kaputt. Niemand macht Anstalten, sie zu reparieren. Miss Tann sollte das eigentlich wissen, schließlich ist sie häufig genug hier.

»Die armen Kleinen«, fährt sie fort. »Wir nehmen sie auf, wenn sie zu Hause nicht genug Liebe und Fürsorge erhalten, und geben ihnen alles, was ihre Eltern ihnen nicht geben können oder wollen.«

Ich starre auf den Boden und balle die Fäuste auf dem Rücken. *Das ist eine Lüge*, würde ich dem Mann am liebsten ins Gesicht schreien. *Meine Mama und mein Daddy wollen uns sehr wohl bei sich haben. Sie lieben uns. Genauso wie dieser Vater, der kürzlich wegen seines kleinen Sohns, Lonnie, hier war und am Ende wie ein Baby auf der Veranda geweint hat, weil sie ihm gesagt haben, dass Lonnie adoptiert wurde.*

»Wie lange bleibt das Durchschnittskind bei der Gesellschaft?«, erkundigt sich der Mann.

»Oh, wir haben hier keine Durchschnittskinder.« Miss Tann lässt ein schrilles Lachen hören. »Sondern nur außergewöhnliche. Manche bleiben länger, manche kürzer, je nachdem, in welcher Verfassung sie zu uns kommen. Einige sind schwach und viel zu klein, so dass sie nicht einmal rennen und spielen können. Wir päppeln sie mit drei nahrhaften Mahlzeiten am Tag auf. Kinder brauchen gutes Essen, damit sie groß und stark werden, viel Obst, Gemüse und rotes Fleisch … das macht rote Backen.«

*Aber bei Mrs. Murphy gibt es all das nicht. Hier kriegen wir bloß zweimal am Tag eine kleine Schale Maisbrei. Gabby ist ganz blass, und Larks und Ferns Arme sind dünn wie Stöcke.*

»Wir überwachen all unsere Einrichtungen, um sicherzugehen, dass unsere Kinder auch anständig ernährt und gut behandelt werden«, fährt sie im Brustton der Überzeugung fort.

Der Mann nickt und sagt: »Hm-Mhm!«, als wäre er hochzufrieden mit ihren Erläuterungen.

*Sieh doch mal genauer hin*, würde ich am liebsten zu ihm sagen. *Sieh in die Küche, dann wirst du schon merken, wie es hier in Wahrheit zugeht*. Ich bin kurz davor, ihm die Worte ins Gesicht zu schleudern. Aber wenn ich das tue, wandere ich in den Schrank, statt ein Buch zu kriegen.

»Die Kinder sind ja so dankbar. Wir holen sie förmlich aus der Gosse.«

Ich zucke zusammen, als mich jemand am Arm berührt. Eine Frau in einem blauen Kleid lächelt mich freundlich an.

»Und was würdest du gern lesen?«, fragt sie. »Welche Bücher interessieren dich? Du hast so geduldig gewartet.«

»Ja, Ma'am.«

Sie führt mich zu den Regalen. Mir fallen fast die Augen aus dem Kopf. Schlagartig ist Miss Tann vergessen, und ich kann nur noch an die Bücher denken. Zwar habe ich im Lauf der Jahre Bibliotheken in den Städten entlang des Flusses besucht, aber damals hatten wir unsere eigenen Bücher auf der *Arcadia*; jetzt haben wir überhaupt nichts mehr, und die Vorstellung, gleich eines in der Hand zu halten, ist wie Weihnachten und Geburtstag zusammen.

»Ich ... es ist ganz egal«, stammle ich. Allein beim Anblick der bunten Buchrücken breitet sich ein Strahlen auf meinem Gesicht aus, und zum ersten Mal, seit wir hergekommen sind, bin ich glücklich. »Vielleicht ein dickes, weil wir nur eins bekommen.«

»Sehr klug.« Die Frau zwinkert mir zu. »Kannst du gut lesen?«

»Ja, sehr gut sogar. Zu Hause …« Ich unterbreche mich. *Zu Hause auf der* Arcadia *wollte Queenie immer, dass wir lesen*, lag mir gerade auf der Zunge.

Eine der Aufpasserinnen steht direkt neben mir, und auch Miss Tann ist in der Nähe. Wenn sie es mitbekämen, würde ich im Handumdrehen ohne Buch auf der Straße stehen.

»Na gut, dann wollen wir mal sehen …«, sagt die Frau.

»Abenteuer. Abenteuergeschichten lese ich gern.«

»Und was für Abenteuer?«

»Über Königinnen und Prinzessinnen und wilde Indianer. Solche Sachen.« Augenblicklich kommen wir allerlei Geschichten in den Sinn.

»Vielleicht ein Western?«

»Oder etwas über den Fluss. Haben Sie eine Geschichte über den Fluss?« Das wäre fast wie Heimkommen. Es würde uns helfen durchzuhalten, bis Briny uns holen kommt.

Die Frau klatscht in die Hände. »Oh! Ja, genau, da habe ich was.« Sie hebt einen Finger. »Ich habe genau das Richtige für dich.«

Augenblicke später drückt sie mir *Die Abenteuer von Huckleberry Finn* von Mr. Mark Twain in die Hand – das muss Schicksal sein, denn wir hatten es nie zu Hause, aber Briny hat uns immer Geschichten über Tom Sawyer, Huckleberry Finn und Injun Joe erzählt. Mark Twain war einer von Brinys Lieblingsautoren, dessen Bücher er als Junge selbst gern gelesen hat; es ist fast, als wären er und Tom beste Freunde.

Die Frau in dem blauen Kleid schreibt meinen neuen Namen, May Weathers, auf die Karte. Erst als sie den Datumsstempel hinten ins Buch setzt, wird mir bewusst, dass Fern gestern Geburtstag hatte. Sie ist vier geworden. Wären wir jetzt auf der *Arcadia*, würde Queenie ihr einen Kuchen backen und wir ihr all die Geschenke überreichen, die wir selbst gebastelt oder irgendwo am Ufer gefunden haben. Jetzt allerdings muss sie sich mit dem Buch begnügen. Ich erzähle ihr später einfach, dass das Buch ihre Geburtstagsüberraschung ist, sie es aber nur für eine Weile behalten darf. Wir werden einen Kuchen aus Sand backen und ihn mit Blumen und kleinen Ästen garnieren, als Ersatzkerzen, damit Fern so tun kann, als würde sie sie auspusten.

Die Frau drückt mich an sich zum Abschied; es ist so ein schönes Gefühl, dass ich am liebsten den ganzen Tag bei ihr bleiben und den Duft der Bücher riechen würde, aber leider geht das nicht.

*Huckleberry Finn* fest an meine Brust gedrückt, gehe ich zurück in den Garten. Jetzt können wir diesen Ort hier jederzeit verlassen, wenn uns der Sinn danach steht. Wir müssen bloß Huckleberry Finn zuhören, auf dessen Floß bestimmt genug Platz für uns fünf ist. Vielleicht finden wir da draußen ja sogar die *Arcadia*.

Obwohl ich zurückmuss, fühlt sich Mrs. Murphys Haus plötzlich ganz anders an.

Denn seit heute gehört ein Fluss dazu.

An diesem Abend schlagen wir Ferns Geburtstagsbuch auf und stürzen uns in die Abenteuer von Huck Finn. Fast eine Woche lang reisen wir mit ihm flussabwärts, ehe Miss Tanns glänzender schwarzer Wagen eines Nachmittags erneut vorfährt. Es ist ein sonniger Tag und heiß im Haus wie in einem Backofen, deshalb unterhalten sie und Mrs. Murphy sich auf der Veranda – ich pirsche mich um den Feigenbaum herum und krieche unter die Azaleen, um sie zu belauschen.

»Oh ja, die Annoncen stehen schon in sämtlichen Zeitungen!«, sagt Miss Tann. »Ich muss zugeben, meine Idee war absolut brillant: *Goldblonde Engelchen für einen wunder-*

*schönen Sommer – Sprechen Sie uns an!* Perfekt, nicht wahr? All die süßen blonden Kinder.«

»Wie ein Tanz der Waldnymphen, mit all den kleinen Elfen und Feen.«

»Fast so gut wie das Weihnachtsbaby-Programm. Die Kunden fragen schon danach. Sobald sie die Kinder gesehen haben, werden sie sich gegenseitig überbieten.«

»Ganz bestimmt.«

»Dann sorgen Sie dafür, dass die Kinder am Samstagmorgen bereit sind? Ich erwarte, dass sie gut gekleidet sind – Dirndl und Fliegen, mit allem Drum und Dran. Baden und schrubben Sie sie anständig. Ich will keine Trauerränder unter den Fingernägeln sehen, keine schmutzigen Ohren. Sorgen Sie dafür, dass sie wissen, was ihnen blüht, wenn sie mich blamieren. Statuieren Sie vorher ein Exempel und sorgen Sie dafür, dass die anderen es mitbekommen. Diese Party ist ein wichtiger Anlass und eine gute Gelegenheit, unseren Ruf zu festigen, dass wir beste Qualität liefern. Mit den neuen Annoncen kommen wir an die besten Familien in Tennessee und ein Dutzend weiterer Bundesstaaten heran. Sie werden alle kommen, um unsere Kinder zu sehen, und danach werden sie nicht mehr an sich halten können, sondern müssen einfach eines von ihnen haben.«

»Wir sorgen dafür, dass alle Kinder entsprechend vorbereitet sind. Moment, ich sehe mir nur die Liste noch einmal an.« Sie halten inne. Papier raschelt. Der Wind rauscht durch die Azaleenblätter, so dass ich Miss Tanns Kopf erkennen kann. Ihr kurzes grau-braunes Haar plustert sich auf, als sie sich zu Mrs. Murphy hinüberbeugt.

Ich drücke mich fest gegen die Hauswand, aus Angst, sie könnten mich hören. Der Wind weht den Gestank nach etwas Verwesendem heran, bestimmt der Kadaver eines Tiers, das

Mr. Riggs' Giftköder gefressen hat. Wenn er noch länger stinkt, wird Mr. Riggs ihn finden und irgendwo verscharren.

»Sogar May?«, fragt Mrs. Murphy. Ich spitze die Ohren. »Sie ist ja wohl kaum ein kleiner Engel.«

Miss Tann stößt ein knappes, scharfes Lachen aus. »Nein, aber sie kann bei den Kleinen helfen, außerdem ist sie doch recht ansehnlich, wie ich finde.«

»Das ist auch wieder wahr.« Mrs. Murphy klingt alles andere als begeistert. »Eine Unruhestifterin ist sie zumindest nicht.«

»Ich schicke am Samstag gegen ein Uhr einen Wagen, der sie abholt. Achten Sie darauf, dass sie nicht hungrig oder müde sind oder auf die Toilette müssen, sondern wach und gut gelaunt sind. Und dass sie sich benehmen. Ich verlasse mich darauf!«

»Natürlich.«

»Was um alles in der Welt ist das für ein fürchterlicher Gestank?«

»Kaninchen. Sie machen uns schon den ganzen Sommer das Leben schwer.«

Ich kratze die Kurve, bevor sie auf die Idee kommen nachzusehen. Mr. Riggs ist nirgendwo zu entdecken, deshalb bin ich im Nu am Feigenbaum vorbei und wieder oben auf dem Hügel; ich erzähle Camellia lieber nichts von der Besichtigungsparty und dem zusätzlichen Bad, das wir bekommen sollen. Es ist sinnlos, sie jetzt schon zu reizen, sie würde nur einen Wutanfall bekommen.

Außerdem habe ich das dumpfe Gefühl, dass ich ihr von dem Bad gar nicht zu erzählen brauche.

Camellia ist nämlich nicht blond.

Und ich habe recht. Am Samstag nach dem Frühstück zeigt sich, dass sie nicht auf der Liste steht. Wo auch immer wir hingehen – sie kommt nicht mit uns.

»Wenn ich dafür baden muss, bin ich froh, dass sie mich nicht wollen«, sagt sie und stößt mich weg, als ich sie zum Abschied umarmen will.

»Aber du musst brav sein, während wir weg sind, Mellia. Sei nett zu allen und halt dich von den großen Jungs fern, und geh nicht am Feigenbaum vorbei und …«

»Ich brauche kein Kindermädchen«, unterbricht sie mich und reckt das Kinn. Trotzdem sehe ich, dass ihre Unterlippe ein wenig bebt. Sie hat Angst.

»May!«, bellt eine der Aufpasserinnen. »Stell dich in der Schlange an!« Die Kinder auf der Liste stehen bereits parat.

»Wir sind bald wieder da«, raune ich Camellia zu. »Hab keine Angst.«

»Hab ich nicht.«

Wieder kassiere ich einen Anschiss von der Aufpasserin und stelle mich eilig an. Während der nächsten Stunde werden wir alle eingeseift, geschrubbt, gekämmt und gebürstet, unsere Fingernägel werden mit der Zahnbürste gesäubert, man bindet unser Haar mit Schleifen zusammen und gibt uns nagelneue Sachen zum Anziehen, ehe wir so viele Schuhe durchprobieren müssen, bis jeder welche hat, die ihm passen.

Als die Aufpasserinnen uns zu den wartenden Wagen vor dem Haus bringen, sind wir wie verwandelt. Unser Grüppchen besteht aus uns vieren, drei weiteren Mädchen, einem Jungen von fünf Jahren, zwei Babys und Stevie, dem sie drohen, er bekäme mit dem Riemen den Hintern versohlt, falls er sich einnässen sollte.

Im Wagen dürfen wir nicht sprechen. »Mädchen, ihr werdet euch anständig hinsetzen, die Beine schön zusammen wie junge Damen«, sagt eine der Aufpasserinnen. »Ihr sprecht nur, wenn euch jemand dazu auffordert. Und ihr werdet höflich zu den Leuten sein und nur Gutes über Mrs. Murphys

Heim sagen. Bei der Party gibt es Spielsachen, Malfarben, Kuchen und Kekse. Und ihr werdet …«

Ich höre gar nicht mehr hin, sondern sehe aus dem Fenster, als der Wagen über einen Hügel fährt und der Fluss auftaucht. Augenblicklich verschwindet May, und Rill tritt wieder in den Vordergrund, reckt sich in Richtung der einen Spaltbreit heruntergelassenen Fensterscheibe, um die vertrauten Gerüche einzuatmen.

Dann biegt der Wagen um eine Ecke, und der Fluss ist verschwunden. Schwere und Traurigkeit legen sich auf meine Schultern. Ich lasse den Kopf gegen den Sitz sinken, doch die Aufpasserin ermahnt mich – ich darf die Schleife in meinem Haar nicht zerdrücken.

Gabion ist auf meinem Schoß eingeschlafen. Ich drücke ihn fest an mich, spüre, wie sein Haar an meinem Kinn kitzelt, und fühle mich für einen Moment wie zu Hause. Diese Leute können gern alles kontrollieren, doch wohin ich in meinen Gedanken reise, ist ganz allein meine Sache.

Mein Besuch auf der *Arcadia* währt viel zu kurz. Wenig später hält der Wagen vor einem weißen Haus, das noch größer ist als Mrs. Murphys.

»Wer sich nicht benimmt, wird es später bitter bereuen«, ermahnt uns die Aufpasserin ein letztes Mal mit erhobenem Finger, ehe sie uns aussteigen lässt. »Seid freundlich zu den Partygästen. Setzt euch bei ihnen auf den Schoß, wenn sie es wollen. Lächelt. Zeigt ihnen, dass ihr nette Kinder seid.«

Wir gehen hinein. Drinnen sind überall Leute, und auch andere Kinder, sogar Babys. Sie sind alle schön angezogen, und wir kriegen Kuchen und Kekse. Für die Kleinen gibt es Spielsachen, und ehe ich mich's versehe, lassen Fern, Lark und Gabion mich einfach stehen.

Ein Mann geht mit Gabion nach draußen, um mit ihm Ball

zu spielen. Eine dunkelhaarige Frau setzt sich zu Lark und hilft ihr, ein Malbuch auszufüllen. Fern lacht und spielt mit einer hübschen blonden Frau, die ein bisschen traurig und müde in einem Sessel sitzt, das Kuckuck-Spiel. Prompt muss die Frau lachen, und wenig später trägt sie Fern von einem Spielzeug zum nächsten, als könnte meine Schwester nicht alleine gehen.

Schließlich kuscheln sie sich zusammen in den Sessel und lesen ein Buch. Mein Herz zieht sich zusammen, als ich daran denke, wie Queenie uns früher immer vorgelesen hat. Ich will, dass die Frau Fern loslässt, sie zu mir zurückkommt.

Ein Mann tritt in den Raum und kitzelt Ferns Bauch, worauf die Frau sagt: »Oh, Darren, sie ist perfekt. Amelia wäre jetzt genau in ihrem Alter gewesen.« Sie tätschelt die Sessellehne. »Komm, setz dich und lies mit uns.«

»Macht ihr beide nur.« Er drückt ihr einen Kuss auf die Wange. »Ich muss noch mit ein paar Leuten reden.« Er verlässt den Raum wieder.

Fern und die Frau sind beim zweiten Buch, als der Mann zurückkehrt; sie sind so beschäftigt, dass sie es nicht einmal merken, als er sich neben mich aufs Sofa setzt. »Seid ihr beide Schwestern?«, fragt er.

»Ja, Sir«, antworte ich, so wie man es mir beigebracht hat. *Ma'am* und *Sir*.

Er lehnt sich etwas zurück und mustert mich eindringlich. »Ihr seht euch sehr ähnlich.«

»Ja, Sir.« Ich starre auf meine Hände. Mein Herz hämmert. Was will er von mir?

Er legt mir die Hand auf den Rücken, mitten zwischen meine Schulterblätter. Die Härchen in meinem Nacken richten sich auf, der Schweiß bricht mir aus, und mein Kleid fühlt sich plötzlich kratzig an.

»Und wie alt bist du?«, fragt er.

# KAPITEL 13

**Avery**

Das Cottage ist still und vom Mondschein erhellt, als ich die Tür aufmache. Ich taste nach dem Lichtschalter, während ich mir das Handy ans Ohr halte und darauf warte, dass mein Onkel Clifford die Frage beantwortet, die ich ihm geradc gestellt habe. Er hat mich in die Warteschleife gelegt, während er am Drive-in-Schalter sein Essen bestellt.

Eine Erinnerung taucht vor meinem inneren Auge auf, so klar, als wäre es gestern gewesen: Ich kam gemeinsam mit meiner Großmutter hier an, als es bereits dunkel war. Das Cottage sah ganz genauso aus wie jetzt – das Mondlicht warf ein fächerförmiges Muster auf den Fußboden, die Luft war erfüllt vom Geruch nach Meer, sandigen Teppichen, Zitronenöl und alten Möbeln.

Ich bewege die Finger. Ich kann ihre Hand fast noch um meine fühlen. Ich muss elf oder zwölf gewesen sein – ein schwieriges Alter, in dem ein Mädchen nicht länger in aller Öffentlichkeit die Hand seiner Großmutter halten kann, hier jedoch, an unserem magischen Ort, geht es noch.

Ich stehe da, mitten in der Diele, versuche jenes tröstliche Gefühl heraufzubeschwören, doch dieser Besuch ist ambivalent, voll widersprüchlicher Gefühle – bitter und süß, seltsam und vertraut … die Geschmäcker des Lebens.

Onkel Clifford ist wieder am Apparat. Nach einem langen Standspaziergang und einem Abendessen im Waterfront Restaurant bin ich zu dem Schluss gelangt, dass mein Onkel vermutlich der Einzige ist, der mir wirklich weiterhelfen kann. Trent Turner hat mich abserviert, indem er mit dem Kerl in Uniform davongefahren ist. Ich habe noch eine Weile im Wagen gewartet, aber Turner Real Estate blieb den restlichen Nachmittag geschlossen. Bislang ist die Reise hierher ein Flop auf der ganzen Linie.

»Was brauchtest du noch mal, Avery? Etwas mit dem Haus auf Edisto?«, fragt Onkel Clifford.

»Ich habe mich nur gefragt, ob du und Dad häufiger mit Grandma hergekommen seid. Als ihr noch klein wart, meine ich.« Ich bemühe mich um einen beiläufigen Tonfall, um keine schlafenden Hunde zu wecken. Onkel Clifford war früher mal Bundesbeamter. »Hatte Grandma Judy Freunde, mit denen sie sich hier getroffen hat oder die sie besuchen wollte?«

»Hm … lass mich mal überlegen …« Er denkt eine Weile nach. »Jetzt wo du's sagst, waren wir eigentlich gar nicht so häufig dort. Eigentlich nur, als ich noch kleiner war. Später waren wir lieber in Granny Staffords Haus auf Pawleys Island. Es war größer, außerdem gab es dort ein Segelboot, und es waren immer Cousins da, mit denen wir spielen konnten. Mama ist meistens ganz allein nach Edisto gefahren. Zum Schreiben. Sie hat ja hin und wieder Gedichte verfasst, und eine Weile war sie für die Gesellschaftskolumne zuständig.«

Einen Moment lang bin ich völlig verdattert. »Grandma Judy hatte eine Gesellschaftskolumne?« Das ist hier wahrscheinlich ein Euphemismus für den allwöchentlichen Inselklatsch.

»Natürlich nicht unter ihrem Namen.«

»Unter welchem dann?«

»Wenn ich dir das verraten würde, müsste ich dich hinterher töten.«

»Onkel Clifford!« Im Gegensatz zu meinem eher sachlichen Vater war Onkel Clifford schon immer ein wilder Hund, der einen gern auf den Arm nahm. Meine Tante Diana hat seinetwegen so manches graue Haar bekommen – inzwischen sogar einen ganzen Schopf –, auch wenn sie ihn wie jede Südstaatenlady regelmäßig färbt.

»Lass die Geheimnisse deiner Großmutter doch geheim bleiben.« Einen Moment lang bin ich sicher, dass eine verborgene Anspielung in seinen Worten mitschwingt, doch dann geht mir auf, dass er mich nur necken will. »Du bist also unten im Myers Cottage, ja?«

»Ja, ich wollte ein paar Tage weg von zu Hause.«

»Dann wirf mal eine Angel für mich aus.«

»Du weißt, dass ich nie angeln gehe. Igitt.« Mein armer, mit drei Töchtern gestrafter Vater hat alles darangesetzt, wenigstens aus einer eine Angelliebhaberin zu machen. Aber selbst Onkel Clifford weiß, dass es aussichtslos war.

»Tja, das ist einer der Punkte, in denen du deiner Großmutter gar nicht ähnlich bist. Sie hat leidenschaftlich gern geangelt, vor allem auf Edisto. Als dein Dad und ich noch Jungs waren, hat sie uns zu einem Mann mitgenommen, der ein kleines Boot hatte. Damit sind wir dann den Fluss hochgefahren und haben den halben Tag geangelt. Ich weiß aber nicht mehr, wer das war. Ein Freund, nehme ich an. Er hatte einen kleinen blonden Sohn, mit dem ich gern gespielt habe. Irgendwas mit T … Tommy, Timmie, nein Tr … Trey oder Travis.«

»Trent? Trent Turner?« Der Vater von Trent Turner III hieß ebenfalls Trent und müsste im Alter meines Onkels sein.

»Könnte sein. Fragst du aus einem bestimmten Grund? Stimmt etwas nicht?«

Plötzlich wird mir bewusst, dass ich versehentlich ein bisschen zu viel preisgegeben und damit den Detective in ihm geweckt habe. »Nein, nein, alles bestens. Mir sind nur ein paar Dinge wieder eingefallen, das ist alles. Ich wünschte, ich wäre häufiger mit Grandma Judy hier gewesen und hätte sie nach den alten Geschichten gefragt, als sie noch antworten konnte.«

»Tja, das ist nun mal das Paradoxe am Leben. Man kann nicht alles haben, sondern immer nur ein bisschen hiervon, ein bisschen davon oder aber alles hiervon und nichts davon. Wir schließen immer genau solche Kompromisse, wie wir sie in diesem Moment am besten finden. Du hast eine Menge für ein Mädchen erreicht – für eine junge *Frau*, die gerade mal dreißig ist, meine ich.«

Manchmal frage ich mich, ob meine Familie nicht mehr in mir sieht; ob sie nicht wissen, dass viel mehr in mir steckt. »Danke, Onkel Clifford.«

»Macht fünf Dollar.«

»Ich schicke dir einen Scheck.«

Wir legen auf, danach packe ich die Vorräte aus, die ich in dem BI-LO-Supermarkt besorgt habe, den ich aus meiner Kindheit noch als Piggly Wiggly kenne.

Wollte Onkel Clifford irgendetwas andeuten?

Aber ich kann mir keinen Reim auf das machen, was er gesagt hat. Falls der kleine Junge auf dem Boot tatsächlich Trent Turner war, sagt mir das lediglich, dass meine Großmutter Kontakt zu Trent Turner senior gepflegt hat, was ich ohnehin bereits vermute. Aber wenn sie gemeinsam mit ihren Kindern beim Angeln waren, macht das die Idee, er könnte sie erpresst haben, nicht gerade plausibel. Kein Mensch geht mit einem Erpresser angeln, und schon gar nicht gemeinsam mit den Kindern. Man nimmt auch seine Kinder nicht zu einem Rendezvous mit einem heimlichen Geliebten mit, vor allem nicht, wenn diese Kinder schon groß genug sind, um sich an die Ausflüge zu erinnern.

Vielleicht war der ältere Trent Turner bloß ein langjähriger Freund, und vielleicht sind in dem Umschlag lediglich Fotos … Ist das Ganze am Ende völlig unschuldig? Andererseits stellt sich die Frage, weshalb Trents Großvater ihm auf dem Sterbebett das Versprechen abgenommen hat, den Umschlag lediglich meiner Großmutter persönlich auszuhändigen?

Ich entwickele die unterschiedlichsten Theorien, während ich meine Sachen ins Schlafzimmer trage, meinen Koffer auspacke und mich häuslich einrichte. Ich werfe mit Dart-Pfeilen, so wie ich es machen würde, wenn wir im Strategieraum in meinem alten Büro wären.

Zwar treffe ich die Scheibe, trotzdem weiß ich nicht weiter. Aber der Tag war anstrengend genug. Ich brauche eine Dusche und eine Mütze Schlaf. Vielleicht kommt mir ja morgen eine zündende Idee … oder vielleicht rücke ich auch Trent Turner III noch mal auf die Pelle und quetsche die Wahrheit aus ihm heraus.

Die eine Möglichkeit ist so plausibel wie die andere.

Erst als ich die Dusche anschalte und feststelle, dass ich kein heißes Wasser habe, fällt mir etwas ein, das Onkel Clifford gesagt hat: Meine Großmutter ist zum Schreiben hergekommen.

Könnte etwas von ihren Arbeiten noch hier sein? Und könnten sie einen Hinweis enthalten?

Innerhalb von Sekunden bin ich wieder angezogen. Eine eiskalte Dusche war ohnehin nicht besonders reizvoll.

Das Strandgras bewegt sich in den Dünen, und der Mond steht über den Palmen. Die Wellen schlagen rhythmisch gegen das Ufer, während ich bei geöffnetem Fenster in Schubladen wühle, Schränke und Kommoden durchsuche. Gerade als ich zu dem Schluss gelange, dass auch unter dem Bett meiner Großmutter nichts zu finden ist, fällt mein Blick auf ein schmales Möbelstück, und mir wird bewusst, dass es sich nicht um eine Frisierkommode, sondern um einen Schreibmaschinentisch handelt, unter dessen Konsole kopfüber eine alte schwarze Schreibmaschine hängt. Ich entriegle sie und drehe die Konsole um, worauf die Schreibmaschine nach oben schwingt.

Ich fahre mit dem Finger über die Tasten, kann meine Großmutter förmlich auf sie einhämmern hören, während ich die schwarze Gummiwalze in Augenschein nehme. Die Tasten haben winzige Einbuchtungen darauf hinterlassen. Wäre es ein Computer, hätte ich die Festplatte knacken und dort etwas finden können, doch hier bin ich machtlos.

»Was weißt du, was ich nicht weiß?«, flüstere ich, während ich in der Schublade krame, die jedoch außer einer Auswahl an Kugelschreibern, Bleistiften, vergilbtem Schreibpapier, einem Karton Durchschlagpapier und Korrekturband, kalkig weiß auf der einen Seite, feucht-schwarz auf der anderen, nichts enthält. Auf der Oberseite sind Einbuchtungen von Buchstaben zu erkennen. Ich halte sie ins Licht und kann die falsch getippten und dann korrigierten Worte lesen: Plmetto Blvd. Edisto Island …

Offensichtlich hat meine Großmutter hier Briefe geschrieben, aber entweder versehentlich oder aber mit Absicht ihre Spuren beseitigt. Es gibt keine halb beschriebenen Seiten, und das Kohlepapier ist unversehrt, jungfräulich. Seltsam, denn in ihrem Schreibtisch zu Hause fand sich stets ein Vorrat an Papier, der für kleinere Projekte, Basteleien oder Kinderzeichnungen noch einmal verwendet werden konnte.

Ich schlage eine Taste an, sehe zu, wie der Hammer nach

vorn schnellt und auf die Walze trifft, wo sie einen feuchten Abdruck zurücklässt. K. Die Tinte ist ausgetrocknet.

Das Farbband.

Ich beuge mich über das Gehäuse und hebe es ab, um das Farbband herausnehmen zu können, was erstaunlich leicht geht. Leider ist es nahezu neu. Nur auf ein paar Zentimetern sind die Abdrücke der zuletzt getippten Worte zu erkennen. Ich rolle es auseinander, halte es ins Licht und betrachte es mit zusammengekniffenen Augen.

ydu J,eßürGebieL.nellowrhesoshconseriwnnewhcua,
tnerT,nerhafreeinseriwnedrewthciellieV.etnnöknehetsy
teicoSemoHs’nerdlihCeessenneTrednegalretnUdednih
contsnossaw,hcimegarfdnutreirtsurf.

Anfangs sehe ich lediglich Buchstabensalat, aber ich war häufig genug in Grandma Judys Nähe, um zu wissen, wie ein Farbband funktioniert. Plötzlich erkenne ich das erste Wort. Judy. Der Name meiner Großmutter rückwärtsgeschrieben. Ein weiteres Wort löst sich aus dem scheinbaren Chaos. Society, kurz vor dem Punkt.

Dann kann ich drei weitere Worte lesen. Tennessee Children’s Home.

Ich schnappe mir einen Bleistift und fange an zu schreiben.

*… frustriert und frage mich, was sonst noch in den Unterlagen der Tennessee Children’s Home Society stehen könnte. Vielleicht werden wir es nie erfahren, Trent, auch wenn wir es noch so sehr wollen.*

*Liebe Grüße,*
*Judy*

Ich starre auf die Worte, versuche mir einen Reim darauf zu machen. Kinderheime sind doch für Waisen und Babys, die zur Adoption freigegeben werden. Die junge Frau auf May Crandalls Foto war schwanger. War sie eine Verwandte meiner Großmutter – eine, die in Schwierigkeiten steckte?

Schlagartig habe ich ein Szenario vor Augen – ein naives Mädchen aus gutem Hause, ein Mann von zweifelhaftem Ruf, die beiden brennen durch, um zu heiraten, ein Riesenskandal ... oder, was noch viel schlimmer wäre, sie heiraten nicht. Vielleicht hat ihr Beau sie auch sitzenlassen, oder aber ihre Familie hat sie gezwungen, zurückzukehren und ihn aufzugeben?

Damals wurden die Mädchen für eine Weile weggeschickt, um ihre ungewollten Kinder zur Welt zu bringen und sie stillschweigend zur Adoption freizugeben. Selbst heute noch tuscheln die Frauen in den Kreisen meiner Mutter über junge Mädchen, die ohne Vorwarnung für eine Weile bei einer Tante leben. Vielleicht ist dies das Geheimnis, das Trent Turner zu wahren versuchte.

Eines steht jedenfalls fest: Der letzte Brief, der hier geschrieben wurde, war an Trent Turner gerichtet, und auch wenn ich nicht sagen kann, wie alt er ist, bezweifle ich nicht, dass der Inhalt dieses geheimnisvollen Umschlags eine Menge Fragen beantworten könnte.

Oder sogar neue aufwirft.

Ich stehe auf, schnappe mein Handy und wähle Trent Turners Nummer, die ich inzwischen auswendig kenne.

Es läutet dreimal, ehe ich auf die Uhr sehe und feststelle, dass es kurz vor Mitternacht ist – keine Uhrzeit, zu der man jemanden anrufen kann, den man eigentlich gar nicht kennt. Meine Mutter wäre entsetzt.

*Wenn du dir die Unterstützung dieses Mannes sichern*

*willst, ist dies ganz bestimmt nicht der richtige Weg, Avery,* denke ich, als sich eine belegte, schläfrige Stimme meldet – »Hallo, nrent Nrnurner«, nuschelt er, was mir bestätigt, dass ich ihn tatsächlich aus dem Schlaf gerissen habe. Vermutlich hat er sich das Telefon geschnappt, ohne vorher aufs Display zu sehen.

»Tennessee Children's Home Society«, platze ich heraus, weil ich davon ausgehe, dass mir maximal zweieinhalb Sekunden bleiben, ehe er zu sich kommt und auflegt.

»Was?«

»Die Tennessee Children's Home Society. Was haben die mit Ihrem Großvater und meiner Großmutter zu tun?«

»Miss Stafford?« Trotz der förmlichen Anrede lässt seine schlaftrunkene Stimme die Begrüßung intim wirken, beinahe wie eine Unterhaltung nach dem Sex. Ein tiefer Seufzer folgt, und ich höre das Quietschen von Bettfedern.

»Avery, bitte. Avery. Sie müssen es mir sagen. Bitte. Ich bin auf etwas gestoßen und muss wissen, was es bedeutet.«

Wieder höre ich ihn atmen, dann räuspert er sich, trotzdem klingt er immer noch schläfrig. »Haben Sie eine Ahnung, wie spät es ist?«

Ich blicke verlegen auf die Uhr, als wäre dies eine Entschuldigung für mein schlechtes Benehmen. »Verzeihung. Ich habe es erst gemerkt, als ich schon gewählt hatte.«

»Sie hätten auch wieder auflegen können.«

»Dann wären Sie wahrscheinlich nie wieder rangegangen.«

Sein leises Lachen verrät mir, dass ich ins Schwarze getroffen habe. »Das stimmt allerdings.«

»Bitte hören Sie sich an, was ich zu sagen habe. Bitte. Ich habe den ganzen Abend im Haus herumgesucht, und Sie sind der Einzige, der mir weiterhelfen kann. Ich ... ich muss einfach wissen, was hier los ist und was ich tun soll.« Sollte es in meiner Familie einen Skandal gegeben haben, ist er heute vermutlich nicht mehr relevant; allenfalls für eine Handvoll unverbesserlicher Klatschtanten, die scheinbar niemals aussterben; aber das kann ich erst beurteilen, wenn ich weiß, womit ich es hier zu tun habe.

»Ich kann es Ihnen wirklich nicht sagen.«

»Ich verstehe ja, dass Sie Ihrem Großvater ein Versprechen gegeben haben, aber ...«

»Nein.« Mit einem Mal scheint er hellwach zu sein. Und voll konzentriert. »Ich meine damit, dass ich es Ihnen nicht sagen *kann*. Weil ich nie einen Blick in die Umschläge geworfen, sondern Großvater lediglich geholfen habe, dass sie in die Hände derjenigen kommen, deren Namen darauf stehen. Mehr nicht.«

Ist das die Wahrheit? Schwer zu glauben. Ich bin einer der Menschen, die ganz vorsichtig den Klebestreifen vom Geschenkpapier ablösen und die grundsätzlich unter dem Weihnachtsbaum nachsehen, sobald jemand die Geschenke darunter ausgelegt hat. Ich bin wahnsinnig neugierig. »Aber was ist in diesen Umschlägen? In welcher Verbindung stand meine Großmutter mit der Tennessee Children's Home Society? Kinderheime nehmen Waisen auf. Könnte meine Großmutter nach jemandem gesucht haben, der zur Adoption freigegeben wurde?«

Augenblicklich befürchte ich, zu viel preisgegeben zu haben. »Das ist nur eine Theorie«, füge ich hinzu. »Ich habe keinerlei Anlass zur Annahme, dass es wirklich so gewesen ist.« Vielleicht sollte ich lieber nicht riskieren, einen potenziellen Skandal zu provozieren. Noch habe ich keine Ahnung, ob ich Trent Turner wirklich trauen kann, allerdings muss man schon ein Mensch mit großer Integrität sein, um über Monate hinweg die Finger von einem verschlossenen Umschlag zu lassen. Der ältere Trent Turner muss gewusst haben, dass sein Enkel ein Ehrenmann ist.

Eine gefühlte Ewigkeit lang herrscht Stille in der Leitung, so dass ich schon beinahe befürchte, er könnte aufgelegt haben. Ich habe Angst, etwas zu sagen; irgendetwas, das dieses fragile Gleichgewicht in die eine oder andere Richtung kippen lassen könnte.

Betteln ist eigentlich nicht mein Ding, doch ich flüstere: »Bitte. Es tut mir leid, dass wir heute Nachmittag so einen schlechten Start hatten, aber ich habe keine Ahnung, wie ich vorgehen soll.«

Er holt tief Luft. Ich sehe förmlich vor mir, wie sich sein Brustkasten hebt. »Kommen Sie rüber.«

»Was?«

»Kommen Sie her, bevor ich es mir anders überlege.«

Ich bin so verblüfft, dass ich keinen Ton herausbekomme, ich weiß nicht, ob ich begeistert sein oder mir vor Angst in die Hose machen soll ... oder ob ich komplett den Verstand verloren habe, auch nur darüber nachzudenken, mitten in der Nacht einen Fuß in das Haus eines Wildfremden zu setzen.

Andererseits ist er ein angesehener Geschäftsmann, den jeder auf der Insel kennt.

Ein Geschäftsmann, der weiß, dass ich zumindest Teile eines Geheimnisses gelüftet habe.

Jenes Geheimnisses, das ihm sein Großvater auf dem Sterbebett anvertraut hat.

*Was, wenn hinter seiner Einladung bösartige Absichten stecken? Kein Mensch weiß, wo ich bin. Wem sollte ich es sagen?*

Mir fällt niemand ein, den ich zu diesem Zeitpunkt meiner Suche einweihen könnte.

*Ich werde einfach eine Nachricht hinterlassen … hier im Haus … Nein, Moment, ich habe eine viel bessere Idee. Ich werde mir selbst eine Mail schicken. Falls ich vermisst werde, sehen sie dort als Erstes nach.*

Einerseits ist es melodramatisch und ein bisschen albern, andererseits auch wieder nicht. »Okay. Ich hole schnell meine Schlüssel und …«

»Sie brauchen keinen Wagen. Ich wohne nur vier Häuser weiter.«

»Sie wohnen hier um die Ecke?« Ich schiebe die Küchenvorhänge zur Seite und spähe durch die Wand aus Stechpalmen und Eichen. *Er war also die ganze Zeit praktisch direkt um die Ecke?*

»Über den Strand ist es einfacher. Ich lasse das Licht auf der hinteren Veranda an.«

»Ich bin gleich da.«

Ich lege auf und mache mich auf die Suche nach einer Taschenlampe und Batterien. Zum Glück haben die Verwandten, die zuletzt hier waren, die wichtigsten Dinge dagelassen. Mein Telefon läutet, als ich eine Mail mit Trents Adresse und der Uhrzeit tippe, zu der ich aufgebrochen bin. Ich zucke vor Schreck zusammen, spüre, wie mich die Angst überkommt. *Bestimmt hat er es sich anders überlegt …*

Doch dann erkenne ich Elliots Namen auf dem Display. Ich bin zu durcheinander, um nachzurechnen, wie spät es gerade in Mailand ist, aber er ist garantiert bei der Arbeit. »Ich konnte nicht, als du gestern angerufen hast, tut mir leid«, sagt er.

»Das habe ich mir schon gedacht. Viel zu tun?«

»Ziemlich«, antwortet er wie gewohnt vage. In seiner Familie interessieren sich die Frauen nicht für Geschäftliches. »Wie läuft's auf Edisto?«

Der Flurfunk meiner Familie ist zuverlässiger und schneller als jedes GPS-Ortungssystem. »Woher weißt du, dass ich hier bin?«

»Mutter hat es mir gesagt«, seufzt er. »Sie war in Drayden Hill, um sich eine Runde Baby-Schmusen abzuholen, da deine Schwester, Courtney und die Jungs gerade dort sind. Und jetzt ist sie wieder auf dem Oma-Trip.« Elliots Frust ist nachvollziehbar. »Sie musste mir noch mal unter die Nase reiben, dass ich schon einunddreißig bin und sie auf keinen Fall eine alte Großmutter werden will.«

»Oh Mann.« Manchmal frage ich mich, wie es wohl sein wird, Bitsy als Schwiegermutter zu haben. Ich mag sie wirklich gern und weiß, dass sie es nur gut meint, aber neben ihr ist Honeybee die personifizierte Zurückhaltung.

»Könnten wir deine Schwester und die Drillinge nicht für eine Weile bei meiner Mutter einquartieren«, fragt er. »Vielleicht kuriert sie das ja.«

Obwohl die Bemerkung witzig gemeint war, schmerzt sie ein wenig. Ich liebe die Drillinge, auch wenn sie manchmal ziemlich wild sind. »Du könntest ja mal anfragen.« Obwohl Kinder für mich und Elliot nicht zwingend Teil unserer Lebensplanung sind, hat er schon jetzt Angst, weil Mehrlingsgeburten in meiner Familie durchaus vorgekommen sind und er sich nicht vorstellen kann, mehr als ein Kind auf einmal in den Griff zu bekommen. Ab und zu frage ich mich sogar, ob dieses *»Irgendwann mal Kinder«* für Elliot nicht ein *»In Wahrheit will ich gar keine Kinder«* ist. Aber das wird sich im Lauf der Zeit schon klären. Wie bei allen Paaren.

»Wie lange willst du am Strand bleiben?«, fragt er.

»Nur ein paar Tage. Leslie schickt einen Suchtrupp aus, falls ich länger bleiben sollte.«

»Leslie will nur das Beste für dich. Du musst dich regelmäßig blicken lassen. Deshalb bist du schließlich zurück nach Hause gezogen.«

Ich bin hier, weil ich mich um meinen Dad kümmern will, liegt mir auf der Zunge, aber bei Elliot geschieht nichts einfach so, sondern alles, was man tut, ist ein Schritt in Richtung eines bestimmten Ziels. Ich kenne niemanden, der so zielstrebig ist wie er. »Ich weiß. Aber es ist schön, mal ein paar Tage durchatmen zu können. Würde dir auch guttun. Mach dir wegen deiner Mutter und der Enkelkinder-Frage keine allzu großen Gedanken. Morgen hat sie schon das nächste Thema gefunden, auf das sie sich stürzen kann.«

Wir verabschieden uns, und ich schreibe die Mail an mich zu Ende. Sollte ich spurlos verschwinden, wird irgendeiner auf die Idee kommen, meinen Posteingang zu checken. *Dienstagabend, Mitternacht. Ich gehe jetzt zu Trent Turner, der vier Häuser vom Cottage entfernt wohnt, um mit ihm über etwas zu reden, das mit Grandma Judy zu tun hat. Ich sollte in einer Stunde oder so wieder hier sein. Diese Nachricht hinterlasse ich nur zur Sicherheit.*

Obwohl es mir schwachsinnig vorkommt, schicke ich die Mail ab und trete hinaus.

Es ist still, als ich mit der Taschenlampe in der Hand den Weg entlanggehe, sorgsam bedacht, nicht auf eine Schlange zu treten. Die meisten Cottages liegen dunkel da; lediglich der Mondschein und vereinzelte Lichter, die auf der tintenschwarzen Wasseroberfläche glitzern, sind zu sehen. Die Blätter und das Seegras rauschen. Rennkrabben flitzen seitwärts über den Sand. Ich lasse den Lichtkegel über sie hinwegschweifen.

Die Brise gleitet über meinen Nacken, spielt mit meinem Haar. Am liebsten würde ich einfach weitergehen, mich vom beruhigenden Gesang der Wellen einlullen lassen, mich entspannen. Ich habe sogar speziell zusammengestellte Meditationsmusik, die ganz genauso klingt, nehme mir aber viel zu selten Zeit, den Klängen zu lauschen. Eigentlich schade. Ich habe vergessen, wie himmlisch dieser Ort ist, ein perfektes Aufeinandertreffen von Land und Meer, ohne den störenden Anblick von Wolkenkratzern, Lagerfeuern oder Sendemasten.

Ich erreiche Trent Turners Cottage schneller, als mir lieb ist. Mein Herzschlag beschleunigt sich, als ich den ausgetretenen Weg zwischen Gestrüpp und Gebüsch entlanggehe und vor ein Gartentor trete. Das Cottage ist ähnlich wie das von Grandma Judy, auf niedrigen Stelzen inmitten eines weitläufigen Grundstücks, mit einem kleinen Nebengebäude daneben. Ein Steinpfad führt zur Veranda mit einer von Motten umschwärmten brennenden Lampe.

Trent öffnet die Tür, noch bevor ich klopfen kann. Er trägt ein ausgeblichenes T-Shirt mit einem Riss am Halsausschnitt und Jogginghosen, die tief auf seinen Hüften sitzen. Er ist barfuß, und sein Haar ist völlig zerzaust.

Mit verschränkten Armen steht er im Türrahmen und mustert mich.

Plötzlich bin ich verlegen wie ein Teenager auf dem Weg zum ersten Schulball, weiß nicht, wohin mit meinen Händen und Füßen.

»Ich habe mich schon gefragt, was los ist«, sagt er.

»Ob ich überhaupt komme, meinen Sie?«

»Ob dieser Anruf vielleicht nur ein schlechter Traum war«, gibt er zurück, doch das leise Lächeln um seine Mundwinkel verrät mir, dass er einen Witz machen wollte.

Trotzdem erröte ich. Das Ganze ist eine Zumutung, das weiß ich. »Es tut mir wirklich leid. Ich muss nur … ich muss einfach wissen, was los ist. In welchem Verhältnis stand Ihr Großvater zu meiner Großmutter?«

»Höchstwahrscheinlich hat er einen Auftrag für sie erledigt.«

»Was für einen Auftrag?«

Er blickt an mir vorbei in Richtung der kleinen Hütte zwischen den Bäumen. Ich spüre seinen Konflikt – er ist nicht sicher, ob es Verrat ist, das Geheimnis zu lüften. »Mein Großvater war auf Suchen spezialisiert.«

»Suchen? Wonach?«

»Nach Menschen.«

# KAPITEL 14

## Rill

Es wird bereits dunkel, als sich die Besichtigungsparty dem Ende neigt und die Aufpasserinnen die Kinder einsammeln, um sie zum Wagen und zurück ins Heim zu bringen. Aber nach einem Nachmittag mit Keksen, Eiscreme, Lakritzschnecken, Kuchen, Milch, Sandwiches, Malbüchern, nagelneuen Buntstiften und Puppen für die Mädchen und Blechspielzeugautos für die Jungs habe ich eigentlich gar keine Lust zu gehen.

Ich bin so pappsatt, dass ich mich kaum noch rühren kann. Nach drei Wochen des nahezu ständigen Hungers fühle ich mich wie im Paradies.

Zwar habe ich immer noch ein schlechtes Gewissen wegen Camellia, andererseits weiß ich, dass sie sich hier sowieso nicht wohlgefühlt hätte. Sie lässt sich nicht gern knuddeln ... oder anfassen. Ich mopse einen Keks und lasse ihn in die Tasche meines Kleids gleiten, in der Hoffnung, dass uns keiner kontrolliert, bevor wir aufbrechen.

Die Gäste nennen uns *Liebes*, *Herzchen* und *Schatz* – und auch Miss Tann wirft mit derlei Koseworten um sich, während wir hier sind. Genauso wie beim Bücherbus erzählt sie Geschichten, die schlicht nicht stimmen. Ihre Augen leuchten, und sie lächelt, als würde sie sich freuen, weil ihr die Leute ihre Lügen abkaufen.

Und genauso wie beim Bücherbus halte ich den Mund.

»Sie sind in jeder Hinsicht perfekt«, erklärt sie den Gästen ein ums andere Mal. »Körperlich in hervorragender Verfassung und geistig sehr weit entwickelt für ihr Alter. Viele haben musikalische und künstlerisch begabte Eltern ... unbeschriebene Blätter, die nur darauf warten, gefüllt zu werden. Sie können alles werden, was Sie sich wünschen.« Sie hält inne.

»Er ist ein hinreißender kleiner Mann, nicht wahr?«, sagt sie dann zu einem Ehepaar, das den ganzen Tag Gabion betüddelt hat. Sie haben Ball gespielt und mit dem Auto, und der Mann hat ihn in die Luft geworfen, wobei Gabby vor Vergnügen kreischte.

Nun, da der Aufbruch naht, will die Frau ihn gar nicht mehr hergeben. Sie geht zur Tür, während Gabby sich an ihrem Hals festklammert, wie Fern es manchmal bei mir macht.

»Will dableiben«, jammert er.

»Wir müssen los.« Ich setze Fern auf meine andere Hüfte, als Mrs. Pulnik uns in Richtung Veranda scheucht. Eigentlich kann ich Gabby keinen Vorwurf machen, denn auch ich will genauso wenig zurück zu Mrs. Murphy, sondern würde lieber Fern noch eine Weile zusehen, wie sie mit der netten Lady Bücher liest. Aber die nette Lady und ihr Mann sind schon vor einer Weile gegangen. Sie hat Fern einen Kuss auf den Kopf gedrückt, »Wir sehen uns bald wieder, Liebes« gesagt und mir Fern dann auf den Schoß gesetzt.

»Gab...«, sage ich, halte aber gerade noch inne, bevor ich den falschen Namen sagen kann – ich weiß, dass sie ihn mir gewaltsam eintrichtern werden, falls Mrs. Pulnik es mitkriegen sollte. »Robby, komm jetzt, du kannst nicht hierbleiben. Los, geh schon. Wir müssen doch herausfinden, was mit Huckleberry Finn und Jim passiert ist, nachdem sie flussabwärts nach Arkansas gekommen sind, oder?« Ich stecke den einen Arm nach ihm aus, während ich mit dem andern Fern an mich gedrückt halte. Aber Gabby will nicht, und die Frau macht keine Anstalten, von ihm abzulassen. »Wir lesen gleich weiter, sobald wir wieder bei Mrs. Murphy sind. Sag schön Auf Wiedersehen zu der netten Dame.«

»Ruhe!« Miss Tann wirft mir einen vernichtenden Blick zu, und ich weiche abrupt zurück.

Miss Tann lächelt der Frau zu und verwuschelt Gabbys Haar mit einem Finger. »Ist unser kleiner Robby nicht entzückend? So reizend.« Auf Knopfdruck kann sie von fies auf freundlich zurückschalten. »Und ich glaube, Sie beide haben auf Anhieb einen Draht zueinander.«

»Ja, das sehe ich genauso.«

Der Ehemann tritt näher und rückt das Revers seines Jacketts gerade. »Vielleicht sollten wir uns ja kurz unterhalten. Gewiss können entsprechende Arrangements getroffen werden, damit …«

»Aber gewiss doch«, unterbricht Miss Tann eilig. »Aber ich muss Sie warnen – dieser Goldschatz ist überaus beliebt. Ich hatte bereits mehrere Anfragen … diese hübschen blauen Augen und die goldenen Löckchen. So was ist eine echte Seltenheit. Er sieht wie ein kleiner Engel aus. Er verzaubert so ziemlich jedes Mutterherz.«

Alle Augen richten sich auf meinen kleinen Bruder. Der Mann kneift ihn in die Wange, worauf er dieses niedliche Baby-Giggeln ausstößt – so hat er nicht mehr gekichert, seit die Polizei uns von der *Arcadia* weggeholt hat. Ich bin froh, dass er so glücklich ist, selbst wenn es nur für heute sein sollte.

»Bringen Sie die Kinder raus«, sagt Miss Tann tonlos und beugt sich näher zu Mrs. Pulnik. »Sie sollen in den Wagen steigen. Warten Sie fünf Minuten, bevor der Fahrer losfährt.«

Ihre Stimme wird noch ein wenig leiser. »Aber ich glaube nicht, dass wir Sie noch brauchen werden.«

Mrs. Pulnik räuspert sich. »Los geht's, Kinder, auf zu den Autos«, ruft sie in einem gut gelaunten Tonfall, wie wir ihn in Mrs. Murphys Haus nie zu hören bekommen.

»Aber Ga... Robby.« Plötzlich kann ich mich nicht mehr bewegen. Diese Leute wollen Gabby doch nur auf dem Arm halten und ihn küssen. Weil sie gern mit kleinen Jungs spielen. Ich habe Gabby, Lark und Fern den ganzen Tag nicht aus den Augen gelassen und bin ihnen gefolgt, wann immer ich mich von den Männern loseisen konnte, die wissen wollten, wie ich heiße und wieso ich hier bin, weil ich doch ein ganzes Stück älter bin. Ich bin von einem Zimmer ins nächste gegangen, um sicher zu sein, dass es ihnen gut geht und dass keiner böse zu ihnen ist.

Aber die ganze Zeit über hatte ich Stevies Schwester im Hinterkopf, die Mrs. Murphys Haus kurz nach unserer Ankunft verlassen hat und nicht wieder zurückgekehrt ist. Ich weiß sehr wohl, was mit Waisen passiert, Stevie und Sherry sind welche, im Gegensatz zu uns. Wir haben noch eine Mama und einen Daddy, die uns bald abholen kommen.

Weiß die Frau, die mit Gabby spielt, darüber Bescheid? Hat es ihr jemand erzählt? Sie glaubt doch nicht etwa, dass Gabby Waise ist, oder?

Ich trete wieder einen Schritt auf meinen Bruder zu. »Ich kann ihn nehmen.«

Die Frau dreht mir die Schulter zu. »Es geht schon.«

»Raus!« Mrs. Pulniks Finger legen sich wie ein Schraubstock um meinen Arm, und ich weiß nur zu gut, was passiert, wenn ich nicht tue, was sie sagt.

Ich tätschele flüchtig Gabbys Knie. »Ist schon gut. Die nette Dame will dir nur Auf Wiedersehen sagen.«

Er hebt seine speckige kleine Hand und winkt. »Wiedersehen«, wiederholt er und verzieht das Gesicht zu einem Lächeln, das seine hinreißenden Babyzähne entblößt. Ich kann mich noch gut daran erinnern, wie er sie bekommen hat, jeden einzelnen davon.

»In den Wagen.« Mrs. Pulniks Nägel graben sich in meinen Oberarm. Sie zerrt mich mit sich, wobei ich über die Türschwelle und hinaus auf die Veranda stolpere und Fern dabei beinahe umstoße.

»Ist das etwa seine Schwester?«, höre ich die Frau drinnen besorgt fragen.

»Nein, ganz gewiss nicht«, wiegelt Miss Tann ab – eine weitere Lüge. »Die Kleinen hängen sich im Heim nur sehr leicht an die Älteren dran, das ist alles. Dagegen kann man nichts machen. Aber natürlich vergessen sie all das genauso schnell wieder. Dieser kleine Mann hat nur ein Geschwisterchen, ein Mädchen. Neugeboren. Und von einer sehr prominenten Familie adoptiert. Sie sehen also, dass Sie es keineswegs mit einem gewöhnlichen Jungen zu tun haben. Die Mutter war ein hochintelligentes Mädchen, mit Collegeabschluss. Leider ist sie bei der Geburt gestorben, und der Vater hat die beiden Kleinen einfach im Stich gelassen. Aber natürlich haben sie das Ganze unbeschadet überstanden. Und würde sich dieser kleine Schatz nicht wunderbar an Ihren Stränden in Kalifornien machen? Natürlich fielen entsprechende Zusatzgebühren für eine Vermittlung außerhalb des Bundesstaats an …«

Das sind die letzten Worte, die ich höre, bevor Mrs. Pulnik mich die Verandastufen hinunterschiebt und mir dabei leise droht, was Mrs. Murphy mit mir anstellt, wenn ich nicht spure. Währenddessen liegt ihre Hand so fest um meinen Arm, dass ich Angst habe, er könnte brechen. Aber das ist mir egal. Ich spüre sowieso nichts – nicht das verdorrte Gras unter meinen steifen Schuhen, nicht die stickig-heiße Abendluft und auch nicht das viel zu enge Kleid, als Fern sich auf meinem Arm windet und »Gabby … Gabby« wimmert.

Trotz der Hitze ist mir eiskalt, so als wäre ich mitten im Winter in den Fluss gefallen und als würde sich all mein Blut in der Mitte meines Körpers sammeln, um zu verhindern, dass ich erfriere. Meine Arme und Beine fühlen sich an, als gehörten sie nicht zu mir; sie bewegen sich, aber nur weil sie instinktiv wissen, was sie zu tun haben, und nicht, weil ich es ihnen befehle.

Mrs. Pulnik stößt Fern und mich gemeinsam mit den anderen Kindern in den Wagen und zwängt sich dann neben mich. Stocksteif sitze ich da und starre zu dem großen Haus hinüber; ich warte darauf, dass die Tür aufgeht und jemand Gabion zu uns bringt, ich wünsche es mir so inbrünstig, dass es fast wehtut.

»Wo ist Gabby?«, flüstert Fern mir ins Ohr, während Lark mich aus großen traurigen Augen ansieht. Seit wir zu Mrs. Murphy gekommen sind, hat sie kaum gesprochen, und auch jetzt sagt sie nichts. Trotzdem kann ich sie hören. *Du musst Gabion da rausholen*, sagt sie.

Ich stelle mir vor, wie er durch den Garten auf uns zutaumelt.

Ich hoffe es.

Ich sehe hinüber.

Ich versuche nachzudenken.

Was soll ich nur tun?

Ich höre Mrs. Pulniks Armbanduhr ticken. Tick, tick, tick, tick.

Miss Tanns Worte gehen mir im Kopf herum, flitzen durch meine Gedanken wie die flachen Steine, die man über die

Wasseroberfläche schnellen lässt. Sie gehen alle in dieselbe Richtung.

*Ist bei der Geburt gestorben …*

Meine Mama ist tot?

*… die Kinder wurden im Stich gelassen …*

Briny kommt nicht her, um uns abzuholen?

*Der kleine Mann hat nur ein Geschwisterchen, ein Mädchen. Neugeboren.*

Eines der Babys ist also nicht bei der Geburt gestorben? Ich habe eine kleine Schwester? Miss Tann hat sie jemandem gegeben? Ist das eine Lüge? Ist alles eine Lüge? Die Lügen kommen so mühelos über ihre Lippen, dass sie selbst sie zu glauben scheint. Gabbys Mama hat keinen Collegeabschluss. Queenie ist sehr klug, aber sie hat es gerade mal bis zur achten Klasse gebracht, ehe sie und Briny zum Fluss gegangen sind.

*Lügen*, denke ich. *Alles, was sie sagt, ist gelogen. Es kann gar nicht anders sein.*

*Sie versucht, diese Leute glücklich zu machen, aber sie müssen Gabion trotzdem zurückgeben, weil Miss Tann sehr wohl weiß, dass Briny uns, so schnell er kann, abholen kommt. Briny würde uns niemals im Stich lassen. Er würde nie zulassen, dass eine Dame wie Miss Tann meine neue kleine Schwester weggibt, falls ich eine habe. Niemals. Er würde eher sterben.*

*Ist Briny tot? Ist das der Grund, weshalb er nicht kommt?*

Der Wagen setzt sich in Bewegung. Mit einem Ruck fahre ich herum und schiebe Fern von meinem Schoß. Sie rutscht über den Sitz, während ich die Hand nach dem Türgriff ausstrecke. Ich werde einfach zurück ins Haus laufen und den Leuten die Wahrheit sagen. Ich werde ihnen sagen, dass Miss Tann eine Lügnerin ist. Es ist mir egal, was danach mit mir passiert.

Aber bevor ich den Gedanken zu Ende bringen kann, packt Mrs. Pulnik mich bei der großen hübschen Schleife, die mir eine der Aufpasserinnen heute Morgen ins Haar gebunden hat. Fern windet sich und landet prompt im Fußraum bei Stevie und Lark.

»Du wirst dich jetzt sofort benehmen.« Mrs. Pulniks Lippen streifen mein Ohr. Ihr Atem ist heiß und riecht säuerlich. Das ist der Whiskey, nach dem Mrs. Murphy auch immer riecht. »Wenn nicht, sperrt Mrs. Murphy dich in den Schrank. Und nicht nur dich. Wir binden euch alle fest und lassen euch dort drin schmoren, aufgehängt, wie Schuhe an den Schnürsenkeln. Da drin ist es kalt. Und dunkel. Ob das den Kleinen wohl so gut gefallen wird, was meinst du?«

Mein Herz hämmert wie verrückt, als sie meinen Kopf nach hinten reißt. Mein Nacken knackt laut. Ein heißer Schmerz fährt durch meinen Körper, als ein Büschel voller Haare samt Wurzeln ausgerissen wird.

»Ist das klar?«

Ich bemühe mich zu nicken.

Sie schleudert mich von sich, so dass ich mit dem Kopf gegen die Seitenscheibe knalle. »Ich erwarte von dir, dass du ab sofort keinen Ärger mehr machst.«

Tränen steigen mir die Augen, und ich blinzele. *Ich werde nicht weinen, nein, das werde ich nicht.*

Der Sitz gibt ein wenig nach, so dass ich noch näher an Mrs. Pulniks massigen Körper rutsche. Sie stößt ein schnurrendes Seufzen aus, wie eine Katze auf einem Stuhl in der Sonne. »Fahrer, bringen Sie uns jetzt nach Hause. Es wird Zeit.«

Ich rutsche von ihr weg und sehe so lange aus dem Fenster, bis das große Haus mit den hohen Säulen verschwunden ist.

Keiner sagt ein Wort. Fern krabbelt auf meinen Schoß zurück, während wir alle stocksteif auf unseren Plätzen sitzen.

Auch jetzt halte ich nach dem Fluss Ausschau, gebe mich einem flüchtigen Traum hin, während Fern sich an meinem Hals festklammert, Lark sich an meine Knie schmiegt und Stevie zwischen meinen Füßen kauert. Ich male mir aus, dass die *Arcadia* am Ufer liegt, als wir am Fluss vorbeifahren, dass Briny uns sieht.

In meinem Tagtraum läuft er das Ufer herauf und zwingt den Fahrer anzuhalten. Er reißt die Tür auf, zieht uns heraus, uns alle, auch Stevie. Als Mrs. Pulnik sich ihm in den Weg stellen will, verpasst er ihr eins auf die Nase, so wie er es mit jedem macht, der ihm in der Spielhalle sein Geld klauen will. Briny entführt uns einfach, so wie Huck Finns Daddy es in dem Buch tut, nur dass Hucks Daddy ein böser Mann war, Briny aber nicht.

Dann geht er zurück zu diesem Haus, holt Gabion und bringt uns fort, irgendwohin, wo Miss Tann uns nicht finden kann.

Aber mein Traum erfüllt sich nicht. Wir fahren am Fluss vorbei … keine Spur von der *Arcadia*, und wenig später ragen die Mauern von Mrs. Murphys Heim vor uns empor. Ich fühle mich immer noch leer und kalt, so wie die Indianerhöhlen, zu denen Briny uns einmal mitgenommen hat. In diesen Höhlen lagen Knochen. Von Menschen, die nicht mehr sind. Und genauso fühle auch ich mich. Als würde ich nur noch aus toten Knochen bestehen.

Rill Foss bekommt an diesem Ort keine Luft, sie lebt hier nicht. Nur May Weathers. Rill Foss lebt unten am Fluss. Sie ist die Prinzessin des Königreichs Arcadia.

Erst auf dem Gehsteig vor Mrs. Murphys Heim muss ich wieder an Camellia denken; ich habe Gewissensbisse, weil ich mir ausgemalt habe, wie Briny uns holt. Ohne sie.

Ich habe Angst vor dem, was sie sagen wird, wenn sie hört,

dass Gabion nicht mit uns zurückgekehrt ist. Bestimmt macht sie mir Vorwürfe, ich hätte erbitterter um ihn kämpfen müssen, hätte kratzen, beißen und um mich schlagen müssen, so wie sie es getan hätte. Vielleicht hat sie recht. Vielleicht verdiene ich es ja, dass sie mich anschreit. Vielleicht bin ich ja ein Feigling, aber ich will nicht in den Schrank. Und ich will auch nicht, dass eine meiner Schwestern dort eingesperrt wird.

Furcht erfasst mich, als wir hineingehen, dieselbe Furcht wie beim Anblick einer Eisscholle, die im Frühling in der Schneeschmelze direkt auf das Boot zutreibt. Manchmal sind die Dinger so riesig, dass man sie nicht mal mit dem Bootshaken wegschieben kann. Man weiß genau, dass sie mit vollem Karacho gegen das Boot knallen wird und man verloren ist, wenn sie den Rumpf aufschlitzt.

Am liebsten würde ich die Kleinen absetzen, kehrtmachen und einfach nur laufen, laufen, laufen, bevor sich die Haustür hinter uns schließen kann. Der Gestank nach Schimmel und Exkrementen schlägt mir entgegen, vermischt mit Mrs. Murphys Parfüm und Whiskey. Er setzt sich in meiner Kehle fest, so dass ich kaum noch Luft bekomme, und ich bin heilfroh, als man uns nach draußen schickt, weil die anderen Kinder noch spielen, bis es Abendessen gibt.

»Und passt auf, dass ihr eure Sachen nicht schmutzig macht«, ruft Mrs. Pulnik uns hinterher.

Ich mache mich auf die Suche nach Camellia, klappere die Stellen ab, von denen ich ihr eingeschärft habe, dass sie dort in Sicherheit ist, aber ich kann sie nirgendwo finden. Die größeren Jungs zucken bloß mit den Achseln und spielen weiter, als ich sie nach ihr frage.

Camellia buddelt nicht in der Erde herum, sitzt auf der Schaukel oder spielt im Schatten unter den Bäumen mit den anderen Kindern Hausbauen.

Zum zweiten Mal an diesem Tag fühlt sich mein Herz an, als würde es gleich aus meiner Brust springen. Was, wenn sie sie fortgebracht haben? Wenn sie einen Wutanfall hatte und Ärger bekommen hat?

»Camellia!«, rufe ich und lausche, kann aber bloß die Stimmen der anderen Kinder hören. Meine Schwester antwortet nicht. »Camellia!«

Als ich um die Ecke biege und mich auf den Weg zu den Azaleen machen will, entdecke ich sie endlich. Sie sitzt in der hintersten Ecke der Veranda, die Beine eng angezogen, das Gesicht zwischen den Knien vergraben. Ihr schwarzes Haar ist voller Staub, ebenso ihre Haut. Es sieht so aus, als hätte sie sich mit jemandem gerauft. Sie hat Kratzer an den Armen, und ihr eines Knie ist aufgeschürft.

Vielleicht wollten die großen Jungs mir deshalb nicht verraten, wo sie steckt. Vermutlich ist sie mit ihnen in Streit geraten.

Ich lasse die Kleinen zurück und befehle ihnen, sich nicht von der Stelle zu rühren, während ich die Stufen hinaufgehe. Meine Absätze hallen auf dem Holzboden wider, klack, klack, klack, aber Camellia sieht immer noch nicht auf.

»Camellia!« Mein Kleid würde schmutzig werden, wenn ich mich hinsetze, deshalb gehe ich neben ihr in die Hocke. Vielleicht ist sie ja eingeschlafen. »Camellia? Ich habe dir etwas mitgebracht. Ich hab's hier in meiner Tasche. Los, lass uns hoch auf den Hügel gehen, wo uns keiner sehen kann.«

Immer noch regt sie sich nicht. Ich berühre ihr Haar. Sie weicht zurück. Ich fühle Staub, als meine Hand über ihren Kopf in Richtung Schulter wandert. Ein ascheartiger Geruch steigt mir in die Nase, aber ich kann ihn nicht recht zuordnen, obwohl er mir bekannt vorkommt. »In welchen Schlamassel hast du dich bloß wieder hineingeritten?«

Wieder berühre ich sie. Diesmal zieht sie die Schulter weg, hebt aber wenigstens den Kopf. Sie hat eine aufgerissene Lippe, und auf ihrem Kinn prangen vier violette Flecke. Ihre Augen sind rot und verquollen, als hätte sie geweint, doch am meisten schockiert mich der Ausdruck darin – es ist, als würde ich durch ein Fenster in einen Raum blicken … in einen leeren Raum, in dem nichts als tiefe Finsternis herrscht.

Wieder nehme ich diesen Geruch wahr, und mit einem Mal weiß ich es: Kohle. Immer wenn wir mit der *Arcadia* in der Nähe der Bahnlinie angelegt haben, sind wir losgezogen, um Kohlestücke zu sammeln, die von den Güterzügen gefallen sind. *Umsonst heizen und kochen*, hat Briny immer gesagt. *Jeder, der sie findet, darf sie behalten.*

War Briny hier?

Doch in diesem Moment weiß ich bereits, wie falsch ich liege. Wie falsch all das hier ist. Etwas Schreckliches ist geschehen, während ich fort war. »Was ist passiert?« Ich setze mich auf die Veranda. Inzwischen kümmert es mich nicht mehr, ob mein Kleid schmutzig wird oder ich mir Splitter einziehe. »Was ist passiert, Camellia?«

Ihr Mund steht offen, doch kein Laut dringt hervor. Eine Träne löst sich in ihrem Augenwinkel und zieht eine rosige Spur durch das Schwarz auf ihrer Wange.

»Sag es mir.« Ich beuge mich vor, doch sie wendet sich ab. Ihre Hand, zur Faust geballt, hängt zwischen uns. Ich nehme sie, drücke die Finger auseinander, um zu sehen, was sie festhält. Und als ich es erblicke, kommen mir die Kekse, das Eis und der Kuchen von der Party wieder hoch. In der Handfläche meiner kleinen Schwester liegen schmutzige runde Pfefferminzbonbons, zu einer klebrigen Masse verschmolzen.

Ich schließe die Augen, schüttele den Kopf, will den Gedanken loswerden, aber ich kann es nicht. Im Geiste gehe ich die

Treppe hinunter zu Mrs. Murphys Keller, schreiend, wild um mich schlagend, in die dunkle Ecke hinter der Treppe, wo eine Ascheschicht über dem Kohleeimer und dem Kessel liegt. Dünne, aber kräftige Arme schlagen um sich, Beine zappeln. Eine Pranke legt sich über einen Mund, um die Schreie zu ersticken, dicke, ölverschmierte Finger drücken so fest zu, dass sich vier runde violette Male bilden.

Ich will ins Haus laufen, schreien, brüllen, weinen. Ich will Camellia ins Gesicht schlagen, weil sie so unbelehrbar war und sich zu den Azaleen geschlichen hat, obwohl ich es ihr verboten hatte. Ich will sie packen, an mich ziehen, dafür sorgen, dass es ihr besser geht. Ich weiß zwar nicht genau, was Mr. Riggs ihr angetan hat, aber es muss etwas sehr Schlimmes gewesen sein. Und ich weiß auch, dass er behaupten wird, meine Schwester sei vom Baum gefallen und hätte sich den Kopf aufgeschlagen, wenn wir etwas sagen. Vielleicht würde er dasselbe auch mit mir tun. Und wer würde sich dann um die Kleinen kümmern? Wer würde darauf warten, dass Gabion zurückkommt?

Ich packe Camellias Hand, wische die Bonbons weg, die über die Veranda und in ein Blumenbeet kullern.

Sie wehrt sich nicht, als ich sie hochziehe. »Los, wenn sie dich so sehen, denken sie, du hättest dich mit jemandem geprügelt, und sperren dich in den Schrank.«

Ich zerre sie hinter mir her wie einen nassen Mehlsack zur Regentonne, wo ich vorsichtig Wasser über ihr ausgieße und ihr die Asche abwasche.

»Du sagst einfach, du wärst von der Schaukel gefallen.« Selbst als ich ihr Gesicht mit beiden Händen umfasse, will sie mich nicht ansehen. »Hörst du mich? Wenn dich jemand fragt, woher du die Schürfwunden hast, antwortest du, dass du von der Schaukel gefallen bist, das ist alles.«

Auf der Treppe vor dem Haus warten Fern, Lark und Stevie auf uns; alle sitzen mucksmäuschenstill da. »Ihr bleibt hier sitzen … und lasst Camellia in Ruhe«, befehle ich ihnen. »Es geht ihr nicht gut.«

»Hat sie Bauchweh?«, fragt Fern und rutscht ein Stück näher an sie heran, ebenso wie Lark, doch Camellia stößt sie beide fort. Lark sieht mich verwirrt an. Normalerweise ist sie die Einzige, die von Camellia geduldet wird.

»Ich hab doch gesagt, ihr sollt sie in Frieden lassen.«

»Ich seh's Höschen, ich seh's Döschen«, schreit einer der Jungs quer über den Hof hinweg. Allmählich sammeln sich die Kinder, um die ersten in der Schlange zu sein, auch wenn ich nicht ganz nachvollziehen kann, wieso. Wir kriegen alle dasselbe zu essen, ohne Ausnahme.

»Halt den Mund, Dannyboy!«, fauche ich und ziehe Camellia das Kleid über die Knie. Dannyboy hat rotes Haar und zahllose Sommersprossen, so wie James. Nun, da James weg ist, hat er das Zepter in der Hand, aber im Gegensatz zu James ist Dannyboy ein Mistkerl.

Er tritt näher und hakt die Daumen in die Schnur ein, die seine Kniehosen oben halten. »Na, euch haben sie ja mächtig rausgeputzt. Trotzdem kriegt ihr keine neue Mama und keinen neuen Daddy.«

»Wir brauchen keine neue Mama und keinen neuen Daddy, weil wir schon welche haben.«

»Und wer würde euch schon haben wollen?« Sein Blick fällt auf Camellias Schrammen, und er beugt sich vor. »Was ist denn mit der passiert. Hat sie sich geprügelt, oder was?«

Ich baue mich vor ihm auf. Notfalls nehme ich sogar den Schrank in Kauf, wenn ich dadurch meine Schwester beschützen kann. »Sie ist bloß hingefallen und hat sich ein bisschen wehgetan, das ist alles. Sonst noch was?«

In diesem Moment läutet die Glocke fürs Abendessen, und wir stellen uns an.

Es stellt sich heraus, dass meine Befürchtungen, in den Schrank zu wandern, überflüssig sind. Stattdessen ist es Camellia, um die ich mir Sorgen machen muss. Sie spricht kein Wort und stochert bloß in ihrem Essen herum, doch als es Zeit fürs Bad wird, explodiert sie regelrecht und kriegt einen fürchterlichen Wutanfall – sie schreit wie ein wildes Tier, kratzt, beißt und tritt um sich, so heftig, dass Mrs. Pulnik einen langen roten Striemen auf dem Arm abbekommt.

Drei Aufpasserinnen sind nötig, um Camellia zu fassen zu bekommen und ins Badezimmer zu schleifen, während Mrs. Pulnik mich bei den Haaren gepackt hält. »Du wirst kein Wort sagen. Kein einziges Wort, sonst kannst du was erleben.« Fern, Lark und Stevie drücken sich, verstört aneinandergeklammert, gegen die Wand.

Camellia tobt und brüllt im Badezimmer wie von Sinnen. Das Klatschen von Wasser ertönt. Eine Flasche zerbirst, Bürsten fallen klappernd zu Boden. Die Tür wackelt förmlich in den Angeln.

»Riggs!«, schreit Mrs. Pulnik. »Bringen Sie mir mein Seil. Das Seil für den Schrank!«

Und dann ist Camellia mit einem Mal fort. Das Letzte, was ich von ihr sehe, ist eine Aufpasserin, die sie den Korridor hinunterzerrt, eingehüllt in ein Bettlaken, damit sie nicht um sich treten kann.

In dieser Nacht sind wir nur noch zu dritt. Ich verzichte darauf, das Buch herauszuholen, um meinen beiden Schwestern vorzulesen, und sie fragen auch nicht danach. Stattdessen rollen wir uns auf einer Pritsche zusammen, und ich summe eines von Queenies alten Liedern, bis sie einschlafen. Endlich nicke auch ich ein.

In dieser Nacht nässt Fern sich das erste Mal wieder ein, das hat sie nicht mehr gemacht, seit sie zweieinhalb war. Ich schimpfe nicht mit ihr, sondern mache sie nur trocken und öffne das Fenster einen Spaltbreit, dann rolle ich die nasse Decke und Ferns Unterhose zusammen und schiebe das Bündel hinaus, in der Hoffnung, dass niemand es findet. Ich werde später unter die Azaleenbüsche kriechen und alles auf dem Boden ausbreiten, damit es bis zum Abend trocknet.

Als ich die Decke über die Äste lege, kommt eine Brise auf und teilt für einen kurzen Moment die Blätter, so dass ich zwei Gestalten unter einer Gaslaterne am Straßenrand ausmachen kann. Sie scheinen das Haus zu beobachten. Im Halbdunkel kann ich ihre Gesichter nicht erkennen, sondern nur die Umrisse eines gebeugten alten Mannes und eines hochaufgeschossenen, dürren Jungen.

Sie sehen wie Zede und Silas aus.

Doch dann fallen die Blätter zurück, und die beiden sind so schnell verschwunden, wie sie aufgetaucht sind.

# KAPITEL 15

## Avery

Der Umschlag ist erstaunlich unscheinbar – ein ganz normales braunes Kuvert, wie man es in jedem Büro findet. Es ist zugeklebt und ziemlich dünn – lediglich ein paar dreifach gefaltete Blätter. Der Name meiner Großmutter steht in zittrigen, zum Rand hin abfallenden Buchstaben auf der Rückseite.

»Am Ende hatte Großvater ziemlich mit Parkinson zu kämpfen«, erklärt Trent und reibt sich die Stirn, als frage er sich ein weiteres Mal, ob es in Ordnung ist, mir den Umschlag auszuhändigen.

Mir ist klar, dass es klüger wäre, ihn zu öffnen, bevor er es sich anders überlegen kann, doch mein schlechtes Gewissen lässt mich innehalten. Trent sieht drein, als hätte er das Gefühl, versagt zu haben. Und ich bin schuld daran.

Mit familiärer Loyalität kenne ich mich nur allzu gut aus – sie ist der Grund, weshalb ich mitten in der Nacht hierhergekommen bin.

»Danke«, sage ich, als würde ihm das helfen.

Er streicht mit den Fingerspitzen über seine Braue und nickt widerstrebend. »Aber Ihnen muss klar sein, dass dadurch alles schlimmer statt besser werden kann«, erklärt er. »Es hat durchaus seine Gründe, weshalb mein Großvater so viel Zeit mit der Suche nach vermissten Personen zugebracht hat. Nachdem er und meine Großmutter geheiratet und den Familienbetrieb in Charleston übernommen haben, hat er Jura studiert, um seine Immobilienverträge selbst aufsetzen zu können ... aber auch noch aus einem anderen Grund. Mit achtzehn hatte er herausgefunden, dass er adoptiert worden war. Niemand hatte es ihm je gesagt. Sein Adoptivvater war Sergeant bei der Polizei von Memphis; die beiden haben sich nie sonderlich nahegestanden, aber zu erfahren, dass er sein ganzes Leben lang belogen worden war, hat wohl den Ausschlag gegeben. Gleich am nächsten Tag ist er zum Militär gegangen und hat nie wieder ein Wort mit seinen Adoptiveltern gewechselt. Jahrelang hat er nach seiner richtigen Familie gesucht, sie aber nie gefunden. Meiner Gran wäre es lieber gewesen, er wäre gar nicht erst auf diese Unterlagen gestoßen ... Ehrlich gesagt, wäre sie froh gewesen, seine Adoptiveltern hätten sie damals verbrannt oder so.«

»Geheimnisse kommen meist durch Zufall ans Licht.« Diese Weisheit wird in meiner Familie häufiger zitiert. Mit einer Ergänzung: *Geheimnisse machen einen angreifbar für Feinde, politische oder andere.*

Was auch immer in diesem Umschlag stecken mag – es ist besser, wenn ich Bescheid weiß.

Trotzdem zittern meine Finger, als ich sie unter die Lasche schiebe. »Das erklärt natürlich, warum Ihrem Großvater so sehr daran gelegen war, anderen Menschen zu helfen, Familienmitglieder zu suchen, die sie verloren haben.« *Aber was hat das mit meiner Großmutter zu tun?*

Der Klebestreifen löst sich Zentimeter um Zentimeter. Ich lasse mir ganz viel Zeit, so wie meine Mutter, wenn sie ein Geburtstagsgeschenk aufmacht, sorgsam darauf bedacht, das Geschenkpapier nicht zu zerreißen. »Tja, jetzt oder nie, was?«

Vorsichtig ziehe ich einen kleineren, bereits geöffneten Umschlag heraus. Die Blätter darin sind wie eine Broschüre oder eine Rechnung gefaltet, trotzdem sehe ich auf Anhieb, dass es sich um offizielle Dokumente handelt.

Trent blickt auf seine Hände.

»Ich …« Es ist sinnlos, ihm noch einmal zu danken. Es wird ihm seine Gewissensbisse nicht nehmen. »Ich werde das tun, was das Beste in dieser Situation ist, darauf können Sie sich verlassen. Ganz egal, was es ist. Ich werde nicht zulassen, dass es Streit in der Familie auslöst. Angesichts seiner Recherchen, die er für andere Leute durchgeführt hat, respektiere ich natürlich, dass Ihr Großvater Bedenken hatte.«

»Er wusste von Anfang an, was passieren könnte.«

Ein Geräusch irgendwo im Haus lässt uns zusammenzucken – es ist das typische nächtliche Tappen von Kinderfüßen auf sandbedeckten Bodendielen. Ich drehe mich um, halb in der Erwartung, meine Nichte oder einen meiner Neffen im Flur stehen zu sehen, doch stattdessen sehe ich einen etwa dreijährigen blonden Jungen mit verschlafenen blauen Augen und einem hinreißenden Grübchen am Kinn; ich weiß auf Anhieb, von wem er es hat.

Trent Turner hat also einen Sohn. Ist da auch eine Mrs. Turner, die im Bett liegt und schläft? Ein seltsamer Anflug von Enttäuschung kommt in mir auf, und ich ertappe mich dabei, dass ich Ausschau nach einem Trauring halte, ehe ich mich zwinge, wieder den kleinen Jungen anzusehen. *Hör auf damit, Avery Stafford. Was ist los mit dir?*

In Momenten wie diesem frage ich mich tatsächlich, was mit mir nicht stimmt. Wieso fühle ich mich nicht wie eine Frau, die ihren Seelenverwandten gefunden hat und sich auf ein langes, glückliches Leben gemeinsam mit ihm freut? Meine beiden Schwestern haben sich Hals über Kopf in ihre

Ehemänner verliebt und hatten anscheinend nie auch nur den Hauch eines Zweifels, dass sie die richtigen waren. Genau wie meine Mutter. Und meine Großmutter.

Der kleine Junge mustert mich, während er um den Tisch herumkommt und sich gähnend mit einem Arm die Stirn reibt – eine melodramatische Geste, wie eine Stummfilmschauspielerin, die Ohnmacht probt.

»Solltest du nicht im Bett sein, Jonah?«, fragt Trent.

»Ja-ha.«

»Und du bist aufgestanden, weil …« Trent versucht, streng zu klingen, aber ich sehe ihm an, dass er sich nur allzu leicht weichklopfen lässt. Jonah stützt sich mit beiden Händen auf dem Knie seines Vaters ab, zieht ein Bein an und beginnt, an ihm hochzuklettern.

Trent hebt ihn hoch. »In meinem Schrank sitzt ein Peterdactylus«, flüstert Jonah.

»Ein Pterodactylus?«

»Jaaaah.«

»Jonah, da ist nichts in deinem Schrank. Das denkst du bloß wegen der Filme, die dich die größeren Kinder bei Tante Lou immer anschauen lassen, schon vergessen? Du hast nur wieder mal schlecht geträumt. Ein Dinosaurier würde nicht mal den Weg in deinen Schrank finden. Da sind keine Dinosaurier drin.«

»Jaaah.« Jonah schnieft, packt mit beiden Fäusten nach dem T-Shirt seines Vaters und dreht sich halb herum, um mich mit weit aufgerissenem Mund gähnend zu mustern.

Ich weiß, dass ich mich lieber raushalten sollte, aber rein zufällig hatte ich ganz ähnliche Dinosaurier-Erlebnisse mit den Kindern meiner Schwester in den Ferien und an den Feiertagen, wenn sie in Drayden Hill übernachtet haben. »Meine Nichten und Neffen hatten dasselbe Problem. Sie hatten auch

Angst vor Dinos, und soll ich dir verraten, wie wir das hingekriegt haben?«

Jonah schüttelt den Kopf, und Trent sieht mich fragend an, wobei sich seine sandfarbenen Brauen beinahe berühren. Der Mann hat eine reichlich flexible Stirn, wie mir scheint.

Zwei identische blaue Augenpaare laden mich ein, meine Lösung für das Dinosaurier-im-Schrank-Problem zu präsentieren.

Zum Glück habe ich eine parat. »Wir sind gleich am nächsten Tag losgegangen und haben Taschenlampen gekauft – richtig große. Die kannst du dir neben das Bett legen und jederzeit anknipsen, wenn du nachts aufwachst und denkst, dass da etwas ist. Du nimmst sie einfach und richtest den Lichtkegel drauf. Und soll ich dir sagen, was dann passiert?«

Jonah wartet mit angehaltenem Atem und halb offen stehendem Mund, doch sein Dad kennt die Antwort bereits: Er sieht aus, als würde er sich am liebsten mit der Hand auf die Stirn schlagen, nach dem Motto *Wieso bin ich nicht schon längst selbst darauf gekommen?*

»Immer wenn du die Taschenlampe draufhältst, ist da nichts.«

»Immer?«, fragt Jonah zweifelnd.

»Immer. Ganz ehrlich.«

Jonah wendet sich seinem Vater zu, und ich sehe, wie die beiden einen vertrauensvollen Blick wechseln. Er ist ganz offensichtlich ein Dad, der seine Aufgabe sehr ernst nimmt – einer, der Monster verjagt und seinen Sohn zu Bett bringt. »Gleich morgen gehen wir zu BI-LO und kaufen eine ganz große Taschenlampe. Na, wie klingt das?«

Mir fällt auf, dass er nicht *Mom kann morgen mit dir in den Laden gehen und eine Taschenlampe kaufen* sagt. Und mir fällt auch auf, dass er seinem Sohn weder sagt, er sei doch schon ein großer Junge, noch Anstalten macht, ihn möglichst schnell wieder loszuwerden. Stattdessen schlingt er den Arm um ihn und legt seine freie Hand auf den Tisch, wo immer noch die Dokumente liegen.

Jonah schiebt sich den Daumen in den Mund und schmiegt sich an die Brust seines Vaters.

Ich blicke auf die Unterlagen. Nicht zu fassen, dass ich sie für einen Moment völlig vergessen habe, aber Jonah ist einfach so hinreißend.

Bei der obersten Seite handelt es sich um die Kopie eines offiziellen Formulars. VORGESCHICHTE steht in schwarzen Lettern darauf, darunter eine Vorgangsnummer: 7501. ALTER: nicht bestimmt. GESCHLECHT: männl. Das Baby wird unter dem Namen *Shad Arthur Foss, Konfession unbekannt* geführt. In der Ecke prangt ein Stempel mit einem Datum im Oktober 1939. Wie es aussieht, wurde das Dokument in einem Krankenhaus in Memphis, Tennessee ausgefüllt. NAME DER MUTTER: Mary Anne Anthony, NAME DES VATERS: B. A. Foss. Bei der Adresse ist KEIN FESTER WOHNSITZ, FLUSSCAMP notiert. Beide Elternteile waren bei der Geburt des Kindes Ende zwanzig.

Die zuständige Bearbeiterin, eine Miss Eugenia Carter, hat die Situation des Säuglings mit knappen Worten unter sachlich klingenden Überschriften zusammengefasst. *GRUND FÜR ÜBERGABE AN T.C.H. SOCIETY: Unehelich geboren, Eltern nicht fähig, für Unterhalt zu sorgen. FORM DER ÜBERLASSUNG: Sorgerechtsabtretung durch Unterschrift von Mutter und Vater bei Geburt.*

»Die Namen sagen mir nichts«, murmele ich und lege das oberste Blatt beiseite. Wir haben zwar eine weitläufige Verwandtschaft, aber die Namen Foss oder Anthony sind mir bislang nie auf Hochzeitslisten oder Beerdigungen untergekommen. »Ich kann mir beim besten Willen nicht vorstellen, wie das mit meiner Großmutter zusammenhängen soll. Allerdings könnte sich all das um die Zeit ihrer Geburt herum abgespielt haben.« Grandma Judy will ihr Geburtsdatum nicht preisgeben und ist empört, wie jemand überhaupt danach fragen kann. »Vielleicht war Shad Arthur Foss ja jemand, mit dem sie später zur Schule gegangen ist? Oder sie hat versucht, jemand anderem zu helfen, Informationen über die Geburt zu sammeln?«

Beim nächsten Blatt handelt es sich um eine Kopie des Formulars über das Foss-Baby.

GEBURTSDATUM: I. September I939

GEBURTSGEWICHT: Frühgeburt, weniger als 2 Kilogramm

DERZEITIGES GEWICHT: 2,97 Kilogramm

BABY: Kind kam vor errechnetem Geburtstermin mit weniger als zwei Kilogramm Geburtsgewicht zur Welt, hat sich seitdem jedoch normal entwickelt. Kahn-Test war negativ, Wassermann-Test und Abstrich bei der Mutter ebenfalls negativ. Hatte weder Kinderkrankheiten noch Impfungen.

MUTTER: 28 Jahre alt, Amerikanerin polnisch-dänischer Abstammung. Highschoolabschluss, blaue Augen, blondes Haar, ca. I,68 groß, 52 Kilogramm, Religion protestantisch. Intelligent und gutaussehend.

VATER: 29 Jahre alt, Amerikaner schottisch-irischer und Cajun-französischer Abstammung. Highschoolab- schluss, braune Augen, schwarzes Haar, ca. 1,83 groß, 79 Kilogramm. Keine Religionszugehörigkeit.

Bei beiden Elternteilen sind keine erblichen Krankheiten bekannt, und auch wenn die jungen Eltern keine Eheleute sein mögen, sind die Familien mütterlicher- und väterlicherseits hart arbeitende Menschen, die in ihren Gemeinden ein hohes Ansehen genießen. Jedoch hat keiner von ihnen Interesse am Sorgerecht für das Kind.

Ich schiebe Trent das Dokument zu, während ich die dritte Seite heranziehe.

ABTRETUNG DES SORGERECHTS
DER ELTERN ODER DES VORMUNDS
AN DIE
TENNESSEE
CHILDREN'S HOME
SOCIETY

-------------------------

Kindern helfen,
ein Zuhause zu finden,
das ist unsere Aufgabe.

Mit Bemerkungen zu Fragen wie *Gesund? Robust? Missgestaltet? Verkrüppelt? Krank? Knochenbrüche? Schwachsinnig? Gesund genug für die Vermittlung?* wird Baby Shads traurige Lebensgeschichte noch einmal erzählt.

Der kleine Shad wird erfasst, unterzeichnet, bezeugt und geliefert. Als Erstes kommt er ins Memphis Receiving Home zur Beobachtung und weiteren Vermittlung.

»Ich habe keine Ahnung, was das zu bedeuten hat«, sage ich, aber mir ist klar, dass Grandma Judy nie im Leben mehrmals nach Edisto gekommen wäre, um sich mit Trent Turner senior zu treffen, wenn es nicht wichtig gewesen wäre. Abgesehen davon kann ich mir nicht vorstellen, dass sie sich derart engagagiert hätte, ohne ein persönliches Interesse an der Sache gehabt zu haben. »Gibt es noch mehr von diesen Umschlägen? Hat Ihr Großvater Ihnen sonst noch etwas hinterlassen?«

Trent wendet den Blick ab, als sei er unsicher, ob er es mir sagen soll. »Nur noch ein paar Umschläge mit Namen, so wie diesen hier«, sagt er schließlich. »Die meisten konnte er den Besitzern vor seinem Tod selbst übergeben. Die restlichen gehören vermutlich Leuten, die inzwischen gestorben sind.«

Trent hält inne und schiebt den schlafenden Jonah ein Stück höher. »In einigen Fällen hat er die Unterlagen fünfzig oder gar sechzig Jahre lang aufbewahrt, seit er mit der Recherche begonnen hat. Wie er zu der Entscheidung kam, welche Fälle er annehmen sollte und welche nicht, weiß ich allerdings nicht. Ich habe ihn nie danach gefragt. Aber ich kann mich dunkel erinnern, wie die Mandanten manchmal mit Fotos zu ihm gekommen sind. Sie haben draußen auf der Veranda gesessen, haben geweint, viel geredet, aber so oft ist das nicht vorgekommen. Die meisten Termine hat er in seiner Kanzlei in Charleston abgewickelt. Ich habe es nur mitbekommen, weil ich jede Gelegenheit genutzt habe, um mit ihm nach Edisto zu fahren. Mit manchen hat er sich hier draußen getroffen – um ihre Privatsphäre zu wahren, vermute ich. Ich schätze, es waren einige ziemlich wichtige Persönlichkeiten darunter.« Er wirft mir einen bedeutungsvollen Blick zu, der mir verrät, dass ich für ihn ebenfalls in diese Kategorie falle. Plötzlich ist mir ein wenig unbehaglich zumute.

»Ich habe immer noch keine Ahnung, wie all das mit meiner Großmutter zusammenhängen könnte. Wissen Sie zufällig, ob in den Unterlagen Ihres Großvaters eine Frau namens May Crandall auftaucht … oder jemand namens Fern … oder Queenie? Sie könnten Freunde meiner Großmutter sein.«

Er legt das Kinn auf Jonahs Kinn. »Die Namen kommen mir nicht bekannt vor, aber wie gesagt – ich habe mir die Unterlagen nach Granddads Tod nie angesehen, sondern bloß sein Arbeitszimmer abgeschlossen und es seitdem nicht mehr betreten.« Er deutet mit der Schulter auf die kleine Hütte neben dem Cottage. »Ich habe bloß die Umschläge an mich genommen, so wie er es wollte. Was auch immer sonst noch da liegen mag, hatte wohl keine Bedeutung mehr. Er hatte großen Respekt vor der Privatsphäre anderer Leute, was verständlich ist, wenn man bedenkt, was er durchgemacht hat, nachdem er die Wahrheit über seine Eltern erfahren musste. Er wollte niemals in die Lebensgeschichte anderer Menschen eingreifen, es sei denn, sie hatten ihn darum gebeten.«

»Das heißt, meine Großmutter war ganz klar diejenige, die sich an ihn gewandt hat.«

»Nach allem, was ich über seine Arbeit weiß, ja.« Nachdenklich kaut er auf seiner Unterlippe. Ich ertappe mich dabei, dass ich diese Unterlippe anstarre und für einen Moment lang den Faden verliere, während er fortfährt: »Hätte also jemand nach Ihrer Großmutter gesucht – sagen wir, ein Verwandter oder so –, hätte er demjenigen die Unterlagen übergeben und den Fall für sich abgeschlossen. Die Entscheidung, ob die Leute später Kontakt zu den Menschen aufnehmen wollen, die er gefunden hat, blieb stets ihnen selbst überlassen. Dass er diese Akte nicht geschlossen und sie mit dem Namen Judy Stafford versehen hat, bedeutet, dass Ihre Großmutter nach jemandem gesucht hat ... nach jemandem, den sie alleine nicht finden konnte.«

Trotz der Uhrzeit arbeitet mein Gehirn fieberhaft. »Gibt es irgendeine Möglichkeit, einen Blick auf die restlichen Dokumente zu werfen?« Mir ist bewusst, wie unverschämt meine Bitte ist, aber ich fürchte, Trent könnte es sich anders überlegen, wenn er erst einmal Zeit hatte, in Ruhe alles zu überdenken. Dies ist eine wichtige Lektion aus dem Prozessrecht – braucht der Zeuge Zeit, um die Richtung zu wechseln, bitte um Vertagung; falls nicht, bleib am Ball und versuche mit allen Mitteln, aus ihm herauszuholen, was du brauchst.

»Glauben Sie mir, Sie wollen da nicht mitten in der Nacht reingehen. Der Schuppen ist eine ehemalige Sklavenhütte und alles andere als dicht. Keiner kann sagen, was dort drin haust.«

»Ich habe mich von klein auf in Pferdeställen herumgetrieben, deshalb gibt es kaum etwas, wovor ich mich fürchte.«

Er lächelt, was das Grübchen zum Vorschein bringt. »Wieso überrascht mich das nicht?« Wieder schiebt er Jonah ein Stück höher. »Ich bringe ihn nur schnell ins Bett zurück.«

Unsere Blicke begegnen sich, und einen Moment lang sehen wir einander an. Vielleicht liegt es am düsteren Schein der alten Lampen, vielleicht an der stillen Intimität des Cottages, keine Ahnung, jedenfalls spüre ich etwas, das ich eigentlich nicht spüren will. Es durchströmt mich, warm und träge wie ein Gezeitentümpel an einem Sommerabend, nachdem sich die Luft allmählich abkühlt.

Im Geiste lasse ich eine Zehe im warmen Wasser kreisen, leise lachend, während ich rot werde und zu Boden starre, dann sehe ich ihn wieder an, sehe sein Lächeln, und erneut macht sich dieses eigentümliche Gefühl in mir breit, wandert durch meinen Körper bis hinab zu den Zehen; ein Gefühl, als würde irgendwo in der Ferne ein Blitz aufzucken – unvorhersehbar und gefährlich.

Einen Moment lang stehe ich wie erstarrt da, vergesse, wo ich bin, was mich hergeführt hat.

Jonahs Kopf rutscht von Trents Schulter, und der Zauber des Augenblicks ist gebrochen. Ich komme wieder zu mir, wie ein Patient nach einer Kurznarkose mitten am Vormittag. Mein Gehirn braucht einen Moment, um sich zu sortieren, wieder klar zu werden, während mein Blick an meinem Ringfinger hängen bleibt – ohne meinen Verlobungsring, den ich abgenommen habe, um ihn nach dem Duschen nicht mit Bodylotion zu beschmieren.

Was um alles in der Welt läuft hier gerade? So etwas ist mir noch nie passiert. Niemals. Aussetzer sind mir völlig fremd. Normalerweise lasse ich mich nicht von anderen Leuten einlullen. Und ich benehme mich Fremden gegenüber auch niemals unangemessen. Gewissermaßen von Geburt an wurde mir eingetrichtert, so etwas unter allen Umständen zu unterlassen, und das Jurastudium war das perfekte Mittel, um das Wissen noch zu zementieren.

»Ich sollte besser gehen.« Wie aufs Stichwort vibriert mein Handy, und die Realität meldet sich mit voller Wucht zurück. Mein Stuhl quietscht, als ich ihn zurückschiebe – das Geräusch scheint auch Trent zu ernüchtern. Hat er ernsthaft darüber nachgedacht, mich mitten in der Nacht ins Arbeitszimmer seines Großvaters zu lassen? Oder hat er an etwas … Intimeres gedacht?

Ich ignoriere das Läuten und danke ihm für den Umschlag. »Vielleicht könnten wir uns ja morgen treffen«, füge ich hinzu. *Im hellen Licht des Tages.* »Und einen Blick auf das werfen, was noch übrig ist.« Ich gehe ein Risiko damit ein, ganz egal, wie seine Antwort ausfällt. Morgen kann Trent es sich längst anders überlegt haben. Aber hier und jetzt sind die Risiken völlig anders gelagert. »Ich habe Ihre Zeit viel zu lange in Anspruch genommen. Es war wirklich unverschämt, um diese Zeit noch bei Ihnen anzurufen. Es tut mir leid … Ich wollte … Es war mir nur so wichtig, etwas herauszufinden.«

Er unterdrückt ein Gähnen, blinzelt, zwingt sich, die Augen offen zu halten. »Kein Problem. Ich bin eine Nachteule.«

»Das sehe ich«, scherze ich, worauf er leise lacht.

»Morgen.« Das Wort klingt wie ein Versprechen. »Aber ich habe den ganzen Tag über Termine, deshalb geht es erst nach der Arbeit. Ich sehe zu, dass Tante Lou Jonah noch für eine Weile nehmen kann.«

Erleichterung durchströmt mich. Ich hoffe nur, dass er es morgen noch genauso sieht. »Dann bis morgen Abend. Sagen Sie mir noch, um welche Uhrzeit. Oh, und bringen Sie Jonah ruhig mit. Ich habe zweijährige Neffen … Drillinge. Ich liebe kleine Jungs.« Ich nehme die Taschenlampe und Grandma Judys Unterlagen an mich und wende mich zur Tür, ehe ich innehalte und mich nach einem Stift und einem Zettel umsehe. »Ich sollte Ihnen noch meine Nummer geben.«

»Die habe ich schon.« Er schneidet eine Grimasse. »Auf meinem Handy … etwa zweihundert Mal.«

Eigentlich sollte es mir peinlich sein, aber stattdessen lachen wir nur darüber. »Warten Sie doch kurz. Ich bringe nur Jonah ins Bett, dann begleite ich Sie runter zum Strand und warte, bis Sie zu Hause sind.«

Mein Verstand sagt Nein, trotzdem muss ich mich zwingen, die Worte auszusprechen. »Ist schon gut, ich kenne den Weg ja.« Die Landschaft vor dem Fenster ist in helles Mondlicht getaucht, das Wasser glitzert zwischen den Palmen hinter dem Haus, Hibiskusblüten und Jasminzweige beben in der Brise. Die Kombination ist perfekt ... so etwas gibt es nur in Lowcountry.

Er sieht mich an. »Es ist mitten in der Nacht. Lassen Sie mich wenigstens ein bisschen Gentleman sein.«

Ich warte, während er Jonah hinlegt, dann gehen wir über die Veranda und die Treppe hinunter. Die Brise fängt sich in meinem Haar, lässt es fliegen, streichelt über meine Haut und gleitet an meinem T-Shirt hinab. Ich sehe zu der Sklavenhütte hinüber, mustere die sechs mit Brettern vernagelten Fenster auf der Vorderseite. Verbergen sich hinter diesen alten, salzverkrusteten Scheiben vielleicht Antworten?

»Sie stammt aus dem Jahr 1850.« Trent scheint nach Gesprächsthemen zu suchen. Vielleicht spüren wir beide, dass die Szenerie etwas mehr als banales Geplänkel erfordert. »Granddad hat sie selbst überführt, als er das Grundstück gekauft hat. Anfangs hat sie ihm als Büro gedient. Dies war sein erstes Immobiliengeschäft. Er hat den Acker neben dem Myers Cottage gekauft und ihn für das Haus und die beiden dazwischen geteilt.«

Noch ein Bindeglied zwischen Trent Turner senior und meiner Großmutter. Wie es aussieht, kannten sie sich eine halbe Ewigkeit. Hat sie ihn engagiert, weil sie wusste, dass er nebenbei nach vermissten Personen suchte? Oder hatte seine Nebenbeschäftigung ihn zu meiner Großmutter geführt? Hat sie ihm vorgeschlagen, das Grundstück neben dem ihren zu kaufen? Tappt der jüngste Trent Turner im Hinblick auf diese Verbindungen zwischen unseren Familien ebenso im Dunkeln wie ich? Hat eine Generation ihr eng miteinander verwobenes Leben aus unerklärlichen Gründen vor der nächsten geheim gehalten?

Die Fragen schwirren mir im Kopf herum, als wir auf den Strandweg treten, wo das Seegras wie Glasperlenstränge im Mondlicht schimmert. »Eine wirklich schöne Nacht«, sagt er.

»Ja, stimmt.«

»Passen Sie gut auf. Die Flut kommt. Nicht dass Sie nasse Füße kriegen.« Er nickt in Richtung Meer. Ich folge seinem Blick. Eine Spur glitzernder Wellen scheint bis zum Mond hinaufzuführen, und über uns spannt sich ein von Sternen übersäter Himmel. Wie lange habe ich schon nicht mehr in der Dunkelheit gesessen und den Anblick genossen? Mein Verlangen danach ist schier übermächtig. Ich lechze nach Wasser, nach dem Himmel, nach Tagen, die nicht nur durch die Kreuze in einem vollen Terminkalender geteilt sind.

Ging es meiner Großmutter genauso? Ist sie deshalb so oft hergekommen?

»Noch mal danke … dafür, dass Sie mir Ihren Abend geopfert haben.« Ich trete einen Schritt nach hinten, wo das Gras in Sand übergeht. Etwas flitzt über meinen Schuh, und ich stoße einen spitzen Schrei aus.

»Sie sollten lieber die Taschenlampe anknipsen.«

Das Letzte, was ich sehe, bevor ich in einen Kegel aus künstlichem Licht tauche, ist Trents Grinsen.

Ich wende mich ab und gehe davon, wohl wissend, dass er mir hinterherblickt.

Wieder summt mein Handy. Ich ziehe es heraus. Es ist wie ein Tor zu einer anderen Welt. Ich bin froh hindurchzutreten. Nach diesem seltsamen Moment mit Trent brauche ich dringend etwas Vertrautes, etwas, das mir Sicherheit vermittelt.

Aber Abby? Aus dem Büro in Baltimore? Wieso sollte sie mich in den frühen Morgenstunden anrufen?

»Avery, endlich«, stößt sie atemlos hervor, als ich mich

melde. »Ist alles in Ordnung? Ich habe vor einer Weile diese komische Mail von dir bekommen.«

Ich lache. »Oh, Abby. Das tut mir leid. Ich wollte sie eigentlich nur an mich selbst schicken.«

»Wieso? Musst du dich jetzt schon selbst daran erinnern, wo du hingehst? Das macht das Luxusleben in South Carolina also aus dir?« Abby ist ein sehr nüchternes Mädchen aus D. C. – in einer Sozialwohnung aufgewachsen –, das es zu einem Abschluss in Jura gebracht hat, und eine hervorragende Staatsanwältin. Ich vermisse sie und unsere leidenschaftlichen Lunch-Diskussionen über anstehende Fälle.

Wenn es jemanden gibt, dem ich von Grandma Judy und den seltsamen Vorgängen erzählen kann, dann ist sie es, trotzdem ist es sicherer, es in der Kanzlei zu besprechen. »Das ist eine lange Geschichte. Wieso bist du um diese Uhrzeit wach?«

»Arbeit. Morgen steht der Ausforschungsbeweis an. Geldwäsche und Postbetrug. Riesensache. Sie haben Bracken und Thompson als Anwälte.«

»Oh … große Namen.« Mit einem Mal bin ich wieder in Baltimore. Was auch immer mich in Trents Haus so berührt haben mag, rückt augenblicklich in den Hintergrund, und ich bin froh darüber, denn es muss so sein. »Schieß los, was läuft?« Meine Lebensgeister erwachen schlagartig, und das hat nichts mit der wunderschönen Nacht und der Tatsache zu tun, dass Trent mich immer noch beobachtet.

Abby schildert mir die Details der Ermittlungen, und ich spüre, wie ich mich sofort für das Thema erwärme.

Fakt ist: Ich vermisse mein altes Leben. Das kann ich nicht abstreiten.

# KAPITEL 16

## Rill

Raus aus den Federn. Es sieht so aus, als würde heute endlich mal die Sonne scheinen!«, sagt Miss Dodd und schließt die Kellertür auf. Miss Dodd ist ganz neu, sie arbeitet erst seit zwei Tagen hier. Sie ist jünger als die anderen Aufpasserinnen. Und netter. Ich habe mir vorgenommen, sie nach Camellia zu fragen, falls ich sie irgendwann allein erwische. Keiner will mir sagen, was mit meiner Schwester ist. Mrs. Pulnik hat mich nur angeblafft, ich solle den Mund halten und aufhören, den Aufpasserinnen auf die Nerven zu gehen.

Dannyboy behauptet, Camellia sei tot. Er sei irgendwann aufgewacht und hätte Mrs. Murphy zu Mr. Riggs sagen hören, Camellia ist gestorben, nachdem sie sie in den Schrank gesperrt haben, und was sie jetzt machen sollen. Mr. Riggs hätte ihre Leiche dann zum Laster getragen und sei losgefahren, um sie in den Sumpf zu werfen. Er hätte es mit eigenen Augen gesehen. Meine Schwester ist weg, und das ist gut so, sagt er.

Ich glaube ihm kein Wort. Er ist voller Hass auf alles und jeden.

Aber Miss Dodd sagt mir bestimmt die Wahrheit.

Gerade macht sie sich in erster Linie wegen des Gestanks im Raum Sorgen. Es ist überall schimmelig, außerdem wird alles nass, wenn es regnet, und noch dazu macht Fern jede Nacht ins Bett, seit Camellia und Gabion nicht mehr bei uns sind. Ich sage ihr zwar, sie soll das nicht tun, aber offensichtlich schafft sie es nicht.

»Du liebe Güte, was für ein Gestank!« Miss Dodd sieht uns besorgt an. »Das ist doch kein geeigneter Ort für Kinder.«

Ich trete zwischen sie und die Pritsche, wo ich so viele Bettdecken aufgehäuft habe, wie ich nur konnte. »Ich ... ich bin gegen die Bettpfanne gestoßen.«

Sie sieht zur Bettpfanne hinüber. Der Zementboden ist trocken. »Ist hier vielleicht ein kleines Malheur passiert?«

Tränen steigen mir in die Augen, und Lark weicht in die Ecke zurück, wobei sie Fern mit sich zieht. Ich packe Miss Dodds Schürze und ziehe zugleich den Kopf ein, in der Erwartung, dass sie mir eine Ohrfeige verpasst. Aber ich muss sie daran hindern, nach oben zu gehen und Mrs. Pulnik zu holen. »Bitte, sagen Sie nichts.«

Miss Dodd sieht mich aus ihren sanften graugrünen Augen an. »Aber warum um alles in der Welt nicht? Wir machen hier einfach sauber, und damit ist der Fall erledigt.«

»Aber Fern bekommt Ärger.« Vermutlich weiß Miss Dodd noch nicht, was mit Kindern passiert, die ins Bett machen.

»Du liebe Zeit, nein.«

»Bitte ...« Panik erfasst mich. »Bitte, verraten Sie uns nicht.« Ich darf Fern und Lark nicht auch noch verlieren. Vier Tage sind seit der Party vergangen, ohne dass Gabby zurückgekehrt ist. Ich habe meinen Bruder verloren. Und Camellia. Lark und Fern sind alles, was ich noch habe.

Miss Dodd legt die Hände um mein Gesicht, ganz sanft. »Schh. Nicht weinen. Ich sorge dafür, dass es jemand wegmacht. Keine Angst, mein Häschen. Wir behalten das für uns.«

Meine Tränen fließen unaufhaltsam. So hat mich seit einer halben Ewigkeit niemand mehr berührt. Nicht seit Queenie weg ist.

»Du musst dich beruhigen.« Miss Dodd blickt nervös über ihre Schulter. »Am besten gehen wir gleich nach oben, bevor jemand nach uns sucht.«

Ich nicke. »Ja, Ma'am«, presse ich hervor. Ich darf Miss Dodd auf keinen Fall in Schwierigkeiten bringen. Ich habe eine der Küchenhilfen sagen gehört, ihr Daddy sei letztes Jahr gestorben, ihre Mama leide unter Wassersucht, und sie hätte vier jüngere Geschwister, die auf einer Farm oben im Shelby County leben. Miss Dodd ist per Anhalter und zu Fuß nach Memphis gekommen, um Arbeit zu finden, damit sie ihrer Familie Geld nach Hause schicken kann.

Sie braucht diesen Job unbedingt.

Und wir brauchen Miss Dodd.

Gemeinsam mit Fern und Lark trete ich vor ihr aus dem Kellerraum. Mr. Riggs, den wieder einmal die Neugier plagt, drückt sich neben dem Heizkessel herum. Wie gewohnt, halte ich den Kopf gesenkt und beobachte ihn aus den Augenwinkeln.

»Mr. Riggs«, sagt Miss Dodd. »Vielleicht könnten Sie mir einen Gefallen tun. Aber Sie dürfen niemandem etwas sagen.«

»Aber ja, Ma'am.«

Ehe ich sie daran hindern kann, fährt sie fort: »Könnten Sie etwas Bleichmittel und Wasser holen und die Pritsche neben der Tür sauber machen? Ich kümmere mich dann um den Rest.«

»Ja, Ma'am. Für Sie tue ich das gern. Geht klar.« Er verzieht das Gesicht zu einem Lächeln und entblößt dabei seine langen, schiefen gelben Biberzähne. »Die Kinder ziehen wahrscheinlich sowieso bald nach oben.« Er schwenkt seine Schaufel in unsere Richtung.

»Je früher, desto besser.« Miss Dodd hat keine Ahnung, wie sehr sie sich irrt. Wenn wir erst einmal dort oben schlafen, trennt uns keine Tür mehr von Mr. Riggs. »Dieses Kellerloch ist doch nicht das Richtige für Kinder.«

»Nein, Ma'am.«

»Und sollte es im Haus brennen, wären sie dort unten womöglich eingeschlossen.«

»W-wenn das passiert, k-komme ich runter und trete die Tür ein. D-das würde ich.«

»Sie sind ein anständiger Mann, Mr. Riggs.«

Miss Dodd weiß nicht, was für ein Mann Mr. Riggs ist. Sie hat nicht die leiseste Ahnung.

»D-danke, Ma'am.«

»Und bitte sagen Sie niemandem etwas davon«, erinnert sie ihn noch einmal. »Das bleibt unser kleines Geheimnis.«

Riggs lächelt und starrt uns an. Das Weiße in seinen Augen blitzt auf, und ich sehe den irren Ausdruck eines Bären im Winter darin. Begegnet einem ein Bär im Winter, sollte man zusehen, dass man Land gewinnt. Die Biester haben fürchterlichen Hunger und würden alles tun, um ihren Hunger zu stillen, völlig egal, womit.

Mr. Riggs' stierer Blick verfolgt mich während des ganzen Frühstücks und selbst dann noch, als es draußen endlich trocken genug ist, dass wir auf den Hof gehen dürfen. Auf dem Weg über die Veranda muss ich an Camellia denken. *Könnte Dannyboy recht haben? Ist sie wirklich tot?*

Falls ja, ist es allein meine Schuld. Ich bin die Älteste. Ich sollte mich um alle kümmern. Das war das Letzte, was Briny mir eingeschärft hat, bevor er aufgebrochen ist. *Du passt mir gut auf die Kleinen auf, Rill. Wir sind bald wieder da.*

Selbst der Name hört sich inzwischen seltsam an. Inzwischen nennen mich alle May. Vielleicht ist Rill ja irgendwo auf dem Fluss, zusammen mit Camellia, Lark und Fern und Gabion. Vielleicht treiben sie den langsam dahinströmenden Fluss entlang, sehen den vorbeifahrenden Booten und Lastkähnen zu, während Rundschwanzsperber tiefe Kreise ziehen und Fische fangen.

Vielleicht ist Rill ja lediglich Teil einer Geschichte, so wie Huck Finn und Jim. Vielleicht bin ich nicht einmal Rill, war es nie.

Ich mache kehrt, renne die Treppe hinunter und quer über den Hof, wobei mein Kleid um meine nackten Beine schlenkert. Ich breite die Arme aus, werfe den Kopf in den Nacken, und für einen kurzen Moment finde ich Rill wieder. Ich bin Rill, bin auf der *Arcadia*, unserem kleinen Stück vom Himmel.

Ich bleibe nicht stehen, auch nicht am Tor, wo die Jungs ihr Lager im Gebüsch aufgeschlagen haben und gerade zwei Neuankömmlinge drangsalieren. Ich glaube, die beiden sind Brüder. Aber eigentlich ist es mir egal. Würde Dannyboy versuchen, mich aufzuhalten, würde ich ihn mit einem Fausthieb niederstrecken, so wie Camellia es sonst immer getan hat. Ich würde ihn ganz einfach umnieten und dann auf ihn klettern, um den Zaun zu überwinden.

Und dann würde ich weiterlaufen, bis zum Fluss.

Ich renne um den alten Außenabort herum, stürme auf die Eisenstäbe zu, versuche, mich daran emporzuhangeln, doch es gelingt mir nicht. Ich rutsche ab und schlage mit voller Wucht auf dem Boden auf, springe hoch, packe die Stäbe und zerre daran, schreie wie ein wildes Tier, das jemand in einen Käfig gesperrt hat. Immer weiter wüte ich, bis die Stäbe ganz nass vor Schweiß, Tränen und Blut sind. Aber sie geben nicht nach. Keinen Millimeter. Sie halten stand, während ich zu Boden sinke und mich meinen Tränen ergebe.

Wie aus weiter Ferne dringt Dannyboys Stimme an meine Ohren. »Die Hübsche hat wohl den Verstand verloren, was?«

Dann höre ich Fern und Stevie weinen, und Fern ruft nach mir. Die größeren Jungs ärgern sie und schubsen sie jedes Mal weg, wenn sie versuchen, zu mir zu kommen. Ich muss ihnen helfen, aber gleichzeitig verspüre ich einen anderen Wunsch in mir: Ich will weg von hier, will unsichtbar sein, allein, an einem Ort, wo niemand mich finden kann. Wo niemand mir all jene wegnimmt, die mir am Herzen liegen.

Dannyboy dreht Stevie den Arm auf den Rücken, immer weiter. Stevies Schreie treffen geradewegs mein Herz, von dem ich mir wünsche, es wäre hart wie Stein. Doch Stevies Schreie schneiden sich durch mein Inneres wie Exkalibur aus der Artus-Sage.

Ehe ich weiß, wie mir geschieht, stürze ich quer über den Hof und packe Dannyboy bei den Haaren. »Lass ihn sofort los!« Ich reiße Dannyboys Kopf mit einem Ruck nach hinten. »Du lässt ihn auf der Stelle los und wirst ihn nie wieder anfassen. Falls doch, drehe ich dir den Hals um wie einem Huhn, glaub's mir.« Nun, da Camellia nicht mehr hier ist und all die Kämpfe für uns ausficht, muss ich das eben übernehmen. »Ich breche dir das Genick und werfe dich in den Sumpf.«

Einer der Jungs lässt von Fern ab und weicht mit weit aufgerissenen Augen zurück. Als ich meinen Schatten sehe, ist mir auch klar, warum – mit meinem wild abstehenden Haar sehe ich wie Medusa aus.

»Eine Schlägerei, eine Schlägerei!«, rufen die anderen Kinder und kommen angelaufen.

Dannyboy lässt Stevie los, schließlich hat er keine Lust, vor den Augen der anderen Prügel zu beziehen. Stevie landet mit dem Gesicht voran im Staub und bekommt prompt Schmutz in den Mund. Er spuckt ihn aus und fängt an zu heulen. Ich schubse Dannyboy beiseite und packe Stevie und Fern bei der Hand. Erst als wir oben auf dem Hügel stehen, merke ich, dass jemand fehlt.

Mein Herz krampft sich zusammen. »Wo ist Lark?«

Fern beißt auf ihre Faust, als hätte sie Angst, dass sie gleich Ärger bekommt. Vielleicht hat sie auch vor mir Schiss, nachdem sie gesehen hat, wozu ich fähig bin.

»Wo ist Lark?«

»Fau!«, brabbelt Stevie – dies ist das erste Wort, das ich in der ganzen Zeit, die wir hier sind, aus seinem Mund gehört habe. »Fau!«

Ich hocke mich ins feuchte Gras und blicke in ihre Gesichter. »Was für eine Frau? Was für eine Frau, Fern?«

»Die Frau hat sie auf der Veranda genommen«, flüstert Fern mit tränennassen Augen. »So.« Sie packt Stevie am Arm und zerrt ihn ein paar Schritte mit sich. Stevie nickt.

»Eine Frau? Nicht Mr. Riggs? Nicht Mr. Riggs hat sie geholt?«

Beide schütteln den Kopf. »Fau«, wiederholt Stevie.

Ich bin immer noch benommen vom Weinen, von meinem Hass. Hat Lark sich Ärger eingehandelt? Ist sie krank? Das kann eigentlich nicht sein. Beim Frühstück schien es ihr noch gut zu gehen. Normalerweise kommen die Kinder erst auf die Krankenstation, wenn sie vor Fieber glühen oder sich die Seele aus dem Leib kotzen.

Ich zeige in Richtung Spielplatz. »Ihr beide geht jetzt zur Wippe rüber und setzt euch drauf. Und ihr steigt erst wieder runter, wenn ich komme oder die Glocke läutet, habt ihr mich verstanden?«

Die beiden sind völlig verstört, nicken aber und nehmen sich bei den Händen. Ich sehe zu, wie sie zur Wippe gehen, ehe ich zum Haus aufmache. Als ich unterwegs Dannyboy begegne, hebe ich noch einmal die Faust.

Auf dem Weg schwanke ich zwischen Mutlosigkeit und Entschlossenheit, während ich nach Miss Dodd Ausschau halte. Das Herz schlägt mir bis zum Hals, als ich auf Zehenspitzen über die Veranda schleiche – jemand könnte mir unterstellen, dass ich versuche, Essen aus der Küche zu klauen, je nachdem, wer mich erwischt.

Die schwarzen Frauen sind mit der Wäsche beschäftigt, als ich vorbeigehe. Wissen sie, was mit Lark geschehen ist? Und würden sie es mir verraten, wenn sie es wüssten? Normalerweise fahren alle Beteiligten am besten, wenn sie einander möglichst nicht zur Kenntnis nehmen.

Sie blicken nicht auf, und ich frage nicht. Die Küche ist leer; eilig durchquere ich sie, um nicht erwischt zu werden.

Die Schwingtür quietscht leise, als ich den Kopf in die Eingangshalle stecke. Erst in letzter Sekunde merke ich, dass die Tür zu ihrem Büro offen steht.

»Ich bin sicher, Sie werden sie entzückend finden.« Miss Tanns klebrig süße Stimme verrät mir, dass außer Mrs. Murphy noch jemand anderes im Raum sein muss. »In jeder Hinsicht perfekt. Die Mutter hat vor der Depression das College besucht, ein sehr intelligentes Mädchen und bildschön noch dazu. Und wie man sieht, hat sie all ihre guten Seiten an ihre Tochter vererbt. Dieses kleine Ding ist die reinste Shirley Temple. Sie braucht noch nicht mal eine Dauerwelle. Ein wenig still ist sie, aber sehr brav und gutmütig. Sie wird Sie in der Öffentlichkeit niemals blamieren, was in Ihrer Branche ganz besonders wichtig ist. Ich wünschte, Sie hätten uns erlaubt, sie zu Ihnen zu bringen, denn eigentlich ist es nicht üblich, dass künftige Eltern unsere Heime besuchen.«

»Ich bin Ihnen sehr dankbar, dass Sie es möglich gemacht

haben.« Die Stimme des Mannes ist tief und hört sich nach Armeegeneral an. »Es ist sehr schwierig für uns, irgendwo unerkannt hinzugehen.«

»Das verstehen wir vollkommen.« Ich habe Mrs. Murphy noch nie so freundlich gehört. »Was für eine Ehre, dass Sie uns besuchen, in unserem bescheidenen Heim!«

»Und Sie haben eines unsere besten Kinder ausgesucht.« Miss Tann tritt näher zur Tür. »Und du wirst doch zeigen, dass du das bist, nicht, Bonnie, und alles tun, was deine neue Mami und dein neuer Daddy sagen. Du bist ein echter Glückspilz, Kind, und sehr dankbar dafür, richtig?«

Bonnie, das ist Larks neuer Name.

Ich lausche, kann aber nicht hören, ob Lark etwas erwidert.

»Dann müssen wir uns jetzt wohl oder übel von dir verabschieden, auch wenn wir dich sehr vermissen werden«, fährt Miss Tann fort.

Ein Mann und eine Frau treten aus dem Büro, Lark zwischen sich. Er ist sehr gutaussehend, wie ein Prinz in einem Märchenbuch, die Frau bildschön, mit sorgsam frisiertem Haar und sehr roten Lippen. Lark sieht wie eine kleine Ballerina in ihrem weißen Spitzenkleidchen aus.

Ein Kloß bildet sich in meiner Kehle. Ich mache die Küchentür weit auf. *Du musst sie aufhalten*, denke ich. *Du musst ihnen sagen, dass Lark zu dir gehört und sie sie nicht einfach mitnehmen können.*

In diesem Moment legt sich eine Hand um meinen Arm. Jemand zieht mich von der Tür weg, die zufällt, und zerrt mich durch die Küche und die Waschküche hinaus auf die Veranda. Erst als Miss Dodd mich an den Schultern packt und zu sich herumdreht, sehe ich, wer mich erwischt hat.

»Du darfst doch nicht hier sein, May!« Ihre Augen sind

weit aufgerissen, ihr Gesicht ist kreidebleich, und sie sieht so verängstigt aus, wie ich mich fühle. »Du kennst die Vorschriften. Wenn du Mrs. Murphy und Miss Tann verärgerst, ist der Teufel los.«

Der Kloß in meinem Hals wächst auf den Umfang eines Hühnereies an und zerbricht. Ich spüre etwas Heißes, Klebriges meine Kehle hinabrinnen. »M-meine Schwester …«

Miss Dodd legt die Hände um mein Gesicht. »Ich weiß, Kleines, aber du musst daran denken, was für sie das Beste ist. Ihre neuen Eltern sind Filmstars.« Sie holt tief Luft. »Natürlich wirst du eine Zeitlang traurig sein, aber etwas Besseres konnte ihr nicht passieren. Nagelneue Eltern und ein nagelneues Zuhause. Ein ganz neues Leben.«

»Aber wir haben doch Eltern!«

»Still. Still jetzt.« Miss Dodd zieht mich mit sich, die Treppe hinunter. Ich wehre mich, aber sie lässt nicht locker. »Still. Du musst aufhören. Ich weiß ja, dass du dir wünschst, deine Mama und dein Daddy würden dich holen kommen, aber das wird nicht passieren. Sie haben die Abtretungsunterlagen des Sorgerechts an die Tennessee Children's Home Society unterschrieben, deshalb seid ihr jetzt offiziell Waisen.«

»Das sind wir nicht!«, rufe ich, und dann bricht alles aus mir heraus – ich erzähle ihr alles über die *Arcadia*, Queenie und Briny, meine Geschwister, von Camellia und dem Schrank und den unterschiedlichen Aussagen der Aufpasserinnen, was mit ihr passiert ist, und dass Dannyboy mir erzählt hat, sie hätten ihre Leiche in den Sumpf geworfen.

Miss Dodd fällt die Kinnlade herab. Sie hält mich so fest an den Schultern, dass meine Haut brennt. »Und all das ist Gottes Wahrheit?«, fragt sie, als mir die Worte ausgehen.

Ich kneife die Augen zusammen und nicke, während mir wieder die Tränen übers Gesicht laufen.

»Schh«, flüstert sie und zieht mich an sich. »Sag jetzt nichts mehr. Zu niemandem. Du gehst einfach raus zu den anderen Kindern. Sei brav und verhalte dich still. Ich werde zusehen, was ich in Erfahrung bringen kann.«

Als sie von mir ablässt, packe ich sie bei der Hand. »Bitte sagen Sie Mrs. Murphy nichts, sonst nehmen sie mir Fern auch noch weg. Sie ist alles, was ich noch habe.«

»Ich werde nichts sagen, und ich lasse dich auch nicht im Stich, sondern werde herausfinden, was aus deiner Schwester geworden ist. Gott ist mein Zeuge, wir kriegen das wieder hin, aber du musst sehr stark sein.« Ich sehe das Feuer in ihren Augen, als sie mich eindringlich ansieht. Es ist ein Trost, aber mir ist vollkommen klar, was ich da von ihr verlange. Wenn Mrs. Murphy dafür sorgen kann, dass Camellia einfach verschwindet, kann sie dasselbe auch mit Miss Dodd tun.

»Aber … Sie müssen aufpassen, dass die Sie nicht erwischen, Miss Dodd.«

»Ich bin aus härterem Holz geschnitzt, als die meisten denken.« Sie schiebt mich in Richtung Garten. Und mit einem Mal habe ich eine Freundin. Endlich gibt es jemanden, der mir zuhört.

In dieser Nacht weint Fern sich die Augen aus dem Kopf. Sie weint und weint, fragt immer wieder nach Lark. Ich versuche, ihr etwas aus dem Buch vorzulesen, aber sie will sich nicht beruhigen, und irgendwann halte ich es nicht länger aus. Ich packe sie bei den Armen, drücke ganz fest zu und starre ihr ins Gesicht.

»Hör endlich auf!« Meine Stimme hallt von den kahlen Wänden wider. »Hör auf, du dummes Ding! Sie ist weg! Und es ist nicht meine Schuld! Hör endlich auf mit diesem Geheule, sonst setzt's was.« Ich hebe die Hand, und erst als ich meine kleine Schwester erschrocken blinzeln sehe, wird mir bewusst, was ich da gerade tue.

Ich lasse sie auf ihre Pritsche fallen, wende mich ab, raufe mir das Haar, bis es wehtut. Am liebsten würde ich mir jedes einzeln ausreißen. Ich will Schmerz spüren, den ich verstehen kann, statt immer nur hilflos zu sein. Ich will Schmerz spüren, der einen Anfang und ein Ende hat, und keinen, der sich endlos dahinzieht und sich tief, tief ins Mark schneidet. Dieser Schmerz, wie ich ihn gerade spüre, verwandelt mich. In jemanden wie diese Menschen hier. Und das Schlimmste ist, dass ich es auf dem Gesicht meiner Schwester ablesen kann. Das tut am meisten weh. Ich lasse mich auf die Pritsche fallen, die Miss Dodd für uns hat auswaschen lassen. Jetzt riecht sie nach Desinfektionsmittel. Drei Pfefferminzbonbons kullern unter dem schmutzigen Kopfkissen hervor. Ich werfe sie in die Bettpfanne.

Fern setzt sich neben mich und tätschelt meinen Rücken, so wie eine Mutter es bei ihrem Baby tun würde. Der Tag zieht noch einmal vor meinem geistigen Auge vorüber; alles, was sich hier ereignet hat. Die Bilder laufen vor mir ab wie einer der an eine Scheunenwand projizierten Filme, die wir uns für fünf Cents ansehen durften, wenn ein Rummel in einer der Städte am Fluss gastierte. Doch im Gegensatz zu ihnen sind die Bilder in meinem Kopf verwackelt, verwaschen und so schnell, dass ich nicht mitkomme.

Nach einer Weile wird alles still und dunkel.

Mitten in der Nacht wache ich auf. Fern liegt dicht neben mir. Jemand hat eine Decke über uns ausgebreitet, die aber völlig verdreht ist, was mir verrät, dass es Fern gewesen sein muss.

Ich ziehe sie eng an mich und schlafe wieder ein; ich träume von der *Arcadia*. Es ist ein schöner Traum. Wir sind alle zusammen, und es ist ein herrlicher Tag, warm und süß, wie Geißblattsirup. Ich strecke die Zunge heraus, um einen Tropfen davon zu probieren.

Ich verliere mich im Geruch nach Holzfeuer und so dichtem Frühnebel, dass das andere Ufer nicht zu erkennen ist und der Fluss wie ein riesiger See aussieht. Ich laufe mit meinen Schwestern am sandigen Ufer entlang, verstecke mich im Gras und warte, dass sie mich finden. Ihre Stimmen wehen leise durch den Dunst, so dass ich jederzeit weiß, wo sie gerade sind.

Queenie ist auf der Arcadia und singt ein Lied. Ich sitze ganz still im Gras und lausche ihrer Stimme.

*When the blackbird in the spring,*
*On the willow tree,*
*Sat and rocket, I heard him sing,*
*Singing, Aura Lee,*
*Aura Lee, Aura Lee,*
*Maid with golden hair,*
*Sunshine came along with thee …*

Ich bin so verzaubert, dass ich im ersten Moment noch nicht einmal mitbekomme, wie jemand die Kellertür aufschließt, doch dann schrecke ich hoch und stelle fest, dass es bereits Morgen ist. Sonnenstrahlen dringen durch die Azaleen und werfen einen langen hellen Streifen auf den Fußboden.

Fern, die gerade die Bettpfanne benutzt hat, steht auf und zieht sich die Unterhose hoch. Vielleicht hat sie nach der letzten Nacht zu große Angst, um noch mal ins Bett zu machen.

»Braves Mädchen«, flüstere ich und streiche die Decke glatt.

»Das kannst du dir sparen. Du gehst heute nirgendwohin.«

Die Stimme gehört nicht Miss Dodd, sondern Mrs. Murphy. Und sie trifft mich wie ein Peitschenhieb. Sonst kommt sie nie in den Keller.

»Wie kannst du es wagen!« Sie presst die Lippen fest aufeinander, so dass ihre Wangenknochen deutlich hervortreten, und stößt zischend den Atem zwischen ihren schiefen Schneidezähnen hindurch aus. Mit drei Schritten steht sie neben mir und packt mich bei den Haaren. »Wie kannst du es wagen, meine Gastfreundschaft und meine Freundlichkeit so schamlos auszunutzen und Lügen über mich zu verbreiten! Dachtest du allen Ernstes, diese kleine Landpomeranze, dieser Niemand, könnte dir helfen? Oh, natürlich war sie dumm genug, dir all die Lügen abzukaufen! Aber alles, was du damit erreicht hast, ist, dass sie ihren Job los ist und Miss Tann die Dodd-Kinder schon bald abholen wird. Das Sorgerecht für sie wurde der Wohlfahrt vom Shelby County übertragen, und in dieser Minute kümmern sich die Behörden um den Papierkram. Ist es das, was du wolltest? War das deine Absicht, als du ihr deine abscheulichen Lügengeschichten über den armen Mr. Riggs erzählt hast? Über meinen eigenen Cousin! Meinen Cousin, der die Schweinerei sauber macht, die ihr schmutzigen kleinen Blutsauger überall hinterlasst, der euer Spielzeug repariert und dafür sorgt, dass der Boiler funktioniert, damit ihr kostbaren kleinen Goldschätze euch nachts keinen Schnupfen holt!« Mit einem hasserfüllten Lächeln wendet sie sich Fern zu, die sich in die hinterste Ecke zurückgezogen hat.

»Ich … ich …« Was soll ich jetzt tun? Wo soll ich hin? Ich könnte versuchen, einfach abzuhauen, aber Fern sitzt in der Falle.

»Versuch gar nicht erst, es zu leugnen. Schäm dich. Schäm dich! Für all die Lügen, die du verbreitest. Ich habe dir so viel mehr gegeben, als ihr elenden kleinen Flussratten verdient.

Aber jetzt wollen wir mal sehen, wie es ist, wenn du eine Weile Zeit hattest, um über deine Fehler nachzudenken.« Sie verpasst mir einen brutalen Stoß, so dass ich rücklings auf der Pritsche lande, und packt Fern, noch bevor ich Gelegenheit habe, wieder auf die Füße zu kommen.

Meine kleine Schwester schreit und versucht, sich an mir festzuhalten.

»Nicht!«, brülle ich und rapple mich auf. »Sie tun ihr weh!«

»Du kannst froh sein, dass ich nichts Schlimmeres mit ihr anstelle. Vielleicht sollten wir ja sie für das bezahlen lassen, was du getan hast!« Mrs. Murphy stößt mich beiseite und zerrt Fern zur Tür. »Noch ein Ton von dir, und genau das wird passieren.«

Obwohl alles in mir danach schreit, mich auf sie zu stürzen, beherrsche ich mich, denn ich weiß ganz genau, dass ich Fern nur schaden würde, wenn ich es versuche. »Sei brav«, sage ich stattdessen zu ihr. »Sei ein braves Mädchen.«

Das Letzte, was ich sehe, ist die Spur ihrer Füße in der Schicht aus Kohlestaub, als Mrs. Muphy sie zur Tür hinauszerrt. Die Tür fällt zu, das Schloss rastet ein, und dann bin ich allein, während draußen auf dem Korridor Ferns Schreie allmählich leiser werden.

Ich lasse mich auf die Pritsche fallen, packe die Decke, in der noch immer die Wärme unserer Körper hängt, und weine, bis ich keine Tränen mehr habe und nur noch blicklos an die Decke starren kann.

Den ganzen Tag liege ich da, aber es kommt niemand. Nach einer Weile öffne ich das Kellerfenster und lausche den Stimmen der Kinder, während die Sonne zuerst in Richtung Zenit und schließlich gen Westen wandert, bis die Glocke zum Abendbrot läutet.

Irgendwann höre ich das Geräusch der Schuhe über mir, als die anderen nach oben gehen und sich bettfertig machen.

Ich habe Hunger und Durst, aber am schlimmsten ist meine Sehnsucht nach Fern. Sie werden sie doch nicht anderswo schlafen lassen, oder? Nur dessentwegen, was ich gesagt habe?

Aber genau das tun sie.

Nachdem es still geworden ist, lege ich mich wieder hin. Mein Magen knurrt und schmerzt, als würde eine Ratte ihn von ihnen heraus zerfressen. Meine Kehle fühlt sich wund und trocken an.

Ich schlafe ein, wache auf, schlafe wieder ein und wache wieder auf.

Am Morgen bringt Mrs. Pulnik einen Eimer Wasser und eine Schöpfkelle. »Teil es dir gut ein, denn du wirst für eine Weile keinen mehr sehen. Das ist deine Strafe.«

Drei weitere Tage vergehen, ehe ich etwas zu essen bekomme. Ich bin so hungrig, dass ich sogar die Pfefferminzbonbons esse, die Mr. Riggs unter der Tür hindurchschiebt, obwohl ich mich dafür verachte.

Die Tage fließen ineinander; ich lese *Huckleberry Finn* bis zum Ende, wo Huck beschließt, lieber ins Indianerterritorium abzuhauen, statt adoptiert zu werden.

Ich schließe die Augen und male mir aus, ebenfalls ins Indianerterritorium zu fliehen, auf einem großen Pferd, einem bildhübschen Fuchs mit weißen Socken und einer Blesse auf der Stirn, wie Tom Mix mit seinem Pferd Tony; mein Pferd ist schneller als der Wind, und gemeinsam fliegen wir dahin, immer weiter, immer weiter. Danach lese ich das Buch noch ein zweites Mal, bin an den Ufern des breiten Flusses in Missouri, reise auf Huckleberry Finns Floß, um mir die Zeit zu vertreiben. Nachts, wenn der Wind die Äste auseinanderdrückt, spähe ich durchs Fenster und halte Ausschau nach Zede oder Silas oder Briny. Einmal, als es besonders stürmisch ist, sehe ich sie unter der Straßenlampe sehen. Eine Frau ist bei ihnen. Sie ist eher stämmig, deshalb kann es nicht Queenie sein. Ich glaube, es ist Miss Dodd.

Doch so schnell sie aufgetaucht sind, verschwinden sie auch wieder, und ich frage mich, ob ich allmählich den Verstand verliere.

Dann taucht Mrs. Pulnik wieder auf und nimmt mir das Buch weg. Mrs. Murphy bekäme wegen mir noch Ärger mit den Bücherbus-Damen, sagt sie, und schlägt mich mitten ins Gesicht, weil ich sie nicht daran erinnert habe, dass noch immer das Buch aus der Bibliothek hier ist. Und sie bezeichnet mich als Lügnerin.

Ich habe keine Ahnung, wie ich ohne *Huckleberry Finn* überleben soll.

Tag um Tag vergeht. Irgendwann höre ich auf zu zählen, doch es dauert sehr, sehr lange, bis Mrs. Pulnik mich schließlich holen kommt und in Mrs. Murphys Büro bringt. Ich stinke fast so entsetzlich wie die Bettpfanne, und mein Haar ist ein einziger verfilzter, verdreckter Klumpen. Das Licht ist so grell, dass ich überall anstoße und mich nur tastend vorwärtsbewegen kann.

Mrs. Pulnik stößt mich vor sich her. Meine Beine geben nach, und ich falle auf die Knie. Sie packt mich beim Kleid und bei den Haaren und hält mich fest.

Miss Tann steht auf und beugt sich vor. »Ich denke, das ist genau der Ort, wo du hingehörst – auf die Knie, wo du um Vergebung für all den Ärger betteln sollst, den du verursacht hast. Für all die Lügen, die du über die arme Mrs. Murphy verbreitet hast. Du bist ein elendes, undankbares kleines Ding, habe ich recht?«

»Ja, Ma'am«, flüstere ich heiser. Ich würde so ziemlich alles sagen, nur um aus diesem Zimmer herauszukommen.

Mrs. Murphy stemmt die Hände in die Hüften. »Derartige Lügen über meinen Cousin zu verbreiten ... du hinterhältiges, erbärmliches ...«

»Psst!« Miss Tann hebt die Hand, worauf sich Mrs. Murphy die Hand vor den Mund schlägt. »Oh, ich glaube, May weiß sehr wohl, was sie getan hat. Ich glaube, sie wollte nur Aufmerksamkeit erregen. Geht es dir darum, May? Willst du Aufmerksamkeit auf dich ziehen?«

Ich weiß nicht, was ich darauf erwidern soll, deshalb bleibe ich einfach, wo ich bin, auf dem Boden kniend, während sich meine Eingeweide verkrampfen und mein Kinn bebt. Mrs. Pulnik verpasst mir einen weiteren Stoß. Scharfer Schmerz schießt von meinen Haarwurzeln bis zu meinen Knien hinunter. Tränen wallen in mir auf, aber ich bin entschlossen, es nicht zu zeigen.

»Antworte!«, herrscht Miss Tann mich an. Ihre Stimme lässt den Raum wie Donnerhall erbeben. Sie hinkt um den Schreibtisch herum und baut sich mit drohend vorgestreckten Händen vor mir auf. Ihre Augen sind so kalt und grau wie ein Wintersturm.

»J-ja, Ma'am ... n-nein, Ma'am.«

»Also was nun?«

Ich öffne den Mund, doch kein Laut dringt hervor.

Sie packt mein Kinn, drückt meinen Kopf nach hinten und beugt sich vor, so nahe, dass mir der Geruch des Talkumpuders und ihres sauren Atems entgegenschlagen. »So, da sind wir plötzlich nicht mehr so gesprächig, was? Vielleicht siehst du ja ein, was du angerichtet hast?«

Ich nicke kaum merklich.

Ein dünnes Lächeln spielt um ihre Mundwinkel, und ein

hungriger Glanz erscheint in ihren Augen, so als könnte sie meine Angst spüren und weide sich daran. »Vielleicht hättest du dir das überlegen sollen, bevor du dir alberne Geschichten über deine angebliche Schwester und den armen Mr. Riggs ausgedacht hast.«

Das Blut rauscht in meinen Ohren, als ich vergeblich zu begreifen versuche, was sie damit meint.

»Es gab nie eine ... Camellia«, fährt sie fort. Du und ich wissen das doch, oder nicht, May? Ihr wart zu viert, als ihr hierhergekommen seid. Du, zwei kleine Schwestern und ein kleiner Bruder. Und wir haben bereits ein wunderbares neues Zuhause für sie gefunden, wo sie es gut haben werden. Und du bist uns doch dankbar dafür, richtig?« Sie nickt Mrs. Pulnik zu, die von mir ablässt, während Miss Tann mich am Kinn auf die Füße zieht. »Ich will keinerlei derartigen Unsinn mehr von dir hören, verstanden?«

Ich nicke und hasse mich zugleich dafür. Es ist falsch. Alles, was ich Miss Dodd erzählt habe, ist die Wahrheit, aber ich kann einfach nicht mehr in diesen Keller zurück. Ich muss Fern finden und sicher sein können, dass sie ihr nicht wehgetan haben. Fern ist alles, was ich noch habe.

»Gut.« Miss Tann lässt mich los, verschränkt die Hände und wippt auf den Fersen vor und zurück, wobei ihr Kleid raschelnd um ihre Beine schwingt.

Mrs. Murphy lässt ein leises Lachen hören. »Sieh an, diese kleinen Gören haben ja doch ein Fünkchen Verstand im Kopf.«

Miss Tanns Lippen verziehen sich zu einem Lächeln, bei dessen Anblick einem das Blut in den Adern gefriert. »Selbst den Unwilligsten kann man noch etwas beibringen. Es ist alles bloß eine Frage der richtigen Methode.« Sie mustert mich mit zusammengekniffenen Augen von oben bis unten, als die

Uhr auf dem Kaminsims schlägt. »So, ich muss mich jetzt anderen Angelegenheiten zuwenden.« Sie macht kehrt und rauscht an mir vorbei aus dem Raum. Zurück bleibt ihr pudriger Geruch, der mir in der Nase hängt, obwohl ich mich bemühe, ihn nicht einzuatmen.

Mrs. Murphy setzt sich an ihren Schreibtisch und greift nach ein paar Papieren, als hätte sie völlig vergessen, dass ich überhaupt da bin. »Also, von jetzt an wirst du dankbar für meine Gastfreundschaft sein.«

»Ja, Ma'am. K-kann ich jetzt Fern sehen?« Ich *muss* sie einfach fragen, auch wenn es mir noch so sehr widerstrebt. »M-Mrs. Murphy?«

»Deine Schwester ist fort«, erwidert sie, ohne aufzublicken. »Sie wurde adoptiert. Du wirst sie nie wiedersehen. Du kannst jetzt hinaus zu den anderen Kindern gehen.« Sie greift nach einem Stift. »Mrs. Pulnik, bitte sorgen Sie dafür, dass May ein Bad nimmt, ehe sie heute Abend ihr neues Quartier oben bezieht. Ich ertrage ihren Gestank nicht.«

»Wie Sie wünschen.«

Mrs. Pulnik packt meinen Arm, doch ich spüre es kaum. Lange Zeit sitze ich auf den Stufen der Veranda, während die anderen Kinder an mir vorbeigehen und mich anstarren, als wäre ich ein Tier aus dem Zoo.

Ich beachte sie nicht.

Stevie kommt und will sich auf meinen Schoß setzen, aber nicht einmal seine Nähe ertrage ich, weil er mich an Fern erinnert.

»Geh und spiel mit den Lastern«, sage ich zu ihm, stehe auf und gehe auf die andere Seite des Hofs, bis ganz nach hinten zum Zaun, wo ich mich unter einem Gestrüpp aus wildem Wein verkrieche.

Ich spähe durch die Blätter zum Schlafsaal der Mädchen.

*Ob ich wohl sterbe, wenn ich heute Nacht aus dem Fenster springe?*

Ich kann ohne Fern nicht leben. Seit dem Tag ihrer Geburt sind wir ein Herz und eine Seele.

Und nun ist mein Herz fort

Ich lasse mich auf den Boden sinken, spüre die Sonne im Nacken und ergebe mich dem Schlaf, in der Hoffnung, nie wieder aufzuwachen.

Irgendwann schrecke ich auf, als mich jemand am Arm berührt. Ich reiße mich los, rapple mich hoch, in der Annahme, es sei Mr. Riggs. Doch als ich das Gesicht sehe, glaube ich für einen kurzen Moment, ich würde träumen.

Das muss ein Traum sein.

»Silas?«

Er legt sich einen Finger an die Lippen. »Schh!«

Meine Hand zittert, als ich sie ausstrecke, um ihn zu berühren, mich zu vergewissern, dass er echt ist.

Seine Finger schließen sich fest um die meinen. »Wir haben dich endlich gefunden«, sagt er. »Eine Frau im Krankenhaus hat deine Mama und deinen Daddy Papiere unterschreiben lassen, gleich nach der Geburt der Babys. Sie haben deinem Daddy gesagt, wenn er unterschreibt, wird Queenies Arztrechnung bezahlt, und die Babys bekommen ein anständiges Begräbnis. Aber das war nicht das, was in den Papieren stand, sondern er hat ihnen dadurch die Erlaubnis gegeben, dass euch die Polizei von der *Arcadia* wegholt. Als Briny und Zede zur Polizei gegangen sind, haben sie ihnen erklärt, Briny hätte das Sorgerecht an die Tennessee Children's Home Society abgetreten, und dass man nichts dagegen unternehmen könnte. Und das war's. Wir haben wochenlang nach euch gesucht. Diese Frau, Miss Dodd, ist schließlich zu uns gekommen und hat uns gesagt, wo ihr seid. Ich bin immer wieder hergekommen und hab das Haus beobachtet und gehofft, dass ihr alle noch hier seid.«

»Sie haben mich eingesperrt, weil ich etwas gesagt habe.« Ich kann immer noch nicht glauben, was hier gerade passiert. Bestimmt träume ich. »Wo sind Queenie und Briny?«

»Auf der *Arcadia*. Sie bereiten alles für die Weiterfahrt vor. Sie hat ziemlich lange vor Anker gelegen.«

Ich sacke gegen die Gitterstäbe. Meine Haut ist heiß und ganz rot. Der Schweiß rinnt mir unter dem Nachthemd, das ich seit Wochen trage, am Körper hinunter. Was wird Briny von mir denken, wenn er die Wahrheit erfährt? »Sie haben die anderen mitgenommen. Alle außer mir. Ich konnte nicht tun, was Briny von mir verlangt hat. Ich konnte nicht dafür sorgen, dass wir alle zusammenbleiben.«

»Ist schon gut«, flüstert Silas und streicht mir übers Haar, versucht, das zusammengebackene Gewirr zu entzerren, während ich bitterlich weine. »Ich hole dich da raus. Ich komme heute Nacht wieder und schneide einen der Stäbe durch. Drüben beim Stechpalmenstrauch, wo das Gebüsch ganz dicht ist. Kannst du heute Nacht dorthin kommen? Schaffst du das?«

Ich nicke schniefend. Wenn James es geschafft hat, in die Küche zu gelangen, um Essen zu klauen, kriege ich es auch hin. Und wenn ich es in die Küche schaffe, dann auch zum Hof hinter der Kirche.

Silas betrachtet den Zaun. »Ein bisschen Zeit werde ich brauchen. In ein paar Stunden, wenn es ganz dunkel ist, komme ich wieder. Du musst dich beeilen. Je weniger Zeit ihnen bleibt, um zu merken, dass du weg bist, umso besser.«

Dann sagt er, ich soll lieber gehen, bevor ihn jemand sieht. Widerstrebend lasse ich seine Hand los, krieche unter den Büschen hervor und gehe zum Haus zurück.

*Nur noch ein paar Stunden*, denke ich. *Nur heute noch. Ein Abendessen und ein Bad, dann bin ich wieder zu Hause. Auf der* Arcadia.

Doch als ich den Hof überquere, sehe ich Stevie, der nach mir Ausschau hält. *Was soll aus ihm werden?*

In diesem Moment taucht Dannyboy auf und versetzt Stevie einen Stoß.

»Lass ihn gefälligst in Ruhe.« Ich beschleunige meine Schritte und baue mich vor Dannyboy auf – ich glaube, ich bin in der ganzen Zeit im Keller ein ganzes Stück gewachsen; dünner geworden bin ich auf jeden Fall. Die Faust, die ich in seine Richtung schwenke, ist jedenfalls so dürr wie die eines Skeletts.

»Mit dir lege ich mich nicht an. Du stinkst wie die Pest.« Dannyboy schluckt. Vielleicht glaubt er ja, dass ich eine Nummer zu groß für ihn bin, nachdem ich wochenlang im Keller überlebt habe. Oder aber er hat Schiss, dass ihm dasselbe blüht wie mir, wenn er sich auf eine Prügelei einlässt.

Den Rest des Tages lässt er sowohl mich als auch Stevie in Ruhe.

Als wir uns am Abend in einer Schlange vor dem Haus aufstellen, trete ich mit Stevie ganz nach vorn. Dannyboy passt das nicht, aber er hat nicht den Mumm, mich daran zu hindern. Stattdessen beschränkt er sich darauf, sich über mein Haar und meinen Geruch lustig zu machen. »Ich hab gehört, morgen bringen sie deine blöde kleine Schwester zurück«, sagt er hinter mir, als wir hineingehen. »Ich hab gehört, die Leute wollen sie nicht, weil sie zu blöd ist, nachts nicht mehr ins Bett zu machen.«

Vermutlich ist es nur eine weitere Lüge, trotzdem flackert ein Hoffnungsschimmer in mir auf. Und ich trete ihn nicht aus, sondern gebe dem Flämmchen noch ein wenig Zunder und puste behutsam hinein. Nach dem Essen nehme ich all meinen Mut zusammen und frage eine der Aufpasserinnen, ob Fern tatsächlich zurückkommt. Sie bejaht. Allem Anschein nach hat Fern die ganze Zeit, seit sie weg ist, nach mir gefragt und sich jede Nacht eingenässt.

»Sieht so aus, als würde Sturköpfigkeit bei euch in der Familie liegen«, sagt die Frau. »Eine Schande. Jetzt findet sie vielleicht nie eine neue Familie.«

Ich versuche, mir nicht anmerken zu lassen, wie froh ich bin. Sobald Fern zurück ist, können wir beide von hier verschwinden. Ich muss nur dafür sorgen, dass Silas noch einen weiteren Tag wartet. Heute Nacht schleiche ich mich hinaus und sage es ihm. Jetzt muss ich überlegen, wie ich das anstellen soll, ohne dass eine der Aufpasserinnen mich erwischt. Vielleicht behalten sie mich ja ganz besonders im Auge, weil dies meine erste Nacht im Schlafsaal bei den anderen ist. Aber eigentlich sind es nicht die Aufpasserinnen, die mir Angst machen, sondern Mr. Riggs. Denn auch er weiß garantiert, wo ich heute Nacht schlafen werde.

Und dass kein Schloss an der Tür ist.

# KAPITEL 17

**Avery**

Edisto Island ist nicht der schlechteste Ort, um die Zeit totzuschlagen.

Die sanfte Meeresbrise weht durch die mit Fliegengittern versehenen Fenster und zupft am Saum meines schlichten Etuikleids. Ich habe vergessen, mein Ladegerät fürs Handy mitzubringen; inzwischen ist der Akku halb leer, und auf der ganzen Insel war kein kompatibles Ladegerät zu finden. Statt also Mails zu beantworten oder das Internet nach etwas über die Enthüllungen der vergangenen Nacht abzusuchen, war ich gezwungen, mir auf die altmodische Art und Weise die Zeit zu vertreiben.

Die Kajaktour auf dem ACE Basin war es wert, ein weiteres Mal nur lauwarm duschen zu können, ebenso wie die fiese schwarze Pampe aus Schimmel und Schlick auf der Sitzbank des Mietkajaks, die ich vermutlich nie wieder aus meinen Shorts herauskriegen werde. Aber es ist, als hätte ich meine Kindheit wiederentdeckt.

Der Paddeltrip hat Erinnerungen an eine Tour gemeinsam mit meinem Vater heraufbeschworen. Damals war ich in der sechsten Klasse und für einen Schulwettbewerb mit einem Projekt über die Schwarzwasser-Ökosysteme in Lowcountry beschäftigt. Da ich schon damals diese perfektionistische

Ader hatte, wollte ich unbedingt meine eigenen Muster sammeln und Fotos machen, statt mich wie alle anderen aus Büchern zu bedienen. Deshalb hatte mein Dad sich bereiterklärt, mit mir herzufahren; diesem Ausflug verdanke ich einen der seltenen Vater-Tochter-Momente, der nicht im Zusammenhang mit einer Pferdeschau oder einem Pressetermin stand, und selbst heute noch, all die Jahre später, denke ich voller Wehmut und Freude daran zurück.

Und ich erinnere mich auch, dass Elliot mir geholfen hat, das ganze Material zu einem brauchbaren Ausstellungsstück zusammenzuschustern. Wir sammelten Material, malten Beschilderungen und diskutierten eingehend darüber, wie wir es bewerkstelligen sollten, dass die riesigen Pappschilder auch allein stehen blieben.

*Ich verstehe nicht, wieso du nicht einfach etwas Fertiges gekauft hast*, maulte er nach dem zweiten grandiosen Fehlschuss. Aber es war bereits zu spät, und wir hockten immer noch bis zu den Ellbogen mit Farbe verschmiert inmitten von schlecht vernagelten Holzbrettern in der Scheune meines Vaters.

*Weil ich in meiner Mappe stehen haben will, dass alles aus recyceltem Material gebaut wurde. Ich will sagen können, dass alles selbstgemacht ist.*

*Aber mir ist nicht klar, wo der Unterschied sein soll …*

Zum Glück hab ich den Rest unserer Diskussion längst vergessen. Ich weiß bloß noch, dass wir laut genug waren, dass Dads Stallmeister sich erbarmte und eingriff. Er kam mit einem Stapel Holzlatten, wie sie für Hindernisse bei Reitturnieren verwendet werden, einer Handvoll Kabelbinder und ein paar Rollen Klebeband. Den Rest erledigten wir selbst.

Bei der Erinnerung muss ich lachen. Ich sehe auf die Uhr und überlege, Elliot anzurufen und ihm davon zu erzählen, aber ich will erreichbar sein, wenn Trent Turner anruft. Leise Besorgnis regt sich in mir. Es ist bereits nach fünf, und ich habe immer noch nichts von ihm gehört. Vielleicht muss er länger arbeiten.

Oder aber er hat es sich anders überlegt und will sich doch nicht mit mir treffen, um die Unterlagen seines Großvaters zu sichten.

Eine weitere halbe Stunde vergeht. Ich fühle mich wie ein Hamster in einem zu engen Käfig, bin unruhig, setze mich hin, stehe wieder auf, wandere im Haus herum, checke mein Handy, um sicherzugehen, dass es auch Empfang hat.

Schließlich gebe ich dem Drang nach, zum Strand zu gehen und unauffällig nachzusehen, ob sich in Trents Haus etwas regt. Gerade als ich mich zwischen den mit hohem Gras bewachsenen Dünen vorwärtspirsche, läutet mein Handy.

Das Geräusch erschreckt mich derart, dass ich zusammenfahre, den Halt verliere und mir prompt das Telefon aus der Hand fällt.

»Ich wollte gerade auflegen«, sagt Trent, als ich es endlich erwischt habe. »Ich habe dreimal geklopft, aber es hat keiner aufgemacht. Ich dachte, Sie hätten es sich vielleicht anders überlegt.«

Vergeblich versuche ich, nicht zu übereifrig zu klingen. »Nein, nein. Ich bin hier. Ich war nur gerade draußen im Garten.« *Hat er gerade gesagt, er hätte geklopft? Das heißt, er steht vor meiner Tür?*

»Ich komme ums Haus herum.«

Erst jetzt wird mir bewusst, wie weit ich vom Myers Cottage entfernt bin. Wenn er mich sieht, wird er wissen, was ich getrieben habe. »Ich glaube, über dem Gartentor wuchert Gifteu.«

»Es sieht nicht danach aus.«

Ich wirble herum und laufe in Richtung Garten zurück, aber der Sand macht es schwer vorwärtszukommen. Mein Kleid schlingt sich um meine Beine, und meine Flipflops rutschen mir von den Füßen. Ich sehe etwas Blaues neben der Stechpalmenhecke und kann gerade noch rechtzeitig das Tempo drosseln und scheinbar gelassen heranschlendern.

Trotzdem sieht Trent mich fragend an. »Sie sind schick angezogen, um im Schuppen meines Großvaters herumzukramen. Ich habe doch gesagt, dass dort drin ein ziemliches Chaos herrscht, oder? Und heiß ist es auch.«

»Ach ... das?« Ich blicke an mir hinunter. »Es ist das Letzte, was ich noch im Koffer hatte. Ich habe heute Morgen eine kleine Kajaktour gemacht und meine anderen Sachen ruiniert. Ich bin völlig im Eimer.«

»So sehen Sie eigentlich nicht aus.« Ich versuche, aus seinem Tonfall herauszuhören, ob er nur nett sein will oder mit mir flirtet, bin mir aber nicht ganz sicher. Inzwischen ist mir klar, wieso er so ein erfolgreicher Makler ist. Der Charme dringt ihm aus sämtlichen Poren. »Bereit?«, fragt er.

»Ja.«

Ich ziehe das Gartentor hinter mir zu. Gemeinsam schlendern wir am Strand entlang, und er entschuldigt sich noch einmal für die Verspätung. »Es gab heute ein bisschen Aufregung bei Tante Lou. Irgendwie hat Jonah es geschafft, ein Stück Puffreis ins Nasenloch zu bekommen – keiner seiner Cousins wollte verraten, wie es dazu gekommen ist. Jedenfalls musste ich noch bleiben und helfen, es herauszuoperieren.«

»Und hat es funktioniert? Geht es ihm gut?«

Trent grinst. »Schwarzer Pfeffer. Die Verstopfung wurde durch einen hohen Druck im Innern des Nasenlochs beseitigt, mit anderen Worten – einmal anständig niesen, und das Problem war gelöst. Ob Tante Lou aus den Beteiligten ein Geständnis wird herauspressen können, bleibt abzuwarten. Sie sind zu siebt, alles Jungs, und Jonah ist drei Jahre jünger als der Jüngste von ihnen, deshalb lernt er seine Lektionen fürs Leben manchmal auf die harte Tour.«

»Der arme kleine Kerl. Ich kann das verstehen. Das Nesthäkchen zu sein, ist nicht leicht. Wir waren Mädchen, aber selbst das war alles andere als einfach. Wenn Sie ihn abholen wollen …«

»Machen Sie Witze? Das würde das schlimmste Theater überhaupt geben. Für ihn ist es dort das reinste Paradies. Zwei Schwestern meiner Mutter und eine Cousine leben in derselben Straße, außerdem sind meine Eltern einige Zeit im Jahr hier, deshalb gibt es mehr als genug zu essen, und es ist immer jemand zum Spielen parat. Das war einer der Hauptgründe, weshalb ich hierher gezogen bin, nachdem Jonahs Mutter gestorben war. Ich musste meine Arbeitszeiten reduzieren, wollte aber auch, dass Jonah Familie um sich hat. Er sollte nicht allein mit mir in einem Apartment in der Stadt aufwachsen.«

Zahllose Fragen kommen mir in den Sinn, die meisten jedoch sind viel zu persönlich. »Wo haben Sie vorher gewohnt?«, frage ich, obwohl ich die Antwort bereits kenne – ich habe Recherchen angestellt, als ich noch dachte, wir könnten es hier mit einem Erpresser zu tun haben.

»New York.« Mit seinen Freizeithosen, dem Poloshirt, den lässigen Segeltuchschuhen und dem leichten texanischen Akzent fällt es schwer, ihn sich im feinen Zwirn des New Yorker Geschäftsmannes vorzustellen. »Gewerbe-Immobilien.«

Ich verspüre einen unerwarteten Anflug von Solidarität mit Trent Turner. Wir müssen uns beide mit einem Ortswechsel arrangieren, einem neuen Leben, einer neuen Umgebung. »Das ist eine ziemliche Umstellung, was? Aber gut.«

»Das Leben ist erheblich langsamer hier … aber, ja, es ist gut.« Trauer schwingt in seiner Stimme mit.

»Das mit Ihrer Frau tut mir sehr leid.« Ich frage mich, was passiert sein mag, will aber nicht bohren. Was ich als Flirt aufgefasst habe, ist in Wahrheit vermutlich nur ein Zeichen der Einsamkeit, die man wenige Monate nach einem so schweren Verlust empfindet. Ich will ihn nicht auf eine falsche Fährte locken. Heute trage ich zwar meinen Verlobungsring, doch es ist ein Smaragd mit Prinzessschliff und daher nicht für jedermann auf den ersten Blick als Verlobungsring erkennbar.

»Wir waren nicht verheiratet.«

Ich werde rot und komme mir blöd vor. Heutzutage heiraten die Leute nicht zwingend, nur weil sie Kinder haben. »Oh … tut mir leid. Ich meine …«

Sein Lächeln beruhigt mich. »Ist schon okay. Das Ganze ist ein bisschen kompliziert. Wir waren Kollegen … und Freunde. Sie und ich haben einfach bloß nach ihrer Scheidung eine Grenze überschritten, die wir lieber nicht hätten überschreiten sollen. Ich dachte, Jonah sei von mir, aber Laura meinte, es sei nicht so. Sie wollte wegziehen, um es noch einmal mit ihrem Exmann zu versuchen, und ich habe sie ziehen lassen. Erst nach dem Autounfall habe ich die Wahrheit über Jonah erfahren. Er hatte innere Verletzungen und brauchte eine Spenderleber. Ihre Schwester hat sich an mich gewandt, weil man hoffte, ich könnte ein passender Spender sein, was der Fall war. Seitdem ist es klar.«

»Oh …« Mehr bringe ich nicht heraus.

Er sieht mir ins Gesicht. An der Stelle, wo der Weg auf sein Grundstück führt, bleiben wir stehen, und mir ist bewusst, dass ich gleich den Rest der Geschichte hören werde. »Jonah hat zwei Halbbrüder, an die er sich kaum noch erinnern kann, und es hat nicht den Anschein, als würde er sie jemals wirklich kennenlernen, es sei denn, sie nehmen von sich aus Kontakt zu ihm auf, wenn sie erwachsen sind. Nach der Anhörung wegen des Sorgerechts hat ihr Vater beschlossen, dass sie weder mit mir noch mit Jonah etwas zu tun haben sollen. Das ist nicht in meinem Sinne, aber leider muss ich mich damit abfinden. Daher kann ich die Leute, denen mein Großvater geholfen hat, besser verstehen, als Sie vielleicht glauben.«

»Das ist nachvollziehbar.« Seine Offenheit überrascht mich, und ich sehe ihm an, wie tief sein Schmerz und seine Enttäuschung sitzen. Er unternimmt noch nicht einmal den Versuch, seine Verunsicherung zu verhehlen, ob er richtig gehandelt oder durch eine Fehleinschätzung eine äußerst heikle Situation geschaffen hat, die Jonahs restliches Leben beeinflussen wird.

Ich dagegen bin in einer Welt aufgewachsen, in der eine derartige Offenheit vollkommen undenkbar ist, schon gar nicht einem Wildfremden gegenüber. Der äußere Schein und ein tadelloser Ruf stehen bei uns an oberster Stelle, doch Trents Verhalten wirft die Frage auf, ob ich mich womöglich viel zu sehr an die Einschränkungen gewöhnt habe, die mit dem Versuch einhergehen, stets eine makellose Fassade zu wahren.

Wie würde ich mich wohl verhalten, wenn ich an seiner Stelle wäre?

»Jonah ist ein toller Junge«, sage ich.

»Das ist er. Ich kann mir kein anderes Leben mehr vorstellen, aber wahrscheinlich geht es allen Eltern so wie mir.«

»Bestimmt.«

Er bleibt stehen, wartet darauf, dass ich in den Weg einbiege, und folgt mir dann. Eine Spinnwebe streift mein Gesicht, als wir den Garten betreten, dann noch eine. Mir fällt wieder ein, wie ich mich mit meinen Cousins und Cousinen gekabbelt habe, wer ganz vorn reiten muss, wenn wir zu Hause durch die Hitchcock Woods galoppiert sind. Ich pflücke mir die Fäden vom Gesicht und schnappe mir einen Palmwedel, mit dem ich vor uns herumwedele.

Trent lacht leise. »Sie sind gar nicht so ein Stadtkind, wie es den Anschein hat.«

»Ich habe doch gesagt, dass ich mehr oder weniger im Pferdestall groß geworden bin.«

»Aber das habe ich Ihnen nicht abgekauft. Ich dachte, Granddaddys Arbeitszimmer könnte Sie abschrecken.«

»Vergessen Sie's.« Ich blicke über die Schulter und sehe, dass er grinst. »Haben Sie etwa darauf spekuliert?«

Der Weg führt in den Garten. Seine Miene wird ernst, als wir die Treppe der niedrigen Holzhütte hinaufgehen. »Das kann ich nicht so genau sagen. Ich wünschte, mein Großvater wäre hier, um die Entscheidung zu treffen.« Besorgnis zeichnet sich auf seiner Miene ab, als er die Schüssel herauszieht.

»Ich verstehe das. Wirklich. Ich habe mich mehr als einmal gefragt, ob es richtig ist, in der Vergangenheit meiner Großmutter herumzuschnüffeln, aber ich kann einfach nicht anders. Die Wahrheit ist wichtiger.«

Er entriegelt die Tür und öffnet sie. »Das hört sich mehr nach Journalistin als nach Politikerin an. Sie sollten sich vorsehen, Avery Stafford. Diese Form des Idealismus fliegt Ihnen in der Politik nur allzu leicht um die Ohren.«

»Das hört sich nach jemandem an, der mit der falschen Art Politiker zu tun hatte«, gebe ich gereizt zurück. Dieses Gerede kenne ich mehr als gut; Leslie hat mich beschworen, nicht zu anspruchsvoll zu sein und keine unrealistischen Erwartungen an einen Senatssitz zu haben. Sie vergisst dabei, dass ich mein ganzes Leben gezwungen war, auf Fremde zu hören – von der Entscheidung über das, was wir anziehen sollen, bis hin zu den Kosten für die Privatschulen, die wir besucht haben. Fremde und Freunde, alle haben überall ihren Senf dazugegeben. »In meiner Familie bedeutet der Begriff Dienst an der Öffentlichkeit immer noch, dass wir der Öffentlichkeit dienen.«

Seine Miene ist ausdruckslos; ich habe keine Ahnung, ob er mir zustimmt oder nicht. »Dann wird Ihnen vermutlich nicht gefallen, was Sie gleich über die Tennessee Children's Home Society erfahren werden. Denn es ist keine schöne Geschichte, egal, aus welcher Perspektive man es betrachtet.«

»Wieso?«

»Der Ruf der Gesellschaft war absolut tadellos, und die Frau, die sie betrieben hat, Georgia Tann, hat sich in den besten Kreisen bewegt. Sie hat größten Respekt genossen, und die Leute haben sie für ihre Arbeit bewundert. Sie hat die allgemeine Ansicht, dass Waisen sozusagen nutzlose Geschöpfe sind, von Grund auf verändert. Aber in Wahrheit war die Tennessee Children's Home Society ein einziger Sumpf, verdorben bis ins Mark. Es ist kein Wunder, dass mein Großvater nie über das reden wollte, was er in dieser Hütte getan hat. Die Geschichten sind unfassbar traurig und grauenvoll; und es gibt Zehntausende davon. Diese Leute haben mit Kindern gehandelt. Georgia Tann hat ein Vermögen damit verdient, kinderlosen Leuten enorme Summen für die Adoption, den Transport und die Vermittlung in andere Staaten abzuknöpfen. Sie hat armen Leuten die Kinder weggenommen und sie dann an Promis und Leute mit politischem Einfluss verhökert. Miss Tann hatte nicht nur die Polizei in der Tasche, sondern auch Richter am Familiengericht. Sie hat Frauen auf der Wöchnerinnenstation weichgeklopft, die Formulare für die Übertragung des Sorgerechts zu unterzeichnen, während sie noch von der Narkose halb weggetreten waren. Sie hat ihnen erzählt, ihre Babys seien tot, obwohl es gar nicht so war.« Er zieht ein Blatt Papier aus der Hosentasche und reicht es mir. »Hier erfahren Sie etwas mehr darüber. Ich habe das heute zwischen zwei Terminen für Sie ausgedruckt.«

Es ist ein alter Zeitungsartikel. Die Schlagzeile ist eindeutig. »*Mutter der Adoption* womöglich produktivste Serienmörderin?«

Trent bleibt stehen und wartet darauf, dass ich den Artikel lese. »Niemand ist je hierhergekommen, außer meinem Großvater und gelegentlich einem Mandanten – nicht mal meine Großmutter. Aber sie hat sein Interesse an diesem Thema nie geteilt. Ich habe Ihnen ja schon gesagt, dass es ihr lieber gewesen wäre, das Ganze wäre nie ans Licht gekommen. Und vielleicht hatte sie ja recht. Am Ende wird mein Großvater es vermutlich genauso gesehen haben. Er wollte, dass ich die Hütte ausräume und alles vernichte, was hier noch herumliegt. Ich muss Sie warnen, bevor wir reingehen, weil ich keine Ahnung habe, was sich auf der anderen Seite dieser Tür befindet.«

»Ich verstehe. Aber ich ... ich war Bundesanwältin in Maryland. Mich schockt so schnell nichts mehr.«

Trotzdem ist allein die Überschrift des Artikels ein Schock. Es besteht kein Zweifel, dass Trent mich erst einen Fuß in diese Hütte setzen lässt, wenn ich ihn gelesen habe und gewarnt bin. Ich soll verstehen, dass uns keine herzerwärmenden Storys über einsame Waisen erwarten, die endlich ein schönes neues Zuhause gefunden haben.

Also fange ich an zu lesen.

*Einst als die »Mutter der Adoption« bezeichnet und von bedeutenden Persönlichkeiten wie Eleanor Roosevelt konsultiert, um das Adoptionsverfahren in den Vereinigten Staaten zu reformieren, hat Georgia Tann zwischen den Zwanziger- und Fünfzigerjahren die Vermittlung von Tausenden von Kindern ermöglicht. Darüber hinaus betrieb sie ein Netzwerk, bei dem unter ihrer Führung sage und schreibe der Tod von über fünfhundert Säuglingen und Kindern entweder durch ein Versehen oder absichtlich herbeigeführt wurde.*

*»Viele der Kinder waren keine Waisen«, erklärt Mary Sykes, die gemeinsam mit ihrer kleinen Schwester als Vierjährige von der Veranda ihrer damals unverheirateten Mutter gestohlen und in die Obhut der Tennessee Children's Home Society übergeben wurde. »Viele hatten liebende und fürsorgliche Eltern. Die Kinder wurden häufig am helllichten Tag geraubt, und die Eltern hatten keinerlei Chance, auch wenn sie vor Gericht noch so erbittert darum gekämpft haben, das Sorgerecht zurückzugewinnen.« Mrs. Sykes lebte drei Jahre in einem großen Heim, das von Georgia Tann und dem Netzwerk ihrer Mitarbeiterinnen betrieben wurde.*

*Mary Sykes' kleine Schwester, die gerade einmal sechs Monate alt war, als eine Frau, die sich als Gemeindeschwester ausgegeben hatte, die beiden Mädchen mitnahm, blieb nur zwei Monate in besagtem Heim.*

*»Die Babys haben weder angemessene Nahrung noch die erforderliche medizinische Hilfe bekommen«, sagte Mrs. Sykes. »Ich weiß noch, dass ich in einem Raum voller Gitterbettchen auf dem Boden saß und durch die Stäbe hindurch den Arm meiner Schwester gestreichelt habe, die zu schwach und dehydriert war, um noch zu*

*schreien. Niemand hat ihr geholfen. Als sich herausstellte, dass sie sich nicht erholen würde, hat eine Aufpasserin sie in eine Schachtel gelegt und mitgenommen. Ich habe sie nie wieder gesehen. Später habe ich gehört, dass sie Babys, die krank waren oder zu viel geschrien haben, einfach auf einem Leiterwagen in die Sonne gebracht und dort stehen gelassen haben. Ich habe selbst Kinder, Enkel und mittlerweile sogar Urenkel. Ich kann mir beim besten Willen nicht vorstellen, wie jemand so etwas tun kann, und trotzdem war es genau so. Man hat uns ans Bett oder an den Stuhl gebunden, uns geschlagen, in der Badewanne unter Wasser getaucht und missbraucht. Es war der reinste Horror.«*

*Über drei Jahrzehnte hinweg verschwanden massenhaft Kinder, die sich in der Obhut der TCHS befanden, spurlos, häufig auch all ihre Dokumente, so dass es quasi keinerlei Beweis gab, dass sie jemals gelebt haben. Familienmitgliedern, die ihre Kinder gesucht haben oder vor Gericht gegangen sind, wurde mitgeteilt, das betroffene Kind sei adoptiert worden und die Unterlagen müssten unter Verschluss bleiben.*

*Dank des Schutzes von Hull Crump, Memphis' großem politischen Macher, konnte Georgia Tanns Netzwerk ungehindert operieren.*

Der Rest des Artikels liefert weitere Details darüber, wie die Kinder an Hollywood-Prominenz und andere reiche Menschen verhökert wurden, über die leidgeprüften leiblichen Eltern und den körperlichen und sexuellen Missbrauch. In den letzten Zeilen wird ein Mann zitiert, der eine Webseite namens *The Lost Lambs* betreibt.

*Die Zweigstelle der Tennessee Children's Home Society in Memphis hatte praktisch überall ihre Kundschafter – im Sozialamt, in Krankenhäusern, in armen Wohngegenden und Elendsvierteln. Sozialarbeiter und andere Offizielle, die sich Miss Tann womöglich in den Weg gestellt hätten, wurden bestochen, Adoptiveltern wurden erpresst, mehr Geld zu bezahlen, oder man drohte, ihnen die Kinder wieder wegzunehmen. Georgia Tann hat systematisch Boss Crump und die Familiengerichte hinter sich gebracht, sich deren Schutz gesichert und nach Gutdünken in Leben und Schicksal anderer Menschen eingegriffen. Sie hat Gott gespielt, anscheinend ohne auch nur einen Funken Reue zu empfinden. Am Ende starb sie an Krebs, bevor sie für ihre Machenschaften zur Rechenschaft gezogen werden konnte. Einflussreiche Leute wollten den Fall abgeschlossen sehen, und genauso kam es auch.«*

»Das ist …« Ich halte inne, suche nach dem passenden Wort. *Unglaublich*, liegt mir auf der Zunge, aber das ist nicht das richtige. »… *grauenvoll*. Kaum vorstellbar, dass so etwas wirklich passiert ist, und noch dazu in diesem Ausmaß … und über Jahre hinweg.«

»Die TCHS wurde erst 1950 aufgelöst.« Trent ist genauso entsetzt und erschüttert wie ich. Und wütend. Mary Sykes' Schilderung, wie sie ihre sterbende kleine Schwester gestreichelt hat, lässt mich unwillkürlich an meine Nichten und Neffen und ihre enge Verbundenheit untereinander und mit ihren Eltern denken. Meine Schwester hat sich oft zu den Drillingen gelegt und ist neben ihnen eingeschlafen, wenn sie nachts geweint haben.

»Ich … das ist unvorstellbar.« Ich hatte in meiner Laufbahn Fälle von Missbrauch und von Korruption auf dem

Tisch, aber das Ausmaß dieser Machenschaften ist einfach unfassbar. Dutzende und Aberdutzende Menschen müssen gewusst haben, was sich abgespielt hat. »Wie konnten all diese Leute einfach die Augen verschließen?«

Erst jetzt dämmert es mir. Meine Familie stammt aus Tennessee. Politiker, einflussreich, in unterschiedlichen offiziellen Funktionen – Richter, bei der Polizei. Wussten auch sie von diesen Machenschaften? Haben sie weggesehen? Hat Grandma Judy deshalb Kontakt zu Trent Turner senior aufgenommen? Hat sie versucht, irgendwelche Verfehlungen der Familie wiedergutzumachen?

Vielleicht wollte sie auch nur verhindern, dass ans Licht kam, dass ihre Familie mit diesen Ungeheuern kooperiert, sie womöglich sogar unterstützt hat.

Ich spüre, wie mir sämtliches Blut aus dem Gesicht weicht, und muss mich an der Wand abstützen. Trotz der abendlichen Wärme fühlen sich meine Wangen eiskalt an.

Trent mustert mich besorgt. »Sind Sie sicher, dass Sie das wirklich wollen?«

Er scheint sich seiner Sache genauso wenig sicher zu sein wie ich. Wir sind wie zwei Kinder, die sich auf verbotenes Gelände wagen. Hofft er darauf, dass ich es mir anders überlege und uns beiden dadurch erspare, was auch immer uns dort drin erwartet?

»Früher oder später kommt die Wahrheit sowieso ans Licht. Ich gehöre zu den Leuten, die lieber wissen wollen, womit sie es zu tun haben«, sage ich. Doch schon als die Worte über meine Lippen kommen, regen sich leise Zweifel in mir. Ich war mir immer so sicher, dass meine Familie über jeden Zweifel erhaben ist, schon seit ich denken kann. Dass unser Leben ein offenes Buch ist. Aber vielleicht war das ja naiv. Was, wenn ich mich all die Jahre geirrt habe?

Trent blickt auf seine Schuhe, tritt eine einzelne Muschelschale von der Veranda, die gegen einen leuchtend roten Spielzeugtraktor fliegt. »Ich fürchte, ich werde gleich erfahren, dass die Adoption meines Großvaters ähnlich abgelaufen ist, wie es in diesem Artikel steht – einige Kinder wurden Beamten übergeben, damit sie den Mund halten und wegsehen. Der Adoptivvater meines Großvaters war Sergeant bei der Polizei von Memphis. Garantiert hat er kein Vermögen für eine Adoption hinblättern können …« Er beendet den Satz nicht, und ich merke ihm an, dass er genauso große Angst hat wie ich. Lastet auf uns die Schuld an den Sünden der vorherigen Generationen? Und falls ja – können wir sie auch tragen?

Trent öffnet die Tür zur Hütte. Und vielleicht zu Grandma Judys Geheimnis.

Der Raum ist niedrig, voller Schatten. Die einst weiß getünchten Wände sind grau und mit Rissen überzogen. Die Fensterscheiben hängen schief in den Rahmen. Es riecht nach Staub, nach Schimmel und nach etwas, das ich im ersten Moment nicht recht zuordnen kann. Pfeifentabak. Augenblicklich muss ich an Grandpa Stafford denken – in seinem Arbeitszimmer im Haus in der Lagniappe Street hat es auch immer so gerochen.

Trent knipst das Licht an. Eine Glühbirne in einer Art-déco-Lampe, die so gar nicht zum Rest der Einrichtung passen will, erwacht flackernd zum Leben. Ich erblicke einen ausladenden Schreibtisch, zwei Aktenschränke, einen kleinen Holztisch und zwei Stühle. Auf dem Schreibtisch steht ein schwarzes Telefon mit Wählscheibe, daneben ein Behälter mit Holzbleistiften, ein Hefter, ein Locher, ein schmutziger Aschenbecher, eine Schreibtischlampe mit flexiblem Arm und eine olivgrüne elektrische Schreibmaschine. Regale an den

Wänden biegen sich unter der Last von Büchern, Zeitschriften, Aktenordnern und losen Unterlagen.

Seufzend fährt Trent sich mit der Hand durchs Haar. Er wirkt viel zu groß für den winzigen Raum; nur wenige Zentimeter trennen seinen Kopf von den Dachbalken, die, wie ich erst jetzt bemerke, von Hand gezimmert und mit allerlei Kerben versehen sind; womöglich stammen sie von geborgenen Schiffswracks.

»Alles in Ordnung?«, frage ich.

Er schüttelt den Kopf, dann zuckt er mit den Achseln und deutet auf einen Hut, einen alten Schirm mit einem geschnitzten Drachen als Griff und ein Paar blaue Segeltuchschuhe, allesamt neben dem Kleiderhaken, als würden sie nur darauf warten, dass ihr Besitzer zurückkehrt. »Es fühlt sich an, als wäre er hier, verstehen Sie? Das ist sein Geruch, wie ich ihn in Erinnerung habe.«

Er öffnet die Läden. Mein Blick fällt auf große Pinnwände.

»Sehen Sie nur.« Meine Stimme ist heiser.

Dutzende von Fotos sind hier befestigt, einige leuchtend bunt und nagelneu, andere in den ausgebleichten Sepiatönen alter Polaroids, wieder andere in Schwarz-Weiß, mit Daten auf den weißen Rändern: Juli 1941, Dezember 1936, April 1952 …

Trent und ich schauen uns die Pinnwände an, jeder in seine eigenen Gedanken versunken, ehrfürchtig und entsetzt zugleich. Mein Blick schweift über die Fotos – Kinder- neben Erwachsenengesichtern. Die Ähnlichkeit ist unverkennbar. Es handelt sich um Mütter und Väter sowie ihre Kinder; vermutlich Familien, die durch die Adoption getrennt wurden. Die Kinderfotos hängen wiederum neben Fotos, die sie als Erwachsene zeigen.

Ich blicke in die Augen einer bildschönen Frau mit einem

Baby auf der Hüfte und einem vor Lebenslust strahlenden Lächeln. Sie trägt ein viel zu weites Kleid und eine Schürze, die sie wie ein kleines Mädchen aussehen lassen, das Verkleiden spielt. Sie kann nicht älter als fünfzehn oder sechzehn sein.

*Was könntest du mir erzählen?*, denke ich. *Was ist mit dir passiert?*

Neben mir hebt Trent einige der Fotos an. Darunter sind noch weitere Aufnahmen verborgen. Trent senior war ein höchst gewissenhafter Mann.

»Es steht nichts auf der Rückseite«, sagt er. »Wahrscheinlich deshalb konnte er mich unbesorgt bitten, sie wegzuwerfen. Man erkennt die Leute nur, wenn man ohnehin weiß, wer sie sind.«

Ein Anflug von Traurigkeit kommt in mir auf, doch dann bleibt mein Blick auf einem Foto von vier Frauen hängen, die Arm in Arm an einem Strand stehen. Obwohl es sich um eine Schwarz-Weiß-Aufnahme handelt, kann ich die leuchtenden Farben ihrer Sechzigerjahrekleider und ihrer breitkrempigen Hüte förmlich sehen, die Sonne, die sich in ihren blonden Lockenmähnen fängt.

Eine von ihnen ist meine Großmutter. Das Libellenarmband hängt am Gelenk der Hand, mit der sie ihren Hut festhält.

Die drei anderen Frauen besitzen eine gewisse Ähnlichkeit mit meiner Großmutter – dasselbe blonde Haar, dieselben hellen Augen, vermutlich blau. Sie könnten verwandt sein, aber ich erkenne keine von ihnen wieder. Und jede von ihnen trägt ein Libellenarmband, das aussieht wie das meiner Großmutter.

Im Hintergrund hocken inmitten von Plastikeimerchen mehrere kleine Jungs am Ufer und bauen eine Sandburg.

*Ist einer von ihnen mein Vater?*

Ich will nach dem Foto greifen, aber es hängt zu hoch, deshalb nimmt Trent es für mich ab. Als er die Reißzwecke löst, trudelt etwas Kleines, Weißes zu Boden. Noch bevor ich mich bücke, um es aufzuheben, erkenne ich es wieder.

Ein größerer Abzug davon befindet sich in dem Perlmuttrahmen auf May Crandalls Nachttisch im Pflegeheim.

Eine Stimme ertönt, doch mein Blick hängt so gebannt an dieser Aufnahme, dass ich kaum mitbekomme, dass es meine eigene ist. »Ich habe dieses Foto schon mal gesehen.«

## KAPITEL 18

### Rill

Im Haus ist es stockdunkel. Nirgendwo brennt Licht, und die Vorhänge sind zugezogen, so dass nicht einmal das Mondlicht hereinfällt. Rings um mich herum höre ich die anderen Kinder im Schlaf leise wimmern und mit den Zähnen knirschen. Nach all der Zeit, die ich im Keller eingesperrt war, ist es tröstlich, nicht länger allein sein zu müssen, aber leider bin ich hier nicht sicher. Die Mädchen erzählen allerhand. Dass Mr. Riggs in manchen Nächten vorbeikäme und sich irgendein Kind holen würde – vorzugsweise eines der kleineren, weil er die leicht tragen kann.

Ich bin zu groß. Hoffentlich. Aber ich bin nicht scharf darauf, es zu überprüfen.

Ganz leise gleite ich unter meiner Decke hervor und schleiche auf Zehenspitzen durch den Saal. Zuvor habe ich den Fußboden bereits durchprobiert und weiß, welche Dielen knarzen, wie viele Schritte es bis zur Tür und zur Treppe sind und wie ich am besten am Aufenthaltsraum neben der Küche vorbeikomme, wo die Aufpasserinnen auf ihren Stühlen dösen. James hat mir haarklein geschildert, wie er sich nachts nach unten geschlichen hat, um Mrs. Murphys Kekse aus der Küche zu stehlen, deshalb bin ich bestens informiert. Doch am Ende hat es James nichts genützt, deshalb muss ich ganz vorsichtig sein, wenn ich es schaffen will, nach draußen zu gelangen, um Silas zu sagen, dass ich noch einen Tag warten werde, bis Fern zurückgebracht wird. Sobald sie hier ist, nehme ich sie mit, und Silas wird uns nach Hause bringen, zum Fluss, und dieser schreckliche Albtraum hat ein Ende.

*Aber was, wenn Briny und Queenie mich nach allem, was ich angerichtet habe, gar nicht mehr wollen? Vielleicht hassen sie mich ja genauso wie ich mich selbst? Vielleicht sehen sie ja bloß ein mageres, abstoßendes Ding, wenn sie mich heute erblicken?*

Ich zwinge mich, die Gedanken beiseitezuschieben, denn manchmal können Gedanken einen verrückt machen. Aber das darf jetzt nicht passieren, weil ich ganz genau aufpassen muss, dass nichts schiefläuft.

Es ist keineswegs so schwierig, wie ich dachte. Im Handumdrehen bin ich die Treppe hinuntergeschlichen. Licht dringt aus der Küche; jemand schnarcht laut. Ich sehe ein Paar Füße neben der Tür, gespreizt wie Mottenflügel. Ich sehe nicht einmal hin, um herauszufinden, wem sie gehören, sondern schlüpfe daran vorbei, an der Wand neben dem Kamin entlang, so wie James es mir gesagt hat, ganz vorsichtig, um keine knarrende Bodendiele zu erwischen. Der zerrissene Saum meines Nachthemds verfängt sich im Kamingitter. Ich bilde mir ein, dass es ein Geräusch von sich gibt. Die Fliegentür der Waschküche quietscht wirklich ein bisschen, als ich sie öffnen will. Ich erstarre, halte den Atem an, lausche, doch da ist nichts.

Ich trete hinaus. Die Planken auf der Veranda sind feucht vom Tau, so wie das Deck der *Arcadia*. Die Luft ist erfüllt vom Zirpen der Laubheuschrecken und Zikaden; es ist fast, als würde der ganze Himmel vibrieren, und Millionen und Abermillionen Sterne glitzern über mir, während der Halbmond tief und schwer am Himmel hängt und mir sein in der Regentonne glitzernder Zwillingsbruder zu folgen scheint, als ich mich daran vorbeipirsche.

Plötzlich bin ich wieder zu Hause, eingehüllt in die Decke aus Nacht und Sternen. Die Decke ist ein Teil von mir, ich bin ein Teil von ihr. Niemand kann mich mehr berühren. Niemand kann uns voneinander unterscheiden. Wir sind eins.

Ein Ochsenfrosch quakt, Nachtvögel zwitschern, als ich über den Hof haste. Das dünne weiße Nachthemd streicht an meinen Beinen entlang. Ich krieche unter die Stechpalmen und stoße einen Nachtschwalbenruf aus.

Sekunden später ertönt das Echo. Ich lächle, atme den süßen, schweren Jasminduft ein, während ich in Richtung des Geräusches laufe und durch das Versteck der Jungs bis zum Zaun robbe. Silas kauert auf der anderen Seite. Im Mondschein kann ich sein Gesicht nicht sehen, sondern bloß die Umrisse seiner Schiebermütze und seine knochigen Knie, als er durch die Gitterstäbe greift.

»Los«, flüstert er und zerrt an einem, als wollte er ihn mit bloßen Händen abreißen. »Den hier hab ich fast durch. Ich muss nur noch …«

Ich packe seine Hand. Wenn er den Gitterstab komplett herausnimmt, werden es die Jungs sehen. »Ich kann nicht«, flüstere ich, obwohl alles in mir *Los, lauf!* schreit. »Ich kann noch nicht weg. Fern kommt zurück. Die Leute, die sie haben, wollen sie nicht mehr. Ich muss bis morgen Nacht warten, dann kann ich sie mitnehmen.«

»Du musst jetzt gleich mitkommen. Ich komme zurück und hole Fern.«

Zweifel keimen in mir auf. »Nein. Wenn sie gemerkt haben, dass ich weg bin, und das Loch im Zaun finden, kriegen wir sie nie im Leben hier heraus. Ich kann mich morgen Nacht noch mal herschleichen. Außerdem ist da noch ein kleiner Junge, Stevie. Er ist auch vom Fluss. Ich kann ihn nicht einfach hierlassen.« Aber wie soll ich das anstellen? Ich weiß zwar, wo Stevie schläft, aber ihn aus dem Saal für die Kleinkinder zu holen, mir dann Fern zu schnappen, ohne dass es jemand mitbekommt …

Es scheint unmöglich.

Trotzdem fühle ich mich besser, jetzt, wo Silas hier ist. Mutiger. So als könnte ich alles schaffen. Ich werde einen Weg finden. Ich kann Fern nicht hierlassen, und Stevie genauso wenig. Sie gehören auf den Fluss. Sie gehören zu uns. Mrs. Murphy und Miss Tann haben uns schon genug gestohlen. Ich will es zurück. Ich will wieder Rill Foss sein.

Und ich will meine Schwestern und meinen kleinen Bruder wiederfinden und auf die *Arcadia* zurückbringen. Genau das werde ich auch tun.

Silas streckt die Hand nach mir aus. Seine langen, dürren Arme umschlingen mich. Seine Mütze fällt herunter, als ich mich gegen ihn sinken lasse. Seine Stirn liegt an meiner Wange, sein rabenschwarzes Haar kitzelt mich.

»Ich will nicht, dass du da wieder reingehst.« Er streicht mir über den Kopf, sanft und vorsichtig. Mein Herzschlag beschleunigt sich.

Nur unter Aufbietung all meiner Willenskraft gelingt es mir, nicht durch diesen Zaun zu entfliehen. »Es ist ja nur ein Tag.«

»Ich komme morgen Nacht wieder«, verspricht er.

Und dann küsst er mich auf die Wange. Ich erschaudere, kneife die Augen ganz fest zusammen.

Noch nie ist mir etwas so schwergefallen, wie ihn zu verlassen. Ich krieche zurück, während er Erde auf das Gitter häuft, damit niemand die Schnittstellen im Metall sieht. Ich kann nur hoffen, dass die Stange nicht herausbricht, falls sich einer der größeren Jungs versehentlich dagegen lehnt.

Es fühlt sich an, als wäre ich zurück im Haus und im Obergeschoss, ohne auch nur ein einziges Mal Luft geholt zu haben. Ich bleibe oben an der Treppe stehen und lausche, ehe ich um den Absatz herum und in den Korridor trete, wo wir uns für das Bad anstellen.

Durch das Fenster im Treppenhaus fällt Mondlicht, und es ist still. Eines der Kinder spricht im Schlaf. Ich erstarre, doch das Kind verstummt.

Noch fünfzehn Schritte, dann bin ich im Saal bei den anderen. Ich habe es geschafft. Morgen wird es sogar noch einfacher sein. James hatte recht. Wenn man es halbwegs schlau anstellt, kann man hier so einiges hinkriegen.

Ich kann sie alle an der Nase herumführen. Der Gedanke setzt sich in meinem Kopf fest; es ist, als hätte ich ihnen etwas genommen, das sie mir zuvor gestohlen haben. Etwas, das mir gehört hat. Jetzt bin ich diejenige, die die Macht hat. Wenn wir erst wieder auf der *Arcadia* sind und der Fluss uns fortbringt, werde ich all das hier vergessen. Ich werde niemandem je erzählen, was hier passiert ist, auf diese Weise wird es sein, als wäre es niemals passiert.

Es wird nur ein böser Traum mit bösen Menschen sein.

Ich bin so in Gedanken, dass ich auf eine falsche Bodendiele trete. Sie knarrt. Erschrocken schnappe ich nach Luft, sehe nach unten. Eigentlich bleibt mir nur eins: Ich muss mich beeilen, falls eine der Aufpasserinnen kommt und nachsieht. Wenn ich im Bett liege, können sie unmöglich sagen, wer es war…

Ich sehe Mr. Riggs erst, als ich praktisch mit ihm zusammenstoße. Er kommt aus dem Saal der Kleinkinder. Er stolpert, weicht zurück, ebenso wie ich, knallt mit der Schulter gegen die Wand und keucht.

Ich drehe mich um und will weglaufen, aber er packt mich am Nachthemd und bei den Haaren, presst mir seine Pranke auf den Mund. Der Geruch nach Schweiß, Whiskey, Tabak und Kohlestaub steigt mir in die Nase. Er reißt meinen Kopf so weit nach hinten, dass ich denke: *Er bricht mir das Genick, jetzt und hier. Er bricht mir das Genick, stößt mich die Treppe hinunter und behauptet, ich sei gefallen. So endet es also …*

Ich starre ihn an. Er sieht sich suchend um, überlegt, wohin er mich schleppen kann. Ich darf nicht zulassen, dass er mich in den Keller bringt, sonst bin ich tot. Das weiß ich ganz genau. Fern kommt morgen zurück, und ich werde nicht hier sein.

Er schwankt, tritt mir mit seinem Stiefel mit voller Wucht auf den Fuß. Sterne tanzen vor meinen Augen, und ein Stöhnen dringt über meine Lippen. Er presst seine Hand noch fester auf meinen Mund, so dass ich keine Luft mehr bekomme. Ich höre mein Genick knacken, winde mich, versuche, mich aus seinem Griff zu befreien, doch er drückt nur noch fester zu, hebt mich hoch und zerrt mich den Korridor hinunter in die Schatten neben der Badezimmertür. Seine Finger tasten nach dem Türgriff. Ich wimmere, zapple, zerre, bis er ein dumpfes Grollen ausstößt und mich gegen die Wand presst, um die Tür öffnen zu können. Sein Bauch drückt gegen meinen Brustkasten, vor meinen Augen tanzen schwarze Punkte, meine Lunge brennt, als ich um Atem ringe.

Sein Gesicht schwebt direkt vor mir. »D-du und ich k-können Freunde sein. Ich geb dir auch P-Pfefferminz und K-Kekse, a-alles, was du willst. Wir k-k-können beste Freunde sein, du und ich.« Er streicht mit der Wange an meinem Kinn und meiner Schulter entlang. Seine Bartstoppeln fühlen sich rau an, als er an meinen Haaren riecht und dann das Gesicht in meinem Nachthemd vergräbt. »D-du riechst nach frischer

Luft. H-hast du d-dich mit einem J-Jungen getroffen? H-hast du wieder einen F-Freund?«

Seine Stimme dringt wie aus weiter Ferne an meine Ohren, echot wie ein Nebelhorn an einem Wintermorgen auf dem Fluss. Meine Knie geben nach. Meine Beine prickeln zuerst, dann fühlen sie sich ganz taub an. Ich spüre nichts mehr, weder die Wand hinter mir noch das Gewicht seines Körpers. Meine Rippen pumpen wie die Kiemen eines Fisches, wenn er an der Angel hängt.

Glitzernde Feen tanzen vor meine Augen.

Nein!, sage ich mir. Nein! Doch ich kann mich nicht mehr wehren. Mein Körper existiert nicht länger. Vielleicht ersticke ich ja und sterbe. Ich hoffe es.

In diesem Moment lässt er mich los, und die Wärme seines Körpers weicht schneidender Kälte, während sich meine Lunge mit Luft füllt. Ich rutsche an der Wand hinab, sinke auf dem Boden in mich zusammen, versuche aber, auf die Füße zu kommen, obwohl sich rings um mich herum alles dreht.

»Mr. Riggs?« Die scharfe Stimme einer Aufpasserin dringt herauf. »Was haben Sie um diese Uhrzeit dort oben zu suchen?«

Mein Blick klärt sich. Mr. Riggs steht direkt vor mir, so dass sie mich nicht sehen kann. Ich ziehe mich noch weiter in die Schatten zurück, presse mich mit dem Rücken gegen die Wand. Wenn sie mich hier erwischen, bin ich diejenige, die Ärger bekommt, nicht er. Ich werde wieder eingeschlossen ... oder sogar noch Schlimmeres.

»H-hab vor einer Weile Donner gehört. M-muss die F-Fenster schließen.«

Die Aufpasserin tritt um den Treppenabsatz herum. Das Mondlicht fällt auf sie – es ist die neue. Die Nachfolgerin von

Miss Dodd. Ich weiß nicht viel über sie, kann nicht sagen, ob sie nett ist oder gemein. Sie klingt jedenfalls gemein. Es passt ihr nicht, dass Riggs sich hier oben herumdrückt, so viel steht fest, aber wenn sie ihm Ärger macht, wird sie nicht lange hier sein.

»Ich hab nichts gehört.« Sie dreht sich hin und her, sieht zu den Schlafsälen hinüber.

»I-ich hab's draußen gehört. W-waren streunende Katzen, die sich g-gezankt haben. A-aber ich hab sie mit dem Gewehr erschossen.«

»Gütiger Himmel, Sie hätten das ganze Haus aufwecken können. Die Katzen hätten doch niemandem etwas getan.«

»A-aber Cousine I-Ida will nicht, dass sich i-irgendwas hier rumtreibt, was nicht h-hergehört.« Cousine Ida ist Mrs. Murphy. Und mit der Bemerkung will er die Aufpasserin auf ihren Platz verweisen.

»Ich sehe selbst nach den Fenstern.« Sie lässt sich nicht einschüchtern, allerdings bin ich nicht sicher, ob ich froh darüber sein soll oder nicht. Wenn sie näher kommt, wird sie mich sehen; falls nicht, zerrt Riggs mich ins Badezimmer, sobald sie verschwunden ist. »Sie brauchen Ihren kostbaren Schlaf nicht zu opfern, Mr. Riggs, schließlich werde ich dafür bezahlt, nachts auf die Kinder achtzugeben.«

Schwankend tritt er auf sie zu, vertritt ihr den Weg, so dass die beiden Schatten zu einem verschmelzen, und flüstert etwas, das ich nicht verstehen kann.

»Mr. Riggs!« Ich sehe, wie sich ihre Hand für einen Moment aus dem Schatten löst und wieder mit ihm verschmilzt. Ein lautes Klatschen von Haut auf Haut ertönt. »Haben Sie etwa getrunken?«

»I-ich hab gesehen, wie S-Sie mich ansehen.«

»Ich habe eindeutig nichts dergleichen getan.«

»S-Sie werden jetzt ein b-bisschen nett zu mir sein, s-sonst sag ich's Cousine Ida. S-sie mag es nicht, w-wenn Leute mich ärgern.«

Sie presst sich an die Wand und schiebt sich an ihm vorbei. Er macht keine Anstalten, sie daran zu hindern. »Sie werden mich in Ruhe lassen, sonst ... sonst sage ich es ihr selbst. Ich werde ihr sagen, dass Sie betrunken waren und mich belästigt haben.«

Er wankt in Richtung Treppe. »Sie sollten l-lieber mal nach den kleinen Jungs sehen. D-d-da ist einer aus dem Bett gefallen.« Mit schweren Schritten stampft er die Treppe hinunter, wobei die Stufen ächzen und stöhnen.

Die Arme um den Oberkörper geschlungen, steht sie einen Moment lang da und sieht ihm hinterher, ehe sie sich dem Schlafsaal der Kleinen zuwendet. Mit zittrigen Beinen haste ich zurück in unseren Schlafsaal, lege mich ins Bett und ziehe mir die Decke bis zum Kinn, was sich als kluger Entschluss entpuppt, denn als Nächstes kommt sie zu uns – offenbar weil Riggs sich in der Nähe unserer Tür herumgedrückt hat.

Sie geht an den Betten entlang, hebt jede Decke an und mustert uns, als würde sie nach etwas suchen. Als sie vor meinem Bett stehen bleibt, zwinge ich mich, ganz tief und ruhig zu atmen und nicht zusammenzuzucken, als sie meine Decke anhebt. Vielleicht fragt sie sich ja, wieso ich mich bei dieser Bullenhitze so fest eingehüllt habe. Vielleicht riecht sie ebenso wie Riggs, dass ich gerade draußen war.

Sie bleibt eine ganze Weile neben mir stehen.

Schließlich wendet sie sich ab und geht, während ich zurückbleibe und an die Decke starre. *Noch ein Tag*, sage ich mir. *Nur noch einen Tag musst du aushalten.*

Wieder und wieder sage ich mir diese Worte, wie ein Versprechen. Ich muss es tun. Wenn nicht, würde ich das Fliegengitter vom Fenster reißen und in die Tiefe springen, in der Hoffnung, dass ich dabei sterbe.

Ich kann so nicht leben.

Mit diesem Gedanken drifte ich in den Schlaf zurück.

Irgendwann graut der Morgen. Ich wache auf, döse noch einmal ein, während ich darauf warte, dass uns die Aufpasserinnen sagen, wir sollen aufstehen und uns anziehen. Ich weiß inzwischen, dass ich so lange liegen bleiben muss – Mrs. Pulnik hat mir genau erklärt, wie es oben im Schlafsaal läuft, bevor sie mir mein Bett und den kleinen Korb darunter gezeigt hat, in dem wir unsere Sachen aufbewahren sollen.

Aber ich werde diesen Korb nicht lange brauchen. Nein, heute Nacht werde ich uns von hier wegbringen. Ich werde mir Fern und Stevie schnappen und abhauen, völlig egal, was dafür nötig ist. Und wenn ich dafür jemandem ein Küchenmesser in den Bauch rammen müsste, würde ich es tun. Ich werde mich von keinem aufhalten lassen.

Erst als ich zum Frühstück nach unten komme, stelle ich fest, dass es nicht ganz einfach werden wird, meine Versprechen auch zu halten – Mrs. Pulnik hat sandige Fußspuren in der Küche gefunden. Sie sind trocken, was ihr verrät, dass sie von heute Nacht stammen müssen. Sie enden am Fuß der Treppe, deshalb weiß sie nicht, wohin sie führen, aber sie sind ziemlich groß, deshalb können sie nicht von einem der kleineren Kinder stammen. Sie hat die größeren in einer Linie antreten lassen, und jeder muss sich neben die Abdrücke stellen, damit sie sehen kann, ob sie zu den Füßen passen.

Noch hat sie nicht gemerkt, dass ich ziemlich große Füße habe. Ich stehe also mit den anderen Mädchen neben dem Tisch, ziehe meine Zehen ein und hoffe darauf, dass sie nicht herübersieht.

*Vielleicht hat ja einer der Jungs gleich große Füße wie ich*, denke ich, obwohl mir klar ist, wie gemein das ist, weil ich einen Unschuldigen in Schwierigkeiten bringen würde. Und zwar in große. Mrs. Murphy ist ebenfalls anwesend, und sie schäumt vor Wut. Sie hält einen Schirm in der Hand, an dem der Stoff fehlt – zweifellos wird der Übeltäter eine Tracht Prügel kassieren, ehe er in den Schrank wandert.

Ich darf nicht in den Schrank gesperrt werden.

Aber kann ich einfach daneben stehen und zusehen, wie jemand anderes bestraft wird, obwohl ich doch die Schuldige bin? Das wäre kaum besser, als würde ich den Schirm selbst schwingen.

Ich sehe Riggs durch die Fliegengittertür vor der Waschküche stehen. Er nickt und lächelt mich an. Mir wird eiskalt.

Die neue Aufpasserin steht in der Ecke und verfolgt das Geschehen sichtlich beklommen. Ich sehe ihr an, dass sie so etwas noch nie erlebt hat. »Es ... ich könnte es auch gewesen sein«, platzt sie heraus. »Mr. Riggs hat etwas von streunenden Katzen gesagt, die sich draußen herumgetrieben haben, deshalb bin ich nach draußen gegangen, um sie zu verjagen.«

»Sie werden sich aus der Sache raushalten«, herrscht die Aufpasserin sie an. »Außerdem sind Ihre Füße viel zu klein. Los, raus damit, wen versuchen Sie zu decken?«

»Niemanden.«

Ihre dunklen Augen schweifen in meine Richtung.

Mrs. Murphy und Mrs. Pulnik versuchen, ihrem Blick zu folgen. Mit einem Mal ist es, als würde die Zeit stillstehen.

*Ruhig. Keinen Mucks*, denke ich. Wie erstarrt stehe ich da.

»V-vielleicht sind sie j-ja noch von gestern«, stammelt Mr. Riggs. »D-da ist üb-überall Dreck neben der Regentonne.« Im ersten Moment denke ich, er will mir helfen, aber dann dämmert mir, dass er bloß verhindern will, dass ich eingesperrt werde und er nicht an mich herankommt.

Mrs. Murphy winkt nur ab. »Du hältst den Mund. Du bist ohnehin viel zu nett zu diesen kleinen undankbaren Bastarden. Gib ihnen den kleinen Finger, und sie nehmen die ganze Hand.« Sie schlägt mit dem Schirm gegen ihre Handfläche. »Also … wenn es keiner der Jungs war … Wer könnte es dann gewesen sein?«

Dora, das Mädchen, das im Bett gegenüber von meinem geschlafen hat, lässt den Kopf in den Nacken fallen und kippt ohnmächtig um.

Keiner rührt sich.

»Tja, sie war es wohl nicht«, bemerkt Mrs. Murphy nur. »Aber wer war es dann?« Mrs. Murphy lässt den Schirm in ihrer Hand kreisen. »Tretet vom Tisch weg, Mädchen.« Ihre Augen funkeln. »Wollen wir doch mal sehen, wer unsere Cinderella ist.«

Das Läuten des Telefons lässt alle Anwesenden zusammenzucken. Dann stehen wir erneut da wie Statuen, selbst die Aufpasserinnen, während Mrs. Murphy überlegt, ob sie an den Apparat gehen soll oder nicht. Schließlich reißt sie abrupt den Hörer von der Gabel, doch sobald sie hört, wer sich am anderen Ende der Leitung befindet, wird ihre Stimme zuckersüß.

»Nun, einen schönen guten Morgen, Georgia. Wie nett, so früh von Ihnen zu hören.« Sie hält inne und lauscht. »Ja, oh ja, aber gewiss doch. Ich bin schon seit Stunden auf den Beinen. Aber lassen Sie mich in mein Büro gehen und von dort weiter ungestört mit Ihnen telefonieren.«

Die Worte rattern wie Gewehrfeuer durch die Leitung.

»Oh, verstehe, aber natürlich!« Mrs. Murphy legt den Schirm beiseite und presst sich die Hand gegen die Stirn, während sie die Zähne bleckt, so wie ich es bei Queenie in jener letzten Nacht auf dem Boot gesehen habe. »Gewiss, ja, wir werden es bis zehn Uhr schaffen, aber ich halte es trotzdem nicht für ratsam. Sie müssen wissen …«

Noch mehr unverständliche Worte dringen durchs Telefon, laut und schnell.

»Ja, ich verstehe, und wir werden rechtzeitig fertig sein«, presst Mrs. Murphy mit zusammengebissenen Zähnen hervor. Dann knallt sie den Hörer auf die Gabel, fährt herum und starrt mich mit zu Schlitzen verengten Augen und zusammengepressten Lippen an »Sorgen Sie dafür, dass sie sauber ist und ein Sonntagskleid trägt. Etwas, das zu ihren blauen Augen passt … etwas mit einer Trägerschürze. Miss Tann will sie um zehn im Hotel sehen.«

Mrs. Pulnik blickt ähnlich angewidert drein wie Mrs. Murphy – mich zu baden, mir das Haar zu bürsten und mir ein hübsches Kleid anzuziehen, ist so ziemlich das Letzte, was sie mit mir anstellen wollen. »Aber … sie …«

»Keine Widerrede!«, herrscht Mrs. Murphy sie an und gibt Dannyboy eine Kopfnuss – aus dem einfachen Grund, weil er direkt neben ihr steht. Die anderen Kinder ziehen die Köpfe ein, als sie mit dem Finger auf sie zeigt. »Und was habt ihr noch zu glotzen?«

Die Kinder wissen nicht, was sie tun sollen, deshalb bleiben sie einfach stehen und warten, bis Mrs. Murphy durch die Schwingtür rauscht, ehe sie sich auf ihre Stühle sinken lassen.

»Um dich kümmere ich mich höchstpersönlich.« Mrs. Pulnik packt mich brutal am Arm; mir ist völlig klar, dass sie sich an mir rächen wird, auf die eine oder auf die andere Art.

Aber ich weiß auch, dass es noch sehr viel schlimmer kommen könnte – es gibt die wildesten Geschichten über Kinder, die Miss Tann zu irgendwelchen Hotels gebracht haben wollte.

»Und passen Sie auf, dass sie am Ende keine blauen Flecke hat«, dringt Mrs. Murphys Stimme durch die Eingangshalle.

Ich bin also gerettet, andererseits auch wieder nicht. Mrs. Pulnik zerrt mich an den Haaren mit sich und gibt sich alle Mühe, mir die darauffolgende Stunde das Leben zur Hölle zu machen – was ihr gelingt. Als ich endlich zum Wagen geführt werde, wo Mrs. Murphy mich bereits erwartet, dröhnt mein Kopf, und meine Augen brennen von den Tränen, die ich nicht vergießen durfte.

Auf dem Weg zum Hotel spricht Mrs. Murphy kein Wort mit mir, wofür ich ihr mehr als dankbar bin. Mit einer Mischung aus Angst, Schmerzen und Besorgnis starre ich aus dem Fenster. Ich habe keine Ahnung, was mit mir passieren wird, aber schon jetzt ist mir klar, dass es nichts Gutes sein kann. Hier passiert nie etwas Gutes.

Wieder kommen wir am Fluss vorbei. Ich sehe die Schlepp- und Lastkähne und einen großen Schaufelraddampfer. Dampforgelklänge wehen herüber; unwillkürlich muss ich an Gabion denken, daran, wie er immer auf dem Deck der *Arcadia* getanzt hat, wenn einer der großen Showdampfer vorbeikam. Wir haben uns kaputtgelacht über ihn. Mein Herz schweift zum Wasser, und ich sehne mich danach, die *Arcadia* zu erblicken. Oder Old Zedes Boot oder irgendein anderes Hausboot, aber da ist nichts. Ein verwaistes Flusscamp gleitet vorüber – nichts als die verkohlten Reste eines Lagerfeuers, zertrampeltes Gras und ein Stapel Brennholz, den jemand gesammelt, aber nicht angezündet hat. Die Hausboote sind allesamt verschwunden.

Zum ersten Mal wird mir bewusst, dass es mittlerweile Oktober sein muss. Schon bald werden sich die Blätter der Ahorn- und der Eukalyptusbäume verfärben, und die Natur wird in satte Rot- und Gelbtöne getaucht sein. Die Flusszigeuner haben sich längst auf ihre lange, gemächliche Reise nach Süden gemacht, dorthin, wo die Winter warm sind und sich fette Welse im Wasser tummeln.

*Briny ist immer noch hier*, denke ich, doch mit einem Mal setzt sich ein anderer Gedanke in meinem Kopf fest – ich werde ihn niemals wiedersehen, genauso wenig wie Fern oder all die anderen geliebten Menschen in meinem Leben. Leere droht mich zu verschlingen, und ich kann nur eines tun – mich in mir selbst verlieren. Ich bin kaum bei mir, als der Wagen vor einem großen Gebäude anhält, höre kaum Mrs. Murphys Keifen, als sie schildert, was mir blüht, wenn ich mich nicht benehme. Es tut noch nicht einmal weh, als sie mich durch den Stoff meines Kleids hindurch kneift und erklärt, ich solle dort drinnen gefälligst alles tun, was man von mir verlangt … und dass ich gar nicht erst auf die Idee kommen solle, irgendjemandem etwas vorzulügen, zu flennen oder sonst etwas.

»Du wirst so süß wie ein Püppchen sein«, sagt sie, kneift noch ein bisschen fester zu und beugt sich vor, so dass sich unsere Gesichter beinahe berühren. »Sonst wirst du es bereuen … und dein kleiner Freund Stevie auch. Und du willst doch nicht, dass ihm etwas zustößt, oder?«

Sie steigt aus und zerrt mich hinter sich her. Männer in Anzügen gehen an uns vorbei, Frauen schlendern mit bunten Tüten die Straße entlang. Eine junge Mutter in einem roten Mantel schiebt einen Kinderwagen aus dem Hoteleingang heraus und wirft uns im Vorbeigehen einen Blick zu. Sie hat ein so freundliches Gesicht, dass ich mich am liebsten losreißen und zu ihr laufen würde; ich wünschte, ich könnte sie bei ihrem roten Mantel packen und ihr alles erzählen.

*Helfen Sie mir, bitte!*

Aber sie würden es an Stevie auslassen. Und wahrscheinlich an Fern, wenn sie erst zurück in Mrs. Murphys Heim ist. Ganz egal, was passiert, ich muss alles tun, was sie sagen, damit sie mich nicht einsperren, wenn ich heute Abend zurückkomme.

Ich drücke die Schultern durch und sage mir noch einmal, dass dies das letzte Mal ist. *Das ist das letzte Mal, dass sie mich zu etwas zwingen können.*

Ich werde einfach mitspielen.

Doch mein Herz flattert, und mein Magen krampft sich zusammen. Ein Mann in Uniform hält uns die Tür auf. Er sieht wie ein Soldat aus. Oder wie ein Prinz. Ich wünschte, er könnte mich retten, so wie Prinzen es im Märchen immer tun.

»Guten Tag.« Mrs. Murphy lächelt, reckt die Nase hoch und marschiert weiter.

Wir betreten die Hotelhalle, wo Gäste sich unterhalten, lachen, zu Mittag essen. Es ist sehr hübsch, wie ein Schloss, aber für mich ist es bloß eine Falle.

Der Liftboy steht wie eine Statue neben den Knöpfen und scheint noch nicht einmal zu atmen, als wir in den kleinen Käfig steigen und nach oben fahren. Als wir aussteigen, wirft er mir einen traurigen Blick zu. Weiß er, wohin man mich bringt – oder was mit mir passieren wird?

Mrs. Murphy geht einen Korridor entlang, bleibt vor einer Tür stehen und klopft.

»Herein«, ruft eine Frauenstimme. Wir betreten das Hotelzimmer. Miss Tann liegt auf dem Sofa, ausgestreckt wie eine Katze im Sonnenschein. Die Vorhänge sind offen und geben den Blick auf das Dächermeer von Memphis frei. Ich war noch nie so hoch oben.

Ich balle die Fäuste und vergrabe sie in den Rüschen meiner Schürze, während ich versuche, ganz still dazustehen.

Miss Tann hält ein halb volles Glas in der Hand. Sie scheint bereits eine ganze Weile hier zu sein. Vielleicht wohnt sie ja im Hotel?

Sie lässt die braune Flüssigkeit in ihrem Glas kreisen und deutet in Richtung einer Tür gegenüber vom Sofa. »Bringen Sie sie ins Schlafzimmer. Das wäre dann alles, Mrs. Murphy. Machen Sie die Tür zu und sagen sie ihr, sie soll sich hinsetzen und still sein. Ich rede zuerst hier draußen mit ihm, um sicherzugehen, dass unser … Arrangement so passt.«

»Ich kann gerne bleiben, Georgia.«

»Wie Sie meinen.« Sie sieht mir nach, als Mrs. Murphy mich neuerlich am Arm packt, so dass ich lediglich hinter ihr herstolpern kann. »Ganz ehrlich, ich finde, es gäbe Bessere als sie, trotzdem kann ich durchaus erkennen, was er an ihr findet«, erklärt Miss Tann.

»Ich habe keine Ahnung, wie irgendjemand sie haben wollen kann«, hält Mrs. Murphy dagegen.

Mrs. Murphy schiebt mich ins Schlafzimmer, wo ich mich aufs Bett setzen soll, ehe sie die Rüschen an meinem Kleid arrangiert. Sie packt mich bei den Haaren und zieht sie so hin, dass sie mir über die Schultern hängen, ehe sie mir befiehlt, keinen Ton von mir zu geben. »Nicht einen«, droht sie, macht kehrt und lässt mich im Zimmer zurück.

Ich höre sie und Miss Tann nebenan bei einem Drink über die Aussicht plaudern. Nach einer Weile klopft es an der vorderen Tür. »Herein«, ruft Miss Tann mit zuckersüßer Stimme. Ich höre einen Mann reden, kann aber die Worte erst verstehen, als er näher kommt.

»Natürlich, Sie gehört ganz Ihnen … sofern Sie wirklich sicher sind, dass Sie sie wollen, versteht sich«, sagt Miss Tann.

»Ja, und ich bin Ihnen sehr dankbar, dass Sie unser Arrangement so kurzfristig geändert haben. Meine Frau hat in den letzten Jahren sehr gelitten, manchmal so sehr, dass sie sich wochenlang im Schlafzimmer eingeschlossen hat. Was hätte ich denn tun sollen?«

»Das ist allerdings wahr. Nun, ich kann durchaus nachvollziehen, inwiefern dieses Mädchen Ihre Bedürfnisse erfüllt, aber ich habe auch Kinder, die wesentlich … fügsamer sind«, meint Miss Tann. »Wir haben viele ältere Mädchen. Ein Wort von Ihnen genügt.«

Bitte, denke ich, bitte, nimm jemand anderes. Aber natürlich ist es falsch, so etwas zu denken. Ich sollte anderen Kindern nichts Schlimmes wünschen.

»Nein, ich will speziell sie.«

Ich kralle mich in der Tagesdecke fest. Meine Handflächen sind schweißnass.

*Brav sein. Was auch immer passiert, sei brav.*

*Silas kommt heute Nacht …*

»Welche Wahl bleibt mir denn?«, fragt er. »Meine Frau ist so zerbrechlich, und das Kind will einfach nicht aufhören. Ich ertrage den ständigen Lärm und das Geschrei nicht. Ich bin Komponist, und es stört mich bei der Arbeit. Ich muss bis zu den Feiertagen mehrere Partituren fertig haben, und die Zeit wird allmählich knapp.«

»Oh, Sir, ich kann Ihnen versichern, dass dieses Mädchen Ihnen noch größeren Ärger machen wird statt weniger«, wirft Mrs. Murphy ein. »Ich dachte … Ich ging davon aus, dass Sie sie allein für sich haben wollten … Ich hatte ja keine Ahnung, dass Sie sie dauerhaft zu sich nehmen wollen, sonst hätte ich schon längst Einwände erhoben.«

»Das spielt jetzt keine Rolle, Mrs. Murphy«, blafft Miss Tann. »Das Mädchen ist zweifelsohne alt genug, um alles zu tun, was Mr. Sevier wünscht.«

»Ja … ja, natürlich. Bitte verzeih, dass ich mich eingemischt habe, Georgia.«

»Das Mädchen ist in jeder Hinsicht perfekt, das kann ich Ihnen versichern. Sir. Unbefleckt.«

Der Mann sagt etwas, das ich nicht verstehe, worauf Miss Tann erneut das Wort ergreift. »Nun dann. Ich lasse ihre Unterlagen fertig machen. Was die andere Adoption angeht, müssen Sie sich auf eine Wartezeit von einem Jahr einstellen, bis das Verfahren vollständig über die Bühne ist, doch vor allem angesichts Ihrer Stellung sehe ich da keine allzu großen Probleme ...«

Als Nächstes höre ich Papier rascheln. »Ich will nur, dass Victoria wieder glücklich ist«, sagt der Mann dann. »Ich liebe meine Frau von ganzem Herzen, und diese letzten Jahre waren die reinste Qual. Die Ärzte sagen, es gibt nur eine einzige Hoffnung, ihre Episoden tiefer Traurigkeit zu überwinden, und zwar, ihr einen Grund zu geben, nach vorn zu blicken statt zurück.«

»Situationen wie diese sind exakt der Grund, weshalb es uns gibt, Mr. Sevier.« Miss Tanns Stimme bebt, als würde sie gleich in Tränen ausbrechen. »Diese armen verlorenen Kinderchen und die Familien, die sie brauchen, treiben mich jeden Tag voran und inspirieren mich, unermüdlich weiter meine Arbeit zu tun. Tagein, tagaus nehme ich die Last auf mich und ertrage es, den traurigen Start dieser armen Geschöpfe mitanzusehen, damit ich sie alle retten, ihnen eine neue Existenz und den vielen kinderlosen Paaren endlich eine Familie schenken kann. Als Kind aus erstklassigem Hause hätte ich gewiss einen leichteren Weg wählen können, doch irgendjemand muss sich schließlich opfern, um all jene Hilflosen zu beschützen, die nicht auf sich selbst aufpassen können. Es ist eine Berufung ... meine Berufung, die ich erfüllen will, ohne mich persönlich daran zu bereichern oder nach Ruhm zu streben.«

Der Mann seufzt mit einem Anflug von Ungeduld. »Nun, dafür bin ich Ihnen überaus dankbar. Brauchen Sie sonst noch etwas, um das Arrangement unter Dach und Fach zu bringen?«

»Nein, gar nichts.« Ich höre Schritte, die leiser statt lauter werden. »Der Papierkram ist so weit erledigt. Sie haben die erforderlichen Zahlungen geleistet, und damit gehört sie Ihnen, Mr. Sevier. Sie wartet nebenan im Schlafzimmer auf Sie. Wir möchten uns nun von Ihnen verabschieden, damit Sie beide einander kennenlernen können … in welcher Weise Sie dies auch immer als angemessen empfinden.«

Dann Mrs. Murphys Stimme: »Ich kann Ihnen nur ans Herz legen, sie mit strenger Hand zu führen. Sie …«

»Bitte kommen Sie, Mrs. Murphy.«

Stille kehrt ein, und ich sitze reglos auf dem Bett, lausche. Der Mann tritt vor die Tür, bleibt stehen. Ich höre, wie er tief Luft holt und sie wieder entweichen lässt.

Am ganzen Leib zitternd, streiche ich mein Kleid über den Knien glatt.

Die Tür geht auf, und er tritt ein. Nur wenige Meter trennen uns.

Ich kenne sein Gesicht. Er hat bei der Party neben mir auf dem Sofa gesessen und mich gefragt, wie alt ich bin.

Seine Frau war die hübsche Dame, die Fern vorgelesen hat.

## KAPITEL 19

### Avery

Der Fahrer vor mir drosselt das Tempo, doch ich bin so beschäftigt damit, den beiden Teenagern zuzusehen, die auf ihren Pferden am Straßenrand entlangtrotten, dass ich erst in letzter Sekunde auf die Bremse steige. Der Wagen vor mir biegt in eine schmale Straße, die zum Reitstall führt – vermutlich sind die beiden Mädchen unterwegs dorthin; es ist Derbysaison. Früher war ich immer dort, entweder um selbst mitzureiten oder zum Zusehen, aber neuerdings habe ich noch nicht einmal mehr die Zeit, um mich darüber zu beschweren, dass ich keine Zeit für Hobbys aufbringen kann.

Ich bin mit meinen Gedanken bei May Crandall. Vorhin habe ich Ian, den freundlichen Praktikanten, gebeten, diskret herauszufinden, wo sie ist und wie es ihr geht. Wie es aussieht, ist sie inzwischen zurück im Pflegeheim und wieder so weit auf den Beinen, um den Angestellten das Leben schwer zu machen.

Hinter mir hupt Trent und hebt die Hand, als wollte er mir sagen *Immer schön aufpassen, ja?*, aber er lächelt.

*Du wolltest ja unbedingt mitkommen. Ich habe dir gesagt, dass es schwierig werden könnte*, würde ich erwidern, wenn er jetzt neben mir säße.

Vermutlich würde er lachen und sagen, dass er sich keinesfalls entgehen lassen will, was ich vorhabe.

Wir sind wie zwei Sechstklässler, die zum ersten Mal zusammen die Schule schwänzen. Keiner von uns ist, wo er heute Morgen sein sollte, und angesichts des Fotos, das wir gestern Abend in der Hütte seines Großvaters gefunden haben, konnten wir beide nicht widerstehen, uns auf den Weg zu machen. Weder ein frühmorgendlicher Anruf von Leslie noch ein halbes Dutzend Anrufe von potenziellen Neukunden in Trents Immobilienbüro haben uns davon abgehalten, unseren spontan gefassten Plan durchzuziehen. Wir werden herausfinden, was unsere Großeltern verbergen wollten, wie meine Geschichte mit der seinen verwoben sein mag … und was May Crandall mit all dem zu tun hat.

Ich habe Leslies Anrufe ignoriert, und Trent hat einen Zettel an die Tür seiner Agentur geheftet, bevor wir im Morgengrauen aufgebrochen sind.

Jetzt, etwas über zwei Stunden später, sind wir in Aiken, um gleich nach dem Frühstück May Crandall zu besuchen und, je nachdem, was wir von ihr erfahren, zum Haus meiner Großmutter in der Lagniappe Street zu fahren.

Ich versuche, mich auf die Fahrt zu konzentrieren, auf die gewundenen, von Bäumen gesäumten Straßen mit den hohen schlanken Kiefern, die ihre beruhigenden Schatten über den SUV werfen, als wollten sie mich ermahnen *Wieso die Eile? Mach doch langsam. Genieß den Tag.*

Einen Moment lang entspanne ich mich, gebe mich der Illusion hin, dass dies bloß ein ganz normaler Spätsommermorgen ist. Doch sobald ich um die Ecke biege und das Pflegeheim sehe, schlägt die Realität zu. In diesem Moment läutet mein Handy; Leslies Nummer leuchtet zum vierten Mal an diesem Tag auf dem Display auf und legt mir auf unerfreuliche Weise nahe, dass die Welt von heute mit all ihren Problemen ruft … buchstäblich. Ganz gleich wie die Begegnung mit May Crandall endet, werde ich mich ihnen stellen müssen.

Zumindest eines weiß ich: Falls es schwerwiegende Probleme mit meinem Vater gäbe, würde mich nicht Leslie, sondern eine meiner Schwestern anrufen. Also geht es um Arbeit; etwas muss sich seit meinem Telefonat mit Ian gestern Abend ergeben haben, sonst hätte er es wohl erwähnt. Vermutlich hat Leslie einen neuen PR-Termin aus dem Hut gezaubert, den ich keinesfalls verpassen darf, und will, dass ich früher aus meinem Kurzurlaub zurückkomme. Sie kann ja nicht wissen, dass ich bereits zurück bin.

Die Vorstellung, wieder in den Sumpf der Polit-Welt zurückkehren zu müssen, ist nicht sonderlich reizvoll. Ich will gar nicht darüber nachdenken. Stattdessen stelle ich mein Handy auf lautlos und stecke es in meine Handtasche, ohne die Nachrichten zu überprüfen. Vermutlich sind auch einige Mails darunter. Leslie kann es nicht ausstehen, wenn man sie ignoriert.

Ich stelle den Wagen ab, nehme den Umschlag mit den Fotos von der Pinnwand und Grandma Judys Unterlagen, steige aus und warte auf Trent.

»Sollten wir jemals einen Ausflug machen, fahre ich«, sagt er als Erstes.

»Vertrauen Sie mir etwa nicht?« Ein seltsamer kleiner Schauder überläuft mich, doch ich verdränge das Gefühl eilig. In Aiken zu sein, hält mir ein weiteres Mal vor Augen, dass niemals mehr als Freundschaft zwischen mir und Trent bestehen kann.

Bevor wir losgefahren sind, habe ich bewusst Elliots Namen einfließen lassen, nur damit keine Missverständnisse aufkommen.

»Ihnen schon … nur vielleicht Ihrem Fahrstil nicht.«

»Das war noch nicht mal ansatzweise knapp.« So geht es eine Weile hin und her, bis wir vor dem Eingang stehen, doch das Lachen vergeht mir, als mir der Geruch nach Lufterfrischer entgegenschlägt und die bedrückenden Stille nach mir greift.

Trents Lächeln fällt ebenso abrupt in sich zusammen. »Das beschwört unschöne Erinnerungen herauf.«

»Waren Sie schon mal hier?«

»Nein, aber hier sieht es genauso aus wie in dem Heim, in dem wir meine Großmutter nach ihrem Schlaganfall unterbringen mussten. Leider blieb uns nichts anderes übrig, aber für Granddad war es wirklich hart. In sechzig Jahren Ehe waren die beiden nie länger als ein oder zwei Nächte getrennt.«

»Es ist wirklich schlimm, an den Punkt zu gelangen, an dem es keine angenehmen Alternativen mehr gibt.« Er weiß, wie es um Grandma Judy bestellt ist – ich habe ihm gestern Abend davon erzählt, als wir vor der Hütte auf der Veranda gesessen haben.

Eine Pflegerin kommt vorbei und begrüßt uns; sie scheint zu überlegen, ob ihr mein Gesicht bekannt vorkommt, geht zu meiner Erleichterung jedoch ohne ein weiteres Wort weiter. Dass mich jemand erkennt, ist so ziemlich das Letzte, was ich jetzt gebrauchen kann. Sollten Leslie oder mein Dad davon erfahren, werden sie mich ausquetschen, was ich hier zu suchen hatte, und ich habe keine Ahnung, was ich darauf erwidern soll.

An der Tür zu May Crandalls Zimmer zögere ich. Soll ich einfach hineingehen und sagen: *In welchem Verhältnis standen Sie und meine Großmutter zueinander? Und was hatte Trent Turner senior mit all dem zu tun?*

Oder sollte ich subtiler vorgehen? Nach meiner kurzen Begegnung mit May Crandall kann ich nicht einschätzen, wie sie auf unser Auftauchen reagieren wird. Ich hoffe, Trents Gegenwart hilft, sie ein wenig auftauen zu lassen. Immerhin kannte sie höchstwahrscheinlich seinen Großvater.

Aber was, wenn ihr alles zu viel wird? Sie war schließlich krank, und ich will nicht, dass es ihr wieder schlecht geht. Offen gestanden, überlege ich, ob ich ihr nicht helfen sollte. Vielleicht sollte ich ja mit Andrew Moore reden und mir von ihm ein paar Tipps für Einrichtungen geben lassen, die sich um Senioren wie May kümmern, deren Familien weiter entfernt leben.

Trent bleibt vor der Tür stehen und deutet auf das Namensschild. »Hier sollte es sein.«

»Ich bin nervös«, gestehe ich. »Sie war krank, und ich weiß nicht, wie stabil ...«

»Wer steht da draußen herum?« Mays klare, kräftige Stimme verscheucht meine Besorgnis, noch bevor ich sie in Worte fassen kann. »Verschwinden Sie! Ich brauche nichts. Ich kann dieses ewige Getuschel nicht ausstehen.« Ein Hausschuh segelt durch die halb geöffnete Tür, gefolgt von einer Haarbürste, die klappernd auf dem Fußboden landet.

Trent hebt die Sachen auf. »Gute Schützin.«

»Lasst mich alle in Ruhe!«, blafft May.

Trent und ich tauschen einen unsicheren Blick, und ich beuge mich vor, sorgsam darauf bedacht, aus der Schusslinie zu bleiben, für den Fall, dass May noch weitere Munition zur Hand hat. »May? Nur eine Minute, ja? Ich bin's, Avery Stafford. Erinnern Sie sich an mich? Wir haben uns vor ein paar Wochen kennengelernt. Sie fanden mein Libellenarmband so schön. Wissen Sie noch?«

Stille.

»Sie sagten, meine Großmutter sei eine Freundin von Ihnen gewesen. Judy. Judy Myers Stafford. Wir haben über das Foto auf Ihrem Nachttisch gesprochen.« Es scheint, als hätte sich mein ganzes Leben seit diesem Tag verändert.

»Und?«, blafft May nach einem Moment. »Kommen Sie nun rein oder nicht?« Ich höre das Knarren der Matratze und raschelndes Bettzeug, kann aber nicht sagen, ob sie sich für den nächsten Angriff bereitmacht oder sich herrichtet, um uns in Empfang zu nehmen.

»Sind Sie fertig, oder haben Sie noch mehr, das Sie nach uns werfen müssen?«

»Das würde Sie wahrscheinlich auch nicht verjagen.« Ich höre einen Anflug von Freude in ihrer Stimme. Allem Anschein nach lädt sie mich in ihr Zimmer ein. Ich gehe hinein und lasse Trent auf dem sicheren Korridor zurück.

Sie sitzt in einem blauen Hausmantel, der perfekt zu ihren blauen Augen passt, im Bett. Selbst mit einer Handvoll Kissen im Rücken hat ihre Haltung, die Art, wie sie mich ansieht, etwas Herrschaftliches an sich ... als wäre sie einst daran gewöhnt gewesen, im Bett bedient zu werden.

»Ich hoffe, Sie fühlen sich gut genug, um mit mir zu reden«, sage ich. »Ich habe meine Großmutter nach Ihnen gefragt. Sie hat eine Queen ... oder Queenie erwähnt, aber an mehr konnte sie sich nicht erinnern.«

May sieht mich bestürzt an. »So schlecht geht es ihr?«

»Ich fürchte, ja.« Es ist schrecklich, der Überbringer der schlechten Nachrichten zu sein. »Grandma Judy ist keineswegs unglücklich, sondern kann sich an manche Dinge einfach nur nicht mehr erinnern. Und das ist sehr schwer für sie.«

»Und für Sie auch, nehme ich an.«

Mays unvermitteltes Verständnis geht mir ziemlich ans

Herz. »Ja. Meine Großmutter und ich haben uns immer sehr nahegestanden.«

»Trotzdem hat sie Ihnen nie erzählt, wer die Leute auf meinem Foto sind?« Die Art, wie sie es sagt, lässt mich ahnen, dass sie Grandma Judy sehr gut kennt, und ich frage mich, ob ich mich jemals damit werde abfinden können, falls ich die Wahrheit nicht ans Licht bringe – falls May sie mir nicht verrät.

»Etwas sagt mir, dass Grandma es tun würde. Wenn sie könnte. Aber da sie es nicht tun kann, hoffe ich, dass Sie es tun werden.«

»Mit Ihnen hat es nichts zu tun.« May kehrt mir die Schulter zu, als hätte sie Angst, mir direkt ins Gesicht zu sehen.

»Ich habe so ein Gefühl, dass es sehr wohl etwas mit mir zu tun hat. Und vielleicht …«

Ihr Blick richtet sich auf die Tür. »Wer ist das da draußen? Wer hört uns zu?«

»Ich habe jemanden mitgebracht. Er hilft mir herauszufinden, was meine Großmutter mir nicht sagen kann. Er ist nur ein Freund.«

Trent kommt herein und tritt mit ausgestreckter Hand und einem Lächeln, mit dem er normalerweise vermutlich Eskimos Kühlschränke verkauft, auf May zu. »Trent«, stellt er sich vor. »Freut mich, Sie kennenzulernen, Mrs. Crandall.«

Sie umfasst seine Finger mit beiden Händen und zieht ihn ein Stück zu sich herab, während sie sich wieder mir zuwendet. »Nur ein Freund, sagen Sie? Das bezweifle ich.«

Ich weiche zurück. »Trent und ich haben uns erst vor ein paar Tagen kennengelernt, als ich nach Edisto gefahren bin.«

»Hübsch dort, auf Edisto.« Sie mustert Trent mit zusammengekniffenen Augen.

»Stimmt«, bestätige ich. *Wieso sieht sie ihn so eindringlich an?* »Meine Großmutter hat ziemlich viel Zeit dort verbracht.

Onkel Clifford hat mir erzählt, dass sie gern hingefahren ist, um zu schreiben. Außerdem haben sie und Trents Großvater … irgendwelche Geschäfte gemacht.« Ich beobachte ihr Mienenspiel, versuche zu erkennen, ob sich etwas verändert; so als wäre ich im Gerichtssaal. Und da ist tatsächlich etwas, auch wenn sie es noch so sehr zu verhehlen versucht, und die Veränderung wird mit jedem Satz, der über meine Lippen kommt, bloß deutlicher.

Sie fragt sich, wie viel ich weiß.

»Ich glaube, ich habe Ihren Nachnamen nicht verstanden«, sagt sie zu Trent.

Mit einem Mal scheint sich die Atmosphäre im Raum zu verdichten, doch als er sich mit seinem vollen Namen vorstellt, verflüchtigt sich ihre Anspannung, und sie nickt lächelnd. »Mhm«, sagt sie. »Sie haben seine Augen.«

Ich spüre dieses leichte Kribbeln, wie immer, wenn ein Zeuge im Begriff steht einzuknicken. Häufig gibt genau das den Ausschlag – die Überraschung beim Anblick eines vertrauten Gesichts, eine plötzliche Verbindung zur Vergangenheit, der Zugang zu einem Geheimnis, das zu lange im Verborgenen geschlummert hat.

May löst ihre zittrigen Finger von Trents Hand und streicht über sein Kinn. Tränen glitzern auf ihren Wimpern. »Sie sehen ihm sehr ähnlich. Auch er war ein echter Hingucker.« Ein feines Lächeln tritt auf ihre Züge, in ihren Glanzzeiten wird sie die Kunst des Flirtens mehr als gut beherrscht haben, um in einer von Männern dominierten Welt mühelos zu bekommen, was immer sie haben wollte.

Sogar Trent errötet leicht. Wie süß! Ich verfolge ihren stummen Austausch mit großem Vergnügen.

May droht mir mit dem Finger. »Den sollte man behalten. Glauben Sie mir.«

Nun bin ich diejenige, die rot wird. »Leider bin ich schon vergeben.«

»Noch sehe ich keinen Ehering an Ihrem Finger.« May packt meine Hand und nimmt demonstrativ meinen Verlobungsring in Augenschein. »Ich kann sehen, wenn zwischen zwei Menschen der Funke überspringt. Und ich muss es wissen, immerhin habe ich drei Ehemänner überlebt, bisher.«

Trent bricht in Gelächter aus.

»Und ich hatte nichts mit ihrem Tod zu tun, nur falls Sie sich fragen sollten«, fügt May hinzu. »Ich habe jeden von ihnen von Herzen geliebt. Der eine war Lehrer, der zweite Pfarrer und der letzte ein Künstler, der seine Berufung erst spät im Leben gefunden hat. Der eine hat mich gelehrt zu denken, der zweite zu wissen und der dritte zu sehen. Jeder einzelne von ihnen hat mich inspiriert. Ich war Musikerin, müssen Sie wissen. Ich habe in Hollywood gearbeitet und bin mit Bigbands durch die Welt gereist. Das war in den goldenen Zeiten der Filmmusik, lange vor diesem ganzen digitalen Irrsinn.«

Mein Handy summt in meiner Tasche. Sie runzelt die Stirn. »Dieses Teufelszeug. Die Welt wäre besser dran, wenn es niemals erfunden worden wäre.«

Ich schalte es vollends auf stumm; wenn May mir tatsächlich die Geschichte des Fotos auf ihrem Nachttisch erzählen will, soll uns nichts stören. Es ist an der Zeit, der Zeugin ein wenig auf die Sprünge zu helfen.

Ich öffne den Umschlag und ziehe die Fotos heraus. »Es geht uns um diese Fotos hier. Und um die Tennessee Children's Home Society.«

Augenblicklich versteinern ihre Züge, und sie wirft mir einen scharfen Blick zu. »Es wäre mir lieber, wenn ich diesen Namen niemals mehr hören müsste.«

Trent schließt die Hände um die ihren und blickt auf ihre ineinanderverschlungenen Finger. »Es tut mir leid, Mrs. Crandall, wenn wir schmerzliche Erinnerungen heraufbeschwören. Aber mein Großvater hat mir nie wirklich erzählt, was los ist. Natürlich wusste ich, dass er als kleiner Junge von seinen Eltern adoptiert wurde und den Kontakt zu ihnen abgebrochen hat, nachdem er es herausgefunden hatte. Aber ich wusste praktisch nichts über die Tennessee Children's Home Society. Allenfalls den Namen habe ich gehört, wenn irgendwelche Mandanten meinen Großvater besucht haben. Er hat ihnen geholfen, das war mir bewusst, und auch, dass er diese Unterhaltungen allein mit ihnen führen wollte – auf dem Boot oder in seiner Hütte. Meine Großmutter mochte nicht, wenn Geschäftliches im Haus besprochen wurde, egal, ob es sich um Immobiliengeschäfte oder andere Dinge handelte. Ich hatte keine Ahnung von seinem Hobby, seinem Nebenjob oder wie auch immer Sie es nennen wollen, sondern habe erst davon erfahren, als er mich kurz vor seinem Tod gebeten hat, mich um die verbliebenen Dokumente zu kümmern. Er wollte nicht, dass ich die Papiere lese, deshalb habe ich es nicht getan. Erst als Avery vor ein paar Tagen in Edisto aufgetaucht ist.«

May öffnet den Mund. Tränen sammeln sich in ihren Augen. »Er ist also tot? Ich wusste, dass er schwerkrank war, aber ...«

Trent erwidert, sein Großvater sei vor einigen Monaten gestorben, worauf May ihn an sich zieht und ihm einen Kuss auf die Wange drückt. »Er war ein guter Mann und ein lieber Freund.«

»Wurde er durch die Tennessee Children's Home Society zur Adoption vermittelt?«, fragt Trent. »Hat er sich deshalb für sie interessiert?«

May nickt ernst. »Ja, allerdings. Und ich auch. Von dort kennen wir uns. Natürlich war er damals noch ein kleiner Junge, gerade mal drei Jahre alt. Ein süßes Kerlchen, absolut hinreißend. Damals hieß er nicht Trent, sondern er hat seinen Namen erst angenommen, als er Jahre später herausgefunden hat, wer er wirklich war. Er hatte eine ältere Schwester, von der er in unserer Zeit im Heim getrennt wurde; sie war zwei oder drei Jahre älter als er, und ich glaube, er hat immer darauf gehofft, sein richtiger Name könnte hilfreich sein, falls sie versuchen würde, ihn zu finden. Aber die Ironie daran ist, dass der Mann, der so vielen von uns geholfen hat, unsere Angehörigen ausfindig zu machen, niemals seine Schwester wiedergefunden hat. Vielleicht gehört sie zu jenen, die nicht überlebt haben. Es waren so viele ...«

Ihre Stimme bricht. Sie setzt sich im Bett auf und räuspert sich. »Ich wurde auf dem Mississippi geboren, auf einem Hausboot, das mein Vater gebaut hat. Queenie war meine Mutter, Briny mein Vater. Ich habe drei jüngere Schwester, Camellia, Lark und Fern, und einen kleinen Bruder namens Gabion. Er war der Jüngste ...«

Sie schließt die Augen, trotzdem kann ich sehen, wie sie sich unter den zarten, blau geäderten Lidern bewegen, während sie weiterspricht. Es ist, als würde sie träumen, zusehen, wie die Bilder vorüberziehen. Sie schildert, wie die Polizei sie vom Hausboot geholt und in ein Kinderheim gebracht hat, beschreibt die wochenlange Ungewissheit, die Ängste, die Grausamkeit der Mitarbeiterinnen im Heim, die Tatsache, dass sie von ihren Geschwistern getrennt wurde – grauenvolle Geschichten, wie Trent und ich sie in Zeitungsartikeln beschrieben gefunden haben.

Ihre Geschichte ist herzzerreißend und faszinierend zugleich. Wir stehen neben ihrem Bett, wagen kaum zu atmen.

»Noch im Heim wurde ich von dreien meiner Geschwister getrennt«, sagt sie schließlich. »Aber Fern und ich hatten Glück und sind zusammengeblieben. Wir wurden gemeinsam adoptiert.«

Sie blickt aus dem Fenster, und für einen Moment frage ich mich, ob sie uns wirklich alles erzählt hat. Schließlich richtet sie ihre Aufmerksamkeit wieder auf Trent. »Als ich Ihren Großvater zum letzten Mal als Kind gesehen habe, dachte ich, er würde zu denjenigen gehören, die das Heim am Ende nicht überleben. Er war so schüchtern und furchtsam. Und er hatte ständig Ärger mit den Aufpasserinnen, obwohl er gar nichts getan hat. Als ich aus dem Heim weggegangen bin, war er praktisch mein kleiner Bruder, und ich dachte, ich würde auch ihn niemals wiedersehen. Als Jahre später ein Trent Turner Kontakt zu mir aufgenommen hat, sagte mir der Name natürlich nichts, weil Georgia Tann den Kindern neue Namen gegeben hat, damit ihre leiblichen Familien sie nicht finden konnten, nehme ich an. Ich erinnere mich noch genau an sie – sie war eine schlimme, grausame Frau, deren Gräueltaten vermutlich niemals vollständig ans Licht kommen werden. Nur wenigen ihrer Opfer ist gelungen, was Ihr Großvater geschafft hat, nämlich seinen Geburtsnamen und sein Erbe zurückzuerlangen. Trent hat sogar seine leibliche Mutter noch gefunden, bevor sie gestorben ist, und seine anderen Verwandten wiedergesehen. Er ist wieder zu Trent geworden, aber ich kannte ihn als Stevie.«

Wieder scheinen ihre Gedanken auf Wanderschaft zu gehen. Ich drehe das Foto hin und her, betrachte es, vergleiche. »Sind die Frauen auf dem Foto Ihre Schwestern und meine Großmutter?«

Trotz der Hüte, die ihre Gesichter halb verdecken, ist die Familienzugehörigkeit unverkennbar. Auch jetzt noch macht mir die Ähnlichkeit zwischen ihnen schwer zu schaffen. Die Haarfarbe, die hellen Augen, die mich anzublicken scheinen, dennoch gibt es Unterschiede in den Gesichtszügen, zumindest soweit ich es erkennen kann – die Gesichter der drei jungen Frauen sind perfekt, wie gemeißelt, voller Charakter; ein ausdrucksvolles Kinn, leichte Himmelfahrtsnase, mandelförmige Augen. Sie sind wunderschön, alle drei. Meine Großmutter sieht hinreißend aus, wie immer, doch ihr Gesicht ist zart, beinahe vogelgleich, ihre großen blauen Augen scheinen zu leuchten, obwohl es sich um eine Schwarz-Weiß-Aufnahme handelt.

May nimmt das Foto und hält es zwischen ihren zittrigen Fingern, betrachtet es eine scheinbare Ewigkeit lang. Ich muss mich zwingen, sie nicht zu drängen. *Was geht in ihr vor? Was denkt sie? Woran kann sie sich erinnern?*

»Ja. Wir drei – Lark, Fern und ich. Badende Venus mal drei.« Sie lässt ein kurzes, schalkhaftes Lachen hören und gibt Trent einen Klaps auf die Hand. »Ich glaube, Ihre Großmutter war immer ein bisschen besorgt, wenn wir da waren, aber das brauchte sie nicht. Ihr Großvater hat sie von Herzen geliebt. Wir waren ihm so dankbar, dass er uns geholfen hat, einander wiederzufinden. Edisto war ein ganz besonderer Ort für uns. Dort haben wir uns zum ersten Mal wiedergesehen.«

»Und dort haben Sie auch meine Großmutter kennengelernt?« Ich wünsche mir so sehr, es gäbe eine einfache Erklärung für all das. Eine, mit der ich gut leben kann. Ich will nicht erfahren müssen, dass meine Familie mit der Tennessee Children's Home Society unter einer Decke gesteckt hat; dass mein Großvater einer der vielen Politiker war, die Georgia Tann und ihr Netzwerk unterstützt und die Augen vor ihren Gräueltaten verschlossen haben, weil viele einflussreiche Familien verhindern wollten, dass ihre Geheimnisse ans Licht gezerrt oder Adoptionsverfahren rückgängig gemacht wurden. »Haben Sie sich dort mit ihr angefreundet?«

May streicht mit dem Finger über das Foto, betrachtet meine Großmutter. Könnte ich doch nur in ihren Kopf blicken oder, noch besser, Teil des Fotos werden. »Ja, genau. Wir sind uns bei gesellschaftlichen Anlässen begegnet, bevor ich sie näher kennengelernt habe. Sie wurde zu einer sehr engen Freundin und hat mir und meinen Schwestern großzügigerweise immer wieder einmal ihr Cottage zur Verfügung gestellt, damit wir ein wenig Zeit miteinander verbringen konnten. Ihre Großmutter war auch dabei. Es war ein wunderschöner Spätsommertag am Strand.«

Mays Erklärung beruhigt mich ein wenig, erklärt allerdings nicht, weshalb sich die Worte *Tennessee Children's Home Society* auf dem Farbband in Grandma Judys Schreibmaschine befanden ... oder weshalb Trent Turner senior mit ihr in Verbindung stand.

»Trents Großvater hat einen Umschlag für Grandma Judy hinterlassen«, sage ich. »Laut ihrem Tagebuch hatte sie vor, ihn abzuholen, bevor sie so krank wurde. Er enthielt Dokumente der Tennessee Children's Home Society, die Ergebnisse einer Säuglingsuntersuchung und die Dokumente für die Sorgerechtsabtretung eines Babys namens Shad Arthur Foss. Weshalb hätte sie die gewollt haben können?«

Ich sehe May an, dass sie nicht mit meiner Frage gerechnet hat. Was sie erzählt hat, ist noch nicht die ganze Geschichte, aber sie will nicht mehr darüber preisgeben.

Ihre Lider flattern und senken sich. »Ich bin ... plötzlich ... so müde. Das ... das viele Reden. Ich habe mehr geredet ... als sonst in einer ganzen Woche.«

»Hat meine Großmutter mit der Tennessee Children's

Home Society unter einer Decke gesteckt? Meine Familie?« Ich habe das dumpfe Gefühl, dass ich die Wahrheit niemals ans Licht bringen werde, wenn ich es heute nicht schaffe.

»Das müssen Sie sie schon selbst fragen.« Mit einem melodramatischen Atemzug lässt sie sich in die Kissen sinken.

»Das kann ich nicht. Ich habe Ihnen doch gesagt, dass ihr Gedächtnis sie im Stich lässt. Bitte, sagen Sie mir die Wahrheit, wie auch immer sie lauten mag. Was ist mit Arcadia? Hat es irgendetwas damit zu tun?« Ich kralle die Finger um das Bettgestell.

Trent legt seine Hand darüber. »Vielleicht ist es besser, wenn wir für heute aufhören.«

Aber ich sehe, dass May sich in sich zurückzieht, dass die Geschichte verblasst und zu verschwinden droht wie eine Kreidezeichnung an einem Regentag.

»Ich will nur wissen, ob meine Familie in irgendeiner Art … dafür verantwortlich war. Wieso hatte meine Großmutter ein so großes Interesse daran?«

May tastet nach meiner Hand, drückt sie beruhigend. »Nein, natürlich nicht, Liebes. Machen Sie sich deswegen keine Gedanken. Judy hat mir geholfen, meine Geschichte aufzuschreiben, aber dann habe ich es mir anders überlegt. Die Vergangenheit ist ein wenig wie Blattsalat – sie schmeckt manchmal bitter, deshalb sollte man nicht allzu lange darauf herumkauen. Ihre Großmutter konnte sehr gut schreiben, aber es war schwer für sie, sich die Schilderungen aus dem Heim anzuhören. Ich denke, ihr Talent war eher für fröhlichere Geschichten gemacht.«

»Sie hat Ihnen geholfen, Ihre Lebensgeschichte aufzuschreiben? Das ist alles?« Also kein dunkles Familiengeheimnis, sondern lediglich Grandma Judy, die ihre Fähigkeiten zur Verfügung gestellt hat, um einer Freundin zu helfen und eine himmelschreiende Ungerechtigkeit ans Licht zu bringen, deren Auswirkungen bis heute spürbar sind? Eine Woge der Erleichterung durchströmt mich.

Mit einem Mal ergibt alles einen Sinn.

»Mehr ist da nicht zu sagen«, fügt May hinzu. »Ich wünschte, ich könnte Ihnen mehr erzählen.«

Dieser letzte Satz erregt meine Aufmerksamkeit; wie eine winzige Qualmwolke in einem vermeintlich gelöschten Feuer weht er mir entgegen – Zeugen, die nicht die Wahrheit sagen, neigen dazu, sich nicht mit einem absoluten Ja oder Nein zu begnügen.

*Was würde sie mir gern noch erzählen? Gibt es noch mehr zu wissen?*

May findet Trents Hand, drückt sie und lässt sie wieder los. »Das mit Ihrem Großvater tut mir sehr leid. Für viele von uns kam er wie ein Geschenk des Himmels. Bevor die Adoptionsarchive 1995 öffentlich zugänglich wurden, hatten wir kaum Möglichkeiten, mehr über unsere leiblichen Verwandten herauszufinden und zu erfahren, wer wir wirklich waren. Aber Ihr Großvater hat Mittel und Wege gefunden. Ohne ihn wären Fern und ich niemals unserer Schwester wiederbegegnet. Inzwischen sind sie beide tot, Lark und Fern, und es wäre mir lieber, Sie würden keinen Kontakt zu ihren Familien aufnehmen. Oder zu meiner. Wir waren alle junge Frauen, verheiratet und mit Kindern, als wir uns gefunden haben, und haben beschlossen, keine engere Beziehung miteinander zu pflegen. Wir haben uns mit der Gewissheit zufriedengegeben, dass es den anderen gut geht. Ihr Großvater hat das verstanden, und ich hoffe, auch Sie respektieren unseren Wunsch.« Sie schlägt die Augen auf und sieht mich an. »Sie beide.« Mit einem Mal ist jedes Anzeichen von Erschöpfung verschwunden, und ihr Blick ist eindringlich, fordernd.

»Natürlich«, sagt Trent, aber ich sehe ihr an, dass es nicht Trents Antwort ist, die sie hören wollte.

»Es war nicht meine Absicht, jemanden zu nahe zu treten.« Nun bin ich diejenige, die um den heißen Brei herumredet ... und Versprechungen macht, die sie nicht halten kann. »Ich wollte nur wissen, inwiefern meine Großmutter in die Angelegenheit verstrickt ist.«

»Und jetzt wissen Sie es, also ist alles in bester Ordnung.« Sie unterstreicht ihre Worte mit einem resoluten Nicken, wobei ich nicht sicher bin, wen sie damit beeindrucken will – sich selbst oder mich. »Ich habe meinen Frieden mit meiner Vergangenheit geschlossen und hoffe, dass ich die Geschichte nie wieder erzählen muss. Wie ich bereits sagte, wollte ich sie nicht einmal Ihrer Großmutter anvertrauen. Weshalb die Gegenwart mit dieser Hässlichkeit belasten? Wir haben doch alle unsere Sorgen und Probleme, richtig? Meine eigenen mögen ein wenig anders sein, aber ich habe sie überwunden, genauso wie Lark und Fern und hoffentlich auch mein kleiner Bruder, auch wenn wir ihn nie wiedergefunden haben. Ich hoffe, er hat es geschafft. Er war der Grund, weshalb ich damals unsere Geschichte aufschreiben wollte. Ich dachte, vielleicht stößt er zufällig auf das Buch oder einen Zeitungsartikel, falls er noch am Leben sein sollte. Und falls er unter den zahlreichen Opfern sein sollte, die aus der Obhut der Tennessee Children's Home Society verschwanden, könnte dies zumindest ein Andenken sein. Und vielleicht auch eines für meine leiblichen Eltern. Schließlich haben wir keine Gräber, auf denen wir Blumen niederlegen könnten. Zumindest nicht, soweit ich weiß.«

»Ich ... es tut mir so unendlich leid, was Sie durchgemacht haben.«

Sie nickt und schließt die Augen, schließt mich aus. »Ich

sollte mich jetzt ein wenig ausruhen. Schon bald kommen sie wieder, geben mir Spritzen, fummeln an mir herum oder zerren mich in diesen grauenhaften Physiotherapieraum. Ehrlich, ich bin fast neunzig Jahre alt … Wieso sollte ich mir noch Gedanken über meine Muskeln machen?«

Trent lacht leise. »Sie klingen genauso wie mein Großvater. Wenn es nach ihm gegangen wäre, hätten wir ihn in ein Boot legen und den Edisto River hinuntertreiben lassen sollen.«

»Was für eine wunderbare Idee. Würden Sie so ein Boot für mich finden? Auf dem ich nach Hause nach Augusta fahren und dann den Savannah River hinuntertreiben würde?« Sie schließt die Augen. Auf ihren Zügen liegt ein leises Lächeln. Innerhalb weniger Augenblicke werden ihre Atemzüge tiefer, und ihre Lider flattern leicht. Das Lächeln bleibt. Ich frage mich, ob sie wieder das kleine Mädchen ist, das auf dem Hausboot ihres Vaters über die schlammigen Tiefen des Mississippi tuckert.

Ich versuche, mir ihre Geschichte vorzustellen, mir auszumalen, wie es sein muss, zwei Leben gehabt zu haben, ja, im Grunde zwei Menschen gewesen zu sein. Aber es gelingt mir nicht. Ich kenne nur die unerschütterliche Festung des Namens Stafford und eine Familie, die mich stets gestützt, geliebt, umsorgt hat. Wie mochte Mays Leben bei ihrer Adoptivfamilie gewesen sein? Erst jetzt geht mir auf, dass sie diesen Teil der Geschichte weggelassen hat; stattdessen hat sie nur erzählt, sie und ihre Schwester wären nach einer grauenvollen Zeit im Kinderheim zu einer Familie gekommen.

Wieso hat sie nicht mehr darüber erzählt? Ist der Rest zu persönlich?

Obwohl sie meine ursprüngliche Frage beantwortet und mich gebeten hat, nicht tiefer zu graben, kann ich nicht leugnen, dass ich gern mehr erfahren würde.

Trent scheint es ganz genauso zu gehen. Natürlich. Seine Familiengeschichte ist schließlich eng mit Mays verwoben.

Wir stehen ein Weilchen neben Mays Bett, sehen ihr zu, jeder in seine eigenen Gedanken versunken. Schließlich nehmen wir unsere Fotos und verlassen widerstrebend den Raum.

»Ich hatte keine Ahnung, dass mein Großvater all das erlebt hat«, sagt Trent schließlich, als wir außer Hörweite sind.

»Es muss sehr schwer sein, es jetzt zu erfahren.«

Trent zieht die Brauen zusammen. »Wie furchtbar. Umso mehr bewundere ich ihn dafür, was er aus sich gemacht hat, was für ein Mensch er geworden ist. Aber gleichzeitig macht es mich wütend, und ich frage mich, was für ein Leben er geführt hätte, wäre er nicht zur falschen Zeit am falschen Ort gewesen: ob alles ganz anders gekommen wäre, wenn seine Eltern Geld gehabt hätten oder wenn jemand dieser Tennessee Children's Home Society Einhalt geboten hätte, bevor sie ihn geraubt haben. Wäre er derselbe Mensch geworden, der er war, hätte man ihn seiner Familie nicht entrissen? Hat er den Fluss so geliebt, weil er irgendwo in der Gegend geboren wurde oder weil seine Adoptivfamilie zum Angeln mit ihm hierher gefahren ist? May sagte vorhin, er hätte mit einigen seiner leiblichen Verwandten gesprochen. Wie mag das für ihn gewesen sein? Wieso hat er sie uns nie vorgestellt? Plötzlich gibt es so viele Fragen, die ich ihm gern stellen würde.

Vor der Eingangstür bleiben wir stehen; keiner von uns scheint zu seinem Wagen zurückgehen zu wollen, dabei hat Mays Geschichte uns die Basis für unseren gemeinsamen Besuch genommen. Dies wäre der Moment, um Abschied zu nehmen, doch ich spüre eine seltsame Verbindung, die ich nicht kappen möchte. »Werden Sie versuchen, weitere Verwandte Ihres Großvaters zu finden?«

Achselzuckend schiebt er die Hände in die Hosentaschen und blickt zu Boden. »Es ist alles so lange her, deshalb ist es wahrscheinlich sinnlos. Allerdings werde ich noch ein wenig recherchieren, weil ich gern mehr erfahren würde – zumindest für Jonah und meine Nichten und Neffen. Vielleicht fragen sie ja eines Tages, und ich will keine Geheimnisse mehr in meinem Leben haben.«

Das Gespräch droht zu verebben. Trent fährt sich mit der Zunge über die Lippen, als wolle er noch etwas sagen, könne sich aber nicht dazu entschließen.

»Danke, da…«

»Avery, ich weiß …«, sagt er in derselben Sekunde.

Aus irgendeinem Grund finden wir es witzig und lachen, was die Spannung ein klein wenig mildert.

»Ladies first.« Er macht eine Geste in meine Richtung, doch ich finde nicht die richtigen Worte. Nach allem, was wir in den letzten beiden Tagen erlebt haben, erscheint es mir völlig unmöglich, dass dies das Ende sein soll. Zwischen uns besteht ein Band … Zumindest empfinde ich es so.

Aber vielleicht ist das ja albern von mir. »Ich wollte mich nur bedanken. Dafür, dass Sie mich nicht mit leeren Händen weggeschickt haben. Ich weiß, wie schwer es Ihnen gefallen ist, Ihr Versprechen zu brechen. Ich will nicht …« Unsere Blicke begegnen sich, meine Stimme verklingt. Ich spüre, wie mir die Röte ins Gesicht steigt. Wieder bin ich mir der unerwarteten Chemie zwischen uns überdeutlich bewusst. Ich dachte, das Geheimnis sei das Bindeglied, aber nun, da es gelöst ist, spüre ich, dass die Anziehungskraft und die Faszination weiter bestehen.

Ein Gedanke – willkürlich, spontan und unwillkommen – kommt mir in den Sinn. *Vielleicht mache ich ja einen Riesenfehler … mit Elliot.* Aber dann wird mir bewusst, dass er keineswegs willkürlich ist, sondern ich der Frage lediglich ausgewichen bin. Bis jetzt. Lieben Elliot und ich uns? Oder sind wir bloß über dreißig und finden, dass es allmählich Zeit für den nächsten Schritt wird? Was ist das zwischen uns? Eine lange, tiefe Freundschaft oder Liebe? Haben wir unseren Familien gestattet, über uns zu bestimmen, obwohl wir behaupten, dass es nicht so ist? Sätze aus Leslies PR-Coaching für meine politische Karriere kommen wir in den Sinn. Und sie fühlen sich mit einem Mal wie Beweise an. *Wenn du deinem öffentlichen Profil ein bisschen Pep geben willst, wäre die zeitlich gut platzierte Ankündigung einer Hochzeit genau das Richtige. Abgesehen davon ist es nicht gerade vorteilhaft für eine hübsche, junge Frau, als Single nach Washington zu gehen, auch wenn sie sich bei Veranstaltungen noch so gut unter Kontrolle hat. Die Wölfe müssen wissen, dass offiziell keine Chancen bestehen.*

Ich versuche, den Gedanken abzuschütteln, aber er ist hartnäckig. Ich kann jetzt nicht einfach ausscheren. Alle um mich herum erwarten, dass wir bald ein Datum nennen. Die Konsequenzen eines Rückziehers wären … unaussprechlich. Honeybee und Bitsy wären am Boden zerstört. Und ich stünde sowohl politisch als auch gesellschaftlich wie eine wankelmütige Göre da, wie jemand, der sich nicht entscheiden kann und nicht weiß, wo er hingehört.

*Aber weiß ich denn, wohin ich gehöre?*

»Avery?« Trent mustert mich mit schief gelegtem Kopf.

Ich kann ihm wohl schlecht sagen, was ich gerade gedacht habe. »Sie sind dran.« Meine Gedanken fahren Achterbahn, deshalb traue ich mir selbst nicht mehr über den Weg.

»Ach, war nicht so wichtig.«

»Das ist unfair. Was wollten Sie sagen? Los, raus damit!«

»Es tut mir bloß leid, dass wir so einen schlechten Start

hatten«, redet er sich heraus. »Normalerweise würde ich niemals so mit einem Kunden sprechen.«

»Na ja, eigentlich war ich ja keine Kundin, deshalb sei es Ihnen verziehen.« Wenn man bedenkt, wie erbarmungslos ich ihm auf die Pelle gerückt bin, war er sogar ganz nett. Am Ende bin ich eben eine Stafford durch und durch und gehe immer davon aus, dass ich kriege, was ich haben will.

Im Grunde bin ich keinen Deut besser als die Adoptiveltern, die Georgia Tanns Netzwerk unwissentlich unterstützt haben. Der Gedanke jagt mir einen Schauder über den Rücken. Zweifellos waren viele von ihnen anständige Leute, und manche Kinder brauchten tatsächlich ein neues Zuhause; aber jene, die exorbitante Summen für ihre bestellten Kinder hinblätterten – müssen doch zumindest eine Ahnung gehabt haben, was sich dort abspielte. Sie dachten wohl, Geld, Macht und ihre gesellschaftliche Stellung gäben ihnen das Recht dazu.

Tiefe Schuldgefühle überkommen mich, als ich an all die Privilegien denke, die ich auf dem Silbertablett präsentiert bekommen habe, inklusive eines Sitzes im Senat, den mir praktisch keiner wegnehmen kann.

Habe ich ein Recht auf all das, bloß weil ich aus einer wohlhabenden, einflussreichen Familie stamme?

Wieder vergräbt Trent die Hände in den Taschen, sieht zu seinem Wagen hinüber, dann zu mir. »Lassen Sie doch mal von sich hören, und besuchen Sie mich, wenn Sie das nächste Mal auf Edisto sind.«

Einen Moment lang fühle ich mich wie in jenem kurzen Moment, wenn sich die Muskeln des Pferdes anspannen und ich weiß, dass sich die geballte Energie entladen wird, sobald ich die Zügel loslasse und es aufgeht zur Jagd. »Ich würde wirklich gern erfahren, was Sie sonst noch über die Familie Ihres Großvaters herausfinden ... falls Sie überhaupt weiter recherchieren, sage ich. Aber ich will Sie nicht unter Druck setzen.«

»Weshalb ausgerechnet jetzt damit aufhören?«

Ich hüstele, tue so, als würde mich seine Bemerkung kränken, aber wir beide wissen, dass es die Wahrheit ist. »Das ist wohl die Anwältin in mir. Tut mir leid.«

»Sie müssen eine ziemlich gute Anwältin sein.«

»Ich tue mein Bestes.« Ein Lob für etwas zu bekommen, das mir am Herzen liegt und das ich mir selbst erarbeitet habe, erfüllt mich mit Stolz. »Ich will, dass alles so ist, wie es sein soll.«

»Das sehe ich.«

Ein Wagen fährt neben uns auf den Parkplatz ... eine jähe Erinnerung daran, dass wir nicht ewig hier herumstehen können.

Trent wirft einen letzten Blick auf das Pflegeheim. »Sie scheint ein ziemlich aufregendes Leben gehabt zu haben.«

»Allerdings.« Und die Vorstellung, welches triste Dasein Grandma Judys einstige Freundin hier führt, schmerzt mich. Keine Besucher. Niemand, mit dem sie reden kann. Enkelkinder, die weit weg leben. Es ist niemandes Schuld, sondern einfach nur ein Weg, den das Leben nehmen kann. Ich werde mich mit Andrew Moore bei PAC, dem Political Action Committee, in Verbindung setzen und sehen, ob er mir Tipps geben kann, wer May helfen könnte.

Eine Hupe ertönt, irgendwo in der Nähe schlägt eine Autotür zu. Das Leben ringsum geht seinen Gang, und genau das sollten Trent und ich auch tun.

Seine Brust hebt und senkt sich. Sein Atem streift mein Ohr, als er sich vorbeugt, um mir einen Kuss auf die Wange zu geben. »Danke, Avery. Ich bin froh, dass ich jetzt die Wahrheit kenne.«

Nur wenige Zentimeter trennen unsere Gesichter. Der Geruch nach salziger Luft, nach Babyshampoo und einem Hauch Meerschlamm steigt mir in die Nase. Aber vielleicht bilde ich es mir auch bloß ein.

»Ich auch.«

»Melden Sie sich«, sagt er noch einmal.

»Mache ich.«

Aus den Augenwinkeln registriere ich eine Bewegung – eine Frau kommt den Gehsteig entlang. Weiße Bluse. Schwarzer Rock. Pumps. Schritte wie Maschinengewehrfeuer, die so gar nicht zu diesem Tag passen wollen. Hitze steigt mir in die Wangen, und ich weiche abrupt zurück, so dass Trent mich verblüfft ansieht.

Leslie hat mich also aufgestöbert. Ich hätte es wissen müssen, als ich Ian gebeten habe, Genaueres über Mays Gesundheitszustand in Erfahrung zu bringen. Ihr Blick taxiert Trent und mich. Ich kann nur spekulieren, was sie denkt. Na ja, eigentlich steht es ihr deutlich ins Gesicht geschrieben. Was sich zwischen uns gerade abgespielt hat, muss sehr intim gewirkt haben.

»Nochmals danke, Trent«, sage ich laut. »Und kommen Sie gut nach Hause.« Ich weiche zurück, verschränke die Hände ineinander.

Er sieht mir fragend in die Augen. »Ja. Klar«, sagt er leise. Noch hat er keine Ahnung, dass sich jemand von hinten nähert, dass die Realität gleich mit der Kraft eines Blitzes über ihn hereinbrechen wird.

»Wir haben dich überall gesucht«, platzt Leslie statt einer Begrüßung heraus. »Funktioniert dein Handy nicht, oder bist du absichtlich in der Versenkung verschwunden?«

»Ich bin im Urlaub«, gebe ich zurück. »Wie jeder weiß.«

»Auf Edisto?«, hakt Leslie mit einem Anflug von Sarkasmus nach. Wie man sehen kann, halte ich mich gerade nicht auf der Insel auf. Sie wirft Trent einen argwöhnischen Blick zu.

»Ja … na ja … ich«, stammele ich und spüre, wie mir der Schweiß ausbricht in meinem geblümten Sommerkleid, das ich gekauft habe, um etwas Sauberes zum Anziehen zu haben. »Das ist eine lange Geschichte.«

»Für die ich keine Zeit habe, fürchte ich. Du wirst zu Hause gebraucht.« Das ist als Botschaft an Trent gedacht – er soll wissen, dass wir geschäftliche Dinge zu erledigen haben und er nicht länger willkommen ist. Und es funktioniert. Mit einem letzten verwirrten Blick entschuldigt er sich und meint, er wolle noch jemanden besuchen, wo er schon einmal in Aiken sei.

»Machen Sie's gut, Avery«, sagt er und geht zu seinem Wagen.

»Trent … Danke nochmal«, rufe ich ihm hinterher, worauf er die Hand hebt und mir über die Schulter zuwinkt – die Geste zeigt klar und deutlich, dass er keine Lust auf das hat, was auch immer sich hier gerade abspielen mag.

Ich wünschte, ich könnte ihm hinterhergehen und mich zumindest für Leslies Schroffheit entschuldigen, aber natürlich geht das nicht. Es würde nur weitere lästige Fragen aufwerfen.

»Ich hatte wohl mein Handy ausgeschaltet«, sage ich, bevor sie zu ihrer Inquisition anheben kann. »Tut mir leid. Was liegt an?«

Sie blinzelt, hebt das Kinn. »Lassen wir das für den Moment und reden über das, was ich gerade gesehen hab'.« Sie macht eine Geste in Trents Richtung; ich kann nur hoffen, dass er weit genug weg ist und uns nicht hören kann. »Das macht mir viel größere Sorgen.«

»Er ist ein Freund, Leslie, und hat mir geholfen, etwas in der Familiengeschichte zu recherchieren.«

»In der Familiengeschichte? Tatsächlich? Hier?« Sie schnaubt abfällig. »Was genau?«

»Das möchte ich lieber für mich behalten.«

Leslies Augen blitzen, und sie presst die Lippen zu einer schmalen Linie zusammen. Sie holt Luft, blinzelt noch einmal, starrt mich wütend an. »Nur damit hier eins klar ist: Was auch immer ich gerade gesehen habe, ist genau das, was du dir *nicht* leisten kannst. Du kannst dir nichts leisten, was irgendwie fehlinterpretiert oder gegen dich verwendet werden könnte, Avery. Absolut nichts. Du musst so sauber wie frisch gefallener Schnee sein, und danach hat es definitiv nicht ausgesehen, so viel steht fest. Hast du eine Ahnung, wie das auf einem Foto hätte ausgelegt werden können? Wir alle, das gesamte Team, setzen alles daran, dich zu unterstützen und dich vorzubereiten. Nur für den Fall, dass du gebraucht wirst.«

»Das weiß ich, und ich verstehe es auch.«

»Das Letzte, was diese Familie jetzt braucht, ist noch eine weitere Schlacht.«

»Alles klar«, erwidere ich, um einen überzeugten Tonfall bemüht, obwohl ich völlig durcheinander bin. Ich bin verlegen ... und verärgert, weil ich mich ausgerechnet jetzt mit Leslie herumschlagen muss. Ich bin hin- und hergerissen zwischen dem Drang, sie zu beschwichtigen, und Trent hinterherzulaufen; ehrlich gesagt, habe ich sogar Angst nachzuschauen, ob er bereits seinen Wagen erreicht hat.

Die Frage beantwortet sich von selbst, als ich höre, wie er den Motor anlässt, rückwärts aus der Parklücke stößt und davonfährt. Wahrscheinlich ist es das Beste so, denke ich. Natürlich. Bevor ich nach Edisto gekommen bin, war mein ganzes Leben fertig geplant. Weshalb sollte ich das aufs Spiel setzen … wegen einer alten Familienangelegenheit; wegen etwas, das keine Rolle mehr spielt, wegen eines Mannes, der lediglich durch eine uralte Geschichte mit mir verbunden ist?

»Es ist etwas vorgefallen.« Obwohl ich Leslie direkt ins Gesicht sehe, dauert es einen Moment, ehe ich begreife, was sie gerade gesagt hat. »Der *Sentinel* hat eine Riesenstory über private Pflegeheime und die Missstände dort in der Mache. Es ist eine reine Zeitfrage, bis die anderen großen Blätter das Thema aufgreifen. Sie haben die Vorgänge in South Carolina unter die Lupe genommen und Kostenvergleiche zwischen Magnolia Manor und den Pflegeeinrichtungen angestellt, die in einigen der Schadenersatzklagen aufgetaucht sind. Außerdem bringen sie Fotos der Opfer und ihrer Familien. ›*Nicht jeder altert gleich*‹ lautet die Überschrift, und drunter ist eine Weitwinkelaufnahme von deinem Dad und deiner Großmutter, wie sie im Garten von Magnolia spazieren gehen.«

Ich starre sie mit offenem Mund an, während die Wut in meinem Innern aufsteigt. »Wie können sie es wagen! Wie können … sie so was tun? Niemand darf meine Großmutter bedrängen!«

»Das ist nun mal Politik, Avery. Politik und Sensationsgier. Auf diesem Terrain darf man sich niemals sicher fühlen.«

## KAPITEL 20

### Rill

Der Mann heißt Darren, die Frau Victoria, aber wir sollen sie Papa und Mommy nennen, nicht bei ihren Vornamen, und auch nicht Mr. und Mrs. Sevier. Ich habe noch nie jemanden Papa oder Mommy genannt, deshalb sind es bloß Worte für mich, ohne eine tiefere Bedeutung. Worte. Mehr nicht.

Queenie und Briny sind immer noch unsere Familie, zu der wir zurückkehren werden, sobald ich einen Weg finde. Es wird nicht so schwierig werden, wie ich dachte. Das Haus der Seviers ist riesig, mit jeder Menge Zimmern, die kein Mensch benutzt. Von der Veranda aus bietet sich ein Blick über weitläufige Felder mit Bäumen und Rasen und – das ist das Allerbeste daran – dem Wasser. Es ist nicht der Fluss selbst, sondern ein langgezogener Altwassersee, der in einen Flussarm des Mississippi mündet, Dedmen's Slough. Das hat mir Zuma erzählt, die Haushälterin und Köchin, die in dem Apartment über der Garage wohnt. Mr. Sevier hat drei Autos – ich habe noch nie jemanden gesehen, der drei Autos besitzt.

Hoy, Zumas Ehemann, und ihre Tochter Hootsie leben auch dort. Hoy ist der Gärtner der Familie, außerdem hat er einen kleinen Hühnerstall und kümmert sich um Mr. Seviers Jagdhunde, die die ganze Nacht heulen und bellen, und um das Pony der Seviers – seit zwei Wochen erzählt uns Mrs. Sevier, dass wir darauf reiten dürfen. Ich habe ihr gesagt, dass wir keine Ponys mögen, obwohl es nicht wahr ist, und Fern gewarnt, dass sie lieber dabei bleiben sollte.

Zumas Mann ist groß und rabenschwarz und unheimlich; und nach allem, was ich bei Mrs. Murphy gesehen und erlebt habe, sorge ich dafür, dass Fern und ich auf keinen Fall mit erwachsenen Männern alleine sind. Auch nicht mit Mr. Sevier, der mit uns zu dem Pony gehen wollte, wenn auch nur, weil Mrs. Sevier es von ihm verlangt hat. Er würde alles für sie tun, bloß damit sie nicht in den Teil des Gartens geht, wo zwei tot geborene Babys und drei weitere, die gar nicht erst zur Welt kamen, begraben liegen, mit steinernen Lämmchen auf den Grabsteinen. Wann immer Mrs. Sevier sie besucht, lässt sie sich auf die Erde sinken und weint, und wenn sie zurückkommt, geht sie in ihr Zimmer, legt sich ins Bett und steht nicht mehr auf. An ihren Handgelenken sind verblasste Narben. Ich weiß genau, was es damit auf sich hat, erzähle aber Fern natürlich nichts davon.

»Setz dich einfach auf ihren Schoß, lass dir Zöpfe von ihr flechten und spiel mit ihr Puppen. Sieh zu, dass sie glücklich ist«, sage ich stattdessen zu ihr. »Keine Tränen und kein Bettnässen, hast du mich verstanden?« Das ist der Hauptgrund, weshalb die Seviers mich zu sich ins Haus geholt haben – weil Fern nicht aufhören wollte zu weinen und jede Nacht ins Bett gemacht hat.

Im Großen und Ganzen macht sie sich inzwischen gut. An manchen Tagen gibt es allerdings nichts, was Mrs. Sevier aufmuntern könnte. An diesen Tagen will sie nicht, dass irgendjemand auch nur in ihre Nähe kommt. Sondern sie will am liebsten tot sein.

Wann immer sie im Bett liegt und den Tod ihrer Babys betrauert, die sie verloren hat, vergräbt Mr. Sevier sich in seinem

Musikzimmer, während wir in Zumas Obhut bleiben, für die unsere Gegenwart lediglich bedeutet, dass sie noch mehr Arbeit hat. Außerdem hat Mrs. Sevier Hootsie, die zehn ist und damit zwei Jahre jünger als ich, gerne schöne Sachen gekauft; und jetzt sind Fern und ich diejenigen, die ständig schöne Sachen bekommen, worüber Zuma verständlicherweise alles andere als glücklich ist. Sie hat Fern ausgequetscht und kann nicht nachvollziehen, weshalb Mr. und Mrs. Sevier ausgerechnet zwei Flusszigeunerkinder gernhaben sollten. Was sie uns auch deutlich zeigt, aber natürlich nur, wenn Mrs. Sevier nicht in der Nähe ist.

Am liebsten würde Zuma uns auch schlagen, traut sich aber nicht. Wann immer Hootsie nicht brav ist, versohlt Zuma ihr den Hintern, bis er leuchtet; manchmal, wenn es keiner sieht, schwenkt sie auch den langen hölzernen Kochlöffel in unsere Richtung: »Ihr solltet dankbar sein und der Missus die Füße küssen, weil sie euch in ihr schönes Haus lässt. Ich weiß genau, was ihr beide seid, und ihr solltet das auch niemals vergessen. Ihr seid bloß so lange hier, bis die Missus ihr eigenes Baby kriegt. Und das würde auch bald passieren, wenn sie endlich aufhören würde, um die anderen Babys zu weinen, sagt der Mister. Und sobald es so weit ist, seid ihr Flussratten schneller weg, als ihr Piep sagen könnt. Mit dem Müll schmeißen die euch raus, so sieht's aus. Also macht es euch lieber nicht allzu gemütlich hier. Ich hab das alles schon erlebt. Ihr werdet nicht lange hierbleiben, das kann ich euch sagen.«

Sie hat recht, daran gibt es nichts zu rütteln. Aber immerhin gibt es bei den Seviers zu essen, und zwar mehr als genug. Wir tragen Rüschenkleider, selbst wenn sie steif und kratzig sind, und Haarschleifen; wir kriegen Buntstifte und Bücher und nagelneue Schuhe mit Riemchen über dem Spann. Nachmittags spielen wir Teeparty, mit Tee und Keksen. Wir waren noch nie bei einer Teeparty, deshalb muss Mrs. Sevier uns erst zeigen, wie es geht.

Niemand muss sich in der Schlange fürs Badezimmer anstellen. Wir müssen uns vor niemandem nackt ausziehen, keiner gibt uns Kopfnüsse, keiner droht uns, uns am Kleiderhaken im Schrank aufzuhängen, und keiner wird im Keller eingesperrt. Zumindest bisher nicht, und wie Zuma sagt: Vermutlich werden wir nicht lange genug hier sein, um herauszufinden, was passiert, wenn der Reiz des Neuen erst einmal verflogen ist.

Eines kann ich allerdings schon jetzt mit Gewissheit sagen: Wann auch immer die Seviers unserer überdrüssig werden sollten – wir werden nicht zu Mrs. Murphy zurückgehen. Abends, wenn ich in meinem Zimmer neben Ferns bin, blicke ich hinaus auf den Garten und zum Wasser jenseits der Bäume, halte Ausschau nach Laternen am Ufer des Sees; manchmal sehe ich welche, ab und zu sogar Lichter weit draußen auf dem Flussarm, wo sie wie vom Himmel gefallene Sterne auf dem Wasser glitzern. Ich muss bloß eine Möglichkeit finden, auf eines der Boote zu gelangen, damit wir über den Dedmen's Slough hinunter zum Fluss fahren. Von dort aus wird es ein Kinderspiel, flussabwärts zu der Stelle zu gelangen, wo der Wolf River bei Mud Island auf den Mississippi trifft. Wo Queenie und Briny auf uns warten.

Ich muss nur ein Boot finden, und das werde ich auch. Die Seviers werden anfangs keine Ahnung haben, was mit uns passiert ist. Miss Tann hat ihnen nicht erzählt, dass wir Flusszigeuner sind, und Zuma wird es ihnen bestimmt auch nicht auf die Nase binden. Unsere neuen Eltern glauben, unsere leibliche Mama sei ein Collegemädchen und unser Daddy ein Professor; unsere Mama sei an Lungenentzündung gestorben, und er hätte seinen Job verloren und könnte uns nicht länger versorgen. Sie denken auch, Fern sei erst drei, obwohl sie längst vier ist.

Ich sage ihnen nicht, dass alles ganz anders ist. Eigentlich will ich nur ein braves Mädchen sein, damit Fern und mir nichts passiert, bevor wir von hier weggehen.

»Da seid ihr ja.« Mrs. Sevier betritt das Esszimmer, wo wir auf das Frühstück warten, und runzelt die Stirn, als sie sieht, dass wir bereits die Kleider tragen, die am Vorabend für uns herausgelegt wurden: Fern trägt eine blau karierte Hose und ein Oberteil mit Knöpfen am Rücken dazu; es hat Puffärmel, und unter der Spitze des Oberteils blitzt ihr kleiner Bauch hervor. Ich trage ein lila Rüschenkleid, das mir oben herum eine Idee zu eng ist; ich musste den Bauch einziehen, um die Knöpfe zuzubekommen. Schätzungsweise bin ich wieder gewachsen – wir Foss-Kinder schießen alle in Schüben in die Höhe, hat Queenie immer gesagt.

Entweder habe ich gerade einen solchen Wachstumsschub, oder aber es liegt daran, dass wir deutlich mehr zu essen bekommen als bloß Maisbrei wie bei Mrs. Murphy. Jeden Morgen gibt es ein ausgiebiges Frühstück, zum Mittagessen serviert Zuma uns ein Tablett voller Sandwiches, und dann wird gemeinsam zu Abend gegessen, es sei denn, Mr. Sevier bleibt in seinem Musikzimmer. Falls ja, gibt es ein weiteres Mal Sandwiches, und Mrs. Sevier spielt Gesellschaftsspiele mit uns, was Fern besonders gern tut.

»May, ich habe dir doch gesagt, du brauchst nicht so früh aufzustehen und auch noch die kleine Beth anzuziehen.« Mrs. Sevier trägt einen seidenen Morgenrock, der aussieht, als würde er Kleopatra gehören; für mich und Fern hat unsere neue Mommy eigens von Zuma dazu passende Morgenröcke nähen lassen. Allerdings haben wir sie bisher nie getragen.

Vermutlich ist es klüger, wenn wir uns gar nicht erst an all die schönen Dinge gewöhnen.

Abgesehen davon bilden sich neuerdings zwei kleine Hügel auf meiner Brust, und ich will nicht, dass sie sich unter dem dünnen, glänzenden Stoff abzeichnen. Niemand soll sie sehen.

»Wir haben … eine ganze Weile gewartet.« Ich blicke auf meinen Schoß. Mrs. Sevier versteht nicht, dass wir unser ganzes Leben lang in aller Herrgottsfrühe aufgestanden sind. Das ist normal für Flussleute. Sobald der Fluss zum Leben erwacht, heißt es, raus aus den Federn. Die Vögel zwitschern, die Boote pfeifen, die Wellen schlagen gegen den Schiffsrumpf, sofern das Boot nicht gerade in einem ruhigen Seitenarm festgemacht hat. Jemand muss ein Auge auf die Angelschnüre haben, die Fische beißen an, und es muss Holz für den Herd gesammelt werden. Es gibt jede Menge zu tun.

»Es wird Zeit, dass ihr lernt, ein bisschen auszuschlafen.« Mrs. Sevier schüttelt den Kopf. Ich habe keine Ahnung, ob sie mich nur necken will oder in Wahrheit nicht besonders leiden kann. »Ihr seid nicht mehr im Waisenhaus, May. Das hier ist euer Zuhause.«

»Ja, Ma'am.«

»Ja, Mommy.« Sie streicht mir über den Kopf, dann beugt sie sich vor, um Fern auf die Wange zu küssen, und tut so, als würde sie ihr Ohrläppchen anknabbern. Fern kichert und quiekt.

»Ja, Mommy«, wiederhole ich. Es kommt mir zwar immer noch nicht natürlich über die Lippen, aber allmählich wird es besser. Nächstes Mal werde ich daran denken.

Sie nimmt am Ende des Esstisches Platz und blickt stirnrunzelnd in den langen Korridor hinaus. »Papa habt ihr heute Morgen noch nicht gesehen, nein?«

»Nein … Mommy.«

Fern sinkt auf ihrem Stuhl zusammen und wirft unserer neuen Mami einen besorgten Blick zu. Wir alle wissen, wo Mr. Sevier ist. Musik dringt durch den Korridor. Eigentlich darf er vor dem Frühstück nicht in sein Musikzimmer gehen. Wir haben gehört, wie die beiden sich deswegen gestritten haben.

»Dar-ren!«, ruft sie und trommelt mit den Nägeln auf die Tischplatte.

Fern presst sich die Hände auf die Ohren, während Zuma mit einer Porzellanschüssel, deren Deckel herabzurutschen droht, ins Esszimmer gerauscht kommt. In letzter Sekunde fängt sie den Deckel auf. Ihre Augen sind so weit aufgerissen, dass man fast nur das Weiße sehen kann, doch dann merkt sie, dass Mrs. Sevier nicht auf sie wütend ist. »Ich gehe ihn holen, Missus.« Sie stellt die Schüssel auf den Tisch und ruft über die Schulter: »Hootsie, bring die Teller rein, bevor alles kalt wird.«

Steif wie ein Besenstiel fegt sie am Tisch vorbei und wirft uns einen vernichtenden Blick zu, als unsere neue Mommy gerade nicht hinsieht. Bevor wir aufgetaucht sind, musste Zuma nicht so viel Geschirr schmutzig machen, sondern nur ein Tablett mit dem Frühstück in Mrs. Seviers Schlafzimmer bringen, hat Hootsie mir erzählt. Manchmal durfte Hootsie den ganzen Vormittag mit der Missus verbringen, in *Life*-Ausgaben und Bilderbüchern blättern und die Missus bei Laune halten, während Mr. Sevier komponierte. Jetzt muss Hootsie ihr in der Küche helfen, und das ist allein unsere Schuld. Als sie die Eier abstellt, schiebt sie den Fuß unter den Tisch und tritt mir mit aller Kraft auf die Zehen.

Einen Moment später kommt Zuma mit Mr. Sevier den Korridor herunter. Sie ist die Einzige, die ihn aus seinem Musikzimmer holen darf, wenn die Tür geschlossen ist. Zuma kennt ihn, seit er ein kleiner Junge war, und behandelt ihn, als wäre er ihr eigener Sohn. Auf sie hört er häufiger als auf seine Frau.

»Jetzt wird gefrühstückt«, befiehlt sie. »Ich steh doch nicht seit dem Morgengrauen in der Küche und koche, nur damit am Ende alles kalt wird.«

»Ich hatte beim Aufwachen eine Melodie im Kopf und wollte sie unbedingt zu Papier bringen, bevor sich sie wieder vergesse.« Er bleibt stehen, legt sich eine Hand auf den Bauch, reckt den anderen Arm in die Luft und legt ein kleines Tänzchen hin, ehe er sich verbeugt. »Guten Morgen, Ladys.«

Mrs. Seviers trübselige Miene hellt sich auf. »Du weißt, was wir gesagt haben, Darren. Nicht vor dem Frühstück, und alle Mahlzeiten werden gemeinsam eingenommen. Wie sollen die Mädchen lernen, dass wir eine richtige Familie sind, wenn du dich ständig in deinem Zimmer vergräbst?«

Statt sich zu setzen, tritt er zu ihr und gibt ihr einen Kuss mitten auf den Mund. »Wie geht es meiner Muse heute Morgen?«

»Oh, hör auf«, gibt sie zurück. »Du versuchst doch bloß, mich abzuwimmeln.«

»Und, funktioniert es?« Er zwinkert Fern und mir zu, worauf Fern kichert und ich so tue, als hätte ich es nicht bemerkt.

Ich starre auf meinen Teller, während ich daran denke, wie Briny Queenie auf genau dieselbe Weise geküsst hat, wann immer er auf das Achterdeck gegangen ist.

Plötzlich schmeckt mir mein Frühstück nicht mehr, obwohl mir der Magen fürchterlich knurrt. Ich will nicht das Frühstück dieser Leute essen, über ihre Scherze lachen oder sie Mommy und Papa nennen. Ich habe eine Mama und einen Papa, und ich will zu ihnen, nach Hause.

Und Fern sollte auch nicht ständig kichern und sich von diesen Leuten verwöhnen lassen. Es ist einfach nicht richtig.

Ich kneife sie unter dem Tisch ins Bein, worauf sie leise quietscht.

Unsere neuen Eltern beugen sich besorgt vor, fragen, was los ist, aber Fern sagt nichts.

Zuma und Hootsie servieren das Frühstück, während wir Mr. Seviers Schilderung lauschen, wie ihm die Melodie seines neuen Stücks mitten in der Nacht in den Sinn kam. Er spricht von Partituren, Pausen und Noten. Mrs. Sevier blickt gelangweilt aus dem Fenster, doch ich ertappe mich dabei, wie ich ihm gespannt zuhöre. Ich habe noch nie gehört, dass man Musik auf Papier aufschreiben kann. Alle Melodien, die ich kenne, habe ich Briny auf der Gitarre oder der Mundharmonika spielen gehört oder allenfalls auf dem Klavier in einer Billardhalle. Musik berührt mein Innerstes, und sie löst ein ganz besonderes Gefühl in mir aus.

Ich frage mich, ob Briny wusste, dass Leute Musik aufschreiben und dann in einem Film verwenden, so wie Mr. Sevier es erklärt. Seine neue Musik ist für einen Film gedacht. Er steht am Ende der Tafel, gestikuliert und schildert in schillernden Farben, wie die Quantrill's Raiders durch Kansas galoppieren und eine ganze Stadt niederbrennen.

Er summt die Melodie, wobei er mit den Fingern den Takt auf den Tisch klopft, so dass die Teller vibrieren, und ich höre förmlich das Klappern der Pferdehufe und das Gewehrfeuer.

»Was denkst du, Liebes?«, fragt er seine Frau schließlich.

Sie klatscht in die Hände. Fern tut es ihr nach. »Ein Meisterstück«, ruft sie. »Natürlich ist es ein Meisterstück, findest du nicht auch, Bethie?«

Ich kann mich immer noch nicht daran gewöhnen, dass sie Fern Beth nennen – sie glauben, dies sei ihr richtiger Name.

»Meiderdück«, bestätigt Fern mit vollem Mund.

Die drei lachen, während ich wieder auf meinen Teller blicke.

»Es ist so schön, dich glücklich zu sehen.« Unsere neue Mommy beugt sich vor und streicht Fern eine Haarsträhne aus dem Gesicht, damit keine Hafergrütze darin kleben bleibt.

»Ja.« Mr. Sevier sieht seine Frau an, die jedoch zu beschäftigt mit Fern ist, um es mitzubekommen.

Mrs. Sevier zwirbelt Ferns blonde Locken um ihre Finger, so dass sie wie Shirley Temple aussieht. So mag sie es am liebsten. Normalerweise flechte ich mein Haar jeden Morgen zu einem Zopf, damit sie gar nicht erst auf die Idee kommt, dasselbe auch bei mir zu versuchen. »Ich hatte Angst, dass wir es niemals schaffen«, sagt sie zu ihrem Mann.

»So etwas braucht nun mal Zeit.«

»Ich hatte solche Angst, niemals Mutter zu werden.«

Er lächelt sie an, als wäre er überglücklich. »Sie gehört jetzt uns.«

*Nein, tut sie nicht!*, würde ich am liebsten laut hinausschreien. *Sie sind nicht Ihre Mutter. Sie sind nicht ihre Mutter. Diese toten Babys im Garten, die gehören Ihnen.* Ich hasse Mrs. Sevier dafür, dass sie Fern als ihre Tochter haben will. Hasse die Babys dafür, dass sie gestorben sind. Hasse Mr. Sevier dafür, dass er uns hergebracht hat. Hätte er uns zufrieden gelassen, wären wir jetzt auf der *Arcadia*. Wo keiner das Haar meiner Schwester zu Shirley-Temple-Locken zwirbeln und sie Beth nennen würde. Ich beiße mir so fest auf die Zähne, dass der Schmerz bis zu meiner Schädeldecke hinaufschießt. Ich bin dankbar dafür. Es ist nur ein kleiner Schmerz, und ich weiß, woher er rührt. Ich kann ihm jederzeit Einhalt gebieten. Der Schmerz in meinem Herzen hingegen ist viel größer. Ihn kann ich nicht verebben lassen, auch wenn ich es noch so sehr versuche. Und das macht mir eine derartige Angst, dass ich kaum Luft bekomme.

*Was ist, wenn Fern irgendwann beschließt, diese Leute lieber zu mögen als mich? Wenn sie Queenie und Briny und die* Arcadia *vergisst?* Dort hatten wir keine hübschen Kleider, keinen Roller auf der Veranda und keine Plüschteddys, Malstifte und kleine Teeservice. Stattdessen hatten wir bloß den Fluss, der uns ernährt, der uns Freiheit geschenkt hat.

Ich muss dafür sorgen, dass Fern das niemals vergisst. Sie darf sich nicht in Beth verwandeln.

»May?« Ich habe nicht einmal mitbekommen, dass Mrs. Sevier mit mir spricht. Ich setze ein freundliches Gesicht auf und wende mich ihr zu.

»Ja ... Mommy?«

»Ich sagte gerade, dass ich mit Beth heute zur Anprobe ihrer Spezialschuhe nach Memphis fahren werde. Es ist wichtig, dass wir ihr nach innen zeigendes Bein korrigieren, bevor sie zu groß dafür ist. Das haben mir die Ärzte ans Herz gelegt. Es wäre doch eine Schande, wo es so gute Heilungschancen gibt.« Sie legt den Kopf leicht schief; ich finde, sie sieht wie ein Adler aus, der nach Fischen Ausschau hält. Hübsch, trotzdem sollten die Fische sich vorsehen. Ich bin nur froh, dass sie mein Bein unter dem Tisch nicht sehen kann – wir haben alle diesen Fuß, der leicht nach innen zeigt. Das haben wir von Queenie. Briny sagt, das sei das Erkennungsmerkmal, das uns als Mitglieder der royalen Linie des Königreichs Arcadia auszeichnet.

Ich setze mich gerade hin, nur für alle Fälle.

»Außerdem braucht sie nachts ein Stützgestell«, fährt Mrs. Sevier fort, während Mr. Sevier neben ihr die Zeitung aufschlägt und zu lesen beginnt, während er isst.

»Oh«, sage ich nur. *Ich werde es ihr jede Nacht abnehmen.*

»Ich halte es für das Beste, wenn ich selbst mit ihr hinfahre«, fährt Mrs. Sevier fort und blickt mich aus ihren blauen Augen an, die mich an Queenie erinnern, auch wenn ich es nicht will. Queenie ist viel hübscher als sie. *Viel* hübscher. »Beth muss sich daran gewöhnen, ein wenig Zeit mit ihrer neuen Mommy zu verbringen ... nur wir beide alleine ...« Sie lächelt meine Schwester an, die mit einem Silbergäbelchen eine von Zumas eingemachten Erdbeeren aufzuspießen versucht. Die Seviers wollen nicht, dass jemand in ihrem Haus mit den Fingern isst.

Mrs. Sevier klatscht in die Hände, um Mr. Seviers Aufmerksamkeit auf sich zu ziehen. Er lässt die Zeitung sinken und späht über den Rand hinweg. »Darren. Darren. Sieh sie dir nur an. Wie süß!«

»Bleib am Ball, Mädchen!, sagt er. »Wenn du die kriegst, darfst du noch eine haben.«

Fern spießt die Erdbeere auf und schiebt sie sich am Stück in den Mund, so dass der Saft an ihren Mundwinkeln herunterläuft.

Unsere neuen Eltern lachen. Mrs. Sevier tupft Ferns Wange mit der Serviette ab, damit sie ihre Bluse nicht schmutzig macht.

Ich überlege, ob ich sie anbetteln soll, dass ich mit nach Memphis kommen darf. Ich habe Angst, sie allein mit Fern gehen zu lassen, weil sie ihr neue Sachen kaufen und Fern sie dann noch lieber mögen wird. Aber ich will nicht nach Memphis fahren. Meine letzte Erinnerung an Memphis ist, dass ich mit Mrs. Murphy hinfahren musste, die mich in einem Hotelzimmer meinem neuen Papa übergeben hat.

Wenn ich hierbleibe, kann ich mich draußen ein wenig umsehen. Mrs. Sevier will nicht, dass wir uns zu lange draußen aufhalten, weil sie Angst hat, wir könnten von einer Schlange gebissen werden oder uns einen schlimmen Ausschlag vom Giftefeu holen. Natürlich weiß sie nicht, dass wir Flusskinder uns mit all den Gefahren auskennen, bevor wir auch nur laufen können.

»Bald wirst du in die Schule gehen.« Unsere neue Mami ist gar nicht glücklich darüber, dass ich nicht sofort auf ihre Frage geantwortet habe. »Beth ist natürlich noch zu klein. Sie hat noch zwei Jahre Zeit, bis sie in den Kindergarten kommt … falls wir sie überhaupt hinschicken. Vielleicht lasse ich sie noch ein weiteres Jahr hier. Je nachdem …« Ihre schlanke Hand legt sich auf ihren Bauch. Sie hofft, dass ein Baby darin wächst, auch wenn sie es nicht ausspricht.

Ich will lieber nicht darüber nachdenken. Und auch nicht über die Schule. Wenn ich erst mal dort bin, hat Mrs. Sevier Fern den ganzen Tag für sich alleine. Damit ist klar, dass Fern sie lieber mögen wird als mich, ihre Schwester. Ich muss Fern von hier wegbringen, bevor es dazu kommt.

Mrs. Sevier räuspert sich, worauf ihr Mann erneut seine Zeitung sinken lässt. »Was steht bei dir heute auf dem Programm, Liebling?«

»Musik natürlich. Ich will das neue Stück fertigstellen, während ich es noch so frisch im Gedächtnis habe. Dann rufe ich Stanley an und spiele es ihm vor … Mal sehen, was er dazu sagt.«

Sie seufzt und kneift die Augen zusammen. »Ich dachte, du bittest vielleicht Hoy, den Ponywagen anzuspannen, damit ihr beide eine kleine Ausfahrt unternehmt.« Sie sieht von Mr. Sevier zu mir. »Hättest du nicht Lust dazu, May? Wenn Papa dabei ist, brauchst du keine Angst mehr vor dem Pony zu haben. Es ist wirklich süß. Ich hatte auch so eines als Mädchen, damals in Augusta. Eine kleine Stute, die meine allerbeste Freundin auf der ganzen Welt war.«

Sämtliche Muskeln meines Körpers spannen sich an, und mir wird eiskalt. Ich habe keine Angst vor dem Pony. Sondern vor Mr. Sevier. Nicht etwa, weil er mir je etwas getan hätte, aber nach allem, was ich in Mrs. Murphys Heim gesehen habe, weiß ich, was passieren kann. »Ich will keine Umstände machen.« Ich wische meine schweißnassen Handflächen an meinem Kleid ab.

»Mhm.« Zu meiner Erleichterung scheint Mr. Sevier ähnlich wenig begeistert von dem Vorschlag zu sein wie ich. »Wir werden sehen, wie sich der Tag entwickelt. Inzwischen hinken sie mit der Produktion des Films so weit hinterher, dass ich noch weniger Zeit habe als sonst, und nach dem ganzen Chaos hier in den letzten paar Wochen ...« Seine Frau reckt das Kinn ein wenig, worauf er sich unterbricht. »Nun, wir sehen einfach, wie der Tag so läuft.«

Ich starre auf meinen Schoß. Das Thema scheint vom Tisch zu sein. Wir beenden das Frühstück, und Mr. Sevier flüchtet in sein Musikzimmer. Kurz darauf sind auch Fern und Mrs. Sevier verschwunden. Ich nehme Malstifte und ein Buch und setze mich auf die Veranda. Klaviermusik dringt aus Mr. Seviers Musikzimmer, vermischt sich mit Vogelgezwitscher. Ich schließe die Augen, lausche und warte darauf, dass Zuma und Hootsie nach Hause gehen, so dass ich mich in Ruhe umsehen kann ...

Ich schlafe ein und träume: Fern und ich sitzen auf Mr. Seviers Anleger, auf einem der Koffer, die sie in der Kammer aufbewahren, neben Zumas Mopps und Besen. Wir haben sie vollgepackt mit Spielsachen, um sie mit Camellia, Lark und Gabion zu teilen. Wir warten auf Queenie und Briny.

Die *Arcadia* taucht am untersten Zipfel des Altwassersees auf und arbeitet sich quälend langsam vorwärts. Dann kommt plötzlich eine Brise auf und treibt sie von uns fort. Ich blicke über die Schulter und sehe einen großen schwarzen Wagen näher kommen. Miss Tanns wutverzerrtes Gesicht ist hinter der Fensterscheibe zu erkennen. Ich packe Ferns Hand und ziehe sie in Richtung Wasser, damit wir wegschwimmen.

Wir laufen, doch je schneller wir rennen, desto länger wird der Anleger.

Der Wagen kommt direkt hinter uns zum Stehen. Eine Hand packt mich, bekommt mich am Kleid und bei den Haaren zu fassen.

»Du undankbares kleines Ding«, blafft Miss Tann.

Ich fahre aus dem Schlaf hoch. Hootsie steht mit einem Glas Tee und einem Teller Sandwiches vor mir; sie knallt beides auf den Korbtisch, so dass der Tee überschwappt. »So, jetzt ist es genauso wie auf dem Fluss, was? Schön weich.« Sie lächelt verkniffen.

Ich nehme einen Bissen von dem aufgeweichten Sandwich und lächele zurück. Hootsie hat keine Ahnung, wie wir gelebt haben, bevor wir hergekommen sind. Ich kann Maisbrei mit Käfern essen. Ein bisschen Tee auf meinem Sandwich bringt mich nicht aus dem Konzept. Genauso wenig wie Hootsie, auch wenn sie es noch so sehr versucht. So böse, wie sie tut, ist sie nicht. Ich weiß, wovon ich rede.

Schnaubend reckt sie die Nase und geht. Nach dem Essen breite ich die Serviette über meinen Teller, damit sich keine Fliegen darauf sammeln, dann schlendere ich in Richtung Musikzimmer. Inzwischen ist alles still, trotzdem bewege ich mich ganz vorsichtig. Von Mr. Sevier ist weit und breit nichts zu sehen. Ich sehe mich ein letztes Mal um, ehe ich durch die Fliegentür schlüpfe.

Die Vorhänge des Musikzimmers sind zugezogen. In der Ecke steht ein Projektor, der ein helles Lichtquadrat an die Wand wirft. Unwillkürlich muss ich an die Wanderkinos denken, die in den Städten am Fluss gastiert haben. Ich trete näher, sehe meinen Schatten, lang und dünn und mit winzigen Kringeln, wo das Licht meine Locken einfängt. Mir fällt wieder ein, wie Briny manchmal auf der *Arcadia* Schattenspiele gespielt hat. Ich versuche es, weiß aber nicht, wie es geht.

Ein leises kratzendes Geräusch dringt aus dem Einbauschrank, in dem sich ein Plattenspieler befindet. Ich trete hinüber und betrachte die Nadel, die auf der schwarzen Schallplatte vor und zurück hüpft. Auf der *Arcadia* hatten wir auch mal so ein Ding, aber eines mit Handkurbel; Briny hat es in einem alten unbewohnten Haus am Ufer gefunden.

Wenig später hat er es gegen Brennholz eingetauscht.

Mir ist klar, dass ich das Grammophon nicht anfassen darf, aber ich kann einfach nicht widerstehen. Es ist das Schönste, was ich je gesehen habe. Es muss nagelneu sein.

Ich hebe das silberne Rund mit der Nadel an und setze es ein Stück weiter nach hinten, lausche der Musik, dann noch einmal und noch einmal; so leise, dass es vermutlich niemand hören kann.

Nach einer Weile trete ich ans Klavier; ich denke daran, wie ich früher zusammen mit Briny in Billardhallen und auf leeren Ausflugsdampfern gesessen habe und er mir beigebracht hat, wie man spielt. Ich sei diejenige, die am raschesten lerne, hat er gesagt.

Die letzten Töne verklingen, und die Nadel wandert kratzend über die Schallplatte.

Die Noten liegen auf dem Klavier. Ich schlage die Tasten an, ganz vorsichtig. Es ist nicht allzu schwierig, die Melodie nachzuspielen. Sie gefällt mir, deshalb setze ich die Nadel ein weiteres Mal auf die Platte, spiele noch ein wenig mehr. Diesmal ist es schon schwieriger. Ich versuche es, und es gelingt mir.

»Bravo!«

Erschrocken springe ich von der Klavierbank auf. Mr. Sevier steht im Türrahmen, tritt ein und lässt die Fliegentür zuschlagen. Ich weiche zurück, suche nach einer Fluchtmöglichkeit.

»Entschuldigung. Ich hätte nicht …« Tränen steigen mir in die Augen. Was, wenn er wütend wird, es Mrs. Sevier erzählt und die beiden mich wegschicken, bevor ich Gelegenheit hatte, mit Fern zum Fluss zurückzukehren?

Er tritt näher. »Keine Angst, das Klavier geht schon nicht kaputt. Victoria wollte unbedingt, dass wir den Ponywagen anspannen, solange sie weg ist. Ich habe Hoy darum gebeten. Gerade lasse ich ein kleines Haus am Ufer bauen, ein stilles Plätzchen, wohin ich mich zurückziehen kann, wenn es hier im Haus zu turbulent wird. Ich dachte, wir fahren mit dem Ponywagen rüber und sehen uns ein bisschen um. Und wenn wir zurück sind, zeige ich dir …« Er tritt näher. »Weißt du was? Wenn ich es mir recht überlege, kann der Ausflug auch noch eine Weile warten. Das Pony ist ein altes Mädchen und hat viel Geduld.« Mr. Sevier macht eine Geste in Richtung Klavier. »Probier das noch mal.«

Ich wische mir die Tränen ab. Er tritt zum Phonographen.

»Ich lege die Nadel neu auf. Wie viel kriegst du hin?«

Ich zucke mit den Achseln. »Keine Ahnung. Nicht viel. Am Anfang muss ich ganz genau zuhören.«

Er setzt die Nadel ein Stück weiter zurück, doch es gelingt mir, die Noten ziemlich rasch und halbwegs korrekt nachzuspielen.

»Hast du früher schon mal gespielt?«, fragt er.

»Nein, Sir.« Er setzt die Nadel noch ein Stück weiter zurück; ich spiele nicht ganz richtig, aber nur den neuesten Teil.

»Beeindruckend«, sagt er.

Eigentlich nicht, trotzdem freue ich mich über das Lob. *Aber was will er? Ich brauche nicht für ihn Klavier zu spielen, er kann es selbst gut genug. Er spielt sogar besser als der Pianist auf der Schallplatte.*

»Noch mal. Diesmal nur aus dem Gedächtnis.«

Ich spiele es nach, aber irgendetwas passt nicht.

»Hoppla«, sagt er. »Hast du das gehört?«

»Ja, Sir.«

»Das ist ein Halbton, deshalb war es nicht ganz richtig.« Er deutet auf das Klavier. »Ich kann es dir zeigen, wenn du willst.«

Ich nicke, wende mich wieder dem Klavier zu und lege die Finger auf die Tasten.

»Nein, so.« Er beugt sich von hinten über mich und zeigt mir, wie ich die Hände spreizen muss. »Der Daumen liegt auf dem eingestrichenen C. Du hast lange, schlanke Finger, das ist gut. Klavierhände.«

Es sind Brinys Hände, aber das weiß Mr. Sevier natürlich nicht.

Nacheinander berührt er meine Finger, drückt sie auf die Tasten und zeigt mir, wie ich den Halbton spielen muss.

»So geht es. Hörst du den Unterschied?«

Ich nicke. »Ja! Ich höre ihn!«

»Weißt du jetzt, wie du sie in der Melodie spielen musst?«

»Ja, Sir.«

»Gut. Dann los.« Ehe ich mich's versehe, sitzt er neben mir. »Du spielst die Melodie, ich die Akkorde. So komponiert man ein Stück, wie du es gerade auf der Platte gehört hast.«

Ich tue, was er sagt, während er seinen Part spielt, und dann klingen wir auf einmal genauso wie auf der Schallplatte! Ich kann die Musik fühlen, wie sie aus dem Klavier durch meinen Körper fließt. Jetzt endlich weiß ich, wie Vögel sich fühlen müssen, wenn sie singen.

»Können wir noch mal spielen?«, frage ich am Ende. »Mehr davon?« Ich will mehr, immer mehr.

Er drehte die Platte um, hilft mir, die richtigen Tasten zu finden, und dann spielen wir gemeinsam das Stück. Als wir zum Ende kommen, lacht er. Und ich auch.

»Wir sollten zusehen, dass du Klavierstunden bekommst«, sagt er. »Du hast wirklich Talent.«

Ich mustere ihn eindringlich. Will er mich auf den Arm nehmen? *Talent? Ich?* Verlegen wende ich mich wieder den Tasten zu und spüre, wie mir die Hitze in die Wangen steigt. *Meint er es ernst?*

»Ich würde es nicht sagen, wenn es nicht stimmte, May. Ich mag nicht viel davon verstehen, kleine Mädchen großzuziehen, aber mit Musik kenne ich mich aus.« Er beugt sich zu mir herüber und sieht mir ins Gesicht. »Ich weiß, dass es schwer für dich ist, hier zu sein, in einem fremden Haus, in deinem Alter … aber ich glaube, du und ich, wir könnten Freunde sein.«

Auf einen Schlag bin ich wieder in Mrs. Murphys Heim, auf dem dunklen Korridor, eingequetscht zwischen Mr. Riggs' dickem Wanst und der Wand; ich spüre förmlich, wie er sich gegen mich presst, so dass ich keine Luft mehr bekomme und sich mein ganzer Körper taub anfühlt. Der Gestank nach Whiskey, vermischt mit Kohlenstaub und Schweiß, steigt mir in die Nase, und er flüstert *D-du und ich k-können Freunde sein. Ich geb dir auch P-Pfefferminz und K-K-Kekse, a-alles, was du willst. Wir k-k-können beste Freunde sein, du und ich.*

Ich springe von der Klavierbank auf, wobei meine Hand auf ein paar Tasten landet. Dissonante Klänge mischen sich mit dem Klappern meiner Schuhe, als ich aus dem Raum fliehe.

Ich laufe, laufe, laufe, bis ich auf dem Boden meines Kleiderschranks hocke, in der Hoffnung, dass mich hier niemand suchen wird.

## KAPITEL 21

### Avery

Der Stafford-Clan kann ein ziemlich beeindruckender Haufen sein, wenn man uns zwingt, unsere Kräfte zu bündeln. Seit beinahe drei Wochen sind wir damit beschäftigt, die Presse abzuwehren, deren Hauptanliegen darin besteht, uns als elitäre Verbrecher abzustempeln, weil wir meine Großmutter in einem Luxus-Pflegeheim untergebracht haben – wobei sich meine Großmutter ein solches Heim im Übrigen problemlos leisten kann; es ist keineswegs so, dass wir staatliche Unterstützung in Anspruch nehmen würden. Und genau das würde ich am liebsten jedem Reporter ins Gesicht schleudern, der uns auf dem Weg zu so ziemlich jeder Veranstaltung ein Mikrofon unter die Nase hält ... selbst vor der Kirche.

Wir biegen in die Auffahrt von Drayden Hill ein – ich habe meine Eltern zur Kirche und einem anschließenden Sonntagsbrunch begleitet –, und ich erspähe meine Schwestern auf der Zuchtstutenweide mit Allisons Drillingen, während Courtney auf dem Rücken von Doughboy, unserem gutmütigen alten Wallach, dahintrabt ... ohne Sattel. Als ich den Wagen abstelle, stelle ich mir den Rhythmus seiner langen Beine vor, das Spiel seiner Muskeln, die sich abwechselnd an- und wieder entspannen, das Heben und Senken seines breiten Rückens.

»Hey, Tante Aves! Reitest du nachher mit mir aus?«, ruft

Courtney, als ich an den Zaun trete. »Und danach kannst du mich nach Hause fahren.«

Ich will gerade »Ich ziehe mir nur schnell eine Jeans an« rufen, aber Ally ist schneller. »Du musst noch deine Sachen fürs Sommerlager packen, Court!«

»Ach, Mann«, mault sie und trabt auf Doughboy davon.

Ich trete durch das Tor der Zuchtstuten und gehe auf meinen Highheels über die Weide. Am hinteren Ende des Zauns krabbeln die Jungs und ärgern die diesjährigen Fohlen, indem sie ihnen Blumenstängel und Grashalme in die Nüstern schieben, während Allison und Missy mit ihren Handys im Sekundentakt Fotos schießen. Die Seersucker-Shorts und Fliegen der Jungs sehen mittlerweile längst nicht mehr so tadellos aus wie vorhin in der Kirche.

Missy geht in die Hocke und knuddelt einen der Jungs, während sie ihm hilft, eine Wildblume zu pflücken. »Wie ich diese Zeit vermisse«, seufzt sie wehmütig. Ihre Kinder, alle im Teenageralter, sind bereits im Asheville-Sommerlager, wo auch wir immer unsere Ferien verbracht haben, und Court soll ihnen morgen folgen.

»Diese drei Krawallbrüder sind jederzeit zu mieten.« Allison reißt hoffnungsvoll die Augen auf und schiebt sich eine kastanienbraune Strähne hinters Ohr. »Und mit jederzeit meine ich: *jederzeit*. Ihr braucht auch nicht alle drei auf einmal zu nehmen. Einer oder zwei würden schon reichen.«

Wir lachen. Es ist ein gutes Gefühl, für einen Moment den Stress hinter sich zu lassen. Die letzten Wochen haben uns alle eine Menge Kraft gekostet.

»Wie ging es Daddy beim Brunch?« Wie immer ist Missy die Pragmatische.

»Ganz gut, denke ich. Sie sind noch eine Weile geblieben und haben geplaudert. Hoffentlich zwingt Mama ihn, die

Füße hochzulegen, wenn sie zu Hause sind. Wir müssen später noch zu einem Dinner.« Mein Vater ist fest entschlossen, keinen Gang herunterzuschalten, doch das Gezerre wegen Grandma Judy geht ihm schwer an die Nieren. Dass seine Mutter plötzlich Opfer dieses jüngsten öffentlichen Skandals wird, setzt ihm gewaltig zu. Solange lediglich er selbst im Kreuzfeuer der Kritik steht, kann er damit umgehen, doch sobald es gegen seine Familie geht, schießt sein Blutdruck in schwindelerregende Höhen.

An Tagen, an denen er seine Chemopumpe am Bein tragen muss, wirkt er manchmal, als würde er jeden Augenblick zusammenbrechen.

»Wir packen ein und kratzen die Kurve, bevor sie kommen«, sagt Allison mit einem Blick in Richtung Auffahrt. »Ich wollte bloß ein paar Fotos von den Fohlen und den Jungs machen, solange sie noch ihre Kirchensachen anhaben. Leslie meinte, ein paar Tierbaby-Staffordbaby-Aufnahmen könnten ein gutes Ablenkungsmanöver für die sozialen Medien sein. Etwas Niedliches, Unschuldiges.«

»Bei mir würde es jedenfalls funktionieren.« Ich drücke einem meiner Neffen einen Kuss auf die Stirn, worauf er die Arme aussteckt und mit seinen grasverklebten Händchen mein Gesicht betatscht.

»Schau mal, Tante Aves!«, ruft Courtney und springt mit Doughboy über ein niedriges Hindernis.

»Courtney! Nicht ohne Sattel und Helm!«, schreit Allison.

»Das ist mein Mädchen!«, sage ich.

»Sie ist dir viel zu ähnlich!« Missy schubst mich mit der Schulter an.

»Ich habe keine Ahnung, wovon du sprichst.«

Allison rümpft ihre Himmelfahrtsnase. »Oh doch, du weißt genau, was ich meine.«

»Komm schon, Al. Lass sie noch eine Weile hier.« Ich *muss* mich einfach für Courtney einsetzen. Außerdem habe ich gerade ein bisschen Zeit, und ein kleiner Ausritt wäre eine fantastische Idee. »Ich bringe sie in einer Stunde nach Hause. Oder in zweien. Dann kann sie immer noch fürs Sommerlager packen.«

Court nimmt eine zweite Hürde. »Courtney Lynne!«, schimpft Allison.

Ich öffne den Mund, um zu protestieren, dass die Hindernisse doch niedrig sind und Courtney wie ein Mongolenfürst im Sattel sitzt, als mein Blick auf ein silberfarbenes BMW-Cabrio fällt, das auf den Weg zum Stall einbiegt. Ich erkenne den Wagen auf Anhieb. Ein zentnerschweres Gewicht legt sich auf meine Brust.

»Bitsy ist auch hier?«, fragt Missy.

»Das kann nichts Gutes heißen.« Eigentlich sollte ich so etwas nicht sagen, schon gar nicht über meine künftige Schwiegermutter, aber eine weitere Runde Hochzeitstalk ist so ziemlich das Letzte, was ich heute gebrauchen kann. Ich weiß ja, dass sie es nur gut meint, trotzdem rückt sie mir bei jeder Gelegenheit auf die Pelle.

Doch das Gewicht hebt sich, als ich sehe, wer aus dem Wagen steigt – eine große, schlanke Gestalt, dunkelhaarig und attraktiv.

»Ratet mal, wer gekommen ist, um seine Liebste zu besuchen? Ich wusste ja gar nicht, dass dein Zukünftiger in der Stadt ist.« Missy grinst, dann winkt sie in Richtung Scheune. »Hallo, Elliot!«

Ich bin sprachlos. »Er hat … Ich hatte keine Ahnung, dass er in Aiken ist. Als wir gestern telefoniert haben, war er in D.C. wegen eines Termins und wollte heute weiter nach Kalifornien fliegen.«

»Da hat er wohl umdisponiert. Wie romantisch ist das denn?« Allison schubst mich in Richtung Tor. »Du solltest den Mann vielleicht mal umarmen.«

»Und ihm einen Kuss geben«, fügt Missy hinzu. »Und was dir sonst noch so in den Sinn kommt.«

»Hört auf!« Vielleicht liegt es daran, dass meine Schwestern mich jahrelang damit aufgezogen haben, Elliot und ich seien ein Paar, obwohl wir es damals noch gar nicht waren. Jedenfalls spüre ich, wie sich die Hitze über meinem Hals und meinen Wangen ausbreitet, als Elliot herüberwinkt und auf das Tor zukommt. Er sieht gut aus in seinem eleganten grauen Anzug – ein Geschäftsoutfit. Wieso ist er hier?

Plötzlich kann ich kaum erwarten, es herauszufinden. Ich trete mir die Schuhe von den Füßen und laufe quer über die Weide auf ihn zu, werfe mich in seine Arme. Er hebt mich hoch, stellt mich wieder ab und gibt mir einen flüchtigen Kuss. Es ist wunderbar, so vertraut, so süß, so sicher – genau das, was ich jetzt brauche.

»Was machst du denn in Aiken?« Ich bin immer noch völlig verblüfft über sein unerwartetes Auftauchen – begeistert, aber auch geschockt.

Seine dunkelbraunen Augen funkeln vor Freude über die Überraschung. »Ich habe meinen Flug umgebucht, um ein paar Stunden hier sein zu können, bevor ich nach L. A. weiterfliege.«

»Du fliegst trotzdem heute noch nach L. A.?« Ich hasse es, so enttäuscht zu klingen, aber in diesem kurzen Moment der Begeisterung habe ich mir bereits ausgemalt, was wir unternehmen könnten.

»Ja, heute Abend. Tut mir leid, dass ich nicht mehr Zeit einplanen konnte, aber hey, immerhin besser als gar nichts, oder?«

Ich höre einen Wagen die Einfahrt heraufkommen. Das könnten Dad und Honeybee sein, die von ihrem Brunch zurück sind. Wenn sie uns sehen, habe ich Elliot nicht mal eine Minute für mich. Ich ziehe ihn hinter den Stall. »Los, lass uns eine Runde spazieren gehen. Ich will dich ganz für mich alleine haben.« Hoffentlich bemerken meine Eltern den Wagen neben Allisons SUV nicht.

Elliot blickt stirnrunzelnd auf meine nackten Füße. »Brauchst du keine Schuhe?«

»Ich hole mir einfach ein Paar Gummistiefel aus der Sattelkammer. Wenn ich hoch ins Haus gehe, kriegen sie mit, dass du hier bist, und Mama will mit uns reden.« Kaum sind die Worte über meine Lippen, dämmert es mir. »Weiß deine Mutter, dass du hier bist?« Bitsy bringt uns beide um, wenn sie erfährt, dass er in der Stadt war und sie nicht besucht hat.

»Entspann dich. Ich war schon bei ihr. Wir haben zusammen gefrühstückt.«

Das erklärt, weshalb Bitsy nicht beim Brunch war. »Deine Mutter wusste, dass du kommst, ich aber nicht?« Ich kann meine Eifersucht nicht leugnen, auch wenn ich es noch so sehr versuche. Elliot kommt nach Hause, und der erste Mensch, mit dem er Zeit verbringt, ist seine Mutter?

Er zieht mich an sich und küsst mich auf eine Art, die keinen Zweifel an seinen Prioritäten lässt. »Ich wollte dich einfach überraschen.« Wir schlendern durch den Boxengang. »Außerdem wollte ich Mutter aus dem Weg haben. Du weißt ja, wie sie sein kann.«

»Verstehe.« Wie immer hat er die Situation mit Bitsy so elegant gelöst, wie er nur konnte. »Ist sie dir auf die Pelle gerückt, du sollst dich endlich auf ein Datum festlegen?«

»Ein bisschen«, gesteht er. »Ich habe ihr versprochen, dass wir darüber reden werden.«

Ich verkneife mir die Bemerkung, dass *darüber reden* in Bitsys Sprachgebrauch *wir tun selbstverständlich, was du willst* bedeutet.

Er hält mir die Tür zur Stallkammer auf und hängt sein Sakko an einen Haken. »Wie geht es deinem Dad?«

Ich bringe ihn auf den neuesten Stand, während ich ein Paar Gummistiefel in der passenden Größe suche, hineinschlüpfe und meine Hose hineinstecke.

»Sehr hübsch«, neckt er mich. Elliots ist kein großer Fan von in Gummistiefel gesteckten Freizeithosen.

»Vielleicht sollte ich ja doch nach oben ins Haus gehen und etwas Passenderes suchen, während du dich mit Honeybee über Frühlingshochzeiten austauschst …«

Er lacht und reibt sich die Augen, was mir zeigt, wie müde er ist. Was seinen Umweg hierher noch rührender macht. »Das ist wirklich eine reizvolle Idee, aber … lieber nicht. Lass uns ein Stück gehen, vielleicht können wir später noch eine kleine Runde drehen.«

»Klingt prima. Ich scheibe nur Allison und Missy, dass sie meinen Eltern nicht sagen sollen, dass du hier bist.« Wir nehmen den Weg zu den Reitpfaden. Wie gewohnt entspinnt sich eine lockere Unterhaltung zwischen uns. Er nimmt meine Hand, während wir über Geschäftliches, über die Familie, über seinen Mailand-Trip, über Politik reden – über alles, was wir am Telefon aus Zeitmangel nicht besprechen konnten. Es fühlt sich gut an, so als würde man nach einer langen Reise nach Hause zurückkehren.

Ohne lange darüber nachzudenken, schlagen wir den Weg zu dem kleinen See ein, zu dem Pavillon im Schatten der Kiefern, der dort schon steht, seit ich denken kann. Ich erzähle ihm von May Crandall, der Tennessee Children's Home Society, Grandma Judys seltsamer Warnung vor Arcadia.

Elliot bleibt auf den Stufen vor dem Pavillon stehen und lehnt sich mit vor der Brust verschränkten Armen gegen einen der Pfosten. Er sieht mich an, als wären mir plötzlich Hörner gewachsen. »Wo kommt das alles auf einmal her, Avery?«

»Was ... alles?«

»All das ... keine Ahnung ... dass du plötzlich in der Vergangenheit herumwühlen und dich mit Dingen beschäftigen musst, die gar nichts mit dir zu tun haben. Hast du nicht schon genug um die Ohren mit deinem Dad, dem Hickhack wegen der Pflegeheime und Leslie, die pausenlos versucht, deine Performance zu optimieren?«

Ich bin nicht sicher, wie ich Elliots Protest einschätzen soll – ist er irgendwie gekränkt, oder spricht aus ihm lediglich die Stimme der Vernunft? »Aber genau darum geht es doch. Was ist, wenn all das doch etwas mit uns zu tun hat? Wenn Grandma Judy so großes Interesse an der Tennessee Children's Home Society hat, weil meine Familie etwas mit deren Machenschaften zu tun hatte? Was, wenn sie an der Gesetzgebung beteiligt waren, durch die all die Adoptionen durchgewinkt und die Unterlagen unzugänglich gemacht werden konnten?«

»Falls dem so gewesen sein sollte ..., was interessiert es dich? Welche Rolle spielt es heute noch, nach all den Jahren?« Er runzelt die Stirn.

»Weil ... na ja ... zum einen, weil es Grandma Judy wichtig war.«

»Genau deshalb musst du ja besonders vorsichtig sein.«

Einen Moment lang weiß ich nicht, was ich sagen soll. Ich spüre, wie mir unter meiner ärmellosen Seidenbluse der Schweiß ausbricht. Mit einem Mal hört sich mein Verlobter wie seine Mutter an; viel zu sehr sogar. Selbst die Art, wie er seine Worte intoniert, erinnert mich an Bitsy. Im Lauf der Jahre kam es zwischen ihr und Grandma Judy immer wieder zu Meinungsverschiedenheiten, während meine Mutter häufig beschwichtigend in der Mitte stand. »Was soll das denn bitte bedeuten?«

Vielleicht ist Elliot ja bloß müde, und Bity ist ihm beim Frühstück mit irgendetwas auf den Pelz gerückt, trotzdem schockiert es mich zutiefst, als er die Hand hebt und sich mit voller Kraft auf seinen Schenkel schlägt. »Du weißt ganz genau, dass Judy Stafford noch nie ein Blatt vor den Mund genommen und sich dadurch in Schwierigkeiten gebracht hat, Avery. Das ist kein Geheimnis. Hör auf, so zu tun, als würdest du das heute zum allerersten Mal hören.« Er mustert mich mit nervtötender Selbstbeherrschung. »Sie hat es mehr als einmal geschafft, beinahe die Karriere deines Großvaters zu zerstören ... und die deines Vaters genauso.«

Seine Worte kränken mich. »Sie hat eben den Mund aufgemacht, wenn etwas nicht richtig war.«

»Diene Großmutter war eine Querulantin, die es geliebt hat, Unfrieden zu stiften.«

»Das stimmt nicht.« Ich spüre, wie die Wut in mir zu brodeln beginnt, gleichzeitig bin ich den Tränen nahe. Zu hören, wie er wirklich über meine Familie denkt, fühlt sich wie Verrat an, aber eigentlich geht mir ein ganz anderer Gedanke durch den Kopf. *Endlich ist Elliot hier, und wir haben nichts Besseres zu tun, als uns zu streiten?*

Er streichelt behutsam meinen Arm und nimmt meine Hand. »Hey ... Aves«, sagt er versöhnlich. »Ich will mich nicht mit dir streiten, sondern sage nur ehrlich, was ich denke. Weil ich dich liebe und das Beste für dich will.«

Unsere Blicke begegnen sich, und es ist, als könnte ich mitten in sein Herz blicken. Ich sehe die Aufrichtigkeit in seinen Augen. Er liebt mich. Und er hat ein Recht auf seine eigene Meinung. Es irritiert mich nur, dass diese sich so grundlegend von meiner unterscheidet. »Ich will mich auch nicht mit dir streiten.«

Er hebt meine Hand an die Lippen und küsst sie. »Ich liebe dich.«

Wieder blicke ich ihm in dic Augen, sehe all die Jahre, die vielen zurückgelegten Meilen, die gemeinsamen Erfahrungen. Ich sehe den Jungen, der mein Freund seit Kindertagen war und nun ein erwachsener Mann ist. »Ich weiß. Ich liebe dich auch.«

»Tja, dann sollten wir wohl über die Hochzeit reden.« Sein Auge zuckt. Vermutlich war die Unterhaltung mit Bitsy bei weitem nicht so entspannt und unbeschwert, wie er tut. Er zieht sein Handy heraus und sieht auf die Uhr. »Ich habe es Mutter versprochen.«

Wir setzen uns eine Weile auf unseren gewohnten Platz im Pavillon, aber es ist zu heiß. Schließlich gehen wir in unser Lieblingsrestaurant in der Stadt, um genau das zu tun, was wir schon in unserer Kindheit, Teenagerzeit und auf dem College getan haben – wir überlegen, was wir wollen, und versuchen, es von den Vorstellungen der Leute rings um uns herum abzugrenzen.

Als es Zeit für Elliot wird, zum Flughafen aufzubrechen, sind zwar keine festen Beschlüsse gefasst, doch zumindest sind wir wieder auf derselben Wellenlänge und uns nahe, und das ist das Allerwichtigste.

Beim Nachhausekommen fängt Honeybee mich an der Haustür ab. Sie hat mitbekommen, dass Elliot hier war, und ist enttäuscht, weil er nicht mit hereingekommen ist.

»Er hat viel um die Ohren und musste zum Flughafen, Mama«, sage ich zu ihr.

»Ich hätte ihm eines der Gästezimmer herrichten lassen. Er ist hier immer willkommen.«

»Das weiß er doch, Mama.«

Wehmütig blickt sie die Einfahrt hinunter. Vermutlich hat sie das halbe Anwesen mit klimatisierter Luft versorgt, ehe sie endlich aufgibt und die Haustür schließt. »Bitsy hat angerufen und gesagt, sie hätte heute Vormittag mit Elliot über eure Hochzeitspläne gesprochen, genauer gesagt, über die nicht vorhandenen Pläne, und er hätte versprochen, dass ihr beide alles besprechen würdet. Ich dachte nur, ihr kommt noch auf einen Sprung herein, nachdem ihr ein wenig Zeit für euch hattet.«

»Wir haben ein paar Möglichkeiten durchgesprochen, das ist richtig, aber Entscheidungen sind noch keine getroffen.«

Sie zieht die Brauen zusammen, kaut auf ihrer Lippe. »Ich will nicht, dass das, was hier gerade passiert, euch … irgendwie ablenkt. Ich will nicht, dass ihr eure Zukunft deswegen aufschiebt.«

»So sehen wir das nicht, Mama.«

»Bist du ganz sicher?« Ihre Enttäuschung und Verzweiflung treffen mich ins Herz. Eine bevorstehende Hochzeit sollte etwas sein, worauf man sich freut, dem man entgegenfiebert. Außerdem könnte sie als Signal dienen, dass im Team Stafford wieder so weit alles in Ordnung ist, um zur Tagesordnung überzugehen. Vielleicht ist es ja egoistisch von Elliot und mir, die anderen warten zu lassen. Würde es uns umbringen, ein Datum und einen Ort festzulegen? Und vielleicht ist die Azaleenblüte im Frühling ja eine gute Idee? Die ganze Familie wäre überglücklich darüber. Und wenn man sich sicher ist, dass man den richtigen Menschen heiraten wird, spielt es doch keine Rolle mehr, wann und wo man es amtlich macht, oder nicht?

»Wir werden uns demnächst auf etwas einigen, ich verspreche es.« Doch tief in meinem Innern hallen Elliots Worte wider – *Du weißt ganz genau, dass Judy Stafford noch nie ein Blatt vor den Mund genommen und sich dadurch in Schwierigkeiten gebracht hat, Avery. Das ist kein großes Geheimnis.* Was, wenn Elliot nicht bewusst ist – oder er es nicht wahrhaben will –, dass meine Großmutter und ich uns sehr, sehr ähnlich sind?

»Gut.« Die Sorgenfalten um Honeybees Augen glätten sich. »Aber ich will euch nicht unter Druck setzen.«

»Das weiß ich.«

Sie legt mir ihre kühlen Hände ums Gesicht und sieht mich liebevoll an. »Ich hab dich lieb, mein Lämmchen.«

Der Klang meines Kosenamens lässt mich erröten. »Ich hab dich auch lieb, Mama.«

»Elliot ist ein Glückspilz. Ich hoffe, das ist ihm jeden Tag klar, den er gemeinsam mit dir verbringen darf.« Ich sehe Tränen in ihren Augen glitzern und spüre, wie auch meine Augen feucht werden. Es ist ein schönes Gefühl, sie wieder so ... glücklich zu sehen. »Und jetzt geh dich rasch umziehen, sonst kommen wir zu spät zum Benefizdinner. Das Konzert fängt schon um sieben Uhr mit einem afrikanischen Kinderchor an, der fantastisch sein soll.«

»Ja, Mama.« Ich nehme mir fest vor, mit Elliot über die Hochzeit zu reden, sobald er aus L. A. zurück ist. Und dass ich morgen Grandma Judy in Magnolia Manor besuchen werde, bestärkt mich noch in meinem Entschluss. Seit ich ein Mädchen war, habe ich mir gewünscht, dass sie meine Hochzeit noch erleben darf, und niemand weiß, wie viel Zeit uns bleibt.

Während des Abendessens spiele ich im Geiste ein paar Ideen durch, versuche mir eine Gartenhochzeit auszumalen. Elliot und ich, ein paar hundert Freunde und Bekannte, ein perfekter Frühlingstag. Es könnte wirklich schön werden, die moderne Interpretation einer alten Familientradition. Grandma Judy und mein Großvater haben auch im Garten von Drayden Hill geheiratet.

Elliot wird einverstanden sein, auch wenn es ihm insgeheim widerstrebt, dass seine oder meine Mutter über unser Leben bestimmen. Wenn ich unbedingt eine Gartenhochzeit will, dann will er es auch.

Am Morgen fahre ich nach Magnolia Manor, fest entschlossen, Grandma Judy zu fragen, wie ihr großer Tag damals war. Vielleicht können wir ja ein paar Momente wiederaufleben lassen.

Diesmal liegt ein strahlendes Lächeln auf ihren Zügen, und ihr Blick lässt ahnen, dass sie mich wiedererkennt, so als würde sie spüren, dass ich etwas Wichtiges auf dem Herzen habe.

»Da bist du ja! Komm, setz dich zu mir. Ich muss dir etwas erzählen.« Sie versucht, den zweiten Lehnsessel zu sich heranzuziehen, aber es gelingt ihr nicht. Ich schiebe ihn ein Stück nach vorn und setze mich auf die Kante, so dass sich unsere Knie beinahe berühren.

Sie nimmt meine Hand und blickt mich eindringlich an. »Ich will, dass du alles zerstörst, was du in meinem Wandschrank findest. Im Haus in der Lagniappe Street, meine ich.« Sie sieht mir in die Augen. »Ich glaube nicht, dass ich hier noch mal rauskomme und mich selbst darum kümmern kann, und ich will nicht, dass wildfremde Leute meine Aufzeichnungen lesen, wenn ich tot bin.«

Ich wappne mich gegen den unvermeidlichen Schmerz. »So was darfst du nicht sagen, Grandma Judy. Ich habe dich neulich erst bei der Gymnastikstunde gesehen. Die Trainerin hat gemeint, du machst dich ganz prächtig.« Ich tue so, als hätte ich noch nie von ihren Kalendern gehört. Die Vorstellung ist schlicht unerträglich. Es ist, als müsste ich von der emsigen Kreuzritterin Abschied nehmen, die sie einst war.

»Da stehen Namen und Telefonnummern drin, die nicht in die falschen Hände fallen dürfen. Du musst im Garten ein Feuer anzünden und alles verbrennen.«

Ich frage mich, ob sie geistig weggetreten ist, aber sie scheint völlig klar zu sein. Ein Feuer im Garten anzünden ... in einer Straße, in der sich ein denkmalgeschütztes Haus ans andere reiht? Die Nachbarn würden in null Komma nichts die Feuerwehr rufen.

Ich sehe schon die Schlagzeilen.

»Sie werden denken, du verbrennst das Laub.« Sie lächelt und zwinkert mir verschwörerisch zu. »Keine Angst, Beth.«

Mit einem Mal ist klar, dass wir nicht länger in Magnolia Manor sind. Ich habe nicht die leiseste Ahnung, wer Beth ist. Ehrlich gesagt, bin ich beinahe erleichtert, dass Grandma Judy nicht weiß, mit wem sie spricht. Das liefert mir eine willkommene Ausrede, ihren Anweisungen nicht Folge zu leisten.

»Ich kümmere mich darum, Grandma«, sage ich.

»Wunderbar. Du warst immer so nett zu mir.«

»Weil ich dich so lieb habe.«

»Ich weiß. Lass die Schachteln zu und verbrenne sie einfach alle.«

»Die Schachteln?«

»Die mit den Gesellschaftskolumnen. Ich will nicht, dass die Leute sich an mich als Miss Chief erinnern, verstehst du.« Sie tut so, als wäre sie verlegen wegen ihrer Zeit als Klatschkolumnistin, doch das Glitzern in ihren Augen verrät sie.

»Du hast mir nie erzählt, dass du Gesellschaftskolumnistin warst.« Ich drohe ihr mit dem Finger.

Sie blickt mich mit Unschuldsmiene an. »So? Ach, das ist lange her.«

»Aber du hast doch in deinen Kolumnen nie etwas geschrieben, was nicht der Wahrheit entspricht, oder?«, necke ich sie.

»Natürlich nicht. Aber die Leute wollen die Wahrheit nicht immer hören, stimmt's?«

So schnell Miss Chief aufkam, ist sie wieder verschwunden, und Grandma Judy spricht eine Weile über Leute, die längst tot sind, in ihrer Fantasie jedoch erst gestern gemeinsam mit ihr zu Mittag gegessen haben.

Ich frage sie nach ihrer Hochzeit, worauf sie mir ein Mischmasch aus Erinnerungen an ihre eigene und die zahlreichen anderen liefert, bei denen sie eingeladen war, darunter auch die meiner Schwestern. Grandma Judy liebt Hochzeiten.

An meine wird sie sich nicht mehr erinnern.

Traurigkeit überkommt mich. Ihre wenigen lichten Momente lassen jedes Mal neue Hoffnung in mir aufkeimen, nur um von der nächsten Demenzwelle wieder fortgespült zu werden.

Diesmal treiben wir mitten in der endlosen Weite, als ich ihr einen Kuss auf die Wange gebe, mich von ihr verabschiede und ihr sage, dass mein Vater vermutlich heute noch vorbeisieht. Hoffentlich.

»Oh, und wer ist Ihr Vater?«

»Dein Sohn, Wells.«

»Hier muss ein Missverständnis vorliegen. Ich habe keinen Sohn.«

Als ich das Pflegeheim verlasse, wünsche ich mir sehnlich, ich könnte irgendjemanden anrufen und mir meinen Kummer von der Seele reden. Ich scrolle meine Favoritenliste durch, verharre bei Elliots Nummer. Doch nach allem, was er über Grandma Judy gesagt hat, erscheint es mir illoyal, ihm zu erzählen, wie sehr sie mir entgleitet.

Erst als mein Handy läutet und ich den Namen auf dem Display lese, wird mir bewusst, dass es sehr wohl jemanden gibt, mit dem ich reden kann. Ich muss an den Ausdruck auf seinem Gesicht denken, als er geschildert hat, wie schwer es ihm gefallen ist, seinem Großvater ein Versprechen zu geben – jenes Versprechen, das May Crandall und meine Großmutter betrifft. Mein Instinkt sagt mir, dass er mich verstehen wird.

Seit dem Besuch bei May haben wir nicht mehr miteinander gesprochen haben. Vermutlich ist es das Beste so: alles zu lassen, wie es ist, und mein Leben weiterzuleben, habe ich mir gesagt.

Im ersten Moment scheint er nicht mehr recht zu wissen, wieso er mich überhaupt angerufen hat. Ich frage mich, ob er dasselbe gedacht hat wie ich – dass keine Möglichkeit für uns besteht, Freunde zu sein. Die Parkplatz-Episode mit Leslie hat das nur allzu deutlich gezeigt. »Ich …«, sagt er schließlich. »Ich habe einen Artikel über den Pflegeheimskandal gelesen und musste an Sie denken.«

Zu meiner Verblüffung spüre ich, wie mich ein warmes Gefühl durchströmt. Ich darf nicht zulassen, dass es sich in meiner Stimme widerspiegelt. »Oh, bitte erinnern Sie mich bloß nicht daran. Wenn das noch eine Weile so weitergeht, springe ich jemandem an die Gurgel.«

»Tun Sie nicht.«

»Stimmt. Wahrscheinlich nicht. Aber am liebsten würde ich es tun. Es ist so unglaublich … frustrierend. Ich verstehe ja, dass mein Vater ein öffentliches Amt bekleidet, aber trotzdem sind wir immer noch Menschen, oder? Man sollte annehmen, dass einige Themen tabu sind … wie der Krebs zum Beispiel. Und zusehen zu müssen, dass meine Großmutter inzwischen manchmal nicht mehr weiß, wer sie ist … Ich habe das Gefühl, dass die Presse heutzutage überhaupt keine Grenzen mehr kennt. So war es früher nicht. Selbst in der Politik hatten die Leute noch …« Ich suche nach dem richtigen Wort, doch das einzige, was mir einfällt, ist »Anstand«.

»Wir leben in einer Welt, in der die Unterhaltung an oberster Stelle steht«, erklärt Trent nüchtern. »Alles ist erlaubt.«

Ich will zu einer weiteren Tirade darüber anheben, wie meine Familie unter Beschuss genommen wird, besinne mich jedoch eines Besseren. »Entschuldigung, ich wollte Sie nicht vollquatschen. Vielleicht sollte ich mal wieder runter an den Strand fahren.« Erst als die Worte über meine Lippen kommen, wird mir bewusst, wie flirtend das klingt.

»Wie wär's stattdessen mit einem Mittagessen?«

»Was?«

»Ich bin in Aiken und dachte, wir könnten uns treffen, wenn Sie Zeit haben. Ich habe ein bisschen in den Unterlagen meines Großvaters herumgelesen und mit ein paar Leuten geredet, die ihm bei seiner Suche geholfen haben, unter anderem mit einem Mann, der als Gerichtsdiener im Shelby County, Tennessee, gearbeitet hat, als die Adoptionsunterlagen noch alle versiegelt waren. Wie es aussieht, hat er Granddad mit einigen Informationen versorgt.«

Schlagartig fühle ich mich nach Edisto zurückversetzt, kann den Geruch nach Pfeifentabak, alten Zeitungsausschnitten, verblichenen Fotos und abgeblätterter Farbe wieder riechen. »Damit Ihr Großvater den adoptierten Kindern helfen konnte, ihre leiblichen Familien wiederzufinden, meinen Sie? Sie setzen also dort an, wo er aufgehört hat?«

»Nicht direkt. Ich habe mich bloß wegen May Crandall umgehört, weil ich dachte, ich könnte vielleicht etwas über ihren jüngeren Bruder in Erfahrung bringen, den sie ja nie wiedergefunden hat, Gabion.«

Ich lausche verblüfft. Dieser Mann ist aufrichtig bis ins Mark. Und ein besserer Mensch als ich. Ich hingegen war so mit den Problemen innerhalb meiner eigene Familie beschäftigt, dass ich noch nicht einmal bei Andrew Moore angerufen habe, um mich zu erkundigen, ob und wie May geholfen werden könnte. Erst jetzt wird mir bewusst, dass ich den Anruf bewusst hinausgezögert habe – ich fürchte mich davor, nach der Kontroverse in der Presse mit ihr in Verbindung gebracht zu werden. Wenn herauskommt, dass ich ihr helfe, würden unsere politischen Feinde mir unterstellen, dass ich sie bloß benutze, um unser angeschlagenes Image aufzupolieren.

Und ich kann mir auch nicht erlauben, mit Trent gesehen zu werden. Ein persönliches Treffen ist unmöglich, trotzdem kann ich mich nicht überwinden, Nein zu sagen, deshalb fahre ich weiter die Ausweichtour. »Das ist sehr nett von Ihnen. Was haben Sie gefunden?«

»Bislang nichts wirklich Bahnbrechendes. Eine Adresse in Kalifornien. Ich habe hingeschrieben, um herauszufinden, ob jemand etwas über einen zweijährigen Jungen weiß, der 1939 über die Tennessee Children's Home Society zur Adoption vermittelt wurde ... oder vielleicht sogar Ende der Dreißigerjahre unter dieser Adresse gelebt hat. Aber das ist nicht unbedingt erfolgversprechend.«

»Also sind Sie hergefahren, um es May zu erzählen?«

»Nein, ich wollte ihr keine Hoffnungen machen, solange nichts Konkretes herausgekommen ist. Ehrlich gesagt, bin ich wegen Marmelade hier. Als wir uns das letzte Mal gesehen haben, bin ich zu meiner Tante gefahren, die gerade Brombeermarmelade gekocht hat. Und jetzt ist sie fertig.«

Ich muss lachen. »Zweieinhalb Stunden Fahrt für ein Glas Marmelade ist ziemlich lange.«

»Sie haben noch nicht die Brombeermarmelade meiner

Tante probiert. Abgesehen davon kommt Jonah so gern her, weil Onkel Bobby einen Esel hat.«

»Jonah ist also bei Ihnen?« Ein Essen zu dritt wäre durchaus eine Möglichkeit. Sollten wir tatsächlich gesehen werden, käme keiner auf seltsame Gedanken. Ich überlege, ob ich einen meiner Nachmittagstermine schieben kann. »Wissen Sie was? Ich würde sehr gern mit Ihnen beiden essen gehen.«

»Ich schätze, ich kann Jonah für eine Weile von Onkel Bobbys Esel weglocken. Wann und wo? Haben Sie einen speziellen Wunsch? Wir sind ziemlich flexibel, solange es nicht um die Zeit fürs Nachmittagsschläfchen ist. Das könnte nämlich übel werden.«

Wieder muss ich lachen. »Wann ist denn Schläfchenzeit?«

»Gegen zwei.«

»Gut, dann ein frühes Mittagessen. Gegen elf? Oder ist das zu früh?« Ich habe keine Ahnung, wo Trents Tante wohnt, aber wenn sie einen Esel haben, ist es vermutlich nicht direkt um die Ecke. In der Gegend um Magnolia Manor gibt es seit Jahren keine Landwirtschaft mehr. »Suchen Sie sich etwas aus, und wir treffen uns dort. Aber nichts zu Schickes, okay? Irgendetwas Ruhiges.«

»Schick ist nicht unser Ding, sondern eher Restaurants mit Spielecken. Kennen Sie zufällig eins?«

Ich überlege. »Ja, ich kenne tatsächlich eins. In der Nähe des Hauses meiner Großmutter gibt es ein Drive-in mit einem kleinen Spielplatz. Dort sind wir immer mit ihr hingefahren, als wir noch Kinder waren.« Ich nenne ihm die Adresse. Das Beste daran ist, dass mich zu Hause keiner vermissen wird, wenn wir uns um elf treffen.

*Ich bin eine erwachsene Frau*, denke ich, kehre um und fahre in Richtung von Grandma Judys Viertel. *Ich brauche mich nicht wie ein Teenager zu fühlen, der die Schule schwänzt, bloß weil ich mich mit einem ... Freund zum Mittagessen treffe.*

*Schließlich habe ich ein Recht auf ein eigenes Leben, oder?*

Ich ringe eine Weile mit mir, lasse meine Gedanken schweifen. Vielleicht bin ich ja verwöhnt von der Zeit in Maryland, wo ich in meiner eigenen kleinen Welt der Anonymität gelebt habe, einen Job hatte, der mir ganz allein gehörte, und nicht an Mitarbeiter, ein Büro in D. C. und meinen Heimatstaat gebunden war, an Wähler und an Spender, an ein vollständiges politisches Netzwerk.

Vielleicht war mir bisher nicht bewusst, dass ein Leben als Stafford keinen Platz für andere Dinge lässt, vor allem hier, wo wir zu Hause sind. Die kollektive Identität ist so gewaltig, dass Individualität schlicht unmöglich ist.

Früher einmal habe ich das genossen ... oder? Vor allem die Privilegien, die damit verbunden waren. Jeder Weg, den ich beschritten habe, war geebnet.

Aber jetzt habe ich eine Kostprobe davon bekommen, wie es ist, meine eigenen Berge zu besteigen, in meiner eigenen Weise, meinem eigenen Tempo.

Bin ich diesem anderen Leben vielleicht entwachsen?

Die Vorstellung ist seltsam; so als würde sie meine Identität in zwei Hälften teilen. Bin ich die Tochter meines Vaters? Oder ich selbst? Muss ich das eine opfern, um das andere sein zu können?

*Bestimmt ist das alles nur eine Reaktion auf den Stress der jüngsten Tage und Wochen.*

An einem Stoppschild vor Grandma Judys Straße muss ich anhalten. Mein Blick schweift zu ihrem Haus, schweift über die Rinnen in der Straße, wo wir Kinder früher in den Pfützen gespielt haben, wenn es geregnet hatte, über die sorgsam gestutzte Hecke und den Briefkasten mit dem Pferdekopf.

Mitten in ihrer Einfahrt steht ein Taxi – in einer Stadt von der Größe Aikens kein alltäglicher Anblick.

Ich zögere, beobachte das Taxi. Es steht einfach da. Vielleicht hat der Fahrer ja nicht gemerkt, dass das Haus unbewohnt ist. Vielleicht ist es eine Verwechslung.

Ich rechne damit, dass er davonfährt, als ich in die Einfahrt biege, aber stattdessen ... schläft der Fahrer hinterm Steuer? Er regt sich auch nicht, als ich aussteige und zu ihm trete.

Er sieht jung aus, fast noch ein Teenager, aber er muss älter sein, sonst hätte er keinen Taxischein. Auf dem Rücksitz ist kein Fahrgast, und auch vor dem Haus sehe ich niemanden. Ich hatte schon Angst, ein Journalist könnte, angelockt von dem grauenvollen Zeitungsartikel, hier herumschnüffeln und Fotos davon machen, wie die andere Hälfte der Bevölkerung lebt, aber weshalb sollte er mit einem Taxi kommen?

Der Fahrer zuckt zusammen, als ich gegen die halb heruntergelassene Scheibe klopfe. Mit offenem Mund sammelt er sich und blinzelt.

»Äh ... ich bin wohl eingeschlafen«, murmelt er. »Tut mir leid, Ma'am.«

»Ich glaube, Sie stehen vor dem falschen Haus.«

Mit einem unterdrückten Gähnen sieht er sich um und blinzelt erneut. »Nein ... nein, Ma'am. Die Reservierung ist für halb elf.«

Ich sehe auf meine Uhr. »Sie warten also seit fast einer halben Stunde hier ... in der Einfahrt?« Wer könnte ein Taxi zu Grandma Judys Adresse bestellt haben? »Sie müssen die falsche Adresse haben.« Und irgendein armer Mensch tigert gerade in seinem Wohnzimmer auf und ab.

Der Fahrer scheint nicht im Mindesten besorgt zu sein. Er setzt sich auf und blickt auf das Armaturenbrett. »Nein,

Ma'am. Es ist eine Dauerreservierung. Jeden Donnerstag um halb elf. Im Voraus bezahlt, deshalb sagt mein Dad … äh, mein Boss, ich soll einfach herkommen und hier warten. Schließlich ist der Auftrag ja bezahlt.«

»Jeden Donnerstag?« Ich versuche, mir Grandma Judys Terminkalender – zumindest soweit ich mich erinnern kann – aus der Zeit ins Gedächtnis zu rufen, als sie mit Vollzeitpflegerin hier noch gewohnt hat. An dem Tag, als sie ausgebüxt ist und völlig verwirrt später im Einkaufszentrum aufgegriffen wurde, war sie mit einem Taxi unterwegs. »Und seit wann machen Sie das schon? Jeden Donnerstag herkommen und hier warten, meine ich.«

»Äh … vielleicht sollte ich … lieber in der Zentrale anrufen, damit Sie …«

»Nein, ist schon gut.« Ich fürchte, die Zentrale würde mir keine Auskunft geben. Der Junge hinterm Steuer ist bestimmt leichter zu knacken. »Wo haben Sie meine Großmutter denn immer hingebracht?«

»Rüber nach Augusta, zu dem Haus am Wasser. Ich hab sie nur ein paarmal gefahren, aber mein Dad und mein Großvater haben das … einige Jahre lang getan. Wir sind ein Familienunternehmen. Bereits in der vierten Generation.« Die beiden letzten Sätze klingen süß; wie auswendig gelernt.

»Jahre?« Ich bin völlig verwirrt. In Grandma Judys Kalendern stand nichts von einem Dauertermin. Sie hatte keine festen Termine, abgesehen von ihrer Bridge-Runde und Besuchen bei der Kosmetikerin. Und Augusta? Das ist mindestens eine halbe Stunde pro Weg. Wen um alles in der Welt könnte sie in Augusta besucht haben? Noch dazu mit dem Taxi? Und seit *Jahren*?

Eine Idee kommt mir. »Am Wasser? Sie meinen, am Fluss?« Der Savannah River fließt durch Augusta. Als Trent und ich mit May gesprochen haben, sagte sie doch etwas von Augusta. Etwas darüber, nach Hause zurückzukehren und den Savannah River hinunterzutreiben.

»Na ja, das könnte schon sein. Das Tor ist ... ziemlich zugewuchert. Ich lasse sie immer bloß aussteigen und warte dann. Keine Ahnung, was sie da tut.«

»Und wie lange bleibt sie dort?«

»Ein paar Stunden. Pop ist immer runter an den Fluss gegangen und hat solange geangelt. Wenn sie fertig war, ist sie rausgekommen und hat gehupt.«

Ich starre ihn mit offenem Mund an. Was er mir hier erzählt, lässt sich nicht einmal ansatzweise mit meiner Großmutter, wie ich sie kenne, unter einen Hut bringen; besser gesagt, mit der Großmutter, die ich zu kennen glaubte.

*Hat sie am Ende doch May Crandalls Lebensgeschichte aufgeschrieben? Oder ist da noch etwas anderes?*

»Könnten Sie mich hinfahren?«, platze ich heraus.

Der Junge zuckt mit den Achseln und steigt aus, um mir die hintere Tür aufzuhalten. »Klar. Ist ja bezahlt.«

Mein Puls beschleunigt sich, und ich bekomme eine Gänsehaut. *Wo wird er mich hinbringen?*

In diesem Moment summt mein Handy – Trent lässt mich wissen, dass er und Jonah bereits in dem Burgerladen sind und einen Tisch für uns besetzen. Um diese Zeit herrscht bereits Hochbetrieb.

Ich rufe ihn zurück und entschuldige mich. »Könnten Sie vielleicht ... könnten Sie ... mich zu etwas begleiten?«, frage ich ihn und schildere ihm, was ich gerade erfahren habe – laut ausgesprochen, klingt es noch viel verrückter.

Zum Glück scheint Trent nicht zu glauben, dass ich komplett den Verstand verloren habe, sondern ist sogar neugierig. Wir vereinbaren, dass ich mit dem Taxi zum Burgerladen komme, damit Trent und Jonah uns in Trents Wagen folgen können.

»In der Zwischenzeit besorge ich Ihnen einen Burger«, erklärt er. »Die Shakes hier sind Weltklasse. Jonah ist ganz begeistert. Wollen Sie auch einen?«

»Danke, das klingt super.« Allerdings bin ich nicht sicher, ob ich jetzt etwas essen kann.

Während der kurzen Fahrt kann ich mich kaum konzentrieren, sondern bin fahrig und nervös. Trent wartet bereits mit Jonah auf dem Parkplatz, drückt mir eine Tüte mit dem Burger und den Shake in die Hand.

»Alles klar?«, fragt er. Einen Moment lang begegnen sich unsere Blicke, und ich verliere mich im tiefen Blau seiner Augen, spüre, wie ich mich entspanne. *Trent ist da. Es ist alles gut*, denke ich.

Der Gedanke lässt die Furcht, die sich wie eine Faust um meinen Magen gelegt hat, beinahe verfliegen. Beinahe.

Leider ist mir das Gefühl vertraut genug, dass ich weiß, ich sollte es lieber nicht ignorieren. Es ist mein sechster Sinn, der sich immer dann bemerkbar macht, wenn ich gleich etwas über die Beteiligten in einem Fall erfahren werde, das eigentlich undenkbar erscheint – der vertrauenswürdige Nachbar, der in Wahrheit für das Verschwinden des Kindes verantwortlich ist; der unschuldig aussehende Achtklässler, der zu Hause Rohrbomben gebastelt hat; der achtbare Vierfach-Vater, in dessen Computer es vor ekelhaften Fotos nur so wimmelt. Diese Vorahnung meldet sich, um mich auf etwas vorzubereiten, nur weiß ich noch nicht, was es ist.

»Alles in Ordnung«, antworte ich. »Ich habe nur ein bisschen Angst davor, wo uns das Taxi hinbringt … und vor dem, was wir dort vielleicht finden.«

Trent legt seine Hand auf meinen Arm, und meine Haut

scheint unter der Berührung zu glühen. »Wollen Sie lieber mit uns kommen, und wir lassen das Taxi einfach vorausfahren?« Er wirft einen Blick zu seinem Wagen, wo Jonah bereits aus seinem Kindersitz winkt. Er will seine Fritten mit mir teilen.

»Das ist nett, aber ich muss unterwegs noch ein paar Fragen mit dem Fahrer klären.« Ich glaube zwar, dass er mir alles erzählt hat, was er weiß, aber ich will ihn ablenken und verhindern, dass er mit der Zentrale Kontakt aufnimmt. Sein Vater könnte etwas dagegen haben, dass er mich zu diesem geheimnisvollen Ziel bringt. »Und ich will nicht, dass er am Ende noch abhaut.«

Trent lässt seine Finger an meinem Arm hinuntergleiten ... vielleicht bilde ich es mir aber auch bloß ein. »Wir sind direkt hinter Ihnen, okay?«

Ich nicke und winke Jonah zu, der mir ein frittenverklebtes Grinsen schenkt. Es herrscht nicht allzu viel Verkehr während der fünfunddreißigminütigen Fahrt, deshalb kann der Fahrer mit mir plaudern. Sein Name ist Oz. Meine Großmutter hat ihn auf den Fahrten mit Keksen, Schokolade oder sonstigen von Veranstaltungen übrig gebliebenen Süßigkeiten versorgt. Deshalb ist sie ihm in angenehmer Erinnerung geblieben. Es tut ihm leid zu hören, dass sie nun in einem Pflegeheim untergebracht werden musste. Der Skandal und die daraus resultierende öffentliche Debatte sind eindeutig an ihm vorbeigegangen; er hat bis über beide Ohren in Arbeit gesteckt, nachdem sein Vater gesundheitliche Probleme hatte und er dessen Fahrten übernehmen musste.

»Als ich sie das letzte Mal gefahren habe, war ich ein bisschen besorgt«, erklärt er, als wir den Highway verlassen und schmale, von niedrigem Gestrüpp und hohen schlanken Bäumen gesäumte Landstraßen entlangfahren. Ich gehe davon aus, dass es nicht mehr weit ist. »Sie war zwar wie immer nett, wirkte aber ein bisschen durcheinander. Ich habe sie gefragt, ob ich sie zum Tor begleiten soll, aber das wollte sie nicht. Sie meinte, ein Golfcart würde sie abholen, und ich solle mir keine Sorgen machen. Also habe ich sie gehen lassen. Das war das letzte Mal, dass ich sie gesehen habe.«

Ich sitze auf dem Rücksitz, versuche mir das Szenario auszumalen, doch es gelingt mir nicht, die Bilder vor meinem inneren Auge entstehen zu lassen.

»In der Woche danach hatte mein Vater seine Herzoperation, und wir mussten für einen Monat einen Ersatzfahrer einstellen. Als ich sie das nächste Mal abholen wollte, war niemand da. Der Ersatzfahrer hatte keine Ahnung, was passiert ist. Wir haben versucht anzurufen, aber es geht keiner ran, und keiner macht die Tür auf. Wir haben uns schon gefragt, ob ihr vielleicht etwas zugestoßen sein könnte. Bitte entschuldigen Sie, wenn wir etwas falsch gemacht haben.«

»Es ist nicht Ihre Schuld. Ihre Pflegerinnen hätten sie nicht allein fahren lassen dürfen.« Es ist schwierig, gutes Personal zu finden, aber meine Großmutter hat es gleichzeitig hervorragend verstanden, die Pflegerinnen glauben zu machen, dass sie völlig klar ist und wir diejenigen sind, die es mit der Sorge übertreiben. Wie es aussieht, haben sie ihr erlaubt, jeden Donnerstag einen kleinen Ausflug zu machen; andererseits war sie diejenige, die ihr Gehalt bezahlt hat, und sie hätte im Zweifelsfall nicht davor zurückgeschreckt, jemanden vor die Tür zu setzen, der nicht spurte.

Der Wagen rumpelt über eine alte Brücke mit einer Brüstung aus bröckelndem Zement und moosbedeckten Bögen. Der Fahrer drosselt das Tempo, doch ich sehe weit und breit keine Häuser oder Briefkästen, stattdessen scheinen wir uns mitten in der Einöde zu befinden.

Oz weiß jedoch scheinbar ganz genau, was er tut; jeder andere hätte die kaum sichtbaren Überreste einer gekiesten Einfahrt übersehen, die über die Grasnarbe und einen schmalen Straßengraben führt; dahinter befindet sich ein steinernes Tor, halb verborgen hinter Kletterpflanzen und Brombeerhecken. Schwere, fast drei Meter hohe Eisentore hängen schief in verrosteten Angeln und werden von einem uralten Vorhängeschloss gehalten, das wie der reinste Witz erscheint. Seit Jahrzehnten ist kein Wagen mehr durch dieses Tor gefahren. Die langen Arme eines Ahornbaums ragen ein gutes Stück durch die Eisenstäbe und heben den einen Torflügel an.

»Hier geht's rein.« Oz deutet auf den schmalen Weg zu einem Durchgang unmittelbar neben dem Tor, der noch nicht vollständig zugewachsen ist. »Hier ist sie immer reingegangen.«

Hinter uns schlägt eine Wagentür zu. Ich zucke zusammen, doch dann fällt mir ein, dass es Trent sein muss.

Ich drehe mich wieder um, halb in der Erwartung, dass das Tor wie durch Zauberhand – puff! – verschwunden ist und ich in meinem Bett in Drayden Hill aufwache und denke *Wow, das war vielleicht ein irrer Traum ...*

Doch das Tor ist nicht verschwunden. Der Weg wartet immer noch darauf, dass ich ihn betrete.

# KAPITEL 22

## Rill

Fern bleibt mitten im Wohnzimmer stehen und wird stocksteif, so dass ich jeden einzelnen Muskel sehen kann. Eine Sekunde später nässt sie sich ein; das erste Mal seit Wochen.

»Fern!«, stoße ich halblaut hervor, weil ich nicht will, dass Mrs. Sevier etwas mitbekommt. Unsere neue Mommy ist so stolz auf Fern, dass sie uns ins Kino mitnimmt, mit uns auf Reisen gehen will und sagt, dass der Weihnachtsmann bald zu uns kommt und uns Geschenke bringt. Sie will sogar mit uns nach Augusta fahren und ihre Mama besuchen. Ich will nicht nach Augusta, andererseits will ich aber auch keinen Ärger machen, nun da sie uns nicht länger ununterbrochen im Auge behält.

Eilig ziehe ich Fern Kleid, Schuhe und Strümpfe aus und wische die Pfütze auf. »Los, geh hoch und zieh dir was anderes an, bevor sie es merkt.«

Ich höre Mrs. Sevier mit jemandem im Salon sprechen.

Ferns Lippen zittern, und ihre Augen füllen sich mit Tränen. Sie steht immer noch da, während ich ihre Sachen zusammenknülle und hinter dem Ascheeimer verstecke, um sie später unbemerkt verschwinden zu lassen.

Plötzlich ist mir klar, wieso Fern zur Salzsäule erstarrt ist: die andere Stimme im Salon. Ein eisiger Schauer überläuft mich, dringt mir bis ins Mark vor.

»Los, versteck dich unter deinem Bett«, flüstere ich und schubse sie in Richtung Treppe.

Fern läuft nach oben. Mein Atem kommt stoßweise, als ich mich an der Dielenwand entlang zum Salon schleiche. In der Küche schaltet Zuma den Mixer ein. Einen Moment lang kann ich nichts hören, doch dann verstummt er.

»... eine sehr unangenehme Situation, doch so etwas kommt nun einmal vor«, sagt Miss Tann. »Natürlich will ich ein Kind nur sehr ungern mitnehmen, wenn wir ein schönes neues Zuhause für es gefunden haben.«

»Aber mein Mann ... die Papiere ... Man hat uns versprochen, dass wir die Mädchen behalten dürfen.« Mrs. Seviers Stimme bebt und bricht schließlich vollends.

Eine Teetasse klappert. Eine halbe Ewigkeit vergeht, ehe Miss Tann fortfährt. »So war es auch vorgesehen.« Sie klingt, als würde sie es aufrichtig bedauern. »Aber Adoptionen sind nun einmal erst nach einem Jahr rechtsgültig. Leibliche Familien können manchmal furchtbar kompliziert sein. Die Großmutter der beiden hat gegen die Abtretung des Sorgerechts Widerspruch eingelegt.«

Ich schnappe nach Luft, schlage mir aber eilig die Hand vor den Mund. Wir haben keine Großmutter, zumindest nicht, soweit ich weiß. Brinys Eltern sind tot, und Queenie hat ihre Familie nicht mehr gesehen, seit sie mit ihm durchgebrannt ist.

»Das kann nicht ...«, stammelt Mrs. Sevier und stößt einen Schluchzer aus, als würde ihr das Herz brechen. Sie hustet und räuspert sich, ehe sie hervorpresst: »Wir können das nicht ... D-Darren kommt über Mittag nach Hause ... Bitte ... Bitte warten Sie noch so lange. Er wird wissen ..., was zu tun ist.«

»Du liebe Güte, ich fürchte, ich habe Sie völlig durcheinandergebracht.« Miss Tanns Stimme klingt wie immer zuckersüß, und ich kann mir ihr Gesicht genau vorstellen: Sie lächelt, und es ist dasselbe gemeine Lächeln wie damals, als Mrs. Pulnik mich auf die Knie gezwungen hat. Miss Tann mag es, wenn die Leute Angst vor ihr haben. »Ich hatte nicht die Absicht, die Kinder heute mitzunehmen. Natürlich kann man gegen diesen Irrsinn etwas unternehmen. Das sollten Sie sogar tun. Die Großmutter verfügt nicht über die Mittel, um für die Mädchen zu sorgen. Ihnen stünde ein grauenvolles Leben bevor. May und die kleine Beth sind darauf angewiesen, dass Sie sie beschützen. Aber Ihnen muss bewusst sein, dass der juristische Weg … nun ja, kostspielig werden könnte.«

»Kostspielig?«

»Aber für jemanden mit Ihren finanziellen Mitteln sollte das kein Problem sein, richtig? Nicht wenn das Schicksal zweier unschuldiger Kinder auf dem Spiel steht. Zweier Kinder, die Ihnen mittlerweile so sehr ans Herz gewachsen sind.«

»Das stimmt, aber …«

»Dreitausend Dollar, vielleicht auch ein wenig mehr. Das sollte genügen, um zu verhindern, dass es überhaupt erst zu einer juristischen Angelegenheit wird.«

»Drei… dreitausend Dollar?«

»Vier vielleicht.«

»Wie bitte?«

Wieder entsteht eine Pause. »Nichts ist wichtiger als die Familie, habe ich recht?« Ich kann Miss Tanns grässliches Lächeln sogar an ihrem Tonfall erkennen. Am liebsten würde ich in den Salon laufen und die Wahrheit laut herausschreien. *Lügnerin! Wir haben noch nicht mal eine Großmutter! Und ich hatte drei Schwestern, nicht zwei. Und einen kleinen Bruder, der Gabion heißt und nicht Robby. Und Sie haben ihn uns weggenommen, genauso wie meine beiden Schwestern.*

All das will ich ihr ins Gesicht schleudern. Ich kann die Worte förmlich auf meiner Zunge schmecken, aber sie dürfen nicht über meine Lippen kommen. Denn ich weiß genau, was dann passiert. Miss Tann wird uns mitnehmen und zu Mrs. Murphy zurückbringen. Sie wird Fern jemand anderem geben, und dann können wir nie mehr zusammen sein.

Wieder höre ich Mrs. Sevier keuchen. »Natürlich ... natürlich, das sehe ich genauso, aber ...« Sie bricht erneut in Tränen aus, entschuldigt sich immer wieder dafür.

Ein Stuhl knarzt, dann höre ich schwere Schritte. »Sprechen Sie mit Ihrem Mann, und erklären Sie ihm die Situation. Sagen Sie ihm, wie sehr Sie die Mädchen brauchen und wie sehr die Mädchen Sie brauchen. Ich möchte die beiden heute gar nicht behelligen, weil ich weiß, dass sie bei Ihnen in guten Händen sind. Und sich bestimmt prächtig entwickeln.«

Ihre Schritte kommen immer näher. Ich wirble herum und laufe die Treppe hinauf, während Miss Tanns Stimme durchs Haus dröhnt. »Bitte, bleiben Sie sitzen. Ich finde schon alleine hinaus. Ich erwarte Ihre Antwort bis morgen. Der Zeitfaktor ist hier entscheidend.«

Ich laufe zu Fern, die sich unter dem Bett versteckt hat und sich weigert herauszukommen; mir bleibt nichts anderes übrig, als ebenfalls darunterzukriechen. Wir liegen da, die Gesichter einander zugewandt, so wie früher auf der *Arcadia*. »Es ist alles in Ordnung«, flüstere ich. »Ich lasse nicht zu, dass sie uns mitnimmt, versprochen, egal, was passiert.«

Ich höre Mrs. Seviers Schluchzen von den Wänden und der hohen goldverzierten Decke in der Eingangshalle widerhallen. Die Tür zu ihrem Schlafzimmer wird geöffnet und wieder geschlossen; ich höre, wie sie sich ins Bett legt, und dann weint und weint und weint sie, so wie damals, als wir hergekommen sind. Zuma klopft an, doch die Tür ist abgeschlossen, und Mrs. Sevier weigert sich, jemanden ins Zimmer zu lassen. Als Mr. Sevier nach Hause kommt, liegt sie immer noch im Bett. Inzwischen habe ich Fern sauber gemacht und ihr vorgelesen, und sie schläft tief und fest, mit dem Daumen im Mund und ihrem Teddy, den sie Gabby nennt wie unseren kleinen Bruder, im Arm.

Ich lausche, wie Mr. Sevier die Tür zu ihrem Schlafzimmer aufschließt, gehe auf Zehenspitzen näher, aber ich brauche noch nicht einmal die Ohren zu spitzen, um zu hören, was er sagt. »Das ist Erpressung!«, ruft er verärgert, als Mrs. Sevier ihm alles erzählt hat. »Ganz eindeutig Erpressung, sonst nichts!«

»Aber wir dürfen nicht zulassen, dass sie uns die Mädchen wegnimmt, Darren«, bettelt Mrs. Sevier. »Das darf nicht passieren.«

»Aber wir lassen uns *nicht* von dieser Frau erpressen. Wir haben die Adoptionsgebühren bezahlt, die im Übrigen exorbitant waren, vor allem beim zweiten Mal.«

»Darren, *bitte.*«

»Wenn wir erst einmal damit anfangen, hört es nicht mehr auf, Victoria.« Etwas Metallisches landet mit einem Klappern auf dem Fußboden. »Wo soll das enden, sag es mir?«

»Ich weiß es nicht, wirklich nicht. Aber wir *müssen* irgendetwas unternehmen.«

»Ja, das werde ich auch. Diese Frau hat keine Ahnung, mit wem sie es zu tun hat.« Der Türknauf dreht sich; eilig flitze ich in mein Zimmer zurück.

»Darren, bitte. Bitte. Hör mich doch an«, fleht Mrs. Sevier. »Wir fahren zu Mama nach Augusta. In Bellegrove gibt es mehr als genug Platz, und jetzt, wo Daddy nicht mehr da ist, wird das Haus sowieso viel zu groß für sie. Die Mädchen werden dort Onkel, Tanten und meine Freunde als Gesellschaft haben. Wir nehmen Hoy, Zuma und Hootsie mit. Wir könne dort so lange bleiben, wie wir wollen, vielleicht sogar für immer. Mama ist so einsam, und Bellgrove braucht eine Familie. Es ist wundervoll, dort aufzuwachsen.«

»Dies hier ist unser Zuhause, Victoria. Mein kleines Studio unten am See wird bald fertig. Die McCameys mögen nicht die schnellsten sein, aber sie haben immerhin die Dielen und die Anleger schon geschafft, und mit den Wänden kommen sie auch gut voran. Wir dürfen uns von Georgia Tann nicht aus unserem eigenen Haus vertreiben lassen … aus dem Haus unserer Familie, Herrgott noch mal!«

»In Bellgrove gibt es jede Menge Land entlang des Savannah River. Du könntest dir auch dort ein Studio bauen. Sogar ein größeres. Alles, was du willst.« Mrs. Sevier spricht so schnell, dass ich sie kaum verstehen kann. »Bitte, Darren, ich kann hier nicht leben, solange ich jeden Tag Angst haben muss, dass diese Frau auftaucht und uns unsere Kinder wegnimmt.«

Mr. Sevier antwortet nicht. Ich schließe die Augen und bohre meine Fingernägel in die faserige rosa Tapete. Hoffe, warte.

»Wir sollten nichts überstürzen«, sagt Mr. Sevier schließlich. »Ich muss heute Abend zu einem Termin in die Stadt. Ich werde Miss Tann einen Besuch abstatten und die Angelegenheit persönlich regeln, und zwar ein für alle Mal. Mal sehen, ob sie dann auch noch so dreist mit ihren Forderungen ist.«

Mrs. Sevier widerspricht nicht länger. Stattdessen höre ich nur noch ihr leises Weinen und das Knarzen des Bettes, als er sich zu ihr setzt, um sie zu trösten. »Ach, Liebling, wein doch nicht. Keine Tränen mehr. Ich kümmere mich darum, und wenn du mit den Mädchen nach Augusta fahren willst, dann können wir auch das arrangieren.«

Mir schwirrt der Kopf, doch dann kristallisiert sich ein Gedanke heraus: Ich weiß, was ich zu tun habe. Und ich darf keine Zeit verlieren. Ich laufe in mein Zimmer, hole alles, was ich brauche, aus der Kommode und laufe wieder nach unten.

Zuma hat das Mittagessen fertig und steht in der Ecke, den Kopf halb in der Wäscherutsche, damit sie bloß kein Wort von dem verpasst, was die Seviers oben reden. Hootsie hat sich vermutlich oben postiert und tut dasselbe. Auf dem Schneidebrett steht ein kleiner Picknickkorb, den Hootsie den McCameys auf die Baustelle bringen müsste. Hootsie kann das auf den Tod nicht ausstehen; die McCameys seien weißer Abschaum, die noch dazu klauen würden wie die Raben, sobald Mr. Sevier sie aus den Augen lasse, sagt Zuma. Das einzig Gute ist, dass sie jetzt jemanden haben, den sie noch mehr hassen können als uns … Mr. McCamey und seine Jungs.

Ich schnappe mir den Korb und laufe zur Tür. »Ich bringe das auf die Baustelle runter. Ich muss dem Jungen sowieso ein Flugblatt für einen Film geben«, rufe ich und flitze davon, bevor Zuma maulen kann, dass ich aber zu spät zum Mittagessen komme.

Ich renne die Verandatreppe hinunter und durch den Garten, so schnell mich meine Beine tragen, während ich über die Schulter spähe, ob Hootsie mir folgt. Zu meiner Erleichterung sehe ich sie nicht.

Mr. McCamey lässt sich nicht zweimal bitten, eine Pause im Schatten einzulegen. Soweit ich es beurteilen kann, nutzt er jede Gelegenheit, die Arbeit eine Weile ruhen zu lassen. Heute ist er bloß ins Schwitzen geraten, weil seine beiden Ältesten beim Nachbarn sind, um einen riesigen Ast zu entfernen, der bei einem Gewitter auf das Scheunendach gefallen ist. Deshalb hat Mr. McCamey heute nur Hilfe von seinem Jüngsten, Arney, den er immer bloß *Junge* nennt.

Ich nicke Arney zu, der mir den Weg hinauf zur Weide folgt, unserem gewohnten Platz, wo wir uns manchmal unterhalten. Ich rutsche unter die Äste und gebe ihm ein Sandwich, einen Apfel und zwei Kekse, die ich ihm mitgebracht habe. Arney ist mager, deshalb sorge ich immer dafür, dass er etwas zu essen bekommt, das er nicht mit den anderen teilen muss. Er ist ein Jahr älter als ich, aber deutlich kleiner.

»Heute habe ich dir noch etwas mitgebracht.« Ich drücke ihm die Kino-Reklame in die Hand.

Er betrachtet das Foto des Cowboys auf dem großen hellbraunen Pferd und stößt einen leisen Pfiff aus. »Toll. Und wie ging die Geschichte? Gab es eine Menge Schießerei?«

Ich setze mich neben ihn. Eigentlich würde ich ihm gern alles über den Film erzählen, zu dem uns Mr. Sevier mitgenommen hat, und über das Kino mit dem riesigen roten Samtvorhang, der aussah, als würde er in ein Schloss gehören. Aber jetzt ist nicht der richtige Zeitpunkt für Geschichten. Nicht nach allem, was gerade passiert ist. Ich muss ihn dazu bringen, Ja zu dem zu sagen, worum ich ihn gestern gebeten habe.

Heute Nacht ist Vollmond, und auf dem Wasser wird es fast taghell sein. Da Arneys Brüder nicht hier sind, ist der Tag perfekt. Ich darf nicht zulassen, dass Mrs. Sevier uns nach Augusta mitnimmt. Und auch nicht, dass Miss Tann uns zu Mrs. Murphy zurückbringt. Abgesehen davon fängt Fern inzwischen an, Mrs. Sevier als ihre Mama zu betrachten, während sie Queenie mit jedem Tag ein wenig mehr vergisst. Abends vor dem Schlafengehen schleiche ich mich in ihr Zimmer und erzähle ihr von Queenie und Briny, aber es funktioniert nicht mehr. Fern vergisst den Fluss und das Königreich Arcadia. Sie vergisst, wer wir sind.

Es ist höchste Zeit, von hier zu verschwinden.

»Noch mal zu dem, worüber wir gestern geredet haben … du bringst uns doch, oder?«, frage ich Arney. »Heute Nacht geht der Mond früh auf und bleibt lange am Himmel.« Als Kind des Flusses weiß man alles über den Mond; der Fluss selbst und auch die Tiere, die dort leben, richten sich einzig und allein nach ihm.

Arney weicht zurück, als hätte ich ihm eine Ohrfeige verpasst und kneift seine braunen Augen zu. Eine Strähne seines dicken, rotbraunen Haars fällt ihm ins Gesicht. Er schüttelt den Kopf. Vielleicht wollte er uns nie wirklich helfen, sondern hatte nur eine große Klappe, als er behauptete, er könne das Boot seines Vaters lenken und wisse, wie man über den See und Dedmen's Slough zum Fluss gelangt.

Aber ich habe ihm die Wahrheit über mich und Fern erzählt, die ganze Geschichte; er kennt sogar unsere richtigen Namen. Deshalb dachte ich, er hätte begriffen, wieso wir seine Hilfe bauchen.

Er stützt die Ellbogen auf den Knien auf, die durch den zerschlissenen Stoff seiner Latzhose schimmern. »Ich werde euch echt vermissen. Ihr seid die einzigen netten Leute hier.«

»Du kannst gern mit uns kommen, wenn du willst. Old Zede hat schon eine Menge Jungs bei sich aufgenommen. Er würde dich bestimmt auch nehmen, jede Wette. Du könntest frei sein, bräuchtest nie mehr zurückkommen. So wie wir.« Arneys Vater betrinkt sich jeden Abend, lässt seine Jungen wie die Ochsen schuften und verprügelt sie die ganze Zeit, vor allem Arney. Hootsie hat gesehen, wie Arneys Vater ihm mit dem Hammergriff einen Schlag auf den Kopf verpasst hat, nur weil er ihm die verkehrten Nägel gebracht hat. »Aber die Perlen gehören dir, ganz egal, was passiert, wie ich es dir versprochen habe.«

Ich krame die Kette aus der Tasche und halte sie so, dass

Arney sie sehen kann. Ich habe ein schlechtes Gewissen deswegen. Mrs. Sevier hat sie mir an dem Tag geschenkt, als sie mit Fern zur Schuhanprobe gefahren ist. Sie dachte, es sei mein Geburtstag, weil es so in den Unterlagen der Tennessee Children's Home Society steht. Die Seviers dachten, ich hätte meinen Geburtstag vergessen, und haben mich mit einer Party am Abend überrascht. Und eine Überraschung war es tatsächlich, denn mein Geburtstag war schon vor fünfeinhalb Monaten, außerdem bin ich ein Jahr älter, als sie glauben. Und mein Name ist auch nicht May Weathers, deshalb hat eine Feier im Herbst für mich keine Bedeutung.

Obwohl ich noch nie so etwas Hübsches besessen habe wie diese Perlen, würde ich sie jederzeit für Queenie, Briny und den Fluss hergeben.

Außerdem braucht Arney das Geld, das man für sie bekommt, dringender als ich – dort, wo sie wohnen, gibt es häufig mehr Whiskey, als etwas zu essen. »Oh Mann … ich kann doch meine Familie nicht verlassen. Meine Brüder und so.«

»Überleg es dir genau.« Arneys Brüder sind praktisch erwachsen und im Grunde genauso schlimm wie sein Dad. »Briny und Queenie finden bestimmt etwas, wo du bleiben kannst, versprochen. Sie werden sich so freuen, dass du Fern und mich zu ihnen zurückbringst, dass sie sich etwas für dich einfallen lassen. Wenn Zede nicht mehr in Mud Island ist, kannst du bestimmt bei uns auf der *Arcadia* bleiben, bis wir ihn wiedersehen.«

Ein Anflug von Besorgnis regt sich in mir. Natürlich kann ich nicht sicher sein, ob Briny und Queenie immer noch an unserer alten Stelle ankern … trotzdem *weiß* ich es einfach. Sie werden dort auf uns warten, selbst wenn die Nächte allmählich kühler werden und die Blätter fallen und sie sich eigentlich in wärmere Gefilde aufmachen sollten, notfalls für immer.

Schwierig könnte es allenfalls werden, sie zum Aufbruch zu bewegen, sobald Fern und ich zurück auf der *Arcadia* sind.

*Hat Silas ihnen gesagt, dass bloß Fern und ich übrig sind? Dass Camellia verschwunden ist und Lark und Gabion Gott weiß wo sind? Wissen sie all das?*

Es ist zu schmerzlich, jetzt darüber nachzudenken. *Mach dir keine Gedanken über Dinge, die du sowieso nicht ändern kannst*, hat Briny immer gesagt. Stattdessen muss ich mich darauf konzentrieren, zum Fluss zu gelangen. Von dort aus werden wir uns dicht am Ufer halten, die Kielwellen der Boote und Schiffe und das Treibholz am Ufer und solche Dinge im Auge behalten. Wie oft habe ich mich nachts ans oberste Fenster im Haus der Seviers geschlichen und hinausgeblickt. Zwar kann man von hier aus den Fluss nicht erkennen, aber ich konnte ihn zumindest spüren, die Nebelhörner und die Pfeifen in der Ferne hören. Am Ende des Horizonts glitzern die Lichter von Memphis. Nach allem, was ich von Arney weiß, muss der Flussarm, der aus diesem See fließt, irgendwo zwischen den Chickasaw Bluffs und Mud Island in den Old Man River münden. Arney ist nicht ganz sicher, aber ich glaube, ich liege mit meiner Einschätzung ziemlich richtig.

Zu meiner Erleichterung nickt er. »Na gut. Ich komme mit. Aber es muss heute Nacht sein. Ich hab keine Ahnung, was passiert, wenn meine Brüder wieder hier sind.«

»Gut. Fern und ich schleichen uns aus dem Haus, sobald der Mond über den Baumwipfeln steht. Wir treffen uns beim Boot. Sorg dafür, dass dein Vater heute Abend viel Whiskey trinkt. Er soll auch anständig essen, damit er schön schläfrig wird. Ich sorg dafür, dass Hootsie genug runterbringt.« Das wird kein Problem sein. Ich brauche nur meiner neuen

Mommy zu sagen, dass der kleine Junge im Lager Hunger hat und nicht genug zu essen kriegt, dann bittet sie Zuma, ein besonders üppiges Abendbrot herzurichten.

Mrs. Seviers Herz ist so weich wie eine Löwenzahnblüte. Und auch genauso empfindlich. Ich will lieber gar nicht darüber nachdenken, wie es ihr ergeht, wenn wir erst weg sind. Ich *darf* nicht darüber nachdenken. Queenie und Briny brauchen uns ebenfalls, und sie sind nun mal unsere Familie, mehr gibt es dazu nicht zu sagen.

Es ist an der Zeit, dass wir verschwinden.

Arney nickt noch einmal. »Na gut. Ich komme zum Boot runter, aber bevor wir losfahren, muss ich dir noch was sagen. Könnte sein, dass das alles ändert.«

»Und was?«, presse ich hervor.

Arney hebt seine mageren Schultern und wirft mir einen Blick zu. »Ich bin gar kein Junge.« Er knöpft sein Hemd auf, das eigentlich kaum mehr als ein zerschlissener Lumpen ist und unter dem ein schmutziger Streifen Sackleinen zum Vorschein kommt, der wie ein Verband um seine Brust gebunden ist. Arney ist kein Junge. »Arney steht für Arnelle, aber Daddy will nicht, dass die anderen Leute Bescheid wissen, weil ich sonst nicht für sie arbeiten darf.«

Diese Enthüllung festigt meinen Entschluss, dass Arney bei uns bleiben muss, sogar noch. Abgesehen davon, dass sie ein Mädchen ist und an einem Ort wie diesem nicht leben kann, ist ihr ganzer Körper von blauen Flecken übersät.

Aber was wird Zede sagen, wenn er plötzlich ein Mädchen an Bord hat?

Vielleicht kann sie ja bei uns auf der *Arcadia* bleiben. Irgendwie kriege ich das schon hin. »Das spielt keine Rolle, Arney. Wir finden schon einen guten Platz für dich. Sei einfach nur bereit, wenn der Mond über den Bäumen steht.«

Wir besiegeln unser Versprechen mit einem Schwur, und dann ruft Arneys Vater auch schon nach ihr. Die Mittagspause ist beendet.

Den ganzen Nachmittag frage ich mich, ob Arney in der Nacht tatsächlich auftauchen wird. Vermutlich schon, denn wenn sie genauer darüber nachdenkt, hält sie hier nicht all zu viel. Sie muss ebenso von hier verschwinden wie wir.

Die Seviers sind in ihrem Schlafzimmer und reden, ehe Mr. Sevier nach Memphis zu seinem Termin aufbricht. Er hat eine kleine Reisetasche bei sich.

»Sollte es länger dauern, bleibe ich vielleicht über Nacht in der Stadt«, sagt er und drückt zuerst Fern, dann mir einen Kuss auf den Scheitel. Das hat er noch nie vorher getan. Ich beiße die Zähne zusammen und bemühe mich, still dazustehen, doch ich muss die ganze Zeit an Mr. Riggs denken. »Ihr drei passt schön aufeinander auf.« Er sieht Mrs. Sevier an. »Keine Angst, es wird alles gut.«

Zuma reicht ihm seinen Hut, und dann sind wir Frauen allein. Mrs. Sevier sagt Zuma und Hootsie, dass sie in ihr Apartment gehen und ein wenig die Füße hochlegen können. Ein paar Sandwiches zum Abendessen würden vollauf genügen.

Zuma richtet das Tablett besonders liebevoll her, ehe sie nach Hause geht.

»Wir machen eine Pyjamaparty. Im Radio läuft heute Abend *Captain Midnight*«, sagt Mrs. Sevier. »Wir machen uns heiße Schokolade. Vielleicht beruhigt das ja meinen Magen ein bisschen.« Sie leckt sich die Lippen und legt sich eine Hand auf den Bauch.

»Ich glaube, meinem Magen geht es auch nicht so richtig gut.« Ich kann es kaum erwarten, nach oben zu gehen und ein paar Sachen zusammenzusuchen – nur das Allernötigste und nichts von all dem, was uns die Seviers gekauft haben. Es wäre nicht richtig. Außerdem haben wir unsere Sachen auf der *Arcadia*. Nichts so Schickes wie hier, aber alles, was wir brauchen. Was sollte ein Flusszigeuner auch mit Rüschenkleidchen und glänzenden Lederschuhen anfangen? Die harten Sohlen würden bloß die Fische verjagen.

»Ihr Mädchen geht nach oben, wascht euch und zieht eure Nachthemden an. May, bestimmt geht es dir gleich besser, wenn du deine Schokolade getrunken und einen Happen gegessen hast.« Mrs. Sevier streicht sich mit dem Handrücken über die Stirn und setzt ein Lächeln auf. »Los geht, ihr beiden. Wir machen uns einen richtig schönen Abend zusammen. Nur wir Mädels.«

Ich nehme Fern bei der Hand und gehe mit ihr nach oben.

Fern ist so aufgeregt über die Party mit Mrs. Sevier, dass sie sich ganz alleine wäscht und blitzartig ihr Nachthemd anzieht, wenn auch verkehrt herum.

Ich ziehe es ihr richtig an, lasse sie in ihren Morgenmantel schlüpfen und hole meinen eigenen, ziehe ihn jedoch über meine Sachen an. Falls Mrs. Sevier es merken sollte, sage ich ihr einfach, mir sei etwas kalt gewesen. In letzter Zeit ist es abends häufig kühl im Haus – ein Grund mehr, zum Fluss zurückzukehren, bevor der Winter kommt.

Ich tue so, als würde ich mich über unsere Mädchenparty freuen, aber in Wahrheit bin ich schrecklich nervös. Prompt fällt mir mein Sandwich aus der Hand und landet auf meinem Morgenmantel. Mrs. Sevier wischt die Flecken ab und legt mir prüfend die Hand auf die Stirn. »Geht es dir etwas besser?«

Ich kann nur daran denken, wie sehr ich mir wünsche, sie wäre Queenie. Ach, würde das Haus doch bloß Queenie und Briny gehören, und bekäme Mrs. Sevier doch ein Baby nach dem anderen, so wie Queenie, dann wäre sie nicht so einsam, wenn wir erst weg sind.

Ich schüttle den Kopf. »Vielleicht sollte ich lieber hochgehen und mich hinlegen«, flüstere ich. »Ich nehme Fern mit und mache sie fertig fürs Bett.«

»Lass nur.« Sie streicht mir übers Haar, rafft es zusammen und hebt es an, so wie Queenie es früher immer gemacht hat. »Ich bringe sie dann schon nach oben. Schließlich bin ich ihre Mommy.«

Es ist, als würde mein Inneres versteinern, und mir ist so kalt, dass ich kaum mitbekomme, wie sie mich auf die Wange küsst und fragt, ob sie später noch vorbeikommen soll, um Gute Nacht zu sagen.

»Nein ... Mommy«, sage ich und laufe so schnell aus dem Raum, wie ich nur kann.

Erst nach einer halben Ewigkeit bringt Mrs. Sevier Fern ins Bett. Durch die Wand höre ich sie ein Schlaflied singen. Ich presse mir die Hände auf die Ohren.

Es ist das Lied, das Queenie und ich oft für die Kleinen gesungen haben.

*Wein nicht mehr, nimm's nicht schwer*
*Schlafe ein mein kleiner Liebling*
*In der Nacht kommen sacht*
*Wunderschöne, kleine Pferdchen*

In meinem Kopf geht alles drunter und drüber, vermischt sich, fließt ineinander: die *Arcadia* und dieses Haus. Meine richtigen Eltern und die Seviers. Queenie und Mommy und Briny und Papa. Der Mississippi. Der Altwassersee. Die breite, lange, weiß gestrichene Veranda und das schmale Deck mit dem nicht gestrichenen Geländer.

Ich stelle mich schlafend, als Mrs. Sevier hereinkommt und noch einmal meine Stirn fühlt. Ich habe Angst, sie könnte versuchen, mich zu wecken und zu fragen, wie ich mich fühle, aber dann geht sie wieder, und ich atme auf.

Der Mond geht gerade auf, als ich meinen Mantel und meine Schuhe anziehe, einen kleinen Beutel einstecke und in Ferns Zimmer gehe, um sie aus dem Bett zu holen. »Psst … du musst ganz leise sein. Wir gehen zum Fluss hinunter und sehen nach, ob es Glühwürmchen gibt. Aber wenn sie uns hören, dürfen wir nicht.«

Ich wickele eine Decke um sie, hebe sie hoch, und noch bevor ich auf der Veranda bin, ist sie wieder eingeschlafen. Es ist dunkel, und ich höre etwas neben dem Haus rascheln, vielleicht ein Waschbär oder ein Skunk. Mr. Seviers Jagdhunde bellen, als ich auf den Rasen trete, verstummen jedoch, als sie sehen, dass ich es bin. In dem Apartment über der Garage ist alles dunkel. Tau benetzt meine Beine, als ich mit Fern auf dem Arm in Richtung Wald laufe. Der Mond steht voll und hell am Himmel, so strahlend wie die Laterne, die Briny abends immer auf der *Arcadia* anzündet. Innerhalb weniger Minuten stehen wir am Ufer des Sees, wo Arney wie versprochen bereits auf uns wartet.

Wir flüstern, obwohl ihr Daddy völlig hinüber vom Whiskey ist. »Und falls er aufwachen sollte, wird er noch so voll sein, dass er nicht aufstehen kann.« Trotzdem ermahnt sie uns, endlich einzusteigen. Ihre Augen wirken riesig in ihrem schmalen Gesicht, als sie über die Schulter zum Lager hinüberspäht.

Sie steht da, eine Hand um den Bootsrand gelegt. »Steig ein«, flüstere ich. Fern, die auch bereits an Bord ist, wacht halb auf, streckt sich gähnend neben mir und blinzelt. Wenn sie mitkriegt, was hier gerade passiert, macht sie womöglich ein Riesentheater.

Arneys Hand löst sich vom Holz, so dass nur noch ihre Fingerspitzen es berühren.

»Arney.« Schickt sie uns etwa alleine los? Ich habe keine Ahnung, wie ich das Motorboot fahren soll, außerdem kenne ich den Weg nicht. Wir würden uns hoffnungslos verirren. »Arney, wir müssen los.«

Die Schatten hinter den Bäumen scheinen sich zu bewegen, und ich glaube, Licht gesehen zu haben. Doch als ich aufstehe, um nachzusehen, ist es erloschen. Vielleicht habe ich es mir bloß eingebildet … oder aber Mr. Sevier hat es sich anders überlegt und ist doch aus der Stadt zurückgefahren. Vielleicht stellt er seinen Wagen gerade in der Garage ab und geht ins Haus. Er wird nach uns sehen und merken, dass wir verschwunden sind.

Ich mache einen Schritt nach vorn und packe Arney am Arm. Sie zuckt zusammen, als hätte sie vollkommen vergessen, dass sie nicht alleine ist. Sie blickt mich im hellen Mondschein an. »Ich weiß nicht, ob ich mitkommen soll«, sagt sie. »Wenn ich's tue, sehe ich meine Leute nie wieder.«

»Aber sie behandeln dich schlecht, Arney. Du musst hier weg. Du musst mit uns kommen. Wir sind jetzt deine Familie. Ich und Fern und Briny und Queenie und Old Zede.«

Einen Moment lang starren wir einander an, ehe sie schließlich nickt, einsteigt und das Boot so heftig vom Ufer abstößt, dass ich beinahe über Fern falle. Wir nehmen die Paddel und rudern los, lassen uns vom Wind und der Strömung treiben, bis wir ein gutes Stück vom Ufer entfernt sind.

»Wo sind die Glühwürmchen?«, murmelt Fern, als ich über sie hinwegkrabble.

»Psst. Wir müssen erst bis zum Fluss fahren. Vielleicht schläfst du einfach noch ein Weilchen.« Ich breite die Decke über ihr aus und ziehe ihr die Schuhe an, damit ihre Füße schön warm bleiben. »Ich wecke dich dann, wenn es so weit ist.«

Arney lässt den Motor an und setzt sich ans Ruder, während ich mein Paddel nehme und zum Bug gehe, um nach Treibholz Ausschau zu halten. »Mach die Lampe an«, sagt Arney. »In der Kiste dort sind Streichhölzer.«

Ich gehorche. Eine Minute später gleiten wir in der Mitte des glatten, klaren Altwassersees dahin und scheuchen die Nachttiere auf, die dem Lichtkegel entfliehen. Ich fühle mich so frei wie die rufenden Kanadagänse über uns, die anscheinend denselben Weg haben wie wir, nach Süden, in Richtung Fluss. Ich wünschte, ich könnte eine von ihnen schnappen und mich auf ihrem Rücken nach Hause bringen lassen.

»Da vorn musst du aufpassen.« Arney drosselt das Tempo, als sich der See verjüngt und wir näher an den Bäumen vorbeigleiten. »Da könnten Stämme im Wasser rumschwimmen. Du musst sie zur Seite stoßen, damit wir sie nicht rammen.«

»Weiß ich.«

Die Nachtluft wird kühler, und ein modriger Geruch steigt auf. Ich knöpfe meinen Mantel weiter zu. Inzwischen versperrt dichtes Laubwerk die Sicht auf den Himmel, Äste scheinen wie Arme nach uns greifen zu wollen. Etwas schrammt über den Bootsrumpf und drängt uns ein wenig ab.

»Pass doch auf«, bellt Arney. »Wenn einer von den Stämmen den Rumpf aufreißt, sind wir geliefert.«

Also halte ich weiter Ausschau, schiebe alles mögliche Treibholz zur Seite, während wir Meile um Meile weiterfahren. Hier und da sind Hausboote am Ufer festgemacht, und ich sehe vereinzelte brennende Laternen auf den Veranden der auf Stelzen gebauten Häuser am Ufer, doch im Großen und Ganzen sind wir allein, treiben durch das sumpfige Gebiet, wo sich Otter und Biber niedergelassen haben und das Moos schwer von den Ästen über uns hängt. Die Bäume sehen in dem diffusen Licht aus wie Ungeheuer.

Eine Eule schwebt über uns hinweg, so tief, dass Arney und ich die Köpfe einziehen.

Fern regt sich im Schlaf.

Ich muss an Brinys Geschichten vom Rougarou denken, darüber, wie er kleine Kinder in den Sumpf verschleppt. Ein Schauder überläuft mich, doch ich lasse mir vor Arney nichts anmerken. Es gibt keine Ungeheuer, abgesehen von denen, die uns bei Mrs. Murphy erwarten.

Aber ich lasse nicht zu, dass jemand Fern und mich erwischt.

Ich starre aufs Wasser und versuche, nicht an das zu denken, was sich hier im Sumpf herumtreiben könnte. Arney ist hochkonzentriert und steuert uns durch den See genau so, wie sie es versprochen hat.

Schließlich geht das Petroleum in der Lampe zur Neige, und die Flamme erlischt, als wir ans Ufer gleiten und das Boot an einem Baumstumpf festmachen. Meine Arme und Beine fühlen sich zentnerschwer an und knacken laut, als ich in die Bootsmitte krabble und mich neben Fern lege, die die meiste Zeit über geschlafen hat.

Arney legt sich zu uns. »Von hier ist es nicht mehr weit bis zum Ende des Sees«, sagt sie. Wir rollen uns zusammen, kalt und durchnässt und völlig übermüdet. Von irgendwoher weht Musik heran; bestimmt von einem Dampfer, was bedeutet, dass der Fluss nicht weit weg sein kann, aber vielleicht spielt mir meine Fantasie auch nur einen Streich. Als ich einschlafe, glaube ich das Tröten der Nebelhörner und das Pfeifen von Barkassen und Lastkähnen zu hören. Ich lausche, versuche zu unterscheiden, welches Horn zu welchem Boot gehört: Die

*Benny Slade*, die *General P.* und ein Schaufelraddampfer mit dem typischen Platschen.

Ich bin zu Hause, lasse mich von dem Schlaflied einlullen, das ich in- und auswendig kenne, von der Dunkelheit und den nächtlichen Geräuschen, vom Wasser, das mich sanft in seinem Schoß zu wiegen scheint, bis ich im Nichts versinke, tief und traumlos, ohne Sorgen.

Der tiefe Schlaf eines Flusszigeuners.

Stimmen reißen mich aus dem Schlummer. Stimmen ... und das Pochen von Holz auf Holz. Ich werfe die Decke zurück, während Arney neben Fern hochfährt. Wir sehen einander an, müssen uns erst orientieren. Fern dreht sich um und blinzelt.

»Ich hab dir doch gesagt, da ist jemand in dem Boot, Remley.« Drei kleine farbige Jungs stehen mit aufgerollten Hosenbeinen auf ein paar Zypressenwurzeln.

»Das da ist ein Mädchen!«, ruft der größte von ihnen und schlägt mit seinem Froschstock ein weiteres Mal gegen das Boot. »Und ein kleines Mädchen ist auch dabei. Weiße Mädchen!«

Die anderen weichen zurück, während der größte – er kann nicht älter als neun oder zehn sein – sich auf seinen Stock stützt und uns interessiert mustert. »Was habt ihr denn hier zu suchen? Habt ihr euch verirrt?«

Arney steht auf und macht eine Handbewegung. »Haut ab! Los, verschwindet, sonst setzt's was!« Ihre Stimme ist tiefer, so wie die, mit der sie gesprochen hat, als ich sie noch für einen Jungen gehalten habe. »Wir angeln hier und warten bloß bis zum Morgen, dann fangen wir wieder an. Los, mach die Leine los, damit wir weiterfahren können.«

Die Jungs rühren sich nicht vom Fleck.

»Los, schlaf nicht ein. Mach schon.« Arney zeigt mit dem

Paddel auf den Baumstamm, an dem wir das Boot vertäut haben. Die Strömung hat uns ein Stück aufs Wasser hinausgetragen, während wir geschlafen haben, und das Tau hat sich in den Ästen verfangen. Es wird nicht ganz leicht sein, es ohne Hilfe zu lösen.

Ich ziehe einen Keks aus meinem Beutel. Während der letzten Tage habe ich immer mal wieder einen von Zumas Keksen gemopst und gebunkert. »Ihr kriegt auch einen Keks.«

Fern reibt sich die Augen. »Wo ist Mommy?«

»Still«, sage ich. »Du musst jetzt leise sein. Keine Fragen.«

Ich halte den Keks hoch. Der kleinste der Jungen grinst, lässt seinen Froschstock fallen und klettert mit der Behändigkeit einer Eidechse auf den Ast. Der Knoten bereitet ihm ein wenig Mühe, doch dann ist es geschafft. Bevor wir aufs Wasser hinausgleiten, werfe ich den Keks ans Ufer.

»Das wäre nicht nötig gewesen«, mault Arney.

Fern räkelt sich und leckt sich die Lippen.

Ich reiche ihr und Arney die beiden anderen Kekse. »Wenn wir erst auf der *Arcadia* sind, gibt es massenhaft zu essen. Queenie und Briny werden so froh sein, uns wiederzuhaben, dass sie ein Festessen für uns kochen.« Seit wir aufgebrochen sind, habe ich Arney mit diesem Versprechen bei Laune gehalten. Ich sehe ihr an, dass sie immer noch am liebsten kehrtmachen und zu ihren Leuten zurückfahren würde. Seltsam, wie man sich an Dinge gewöhnt, auch wenn sie noch so furchtbar sind.

»Du wirst schon sehen«, beteuere ich. »Wenn wir erst auf der *Arcadia* sind, kann uns keiner mehr etwas tun. Wir fahren nach Süden, und Old Zede wird die ganze Zeit hinter uns sein.«

Genau das sage ich mir wieder und wieder, während Arney den Motor anlässt und wir weiter in Richtung Mündung fahren, doch Furcht gärt in meinem Innern. Selbst als wir um eine Ecke kommen und ich den Fluss sehe, der uns nach Hause bringen wird, spüre ich eine Besorgnis tief in meinem Innern, ein mulmiges Gefühl, das nicht von den hohen Kielwellen der großen Schiffe herrührt, die das Boot hin- und herschaukeln lassen, als wir weiter in Richtung Memphis dahintuckern.

Als Mud Island endlich in Sicht kommt, raubt mir die Sorge förmlich den Atem, und ich wünsche mir fast, einer der Lastkähne würde uns zum Kentern bringen. Was werden Briny und Queenie sagen, wenn sie erfahren, dass nur noch Fern und ich übrig sind?

Die Frage lastet schwerer und schwerer auf mir, als wir an dem alten Hausboot-Camp vorbeifahren, das inzwischen nahezu verwaist ist, und ich Arney durch das Stauwasser dirigiere, das ich im Geiste Hunderte von Malen durchquert habe – von Miss Tanns Wagen aus, von Mrs. Murphys Keller aus, vom Sofa bei der Besichtigungsparty und von dem hübschen rosa gestrichenen Zimmer bei den Seviers aus.

Ich kann es kaum glauben, dass die *Arcadia* tatsächlich am Ufer liegt, als wir um die nächste Biegung tuckern, dass sie real ist, nicht etwa ein Traumgespinst.

Zedes Hausboot hat nur ein kleines Stück weiter unten festgemacht, doch je näher ich der *Arcadia* komme, umso klarer wird, dass etwas nicht stimmt. Das Geländer ist zerbrochen, Blätter und Äste liegen auf dem Dach der Kabine herum. Scherben einer zerbrochenen Fensterscheibe ragen aus dem Rahmen und glitzern im hellen Sonnenlicht. Die *Arcadia* liegt völlig schief und viel zu dicht am Ufer; ich frage mich, wie wir sie jemals wieder ins Wasser kriegen sollen.

»Arcadia! Arcadia!«, ruft Fern und klatscht in die Hände, wobei ihre goldenen Löckchen hüpfen. Sie steht mitten im

Boot, mit einer Sicherheit, wie nur ein Flusskind sie besitzt. »*Arcadia*! Queenie! Queenie!«, ruft sie wieder und wieder, während wir näher kommen.

Es scheint niemand da zu sein. Vielleicht sind sie ja früh aufgestanden und jagen oder angeln gegangen. Oder sie sind unten bei Zede.

Aber Queenie verlässt das Boot nicht allzu oft. Sie ist am liebsten zu Hause, es sei denn, sie geht andere Frauen auf ihren Booten besuchen. Aber es ist weit und breit keiner zu sehen.

»Das ist es?«, fragt Arney zweifelnd.

»Es ist offenbar gerade keiner daheim.« Ich lege eine Zuversicht in meine Stimme, die ich in Wahrheit nicht empfinde. Wieder ergreift eine düstere Vorahnung Besitz von mir. Queenie und Briny würden das Boot niemals so herunterkommen lassen. Mein Vater war immer stolz auf die *Arcadia* und hat sie in Schuss gehalten, während Queenie trotz ihrer fünf Kinder für Ordnung gesorgt hat. Es muss alles *schiffobello* sein, hat sie immer gesagt.

Doch die *Arcadia* ist alles andere als *schiffobello*. Aus der Nähe sieht sie sogar noch schlimmer aus. Als ich mich an der Reling hochziehen will, bricht ein Stück davon ab, und ich falle beinahe ins Wasser.

Kaum haben wir angelegt, kommt auch schon Silas angerannt. Seine langen, dürren Beine fliegen förmlich über das sandige Ufer. Mit der Behändigkeit eines Fuchses springt er über einen Stapel aufgehäufter Äste, und für einen Moment muss ich an Camellia denken, als sie vor der Polizei abgehauen ist.

Das scheint Jahre her zu sein, nicht bloß ein paar Monate.

Silas reißt mich an sich und wirbelt mich im Kreis herum.

»Was für eine Schönheit«, sagt er. »Ich dachte schon, ich sehe dich nie wieder.«

»Ich auch.« Ich registriere, dass Arney hinter mir Fern aus dem Boot hilft, doch ich habe nur Augen für Silas. Er ist schön, anders kann ich es nicht sagen. »Wir sind zu Hause. Wir haben es geschafft.«

»Allerdings. Und Fern ist auch hier. Zede wird aus dem Häuschen sein, wenn er das sieht.«

Wieder drückt er mich an sich, und diesmal sind meine Arme frei, so dass ich die Umarmung erwidern kann.

Erst als ich Ferns Stimme höre, nehme ich wahr, dass wir nicht alleine sind. »Wo ist Queenie?«, fragt sie.

Sowie ich Silas loslasse und einen Schritt nach hinten trete, weiß ich endgültig, dass etwas nicht stimmt. Trotz des Lärms, den wir veranstaltet haben, kommt niemand aus der Kajüte. »Wo ist Queenie, Silas? Und Briny?«

Silas hält mich bei den Schultern und blickt mich aus seinen braunen Augen fest an. Einer seiner Mundwinkel zuckt. »Deine Mama ist vor drei Wochen gestorben, Rill. Der Arzt sagt, es war eine Blutvergiftung, aber Zede meint, sie ist an gebrochenem Herzen gestorben. Sie hat euch so sehr vermisst.«

Ich komme mir wie ein ausgenommener Fisch vor, leer und kalt. Meine Mama lebt nicht mehr. Sie ist fort, und ich werde sie nie wiedersehen.

»Wo ... wo ist Briny?«, frage ich schließlich.

Silas hält mich noch fester. Ich weiß, warum: Er hat Angst, dass ich vollends zusammenbreche, wenn er mich loslässt. Einen Moment lang bin ich sicher, dass ich genau das tun werde. »Es geht ihm gar nicht gut, Rill. Er trinkt, weil er euch verloren hat. Und seit Queenie tot ist, geht es ihm noch viel schlechter. Es ist alles sehr schlimm.«

## KAPITEL 23

**Avery**

Trent und ich stehen Seite an Seite und blicken zu den uralten von moosbedeckten Putten und verschnörkelten Verzierungen gekrönten Säulen empor, die die Ruine aus bröckelndem Stein umrahmen. Wie Wächter stehen sie da, aufrecht und stolz, ihre Sockel überwuchert von Efeu und Gras.

Erst nach einem Moment registrieren wir, dass Jonah die Stufen zu der einstmals mehrstöckigen Veranda hinaufgeklettert ist. Ein verrostetes Eisengeländer verläuft über unseren Köpfen zwischen den Säulen.

»Hey, komm da runter, Kleiner«, ruft Trent. Der Stein wirkt zwar solide, trotzdem kann keiner sagen, wie stabil das ganze Konstrukt noch ist.

Hier, auf diesem Hügel über dem Savannah River, ganz in der Nähe von Augusta, hat einst eine Villa gestanden. Wem hat sie gehört? Unmittelbar neben dem Haupthaus befinden sich der halb zerfallene Eiskeller und andere Nebengebäude; ihre mit burgunderroten Schindeln gedeckten Dächer hängen durch, und zerbrochene Balken ragen wie Knochen in die Höhe.

»Was um alles in der Welt hatte meine Großmutter hier zu suchen?« Ich kann mir Grandma Judy – die Frau, die schon eine Krise kriegte, wenn ich mich in Reithosen auf einen ihrer

Sessel gesetzt und Pferdehaare hinterlassen habe – beim besten Willen nicht hier vorstellen.

Und *jeden Donnerstag* soll sie hier gewesen sein? *Jahrelang*? Wieso?

»Eines steht fest – hier draußen war man ungestört. Ich bezweifle, ob überhaupt noch jemand von dieser Ruine weiß.« Trent geht zur Treppe und nimmt Jonahs Hand, hilft ihm, herunterzuspringen. »Bleib bei Daddy, Kleiner. Ich weiß, es ist ganz toll hier, aber es könnte vielleicht Schlangen geben.«

Jonah sieht sich um. »Wo?«

»Ich sagte, vielleicht.«

»Oh …«

Völlig hingerissen betrachte ich die beiden. Sie sehen wie aus einem Werbespot aus – blond, einander wie aus dem Gesicht geschnitten und in helles, strahlendes Sonnenlicht getaucht, das durch die uralten Bäume fällt.

Ich reiße mich von dem Anblick los und blicke wieder auf die Überreste des Hauses, das einst sehr eindrucksvoll gewesen sein muss. »Dass sie mit dem Taxi hergekommen ist statt mit ihrem Fahrer, dürfte ein Zeichen dafür sein, dass niemand wissen sollte, wo sie ist.«

Ich wünschte, die Wahrheit wäre so unschuldig, aber ich weiß, dass das nicht der einzige Grund sein kann. Dass May Crandall Augusta erwähnt hat und Grandma Judy über Jahre hinweg jede Woche hergekommen ist, kann kein Zufall sein. Nein, es muss etwas mit ihnen beiden zu tun haben. Dies hier ist Mays Zuhause, daran habe ich inzwischen keinen Zweifel mehr, und ihre Verbindung zu Grandma Judy reicht viel länger zurück als bloß bis zu dem Versuch, eine tragische Adoptionsgeschichte zu Papier zu bringen.

»Es sieht ganz so aus, als würde die Straße noch weitergehen.« Trent zeigt auf den Pfad, über den wir hergekommen sind. Mit dem hohen Streifen Gras in der Mitte und den Pflanzen, die die tiefen Reifenspuren überdecken, verdient er die Bezeichnung Straße zwar kaum, trotzdem war er unübersehbar bis vor kurzem in Benutzung. Jemand hat ihn in den letzten Jahren gemäht.

»Wir sollten nachsehen«, schlage ich vor, obwohl sich ein Teil von mir – sogar der größte, wenn ich ehrlich bin – vor dem fürchtet, was wir entdecken könnten.

Wir machen uns auf den Weg durch den einstigen Garten. Jonah hebt bei jedem Schritt die Beine ganz weit an. Trent nimmt ihn auf den Arm, als das Gras noch höher wird und der Weg zu den Bäumen führt.

Dass Jonah auf all die Vögel, Eichhörnchen und Blumen zeigt, verleiht unserem Ausflug etwas Unschuldiges – ein kleiner Spaziergang mit Freunden durch die Natur. Er verlangt von uns beiden, dass wir seine Funde kommentieren. Ich bemühe mich nach Kräften, doch mit dem Kopf bin ich ganz woanders. Zwischen den Bäumen hindurch kann ich Wasser erkennen, das im Sonnenschein glitzert. Der Fluss, kein Zweifel.

Jonah nennt mich Ay-ber-wee, doch sein Dad korrigiert ihn. »Nein, das ist Miss Stafford.« Er lächelt mir zu. »Meine Familie ist altmodisch. Erwachsene werden nicht mit dem Vornamen angesprochen.«

»Das ist schön.« Ich bin auch so erzogen. Honeybee hätte mir einen anständigen Hausarrest aufgebrummt, hätte ich andere Leute nicht korrekt mit *Mr.* und *Mrs.* angesprochen. Die Regel bestand so lange, bis ich das College abgeschlossen hatte und damit selbst offiziell erwachsen war.

Vor uns verläuft der Pfad um die Überreste eines verrosteten, von Klettertrompeten hoffnungslos überwucherten Gartenzauns. Mein Blick fällt auf ein kleines Haus zwischen roten

Kletterrosen und weißer Kreppmyrte, das auf einer kleinen Anhöhe über dem Fluss steht – es sieht aus wie ein Versteck für eine heimliche Prinzessin oder einen Eremiten, der einst ein König war. Vom Gartentor aus verläuft ein Bohlenweg den Hang hinunter zum Anleger.

Obwohl der Garten inzwischen überwuchert ist, erkenne ich deutlich, dass er mit viel Liebe zum Detail angelegt wurde. Überall gibt es Torbögen, Bänke und Vogelbäder am Rand der steinernen Wege; das Haus steht auf niedrigen Stelzen, um nicht im Wasser zu versinken. Die verwitterten Fensterrahmen und das Dach aus Zinkblech lassen vermuten, dass es bereits vor Jahrzehnten erbaut wurde.

Hierher hat es meine Großmutter also jede Woche gezogen. Inzwischen kann ich mir gut vorstellen, dass es ihr gefallen hat: Es ist der perfekte Ort, um all ihre Verpflichtungen und Aufgaben hinter sich lassen, den Ruf der Familie und das Rampenlicht für eine Weile vergessen zu dürfen – alles, was in ihren sorgfältig geführten Terminkalendern aufgelistet war.

»Man käme nicht auf die Idee, dass man so etwas hier findet.« Bewundernd geht Trent um das kleine Refugium herum zur Vorderseite mit der breiten Veranda. Spitzenvorhänge hängen vor den Fenstern, und die leisen Klänge eines Windspiels erfüllen die Luft. Überall auf den Stufen liegen Zweige und Blätter herum – ein Beweis dafür, dass seit dem letzten Gewitter niemand mehr die Veranda gefegt hat.

»Allerdings.« Ist dies May Crandalls Zuhause? Jenes Zuhause, wo sie gefunden wurde, neben der Leiche ihrer Schwester?

Trent geht voran durch das windschiefe Tor, das quietschend über die Steinplatten scharrt. »Ziemlich ruhig hier. Mal sehen, ob jemand darin wohnt.«

Nebeneinander steigen wir die Stufen hinauf. Trent setzt

Jonah ab, und wir klopfen an die Haustür und warten eine Weile, ehe wir durch die Vorhänge spähen. Die geblümten Sofas, hölzernen Beistelltischchen und Tiffany-Lampen passen so gar nicht zu dem bescheidenen Cottage. Zwar sehe ich Bilder und Fotos an den Wänden in dem kleinen Wohnzimmer, kann aber nicht erkennen, was sie zeigen. Dahinter schließt sich eine Küche an, und Türen führen zu den anderen Zimmern und einer von außen nicht zugänglichen Veranda im hinteren Teil des Hauses.

Ich trete ans andere Fenster, während Trent den Türknauf dreht.

»Was *machen* Sie da?«

Seine Augen funkeln verschmitzt, als er die Tür öffnet. »Ich prüfe nur ein potenzielles Immobilienobjekt. Ich glaube, jemand hat mich um eine Begutachtung gebeten.«

Bevor ich protestieren kann, ist er eingetreten, und mir ist nicht danach, irgendwelche Einwände zu erheben. Ich muss mehr erfahren, muss endlich wissen, was hier los ist. Es ist schwer vorstellbar, dass eine Frau in Mays Zustand hier gelebt haben soll, so weit ab vom Schuss.

»Jonah, du bleibst auf der Veranda, und du fasst die Fliegentür nicht an.« Trent wirft einen bestimmenden Blick über die Schulter.

»Okay.« Jonah sammelt ein paar Eicheln ein, die ein Eichhörnchen durch eine Lücke in der Fliegentür hereingeschoben haben muss, und zählt sie. »Eins, zwei, drei ... sieben ... acht ... achtundzweizig.«

Ich folge Trent ins Haus und bleibe auf dem kleinen Teppich in der Diele stehen, während ich mich umsehe. Es sieht völlig anders aus, als ich es mir vorgestellt habe – kein Stäubchen auf den Möbeln, keine toten Insekten auf den Fensterbrettern. Stattdessen ist alles picobello. Das Haus scheint definitiv bewohnt zu sein, allerdings ist außer Vogelgezwitscher, dem Windspiel, dem Rauschen der Blätter und Jonahs leiser Stimme nichts zu hören.

Trent nimmt einen Umschlag von der Arbeitsplatte in der Küche. »May Crandall.« Er hält ihn hoch, aber ich sehe nicht hin.

Mein Blick ist auf ein Gemälde über dem Kamin geheftet: bunte Sonnenhüte, perfekt gebügelte Sixties-Kleider, strahlende Gesichter, goldene, in der salzigen Brise flatternde Locken, Gelächter, das man sehen, aber nicht hören kann …

Ich erkenne die Szene, auch wenn die Pose ein wenig anders ist. Das Foto im Arbeitszimmer von Trents Großvater war schwarz-weiß und zeigte die Frauen, wie sie in die Kamera lächeln. Der Schnappschuss, der als Vorlage für dieses Gemälde hier gedient hat, muss direkt vor dem anderen Foto geknipst worden sein, und der Maler hat die leuchtenden Farben dargestellt, die auf dem Foto fehlen. Für Gelächter gibt es keine eigene Schattierung, trotzdem verströmt das Gemälde überschäumende Lebensfreude – die Frauen stehen untergehakt und mit in den Nacken geworfenen Köpfen am Strand; eine von ihnen spritzt übermütig mit dem Fuß Meerwasser auf den Fotografen.

Ich trete näher, nehme die Signatur in Augenschein. *Fern*, steht da in der Ecke.

Eine Messingplakette betitelt das Motiv: SCHWESTERNTAG.

Meine Großmutter steht ganz links. Bei den anderen dreien handelt es sich, wenn ich Mays Geschichte glauben darf, um sie selbst, um Lark und um Fern.

Mit ihren in den Nacken geworfenen Köpfen und der Sonne auf ihren Gesichtern sehen die vier Frauen tatsächlich aus wie Schwestern.

Selbst meine Großmutter.

»Das ist nicht das einzige.« Trent sieht sich im Wohnzimmer um, wo überall Fotos aus unterschiedlichen Jahrzehnten, von unterschiedlichen Orten und in unterschiedlichen Größen hängen, die jedoch ausnahmslos die vier Frauen darstellen: die vier auf dem Anleger am Fluss, mit aufgerollten Hosenbeinen und Angelruten in der Hand; beim Tee zwischen Kletterrosen hinter dem kleinen Haus; in roten Kanus, die Paddel bereit.

Trent beugt sich über den Tisch und schlägt ein altes schwarzes Fotoalbum auf. »Sie haben viel Zeit hier verbracht.«

Ich trete neben ihn.

In diesem Moment bellt draußen ein Hund. Das Geräusch wird lauter. Krallen scharren auf den Stufen der Veranda. Mit vier ausholenden Schritten ist Trent an der Tür, doch er ist nicht schnell genug. Vor der Fliegentür steht ein schwarzer Hund und knurrt, während Jonah starr vor Schreck ist.

»Alles in Ordnung, Kleiner.« Trent schnellt vor, packt Jonah am Arm und zieht ihn zurück.

Der Hund hebt den Kopf und bellt, dann kratzt er mit der Pfote an der Tür, versucht, die Schnauze durch die Lücke zu zwängen.

Ganz in der Nähe ertönt ein Motor. Vielleicht ein Rasenmäher. Der Lärm schwillt an. Trent und ich haben keine andere Wahl, als zu warten. Ich traue mich noch nicht einmal, die Haustür hinter uns zuzuziehen. Falls der Hund die Fliegentür durchbrechen sollte, brauchen wir einen Fluchtweg.

Ich fühle mich wie auf frischer Tat ertappt. Na ja, eigentlich sind wir ja Komplizen, auf frischer Tat ertappt.

Nur Jonah, dem keinerlei Vergehen zur Last gelegt werden kann, ist völlig aus dem Häuschen. Ich muss ihn festhalten, während er aufgeregt herumhüpft, um zu sehen, was den Lärm verursacht.

»Traktor! Traktor!«, ruft er, als ein Mann in Overall und mit Strohhut auf dem Kopf auf einem grau-roten Traktor mit einem zweirädrigen Anhänger vorbeituckert, an den eine Motorsense montiert ist. Die Sonne fällt auf das tiefbraune Gesicht des Mannes, als er den Traktor zum Stehen bringt.

Bei genauerem Hinsehen stelle ich fest, dass er jünger ist, als ich angenommen habe ... vielleicht im Alter meiner Eltern, sechzig oder so?

»Sammy!«, ruft er mit tiefer Stimme und springt vom Traktor. »Lass das! Still! Und komm sofort hierher!«

Aber Sammy hat seinen eigenen Kopf. Er wartet, bis der Mann bis auf wenige Meter herangekommen ist, ehe er gehorcht.

Der Fremde bleibt auf halber Höhe der Treppe stehen, doch er ist so groß, dass wir uns quasi auf Augenhöhe befinden.

»Kann ich helfen?«, fragt er.

Trent und ich tauschen einen Blick. Keiner von uns hat mit so etwas gerechnet.

»Wir haben May im Altersheim besucht und mit ihr gesprochen.« Trent ist ein Geschäftsmann wie aus dem Bilderbuch; aus seinem Mund klingt es wie eine Erklärung, obwohl es in Wahrheit gar keine ist.

»Ist ... das hier ... ist das hier ihr Haus?«, stammele ich, was uns noch viel mehr als Schuldige dastehen lässt.

»Sie haben einen Traktor!« Jonahs Einwurf ist mit Abstand der intelligenteste von allen.

»Oh ja, das hab ich, kleiner Mann!« Der Fremde stützt sich auf die Knie und beugt sich zu Jonah hinab. »Das war der Traktor von meinem Daddy. Er hat ihn 1958 gekauft. Ich komme immer wieder mal vorbei, wenn ich Zeit habe, mähe das Gras, sammle die Äste auf und sehe nach Mama. Die Kleinen kommen immer gern mit. Ich hab einen, der so groß sein dürfte wie du.«

»Oh …« Jonah ist sichtlich beeindruckt. »Ich bin drei.« Umständlich streckt er die drei mittleren Finger hoch und klappt den kleinen Finger und den Daumen ein.

»Aha, dann ist Bart gleich alt wie du. Er ist dreieinhalb und heißt genauso wie sein Opa. Und der bin ich.«

Der große Bart richtet sich auf und mustert Trent und mich. »Sind Sie Verwandte von May? Geht's ihr gut? Mama hat mir erzählt, dass ihre Schwester gestorben ist und sie Mrs. Crandall ins Pflegeheim bringen mussten. Ihre Enkel hätten sie in einem Heim drüben in Aiken untergebracht, weil sie dachten, es sei besser, wenn es ein Stück von ihrem alten Zuhause entfernt ist. Traurige Geschichte. Sie hat das Haus geliebt.«

»Es geht ihr den Umständen entsprechend«, sage ich. »Ich glaube nicht, dass es ihr in dem Heim sonderlich gut gefällt, und nachdem ich dieses Haus gesehen habe, verstehe ich das auch.«

»Sind Sie ihre Nichte oder Enkelin?« Er mustert mich eindringlich, und ich sehe förmlich, wie sich die Rädchen in seinem Kopf drehen.

Ich will den Mann auf keinen Fall anlügen. Schließlich weiß ich nicht, ob May überhaupt eine Enkeltochter hat. Vielleicht will er mich bloß aufs Glatteis führen.

Eine Lüge bringt mich der Lösung meines Problems ohnehin nicht näher. »Ich bin nicht ganz sicher, wenn ich ehrlich sein soll. Sie sagten, Ihre Mutter lebt hier? Vielleicht kann sie mir ja etwas über« – ich halte kurz inne – »die Fotos überall im Haus und das Gemälde über dem Kamin erzählen. Meine Großmutter ist eine der darauf abgebildeten Frauen.«

Bart sieht mich ratlos an. »Ich hab seit Jahren keinen Fuß mehr in das Haus gesetzt, aber Mama hat sich viele Jahre darum gekümmert. Schon bevor das große Haus 1982 nach einem Blitzschlag abgebrannt ist.«

»Könnten wir vielleicht mit ihr reden? Oder würden wir ihr damit zu große Umstände machen?«

Lächelnd schiebt er sich den Hut in den Nacken. »Du liebe Zeit, keine Spur. Sie liebt es, wenn Besuch kommt. Aber Sie müssen ein bisschen Zeit mitbringen. Mama redet ziemlich viel.« Er späht um die Hausecke. »Sind Sie etwa den ganzen Weg vom alten Haus hergekommen? Es gibt eine Abkürzung direkt hier durch, eine Zufahrt zur Farm. May hat ihren Wagen immer in der Garage neben Mamas Wohnung abgestellt.«

»Oh, das wusste ich nicht.« Doch es erklärt einiges; beispielsweise das überwucherte Tor und den Pfad, über den wir hergekommen sind. »Wir sind durch das alte Eisentor hereingekommen.«

»Oh nein, dann haben Sie morgen bestimmt einen Ausschlag von den Laufmilben. Erinnern Sie mich dran, dass ich Ihnen etwas von Mamas selbsthergestellter Salbe mitgebe.«

Augenblicklich spüre ich einen ersten Juckreiz.

»Ich schlage vor, Sie springen alle auf den Traktor, und ich fahre Sie hoch zu Mama. Es sei denn, Sie wollen lieber zu Fuß gehen.«

Allein beim Gedanken an die Millionen Milben, die sich auf meiner Haut festklammern, kriege ich das große Jucken.

»Ich glaube, wir fahren lieber mit Ihnen«, sagt Trent.

Jonah klatscht jubelnd in die Hände.

»Dann mal los, kleiner Mann.« Bart öffnet die Fliegentür, und Jonah nimmt seine Hand, als wäre er ein uralter Freund. Bart hebt ihn hoch und trägt ihn die Stufen hinunter – es ist ihm anzusehen, dass er sich mit Kindern auskennt und ein Großvater wie aus dem Bilderbuch ist.

Jonah schwebt schlicht im siebten Himmel, als wir auf den kleinen Anhänger klettern, der mich an unseren Dungkarren in Drayden Hill erinnert. Ich ahne, dass die beiden Gefährte für denselben Zweck eingesetzt werden, denn unter den Zweigen schlittern verdächtig aussehende Klumpen herum. Jonah stört das nicht im Geringsten; er scheint sich pudelwohl zu fühlen, als wir durch das Unterholz und einen Weg entlang holpern, der allem Anschein nach regelmäßig von vierrädrigen Gefährten, wie beispielsweise einem Golfcart, befahren wird.

Der Weg führt weg vom Fluss in Richtung einer landwirtschaftlichen Straße, wo wir auf die eigentliche Zufahrt abbiegen. Das frisch gestrichene hellblaue Haus sieht wie der perfekte Ort für eine ehemalige Bäuerin aus – auf dem Hof picken Hühner, eine gefleckte Milchkuh steht im Schatten eines Baums, Wäsche flattert auf einer Leine. Sammy verkündet bellend unsere Ankunft.

Barts Mutter tritt in einem geblümten Hauskleid, Pantoffeln und einem leuchtend gelben Schal auf die Veranda. Eine farblich passende Seidenrose schmückt ihr zu einem fluffigen Knoten frisiertes graues Haar. Als sie uns auf dem Traktor sieht, bleibt sie stehen und schirmt mit der Hand die Augen ab. »Na, wen bringst du denn da mit, Bartholomew?«

Ich überlasse die Erklärung ihrem Sohn, da ich selbst keine habe. »Ich hab die Leute drüben bei Mrs. Crandall getroffen. Sie haben sie im Pflegeheim besucht.«

Das Kinn der alten Frau scheint förmlich in den ledrigen, zimtfarbenen Falten ihres Halses zu verschwinden. »Und wer sind Sie, sagten Sie?«

Ich klettere aus dem Wagen, bevor sie auf die Idee kommt,

ihren Sohn zu bitten, uns dorthin zurückzubringen, wo er uns aufgegabelt hat. »Avery.« Eilig gehe ich die beiden Stufen zu ihrer Veranda hinauf. »Ich habe Ihren Sohn nach den Fotos und Bildern in Mays Haus gefragt. Meine Großmutter ist darauf zu sehen.«

Die alte Frau blickt zu Trent, der am Fuß der Treppe wartet, während Jonah mit Bart den Traktor in Augenschein nimmt. Ein Junge in Jonahs Alter kommt aus einer Scheune gelaufen und rennt zu ihnen. Obwohl wir auf Anhieb wissen, mit wem wir es zu tun haben, stellt ihn seine Großmutter vor – das ist Bart junior.

Sie wendet sich wieder mir zu und mustert mich eindringlich, als versuche sie meine Gesichtszüge zu analysieren. Bilde ich es mir nur ein, oder sehe ich so etwas wie den Funken des Wiedererkennens darin aufflackern? »Und wie war Ihr Name noch?«

»Avery«, wiederhole ich, diesmal lauter.

»Avery ... wer?«

»Stafford.« Meinen Nachnamen habe ich bisher bewusst unterschlagen. Aber ich will nicht ohne Antworten von hier weggehen, und wenn es nicht anders geht, kann ich es nun mal nicht ändern.

»Sie sind Miss Judys Tochter?«

Mein Herz schlägt so sehr, dass ich meine Trommelfelle vibrieren spüre. »Enkeltochter.«

Die Zeit scheint stillzustehen, das Geschnatter der beiden kleinen Jungs, Barts Erklärungen, das Gackern der Hühner und das Peitschen des Kuhschwanzes, das durchdringende Zwitschern einer Spottdrossel scheinen zu verebben.

»Sie wollen wissen, wieso sie immer hergekommen ist.« Das ist keine Frage, sondern eine Aussage, als würde die alte Frau bereits seit Jahren darauf warten, in der Gewissheit, dass über kurz oder lang jemand auftaucht und sie danach fragt.

»Ja, Ma'am. Ich habe meine Großmutter gefragt, aber ehrlich gesagt, ist sie nicht mehr ganz auf der Höhe und kann sich an vieles nicht erinnern.«

Die alte Frau schüttelt langsam den Kopf und schnalzt mit der Zunge. »Was der Verstand vergessen hat, weiß das Herz trotzdem noch«, sagt sie schließlich. »Die Liebe ist das stärkste Band zwischen den Menschen. Stärker als alles andere. Sie wollen also etwas über die Schwestern wissen.«

»Bitte«, flüstere ich. »Ja. Bitte, erzählen Sie mir von ihnen.«

»Es steht mir nicht zu, das Geheimnis zu verraten«, sagt sie, wendet sich ab und schlurft ins Haus. Einen Moment lang fürchte ich, sie hätte mich einfach stehen lassen, doch ihr kurzer Blick über die Schulter sagt etwas anderes. Ich soll ihr nach drinnen folgen.

Und das ist keine Bitte.

Ich bleibe direkt hinter der Schwelle stehen, während sie den schrägen Deckel eines alten Eichensekretärs öffnet und ein verbeultes blechernes Kruzifix und drei Seiten eines gelben Schreibblocks herausnimmt. Sie wurden zwar zerknüllt und wieder glatt gestrichen, trotzdem scheinen sie nicht sonderlich alt zu sein; und schon gar nicht so alt wie das Kreuz.

»Ich hab die Sachen nur in Verwahrung genommen«, sagt die alte Frau und reicht mir die Gegenstände. »Das Kruzifix hat vor langer Zeit Queenie gehört, und von Miss Judy stammen die Seiten. Es ist ihre Geschichte, aber sie hat sie nie ganz aufgeschrieben. Sie haben wohl beschlossen, sie mit ins Grab zu nehmen. Aber ich hab mir schon gedacht, dass eines Tages jemand kommt und fragt. Es ist nicht gut, so viele Geheimnisse zu haben, ganz egal, wie alt sie sind. Manchmal sind die ältesten Geheimnisse die allerschlimmsten. Sie müssen mit Ihrer Großmutter zu Miss May fahren. Das Herz weiß immer noch, wen es liebt.«

Ich blicke auf das Kruzifix, drehe es hin und her, ehe ich die Blätter auseinanderschlage. Ich erkenne die Handschrift auf Anhieb; ich habe sie unzählige Male in ihren Terminkalendern gesehen.

»Setzen Sie sich, Kind.« Barts Mutter führt mich zu einem alten Lehnsessel, auf den ich mich sinken lasse und zu lesen beginne.

## EINLEITUNG

*Baltimore, Maryland*
*3. August 1939*

Das Geburtsdatum und der Geburtsort meiner Großmutter.

*Meine Geschichte beginnt an einem schwül-heißen Augustabend, an einem Ort, den ich niemals mit eigenen Augen sehen werde. Der Raum existiert lediglich in meiner Fantasie. Meistens ist er groß, die Wände sind weiß und sauber, die Bettwäsche frisch und gestärkt. Das Privatzimmer ist mit allem ausgestattet, was das Herz begehrt …*

Ich reise all die Jahrzehnte zurück durch Raum und Zeit, bis in dieses Krankenzimmer im August 1939, zu jenem kurzen Moment, als ein winziges Lebewesen das Licht der Welt erblickte und sie ebenso schnell wieder verließ, zu Blut und Kummer, Verzweiflung, Trauer und Erschöpfung einer jungen Mutter, die in gnädigen Schlaf sinkt.

Bedeutende Männer flüstern miteinander. Da ist ein Großvater, der trotz seines Reichtums und seiner Macht sein kleines Enkelkind nicht retten kann.

Er ist ein einflussreicher Mann … vielleicht ein Politiker? Und er will nur das Beste für seine Tochter.

*Es gibt da eine Frau in Memphis …*

Aus purer Verzweiflung wird eine Entscheidung getroffen.

Hier endet die geschriebene Geschichte.

Und eine andere nimmt ihren Anfang. Die Geschichte eines kleinen blonden Mädchens, das aller Wahrscheinlichkeit nach der Mutter unmittelbar nach der Geburt weggenommen wird. Gefälschte Papiere werden unterzeichnet, oder vielleicht hat jemand der völlig erschöpften Mutter auch erzählt, ihr Baby sei tot zur Welt gekommen. Georgia Tann nimmt das Kind auf den Arm und bringt es klammheimlich der wartenden Familie, die es als ihr eigenes ausgibt und ihr schreckliches Geheimnis niemals preisgeben wird.

Das kleine Mädchen wird zu Judy Myers Stafford.

Das ist die Wahrheit, nach der mein Herz gesucht hat, seit ich dieses ausgebleichte Foto auf Mays Nachttisch habe stehen sehen und von der Ähnlichkeit frappiert war.

Das Foto im Pflegeheim zeigt Queenie und Briny. Sie sind nicht nur zwei Menschen aus Mays Vergangenheit, sondern meine Urgroßeltern. Flusszigeuner.

Hätte das Schicksal nicht so eine dramatische Wendung genommen, wäre ich vielleicht ebenso eine Flusszigeunerin geworden.

Barts Mutter setzt sich neben mich auf die Armlehne, streichelt mir den Rücken und reicht mir ein Taschentuch. »Ach, Schätzchen … Kind. Die Wahrheit zu kennen, ist immer das Allerbeste. Das habe ich ihnen gesagt. Man muss wissen, wer man ist, das ist so wichtig. Was man tief drinnen ist. Sonst findet man niemals Ruhe. Aber das ist nicht meine Entscheidung.«

Ich kann nicht sagen, wie lange ich dort sitze, während mir die alte Frau den Rücken tätschelt und ich an alles denke, was dazu geführt hat, dass die Kinder der *Arcadia* nicht gemeinsam aufwachsen konnten. Mays Worte kommen mir wieder in den Sinn. *Wir waren alle junge Frauen, verheiratet und mit Kindern, als wir uns wiedergefunden haben, und haben beschlossen, keine engere Beziehung miteinander zu pflegen. Wir haben uns mit der Gewissheit zufriedengegeben, dass es den anderen gut geht.*

Aber in Wahrheit hat es ihnen nicht genügt. Selbst die Hürden wie der gute Ruf einer Familie, beruflicher Ehrgeiz und eine exponierte gesellschaftlichen Stellung konnten die Liebe der Schwestern und ihre Verbundenheit nicht aufhalten. Mit einem Mal scheint der Zwang, ein Leben im Verborgenen zu führen und sich nur heimlich treffen zu können, mir beinahe genauso grausam und brutal wie manipulierte Adoptionen, gefälschte Papiere und erzwungene Trennungen.

»Sie müssen Ihre Großmutter zu ihrer Schwester bringen.« Eine zittrige Hand legt sich auf die meine und drückt sie. »Sie sind die beiden einzigen, die noch übrig sind. Die beiden einzigen Schwestern. Richten Sie ihnen aus, Hootsie sagt, es wird Zeit, dass sie endlich sind, wer sie nun mal sind.«

## KAPITEL 24

### Rill

Der Ruf der Schwarzkehl-Nachtschwalbe reißt mich aus meinem Traum, aber ich versuche ihn zu ignorieren, will mich nicht daraus lösen. Wir sind alle auf der *Arcadia* … Briny, Lark, Fern und Gabion … wir gleiten in der Mitte des breiten Mississippi entlang, so als würde der ganze Fluss nur uns allein gehören. Es ist ein schöner, wolkenloser Tag, und weit und breit sind weder Schleppkähne noch Heckraddampfer zu sehen.

Wir sind frei, frei. Und wir lassen uns vom Fluss nach Süden tragen, weit von Mud Island und allem entfernt, was dort vorgefallen ist.

Silas und Zede sind auch bei uns. Und Camellia und Queenie.

Daher weiß ich, dass es nur ein Traum und nicht die Realität ist.

Ich schlage die Augen auf und schiebe die Decke zur Seite. Einen Moment lang bin ich geblendet von der Sonne, orientierungslos. Dann merke ich, dass ich neben Fern im Ruderboot und nicht unter einer Decke, sondern unter einem Segeltuch liege. Das Boot ist am Heck der *Arcadia* vertäut und fährt nirgendwohin. Es ist der einzige Ort, wo wir während des Tages ausruhen können, ohne Gefahr zu laufen, dass Briny sich heranschleicht.

Der Ruf der Schwalbe ertönt erneut. Es ist Silas. Ich halte im Gebüsch nach ihm Ausschau, aber er hat sich gut versteckt.

Als ich mich aus dem Segeltuch befreie, wacht Fern auf und packt meinen Knöchel. Seit wir wieder auf der *Arcadia* sind, hat sie panische Angst, allein zu bleiben, weil sie nie sicher ist, ob Briny sie nicht so heftig von sich stößt, dass sie hinfällt, oder sie auf den Arm nimmt und ihr die Luft abschnürt, weil er sie so fest an sich drückt.

Ich erwidere den Ruf, während Fern sich aufrichtet und angestrengt umherspäht.

»Schh. Leise«, ermahne ich sie. Als wir uns heute Morgen ins Ruderboot geschlichen haben, war Briny noch mit seiner Whiskeyflasche an Bord zugange. Vermutlich ist er inzwischen auf der Veranda eingeschlafen, aber sicher weiß man es nie. »Briny sollte lieber nicht mitkriegen, dass Silas hier ist.«

Fern leckt sich nickend die Lippen. Ihr Magen knurrt laut. Wahrscheinlich weiß sie, dass Silas uns etwas zu essen mitbringt. Ohne ihn, Old Zede und Arney wären wir in den letzten drei Wochen verhungert. Briny braucht nicht viel zu essen, er ernährt sich weitgehend vom Whiskey.

Ich hebe das Segeltuch an. »Schlüpf noch mal eine Minute drunter.« Ich will Fern aus dem Weg haben, falls Briny Silas sieht und Streit mit ihm anfängt.

Silas wartet im Gebüsch. Er drückt mich an sich, und ich muss mir auf die Lippe beißen, um die Tränen zurückzuhalten. Wir ziehen uns ein Stück weiter zwischen die Sträucher zurück, aber nur so weit, dass ich Fern hören kann, falls sie etwas braucht.

»Alles in Ordnung?«, fragt Silas, als wir uns unter einen Baum setzen.

Ich nicke. »Nur mit dem Angeln hat es heute Morgen nicht

gut geklappt.« Ich will ihn nicht um Essen anbetteln, hoffe aber, dass der kleine Beutel, den er bei sich hat, nicht leer ist.

Er reicht ihn mir; es sind gerade einmal zwei Hände voll, aber die Geste bedeutet sehr viel. Zedes Vorräte neigen sich dem Ende zu, und jetzt hat er auch noch Arney, die er satt bekommen muss. Sie ist zu ihm aufs Boot gezogen. Dort ist sie sicher. Zede wollte, dass Fern und ich auch bei ihm bleiben, aber Briny wird uns nichts tun, das weiß ich.

»Bloß ein paar Pfannkuchen und ein Stück gepökelter Fisch. Und ein Apfel, den ihr euch teilen könnt.« Er lehnt sich zurück und blickt mit einem tiefen Atemzug durch die Sträucher zum Fluss hinunter. »Ist Brinys Laune heute besser?«

»Ein bisschen«, antworte ich, obwohl ich nicht sicher bin, ob es der Wahrheit entspricht oder ich es mir nur wünsche. Meistens schlurft Briny auf dem Boot umher, säuft und krakeelt herum, bis er irgendwann einnickt und den ganzen Tag verschläft.

»Heute Abend soll es regnen, sagt Zede.«

Auch mir sind die Anzeichen nicht entgangen. Und sie machen mir Sorgen. »Versuch bloß nicht noch mal, die Leinen loszumachen, ja? Noch nicht. Warte ein paar Tage. Dann ist Briny hoffentlich so weit.«

Seit zwei Wochen liegen wir am Ufer gegenüber von Mud Island, während es immer kälter geworden ist. Obwohl Zede und Silas Briny gewarnt haben, dass uns die Polizei finden kann, weigert sich Briny, die Gegend zu verlassen. Er hat Silas um ein Haar die Hand abgeschossen, als der die Leinen losmachen wollte. Und die arme Arney hätte er auch fast abgeknallt – ich habe ihr ein paar Sachen von Queenie gegeben, und Briny dachte, sie sei seine Frau, daher hat er auf sie geschossen – aus Wut, weil sie ihm einfach weggestorben ist.

»Nur noch ein paar Tage«, bettele ich.

Silas reibt sich die Ohren. »Du solltest mit Fern zu Zede und mir aufs Boot kommen. Wir würden mit euch den Kanal runterfahren, ob Briny nun mitkommen will oder nicht.«

»Nur noch ein paar Tage. Bestimmt geht es ihm bald besser. Er ist ein bisschen durcheinander, aber er fängt sich schon wieder.«

Ich hoffe inbrünstig, dass ich recht habe, aber in Wahrheit will Briny Queenie nicht verlassen, die hier, im sumpfigen Mississippi-Boden, begraben liegt. Ein katholischer Priester hat ihre Grabrede gehalten, hat Zede gesagt. Ich wusste noch nicht mal, dass sie Katholikin war. Erst bei den Seviers habe ich gelernt, was das bedeutet: Zuma trug ein kleines Kreuz um den Hals, das genauso aussah wie das, welches an der Kabinenwand der *Arcadia* gehangen hat. Manchmal hat sie die Finger darum geschlossen und mit ihm gesprochen, so wie Queenie, nur nicht auf Polnisch. Für die Seviers, die Baptisten sind, hat es keine allzu große Bedeutung.

Doch das Wissen, dass meine Mama ein anständiges Begräbnis mit einem Priester bekommen hat, ist immerhin ein kleiner Trost.

»Zede sagt, du sollst Briny ausrichten, dass er in vier Tagen ablegt und Fern und dich mitnimmt, wenn Briny nicht in die Gänge kommt. Ihr beide fahrt mit uns stromabwärts, so viel steht fest.«

»Wer ist da draußen?«, dröhnt Brinys Stimme herüber – sie ist belegt vom vielen Alkohol. Allem Anschein nach hat er Silas gehört. »Wer schnüffelt hier herum?« Wir hören ihn über das verdorrte Gras und durch das Gebüsch stampfen.

Eilig verstecke ich den Beutel unter meinem Kleid, scheuche Silas davon und schleiche mich zum Ruderboot zurück, um Fern zu holen und sie aufs Hausboot zu bringen, während Briny umherirrt.

Nach einer Weile kehrt er auf die *Arcadia* zurück, wo ich so tue, als würde ich Pfannkuchen braten. Er merkt nicht einmal, dass kein Feuer im Herd brennt.

»Ich hab gleich das Essen fertig.« Umständlich richte ich die Teller her. »Hast du Hunger?«

Er blinzelt, setzt sich an den Tisch und hebt Fern auf seinen Schoß, die mich verängstigt ansieht. Ihr Gesicht ist kreidebleich.

Angst schnürt mir die Kehle zu. Wie soll ich ihm klarmachen, dass Zede nur noch vier Tage warten will? Es ist unmöglich. »Es gibt Pfannkuchen, Pökelfisch und Apfelschnitze.«

Ich stelle alles auf den Tisch, und Briny setzt Fern auf ihren Stuhl. Für einen Moment ist es, als würden wir uns jeden Tag für eine gemeinsame Mahlzeit an den Tisch setzen, so wie es sein sollte. Brinys dunkle, müde Augen sind auf mich gerichtet. Bei ihrem Anblick muss ich an Camellia denken. Er lächelt mich an.

Ich vermisse meine Schwester, auch wenn wir uns die ganze Zeit in der Wolle hatten. Ich vermisse ihre Entschlossenheit, ihren Sturkopf. Dass sie sich von nichts und niemandem hat einschüchtern lassen.

»Zede sagt, vier Tage noch, dann wird es Zeit abzulegen, wenn die Strömung passt ... ein Stück flussabwärts, wo die Fische beißen und die Sonne scheint. Es wird höchste Zeit, sagt er.«

Briny stützt den Ellbogen auf den Tisch und reibt sich die Augen, während er langsam den Kopf schüttelt. Er nuschelt zwar, trotzdem verstehe ich die zweite Hälfte seines Satzes. »... nicht ohne Queenie.«

Er steht auf, stapft zur Tür, wobei er sich die Whiskeyflasche schnappt. Eine Minute später höre ich ihn mit dem Boot davonrudern.

In der nachfolgenden Stille ist es, als würde die Welt rings um mich zusammenbrechen. All die Monate in Mrs. Murphys Heim und im großen Haus der Seviers dachte ich, alles käme in Ordnung, wenn wir nur erst wieder auf der *Arcadia* wären. Ich dachte, *ich* käme in Ordnung, aber jetzt begreife ich, dass das eine Illusion war, mit deren Hilfe ich mich von einem Tag zum nächsten gehangelt habe.

In Wahrheit ist durch unsere Rückkehr alles noch viel realer geworden: Camellia ist fort, Lark und Gabion sind Gott weiß wo, Queenie liegt in einem Armengrab, und mit ihr ist auch Brinys Herz begraben. Er hat seinen Verstand im Whiskey verloren und macht keinerlei Anstalten, ihn zurückzugewinnen.

Fern krabbelt auf meinen Schoß. Ich lege die Arme um sie und halte sie fest. Den ganzen Abend lauschen wir darauf, dass Briny nach Hause kommt, doch er bleibt weg. Wahrscheinlich zieht er durch die Billardhallen, um einen schnellen Dollar für ein paar Drinks zu machen.

Schließlich lege ich Fern in ihre Koje, schlüpfe in meine eigene und warte auf den Schlaf. Es gibt noch nicht einmal mehr ein Buch, mit dem ich mich ablenken könnte – alles, was sich zu Geld, und damit zu Whiskey, machen lässt, hat Briny verhökert.

Irgendwann setzt der Regen ein. Immer noch kein Zeichen von Briny.

Erst in meinem Traum finde ich ihn. Wir sind wieder zusammen, und alles ist so, wie es sein sollte. Briny spielt auf seiner Mundharmonika, während wir im Sand am Ufer picknicken. Wir pflücken Gänseblümchen, knabbern Geißblatt, Gabion und Lark fangen Frösche, bis wir ein ganzes Glas voll haben.

»Ist deine Mama nicht schön wie eine Königin?«, fragt

Briny. »Und was macht das aus dir? Tja, Prinzessin Rill vom Königreich Arcadia, natürlich.«

Als ich aufwache, höre ich Briny draußen, doch statt sein Instrument zu spielen, grölt er wild herum. Das verschwitzte Laken klebt mir am Körper, mein Mund ist völlig ausgetrocknet, und meine Augen wollen sich nicht öffnen. Es ist stockdunkel. Regen prasselt auf das Dach. Der Holzofen ist voll, und jemand hat die Luftklappe bis um Anschlag aufgerissen, denn das Feuer knistert und knackt, und es ist brüllend heiß in der Kajüte.

Draußen höre ich Briny fluchen, eine Laterne flackert vor dem Fenster auf. Ich will aufstehen, doch das Boot schwankt heftig hin und her, so dass ich in meine Koje zurückgeworfen werde.

Fern kullert über die Reling ihrer Koje und fällt auf den Fußboden.

Plötzlich weiß ich, was hier los ist ... wir sind auf dem Wasser.

*Silas und Zede sind gekommen und haben die Leinen losgemacht*, ist mein erster Gedanke. *Und jetzt tobt Briny deswegen vor Wut.*

Doch ebenso schnell ist mir klar, dass sie uns nicht bei Nacht und Nebel einfach aufs offene Wasser hinaustreiben lassen würden. Es ist viel zu gefährlich, mit all den Baumstämmen, Sandbänken und Kielwellen der großen Schiffe und Kähne. Silas und Zede wissen das ganz genau.

Genauso wie Briny, doch er ist eindeutig nicht bei klarem Verstand. Er versucht nicht, uns ans Ufer zurückzusteuern, sondern lässt den Fluss seine Arbeit tun. »Los, mach schon, elendes Mistvieh!« Er brüllt wie Captain Ahab in *Moby Dick*. »Versuch mich zu kriegen. Los, nimm mich!«

Donner grollt. Blitze zucken. Briny flucht. Dann lacht er.

Die Laterne verschwindet, dann sehe ich sie wieder auf und ab hüpfen, als Briny die Seitenleiter hinaufklettert.

Ich taumle durch die Kabine, um Fern aufzuheben und in ihre Koje zurückzulegen. »Du bleibst hier, bis ich dir sage, dass du rauskommen sollst.«

Sie krallt sich an meinem Nachthemd fest. »Neeeeiiiin!« Seit unserer Rückkehr hat sie nachts panische Angst.

»Es ist alles gut. Ich glaube, die Leinen sind los, das ist alles. Briny versucht wahrscheinlich, uns ans Ufer zurückzubringen.«

Ich lasse sie im Bett zurück und laufe los. Die *Arcadia* schwankt hin und her; ich höre den Rumpf knacken und ächzen, was mir verrät, dass die Wellen höher schlagen. Gerade noch rechtzeitig bekomme ich den Türknauf zu fassen, als die *Arcadia* hochgerissen wird und mit voller Wucht wieder herunterknallt. Meine Finger rutschen über das Holz, Splitter schieben sich unter meine Haut. Ich falle nach vorn, lande auf der kalten Veranda. Das Boot neigt sich in die andere Richtung, dreht sich seitwärts zur Strömung.

*Nein, nein, bitte! Nein!*

Als hätte die *Arcadia* mich verstanden, hebt sie sich ein weiteres Mal und gleitet mühelos über die nächste Welle hinweg.

»Du glaubst, du kriegst mich? Du glaubst, du kriegst mich«, brüllt Briny über mir. Glas zerbirst, Scherben regnen vom Verandadach, glitzern im Schein der Suchlampe eines Schleppers, ehe sie im dunklen Wasser verschwinden.

»Wir müssen sie ans Ufer bringen, Briny!«, schreie ich. »Wir müssen die Leinen festmachen!«

Irgendwo höre ich einen Mann fluchen und schreien. Eine Signalpfeife ertönt. Die *Arcadia* stemmt sich mit der nächsten Welle hoch, balanciert wie eine Primaballerina auf Zehenspitzen.

Als sie wieder herunterkommt, neigt sie sich zur Seite, so dass kaltes Flusswasser über die Veranda gespült wird.

Wir drehen uns seitwärts zum Fluss.

Das Suchlicht erfasst uns.

Treibholz hält direkt auf uns zu – ein riesiger Baumstamm mit Wurzeln und Dreckklumpen, die daran kleben; ich sehe ihn gerade noch, ehe das Suchlicht über uns hinwegschweift. Reflexartig greife ich nach dem Bootshaken, um den Stamm wegzudrücken, doch der Haken ist nicht dort, wo er sein sollte. Mir bleibt nichts anderes übrig, als mich am Verandapfosten festzuklammern und Fern zuzurufen, dass sie sich gut festhalten soll, und dann kann ich nur noch zusehen, wie der Stamm uns erfasst und die Wurzeln sich wie Finger um die *Arcadia* legen, mich am Knöchel zu fassen bekommen, mich herumschleudern und mit sich zu reißen versuchen.

Ich höre, wie Fern in der Kabine meinen Namen schreit.

»Halt dich fest! Halt dich ganz fest!«, brülle ich. Der Baumstamm zieht und zerrt, reißt die *Arcadia* wie einen Kreisel herum, ehe er abrupt von uns ablässt und wir weiter von der Strömung mitgerissen werden. Heftige Wellen schlagen uns entgegen, spülen über uns hinweg.

Meine Füße verlieren den Halt.

Die *Arcadia* stöhnt. Nägel schnellen aus dem Holz. Balken geben knarzend nach.

Der Rumpf knallt gegen irgendetwas, so hart, dass mir der Pfeiler entrissen wird, und ehe ich mich's versehe, fliege ich durch den peitschenden Regen, und es ist, als würde sämtliche Luft aus meiner Lunge gepresst. Alles wird schwarz.

Das Knarzen von splitterndem Holz, die lauten Stimmen, der grollende Donner in der Ferne, alles scheint zu verklingen.

Obwohl das Wasser kalt ist, friere ich nicht. Stattdessen ist da ein Licht. Ein Licht, in dem ich meine Mama sehen kann. Queenie reicht mir die Hand. Ich versuche, sie zu fassen zu bekommen, doch der Fluss reißt mich zurück. Ich kämpfe, trete wild um mich, komme wieder an die Oberfläche. Im Schein des Suchlichts sehe ich die *Arcadia*, sehe ein Ruderboot auf uns zukommen, höre Pfeifen und Rufe. Meine Beine fühlen sich ganz steif an, und meine Haut ist eiskalt.

Die *Arcadia* hat sich in einem Treibholzhaufen verkeilt, während der Mississippi sie wie ein riesiger Drache zu umschlingen scheint, um sie langsam zu zermalmen.

»Fern!« Meine Stimme geht im Tosen der Fluten unter. Ich nehme all meine Kraft zusammen, schwimme mit so kräftigen Zügen, wie ich nur kann, während der Rückstrudel mich immer wieder nach hinten zieht. Doch ich schwimme weiter, und irgendwann habe ich es geschafft, klettere auf den Rumpf und von dort über das Deck bis hinauf zur Kabinentür.

Sie öffnet sich mit einem lauten Krachen.

»Fern! Fern!«, schreie ich. »Fern! Antworte mir!« Rauch schlägt mir entgegen, schnürt mir den Atem ab. Der Ofen liegt in der Ecke der Kajüte. Rotglühende Kohlen kullern über den Fußboden und erlöschen fauchend auf dem nassen Deck. Im Innern der Kabine herrscht das völlige Chaos, und ich kann nichts sehen. Zuerst gehe ich in die falsche Richtung, finde den Tisch statt Ferns Koje. Brinys und Queenies Bettvorhang aus Sackleinen treibt wie ein bunter Wal durch die Kabine. Ich sehe, dass eine Ecke brennt, und auch die Vorhänge haben bereits Feuer gefangen.

»Fern!« *Ist sie fort? In den Fluss gefallen? Oder hat Briny sie gerettet?*

Eine Welle schwappt herein, erfasst die glühenden Kohlen und trägt sie mit sich hinaus, während sie fauchend und zischend ihr Leben aushauchen.

»Riiiiill! Hier! Hol mich!«

Das Suchlicht schweift durch die Kabine, zieht langsame Kreise, so dass ich das Gesicht meiner Schwester sehen kann. Sie starrt mich mit weit aufgerissenen Augen aus dem Spalt unter ihrer Koje heraus an, streckt die Hand nach mir aus. Ich packe sie, will sie herausziehen, als eine weitere Welle hereinschwappt. Ein Stuhl treibt durchs Wasser und knallt mit voller Wucht gegen meinen Rücken, so dass ich das Gleichgewicht verliere und nach vorn falle. Wasser läuft mir in Nase und Ohren, doch ich halte Ferns Hand mit aller Kraft fest.

Der Stuhl schwimmt an mir vorbei. Endlich bekomme ich Fern zu fassen, ziehe sie heraus und krieche mit ihr in Richtung Seitentür.

Wieder erfasst uns der Kegel des Suchlichts. Ich sehe das Foto von Briny und Queenie und das Kruzifix an der Wand hängen.

Ein Bein um Fern gelegt, packe ich beides, reiße es von der Wand und schiebe es in den Bund meiner Unterhose. Wir klettern aus der Kabine und über die Reling und hangeln uns auf dem Treibholzhaufen hoch, flink wie die Mäuse – wir Flusskinder lernen das von klein auf.

Gleichzeitig wissen wir beide, dass ein Treibholzstapel kein sicherer Ort ist. Selbst als wir ihn überwunden haben, spüre ich noch die Hitze des Feuers. Ich halte Fern bei der Hand und drehe mich um, den Arm schützend vor dem Gesicht. Flammen steigen aus dem Hausboot auf, fressen sich durch das Dach, die Wände und das Deck, bis nur noch das Skelett übrig ist, die kläglichen Überreste ihrer einstigen Schönheit. Aschepartikel steigen empor, immer weiter und weiter, bis sie wie eine Million neuer Sterne über uns schweben.

Abgekühlt vom Regen, sinken sie herab und legen sich auf unsere Haut. Fern schreit auf, als ein noch warmes Fitzelchen auf ihrer Haut landet. Ich packe sie hinten beim Nachthemd, gehe in die Hocke, schiebe sie ins Wasser, obwohl jetzt schon ihre Zähne klappern, und ermahne sie, sich an den ineinander verhakten Ästen festzuhalten. Die Strömung ist zu stark, deshalb können wir unmöglich schwimmen.

Nun beginnt auch noch der Treibholzhaufen zu brennen; nicht mehr lange, dann werden uns die Flammen erreicht haben.

»Briny!«, rufe ich. Er muss hier irgendwo sein. Bestimmt ist er vom Boot gesprungen und versucht uns zu retten.

*Oder nicht?*

»Haltet euch fest!«, ruft jemand, aber es ist nicht Briny. »Schön festhalten. Bleibt, wo ihr seid.«

In diesem Moment explodiert einer der Tanks der *Arcadia*. Brennende Holzstücke fliegen umher. Eines davon landet mitten auf meinem Fuß. Mit einem Aufschrei halte ich den Fuß ins Wasser, ohne Fern loszulassen.

Der Treibholzhaufen bewegt sich, als die ersten Äste brechen.

»Gleich haben wir euch!«, ruft der Mann.

Ein kleines Boot löst sich aus der Dunkelheit, und zwei Männer mit hochgezogenen Kapuzen kämpfen mit den Riemen. »Nicht loslassen, Mädchen. Schön festhalten.«

Die Äste knacken. Holzstämme fauchen und zischen. Der Stapel senkt sich, rutscht ein ganzes Stück abwärts in Richtung Wasser. Einer der Männer im Rettungsboot schreit den anderen zu, sie sollen aufpassen – wenn der Stapel sich endgültig löst, würde er sie mit sich reißen und zum Kentern bringen.

Sie kommen noch näher, packen uns und heben uns an Bord, wo sie Decken über uns werfen und dann eilig den Rückzug antreten.

»War sonst noch jemand auf dem Boot?«, fragen sie uns.

»Mein Daddy«, keuche ich. »Briny. Briny Foss.«

Noch nie zuvor war ich so froh, das Ufer zu sehen, wie jetzt, als sie uns absetzen und ein weiteres Mal losrudern, um nach Briny zu suchen. Queenies Kreuz und das Foto stecken immer noch in meiner Unterhose, als ich Fern enger an mich ziehe. Schlotternd sehen wir zu, wie die *Arcadia* immer weiter herunterbrennt, bis der Treibholzstapel schließlich vollends in sich zusammenfällt und alles mit sich nimmt, was von unserem Zuhause noch übrig ist.

Wir treten ans Ufer und sehen zu, wie das Königreich Arcadia den Fluss hinuntertreibt, bis nichts mehr davon zu sehen ist. Keine Spur. Es ist, als hätte es niemals existiert.

Während im Osten der Morgen graut, sehe ich den Männern in ihren Booten zu, wie sie immer weiter suchen. Sie rufen nach ihm, lassen ihre Suchlichter kreisen, rudern den Fluss auf und ab.

Ich glaube jemanden am Ufer stehen zu sehen. Eine Regenjacke flattert um seine Knie. Er bewegt sich nicht, macht keine Anstalten zu rufen oder sich sonst irgendwie bemerkbar zu machen. Stattdessen steht er bloß da, blickt auf den Fluss, der das Leben, wie wir es bis dahin kannten, mit sich gerissen hat.

*Ist das Briny?*

Ich lege die Hände um den Mund und rufe seinen Namen. Der Morgennebel trägt meine Stimme zu ihm hinüber.

Das Suchlicht eines der Boote richtet sich auf mich.

Als ich wieder zum Ufer hinübersehe, kann ich den Mann in der Regenjacke kaum mehr ausmachen. Er dreht sich um, und geht davon, bis ihn die morgendlichen Schatten vollends geschluckt haben.

Vielleicht habe ich ihn mir auch bloß eingebildet.

Ich trete ein paar Schritte vor und rufe noch einmal seinen Namen.

Meine Stimme hallt durch die Stille und verklingt dann.

»Rill!« Jemand ruft meinen Namen, aber es ist nicht Briny.

Ein Flachbodenboot hält auf das Ufer zu, und Silas springt von Bord, bevor die *Jenny* zum Stehen kommt. Noch im Laufen zerrt er die Leine mit, bis er vor mir steht und mich in seine Arme reißt. Weinend klammere ich mich an ihn.

»Es geht dir gut! Es geht dir gut!« Ich spüre seinen Atem in meinem Haar, während er mich so fest an sich gedrückt hält, dass sich der Bilderrahmen und das Kruzifix tief in meine Haut bohren. »Zede, Arney und ich waren halb verrückt vor Sorge, als wir gemerkt haben, dass die *Arcadia* verschwunden ist.«

»Briny hat gestern Abend die Leinen gelöst. Als ich aufgewacht bin, waren wir plötzlich mitten auf dem Fluss.« Schluchzend erzähle ich ihm den Rest der Geschichte. »Ein paar Männer haben uns von dem Treibholzstapel gerettet, bevor er zusammengebrochen ist«, ende ich, während ich immer noch vor Kälte am ganzen Leib zittere. »Dann haben sie sich auf die Suche nach Briny gemacht.« Ich erzähle Silas nicht, dass ich ihn gesehen habe und dass er einfach gegangen ist, statt uns zu Hilfe zu eilen.

Wenn ich es niemandem sage, ist es vielleicht nicht wahr. Auf diese Weise ist es nicht der Untergang des Königreichs Arcadia.

Silas hält mich auf Armeslänge von sich und mustert mich. »Aber dir geht es gut, dem Himmel sei Dank. Zede und Arney bringen Zedes Boot flussabwärts, sobald sie können. Wir finden Briny bestimmt auch noch. Ihr bleibt alle bei uns. Wir fahren dorthin, wo es warm ist und wo die Fische beißen und …«

Er plappert weiter darüber, wie Zede und Briny Bretter und Treibholz am Ufer sammeln und ein neues Boot für uns bauen werden. Eine neue *Arcadia*. Wir fangen noch mal ganz von vorn an und werden von jetzt an immer gemeinsam reisen.

Wie gern würde ich mir all das in lebhaften Farben ausmalen, aber ich kann es nicht. Zedes Boot ist zu klein für uns alle, Briny ist fort, und Zede ist zu alt, um noch lange auf dem Fluss herumzuschippern. Er ist zu alt, um Fern großzuziehen, schließlich ist sie praktisch noch ein Baby.

Sie klammert sich an meinem Bein fest und vergräbt sich unter der Decke. »Ich will Mommy«, schnieft sie, und obwohl nur wenige Zentimeter sie von Queenies Foto trennen, weiß ich, dass nicht sie damit gemeint ist.

Ich sehe Silas an. Erste Strahlen des Morgenlichts erhellen sein Gesicht. Mein Herz zieht sich zusammen, so dass es schmerzt. Ich wünschte, wir wären älter, alt genug für die Liebe. Ich liebe Silas. Ich weiß es einfach.

Aber ich liebe auch Fern. Sie war vor ihm da. Und sie ist alles, was mir noch von meiner Familie geblieben ist.

Bald wird einer der Männer kommen und mir sagen, dass es sinnlos ist, noch weiter nach Briny zu suchen. Es gibt keine Hoffnung mehr, dass er den Sturm überlebt hat. Stattdessen werden sie uns holen kommen.

»Silas, du musst uns von hier wegbringen. Jetzt gleich.« Ich löse mich von ihm und wende mich dem Flachbodenboot zu, Fern im Schlepptau.

»Aber … Briny …«, wendet Silas ein.

»Wir müssen weg von hier. Bevor die Männer kommen und uns ins Kinderheim zurückbringen.«

Erst jetzt begreift Silas. Er weiß, dass ich recht habe. Er verfrachtet uns in sein Boot, und leise gleiten wir übers Wasser, bis wir weit genug entfernt sind, um den Motor anzulassen. Wir halten uns dicht am Ufer, gegenüber der Baumwolllager, der Docks, Mud Island und Memphis. Erst als wir die Stelle erreichen, wo die *Arcadia* festgemacht war, sage ich ihm, dass wir nur zu Zede mitkommen werden, um uns zu verabschieden.

Ich muss Fern zurückbringen und hoffen, dass die Seviers sie zurücknehmen. Schließlich war es nicht ihre Idee wegzulaufen und Dinge zu stehlen. Sondern meine. Fern hat mit alldem nichts zu tun.

Wenn wir Glück haben, darf sie zurückkommen ... wenn sie nicht bereits ein anderes kleines Mädchen aus dem Heim geholt haben. Aber selbst wenn ... Vielleicht darf Fern ja trotzdem bleiben. Vielleicht versprechen sie ihr ja, sie lieb zu haben und vor Miss Tann zu beschützen.

Was aus mir wird, kann niemand sagen. Mich werden die Seviers ganz bestimmt nicht mehr wollen – eine Diebin und Lügnerin. Ich darf nicht zulassen, dass Miss Tann mich in die Finger bekommt. Vielleicht finde ich ja irgendwo Arbeit, aber die Zeiten sind schwer. Auf den Fluss zurück kann ich jedenfalls nicht. Old Zede kann nicht noch mehr Mäuler stopfen, doch das ist nicht der wahre Grund.

Ich muss in der Nähe meiner Schwester bleiben. Seit dem Tag ihrer Geburt sind wir ein Herz und eine Seele. In einer Welt ohne sie kann ich nicht atmen.

Ich erkläre Silas, was er für uns tun soll. Er schüttelt den Kopf, und sein Gesicht wird trauriger mit jedem Wort, das über meine Lippen kommt.

»Kümmere dich um Arney«, sage ich schließlich. »Sie hat kein Zuhause mehr. Ihre Leute haben sie mies behandelt. Such einen guten Platz für sie, ja? Sie kann arbeiten, das macht ihr nichts aus.«

Silas blickt auf den vorbeiströmenden Fluss. »Das werde ich.«

Vielleicht werden Silas und Arney in ein paar Jahren heiraten. Wieder krampft sich mein Herz zusammen.

Alles, was ich mir je im Leben gewünscht habe, wird sich nicht erfüllen. Der Weg, der mich hierher geführt hat, ist überflutet. Es gibt kein Zurück. Das ist der wahre Grund, und sobald wir zu Zedes Boot kommen, werde ich ihm sagen, dass die Seviers Fern und mich bestimmt mit Handkuss zurücknehmen werden. »Silas muss uns nur ein Stück flussaufwärts bringen.« Ich will nicht, dass Zede mitkommt. Weil ich Angst habe, dass er uns nicht gehen lässt, wenn es hart auf hart kommt.

Er blickt durch die offene Tür seines Hausboots, als überlege er, ob er uns nicht doch alle bei sich aufnehmen kann.

»Fern hat bei den Seviers viele schöne Kleider und Spielsachen«, sage ich ihm. »Und Malstifte. Und ich darf bald zur Schule gehen.« Ich schlucke, um das Beben in meiner Stimme zu unterdrücken.

Als Zede sich mir zuwendet, ist es, als würde er geradewegs in meine Seele blicken.

Fern streckt die Arme nach ihm aus. Er hebt sie hoch, legt das Kinn auf ihrem Kopf ab. »Kleines«, presst er hervor, dann zieht er auch mich an sich und drückt uns beide ganz fest. Er riecht nach verkohlter Asche, nach Fisch, nach Öl. Nach Fluss. Nach Dingen, die mir so vertraut sind.

»Solltest du mich brauchen, findest du mich am Fluss«, sagt er.

Ich nicke, doch als er uns loslässt, wissen wir beide, dass dies ein Abschied für immer ist. Der Fluss ist groß.

»Ich sollte mit ihnen gehen. Du kennst die Gegend nicht«, wirft Arney ein. »Aber ich kann nicht bleiben. Ich nehme das

Boot von meinem Pa und vertäue es irgendwo. Ihr könnt ihm ja sagen, wo. Ich will nichts haben, was ihm gehört.« Statt auf eine Antwort zu warten, geht sie, das Boot holen. Trotz allem, was ihre Familie ihr angetan hat, will sie ihnen das Boot zurückgeben, weil sie es brauchen.

Ich weine nicht, als wir ablegen. Die *Waterwitch* muss sich stromaufwärts kämpfen, doch am Ende gelangen wir zur Mündung des Flussarms. Die Äste hängen tief übers Wasser. Ich drehe mich um, spüre, wie der Fluss etwas aus mir herausspült.

Der letzte Rest von Rill Foss.

Rill Foss, Prinzessin des versunkenen Königreichs Arcadia. Der König ist fort, und Rill Foss ist mit ihm gestorben.

Ich bin nun May Weathers.

# KAPITEL 25

**Avery**

»Und so endet meine Geschichte.« Tränen schimmern in Mays blauen Augen, als sie mich über den Tisch in der kleinen Nische des Pflegeheims hinweg ansieht. »Bist du jetzt glücklich? Jetzt, wo du alles weißt? Oder ist dieses Wissen bloß eine Last für dich? Ich habe mich immer gefragt, wie es euch Jungen wohl damit gehen würde, aber eigentlich habe ich nicht damit gerechnet, dass die Geschichte jemals ans Licht kommt.«

»Ich denke … von beidem ein bisschen.« Selbst heute, eine Woche nach unserem Besuch in dem Haus am Fluss und auf Hootsies Farm, fällt es mir immer noch schwer, diese Geschichte mit der Historie meiner eigenen Familie unter einen Hut zu bekommen.

Immer wieder habe ich Elliots Ermahnung abgewogen, ich sollte die Vergangenheit lieber ruhen lassen. Nicht einmal die erschütternden Tatsachen, die mein Besuch am Savannah River ans Licht gebracht hat, konnten ihn von seiner Meinung abbringen. *Denk an die Folgen, Avery. Viele Leute würden eure Familie nicht mehr … so sehen wie früher.*

Ich habe den dumpfen Verdacht, dass er mit *Leute* in Wahrheit *Bitsy* meint.

Und das Traurige ist, dass Bitsy nicht die Einzige sein wird.

Niemand kann sagen, welche Auswirkungen es auf die politische Zukunft, den Ruf, den Namen Stafford hätte, wenn alles ans Licht käme.

Sollte der Rest der Welt erfahren, dass die Staffords nicht das sind, was sie all die Jahrzehnte zu sein vorgaben, wären die Auswirkungen …

Ich kann es mir nicht einmal ansatzweise vorstellen, und es jagt mir Angst ein, aber die Vorstellung, dass meine Großmutter und ihre Schwester auch noch die letzte Phase ihres Lebens getrennt voneinander verbringen müssen, ist mir schlicht unerträglich. Ich will wissen, dass ich das Richtige für Grandma Judy tue.

»Ein- oder zweimal habe ich überlegt, ob ich es meinen Enkeln sagen soll«, fährt May fort. »Aber sie haben ihr eigenes Leben. Ihre Mutter hat nach dem Tod meines Sohnes wieder geheiratet, einen Mann mit eigenen Kindern. Sie sind ganz wunderbare junge Leute, die ihre Kinder inmitten eines ganzen Clans aus Tanten, Onkeln und Cousinen aufwachsen lassen. Und bei den Familien meiner Schwestern ist es ganz ähnlich. Lark hat einen Geschäftsmann geheiratet, der ein Warenhausimperium aufgebaut hat, und Fern war mit einem Arzt aus Atlanta verheiratet. Insgesamt hatten sie acht Kinder, zwei Dutzend Enkel und natürlich Urenkel. Die sind alle sehr erfolgreich und glücklich … und beschäftigt. Was könnte ihnen die Geschichte schon geben? Sie haben doch, was sie brauchen.«

May sieht mir tief in die Augen, sieht, wie ich auf dem schmalen Grat balanciere, der ihre Generation von der meinen trennt. »Wirst du denn die Geschichte deiner Familie erzählen?«

Ich schlucke, ringe mit mir. »Meinem Vater möchte ich sie erzählen. Es ist eher seine Entscheidung als meine. Grandma

Judy ist seine Mutter.« Ich habe keine Ahnung, wie er reagieren oder welche Konsequenz er daraus ziehen wird. »Irgendwie denke ich, dass Hootsie das Richtige getan hat. Die Wahrheit ist nach wie vor die Wahrheit. Sie bedeutet etwas.«

»Hootsie«, murmelt May. »Das ist der Dank dafür, dass ich ihr das Stück Land neben dem alten Haus meiner Großmutter verkauft habe, damit sie und Ted ihre Farm dort bauen können. Nach all den Jahren gibt sie mein Geheimnis preis.«

»Ich glaube wirklich, dass sie dachte, sie handelt in deinem Interesse. Sie wollte, dass ich verstehe, wie du und meine Großmutter zueinander stehen. Sie hat dabei an euch beide gedacht.«

May macht eine Geste, als würde sie eine lästige Fliege verscheuchen. »Pff! Hootsie ist bloß eine alte Unruhestifterin. Das war sie schon immer. Wusstest du, dass sie der Grund war, weshalb ich bei den Seviers geblieben bin? Als wir zurückkamen, hatte Silas mich fast schon überredet, mit ihm auf dem Fluss zu leben. Er stand am Ufer, hat mich bei den Schultern gepackt und einfach geküsst. Das war mein allererster Kuss.« Sie kichert, während ihr die Röte ins Gesicht steigt und ihre Augen glänzen. Für einen kurzen Moment sehe ich die Zwölfjährige am Ufer des Altwassersees stehen. »›Ich liebe dich, Rill Foss‹, hat er zu mir gesagt. ›Ich werde hier eine Stunde auf dich warten. Bis du zurückkommst. Ich kann für dich sorgen, Rill.‹ Ich wusste, dass er dieses Versprechen nicht würde halten können. Einige Monate zuvor war er noch wie ein Landstreicher herumgezogen. Wenn ich eines bei Briny und Queenie gelernt habe, dann, dass man nicht von Luft und Liebe leben kann. Davon wird keine Familie satt. Sie nickt und runzelt die Stirn. »Etwas zu wollen und es dann auch zu tun, sind zwei Paar Stiefel. Allem Anschein nach waren Silas und ich eben doch nicht füreinander bestimmt. Zumindest nicht, solange wir noch so jung waren. Aber als ich mit Fern diesen Weg zum Haus hinaufgegangen bin, wollte ich nur eines – umdrehen und zu diesem dunkelhaarigen Jungen zurücklaufen. Und zum Fluss. Und wäre Hootsie nicht gewesen, hätte ich es vielleicht getan. Aber sie hat die Entscheidung für mich getroffen, bevor ich es tun konnte. Mein Plan war, mich am Waldrand zu verstecken, um sicherzugehen, dass die Seviers Fern auch tatsächlich zurücknehmen. Ich hatte fürchterliche Angst, sie würden mich zu Mrs. Murphy zurückschicken, wenn sie mich finden. Oder in ein Arbeitshaus für schwer erziehbare Kinder oder sogar ins Gefängnis. Aber Hootsie war im Garten, um irgendwelche Wurzeln für ihre Mutter auszugraben, und hat uns gesehen. Und ehe ich mich's versah, kamen plötzlich Zuma und Hoy und Mr. und Mrs. Sevier den Hügel heruntergelaufen und die Hunde vorneweg. Ich konnte nicht fliehen, deshalb bin ich einfach stehen geblieben und habe mich auf das Schlimmste gefasst gemacht.

Sie hält inne, und ich ertappe mich dabei, dass ich den Atem anhalte. »Und was ist passiert?«

»Ich habe herausgefunden, dass man nicht in eine Familie hineingeboren sein muss, um von ihr geliebt zu werden.«

»Sie haben sich also gefreut, dass du wieder da warst?«

Ein Lächeln spielt um ihre Mundwinkel. »Oh ja. Papa Sevier, Hoy und ein paar weitere Männer hatten wochenlang die Sümpfe nach uns abgesucht. Sie wussten, dass wir gemeinsam mit Arney mit dem kleinen Boot losgefahren waren. Als wir auftauchten, hatten sie die Hoffnung bereits aufgegeben, uns jemals wiederzufinden.« Sie lacht leise. »Selbst Zuma und Hootsie haben uns vor Erleichterung umarmt.«

»Und danach? Waren Sie glücklich bei den Seviers?«

»Sie haben Verständnis dafür gezeigt, dass wir weggelaufen

waren ... das heißt, nachdem wir ihnen die Wahrheit über die *Arcadia* erzählt hatten. Zumindest den Teil der Wahrheit, den ich preisgegeben habe. Ich hatte beschlossen, ihnen nicht zu sagen, dass wir noch mehr Geschwister waren. Ich denke, ich habe mich immer noch dafür geschämt, dass es mir nicht gelungen war, Camellia, Lark und Gabion zu beschützen, und ich hatte Angst, die Seviers würden mich nicht mehr lieben, wenn sie davon wüssten. Sie waren sehr anständige Menschen – geduldig und nett. Sie haben mir geholfen, die Musik zu finden.«

»Die Musik zu finden?«

May greift nach meiner Hand. »Ja, Schatz, die Musik. Eines habe ich gelernt, als ich in Papa Seviers Fußstapfen getreten bin: Das Leben ist im Grunde wie das Kino. Jede Szene hat ihre eigene Musik, und die Musik wird für die jeweilige Szene erschaffen und auf eine magische Art und Weise mit ihr verwoben. Und auch wenn wir die Melodie eines vergangenen Tages noch so sehr lieben oder uns den Song eines künftigen Tages vorstellen, müssen wir doch unbedingt stets zur Musik von heute tanzen, sonst geraten wir aus dem Takt, stolpern herum, verlieren die Orientierung. Ich habe das Lied des Flusses hinter mir gelassen und stattdessen die Musik jenes großen Hauses gefunden. Ich habe ein neues Leben gefunden, eine neue Mutter, die mich geliebt hat, einen neuen Vater, der mir nicht nur Klavierspielen beigebracht hat, sondern auch, wie man vertraut. Er war der beste Mann, den ich jemals kennengelernt habe. Oh, es war niemals so wie auf der *Arcadia*, aber trotzdem war es ein gutes Leben. Wir wurden geliebt, umsorgt und beschützt.«

Ein Seufzer dringt über ihre Lippen. »Wenn man mich heute sieht, würde man glauben, ich hätte das Geheimnis der Musik niemals begriffen. Die Musik des Alters ist ... nun ja, nicht dafür geschaffen, darauf zu tanzen. Sie ist … einsam. Man wird zur Last für alle ringsum.«

Ich denke an meine Großmutter, an das leere Haus, an ihr Zimmer in Magnolia Manor, daran, dass sie mich an den meisten Tagen nicht wiedererkennt. Tränen steigen mir in die Augen. Die Musik des Alters ist schwer anzuhören, wenn sie für jemanden spielt, den man liebt. Ich frage mich, ob Grandma Judy May wohl erkennen wird, wenn die beiden sich endlich wiedersehen. Ob May sich darauf einlässt, mit mir zu kommen? Noch habe ich sie nicht gefragt. Trent wartet draußen auf mich. Er ist eigens aus Edisto hergefahren, aber wir haben beschlossen, dass ich lieber zuerst alleine mit ihr reden sollte.

»Haben Sie Silas jemals wiedergesehen?«, frage ich aus einem Impuls heraus. Erst dann wird mir bewusst, dass ich dabei an Trent gedacht habe. Seltsamerweise muss ich seit ein paar Tagen häufiger an ihn denken. Trents Lächeln, seine albernen Witze, seine Nähe – allein seine Stimme am Telefon löst irgendetwas in mir aus. Dass ihn die Frage, wie ich mit der Geschichte meiner Familie umgehe, nicht im Mindesten kümmert, berührt mich auf eine Art und Weise, auf die ich nicht gefasst war. Noch weiß ich nicht, wie ich all das einordnen soll.

Aber fest steht, dass ich es nicht ignorieren kann.

Mays Blick durchbohrt mich; es ist, als würde sie in mich dringen bis zum Kern meiner Seele. »Ich habe es mir gewünscht, aber nicht alle Wünsche gehen in Erfüllung. Papa Sevier ist mit uns nach Augusta gezogen, um uns vor Georgia Tann zu beschützen. Unsere Familie war ziemlich bekannt dort, deshalb dachte er vermutlich, sie würde es nicht wagen, ihn über die Grenze hinweg zu belangen. Silas und Old Zede hätten gar nicht gewusst, wo sie nach uns suchen sollen. Ich habe nie erfahren, was aus ihnen geworden ist. Silas habe ich das letzte Mal durch das Haar meiner neuen Mutter gesehen, als sie mich umarmt hat. Er stand am Waldrand, wo ich wenige Minuten zuvor noch gestanden hatte, dann hat er sich umgedreht und ist zurück zum Wasser gegangen. Ich habe ihn niemals wieder gesehen.« May schüttelt bedächtig den Kopf. »Ich habe mich immer gefragt, was wohl aus ihm geworden ist. Vielleicht war es besser so. Ich bin in ein anderes Leben hineingewachsen, in eine andere Welt, trug einen anderen Namen. Von Arney habe ich Jahre später gehört. Aus heiterem Himmel hat sie mir geschrieben. Meine Mutter hat mir den Brief gegeben, als ich während der Collegeferien zu Hause war. Ich hatte immer gedacht, sie und Silas hätten womöglich geheiratet, aber so war es nicht. Zede hat eine Stelle für Arney auf einer Milchfarm gefunden, kurz nachdem Fern und ich gegangen waren. Arney musste hart arbeiten, aber die Leute waren gut zu ihr. Am Ende hat sie einen Job in einer Munitionsfabrik bekommen und einen Soldaten geheiratet. Als sie mir schrieb, lebten sie gerade in Übersee, und sie war glücklich, weil sie die ganze Welt sehen konnte. Sie hätte niemals gedacht, dass sich ihr je eine solche Gelegenheit bieten könnte.« Selbst jetzt noch muss May lächeln.

»Ich bin froh, dass sich ihr Leben doch noch zum Guten gewendet hat.« May ist neunzig, und Arney war sogar noch etwas älter als sie, deshalb ist es unwahrscheinlich, dass Arney noch lebt. Trotzdem durchströmt mich Erleichterung. Mays Geschichte hat Arney, Silas und all die anderen Flusszigeuner für mich lebendig werden lassen.

»Ja.« May nickt. »Durch sie habe ich gelernt, mich für all die jungen unerfahrenen Frauen einzusetzen, die von irgendwelchen Playboys in Hollywood ausgenutzt werden. Ich habe es mir zur Aufgabe gemacht, ihnen zu helfen – sei es mit einer

Schulter zum Anlehnen oder einem Bett für eine Nacht. Es kam sehr häufig vor, dass Mädchen in schlimme Schwierigkeiten gerieten. Und ich musste immer an das denken, was am Ende von Arneys Brief stand.«

»Und zwar?«

»Dass ich sie gerettet hätte.« May tupft sich eine Träne aus dem Augenwinkel. »Aber natürlich stimmt das nicht. Wir haben uns gegenseitig gerettet. Hätte Arney mich nicht zum Fluss gebracht und wäre all das, was auf der *Arcadia* später passiert ist, nicht passiert, hätte ich Briny und Queenie und auch den Fluss niemals hinter mir lassen können. Ich hätte niemals die Musik für mich entdeckt. Arney hat mich vorwärtsgebracht, indem sie mich zurück zur *Arcadia* gefahren hat. Und genau das habe ich ihr in meinem Antwortbrief geschrieben.«

»Es hat ihr bestimmt eine Menge bedeutet.«

»Menschen treten nicht zufällig in unser Leben.«

»Nein, das stimmt wohl.« Wieder muss ich an Trent denken; wieder spüre ich den Kampf zwischen meinen Hoffnungen und den Plänen, die meine Familie für mich hat. Den Plänen, von denen ich stets dachte, es seien meine eigenen.

»Arney und ich sind über die Jahre in Kontakt geblieben«, fährt May fort. Ich versuche, mich wieder auf ihre Geschichte zu konzentrieren, statt mir Gedanken darüber zu machen, wie der Rest des Tages wohl verlaufen wird. »Sie war eine höchst inspirierende Frau. Nach ihrer Rückkehr aus Übersee hat sie gemeinsam mit ihrem Mann eine Baufirma gegründet. Sie war immer an seiner Seite, bei den Arbeitern, und hat dort ihren Mann gestanden. Ich bin sicher, ihre Häuser sind so stabil gebaut, wie sie nur sein können. Sie werden uns alle überdauern.«

»Ganz bestimmt.«

Mit entschlossener Miene wendet sich May mir zu und beugt sich vor, ganz nahe, als wolle sie ein Geheimnis preisgeben. »Die Vergangenheit einer Frau sollte nicht ihre Zukunft vorherbestimmen. Sie kann zu der Musik tanzen, die sie sich selbst ausgesucht hat. Zu ihrer eigenen Musik. Um sie zu hören, muss sie einfach nur aufhören zu reden. Mit sich selbst, meine ich. Wir versuchen doch alle immer nur, uns irgendetwas einzureden.«

Der Tiefsinn ihrer Worte beeindruckt mich. Spürt sie, dass ich seit jenem Tag, als ich das Haus am Fluss gesehen und die Geschichte meiner Großmutter gehört habe, mein ganzes Leben in Frage stelle? Ich will niemandem wehtun, gleichzeitig aber meine eigene Musik finden. Und May lässt mich glauben, dass es möglich ist. Was mich zum eigentlichen Grund für meinen Besuch heute bringt. »Ich habe mich gefragt, ob du mich heute Nachmittag begleiten könntest«, sage ich.

»Darf ich fragen, wohin?« Doch sie macht bereits Anstalten aufzustehen.

»Würdest du mitkommen, auch ohne dass ich es dir im Vorfeld verrate?«

»Ist es außerhalb dieser trostlosen vier Wände?«

»Ja.«

Sie ist erstaunlich behände auf den Füßen. »Dann ist es mir egal. Ich gehöre ganz dir. Solange du mich nicht zu einer politischen Veranstaltung schleppst. Ich hasse Politik.«

Ich lache. »Nein, es ist keine politische Veranstaltung.«

»Hervorragend.« May schiebt ihre Gehhilfe mit erstaunlicher Geschwindigkeit den Korridor hinunter. Es würde mich nicht wundern, wenn sie sie irgendwann in die Ecke knallen und zur Tür rennen würde.

»Trent wartet in der Einfahrt.«

»Der gutaussehende Kerl mit den blauen Augen?«

»Genau der.«

»Oh, dann bin ich endgültig dabei.« Stirnrunzelnd nimmt sie ihr Hemd und ihre Hose in Augenschein, die ein wenig nach Schlafanzug aussehen. »Aber ich bin nicht gerade schön angezogen. Vielleicht sollte ich mich umziehen.«

»Das wird nicht nötig sein.«

Inzwischen stehen wir vor ihrer Zimmertür. May erhebt keinerlei Einwände, sondern geht lediglich hinein, um ihre Handtasche zu holen.

Trent steht auf, als wir in die Eingangshalle treten, lächelt uns an und reckt hinter Mays Rücken die Daumen in meine Richtung, während sie die Pflegerin informiert, dass wir sie zu einem Nachmittagsausflug mitnehmen. Dann übergibt sie mir ihre Gehhilfe, hakt sich bei Trent unter und lässt sich von ihm zum Wagen führen, während ich die Gehhilfe zusammenklappe und in den Kofferraum verfrachte. Zum Glück habe ich mit diesen Dingen einigermaßen Erfahrung.

Während der Fahrt erzählt May Trent ihre Geschichte – die ganze, nicht nur jene Teile, die sie nach unserem ersten Streifzug durch das Büro seines Großvaters auf Edisto preisgegeben hat. Immer wieder blickt Trent mich durch den Rückspiegel an und schüttelt in trauriger Ehrfurcht den Kopf. Es ist schwer vorstellbar, dass Waisen früher kaum mehr als Gebrauchsgegenstände waren.

May ist entweder so in ihre Schilderung vertieft oder so hingerissen von Trent, dass sie gar nicht merkt, wohin wir fahren. Erst als wir uns Augusta nähern, lehnt sie sich zum Fenster und seufzt. »Ihr bringt mich nach Hause. Das hättet ihr mir sagen müssen, dann hätte ich Sportschuhe angezogen.«

Trent wirft einen Blick auf Mays flache Slipper. »Das geht schon. Ihr Nachbar hat das Gras gemäht.«

»Hootsies Kinder sind bezaubernd, auch wenn es schwer zu glauben ist, weil sie selbst so ein Miststück war. Ich habe mich noch häufiger mit ihr gezankt als mit meinen Schwestern.«

Trent grinst. »Aber wenn man sie ein bisschen näher kennt, ist es eigentlich nicht mehr so schwer vorstellbar.« Er hat mit Hootsie über den Besuch heute gesprochen. Sie und Bart haben Himmel und Hölle in Bewegung gesetzt, um ihn möglich zu machen.

May bemerkt den Unterschied auf Anhieb, als wir an Hootsies Haus vorbeifahren – der Weg durch den Wald zum Cottage ist gemäht, die Auffahrt neben dem Tor mit frischem Kies aufgefüllt.

»Wer hat das gemacht?«, fragt May, als sie den Blick über das frisch gemähte Gras, die gepflegten Beete und die Veranda mit den Stühlen schweifen lässt.

»Ich hatte Angst, du würdest sonst nicht herkommen«, sage ich. »Es erschien mir am sinnvollsten. Ich hoffe, du hast nichts dagegen.«

Sie wischt sich über die Augen, und ihre Lippen beben.

»Ich dachte, du möchtest vielleicht häufiger herkommen. Meine Großmutter hatte ja einen festen Termin mit dem Taxi-Unternehmen, die kennen den Weg.«

»Ich bin nicht sicher, ob ... sie es erlauben«, flüstert sie. »Das Heim, meine ich. Und ich will nicht, dass sie meine Enkel anrufen und sie belästigen.«

»Ich habe mit einem Freund gesprochen, der für eine Vereinigung arbeitet, die sich für die Rechte älterer Menschen einsetzt. Ich denke, wir können dafür sorgen, dass du auch bei anderen Dingen Unterstützung bekommst. Du bist keine Gefangene im Heim, May, sondern man versucht dort nur, alles zu tun, damit du wohlauf bist.« Ich halte inne, um ihr

Zeit zu geben, meine Worte erst einmal zu verdauen. Später ist noch genug Zeit, um über Andrew Moores Vorschläge zu reden, darunter auch seine Idee, dass es May womöglich guttäte, ein wenig ehrenamtliche Arbeit für die Vereinigung zu leisten. Andrew Moore ist ein erstaunlicher Mann voller Ideen. Ich glaube, May wird ihn mögen.

Im Augenblick ist sie jedoch völlig fasziniert von der Szenerie. Tränen kullern ihr über die Wangen, als sie sich vorbeugt und durchs Fenster späht. »Oh … oh. Ich bin zu Hause. Ich hätte nicht gedacht, dass ich es noch mal wiedersehen würde.«

»Hootsie und ihre Enkelin haben es für dich sauber gehalten.«

»Aber ich … ich konnte sie doch gar nicht bezahlen, seit ich …« Wieder kommen ihr die Tränen. »Seit sie mich weggebracht haben.«

»Sie hat gesagt, dass ihr das nichts ausmacht.« Ich öffne meine Tür, während Trent um den Wagen herumgeht. »Sie liebt dich wirklich.«

»Aber das hat sie nicht gesagt, oder?«

»Nein, aber es ist offensichtlich.«

May stößt ein skeptisches Schnauben aus, und wieder sehe ich die freche Verschmitztheit der Flusszigeunerin. »Ich dachte schon, Hootsie ist endgültig hinüber.« Sie grinst und lässt sich von Trent aus dem Wagen helfen. »Hootsie und ich haben uns immer aneinander gerieben. Wäre doch schade, wenn das jetzt vor die Hunde ginge, nur weil wir auf unsere alten Tage sentimental werden.«

Ich blicke zur Ruine der einstigen Villa hinauf. Noch immer fällt es mir schwer, die Komplexität der Beziehung zwischen den beiden Frauen einzuschätzen. »Das kannst du ihr gern persönlich sagen. Sie kommt später vorbei. Ich habe sie nur gebeten, uns erst einmal etwas Zeit zu geben.«

May wirft mir einen argwöhnischen Blick zu, als sie, die Hand in Trents Armbeuge gelegt, durch das Tor tritt. »Was hast du vor? Diesmal habe ich dir doch alles erzählt. Die ganze Geschichte.«

In der Ferne höre ich bereits einen Wagen den Weg herunterkommen. May hat es noch nicht mitbekommen, was vielleicht sogar gut ist. Ich wollte sie zuerst ins Haus bringen. Doch das Timing haut womöglich nicht ganz hin.

»Ich habe meine Eltern gebeten, auch zu kommen.« Ich hatte Angst, sie könnten mich für völlig verrückt halten, wenn ich es ihnen erzähle, deshalb hielt ich es für das Beste, es ihnen einfach zu zeigen.

»Der Senator?« May reißt die Augen auf und betastet ihre Frisur.

Trent versucht, sie durchs Tor zu schieben, doch May klammert sich am Pfosten fest wie ein Kind, das beim Doktor eine Spritze kriegen soll.

»Du liebe Zeit«, ruft sie. »Ich habe doch gefragt, ob ich mich nicht lieber umziehen soll. So kann ich ihm doch unmöglich gegenübertreten.«

Ich spüre, wie meine gesamte Planung den Bach runterzugehen droht. Meine Eltern dazu zu bringen, sich an diesem Sonntagnachmittag auf eine geheimnisvolle Tour einzulassen, war schon ein echter Kraftakt. Ich habe ihnen erzählt, es ginge um einen Gefallen für eine Freundin, aber meine Mutter kann Flunkereien zehn Meter gegen den Wind riechen, und inzwischen dürften all ihre Alarmglocken schrillen; vor allem angesichts meiner seltsamen Bitte und der Abgeschiedenheit des Treffpunkts.

Aber es wird passieren, ganz egal, ob die beteiligten Parteien es wollen oder nicht, und im Grunde weiß ich ganz genau, dass ich es mit Absicht so eingefädelt habe – weil ich

Angst hatte, der Mut könnte mich verlassen, wenn die ganze Geschichte nicht die Eigendynamik einer Lawine entwickelt.

»Los, Beeilung!« May zerrt Trent hinter sich her in Richtung Haus. »Meine restlichen Sachen sind noch im Schrank. Ich muss etwas Anständiges anziehen.«

Durch die Bäume kann ich das weiße Taxi sehen. »Es ist zu spät. Sie kommen schon.«

Mays Nasenflügel beben. »Weiß Hootsie von all dem?«

»Ja und nein, aber es war meine Idee. Bitte. Vertrau mir einfach. Ich glaube wirklich, dass es das Beste ist.« Nach dem heutigen Tag wird entweder eine tiefe Bindung zwischen May und mir bestehen, oder aber sie redet nie wieder ein Wort mit mir.

»Ich glaube, ich werde gleich ohnmächtig.« May lässt sich gegen Trent sinken. Ich bin nicht sicher, ob es echt ist oder ob sie nur eine Show abzieht.

Trent fängt sie auf und legt den Arm um sie. »Soll ich Sie reintragen?«

Sie geht weiter. Offenbar ist sie zu verdattert, um zu protestieren.

Ich warte am Tor. Als die Limousine vorfährt, steigt meine Mutter aus, ohne darauf zu warten, dass Oz ihr die Tür öffnet. Honeybee ist stocksauer. »Avery Judy Stafford, was um alles in der Welt ist hier los? Ich war sicher, der Fahrer hat sich entweder hoffnungslos verfahren, oder aber wir werden entführt.« Ihr gerötetes, erhitztes Gesicht verrät mir, dass sie sich während der letzten Meilen ordentlich in ihre Wut hineingesteigert und sich vermutlich bei meinem Vater beschwert und den armen Oz drangsaliert hat, der lediglich in diese Geschichte hineingezogen wurde, weil er den Weg kennt. »Ich habe dich mindestens fünfzehn Mal auf dem Handy angerufen. Wieso bist du nicht rangegangen?«

»Ich glaube nicht, dass ich hier Empfang habe«, antworte ich, obwohl ich keine Ahnung habe, ob das stimmt. Mein Handy ist schon den ganzen Morgen ausgeschaltet. Da Honeybee keine Möglichkeit hatte, mich zu erreichen und unsere Verabredung abzusagen oder etwas daran zu ändern, blieb ihr nichts anderes übrig, als zu kommen. Honeybee würde niemals jemanden hängen lassen.

»Also, Mädels.« Mein Vater ist milderer Stimmung. Im Gegensatz zu ihr fühlt er sich in freier Natur sehr wohl. Nun, da die innere Blutung mit Hilfe des laparoskopischen Eingriffs gestoppt werden konnte, haben sich seine Blutwerte deutlich verbessert, und er gewinnt seine Kräfte zurück; was bedeutet, dass er seinen Gegnern in dem Pflegeheimskandal gegenübertreten kann. Er hat bereits begonnen, die Angelegenheit systematisch zu bereinigen. Und er sammelt Stimmen für eine Gesetzesänderung, mit deren Hilfe private Pflegeheimbetreiber daran gehindert werden sollen, sich mit Hilfe von Scheinfirmen gegen private Schadenersatzklagen zu schützen.

Er blickt interessiert zum Fluss hinüber. »Das war doch ein netter Ausflug bisher. Wir waren schon eine ganze Weile nicht mehr in Augusta. Ich wünschte, ich hätte eine Angel und ein paar Köder mitgebracht.« Er lächelt mich an. Augenblicklich flammen allerlei Bilder aus der Vergangenheit vor mir auf – wie ich ihn als kleines Mädchen in seinem Büro besucht habe, von Angelausflügen, von denen wir leider ohne Fang zurückkamen, von Abschlussbällen, Tanzaufführungen und Abschlussfeiern ... bis hin zu gemeinsamen Briefings, Strategiesitzungen und öffentlichen Auftritten. »Schließlich bittet sie uns nicht allzu häufig um etwas, Honeybee«, fügt er mit einem nachsichtigen Zwinkern in meine Richtung hinzu. »Sie nicht.«

Seine Worte sollen mir das Gefühl geben, dass er für alles

zu haben ist, was auch immer ich geplant haben mag, doch mir führt es bloß vor Augen, wie viel für mich auf dem Spiel steht – vor allen Dingen die Gunst meines Vaters. Ich bin seine Lieblingstochter; das war ich schon immer. Sein Goldschatz.

Wie wird er es aufnehmen, dass ich wochenlang heimlich recherchiert und Informationen ausgegraben habe, die meine Großmutter unter Verschluss gehalten hat, um den Namen Stafford zu schützen?

Was wird passieren, wenn ich ihm sage, dass diese Reise in die Vergangenheit mich verändert hat? Ich will nicht dasselbe Leben führen wie meine Großmutter, sondern diejenige sein, die ich wirklich bin. Das könnte bedeuten, dass die politische Dynastie der Staffords mit meinem Vater endet. Oder auch nicht. Vielleicht geht es ihm gut genug, um für eine Weile weiterzuarbeiten; solange seine Gesundheit mitspielt, wird er es schaffen, den Skandal um die Pflegeheime in den Griff zu bekommen, und zwar mit einem positiven Abschluss, dessen bin ich mir ganz sicher.

Ich werde ihn nach Kräften dabei unterstützen, aber in Wahrheit bin ich nicht bereit, für ein politisches Amt zu kandidieren. Ich habe einfach nicht genug Erfahrung dafür. Ich sollte sein Amt nicht übernehmen, nur weil ich einen großen Namen trage. Sollte ich mich den Anforderungen jemals gewachsen fühlen, werde ich das Rennen mit meinen eigenen Mitteln angehen und nicht als Tochter meines Vaters. In der Zwischenzeit bieten sich mir andere Möglichkeiten: Andrew Moore hat erwähnt, dass die PAC-Vereinigung dringend einen guten Anwalt braucht. Die Bezahlung wird höchstwahrscheinlich nicht berauschend sein, aber darum geht es nicht. Sollte ich tatsächlich einen Zeh in die trüben Gewässer der Politik tauchen wollen, ist dies die perfekte Gelegenheit, sich mit den Gegebenheiten vertraut zu machen. Abgesehen davon bin ich eine sehr gute Anwältin.

Wird mein Vater das verstehen?

Wird er mich trotzdem noch lieben?«

*Natürlich. Natürlich wird er mich noch lieben. Schließlich war er immer in erster Linie Vater.* Klar, meine Eltern werden ein bisschen enttäuscht sein, wenn ich ihnen meine Pläne darlege, und mein Entschluss wird nicht ganz ohne Konsequenzen bleiben, aber wir schaffen das schon. Das tun wir doch immer.

»Ich werde deine Großmutter auf keinen Fall hier aussteigen lassen, Avery.« Honeybee lässt den Blick über das Cottage schweifen, die Bäume, deren Äste tief über die Veranda hängen, und schlingt sich schützend die Arme um den Oberkörper.

»Honeybee«, sagt mein Dad beschwichtigend und lächelt mich an. »Avery hätte uns wohl kaum herbestellt, wenn es keinen guten Grund dafür gäbe.« Er legt ihr den Arm um die Taille und kitzelt eine Stelle, die nur er alleine kennt. Das ist seine Geheimwaffe.

Sie hat Mühe, ein Lächeln zu unterdrücken. »Lass das«, sagt sie, doch der Blick, den sie mir zuwirft, ist nicht annähernd so unbeschwert. »Avery, war das denn unbedingt nötig, um Himmels willen? Wieso diese Geheimniskrämerei? Und warum um alles in der Welt mussten wir deine Großmutter mitschleppen? Es bringt sie jedes Mal völlig durcheinander, wenn wir sie aus Magnolia Manor wegbringen, und danach fällt es ihr bloß schwer, sich wieder an die Abläufe dort zu gewöhnen.«

»Ich wollte sehen, ob sie sich an etwas erinnert.«

Honeybee schnalzt abfällig mit der Zunge. »Das bezweifle ich.«

»Genauer gesagt, an *jemanden.*«

»Sie kennt mit Sicherheit niemanden, der hier gewohnt hat, Avery, deshalb halte ich es für das Beste, wenn wir …«

»Kommt einfach mit ins Haus, Mama. Grandma Judy war hier schon einmal, und etwas sagt mir, dass sie es wiedererkennen wird.«

»Holt mich vielleicht mal einer hier heraus?«, ruft meine Großmutter aus dem Wagen.

Oz wirft uns einen fragenden Blick zu, worauf mein Vater nickt. Er hat Angst, dass Honeybee die Kurve kratzen würde, wenn er sie jetzt losließe.

Ich nehme meine Großmutter am Tor in Empfang und führe sie den Weg entlang. Obwohl sie geistig rapide abbaut, ist sie mit ihren achtundsiebzig körperlich fit, was die Demenz noch viel grausamer erscheinen lässt.

Ich beobachte sie; bei jedem Schritt hellt sich ihre Miene weiter auf. Ihr Blick schweift umher und bleibt an den Azaleen und Rosen hängen, an der Bank am Fluss, dem alten Gartenzaun, der Glyzinie, der Klettertrompete, einem Vogelbad aus Bronze mit zwei kleinen Mädchen, die im Wasser spielen.

»Oh«, flüstert sie. »Oh, wie ich diesen Ort liebe. Ist lange her, was?«

»Das glaube ich auch«, sage ich.

»Es hat mir gefehlt«, flüstert sie. »So sehr.«

Meine Eltern stehen auf der Treppe zur Veranda und sehen verwirrt von Grandma Judy zu mir. Honeybee befindet sich in einer Situation, die sie nicht kontrollieren kann, was an sich schon Grund genug für sie ist, sich unwohl zu fühlen. »Avery Judith, ich kann dir nur raten, mir endlich zu erklären, was das alles hier zu bedeuten hat, und zwar schleunigst.«

»Mama!«

Honeybee weicht zurück. In diesem Ton habe ich noch nie mit meiner Mutter geredet. In dreißig Jahren nicht. »Warten wir doch erst einmal ab, woran Grandma Judy sich erinnern kann.« Ich lege ihr die Hand auf die Schulter und schiebe sie vorsichtig über die Schwelle ins Haus. Einen Moment steht sie da, während sich ihre Augen an die veränderten Lichtverhältnisse gewöhnen.

Ich sehe zu, wie sie den Blick durch den Raum schweifen lässt, über die Fotos, das Gemälde über dem alten Kamin.

Dann sieht sie, dass jemand auf dem Sofa sitzt. »Oh ... oh, May!«, ruft sie mit einer Unbeschwertheit, als hätten sie einander erst gestern das letzte Mal gesehen.

»Judy.« May versucht aufzustehen, doch das Sofa ist so durchgesessen, dass sie nicht hochkommt. Stattdessen streckt sie die Arme nach Grandma Judy aus, worauf Trent, der ihr helfen wollte, zurückweicht.

Meine Großmutter durchquert den Raum. Mays Augen füllen sich mit Tränen. Ihre Finger öffnen und schließen sich, als sie ihre Schwester zu sich heranwinkt. Grandma Judy, die inzwischen im Umgang mit Fremden häufig unsicher wirkt, geht, ohne zu zögern, auf sie zu, beugt sich über das Sofa und lässt sich in Mays Arme sinken, als wäre es das Natürlichste auf der Welt. May schließt die Augen und lässt den Kopf auf die Schulter ihrer jüngeren Schwester sinken, und die beiden Frauen halten einander mit der Zittrigkeit des Alters fest, klammern sich aneinander, bis meine Großmutter erschöpft im Sessel neben May Platz nimmt. Sie halten sich weiter bei den Händen, sehen einander an, als wäre außer ihnen niemand im Raum.

»Ich dachte, ich sehe dich nie wieder«, sagt May.

In Grandma Judys strahlendem Lächeln spiegelt sich nichts von all den Hindernissen wider, die zwischen ihnen gestanden haben. »Du wusstest, dass ich immer zurückkomme. Donnerstags. An unserem Schwesterntag.« Sie zeigt auf den Schaukelstuhl am Fenster. »Wo ist Fern heute?«

May hebt ihre ineinander verschlungenen Hände, schwenkt sie ganz leicht. »Fern ist gestorben, mein Schatz. Einfach eingeschlafen.«

»Fern?« Grandma Judys Schultern sacken herunter, und ihre Augen füllen sich mit Tränen. Eine einzelne löst sich und kullert an ihrer Nase entlang. »Oh … Fern.«

»Jetzt sind nur noch wir übrig.«

»Aber Lark ist doch auch noch da.«

»Lark ist vor fünf Jahren gestorben. An Krebs, weißt du noch?«

Grandma Judy sinkt noch ein wenig mehr in sich zusammen, wischt sich eine weitere Träne ab. »Du liebe Zeit, das habe ich völlig vergessen. Ich vergesse so vieles.«

»Das ist doch nicht schlimm.« May legt ihre andere Hand über Grandma Judys verschlungene Finger. »Weißt du noch … damals, als wir die erste Woche auf Edisto verbracht haben? Alle vier? Fern war immer so gern dort.«

»Oh ja, das ist wahr«, stimmt Grandma Judy zu, doch ich kann nicht sagen, ob sie sich tatsächlich erinnert oder nur höflich sein will, aber sie blickt lächelnd zu dem Gemälde über dem Kamin hinüber, und plötzlich erkenne ich Klarheit in ihrem Blick. »Dort hast du uns die Libellenarmbänder geschenkt. Drei Libellen, als Erinnerung an die drei, die wir niemals wieder gefunden haben. Camellia, Gabion und meinen Zwillingsbruder. Und am Nachmittag haben wir Camellias Geburstag gefeiert, stimmt's? Camellia war die Libelle mit dem Onyx.« Ich sehe das Leuchten in den Augen meiner Großmutter. Die Liebe ihrer Schwestern wärmt ihr das Herz. »Du meine Güte. Wir waren aber auch echte Hingucker damals, was?«

»Allerdings. Wir alle. Mit Mamas wunderschönem Haar … aber du warst die Einzige, die dieses hinreißend süße Gesicht mitbekommen hat. Wenn ich nicht wüsste, dass du das auf dem Bild dort bist, würde ich glatt glauben, Mama sei mit uns gekommen.«

»Was ist hier los?«, höre ich meine Mutter hinter mir mit zusammengebissenen Zähnen flüstern. Ich spüre die Hitze, die von ihr ausgeht. Sie schwitzt. Honeybee schwitzt nie.

»Vielleicht sollten wir ja nach draußen gehen«, schlage ich vor. Doch mein Vater ist zögerlich, scheint den Raum nicht verlassen zu wollen. Er betrachtet die Fotos, versucht, sich einen Reim auf das zu machen, was hier gerade geschieht. Erinnert er sich daran, dass seine Mutter ab und zu aus unerklärlichen Gründen verschwunden war? Daran, auch auf dem Foto zu sein, das auf Edisto von den Frauen aufgenommen wurde? Mit ihm und seinen Cousins im Hintergrund? Hatte er schon immer eine Ahnung, dass seine Mutter mehr ist als die Frau, die er sein ganzes Leben lang kennt?

Trent nickt mir zu, als ich die Tür zwischen Cottage und Veranda schließe – eine ermutigende Geste, die mir das Gefühl verleiht, stark zu sein, voller Zuversicht und Entschlossenheit. Er glaubt fest daran, dass die Wahrheit ans Licht gehört, genauso wie Hootsie.

»Ihr solltet euch vielleicht lieber hinsetzen«, sage ich zu meinen Eltern.

Widerstrebend lässt sich Honeybee auf die Kante eines Schaukelstuhls sinken, während mein Vater auf einer kleinen Bank Platz nimmt. Seine Körperhaltung verrät mir, dass er sich auf ernste, unerfreuliche Nachrichten gefasst macht. Er beugt sich vor, beide Füße fest in den Boden gestemmt, die Ellbogen auf den Knien, die Fingerspitzen aneinandergelegt.

Was auch immer er gleich erfahren wird – er ist bereit, die Situation zu analysieren und den Schaden zu begrenzen.

»Lasst mich zuerst alles erzählen«, bitte ich sie. »Stellt mir erst Fragen, wenn ich fertig bin, okay?« Ohne ihre Antwort abzuwarten, hole ich tief Luft und beginne mit der Geschichte.

Mein Vater lauscht mit gewohnt stoischer Miene; meine Mutter lässt sich nach hinten sinken, die Hand auf die Stirn gelegt.

Als ich geendet habe, herrscht Stille. Keiner weiß, was er sagen soll. Es ist offensichtlich, dass mein Vater nicht die leiseste Ahnung hatte, was vor sich ging, gleichzeitig jedoch sagt mir etwas in seiner Miene, dass einige Verhaltensweisen seiner Mutter endlich einen Sinn ergeben.

»Wie … woher willst du wissen, dass all das auch stimmt? Vielleicht hat … diese Frau ja …« Meine Mutter blickt zum Fenster. »Ich verstehe nicht, wie all das möglich sein soll.«

Mit zugsammengezogenen Brauen blickt mein Vater auf seine Fingerspitzen. Er weiß, dass es möglich ist, will es aber nicht wahrhaben. Aber ich habe ihm gerade erzählt, was Trent und ich über die Tennessee Children's Home Society herausgefunden haben, und ich sehe ihm an, dass der Großteil davon weder ihm noch meiner Mutter gänzlich neu ist. Zweifellos haben sie von dem Skandal gelesen oder die Dokumentationen über die Vorgänge in Georgia Tanns Kinderheimen im Fernsehen gesehen.

»Ich kann nicht … meine Mutter?«, murmelt Dad. »Wusste mein Vater davon?«

»Ich glaube nicht, dass irgendwer etwas wusste. Grandma Judy und ihre Schwestern waren längst erwachsen, als sie einander wiedergefunden haben. May hat mir erzählt, sie hätten sich nicht in das Leben der anderen einmischen wollen. Wenn man bedenkt, dass der ganze Papierkram bewusst darauf angelegt war zu verhindern, dass sich die Familien jemals wiederfinden, grenzt es an ein Wunder, dass diese vier wieder zusammengebracht werden konnten.«

»Mein Gott.« Er schüttelt den Kopf, als versuche er, seine Gedanken zu klären. »Meine Mutter ist ein Zwilling.«

»Ja, sie hatte einen Zwillingsbruder. Sie hat jahrelang nach ihm gesucht, konnte aber nie in Erfahrung bringen, was damals passiert ist – ob er überlebt hat oder zur Adoption freigegeben wurde.«

Mein Vater stützt den Kopf auf dem Kinn auf und blickt zu den Bäumen empor. »Du lieber Gott im Himmel.«

Ich weiß genau, was er denkt. Seit dem Tag, als ich die Wahrheit erfahren habe, gehen mir genau dieselben Dinge im Kopf herum. Die ganze Woche war ich hin- und hergerissen – soll ich das Geheimnis mit ins Grab nehmen ... oder die Wahrheit ans Licht holen. Mit allen Konsequenzen, die daraus erwachsen. Am Ende lässt es sich auf etwas ganz Einfaches herunterbrechen: Mein Vater verdient es zu wissen, wer er ist. Und meine Großmutter verdient es, die Zeit, die ihr noch bleibt, mit ihrer Schwester zu verbringen.

Die fünf kleinen Flusszigeuner, die so sehr unter den Machenschaften der Tennessee Children's Home Society gelitten haben, verdienen es, dass ihre Geschichte erzählt wird. Ohne diese dramatische Wendung des Schicksals wäre die Mutter meines Vaters auf einem Hausboot auf dem Mississippi groß geworden, in einfachsten Verhältnissen und in der Armut der Depression.

Sie wäre niemals in die Kreise gelangt, in denen sie meinen Großvater hat kennenlernen können, ganz zu schweigen davon, ihn zu heiraten.

Wir wären nicht die Staffords.

Meine Mutter sammelt sich ein wenig, reckt das Kinn und

nimmt die Hand meines Vaters. »All das ist Geschichte. Es ist sinnlos, sich heute noch deswegen den Kopf zu zerbrechen, Wells. Oder das Ganze ans Licht zu zerren.« Sie wirft mir einen Blick zu – eine Warnung.

Ich widerstehe dem Drang einzuknicken. Für mich gibt es kein Zurück mehr. »Dad, was du jetzt tust, ist allein deine Entscheidung. Ich bitte dich nur darum, Grandma Judy Zeit mit ihrer Schwester verbringen zu lassen ... solange sie es noch können. Sie haben ihr ganzes Leben getrennt voneinander verbracht, nur um uns zu beschützen. Sie haben es verdient, endlich ihren Frieden zu finden.«

Mein Vater küsst meiner Mutter die Fingerspitzen, legt seine Hand um die ihre und nickt. Ohne Worte gibt er uns zu verstehen, dass er in Ruhe über alles nachdenken und zu einem Entschluss gelangen muss.

Honeybee lehnt sich zu mir. »Was ist mit ... diesem Mann dort drinnen? Kann man ihm vertrauen, dass er ... nun ja, diese Informationen nicht benutzt, um ...? Nächstes Jahr finden die Senatswahlen statt, und nichts käme Cal Fortner mehr gelegen als ein Skandal um uns, damit er von den aktuellen Problemen ablenken kann.«

Erleichtert registriere ich, dass ihr Blick automatisch zu meinem Vater schweift und sich nicht auf mich heftet. Unter diesen Umständen wird es einfacher werden, ihnen beizubringen, dass es zur Azaleenblüte keine politisch verwertbare Hochzeit in unserem Garten geben wird. Noch bin ich nicht bereit, das nächste Thema aufs Tapet zu bringen, aber bald.

Hier zu sein und May mit Grandma Judy zu sehen, hat mich in meiner Entscheidung noch bestärkt. »Über Trent braucht ihr euch keine Gedanken zu machen. Das würde er nicht tun. Er ist ein Freund. Ohne seinen Großvater hätten

Grandma Judys Schwestern sie niemals gefunden, und sie hätte nie die Wahrheit über ihre Vergangenheit erfahren.«

Honeybees Miene verrät, dass sie nicht sicher ist, ob es nicht besser so gewesen wäre.

Dads Miene sagt etwas anderes. »Ich würde mich gern ein Weilchen mit Mrs. Crandall unterhalten.«

Einen Moment lang starrt Honeybee ihn mit offenem Mund an, doch dann fängt sie sich, strafft die Schultern und nickt. Egal, was mein Vater tut, sie ist an seiner Seite. So war es schon immer.

»Ich bin sicher, das würde May gut gefallen. Wir können euch vier ja eine Weile allein lassen, damit sie in Ruhe ihre Geschichte erzählen kann.« All das aus erster Hand zu hören, von May selbst, wird ihn vollends überzeugen, hoffe ich. Schließlich geht es hier um die Geschichte unserer Familie.

»Du kannst ruhig hierbleiben«, sagt meine Mutter unsicher.

»Ich würde euch gern ein bisschen Zeit geben.« Ehrlich gesagt, will ich mit Trent allein sein – ich weiß, dass er es kaum erwarten kann zu erfahren, wie meine Eltern die Nachricht aufgenommen haben. Er sieht mich schon die ganze Zeit durchs Fenster an.

Die Erleichterung steht ihm ins Gesicht geschrieben, als meine Eltern und ich uns erheben und hineingehen. Grandma Judy erzählt gerade von einem Bootsausflug auf dem Fluss – sie schildert die Details, als wäre es gestern gewesen. Anscheinend hat May bei einem ihrer Zusammentreffen ein Flachbodenboot organisiert, und Grandma Judy beschreibt lachend, wie sie auf dem Savannah River dahintrieben, weil der Motor nicht anspringen wollte.

Zögerlich tritt mein Vater zu einem Stuhl und mustert seine Mutter, als hätte er sie noch nie zuvor gesehen. Was in gewisser Weise ja so ist. Die Frau, die er kennt, war eine Schauspielerin, die gewissermaßen eine Rolle gespielt hat. In all den Jahren, seit ihre Schwestern sie ausfindig gemacht haben, schlummerten zwei Menschen in Judy Stafford: Die Senatorengattin und eine Frau, in deren Adern das Blut von Flusszigeunern fließt.

Und in diesem kleinen Cottage verschmelzen die beiden wieder miteinander, wie so oft an einem jener Schwesterntage.

Trent folgt mir bereitwillig nach draußen.

»Gehen wir doch auf den Hügel«, schlage ich vor. »Ich wollte ein paar Fotos von der verfallenen Villa machen ... bald wird sie vollends verschwinden, und wir werden wohl nie wieder hierherkommen.«

Lächelnd folgt Trent mir durch das Tor. »Ich glaube nicht, dass das passieren wird.«

Wir gehen den Weg entlang bis zum Waldrand. Unwillkürlich muss ich an Rill Foss denken; daran, wie sie vor all den Jahren zu May Weathers geworden ist.

Hätte sie sich jemals das Leben ausmalen können, das sie letztlich geführt hat?

Die Sonne wärmt mich, als wir das offene Feld überqueren und den Hügel erklimmen. Es ist ein herrlicher Tag, der bereits den Jahreszeitenwechsel ahnen lässt. Die Schatten der alten Villa fallen auf den Rasen, lassen die hohen Mauern wieder solide wirken. Meine Hände zittern, als ich mein Handy herausziehe und ein paar Fotos mache. Aber die Fotos sind nicht der wahre Grund, weshalb ich herkommen wollte. Ich wollte außer Sichtweite des Cottages sein. Und außer Hörweite.

Und jetzt finde ich auf einmal die Worte nicht ... bringe den Mut nicht auf. Stattdessen fotografiere ich wie eine Verrückte herum. Aber irgendwann durchschaut er mich, und ich muss Farbe bekennen.

Ich schlucke gegen das flatterige Gefühl im Magen an, nehme all meinen Mut zusammen.

Trent ist schneller. »Du trägst den Ring nicht«, sagt er und sieht mich fragend an, als ich mich zu ihm umdrehe.

Ich blicke auf meine Hand, denke an alles, was ich erfahren habe, seit ich Elliots Antrag angenommen habe und nach South Carolina zurückgekehrt bin, um zu tun, was von mir erwartet wird. Es fühlt sich wie ein völlig anderes Leben an, die Musik einer anderen Frau. »Elliot und ich haben geredet. Er ist mit den Entscheidungen im Hinblick auf Grandma Judy und May nicht einverstanden und wird es vermutlich auch niemals sein, aber es geht um mehr als das. Ich glaube, wir wissen beide schon seit einer ganzen Weile, dass wir lieber Freunde als ein Liebespaar sein sollten. Wir haben eine Menge erlebt, haben viele schöne Erinnerungen, aber etwas ... fehlt. Ich glaube, deshalb haben wir es bislang immer vermieden, uns auf ein Datum zu einigen oder konkrete Pläne zu schmieden. Die Hochzeit war eigentlich mehr für unsere Familien als für uns. Vielleicht wussten wir es insgeheim ja immer schon.«

Ich beobachte Trent, wie er mit nachdenklich gerunzelter Stirn die Schatten auf dem Rasen betrachtet.

Mein Herz flattert, hämmert in meiner Brust. Die Sekunden ziehen sich scheinbar endlos dahin. *Empfindet er genauso wie ich? Was, wenn er es nicht tut?*

Nicht zuletzt hat er einen kleinen Sohn, an den er denken muss.

Ich weiß nicht genau, wohin die Reise für mich gehen soll. Ein Job beim Political Action Committee würde mir die Zeit geben, die ich brauche, um herauszufinden, wer ich wirklich bin. Dort kann ich Fehler korrigieren, kann richtig machen, was andere falsch gemacht haben. Ich glaube, deshalb habe ich mich auch so in Mays Story hineingestürzt und dieses Treffen zwischen May und meiner Großmutter arrangiert.

Ein Fehler aus der Vergangenheit wurde heute richtiggestellt, falls das nach all den Jahren überhaupt noch möglich ist. Diese Erkenntnis hat etwas Befriedigendes, doch die Fragen im Hinblick auf Trent lassen all das in den Hintergrund rücken. *Wie passt er in die Zukunft, die ich gerade erst zu planen beginne? Unsere Familien sind so grundverschieden.*

Das Licht fängt sich in seinen Augen, als er mich wieder ansieht. Sie sind tiefblau, wie das Meer, und zum ersten Mal wird mir bewusst, dass wir vielleicht doch gar nicht so verschieden sind. Wir haben beide dasselbe Erbe – wir stammen beide von Flusszigeunern ab.

»Heißt das, ich darf deine Hand nehmen?« Er lächelt, hebt eine Braue und wartet.

»Ja. Ich denke, das heißt es.«

Er streckt die Hand aus, und ich lege meine hinein.

Seine Finger schließen sich um die meinen, warm und kräftig. Wir gehen weiter den Hügel hinauf, weg von den Ruinen eines Lebens, das einmal war.

Hinein in ein Leben, das nun beginnen kann.

# KAPITEL 26

## May Crandall

HEUTE

Unsere Geschichte beginnt an einem schwül-heißen Augustabend, in einem sterilen, weiß gestrichenen Zimmer, in dem eine schicksalhafte Entscheidung getroffen wurde, geboren aus abgrundtiefer Trauer. Aber unsere Geschichte endet nicht hier. Noch hat sie überhaupt nicht geendet.

Würde ich etwas ändern, wenn ich es könnte? Hätte ich mein Leben lieber damit verbracht, auf einem Ausflugsdampfer Klavier zu spielen, als Bäuerin die Felder zu pflügen oder darauf zu warten, dass mein Ehemann auf unser Hausboot auf dem Mississippi zurückkehrt, um mit mir am Lagerfeuer zu sitzen, behaglich und warm?

Würde ich den Sohn, den ich zur Welt gebracht habe, gegen einen anderen eintausche? Gegen weitere Kinder? Gegen eine Tochter, die mich heute, im Alter, tröstet und versorgt? Würde ich den Ehemann eintauschen, den ich geliebt und begraben habe, die Musik, die Symphonien, die Lichter Hollywoods, die Enkel und Urenkel, die zwar weit weg wohnen, aber dieselben Augen haben wie ich?

All diese Fragen stelle ich mir, als ich auf der Holzbank sitze, Judys Hand in der meinen, und in stiller Freude einen weiteren unserer Schwesterntage genieße. Hier, im Garten von Magnolia Manor, können wir unsere Schwesterntage zelebrieren, wann immer wir wollen. Ich muss lediglich den angrenzenden Korridor hinuntergehen und der Pflegerin sagen: »Ich glaube, ich würde gern eine kleine Runde mit meiner Freundin Judy drehen. Oh ja, aber natürlich achte ich darauf, dass sie sicher in die Memory Care Unit zurückkehrt. Das tue ich doch immer.«

Manchmal lachen meine Schwester und ich uns ins Fäustchen. »Wir sind tatsächlich Schwestern, keine Freundinnen«, sage ich ihr dann. »Aber das darfst du denen nicht verraten. Das ist unser Geheimnis.«

»Ich werde nichts verraten.« Sie zeigt ihr süßes Lächeln. »Aber Schwestern sind doch auch Freundinnen. Sogar ganz besondere Freundinnen.«

Wir plaudern über viele gemeinsame Abenteuer während unserer Schwesterntage, und oft bittet sie mich, ihr zu erzählen, woran ich mich noch erinnern kann, von Queenie und Briny und unserem Leben auf dem Fluss. Ich erzähle ihr von der Zeit mit Camellia, Lark, Fern und Gabion, von Silas und Old Zede, von stillen Flussarmen und reißenden Strömen, vom Tanz der Libellen im Sommer und den Eisplatten im Winter, die so dick waren, dass sie sogar das Gewicht erwachsener Männer trugen. Gemeinsam treiben wir den Fluss entlang, wenden unsere Gesichter der Sonne zu und reisen durch die Zeit zurück zum Königreich Arcadia.

An manchen Tagen erkennt mich meine Schwester nicht als Schwester, sondern allenfalls als Zimmernachbarin in ihrem Pflegeheim. Doch die Liebe zwischen uns braucht keine Worte, sondern kann auch ohne Erinnerungen, gemeinsame Momente und Beweise existieren. Sie ist so tief verankert wie der Herzschlag eines Menschen, für immer da, solange er lebt.

»Sind sie nicht süß?« Judy zeigt auf die beiden, die Hand in Hand durch die Gärten von Magnolia Manor schlendern. Sie sind ein reizendes Paar.

Ich tätschele ihren Arm. »Das ist deine Enkelin. Wahrscheinlich will sie dich besuchen. Und sie hat ihren Liebsten mitgebracht. Er ist ein echter Hingucker. Das habe ich ihr gleich beim ersten Mal gesagt, als ich sie zusammen gesehen habe. Dass sie ihn behalten soll. Und dass ich sehen kann, wenn es zwischen zwei Menschen funkt.«

»Ach ja, natürlich. Meine Enkeltochter.« Judy tut so, als hätte sie es die ganze Zeit gewusst. An manchen Tagen ist das auch so, aber nicht heute. »Und ihr Liebster.« Mit zusammengekniffenen Augen späht sie zu den beiden hinüber. »Mir wollen beim besten Willen ihre Namen nicht mehr einfallen. Mein Kopf ist das reinste Sieb.«

»Avery.«

»Ach ja, Avery.«

»Und Trent.«

»Wir kannten doch mal einen Trent Turner, richtig? Ein reizender Mann. Ich glaube, er hat uns das Grundstück neben dem Cottage auf Edisto verkauft.«

»Ja, genau. Dieser junge Mann dort ist sein Enkel.«

»Na, so was.« Sie winkt eifrig, und Avery winkt zurück. Dann verschwinden die beiden hinter der Gartenlaube. Und sie tauchen nicht so schnell wieder auf, wie sie eigentlich sollten.

Judy presst sich kichernd die Hand vor den Mund. »Oh-oh.«

»Das kannst du laut sagen.« Ich denke an die Liebesgeschichten, die ich erleben durfte, und an jene, die sich niemals erfüllt haben. »Wir Fosses waren immer schon eine leidenschaftliche Truppe. Das wird sich wohl nie ändern.«

»Stimmt. Und das sollte es auch auch nicht«, bekräftigt Judy, und dann sinken wir einander in die Arme, lachen über die Geheimnisse, um die nur wir allein wissen.

## NOTIZ DER AUTORIN

Sicherlich fragen Sie sich jetzt, wie viel Wahres in der Geschichte steckt – eine Frage, die in mancherlei Hinsicht nicht ganz einfach zu beantworten ist. Sollten Sie sich eingehender mit der Geschichte der Babyfarmen und Waisenhäuser, der gesetzlichen Änderung des Adoptionsrechts, Georgia Tann und der Tennessee Children's Home Society befassen wollen, gibt es etliches an Literatur, das einen Einblick bietet: *Pricing the Priceless Child* von Viviana A. Zelizer (1985); *Babies For Sale: The Tennessee Children's Home Adoption Scandal* von Linda Tollett Austin (1993); *Alone In The World: Orphans and Orphanage in America* von Catherine Reef (2005); *The Baby Thief: The Untold Story of Georgia Tann, the Baby-seller Who Corrupted Adoption* von Barbara Bisantz Raymond (2007), das auch diverse Interviews mit Opfern von Georgia Tann enthält. Details über den durch Georgia Tanns Machenschaften ausgelösten Skandal liefert der *Report to Governor Gordon Browning on Shelby County Branch, Tenneessee Children's Home Society*. Darüber hinaus gab es in der Presse zahlreiche Artikel über den Skandal und Berichte, wie leibliche Familien Jahre später wiedervereint werden konnten, sowie Folgen von *60 Minutes, Unsolved Mysteries* und eine Folge der Doku-Serie *Deadly Women*. All diese Berichte haben mir als Grundlage für die Recherchen zu diesem Buch gedient.

Die Foss-Kinder und die *Arcadia* sind einzig und allein

meiner Fantasie und den sumpfigen Gewässern des Mississippi erwachsen, dennoch spiegelt die Geschichte von Rill und ihren Geschwistern wider, was zahlreichen Kindern widerfahren ist, die zwischen den Zwanziger- und Fünfzigerjahren des vergangenen Jahrhunderts ihren Familien entrissen wurden.

Die wahre Geschichte von Georgia Tann und der Zweigstelle der Tennessee Children's Home Society in Memphis ist grotesk und auf traurige Weise paradox. Zweifellos hat die Gesellschaft viele Kinder vor Armut und Gefahren bewahrt und sich unerwünschter Kinder angenommen und sie in liebevolle Elternhäuser vermittelt. Ebenso sicher ist jedoch, dass zahllose Kinder ohne plausible Gründe oder rechtliche Grundlage ihren liebevollen Eltern weggenommen wurden, die sie nie wiedersehen sollten. Zeugenberichten zufolge haben Mütter, deren Säuglinge ihnen unmittelbar nach der Geburt entrissen wurden, jahrzehntelang den Verlust betrauert, und viele dieser Kinder wurden an Pflegefamilien vermittelt, wo sie vernachlässigt, missbraucht, misshandelt und ausgebeutet wurden.

Alleinstehende Mütter, mittellose Eltern, Frauen in psychiatrischen Einrichtungen und all jene, die Hilfe bei der Wohlfahrt und bei Geburtskliniken suchten, gehörten zu ihren bevorzugten Opfern. Mütter wurden quasi gezwungen, Papiere zu unterzeichnen, noch während sie unter Sedierung standen; man erzählte ihnen, die vorübergehende Abtretung des Sorgerechts sei notwendig, um eine angemessene medizinische Versorgung des Säuglings zu gewährleisten, oder manchmal wurde den Frauen auch einfach nur gesagt, ihr Kind sei bei der Geburt verstorben. Kinder, die groß genug waren, um sich an ihr einstiges Leben zu erinnern, berichteten später, sie seien am Straßenrand auf dem Weg zur Schule mitgenommen, aus den Gärten ihrer Eltern und, ja, von Hausbooten auf dem Fluss geraubt worden. Vor allem Kinder aus armen Familien, die in der Nähe von Memphis lebten oder sich vorübergehend dort aufhielten, waren in ständiger Gefahr.

Blonde Kinder wie die Foss-Sprösslinge erfreuten sich in Georgia Tanns Netzwerk besonderer Beliebtheit und wurden häufig von sogenannten »Spähern«, Angestellten in Krankenhäusern oder öffentlichen medizinischen Einrichtungen, im Vorfeld ausgewählt. Jahrelang wurde mit Zeitungsannoncen geworben, mit Fotos von niedlichen Babys und Kleinkindern und schlagkräftigen Slogans wie »Sie wünschen sich sehnlichst ein Kind? Wir helfen Ihnen gerne!« – »Sie träumen von einem Weihnachtsgeschenk aus Fleisch und Blut?« oder »Der kleine George würde so gern Fangen spielen, aber dafür braucht er einen Daddy.« Georgia Tann galt als die »Mutter der Adoption« und wurde sogar von Eleanor Roosevelt in Fragen der Kinderfürsorge konsultiert. Für die Öffentlichkeit war sie lediglich eine wohlwollende Matrone, die ihr Leben der Aufgabe gewidmet hatte, arme, bedürftige Kinder zu retten. Ihre erfolgreiche Vermittlung von Kindern an reiche, berühmte Eltern half, die Adoption im Allgemeinen populärer zu machen und mit dem weit verbreiteten Irrglauben aufzuräumen, Waisenkinder seien durch den Verlust der Eltern irreparabel geschädigt und damit nicht vermittelbar. Zu Georgias prominenten Kontakten zählten unter anderem Politiker wie der New Yorker Gouverneur Herbert Lehman sowie Hollywood-Größen wie June Allyson und ihr Ehemann Dick Powell sowie Schauspielerin Joan Crawford. Ehemalige Mitarbeiterinnen von Tanns Kinderheim in Memphis berichteten, dass sage und schreibe sieben Kinder auf einmal bei Nacht und Nebel verschwanden, vorgeblich zu »Pflegeeltern« in New York und anderen Bundesstaaten. In einem Interview betont Georgia Tann unverfroren die Vorteile, Kinder ihren armen Familien, die sie vermutlich nicht anständig großziehen konnten, wegzunehmen und »besseren« Menschen zuzuführen.

Aus heutiger Sicht ist es kaum vorstellbar, wie Georgia Tann und ihr Netzwerk jahrzehntelang unentdeckt ihren Umtrieben nachgehen konnten; ebenso, woher all die Mitarbeiter kamen, die tatenlos zusahen, wie grausam mit Kindern in den Heimen der Society oder in nicht lizensierten Einrichtungen umgesprungen wurde. Und doch ist es passiert. Irgendwann entsandte das U.S. Children's Bureau einen Ermittler nach Memphis, um die exorbitante Säuglingssterblichkeit in den städtischen Heimen zu untersuchen. 1945 starben zwischen vierzig und fünfzig Kinder in einem von Georgia Tanns Heimen an einer Amöbenruhr-Epidemie, trotz der Bemühungen eines Arztes vor Ort, die Ausbreitung zu verhindern. Georgia Tann hingegen behauptete steif und fest, lediglich zwei Kinder seien verstorben. Erst unter dem Druck der Bundesbehörde veranlasste die Regierung des Staates Tennessee eine Gesetzesänderung, nach der jede Einrichtung offiziell als Kinderheim qualifiziert sein muss. Das neue Gesetz umschloss jedoch einen Zusatztext, nach dem alle von Georgia Tanns Agentur betriebenen Heime davon ausgenommen waren.

Während Mrs. Murphys Heim rein fiktional ist, wurden Rills Erlebnisse von Berichten Überlebender inspiriert. Allerdings waren zahllose Kinder aufgrund von Missbrauch, Vernachlässigung, Krankheit oder mangelnder medizinischer Versorgung nicht lange genug am Leben, um ihre Geschichte erzählen zu können. Sie sind die stummen Opfer eines gesetzlich nicht angemessen geregelten und von Gier und Gewinnsucht befeuerten Systems. Schätzungen zufolge bewegt sich die Zahl der Kinder, die unter Georgia Tanns Obhut spurlos verschwanden, zwischen fünf- und sechshundert. Tausende weitere Kinder verschwanden in kostspieligen Adoptionen, bei denen Namen, Geburtsdaten und andere Details so manipuliert wurden, dass die leiblichen Familien keine Chance hatten, ihre Angehörigen wiederzufinden.

Angesichts dieser grauenvollen Statistiken sollte man annehmen, dass Georgia Tanns Herrschaft schließlich in einem Flächenbrand öffentlicher Enthüllungen, offizieller Untersuchungen und Gesetzesänderungen endete. Wäre dieses Buch rein fiktional gewesen, hätte ich die Geschichte so enden lassen: mit Gerechtigkeit, zügig und zuverlässig durchgestzt. Leider war dies in der Realität nicht so. Georgia Tann betrieb ihr Adoptions-Business bis zum Jahr 1950 weiter. In der Pressekonferenz im September dieses Jahres beschränkte sich Gouverneur Gordon Browning auf die finanzielle Seite des Unternehmens, ohne auf die menschliche Seite der Tragödie einzugehen: Miss Tann, so berichtete er, hatte mit Hilfe der Tennessee Children's Home Society 1 Million Dollar verdient (was heute etwa 10 Millionen Dollar entspricht), dennoch war es nicht möglich, sie wegen ihrer Machenschaften strafrechtlich zu verfolgen. Innerhalb weniger Tage nach den Enthüllungen starb sie in ihrem Haus an Eierstockkrebs, den zu behandeln sie verweigert hatte. Auf der Titelseite der lokalen Tageszeitung befand sich die Enthüllungsstory neben ihrem Nachruf. Ihr Kinderheim wurde geschlossen und ein Ermittler eingesetzt, dessen Arbeit jedoch systematisch behindert wurde. Die Hoffnungen leiblicher Familien, durch die Schließung des Heims ihre Angehörigen womöglich doch noch wiederzufinden, wurden jäh zunichtegemacht. Einflussreiche politische Persönlichkeiten sorgten für den Erlass von Gesetzen, die selbst die fragwürdigsten Adoptionen für gesetzeskonform erklärten und die Versiegelung der Unterlagen bestimmten. Von den zweiundzwanzig Schützlingen, die sich zum Zeitpunkt ihres Todes noch in Georgia Tanns Obhut befanden, konnten lediglich zwei ihren leiblichen Eltern zurückgebracht werden, und das nur, weil ihre Adoptiveltern sie zurückgewiesen hatten. Tausende andere Familien sollten niemals herausfinden, was aus ihren Kindern geworden war. Die allgemeine Meinung hierzu war, dass den Kindern durch die Adoption – auch wenn die Umstände noch so fragwürdig sein mochten – ein Leben in Armut erspart geblieben war.

Während einige durch Adoption getrennte Familienmitglieder einander anhand von Erinnerungsstücken oder durch von Gerichten zur Verfügung gestellte Unterlagen und die Hilfe von privaten Ermittlern wiederfanden, wurden Georgia Tanns Dokumente den Opfern erst 1995 zugänglich gemacht. Für viele Adoptierte und ihre leiblichen Eltern, die den Verlust ein Leben lang betrauerten, war dies schlicht zu spät. Für andere hingegen war es der Startschuss für längst fällige Familienzusammenführungen und die Gelegenheit, endlich ihre Geschichte erzählen zu können.

Wenn uns das Schicksal der Foss-Kinder und der Skandal um die Tennessee Children's Home Society etwas lehren, dann ist es die Tatsache, dass Babys und Kleinkinder, ganz egal, aus welchen Teilen der Welt sie stammen, keine Waren, Gegenstände oder unbeschriebenen Blätter sind, wie Miss Tann ihre Schützlinge häufig bezeichnet hat; sie sind menschliche Wesen mit einer eigenen Lebensgeschichte, eigenen Bedürfnissen, Hoffnungen und Träumen.

# DANK

Romanfiguren sind ein klein wenig wie echte Menschen – sie werden von Familie, Freunden, Nachbarn, Kollegen und allerlei sonstigen Bekannten geformt. Einige ermutigen sie, einige bringen sie auf ihrem Lebensweg weiter, andere schenken ihnen ihre bedingungslose Liebe, andere bringen ihnen etwas bei oder fordern sie heraus, ihr Bestes zu geben. Wie die meisten Geschichten verdankt auch diese ihre Existenz einem Dorf aus einzigartigen und großzügigen Individuen.

Zuallererst danke ich meiner Familie dafür, dass sie mich durch all die Jahre des Schreibens begleitet hat, auch wenn ich häufig bis tief in die Nacht oder zu den unorthodoxesten Zeiten gearbeitet und den Kühlschrank und die Vorratskammer geplündert habe. Mein besonderer Dank gilt meinem ältesten Sohn, der sich in ein Mädchen verliebt und dadurch ein weiteres Mitglied in die Familie gebracht hat – eine Hochzeit ist nicht nur eine hervorragende Methode, um sich vom Korrekturlesen, Schreiben, Umschreiben und neuerlichen Korrekturlesen abzulenken, sondern ich habe dadurch auch einen Menschen gewonnen, dem es nichts ausmacht, mich zu Terminen rund meine Bücher zu begleiten und sich auf der Hin- und Rückfahrt mit mir zu unterhalten.

Ich danke meiner Mutter dafür, dass sie offiziell meine Sekretärin und darüberhinaus eine tolle erste Leserin ist. Nicht jeder hat das Glück, eine Ansprechperson an seiner Seite zu haben, die einem sowohl sagt, dass man einen neuen

Haarschnitt nötig hat, als auch, dass das letzte Kapitel ein bisschen mehr Pfeffer braucht. Ich danke meiner Schwiegermutter dafür, dass sie mir bei den Adresslisten geholfen hat und meine Jungs so liebt, die allzu schnell groß geworden sind; und Paw-Paw, der dafür sorgt, dass die nächsten Wingate-Generationen lernen, wie man beim Abendessen eine anständige Geschichte erzählt. Ich danke meinen Verwandten und Freunden nah und fern dafür, dass sie mich mögen, mir helfen und mich bei sich aufnehmen, wenn ich auf Reisen bin. Ihr seid die Besten.

Ich bin unendlich dankbar für die *Freunde, die eigentlich zur Familie gehören*, allen voran Ed Steens, der mir bei den Recherchen hilft und mich unermüdlich ermutigt, sowie Steve und Rosemary Fitts, die uns auf Edisto Island beherbergen. Ich denke, es gibt keinen schöneren Ort für eine Recherche. Danke auch an das großartige Team, das bei der Organisation der ersten Lesungen und Tourpläne hilft: Duane Davis, Mary Davis, Virginia Rush und, last but not least, meine wunderbare Tante Sandy, die ein erstklassiges Gespür für Handlungsstränge und einen ebenso tollen Sinn für Humor hat. Ich danke Kathie Bennett und Susan Zurenda bei Magic Time Literary – danke, dass ihr in der Vergangenheit so schöne Buchtouren geplant, vom ersten Moment an hinter diesem Buch gestanden und euch mit einem solchen Engagement in das Projekt gestürzt habt, es auf den Markt zu bringen.

Was die Verlagsseite betrifft, stehe ich tief in der Schuld meiner einzigartigen Agentin, Elizabeth Weed, die mich ermutigt hat, dieses Buch zu schreiben, und die später alles darangesetzt hat, es beim richtigen Verlag unterzubringen. Ich danke meiner fantastischen Lektorin Susanna Porter, die mich angehalten hat, die Erlebnisse der Foss-Kinder und Averys Reise in die geheime Vergangenheit ihrer Familie noch deutlicher herauszuarbeiten. Danke auch an das hervorragende PR-Team: Kara Welsh, Kim Hovey, Jennifer Hershey, Scott Shannon, Susan Corcoran, Melanie DeNardo, Kristin Fassler, Debbie Aroff, Lynn Andreozzi, Toby Ernst, Beth Pearson und Emily Hartley – ich kann gar nicht sagen, wie sehr ich euch alle und die liebevolle Art und Weise bewundere, mit der ihr dieses Buch auf den Markt gebracht habt. Mein Dank gilt auch den Teams in der Umschlaggestaltung, der Herstellung, dem Marketing, der PR und dem Verkauf – ich danke euch allen von Herzen. Ohne eure Arbeit würden all die wunderbaren Geschichten unbeachtet und ungelesen in den Regalen dahinvegetieren. Ihr jedoch bringt Bücher und Leser zusammen, und damit auch Menschen untereinander. Wenn Bücher die Welt verändern können, sind all jene, die sie unter die Menschen bringen, die Agenten des Wandels.

Zuletzt bin ich meinen zahlreichen Lesern dankbar, die mich auf meinen vorherigen Reisen und nun auch auf dieser hier begleitet haben. Ich liebe euch dafür, dass wir diese Geschichte gemeinsam durchleben. Danke, dass ihr dieses Buch ausgewählt habt. Danke, dass ihr meine anderen Bücher an Freunde weiterempfohlen, in Lesezirkeln besprochen habt. Danke für all die ermutigenden Nachrichten über Mail, Facebook und Twitter. Ich bin euch allen, die ihr die Geschichten lest, zu Dank verpflichtet, ebenso wie den Buchhändlern, die sie mit solcher Hingabe verkaufen. Wie Mr. Rogers schon sagte: »Suche nach den Helfern; du wirst immer Menschen finden, die helfen.«

Ihr, meine Freunde, seid diese Helfer.

Und dafür bin ich am allerdankbarsten.